# Wolfsaga

Käthe Recheis

# Wolfsaga

Mit Bildern
von Karen Holländer

Herder
Freiburg · Basel · Wien

© Herder & Co., Wien 1994
Alle Rechte vorbehalten.
Umschlagillustration: Karen Holländer
Satz: Bernhard Computertext, Wien
Printed in Hungary

ISBN 3-210-25075-8

*Inhalt*

Im Tal der Flüsternden Winde .......................................... 11
Waka, das Gesetz ................................................................ 20
Die Kunde vom Rudel Zahllos ........................................ 31
Hota, der Alte vom Berg .................................................. 47
Der Kampf mit dem Riesenwolf ..................................... 74
Im verlassenen Tal ............................................................ 92
Die Wölfin Tokala ............................................................. 97
Die Botschaft des alten Bären ........................................ 106
Die neue Ordnung ........................................................... 119
Mahanas Feindschaft ...................................................... 135
Die Tollheit der Wölfe .................................................... 144
Schiriki und Schogar Kan .............................................. 153
Das Pumajunge ................................................................ 165
Die Nacht auf dem Berg ................................................. 176
Der Weg ins Ungewisse ................................................. 183
Die Wölfin vom See ........................................................ 205
Glückliche Tage ............................................................... 215
Die Jägerin mit den leisen Pfoten ................................. 225
Tokalas Opfer ................................................................... 235
Wieder auf der Flucht ..................................................... 248

| | |
|---|---|
| Der Hinterhalt | 257 |
| Im kalten Licht des Wintermondes | 272 |
| Die Lawine | 278 |
| Der Traum | 284 |
| Das öde Land | 302 |
| Das Land des Todes | 311 |
| Die kleine Wölfin | 318 |
| Im Lager der Hogalawölfe | 334 |
| Das Wunder der Hogala | 343 |
| Die große Jagd | 358 |
| Kip-Kip und die Wölfe | 367 |
| Die nackten Wölfe | 382 |
| Der Abschied | 399 |
| Nach Norden! | 410 |
| Der stumme Frühling | 426 |
| Die Schattenwölfe | 439 |
| Wieder vereint | 455 |
| Der Schwache und der Starke | 464 |
| Eine Lawine aus Stein | 481 |
| Der Traum von Wakas guter Welt | 495 |

Ein hohes Gitter zwischen mir und den Wölfen, ein tiefer Graben, den sie leicht überspringen könnten, wäre nicht der Drahtzaun dahinter. Ein künstlicher Hügel. Ein paar Steinblöcke, Sträucher und Bäume, die jetzt, in der Mittagszeit, keinen Schatten geben. Zwei Wölfe, einander so ähnlich, daß ich sie nicht unterscheiden kann, laufen entlang des Grabens; sie kehren um, laufen zurück, kehren wieder um. Wie weit laufen Wölfe, wenn sie ihrer Beute folgen, fünfzig Kilometer oder mehr? Unter einem der Büsche liegt ein schmächtiger Wolf, die Schnauze auf den Pfoten. Eine schlanke Wölfin sitzt daneben, ihr Fell ist silbergrau, im grellen Sonnenlicht fast weiß. Einer der Wölfe, braun wie eine Kastanie, trottet zu ihr. Zwei junge Wölfe, das haselnußfarbene Fell noch wollig wie bei Welpen, spielen miteinander, zausen einander am Pelz. Oben auf der Hügelkuppe steht ein schwarzer Wolf, der größte aus der Schar. Er schaut auf mich herab. Was bin ich für ihn – ich, der Mensch?

Ich sehe in die Augen der Wölfe, wenn ihr Blick mich streift, und ich glaube, Traurigkeit darin zu lesen. Was mögen sie empfinden, sie, die Gefangenen in ihrem winzigen Revier, das wir Freilandgehege nennen? Ergeben in ihr Geschick, das sie *nicht ändern können, so scheinen sie mir. Aber das ist ein menschlicher Begriff. Um wirklich zu wissen, was in ihnen vorgeht, müßte ich ein Wolf sein wie sie.*

*Vor dem Gitterzaun stehend, den tiefen Graben zwischen mir und den Wölfen, wünsche ich mir, ich könnte einer von ihnen sein, könnte denken und fühlen wie sie – nur ein paar Herzschläge lang. Aber das ist ein vergeblicher Wunsch. Was mich von den Wölfen trennt, ist nicht nur der Zaun, ist nicht nur der Graben.*

*Die silbergraue Wölfin und der braune Wolf berühren einander mit den Schnauzen. Eine zärtliche Geste, sage ich mit meinen Menschenworten. Die zwei am Zaun trotten noch immer hin und her, hin und her. Oben auf dem Hügel hebt der schwarze Wolf den Kopf, als wollte er sein Lied anstimmen und das Rudel rufen – aber er bleibt stumm.*

*Der schmächtige Wolf unter dem Busch ist eingeschlafen. Sein Schwanz bewegt sich, die Ohren zucken. Läuft er im Traum durch hohes Gras, das seine Flanken berührt, läuft er im Schatten endloser Wälder dahin?*

*Ich wünsche, ich könnte mein Menschsein vergessen und den Traum des Wolfes mit ihm träumen.*

## *Im Tal der Flüsternden Winde*

Schiriki träumte. Im Traum lief er durch hohes Gras, das an seine Flanken schlug, duftend nach Blumen und Sonnenwärme. Die Wiese war erfüllt von friedlichen Lauten, vom Rascheln der Gräser, dem Sirren und Summen der Mücken und Fliegen, Bienen und Hummeln, dem Huschen der kleinen und kleinsten Geschöpfe, Maus und Käfer und Grashüpfer. Seine Nase nahm die vielfältigen Gerüche auf, die der leichte Wind ihm zutrug, den Geruch der Kräuter, den Duft der Blumen und all die Botschaften, die ihm sagten, an welchem der kleinen Geschöpfe er vorüberlief. Er träumte, die Wiese sei endlos, reiche bis dorthin, wo Himmel und Erde einander begegneten und noch darüber hinaus. Er lief und lief, und da war kein Hindernis, das ihm den Weg versperrte, ihn einschloß von allen Seiten. Die Welt, durch die er lief, hatte keine Grenzen.

Als Schiriki erwachte, hob er, noch halb im Schlaf, den Kopf. Seine Ohren nahmen die friedlichen Laute auf, seine Nase die vielfältigen Gerüche. Die sonnenüberflutete Wiese war gesprenkelt von Blumen. Auf den Hügelhängen rings um das Tal, bis zu den runden Kuppen hinauf, wuchs dichter Wald, dunkles Nadelgrün und helles Laubgrün ineinander verwoben.

Nach Nordosten zu erhob sich die breite Flanke eines Berges; der schneeumhüllte Gipfel ragte so hoch ins Himmelsblau, daß er die weißen Sommerwolken zu berühren schien. Ein Bach rann plätschernd und murmelnd durch die Talsohle. Am Talrand standen Espen im Gras. Ihre Blätter auf den dünnen Stielen hielten keinen Augenblick still, jeder Windhauch wisperte und flüsterte im Laub. Das hatte dem Tal seinen Namen gegeben. Tal der Flüsternden Winde nannten es die Wölfe.

Eine Schar Vögel strich über Schiriki dahin, er schaute ihnen nach, bis sie über den waldbedeckten Kuppen verschwunden waren. Dort, hinter den Hügeln, war die Grenze des Jagdgebietes, die man nicht überschreiten durfte, vor allem nicht, wenn man ein Jungwolf war und noch dazu das schwächste und kleinste der Geschwister. Vögel aber durften fliegen, wohin sie wollten. Sehnsucht erfüllte Schiriki. Er wünschte wie in seinem Traum dahinzulaufen, über endlose Wiesen, über Hügel und durch Täler, immer weiter und weiter. Irgendwo in unbekannter Ferne lag Nitakama, das Land des Sommers, von dem die Wandervögel erzählten, wo die Sonne auch im Winter warm schien, und wo es keinen Schnee, keine Kälte und keine eisigen Winde gab.

Ein rauhes Kreischen schreckte Schiriki auf. In einem der Bäume saß Schak, der Häher, und äugte auf ihn hinunter.

„Träumst du schon wieder, Kleiner?" schnarrte er.

„Schak", rief Schiriki, „du hast Flügel! Hast du dir nie gewünscht fortzufliegen, weit fort?"

„Wozu? Bin ich ein Wandervogel? Immerzu fliegen, Tag um Tag um Tag! Das ist nichts für unsereins. Und nur, damit du Geschichten erzählen kannst von einem Land, in dem es, wie ich gehört habe, keine Zapfenbäume geben soll wie hier bei uns!"

„Aber möchtest du nicht wissen, Schak, was hinter den Hügeln liegt?"

Der Häher begann kreischend auf seinem Ast hin und her zu hüpfen. „O du kleines Spitzohr!" spottete er. „Zieh doch mit den Wandervögeln, dann weißt du es! Nur hast du keine Flügel und wirst, fürchte ich, vom Himmel fallen."

Schak schwenkte den dunkelblauen Schopf, breitete die blau und weiß gestreiften Flügel aus, betrachtete sie wohlgefällig, flog auf und strich zum Wald hin, wo sein schäkerndes Gelächter in den Baumkronen verklang.

Schiriki setzte sich auf. Beim Espenwäldchen waren seine Geschwister aufgetaucht, Sternschwester und Imiak, der Bruder, Jährlinge wie er selbst. Ihnen nach trotteten die Welpen, die in diesem Frühling geboren worden waren, Itsi und To.

Über dem Tal, hoch oben am Himmel, zog der größte aller Geflügelten, ein Adler, seine Kreise; von einer Luftströmung getragen, schwebte er ruhig, ohne Schwingenschlag dahin. Aber Itsi und To waren nicht in Gefahr, selbst ein Adler würde es sich zweimal überlegen, bevor er Welpen angriff, wenn andere Wölfe in der Nähe waren. Schiriki verschwendete keinen Blick zum Himmel hinauf.

Imiak und Sternschwester stelzten durchs Gras, den Kopf vorgereckt, ganz gespannte Aufmerksamkeit. Dann sprang Imiak auf allen vieren hoch; den Rücken gekrümmt, hing er einen Augenblick lang in der Luft, landete mit gespreizten Vorderbeinen, schnappte nach etwas, biß zu und schluckte. Im gleichen Augenblick sprang auch Sternschwester. Die Welpen machten es eifrig nach, waren aber noch zu langsam, sie verfehlten die Beute und winselten enttäuscht. To setzte sich auf die Hinterbeine, fuhr sich mit der Pfote über die Schnauze und wiefte, während Itsi es sofort von neuem versuchte. Diesmal war sie erfolgreich, und Sternschwester fiepte anerkennend. „Das hast du gut gemacht, Itsi."

Imiak und Sternschwester lehrten die Welpen, wie man Graupelzchen jagt. Und das war nicht so einfach, wie es scheinen mochte; bis Welpen lernten, Mäuse zu erbeuten, mußten sie es immer und immer wieder üben. Was einem Spiel glich, war ebenso lebensnotwendig wie die Jagd auf Hornträger. Auch wenn ein Graupelzchen nur ein winziger Happen war, stillten viele Graupelzchen doch den Hunger, wenn andere Beute ausblieb.

Wieder sprang Sternschwester, aber diesmal mit dem Kopf voran in die Höhe. Sie sprang aus Freude an der Bewegung und weil der Tag so schön war und die Luft voller Sonnenwärme. Mit wehendem Schwanz schwebte sie senkrecht über der Wiese, drehte sich in einer fließenden Bewegung um sich selbst und sank wieder ins Gras hinab. Ihr Pelz war so hell, daß er im Schein der Sonne weiß wirkte; in mondhellen Nächten schimmerte er gleich den Nachtlichtern am dunklen Himmel. Schiriki hatte ihr daher, als sie noch Welpen gewesen waren, den Namen Sternschwester gegeben.

Die Lust am Spiel packte auch die anderen. Schiriki stand auf und trottete zu seinen Geschwistern. Imiak jagte Sternschwester nach, die leichtfüßig dahinlief. Itsi und To fielen übereinander her und balgten sich, einer versuchte den anderen auf den Rücken zu werfen oder den Schwanz des Gegners zu erhaschen. Als sie Schiriki erblickten, stürzten sie sich vereint auf ihn und verbissen sich zähnefletschend in seinen Pelz. Bevor er sie abschütteln konnte, kam vom jenseitigen Hügelhang her ein tiefes, kehliges Knurren, dem ein lautes Kläffen folgte, das in ein freudiges Heulen überging.

Jungwölfe und Welpen erstarrten, spitzten die Ohren und rannten dann über das Tal auf den Hang zu. Schak, der Häher, gesellte sich kreischend zu ihnen. Auch er hatte die Botschaft vernommen, daß die Jagd erfolgreich gewesen war.

Hohes Gras streifte die Flanken der Wölfe, Samenrispen und Blütenköpfe schwankten. Schiriki und seine Geschwister rasten mit weiten Sprüngen dahin, voll Vorfreude auf die Mahlzeit. Sie erreichten den Talrand, tauchten in den Wald ein, sprangen über gestürzte, halb vermoderte Baumstämme und glitten durchs dichte Unterholz ebenso mühelos wie durchs Gras. Die Welpen folgten, so schnell sie es mit ihren kurzen Beinen vermochten. Schak flog über den Baumkronen und erreichte als erster den Platz, wo die Wölfe ihre Beute geschlagen hatten, einen schon altersschwachen Hirschbock.

Palo Kan und Ahkuna, der Leitwolf und die Leitwölfin, und Wuk und Wok, die Rangnächsten, hatten schon zu fressen angefangen. Als Mahana, die junge Wölfin, sich zwischen die beiden Leitwölfe drängen wollte, zog Ahkuna die Lefzen hoch, bleckte die Zähne und knurrte. Mahana sprang behend zurück, drehte und wendete herausfordernd ihren geschmeidigen Körper, um die Aufmerksamkeit des Leitwolfes zu erregen. Palo Kan beachtete sie nicht.

Schak flog aus den Wipfeln herab und schnappte sich einen Bissen. Ahkuna begrüßte ihn mit einem leichten Schwanzwedeln. Der Häher pikste sie ins Ohr, hüpfte auf die Geweihstange und schäkerte. Das Rudel ließ sich nicht stören; die Wölfe duldeten den mutwilligen Vogel in ihrer Schar, er heiterte sie mit seinen Späßen auf und vertrieb ihnen die Zeit.

Als Schiriki und seine Geschwister ankamen, krochen Itsi und To auf dem Bauch zu Ahkuna, stießen bettelnd mit den Nasen an ihre Schnauze und an die Kinnbacken und verkündeten winselnd, daß sie klein, schwach und hungrig waren. Ahkuna ließ das Stück Fleisch fallen, das sie im Maul hatte, leckte den Welpen das Fell und schubste sie dann zärtlich zur Seite.

Jetzt endlich durfte Mahana ungestört fressen. Auch Schiriki, Imiak und Sternschwester begannen ihre Mahlzeit, zuerst bescheiden, wie es sich gehörte, ohne den älteren Wölfen die besten Bissen streitig zu machen. Das reichliche Nahrungsangebot und der verlockende Geruch des frischen Blutes ließ die Rangordnung aber schnell vergessen. Fröhlich und ausgelassen trugen die Wölfe Scheingefechte aus. Sie fuhren aufeinander los, knurrend, grollend, die Zähne gefletscht, jeder gegen jeden, als wäre ein tödlicher Kampf ums Futter ausgebrochen. To purzelte auf Wuk und Wok herum, Itsi kläffte den Leitwolf an und zwickte ihn respektlos in den Pelz. Schak flatterte zeternd über den Wölfen und munterte sie auf, einander totzubeißen.

Als alle satt waren, kehrten die Wölfe in gemächlichem Trab zu ihrem Lager am Waldrand zurück. Schak war fortgeflogen und trieb sich mit einer Schar anderer Häher im Wald umher, wo sie schäkernd durch die Baumwipfel strichen, einem Eichhörnchen, das unachtsam war, einen Föhrenzapfen abjagten und das zornige Keckern mit kreischendem Gelächter beantworteten. Beim verlassenen Hirschkadaver hatten sich Raben eingefunden; ihr Krächzen lockte einen streunenden Fuchs an. Auch ein Wiesel huschte herbei und holte sich seinen Teil von den Resten der Wolfsmahlzeit.

Dichtes Buschwerk umschloß an drei Seiten den Lagerplatz der Wölfe, zur Wiese hin war er offen und gewährte einen freien Ausblick über das Tal. Weiter drinnen im Wald lag, hinter Farnen verborgen, der Eingang zur Höhle, in der Ahkuna jeden Frühling ihre Welpen aufzog. Jetzt waren Itsi und To schon groß genug und brauchten den Schutz der Höhle nicht mehr. Der Bach plätscherte den Hang herab und sammelte sein Wasser in einem Tümpel, bevor er durch den ebenen Wiesengrund floß.

Die Wölfe hatten sich unter den tief herabhängenden Ästen der Nadelbäume ausgestreckt, schliefen oder dösten. Palo Kan und Ahkuna lagen auf einem Erdbuckel vor dem Lager und schienen fest zu schlafen; jeder ungewohnte Laut, und wäre er auch noch so leise gewesen, hätte sie aber sofort aufgeschreckt.

Der Tag neigte sich dem Ende zu, die Sonne verschwand hinter den Hügeln, das Licht verdämmerte langsam, fast unmerklich. Am immer dunkler werdenden Himmel flimmerten die ersten Sterne. Itsi und To wurden munter, waren sofort hellwach und fanden, daß es Zeit für ein Spiel sei. Sie wählten sich Wok als Opfer aus, zausten ihm zuerst einmal gründlich das Fell und versuchten dann, seinen buschigen Schwanz auszureißen. Wuk kam seinem Gefährten zu Hilfe und rollte sich auf den Rücken, eine Aufforderung, der die Welpen nicht widerstehen konnten. Sie ließen von Woks Schwanz ab, kletterten auf Wuk herum und kniffen ihn einmal da und einmal dort in den Pelz. Ein Pfotenhieb hätte genügt, um sie fortzuschleudern, aber Wuk ließ alles geduldig über sich ergehen.

Die drei Jungwölfe schauten den spielenden Welpen zu. Mahana war auf die Wiese hinausgeschlendert, reckte und streckte sich im Sternenlicht und versuchte, Imiaks Blicke auf sich zu ziehen. Mahana war die einzige, die nicht in das Rudel hineingeboren worden war. Im vergangenen Winter war sie ins Tal gekommen, demütig und unterwürfig, und hatte sich ins Rudel eingebettet. In der ersten Zeit hätte niemand anhänglicher und hilfsbereiter sein können als sie; alle Demut war aber vergessen, sobald sie ihren Platz im Rudel gesichert wußte.

Itsi und To hatten sich müde gespielt und rollten sich zwischen Wuk und Wok ein. Den Wölfen fielen die

Augen zu. Über dem Tal spannte sich der hohe Nachthimmel, schwarz wie Rabengefieder; die Kleinen Nachtlichter, die Sterne, strahlten und funkelten, unzählig und dicht gestreut. Die Stille war erfüllt von heimlichen Geräuschen. Blätter wisperten, kleine Pelzwesen huschten und raschelten im Gras. Vierbeinige Jäger schlichen auf weichen Pfoten dahin. Über das Tal und die Wälder klangen die Rufe der geflügelten Nachtjäger, die gleich Schatten durch die Dunkelheit schwebten. All diese vertrauten Laute störten die Wölfe nicht im Schlaf. Meist streiften auch sie um diese Zeit durch ihr Jagdgebiet, nur hatten sie diesmal die Beute schon am Tag geschlagen.

Plötzlich begannen die Ohren der Wölfe zu zucken. Der leichte Wind von Norden her trug ihnen Schwingungen der Luft zu, die sie aus dem Schlaf schreckten. Palo Kan und Ahkuna erhoben sich, Wuk und Wok sprangen auf, die Jungwölfe folgten ihrem Beispiel. Mit hochgereckten Köpfen, die Ohren aufgestellt, standen die Wölfe lauschend da. Von fernher, von jenseits der Hügel, wo das Nachbarrudel lebte, Tasch Kans und Ayanas Schar, kam ein angsterfülltes Heulen, leise, aber deutlich wahrnehmbar. Ein Heulen, das zitternd verhallte, um gleich danach wieder anzuschwellen. Den Wölfen sträubte sich der Pelz, jeder Nerv in ihren Körpern vibrierte.

„Was ist das?" stieß Imiak hervor.

Die Welpen winselten.

Von schluchzenden Tönen durchsetzt, wie das Jammern des Windes, der sich an Felsklippen bricht, endeten die klagenden Laute in einem verzweifelten Schrei: Gefahr! Gefahr! Fürchtet für euer Leben!

Palo Kan und Ahkuna nahmen den Schrei auf, aus ihren Kehlen brach das gleiche klagende Geheul. Die anderen fielen ein, zuerst Wuk und Wok, dann die Jungwölfe und Mahana, auch Itsi und To. Obwohl die Welpen nicht begriffen, was ihre Beschützer in Angst versetzte, heulten sie mit ihren dünnen Stimmen mit. Die Schnauzen zum nachtschwarzen Himmel erhoben, gaben die Wölfe den Warnruf weiter.

Als sie aussetzten, erhielten sie Antwort vom Süden her, aus dem Jagdgebiet des nächsten Rudels. Das Heulen im Norden war verstummt.

Die Wölfe vom Tal der Flüsternden Winde starrten einander an. Was bedeutete die Botschaft? Welches Unheil war über Tasch Kans Rudel hereingebrochen? Ein Unheil, das nicht nur ihn und seine Schar betraf, sondern jedes Rudel? Nur dann, wenn Gefahr für alle drohte, wurde dieser Ruf angestimmt, damit ein Rudel ihn dem anderen weitergab und alle gewarnt waren.

Schiriki hockte zusammengekrümmt unter einem der Büsche. Das angsterfüllte Heulen hatte eine Erinnerung in ihm geweckt. Er wußte auf einmal, warum es ihn im Traum so glücklich gemacht hatte, über die grenzenlose Wiese zu laufen. Denn vor diesem Traum hatte er einen anderen geträumt – den Angsttraum vom Netz, wie das einer Spinne, aber hart und unzerreißbar, das ihn einschloß von allen Seiten, das er nicht überspringen konnte und aus dem es kein Entrinnen gab.

## Waka, das Gesetz

Nachdem auch das südliche Nachbarrudel verstummt war und die letzten Rufe über den Hügeln verklangen, war es den Wölfen, als seien sie von einer atemlosen Stille umgeben, als habe sich jedes Geschöpf, ob Vierbein oder Geflügelter, in seinem Erdloch oder in seinem Schlupfwinkel verkrochen. Die Blätter hingen reglos an den Zweigen, kein Windhauch bewegte sie mehr.

„Wuk und Wok", befahl Palo Kan, „geht nach Norden und fragt Tasch Kan und Ayana, vor welcher Gefahr sie uns warnen."

Wuk und Wok brachen wortlos auf und trabten, Schulter an Schulter, in das schweigende Dunkel des Waldes hinein. Was sie jenseits der Hügel erwartete, was für Gefahren dort drohten, wußten sie nicht und fragten auch nicht danach. Sie waren schon viele Jahre im Rudel.

Statt fortzuziehen und selber Leitwölfe einer eigenen Schar zu werden, waren sie zufrieden damit, Jahr für Jahr bei der Aufzucht der Kleinen zu helfen und Betreuer und Beschützer der Welpen zu sein. Da sie einander zum Verwechseln ähnlich sahen, hatten sie auch Namen erhalten, die ähnlich klangen. Sie sprachen selten und hörten lieber zu, wenn die anderen redeten. Für die beiden schon altgewordenen Leitwölfe waren sie unersetzlich – erfahrene Gefährten, auf die sich Ahkuna und Palo Kan in jeder gefährlichen Lage verlassen konnten.

Die zurückgebliebenen Wölfe schauten den beiden nach, bis die Nacht sie verschluckt hatte und das leise Geräusch ihrer Pfoten erstarb. Dann gingen Palo Kan und Ahkuna zu dem Erdbuckel, um dort Wache zu halten. Wenn ein Feind sich näherte, würden sie die ersten sein, die sich ihm entgegenstellten. Imiak folgte ihnen. Jetzt, da Wuk und Wok nicht hier waren, mußte er ihren Platz im Rudel einnehmen. Seine Beine fühlten sich steif an, er spürte das Klopfen seines Herzens bis in die Kehle. Er war nur ein Jungwolf, immer war es selbstverständlich gewesen, daß die erfahrenen älteren Wölfe ihm Schutz gewährten, nun mußte er zum erstenmal selber Verantwortung übernehmen.

Sternschwester nahm sich der eingeschüchterten Welpen an. Itsi und To verstanden nicht, was all das bedeuten sollte, aber sie spürten die Erregung, die das Rudel erfaßt hatte, und drängten sich winselnd und trostheischend an die Schwester. Sie leckte ihnen die Gesichter und flüsterte zwischendurch beruhigende Worte: „Habt keine Angst! Wir sind ja bei euch."

Mahana hatte für die Welpen keinen Blick übrig, auch nicht für die anderen Gefährten aus dem Rudel. Sie hatte sich an den äußersten Rand des Lagers zurückgezogen, kauerte dort sprungbereit, als wollte sie beim ersten Anzeichen einer Gefahr die Flucht ergreifen und das Rudel seinem Schicksal überlassen.

Während Sternschwester die Welpen tröstete, war sie doch ganz gespannte Aufmerksamkeit und ließ den dunklen Saum des Waldes nicht aus den Augen. Plötzlich wurde ihr bewußt, daß sie Schiriki vermißte, sie schaute suchend umher und sah ihn zusammengekrümmt unter dem Strauch liegen. Sie stupste die Welpen noch einmal beruhigend an und ging zu Schiriki. Als sie sich zu ihm niederbeugte, hob er den Kopf. Seine Augen waren seltsam blicklos.

„Schiriki!" wisperte sie.

Er fuhr sich wie verloren mit der Pfote über das Gesicht. „Die Spinnennetze!" murmelte er. „Ich kann sie nicht zerreißen!"

„Spinnennetze, Schiriki? Was meinst du?" Sternschwester berührte ihn sanft mit der Schnauze. Er war nicht so kräftig gebaut wie Imiak, war der Kleinste im Wurf gewesen, bei allen rauhen Spielen der Welpenzeit immer der Unterlegene. Sie begann ihm das Fell zu lecken. Weil er schwach war, schwächer als sie selbst, weckte er ihre Zärtlichkeit und den gleichen Beschützerinstinkt, den Itsi und To in ihr hervorriefen.

Sie spürte, wie er sich beruhigte. Er setzte sich auf, rieb den Kopf an ihr und sagte: „Es ist nichts, Sternschwester! Es war bloß ein Traum."

Von den Welpen her kam ein winselndes Jaulen. To fühlte sich von der großen Schwester im Stich gelassen und beklagte sich lautstark darüber. Itsi dagegen versuchte, tapfer mit dem Schwanz zu wedeln.

Sternschwester versetzte To einen Klaps mit der Pfote. „So ein großer Schneller Läufer wie du", sagte sie tadelnd, „und benimmst dich wie ein Winzling, der noch an den Zitzen saugt!"

To drückte sich platt auf den Boden, wackelte mit dem Kopf, schniefte und gab auf jede nur mögliche Weise zu verstehen, daß er keineswegs groß war, sondern ein armer kleiner Welpe, den eine hartherzige Schwester von sich wies. Sternschwester streckte sich gutmütig aus und ließ es zu, daß er sich in ihrem Pelz verkroch. Itsi tapste mit hocherhobenem Schwanz herbei, um zu zeigen, daß sie kein Winzling mehr war, machte es dann aber erleichtert dem Bruder nach.

Hoch oben, am tiefschwarzen Himmel, wanderten die Sterne durch die Nacht; so unmerklich veränderten sie ihren Platz, daß kein Auge es erfassen konnte. Ahkuna und Palo Kan standen reglos auf ihrem Wächterposten, nur manchmal bewegten sich ihre Ohren oder die Schwänze zuckten. Aber kein Geräusch, kein Laut deutete auf eine nahende Gefahr hin. Graupelzchen huschten durchs Gras, die geflügelten Jäger der Nacht strichen wieder durch die Dunkelheit. Und weder Palo Kan noch Ahkuna verspürten die innere Unruhe, die erfahrene Wölfe erfaßt, wenn nicht nur ihr Leben, sondern auch das aller Vierbeiner und Geflügelten bedroht ist. Entzündete der Blitz einen Baum und sprang das Feuer von Wipfel zu Wipfel, wußten es die Wölfe, noch bevor ihnen der Wind den Rauchgeruch zutrug. Wollte im Winter der Berg seine Schneelast abschütteln, spürten sie es, bevor das erste Schneebrett sich löste. Wenn nach einem Wolkenbruch sich eine Mure aus braunem Wasser, Schlamm und Gestein zu Tal wälzte, hatten die Wölfe sich noch jedesmal rechtzeitig in Sicherheit bringen können. Aber so sehr Palo Kan und Ahkuna in sich hineinhorchten, sie erhielten keine Botschaft aus den Wäldern und von den Hügeln, auch der Berg blieb stumm, ragte mit seinen Schrofen, Graten und Zinnen schweigend in die Nacht.

Imiak stand neben dem Erdbuckel und bemühte sich, wie die beiden Leitwölfe zu lauschen, zu wittern und jeden Luftzug zu prüfen. Je länger die Wache dauerte, desto schwerer fiel es ihm, ruhig zu bleiben. Er wandte den Kopf einmal dahin und einmal dorthin und mußte sich beherrschen, nicht laut aufzuheulen. Als er schließlich merkte, daß die Leitwölfe sich entspannten, fühlte er sich erleichtert.

Palo Kan und Ahkuna sahen einander an. Welche Gefahr es auch sein mochte, vor der Tasch Kan und Ayana gewarnt hatten, sie mußte noch weit weg sein und keine unmittelbare Bedrohung darstellen. Nach Art der Wölfe verständigten sich Palo Kan und Ahkuna mit den Augen und mit dem Körper, durch Gesten, die ebensoviel ausdrückten wie Worte. Bis Wuk und Wok zurückkehrten, würde es noch lange dauern, vor dem Morgen konnten sie nicht hier sein. Es war an der Zeit, das Rudel zu beruhigen.

Ahkuna stieg von dem Erdbuckel herab. „Ich habe keine Lust zu schlafen", sagte sie. „Wie wäre es mit einer Geschichte? Das vertreibt uns die Zeit."

„Aber der Warnruf, Ahkuna?" stammelte Imiak.

Sie bewegte den Schwanz leicht hin und her. „Der Warnruf? Vielleicht war es bloß ein Angsttraum, der Tasch Kan erschreckt hat. Morgen früh wissen wir es, wenn Wuk und Wok wieder bei uns sind. Kein Grund, daß wir jetzt herumsitzen wie furchtsame Langohren, die vor ihrem eigenen Schatten davonlaufen. Komm, Imiak! Palo Kan hält Wache."

Itsi lief mit erwartungsvoll wackelndem Hinterteil herbei. „Eine Geschichte, Ahkuna? Erzählst du uns wirklich eine?"

„Ja, Itsi!"

„Was für eine?"

„Die alte Geschichte, wie Waka, das Gesetz, die Welt ordnete."

Ahkuna wartete, bis Welpen und Jungwölfe sich im Kreis um sie gesetzt hatten. Mahana blieb am Rand des Lagers kauern, noch immer fluchtbereit. Schließlich erhob sie sich aber doch, witterte nach allen Seiten und schlenderte dann näher.

Die Jungwölfe hatten die alte Geschichte von Waka,

dem Gesetz, schon oft gehört, aber kein Wolf wurde müde, ihr immer wieder zu lauschen. Vor allem aber wurde sie um der Welpen willen stets von neuem erzählt, damit diese Geschichte nie vergessen und nie verlorengehen würde, solange es das Volk der Schnellen Läufer gab.

Vom Hügelhang her kam der Ruf einer Eule – Lil-lil-uuul –, weiche, wehmütige Töne, die mit der Nacht zu verschmelzen schienen. Palo Kan stand auf dem Wächterhügel; seine Gestalt zeichnete sich schattenhaft im Dunkel ab. Jungwölfe und Welpen warteten schweigend, bis Ahkuna zu sprechen begann. Von Waka, dem Gesetz, zu erzählen, war das Vorrecht der Leitwölfin, weil sie es war, die das Leben weitergab.

Ahkunas Blick ging von einem Jungwolf zum anderen und streifte flüchtig Mahana. Dann schaute sie die Welpen an. „Heute nacht", sagte sie, „erzähle nicht ich euch die alte Geschichte. Sternschwester wird es für mich tun."

„Ich?" fragte Sternschwester verwirrt.

„Ja, du!"

Mahanas Schwanz zuckte zornig. Bis auf die Welpen verstanden alle, was Ahkuna damit hatte sagen wollen. Sollte sie im Kampf mit der unbekannten Gefahr das Leben verlieren, dann war es Sternschwester, der sie die Sorge um die Welpen anvertraute, obwohl Mahana älter war und sich einen höheren Platz in der Rangordnung erkämpft hatte.

Mahanas Nackenhaar stand steif in die Höhe. Sie zog die Lefzen hoch, ein herausforderndes Knurren kam aus ihrer Kehle.

Ahkuna richtete sich auf. Kein Muskel bewegte sich in ihrem Körper, ihr Pelz sträubte sich nicht, und doch war es den Wölfen, als wachse sie, als würde sie im ungewissen Licht der Sterne größer und größer. Sie schaute Mahana starr in die Augen.

Eine Weile hielt Mahana dem Blick stand, dann duckte sie sich und wandte den Kopf ab.

„Fang an, Sternschwester", befahl Ahkuna.

Stockend und unsicher zuerst, als müßte sie nach den Worten suchen, die sie von klein auf kannte, begann Sternschwester zu erzählen. Aber schon bald wurde ihre Stimme fester. Die Geschichte von Waka, dem Gesetz, gab ihr Sicherheit und Vertrauen – alle Wölfe fühlten sich geborgen in dem Wissen, daß Waka es gewesen war, der ihnen den Weg gewiesen hatte, den sie gehen sollten. Wolfsrudel um Wolfsrudel hatte seit Urzeiten nach seinen Weisungen gelebt, und solange sie es taten, sagte man, würde die Welt heil sein.

Die Augen auf die ältere Schwester gerichtet, saßen Itsi und To lauschend im Kreis des Rudels und hörten, wie unzählige Welpen vor ihnen, die Geschichte von Waka, dem Gesetz:

„So lange her, daß niemand weiß, wann es war, in uralter Zeit, war die Welt nicht so, wie sie heute ist. Geschöpfe in großer Zahl lebten auf ihr, aber keines kannte das Gesetz, und jedes Lebewesen tat, was ihm gerade gefiel. Bäche und Flüsse wollten einmal da und einmal dort sein, änderten immer wieder ihren Lauf, und wohin sie kamen, ertrank alles, was Leben hatte, in ihren Wasserfluten. Die Bäume wuchsen und wuchsen, immer höher hinauf in den Himmel, bis die Stämme die Last der Kronen nicht mehr tragen konnten, knickten und zu Boden stürzten. Stein und Fels wollten einmal diese und einmal jene Gestalt haben, und so schufen die Berge sich immerfort neu mit großem Getöse und begruben, was lebte, unter sich. Die Winde rasten aufeinander los und kämpften jeder gegen jeden, bis sie zerstört hatten, worüber sie hinweggetobt waren. Schnee und Kälte wußten nicht, daß ihnen nur ein Teil des Jahres gehörte, sie zogen dorthin und dahin, bis jeder grüne Halm unter ihrem eisigen Atem erstarrt war. Auch das Große Taglicht hatte seinen Platz am Himmel noch nicht gefunden, es kam, wenn es wollte, zur Erde herab, und in seiner Gluthitze verdampfte das Wasser der Seen und Flüsse.

Vierbeiner und Geflügelte wußten es auch nicht besser. Flog Koiko, der größte der Geflügelten, zu einem See, fing er einen Fisch nach dem anderen und warf sie aufs Trockene, bis sich im Wasser nichts mehr regte.

Die Hornträger zertrampelten mit ihren Hufen das Gras, rissen jeden Halm und jedes Kraut aus und ließen die Erde, wenn sie weiterwanderten, kahl und öde zurück.

Die Baumfäller mit den Schuppenschwänzen bauten riesige Dämme, stauten das Wasser auf, bis auf der einen Seite des Dammes kein trockener Fleck mehr war und jenseits des Dammes Bäche und Flüsse versiegten.

Auch unser Volk, die Läufer mit den schnellen Beinen, fiel über alles her, was sich bewegte; sie töteten, was ihnen unter die Fänge kam, so lange, bis sie keine Nahrung mehr fanden. Da wurden sie krank vor Hunger, die Zähne fielen ihnen aus, sie siechten dahin und starben. Nur zwei Welpen blieben am Leben, sie winselten und klagten, aber da war niemand, der sie hätte hören können, alle Läufer mit den schnellen Beinen waren tot.

Waka, das Gesetz, sah die wüst gewordene Welt, auf der jedes Geschöpf des anderen Feind war. Sie verdienen es nicht, auf meiner einst so schönen Welt zu leben, sagte Waka und beschloß, alle Lebewesen zu vernichten. Als er damit beginnen wollte, erblickte er die beiden Welpen, die sich aneinanderdrängten und vergeblich nach Wärme und Schutz suchten. Und Waka, das Gesetz, hatte Mitleid mit ihnen.

Ich habe versäumt, meine Geschöpfe den rechten Weg zu lehren, sagte Waka, das Gesetz. Darum ist die schöne Welt wüst geworden. Ich will diese beiden Welpen retten, die letzten Läufer mit den schnellen Beinen, sie sollen die Erstgeborenen eines neuen Volkes sein.

Weil Waka, das Gesetz, es so wollte, erbarmte sich ein Dickpelz der verlassenen Welpen und nahm sie in seine Höhle. Eine Hornträgerkuh kam und ließ die Welpen trinken, als wären es ihre eigenen Jungen. Die Jäger mit den leisen Pfoten und die geflügelten Jäger brachten Nahrung. Flinke Springer mit den wehenden Schwänzen, Graupelzchen und furchtsame Langohren spielten mit den Welpen und vertrieben ihnen die Zeit. Waren die Welpen müde, sangen die Geflügelten sie mit ihren Liedern in den Schlaf.

All das geschah, weil Waka, das Gesetz, es so wollte.

Waka, das Gesetz, aber ging daran, die Welt zu ordnen, damit jedes Lebewesen seinen rechten Platz darin fand und wußte, was es tun durfte und was es nicht tun durfte. Waka, das Gesetz, zeigte dem Großen Taglicht den Weg, den es über den Himmel nehmen sollte. Und das Große Taglicht wanderte über die Welt, von einem Ende zum anderen, und gab allen Geschöpfen Licht und Wärme. Legte es sich schlafen, kamen das Große Nachtlicht und die Kleinen Nachtlichter und leuchteten im Dunkel.

Die Winde lernten, daß es eine Zeit gab, in der sie dahinstürmen durften, und eine Zeit, in der sie sich zur Ruhe legen mußten. Waka, das Gesetz, wies die Flüsse an, wohin sie fließen sollten, und befahl ihnen, nicht mehr vom Weg abzuweichen. Die Bäume hörten rechtzeitig mit dem Wachsen auf und spendeten mit ihren Kronen der Erde kühlen Schatten.

Wenn es Frühling wurde, kehrten Schnee und Eis nach Norr Norr, dem Land des Winters, zurück. Auch die Berge erhielten ihre Gestalt, wie wir sie jetzt kennen.

Waka, das Gesetz, trug den beiden Erstgeborenen auf, Vierbeiner und Geflügelte und Wassergeschöpfe seine Ordnung zu lehren. Einen Sommer und einen Winter zogen die Geschwister umher, bis auch das letzte und unscheinbarste Geschöpf wußte, welche Aufgabe ihm vom Gesetz zugedacht war.

Nachdem die Erstgeborenen ihren Auftrag erfüllt hatten, sahen sie, wie schön die Welt war, und sie sahen, wie Vierbeiner und Geflügelte und Wassergeschöpfe ihre Jungen aufzogen.

Da grub die Schwester eine Höhle und gebar ihre Jungen. Und Bruder und Schwester, die Erstgeborenen unseres Volkes, zogen die Welpen auf und lehrten sie Wakas Weg, und diese wiederum gaben ihn ihren Welpen weiter. Als die Geschwister sehr alt geworden waren, verließen sie die Welt und gingen nach Kaam, dem Himmelsland, wo Waka, das Gesetz, sie erwartete.

Weil Vierbeiner und Geflügelte unsere Ureltern, die Erstgeborenen, genährt und beschützt hatten, als diese klein und schwach gewesen waren, achtet das Volk der Schnellen Läufer die Rechte der anderen Geschöpfe und tötet nur dann, wenn es hungrig ist. Kehrt der Läufer mit den schnellen Beinen satt von der Jagd zurück, kann die Kuh der Hornträger ohne Angst ihr Junges säugen.

So will es Waka, das Gesetz, und so haben es uns die Erstgeborenen gelehrt, die Ureltern, Vater und Mutter aller Schnellen Läufer."


Sternschwester schwieg.

Auch die anderen Wölfe schwiegen. Über ihnen wölbte sich der nächtliche Himmel, besät mit Sternen, denen Waka, das Gesetz, aufgetragen hatte, im Dunkel zu leuchten. Die endlosen Wälder, die Hügel, der Berg und das Tal und der weite Himmelsraum ohne Grenzen schienen ineinanderzufließen und eins zu werden, und eingebettet darin waren sie, die kleine Schar. Was immer auch geschehen mochte und welch unbekannte Gefahr sie erwartete – sie wußten sich geborgen in Waka, dem Gesetz.

„Schlaft jetzt", sagte Ahkuna.

Jungwölfe und Welpen legten sich nieder, streckten sich aus und schmiegten sich aneinander. Mahana suchte sich wie immer ihren eigenen Schlafplatz.

Ahkuna ging zu Palo Kan, um mit ihm Wache zu halten.

Die Sterne erloschen. Als der Tag dämmerte, kehrten Wuk und Wok ins Tal der Flüsternden Winde zurück.

## Die Kunde vom Rudel Zahllos

Der Weg ins Lager des nördlichen Wolfsrudels war weit, führte über Hügel und einen Bergrücken. Wuk und Wok waren die ganze Zeit gelaufen, ohne sich eine Rast zu gönnen. Sie waren müde, aber nicht erschöpft; Wölfe sind ausdauernde Läufer, die, wenn es sein muß, ihrer Beute einen Tag oder noch länger nachzufolgen imstande sind. Das Tal lag noch im Dämmerlicht, aber die östlichen Zinnen und Grate des Berges – dort, wo die Sonne sich erheben würde – waren schon von schwachem Schein gesäumt.

Wuk und Wok setzten sich hechelnd vor Palo Kan und Ahkuna nieder und warteten, wie es ihre Art war, bis einer der beiden sie ansprach. Jungwölfe und Welpen drängten sich, hellwach und aufgeregt, aneinander.

„Was für eine Gefahr ist es, vor der Tasch Kan und Ayana uns warnen?" fragte Ahkuna.

Wuk kratzte sich mit der Vorderpfote hinter den Ohren. Wok hob hechelnd die Schultern. „Sie wissen es nicht!"

„Was?" Palo Kan fuhr hoch. „Soll das heißen, daß ein Rudel einfach nur so den Warnruf anstimmt? Ohne Grund? Und wir haben den Ruf weitergegeben! Ist Tasch Kans Rudel toll geworden?"

Wuk kratzte sich noch einmal, ließ die Pfote sinken und stieß Wok auffordernd an.

„Tasch Kan hat den Warnruf erhalten, vom Rudel jenseits seines Jagdgebietes", erklärte Wok. „Aber die dort wissen auch nicht, was es ist."

„Die haben den Ruf nur weitergegeben", knurrte Wuk. „Wie wir. Wie alle Rudel. Weil niemand was weiß."

Die Wölfe standen schweigend da und konnten nicht glauben, was sie hörten. Schauer rannen Schiriki über den Rücken. Wieder überkam ihn die Erinnerung an den Angsttraum, ihm war, als sei er eingeschlossen von dem Netz, das er nicht überspringen konnte, gegen das er vergeblich anrannte. Er kauerte sich nieder und steckte den Kopf unter den Schwanz.

Hinter den Graten und Riffen blitzte es, Strahlenbündel schossen hoch. Der glühende Rand der Sonne erhob sich über der im Gegenlicht dunkel gewordenen Bergflanke, klomm höher und höher, wurde zu einer feurigen Scheibe, die sich vom Berg löste und in den Himmel emporstieg. Jeder Tautropfen auf Gräsern und Laub fing ihr Licht ein, Wald und Wiese waren wie mit unzähligen Funken übersät.

Schiriki zwang sich, den Kopf zu heben, auf die tauglänzende Wiese zu blicken, auf das vertraute Tal im Morgenlicht. Es war nur ein Traum gewesen, er durfte nicht mehr daran denken. To tapste mit eingeklemmtem Schwanz zu Sternschwester und winselte.

Ahkuna zog die Lefzen hoch und grollte: „Sind alle Rudel toll geworden? Oder ist eine Krankheit über sie gekommen, die wir nicht kennen? Palo Kan, Vater meiner Welpen, nie habe ich gehört, daß Schnelle Läufer heulen und Gefahr rufen und nicht wissen, warum sie es tun."

Ein lautes Kreischen aus den Wipfeln ließ das Rudel aufblicken. Schak, der Häher, war auf einer Tanne am Waldrand gelandet, hüpfte von Ast zu Ast immer tiefer herab, flatterte zu Ahkuna und pikte sie am Pelz.

„Du bist es, Schak!" sagte Ahkuna und stupste ihn mit der Schnauze an. Keinem anderen Geflügelten oder Vierbeiner hätte sie erlaubt, was sie Schak gestattete. Seit der Zeit, als er, eben flügge geworden, zur Wolfshöhle geflogen kam, Ahkuna ohne Scheu entgegenhüpfte und zutraulich mit ihren Welpen zu spielen begann, verging kaum ein Tag, an dem er nicht das Rudel aufsuchte. Und da Häher wachsam sind und beim geringsten Anzeichen einer Gefahr sofort in schrilles Warngeschrei ausbrechen, war diese Freundschaft auch den Wölfen nützlich.

„O ihr Spitzohren!" spottete Schak. „Meint ihr denn, daß ihr alles wißt? Freilich, man darf's euch nicht zum Vorwurf machen. Ihr mit euren vier Beinen kommt eben nicht so weit herum wie unsereins! Ihr könntet ja mich fragen, was es mit dem Jammergewinsel auf sich hat!"

„Dich?" Ahkuna lächelte nach Wolfsart mit den Augen. „Woher willst du es wissen, mein kleiner geflügelter Freund?"

„Von den Wandervögeln, Schwester Vierbein!"

„Schak! Das kann nicht sein! Es ist lange her, seitdem sie über unser Tal geflogen sind."

Der Häher streckte einen seiner Flügel aus und strich mit dem Schnabel die blau und weiß schillernden Federn zurecht. „Wenn man's genau nimmt, waren es nicht die Wandervögel, die es mir gesagt haben. Kona, der Rotfink, hat es mir erzählt, und der hat es von Mura, der Taube, und von wem sie es erfahren hat, das weiß ich nicht, es kann Tschet, der Falke, gewesen sein oder Koiko, der Adler. Vielleicht waren es auch die Raben, was alles nicht so wichtig ist. Jedenfalls ist es eine Botschaft der Wandervögel aus dem Land Norr Norr."

Schak hüpfte zu Ahkuna und zupfte sie am Brustpelz. „Schwester Vierbein, im Land Norr Norr, von dem der Eiswind kommt und Kälte und Schnee, hat sich ein Rudel zusammengerottet, ein Rudel, so groß, wie es noch keines gab – zahlreich wie die Kiesel in einem Fluß. Das ist die Botschaft der Wandervögel, und das, so heißt es, ist die Gefahr."

Palo Kan hatte schweigend zugehört, den Schwanz straff ausgestreckt. Jetzt ließ er ihn entspannt sinken. „Ein Rudel, so zahlreich wie die Kiesel in einem Fluß? Nein, Schak, das gibt es nicht! Wie sollte so ein Rudel genug Beute finden? Um satt zu werden, müßte es immerzu töten. So hat Waka, das Gesetz, es nicht gewollt. Die Wandervögel haben uns viel zu erzählen. Auf ihrem Flug von einem Ende der Welt bis zum anderen sehen sie Wunder, die wir nicht kennen. Aber diese Geschichte, Schak, kann nicht wahr sein!"

Schak flog auf den untersten Ast der Tanne und lugte mit schiefgeneigtem Kopf auf die Wölfe hinunter. „Dann glaubt mir eben nicht! Mir soll's recht sein. Es macht euch ja nichts aus, daß oben in Norr Norr ein Riesenwolf das Rudel Zahllos führt und daß, wohin er auch kommt, keiner ihm widerstehen kann. Und sei er so stark wie du, Palo Kan! So sagt es KumKum, der Rabe des Alten vom Berg."

Ahkuna blickte jäh auf. „Hota, der Dickpelz?" fragte sie. „Bist du bei ihm gewesen, Schak?"

„Ich? Nein! Was soll unsereins im Felsenland."

„Kona, der Rotfink, hat es dir gesagt, wir wissen es!" knurrte Wok. „Und der hat es von Mura, und die hat es von Tschet. Oder war es Koiko? Oder KumKum? Vielleicht tschilpten es auch nur der oder die andere, was sich eben so herumtreibt und Federn hat. Ihr Geflügelten schwatzt doch immerzu!"

„Ganz recht, mein liebes Spitzohr, halte dich nur für klüger als unsereins!" Der Häher lachte schäkernd, breitete die Flügel aus und flog mit lautem Gelächter in den Wald hinein. Die Wölfe blickten ihm nach, bis das Farbengefunkel seines Federkleids in den Laubkronen und im Nadelgrün verschwunden war. Das Kreischen verhallte, wie ein Echo antworteten andere Häherstimmen vom Hang her. Die Wölfe schauten einander an, als suchte einer beim anderen die Gewißheit, daß Schak, der Spaßmacher, sich alles nur ausgedacht hatte. Oder hatte er die Wahrheit gesprochen? Hatten die Geflügelten etwas erfahren, was keines der Rudel wußte? Hatte Hota, der Alte, es ihnen gesagt, der Dickpelz, der oben auf dem Berg lebte? Es hieß, er sei älter als jedes andere Geschöpf und könne erblicken, was noch nicht geschehen war, aber geschehen würde. Keiner der Wölfe war ihm je begegnet, der Bär kam nicht herunter ins Tal, und die Wölfe mieden das unzugängliche Felsenland mit den schroffen Riffen und Graten, den Schluchten und steilen Felswänden, auf denen Wolfspfoten keinen Halt fanden.

Imiak kläffte herausfordernd, schwenkte den Schwanz, duckte sich dann in der Demutsgeste vor Palo Kan und legte die Ohren flach zurück. „Wenn da einer aus Norr Norr kommt", rief er, „der wird bald merken, wem unser Jagdgebiet gehört!"

Sternschwester und Schiriki gruben die Schnauzen in den Pelz des Leitwolfes und zeigten wie Imiak, daß sie ihm vertrauten. Itsi und To wackelten mit den Hinterteilen und rollten sich nach Welpenart auf den Rücken. Wuk und Wok standen still da, den Blick auf Palo Kan gerichtet; sie brauchten keine Geste, mußten kein Zeichen setzen, in vielen Sommern und Wintern hatten sie bewiesen, daß sie treue Gefährten der Leitwölfe waren.

Mahana hielt sich abseits, hatte die Lefzen gekräuselt

und schien zu sagen: Was mich angeht, so habe ich nichts dagegen, wenn einer kommt, der stärker ist als ihr.

Im Gebüsch und in den Baumwipfeln zwitscherten, flöteten, trillerten und zirpten gefiederte Sänger. Auch über dem weiten Wiesengrund flatterten sie, suchten winzige Flügelwesen zu erhaschen und brachen immer wieder in Lieder aus. Ahkuna lauschte ihren Stimmen. Geflügelte und Vierbeiner hatten alle ihre eigene Sprache, und doch verstanden sie einander. Von klein auf gewöhnt, aufmerksam zu horchen und jeden Laut zu deuten, fand sich jedes Geschöpf in den vielfältigen Sprachen zurecht wie in der eigenen. Aber so sehr auch Ahkuna hinhorchte, keiner der Geflügelten berichtete von einer Botschaft aus dem Norden, es waren nur alltägliche Dinge, die sie einander zuriefen: wo Futter zu finden war und welches Gebiet man sein eigen nannte. Manche der Lieder waren wortlos, Ausdruck von Lebensfreude an diesem schönen Morgen.

Und diese Freude war wichtig. Für jedes Geschöpf. Waka, das Gesetz, hatte es so gewollt. Die Freude am Leben war Teil seiner Ordnung. Selbst Graupelzchen, die immer auf der Hut vor Jägern sein mußten, erfreuten sich ihres Daseins.

Wenn die Gefahr wirklich kam, war es an der Zeit, ihr entgegenzutreten und sich ihr zu stellen. Das Rudel sollte aber nicht jetzt schon Angst haben, nur deshalb, weil etwas vielleicht oder vielleicht auch nicht geschehen würde.

„Wir alle kennen Schak", sagte Ahkuna ruhig. „Er erfindet nun einmal gern Geschichten. Denkt nicht mehr daran. Ihr wißt ja, wie er ist."

Sich vorzunehmen, nicht mehr an die Geschichte vom Riesenrudel und vom Riesenwolf zu denken, war leichter, als es zu tun. Imiak und Sternschwester führten die Welpen zum Espenwäldchen, wo im weichen Gras unter den Bäumen viele Graupelzchen ihre Höhlen hatten.

Während die Jungwölfe die Geschwister lobten, wenn ein Sprung gelungen war, oder erklärten, welche Fehler man vermeiden mußte, schauten sie unwillkürlich immer wieder nach Norden. In unvorstellbarer Ferne lag dort das Land Norr Norr, geheimnisvoll hinter Eisnebeln verborgen, wie die Wölfe glaubten. Imiak ertappte sich ein paarmal dabei, daß er den Nackenpelz sträubte, die Ohren drohend aufstellte, die Lefzen hochzog, den Rachen aufriß und mit gefletschten Zähnen in tiefes, grollendes Knurren ausbrach, wie ein Leitwolf, der einem anderen Wolf das Fürchten beibrachte.

Nach einer Weile verließ Sternschwester den Bruder und die Welpen und suchte nach Schiriki. Sie fand ihn auf der anderen Seite des Tales schlafend unter einem Busch liegen. Als sie zu ihm trat, öffnete er die Augen; sie konnte sich den Ausdruck, mit dem er sie ansah, nicht deuten. Es war nicht Angst, was sie darin las – das hätte sie, nach allem, was geschehen war, verstehen können –, sondern etwas anderes. Als fände er sich in der vertrauten Welt nicht mehr zurecht! Sie streckte sich neben ihm aus und begann ihn zu lecken. „Denk nicht mehr an Schaks Geschichte, Schiriki!"

Er schaute auf die Wiese. Schmetterlinge schaukelten von Blüte zu Blüte. Hummeln, Bienen und Wespen summten. „Es ist nicht Schaks Geschichte, Sternschwester. Es ist der Traum."

„Der Traum? Was für einer?"

„Der von den Spinnennetzen!"

„Spinnennetzen?"

„Ja, wie Spinnengewebe! Nur waren sie anders, ganz hart, ich konnte sie nicht zerreißen. Sie waren überall! Ich sprang und sprang und kam nicht frei!"

Er hat schon einmal davon geredet, dachte Sternschwester, in der Nacht nach dem Warnruf. Sie nahm eines seiner Ohren ins Maul und knabberte zärtlich daran.

„Vergiß den Traum, Schiriki!"

„Aber er war – so wirklich!" sagte er nachdenklich.

„Spinnennetze, die nicht zerreißen, gibt es nicht", erklärte sie bestimmt. „Angstträume sind nun einmal so. Wenn man aufwacht, ist alles wieder gut."

Schiriki legte den Kopf auf die Schulter der Schwester. Ihre Nähe, die Wärme ihres Körpers, ihr vertrauter Geruch gaben ihm das Gefühl von Geborgenheit. Sie hat recht, dachte er. Es war nur ein Traum. Hernach lief ich über die Wiese ohne Grenzen, auch das träumte ich nur.

Dicht aneinandergeschmiegt blieben die Geschwister im Schatten des Strauches liegen.

Als die Sonne, das Große Taglicht, den höchsten Punkt am Himmel erreicht hatte, als die Luft in der Mittagshitze flirrte und das Rudel sich ins Lager zurückgezogen hatte und im Schatten der Bäume döste, hörten sie von Süden her ein lautes Heulen. Sofort waren alle hellwach, hoben die Köpfe und lauschten. Das Heulen wiederholte sich in kurzen Abständen. Es war der Ruf eines Wolfes, der ein fremdes Jagdgebiet betritt: „Ich komme in Frieden! Erlaubt mir, daß ich zu euch gehe!"

Palo Kan erhob sich und gab Antwort: „Du bist willkommen!"

„Das muß Tika Kan sein", sagte Ahkuna. „Er wird wissen wollen, was der Warnruf bedeutet. Warum kommt er erst jetzt? Ich hätte ihn schon früher erwartet."

Palo Kan zog die Stirn hoch und bewegte unmerklich die Schwanzspitze, als wollte er sagen: Tika Kan ist jung! Er führt sein Rudel noch nicht lange.

Während Tika Kan in vollem Lauf näher kam, hörten sie ihn immer wieder kläffen. Jetzt, da er sicher sein konnte, freundlich aufgenommen zu werden, hielt er keine Vorsichtsregel ein. Bevor er noch den Hügelhang erreichte, verrieten ihn raschelndes Laub, zurückschnellende Zweige und das Geräusch seiner Pfoten. Gleich darauf tauchte er unter den Bäumen auf und lief mit wehendem Schwanz durchs hohe Gras im Talgrund auf die ihn erwartenden Wölfe zu.

Das Sonnenlicht spielte auf seinem prächtigen Pelz, Halskrause und Rückenhaar glänzten rötlich. Tika Kan war um viele Sommer jünger als Palo Kan und nicht ganz so groß, aber kräftig und wohlgebaut; jede seiner Bewegungen verriet, daß er sich dessen bewußt und stolz darauf war.

Palo Kan und Ahkuna richteten sich zur vollen Größe auf, den Schwanz ausgestreckt und die Ohren aufgestellt. Tika Kan hielt etwas atemlos an und begrüßte die Leitwölfe mit ungestümem Schwanzschlenkern, beschnüffelte sie und fuhr ihnen mit der langen Zunge über die Nasen. Palo Kan und Ahkuna erwiderten die Freundschaftsgesten, nur gelassener und nicht so stürmisch. Wuk und Wok standen ruhig da und schwenkten die lose und entspannt herabhängenden Schwänze. Mahana schaute gelangweilt in die Luft. Schiriki, Imiak und Sternschwester hatten die Welpen in die Mitte genommen. Als Tika Kan sie ein wenig von oben herab anwedelte – schließlich war er der Anführer eines Rudels und sie nur unbedeutende Jungwölfe –, fiel sein Blick auf Mahana. Sofort begann sie sich betont gleichgültig mit den Pfoten zu kratzen, dabei streckte und reckte sie ihren schlanken Körper.

Tika Kan stutzte. Sein Schwanz und die Ohren stellten sich steil auf, er fiepte begehrlich. Einen Augenblick schien er zu vergessen, daß er im Lager eines anderen Rudels war und es ihm nicht zustand, sich einer der jungen Wölfinnen zu nähern. Als Ahkuna knurrte, wandte er sich rasch ab, ließ den Schwanz sinken und tat so, als sei nichts vorgefallen. Er stupste Itsi und To, leckte ihnen die Gesichter und sagte: „Ich sehe, eure Welpen sind gesund und kräftig. Möge es immer so bleiben!"

Dann setzte er sich auf die Hinterbeine, die Vorderbeine leicht gespreizt, und hechelte ein paarmal, um zu

Atem zu kommen. Sonst merkte man ihm nichts von der Anstrengung des weiten Laufes an. „Sagt mir jetzt, was heute nacht los war! Warum habt ihr den Warnruf geheult? Ihr seht, ich bin selber gekommen, so wichtig nehme ich es. Ich hätte ja auch einen aus meinem Rudel schicken können, aber dann dachte ich, nein, das mußt du schon selbst tun, wenn zwei, die so erfahren sind wie ihr beide, uns warnen. Das meinte auch Tokala!" Tika Kan spielte mit den Ohren und warf Palo Kan einen Blick zu, der deutlich besagte, daß man, auch wenn man Anführer eines Rudels war, seiner Leitwölfin am besten den Willen ließ. „Um ehrlich zu sein", fuhr er fort, „ihr habt Tokala einen schönen Schrecken eingejagt. Auch mir! Aber dann ist nichts geschehen. Alles ruhig und friedlich wie immer und nichts zu spüren, was unsereins Sorgen machen müßte. In unserem Tal nicht, und" – er schaute über die Wiese im Sonnenschein – „auch hier bei euch nicht. Also, was für eine Gefahr ist es, die man weder sehen noch spüren kann?"

„Wir wissen es nicht", antwortete Palo Kan.

Tika Kan wiefte ungläubig und ließ die Zunge aus dem Maul hängen, was ihm einen erstaunten Ausdruck verlieh. „Ihr wißt es nicht? Das darf nicht wahr sein!"

„Tika Kan", sagte Ahkuna, „wir erhielten den Warnruf von Tasch Kans Rudel. Wir haben ihn nur weitergegeben. Auch Tasch Kan kennt die Gefahr nicht, er weiß nur, daß der Warnruf aus dem Norden kommt."

Tika Kan starrte sie an. „Und das ist – alles?" fragte er.

„Nein, Tika Kan. Es heißt, die Geflügelten hätten von den Wandervögeln gehört, daß im Land Norr Norr ein Riesenrudel sei, zahllos wie die Kiesel in einem Fluß, geführt von einem, der so groß und stark ist, daß keiner ihm widerstehen kann, wohin er auch kommt. Und das sei die Gefahr, so sagte Schak, der Häher."

Tika Kans Miene entspannte sich, ein japsender Laut wie ein Lachen kam aus seiner Kehle. „Ach, so ist es!"

rief er. „Ein paar Geflügelte schwatzen, und wir Läufer mit den schnellen Beinen – wir alle heulen ‚Fürchtet für euer Leben!' Einer, der riesig ist, und ein Riesenrudel oben im Land Norr Norr? Was für eine Geschichte! Oh, das muß ich Tokala erzählen!"

Er warf den Kopf zurück, sprang mit allen vieren in die Luft und ließ sich, als könnte er sich vor Vergnügen nicht mehr halten, zu Boden fallen, rollte sich hin und her, strampelte mit den Beinen und schlenkerte mit dem Schwanz.

Palo Kan und Ahkuna sahen ihm schweigend zu.

Tika Kan rappelte sich etwas beschämt hoch, weil er vor einem anderen Rudel seine Würde als Leitwolf vergessen hatte, und richtete sich zur vollen Größe auf, um es wieder wettzumachen. „Entschuldigt!" sagte er. „Es überkam mich! Und ihr müßt zugeben, nicht ohne Grund. Jetzt kann ich unbesorgt heimgehen. Irgendein Schneller Läufer in Norr Norr hat schlecht geträumt – vielleicht! Oder er hat auf Hähergeschwätz gehört."

Oben in den Wipfeln kreischte es. Schak war, ohne daß die Wölfe es gemerkt hatten, ins Lager zurückgekommen. Er flog auf einen der untersten Äste und funkelte mit den kleinen Perlaugen Tika Kan an. „Hähergeschwätz? Im Gegenteil, mein junger und ach so unerfahrener Freund, ich habe soeben nichts als Wolfsgeschwätz gehört. Wollt ihr Langbeiner immer die Allerklügsten sein? Wir, die wir Flügel haben, wissen so manches, was ihr nicht wißt. Frag doch Hota, den Alten! Er hat's von den Wandervögeln erfahren, und die haben mehr von der Welt gesehen als du, mein kleines Spitzohr!"

„Hota, der Alte vom Berg?" Tika Kan zog die Lefzen geringschätzig hoch. „Was haben wir Schnellen Läufer mit einem Dickpelz zu tun? Die mit den vier Pranken sind nicht unsere Beute, und wir sind nicht die ihre, aber es gibt keine Freundschaft zwischen uns und ihnen, und so lange die Welt besteht, gehen wir einander aus dem

Weg. Nein, danke! Ich brauche den Rat eines Dickpelzes nicht."

„Hota vom Berg ist älter als alle anderen Geschöpfe, Tika Kan", sagte Ahkuna. „Und er soll sehen, was noch nicht geschehen ist, aber geschehen wird."

„Mag sein! Aber vielleicht heißt es nur so, weil er uralt ist. Von ihm lasse ich mir nicht den Tag verderben." Tika Kan rieb seine Schnauze schnüffelnd an Ahkunas Fell. „Jetzt muß ich gehen! Tokala wartet auf mich."

Nachdem er Palo Kan die gleiche Höflichkeit erwiesen hatte, wedelte er das übrige Rudel zum Abschied an. Mahana hatte sich an den Rand des Lagers begeben und stolzierte, wie zufällig, an Tika Kan vorbei. Tika Kan konnte nicht umhin, sie bewundernd anzusehen, dann streckte er den Schwanz aus und fegte mit weiten Sprüngen über den Talgrund. Bevor er ins Unterholz eintauchte, kläffte er fröhlich, und als er die Hügelkuppe erreicht hatte, heulte er ein letztes Mal.

Die Wölfe standen still da. Grashalme, die sich unter Tika Kans Pfoten gebeugt hatten, richteten sich wieder auf. Eine pelzige Hummel kroch in einen blauen Blütenkelch und flog gleich danach summend, die Beine gelb bestäubt mit Pollen, zur nächsten Blume. In den Büschen sang ein Vogel, ein trillerndes Flöten, das in einem langgezogenen Ruf endete.

„Schak, komm zu mir!" bat Ahkuna.

Der Häher flog aus dem Gezweig herab, ließ sich vor ihr nieder und äugte sie an.

Ahkuna setzte sich auf die Hinterläufe und beugte sich zu dem Häher hinab. „Hast du dir die Geschichte vom Riesenrudel oben in Norr Norr ausgedacht, Schak? Oder ist sie wahr?"

„Wahr, Schwester Vierbein? Wie soll ich das wissen?" Die rauhe Häherstimme klang weicher als sonst. „Ich habe gesehen, wie KumKum ins Tal herabflog. Nach dem Jammergeheul in der Nacht. Und dann hat Kona, der Rotfink, etwas dahergeplappert. Man kann's glauben oder auch nicht."

„Und die Wandervögel? Es heißt, daß sie Hota alles erzählen, was sie auf ihrem weiten Weg erlebt und gesehen haben. Ist es nicht so?"

„Ja, Ahkuna! Wenn sie vor Schnee und Eis nach Nitakama fliehen, machen sie Rast bei Hota, dem Alten. Und wenn sie auf dem Weg zurück nach Norr Norr sind, weil Eis und Schnee schmelzen, tun sie es auch."

„Und sie erzählen ihm alles", sagte Ahkuna leise, wie zu sich selber. „Haben sie ihm eine Botschaft aus Norr Norr gesandt?" Sie verstummte. Dem schweigend dastehenden Rudel schien es, als sei sie in ihren Gedanken plötzlich weit fort.

Der Häher zupfte sie am Fell. „He, Schwester Vierbein, träumst du mit offenen Augen? Wach auf!"

Ihr Blick ging langsam von einem der Wölfe zum anderen, zu den Jungwölfen und zu den Welpen. Itsi wedelte.

„Schak", sagte Ahkuna, „warst du schon einmal im Felsenland?"

„Ein einziges Mal! Und das ist lange her. Wollte wissen, wie es dort oben aussieht." Er plusterte das Gefieder und schüttelte sich. „Bin schnell wieder fortgeflogen. Nichts als Stein und Fels, keine guten Zapfenbäume für unsereins."

„Weißt du, wo Hota, der Alte, seine Höhle hat?"

„Ja! Aber da flieg ich nie wieder hinauf!"

„Auch dann nicht, wenn ich dich darum bitte, Schak, mein Freund?"

Der Häher begann aufgeregt zu flattern. „Schau mich nicht so an! Was hast du vor? Du wirst doch nicht hinaufgehen wollen zu dem alten Dickpelz?"

„Doch, Schak, das will ich tun. Und du sollst mir den Weg zeigen."

Wuk und Wok hoben jäh die Köpfe. Die Jungwölfe

hielten den Atem an. To schniefte verwirrt. Mahana machte eine unbeteiligte Miene.

Palo Kans Rückenpelz sträubte sich. „Du willst zu Hota gehen, Mutter meiner Welpen?"

„Ja, Palo Kan, Vater meiner Welpen. Ich gehe zu Hota, dem Alten."

„Warum?"

„Weil du und ich nicht wie Tika Kan sind, der meint, eine Gefahr gebe es nicht, nur weil man sie nicht sehen, hören oder riechen kann. Ich werde den Alten vom Berg nach der Botschaft der Wandervögel fragen und was die Kunde aus dem Norden bedeutet. Es ist besser zu wissen, was uns erwartet, als davor die Augen zu verschließen. Vielleicht komme ich aber zurück und kann euch sagen, daß nur ein paar Gefiederte Unsinn geschwatzt haben."

„Geh nicht auf den Berg!" rief Schak. Er reckte sich hoch und gab zärtlich zirpende Laute von sich. „Tu's nicht, Schwester Vierbein! Dickpelze können nun einmal euch Schnelle Läufer nicht leiden. Womöglich ist Hota noch dazu schlecht aufgelegt und nimmt's dir übel, daß du zu ihm kommst!"

„Hab keine Angst, Schak! War es nicht ein Dickpelz, der die Erstgeborenen in seine Höhle nahm und wärmte? Warum soll nicht wieder einer, der vier Pranken hat, uns Läufern mit den schnellen Beinen freundlich gesinnt sein? Wenn wir oben im Felsenland sind, Schak, dann flieg zu KumKum und sag ihm, daß wir in Frieden zu Hota, dem Alten, kommen."

„KumKum?" tschirpte Schak und spreizte die Schwanzfedern. „Ich tu ja alles, was du willst, Schwester Vierbein. Wenn du dir einbildest, ins Felsenland gehen zu müssen, gut, ich führe dich. Aber KumKum und ich sind nicht eben Freunde. Nun ja, als ich oben war, da hab ich ihm ein paar Namen gegeben, du weißt schon, wie man das so tut, aber ihm hat das gar nicht gefallen."

Ahkuna liebkoste mit der Schnauze den Häher. „Wenn KumKum so weise ist, wie man sagt, wird er es dir nicht nachtragen, Schak."

„Hoffen wir's, daß er weise genug ist!" Schak kreischte und flog in die Bäume hinauf. „Bringen wir's hinter uns! Los! Mir nach!"

Palo Kan rieb die Nase an Ahkunas Fell. „Mutter meiner Welpen", sagte er, „ich gehe mit dir."

„Nein, Palo Kan! Einer von uns beiden muß hierbleiben. Und Wuk und Wok auch." Ohne daß sie es aussprach, verstand er, was sie ihm sagen wollte: Wenn mir etwas zustößt, wenn ich nicht wiederkomme, dann brauchst du erfahrene und gute Freunde, um das Rudel zu beschützen.

Wuk wiefte und stieß Wok auffordernd an. „Ahkuna", sagte Wok, „Wuk und ich, wir meinen, daß es richtig ist, was du tust. Aber warum willst du allein gehen? Nimm Imiak mit! Da wär's uns wohler zumute, Wuk und mir."

Aus den Wipfeln kam ein schäkerndes Lachen. „Nimm ihn mit, Schwester Vierbein!" rief Schak. „Er hat zwar nicht viel Verstand im Kopf, aber flinke Beine."

„Ja, Imiak, geh mit Ahkuna!" befahl Palo Kan.

Imiak jaulte vor Aufregung und Freude, er konnte nicht anders. Durch sein Fell lief ein Prickeln. Er durfte auf den Berg gehen, zu Hota, dem geheimnisvollen Dickpelz. Unwillkürlich straffte sich sein Körper, der Schwanz reckte sich hoch.

Während Schak sich flügelschlagend zum Abflug bereit machte, beugte sich Ahkuna zu den Welpen hinab und fuhr mit der Zunge über ihr weiches, noch wolliges Fell. Itsi leckte ihr das Gesicht. To schmiegte sich leise fiepend an Sternschwester. Die Blicke der alten und der jungen Wölfin trafen sich. Ich vertraue sie dir an, schien Ahkuna zu sagen.

Mahana zog die Lefzen spöttisch hoch.

Schak flatterte auf und flog durch die Wipfel voran. Ahkuna und Imiak folgten ihm.

Bevor sie den Waldrand erreichten, wandte Imiak den Kopf und schaute zurück auf Schiriki und Sternschwester. Ich wollte, ihr könntet mitkommen, sagten seine Augen.

Dann lief er Ahkuna nach.

Die Schatten des Waldes nahmen die Wölfin und den Jungwolf auf.

## Hota, der Alte vom Berg

Nach dem im hellen Sonnenschein liegenden Tal umfing dämmriges Halbdunkel die Wölfe. Manchmal liefen sie in tiefem Schatten, wenn die hochaufragenden Bäume so eng standen, daß die Wipfel keinen Sonnenstrahl durchließen, manchmal fächerten breite Lichtbahnen zwischen den Stämmen bis hinab zum moosigen Grund. Schak folgte dem Bachlauf; sie sahen das blauweiß funkelnde Gefieder im Laub und im Nadelgezweig und hörten das Schäkern und Lachen.

Imiak hielt sich dicht hinter Ahkuna, die schweigend den Hang hinauftrabte. Der Bach plätscherte, rieselte, flüsterte, hüpfte von Stein zu Stein, sprudelte über weißgewaschene Kiesel oder sammelte sein Wasser in moosumkränzten Tümpeln. Wo die Wipfel sich lichteten, tanzten Sonnenfunken auf dem Wasser. Farnbüschel leuchteten in hellem Grün.

Eine Weile begleitete einer der Flinken Springer die Wölfe. Das Eichhörnchen sprang von Baum zu Baum, vorsichtshalber weit oben, wippte aufgeregt mit dem Schwanz, warf Zapfen auf die ungebetenen Gäste hinab und keckerte zornig. Schak blieb dem Flinken Springer keine Antwort schuldig und zeterte noch lauter als er. Das Geschrei scheuchte eine Schar Hornträger auf, die sich im Dickicht einen versteckten Ruheplatz gesucht hatten. Als sie die Witterung der Wölfe aufnahmen, ergriffen sie die Flucht und preschten durchs Unterholz, daß es prasselte und knackte.

Imiak sprang leichtfüßig über einen vermoderten Strunk. Was für ein Abenteuer! Alle Ängste waren vergessen: die Angst in der Nacht, als der Warnruf über die im Sternenlicht still daliegenden Hügel gehallt hatte, die unbestimmte Furcht vor der seltsamen Kunde aus Norr Norr. Jetzt erfüllte ihn nur noch Freude – Freude an all dem Neuen, Unbekannten, dem er entgegenlief.

Der mit dürren Nadeln bedeckte Waldboden federte unter seinen Pfoten. Am liebsten wäre er hoch in die Luft gesprungen oder hätte zu tanzen angefangen. Er wünschte, Schiriki und Sternschwester wären nicht unten im Tal, sondern an seiner Seite, gleichzeitig war er aber stolz darüber, daß er der Auserwählte war, dem Palo Kan aufgetragen hatte, die Leitwölfin zu begleiten. Mit straff gestrecktem Schwanz setzte er Ahkuna nach.

Als der Hang steiler wurde, verließ Schak den Bachlauf und flog durch ein Fichtengehölz. Die Stämme standen sehr dicht, die Äste waren bis hoch hinauf abgestorben und dürr und mit grauen Flechten behängt. Nur selten verirrte sich ein Sonnenstrahl durchs Gezweig, Imiak sah Schak im Zwielicht gleich einem Schatten dahingleiten. Das Schäkern des Hähers war verstummt, auch kein Vogellied war zu hören. Imiak vermißte das Plätschern und Rieseln des Wassers und war froh, als der Wald sich wieder lichtete.

Noch immer ging es aufwärts, durch Mulden und über Buckel, nur noch spärlich von windzerzausten und sturmgebeugten Nadelhölzern bewachsen. Schließlich erreichten die Wölfe die Baumgrenze. Vor ihnen lag eine steinige, steil ansteigende Halde, dahinter ragte der Berg auf, kahl, zerklüftet, mit graugeäderten Felswänden, Abbrüchen, Klippen und Zinnen.

Ahkuna und Imiak blieben stehen. Schak ließ sich flügelschlagend nieder. Verkrüppelte Kiefern, die niedriger als Büsche waren, drückten sich an den steinigen Boden. Aber selbst hier, so hoch oben, blühten Blumen und wuchs Gras, freilich nicht so üppig wie unten im Tal, manchmal kaum pfotenhoch. Weiße, rosafarbene oder gelbe Blütenkelche bedeckten büschelweise das Geröll. Blaue Glocken hingen an so zarten Stengeln, daß Imiak meinte, jeder Windhauch müßte sie brechen.

Er holte tief Atem. Hinter der Halde begann das unbekannte Felsenland! Die Luft war kühler als im Tal, rein und klar, und roch würzig vom starken Duft, den die Blumen verströmten, so klein sie auch waren.

Der Häher lachte schäkernd. „Da herauf kommt unsereins von Zeit zu Zeit ganz gern. Gibt recht gute Zapfen hier, auch wenn das Zeug kümmerlich ausschaut." Er wies mit dem Schnabel auf eine der Krüppelkiefern. „Aber wartet nur, gleich wird's anders, nichts als Stein und wieder Stein. Willst du nicht doch lieber umkehren, Schwester Vierbein?"

„Nein, Schak", antwortete Ahkuna, „führ uns zur Höhle des Alten vom Berg."

„Gut! Aber sag ja nicht später, ich hätte dich nicht gewarnt!" Schak breitete die Flügel aus und flog die Halde hinauf. Mit ihren breiten Pfotenballen, die Zehen gespreizt, fanden die Wölfe leicht Halt im losen Geröll. Manche der Steine waren rauh und kantig. Imiak machte es Ahkuna nach, setzte die Tritte behutsam und nützte jeden Blumenpolster und jedes Grasbüschel.

Am Ende der Halde betraten sie ein Labyrinth aus Steintrümmern, riesigen Blöcken, verwitterten Felsnadeln und Schrofen. Seitlich ragte eine fast senkrechte Wand auf. Schak zirpte auffordernd. Die Wölfe folgten ihm zögernd.

Sie hatten das vertraute Jagdgebiet verlassen. In dieser Welt aus Fels und Stein, bar jeden Grüns, fühlten sie sich als Eindringlinge. Unter Imiaks Pfoten löste sich ein Stein und kollerte in eine Kluft. Das Poltern klang unnatürlich laut, weckte die Stimme des Berges und hallte als Echo wider. In Felsnischen lagen verkrustete Schneereste, obwohl der Winter sich schon vor so langer Zeit nach Norr Norr zurückgezogen hatte.

Dann spürten die Wölfe plötzlich die Gegenwart anderer Geschöpfe, sie blickten hoch und sahen über sich auf einem schmalen Felsband weißzottelige Bergziegen, die ohne Angst auf sie hinunterstarrten. Die Vierbeiner der Berge wußten, daß ihnen in diesem Felsgewirr von Wölfen keine Gefahr drohte. Die Augen der Ziegen waren seltsam rechteckig.

„Spitzhörner!" sagte Ahkuna.

„Keine Beute für euch!" tschirpte Schak.

Als wollten die Bergziegen seine Worte beweisen, begannen sie leichtfüßig von Felskante zu Felskante zu springen. Imiak war es, als müßten sie jeden Augenblick in die Tiefe stürzen, aber sie stiegen mühelos die steile Wand hinauf, wo es nicht den geringsten Halt für ihre Hufe zu geben schien, und waren bald hinter einem vorspringenden Felsen verschwunden.

Schak flog wieder weiter, stiller, als es sonst seine Art war. Wenn ihn die Wölfe aus den Augen verloren, zirpte er kurz, um ihnen den Weg zu weisen. Die Begegnung mit den Spitzhörnern hatte in Imiak die Lust am Abenteuer erneut wachgerufen. Was würde er nicht alles Sternschwester und Schiriki zu erzählen haben! Vielleicht sah er noch andere Vierbeiner, die hier oben lebten,

Krummhörner zum Beispiel, die wolligen Bergschafe, deren Widder wie Schneckenhäuser gewundene Hörner trugen. Im Winter, wenn der Berg sich kaltglitzernd in Schnee und Eis hüllte, trieb der Hunger die Vierbeiner der Berge zu den tiefergelegenen Hängen hinab, nur dann machten die Wölfe auf sie Jagd.

Während Imiak hinter Ahkuna nachtrottete, schaute er immer wieder um sich, entdeckte aber nirgendwo ein Krummhorn. Auch die Spitzhörner zeigten sich kein zweitesmal. Einmal nahm er, nur schwach, die Witterung eines Graupelzchens auf und glaubte zuerst, sich getäuscht zu haben. Wie konnte ein so kleines Geschöpf in dieser Steinöde leben? Aber die Botschaft, die seine Nase empfing, war unmißverständlich und vertraut, er fühlte sich nicht mehr ganz so fremd.

Schak, der wie immer ein Stück voraus war, kam plötzlich leise piepend zurückgeflattert. Die Steinblöcke lagen hier nicht mehr so wild aufeinandergetürmt und gaben den Blick auf eine kleine Hochebene frei. Mit ruhigen Flügelschlägen strich ein großer Rabenvogel daher, glitt tiefer und ließ sich auf einer Felsklippe nieder.

Die Wölfe blieben stehen. Niemand mußte ihnen sagen, daß es KumKum war, der Rabe des alten Bären. Das schwarze Gefieder – schwarz wie eine mond- und sternlose Nacht – glänzte. Die Flügel mit den mächtigen Schwungfedern waren leicht gespreizt, was ihm ein würdevolles Aussehen verlieh. Die runden Vogelaugen schauten gleichmütig auf die Eindringlinge hinab und richteten sich dann auf Schak.

KumKum krächzte. „Sind wir uns nicht schon einmal hier oben begegnet?"

„Hier oben? Nicht daß ich wüßte!" Schak verdrehte den Kopf, plusterte die Halsfedern und äugte von unten zu dem Raben hinauf. „Unsereins kommt doch nie auf den Berg, KumKum!"

„Wirklich nicht? Wer war es dann, der mich einen

Krummschnabel nannte? Einen gerupften Aasfresser? Einen armseligen Federwisch?"

„Krummschnabel?" zirpte Schak. „Nein, so was! Wie kann man nur! Schöner, gerader und großartiger als deiner kann ein Schnabel gar nicht sein! Und was das andere betrifft, da mußt du dich verhört haben. Niemand würde wagen, dich so anzureden."

„Einer hat es aber gewagt. Und den – mein Gedächtnis ist gut – sehe ich jetzt vor mir."

Schak trippelte verlegen von einem Bein aufs andere. „Nun ja, es könnte sein, jetzt erinnere ich mich – aber es ist so lange her!" Er wippte mit den Schwanzfedern und zirpte einschmeichelnd. „Du wirst es mir doch nicht nachtragen, KumKum, daß ich einmal jung und unerfahren war."

„Es dir nachtragen? Warum sollte ich? Was haben wir Schwarzgefiederten mit euch Buntfedern zu tun?" KumKum streckte die starken, gebogenen Krallen aus, veränderte leicht seinen Platz auf dem Fels, wandte sich von Schak ab und Ahkuna zu. In seinen Augen spiegelte sich das Sonnenlicht.

„Mutterwölfin vom Tal", sagte er, „ich habe dich erwartet."

„Du hast mich erwartet?" fragte Ahkuna erstaunt. „Weißt du auch, warum ich gekommen bin?"

„Ja, du gehst zu Hota, dem Alten. Wir, die wir auf dem Berg leben, sehen mehr als ihr, die ihr unten lebt. Euer Blick ist begrenzt, aber hier oben gibt es keine Grenzen. Koiko, der Adler, kreiste über dem Tal und hat mir Nachricht gebracht. Was willst du von Hota, Mutterwölfin?"

„Es heißt, daß er weiser ist als alle anderen Geschöpfe. Mein Rudel braucht Rat."

„Zwischen seinem Volk und deinem, Läuferin mit den schnellen Beinen, gibt es keine Freundschaft. Und du gehst trotzdem zu ihm?"

„Ich komme in Frieden", antwortete Ahkuna.

KumKum schaute sie mit einem rätselhaften Ausdruck in den Augen an, dann breitete er die Schwingen aus. „Hota schläft in seiner Höhle. Wenn ich ihn wachrufen kann, hole ich euch. Wartet auf mich!"
Der Rabe erhob sich in die Luft und flog mit kraftvollen Flügelschlägen davon, dem Berg zu.
Die Wölfe traten auf die kleine Hochfläche hinaus. Hier ging der Blick, nicht mehr behindert durch Klippen und Schrofen, nach allen Seiten, und die Sicht, die sich den Wölfen plötzlich bot, war unerwartet. Die Hochfläche stieg leicht an bis zu einer zerklüfteten Felswand, die im Schatten der Nachmittagssonne lag. Darüber erhob sich das Bergmassiv mit seinen Zinnen, Graten und Schluchten, der kegelförmige Gipfel klar abgezeichnet gegen den makellos blauen Himmel. KumKum, der Rabe, hielt zielstrebig auf die Felswand zu und verschwand in den tiefen Schatten an ihrem Fuß.
Schak umflatterte die Wölfin. „Habe ich es nicht gut gemacht, Schwester Vierbein?" zirpte er.
„Ja, mein kleiner Freund, du hast es gut gemacht." Ahkuna ließ sich auf die Hinterläufe nieder, den Blick auf die Felswand gerichtet, wo die Höhle des Bären sein mußte, nur war sie im Gegenlicht nicht auszunehmen. Die Sonne blendete hier oben stärker als unten im Tal. Ahkuna blieb ruhig sitzen und wartete, ohne ein Zeichen der Ungeduld, auf die Rückkehr des Raben. Schak hüpfte zwischen ihre Pfoten.
Für Imiak war alles so erstaunlich, so anders, als er es sich je hätte vorstellen können, so überwältigend, daß er beinahe vergaß, warum sie auf den Berg gekommen waren. Er gebrauchte eifrig Augen, Ohren und Nase. Auf dem Weg durch das Felslabyrinth hatte er vergeblich nach einem Flecken Grün Ausschau gehalten und war schließlich überzeugt gewesen, daß in dieser Steinöde kein Gewächs mehr Wurzeln fassen konnte. Hier auf der Hochfläche aber gab es Moos, Blumen und Gras wie

unten auf der Halde, nur war alles noch kleiner. Blumenpolster aus winzigsten Blüten schmiegten sich ans Gestein, Halme stachen aus Spalten und Felsritzen, Moos und braungraue Flechten überzogen den steinigen Grund. Selbst Krüppelkiefern wuchsen hier, sie krochen dicht am Boden dahin, als wagten sie nicht, sich aufzurichten. Ein Stück entfernt blinkte es hell, dort hatte sich in einem Felsloch Wasser gesammelt.

Käfer krabbelten im Moos, ein leises Summen verriet, daß irgendwelche Flügelwesen umhersirrten. Und ganz deutlich nahm Imiaks Nase die Witterung von Graupelzchen und anderen kleinen Pelzgeschöpfen auf.

Imiak hob den Kopf – und sein Blick verlor sich im weiten Himmelsblau. So hoch, so riesig war ihm der Himmel noch nie erschienen. Der Rabe hatte recht: Hier oben war alles grenzenlos. Als Imiak sich umwandte und auf einen Felsvorsprung trat, hielt er erschrocken an. Vor ihm ging es hinab in die Tiefe. Unter sich sah er das Tal und die bewaldeten Hänge, seltsam fern, die Bäume nicht größer als Pfotenkrallen. Und doch konnte er alles genau erkennen, die Wiese im Sonnenschein, das dicht verzweigte Gebüsch, den Bach, die Nadelbäume und die Espen mit ihrem flirrenden Laub. Die Wiese lag verlassen da, Imiak spähte vergeblich nach einem der Geschwister aus. Das Rudel mochte wohl im Lager sein, verborgen unter den Baumwipfeln.

Jenseits des Tales, nach Süden zu, rollte Hügel an Hügel dahin, Jagdgebiete anderer Rudel, bis dort, wo Himmel und Erde einander begegneten und alles im Dunst verschwamm und sich auflöste.

Ein Gefühl des Schwindels erfaßte Imiak. Die Grenzenlosigkeit verwirrte ihn, er trat hastig zurück und suchte Zuflucht bei Ahkuna. Sie leckte ihm beruhigend das Gesicht.

„Hast du gewußt, wie es hier oben ist?" wisperte er.

„Nein, Imiak, ich war noch nie im Felsenland."

Er drückte die Schnauze an ihr Fell. „Ich möchte hier nicht leben."

„Das mußt du auch nicht! Waka, das Gesetz, hat jedem Geschöpf den rechten Platz angewiesen."

Schak zirpte. Die Wölfe blickten auf.

Aus dem Schatten der Felswand löste sich die Gestalt des Raben und kam auf sie zugeflogen. Ahkuna und Imiak gingen ihm entgegen, Schak flatterte hinterher.

Der Rabe strich über die Köpfe der Wölfe hinweg, wendete im Flug und forderte sie krächzend auf, ihm zu folgen. Was im Gegenlicht nur wie ein tiefer Schatten geschienen hatte, konnte Imiak nun als den Eingang zu einer Höhle ausnehmen. Und vor der Höhle stand hochaufgerichtet der mächtigste Bär, den er je erblickt hatte. Der Pelz war vom Alter verblichen, die Schnauze war weiß wie Schnee. Hota, der Alte, erwartete die Wölfe mit unbewegter Miene; nicht ein Zucken der Lefzen oder der Ohren verriet, was in ihm vorging. Würde er die Eindringlinge dulden, oder würde er ohne Vorwarnung zum Angriff übergehen? Imiak mußte seinen ganzen Mut zusammennehmen, um nicht in wilder Flucht davonzustürzen. Ein einziger Hieb dieser riesigen Pranken hätte genügt, jedem Schnellen Läufer, und sei er auch so groß und stark wie Palo Kan, das Genick zu brechen. Kein Rudel hätte je gewagt, diesen Bären aller Bären anzugreifen.

Ahkuna schritt weiter. Imiak duckte sich und schlich in demütiger Haltung hinter ihr her. Schak hüpfte wie flügellahm nach. Der Bär vor der Höhle gab keinen Laut von sich; in seiner Reglosigkeit glich er den schweigenden Felsen, als wäre er eins geworden mit der den Wölfen so fremden steinernen Welt des Berges.

Als Ahkuna endlich anhielt, lagen zwischen ihr und dem Bären nur ein paar Pfotenschritte; eine Flucht war nicht mehr möglich. Jetzt, da sie einander so nahe waren, wirkte der massige Körper noch gewaltiger, die starke

Witterung noch furchterregender. Imiak wagte kaum den Blick zu erheben; ohne daß es ihm bewußt war, drückte er sich auf den Boden und wimmerte wie ein hilfeheischender Welpe.

KumKum, der Rabe, flog zum Eingang der Höhle und setzte sich auf einen der Steinblöcke.

„Ich komme in Frieden", sagte Ahkuna.

Ihre Haltung war ruhig und entspannt. Die Botschaft, die ihr Körper aussandte, gab ebenso deutlich wie ihre Worte zu verstehen, daß sie keine Angst hatte, aber auch keinen Kampf suchte, daß sie die Überlegenheit des Bären anerkannte und seine Gebietsrechte achtete und nicht verletzen wollte.

Hota, der Alte, ließ sich auf die Hinterkeulen nieder. Imiak konnte wieder frei atmen. Von dem Bären ging nichts Bedrohliches mehr aus, er schien die Gegenwart der Wölfe gelassen hinzunehmen.

„Sag ihm, warum du gekommen bist", wisperte Schak der Wölfin zu.

KumKum flog auf die Schulter des Bären. „Willst du hören, Hota, was dir die Mutterwölfin vom Tal sagen will?"

Ein leises, aber nicht unfreundliches Grollen kam aus der Kehle des Bären. Es klang wie eine Aufforderung zum Sprechen.

„Hota, Uralter mit den vier Pranken", begann Ahkuna, „du hast länger gelebt als wir alle, und du weißt, was in der bekannten und in der unbekannten Welt vor sich geht und geschieht. Wir sind zu dir gekommen, weil wir Rat brauchen."

Der Bär neigte leicht den Kopf. KumKum krächzte. „Welchen Rat, Mutterwölfin?"

„Als die Kleinen Nachtlichter am Himmel brannten", fuhr Ahkuna fort, „vernahmen wir den Warnruf, den unser Volk nur dann anstimmt, wenn allen Geschöpfen große Gefahr droht. Aber keines der Rudel, die den

Warnruf weitergaben, weiß, was er bedeutet. Von den Geflügelten erfuhren wir, daß die Wandervögel aus Norr Norr dir, Uralter, eine Botschaft gesandt haben. Einer aus dem Volk der Schnellen Läufer, riesiger als alle, soll dort das Rudel Zahllos anführen, und niemand könne ihm widerstehen, wohin er auch kommt. Hota, Bruder mit den vier Pranken, sag uns, ob das wahr ist."

Der Bär gab keine Antwort, saß schweigend da, die Augen in die Ferne gerichtet, wo sich Hügel an Hügel erstreckte, bis sie sich im Dunst verloren.

Die Wölfe warteten ebenfalls schweigend.

Als Imiak schon meinte, das Warten und die bedrückende Stille der Bergwelt kaum noch ertragen zu können, hörte er ein Zirpen und Huschen. Eine Schar kleiner Vögel mit weißbraunem Gefieder hatte sich im Gestein und Geröll niedergelassen, flatterte umher und suchte im Moos und Gras nach Futter. Dabei zwitscherten und tschirpten sie mit sanften Stimmen, nicht anders als die Geflügelten unten im Tal.

Der Bär war aus seiner Versunkenheit aufgewacht. Er schaute Ahkuna ins Gesicht. Imiak war es, als lese er in den Augen, die klein für ein so mächtiges Geschöpf waren, eine große Traurigkeit. Der Bär, der ihm so gewaltig und furchteinflößend erschienen war, kam ihm jetzt alt und müde vor.

„Ist es wahr, Hota, was die Geflügelten erzählen?" fragte Ahkuna noch einmal.

„Ja, Mutterwölfin, es ist wahr."

„Dann gibt es das Rudel Zahllos?"

„Ja, Ahkuna, es gibt das Rudel Zahllos."

„Aber das kann nicht sein, Bruder mit den vier Pranken! Wovon sollte so ein Rudel sich ernähren? Es müßte alle anderen Geschöpfe töten. Waka, das Gesetz, hat das nicht gewollt! Und unser Volk hat immer so gelebt, wie er es bestimmt hat, und wie die Ureltern, die Erstgeborenen, es uns lehrten."

„Auch wir mit den vier Pranken kennen das Gesetz, Mutterwölfin, nur haben wir ihm einen anderen Namen gegeben, wir nennen es Schah-Hasta. In unseren Geschichten waren es zwei Bären, Vater und Mutter aller Bären, die die Geschöpfe lehrten, wie sie leben sollten."

KumKum schlug mit den Flügeln. „In unseren Geschichten waren es zwei Schwarzgefiederte, Vater und Mutter aller Schwarzfedern!"

„Bei uns waren es zwei Buntfedern", piepte Schak ungewohnt schüchtern.

„Wir alle haben unsere Geschichten", sagte der Bär, „wir Vierbeiner, ihr Geflügelten und auch das Wasservolk. So ist es gut, und so wollte es das Gesetz, damit jeder es nach seiner Art begreift. Aber die Läufer mit den schnellen Beinen im Land des Eises haben das Gesetz vergessen."

„Sie haben Waka vergessen?" rief Ahkuna so laut, daß der Widerhall ihrer Stimme sich an den Wänden brach und als vielfältiges Echo zurückkam. Ihr Pelz sträubte sich. Imiak rannen Schauer über den Rücken.

Der alte Bär schaute Ahkuna an, lange. Dann wurde sein Blick wieder abwesend. Er murmelte, so leise, daß es kaum zu hören war, als spräche er nicht zu den Wölfen, sondern zu sich selbst. „Ich sah sie, und es waren ihrer so viele, sie lebten ohne das Gesetz, und die Welt ohne Gesetz war öde und leer."

Ahkunas Nackenkrause hatte sich steif aufgerichtet. Sie starrte den Bären an. „Eine Welt ohne Gesetz?" fragte sie. „Ohne das Gesetz können wir nicht leben, das weißt du, Bruder mit den vier Pranken!"

Jedes Haar in Imiaks Pelz stellte sich auf. Alles erschien ihm wieder bedrohlich, der riesige Himmel, die grauen Felsen; er zog die Lefzen hoch, knurrte den Bären an, wurde sich bewußt, was er tat, verstummte und duckte sich zu Boden.

Schak hüpfte aufgeregt zwischen Ahkunas Pfoten umher. „Sei still, alter Dickpelz!" kreischte er. „Sei still! Wie kannst du so was Schreckliches daherreden!"

„Sei du still, bunter Schwätzer!" krächzte der Rabe, flog auf, strich mit den Schwingen zärtlich über Stirn und Schnauze des Bären und setzte sich wieder auf den Stein. „Mutterwölfin", sagte er, „manchmal wandert sein Geist und verläßt den Körper, und er sieht, was noch nicht ist, aber sein wird."

Auf einem der Grashalme, die vor Hotas Pranken aus dem Gestein sprossen, ließ sich eine Erdfliege nieder, ein winziges Wesen mit einem durchsichtig schillernden Körper, so schwerelos, daß sich der Halm nicht beugte. Ohne sich um den Bären zu kümmern, begann die Erdfliege mit spinnwebdünnen Beinchen die Flügel zu putzen.

„Hota, Alter vom Berg", sagte Ahkuna, „hast du die Welt ohne Gesetz gesehen, als dein Geist wanderte?"

„Ja, Mutterwölfin." Der Bär bewegte leicht die Pfoten, und die Erdfliege sirrte davon.

„Was für Geschöpfe waren es, die ohne Waka, das Gesetz, lebten? Waren es Läufer mit den schnellen Beinen?"

„Was ich erblickte, Ahkuna, sah ich wie durch Nebel, der aus den Schluchten emporsteigt und alles verhüllt. Was ich sah, waren Schatten ohne Gestalt."

Irgendwo oben in den Schründen kollerten Steine, die sich unter den Hufen eines der Berggeschöpfe gelöst haben mochten. Koiko, der Adler, stieg von seinem verborgenen Felsennest hoch und zog ohne Schwingenschlag, getragen vom Aufwind, weite Kreise über die Schründe und Grate. „Hota", sagte Ahkuna, „wenn wir Waka vergessen, was wird dann aus uns?"

„Wer sich gegen das Gesetz wendet, gegen den wendet sich das Gesetz. Wie lange steht dieser Berg schon, Mutterwölfin? Er war vor uns da und wird nach uns da sein. Aber bevor es ihn gab, war das Gesetz, und es wird immer sein. Als mein Geist wanderte, sah ich den, der stark war und mächtig und sich abwandte vom Gesetz, aber ich sah auch einen, der schwach war und das Gesetz nicht vergaß. Schau dir das Gras an, Ahkuna! Ein Tritt deiner Pfoten knickt es, aber der Stein, in den es seine Wurzeln schickt, kann ihm nicht widerstehen. Der Schwache, den ich sah, wird stärker sein als der Starke."

Der alte Bär schloß die Augen, sein breiter, ergrauter Kopf sank ihm auf die Brust, es war, als versinke er von einem Herzschlag zum anderen in Schlaf.

„KumKum", rief Ahkuna, „was will er mir sagen? Warum spricht er in Rätseln?"

Der Rabe flog auf. „Er spricht immer in Rätseln, Mutterwölfin."

Die Augen geschlossen, ließ der Bär sich auf die Vorderpranken nieder und schritt auf die steil aufragende Felswand zu. Die gewaltigen Schultern hoben und senkten sich, als er, Pranke vor Pranke setzend, in das Dunkel der Höhle hineinging.

„Geh hinunter ins Tal, Ahkuna!" krächzte der Rabe, flog dem Bären nach und verschwand wie er in dem schwarzgähnenden Felsloch.

Ein leichter Wind, der von den Graten herabwehte, plusterte Schaks Gefieder. Der Häher schüttelte sich. „Nichts wie weg!" wisperte er. „Mir ist ganz unheimlich zumute!"

Er strich mit raschen Flügelschlägen davon. Die Wölfe folgten ihm. Am Ende der Hochfläche blieben sie stehen und blickten noch einmal zurück. Das späte Nachmittagslicht der sich nach Westen neigenden Sonne leuchtete die zerklüfteten Felsen aus und hob Schrofen und Zinnen überdeutlich klar vom Blau des Himmels ab. Vor dem Höhleneingang, der wieder mit den anderen Schatten verschmolzen war, regte sich nichts.

„Schwester Vierbein", tschirpte Schak und zupfte

Ahkuna am Pelz, „denk nicht mehr daran, was dieser Dickpelz dahergeredet hat. Vergiß es! Der gibt doch bloß an!"

Der Häher wartete keine Antwort ab, flatterte auf und flog in das Felsenlabyrinth hinein. Für die Wölfe war der Weg hinunter beschwerlicher als der Aufstieg. Sie suchten sich mühsam einen Pfad von Felsblock zu Felsblock und kamen immer wieder in Gefahr, auf glattem Gestein den Halt zu verlieren. Loser Schotter rutschte unter ihren Pfoten weg. Die Spitzhörner ließen sich diesmal nicht blicken, aber ein paarmal nahmen die Wölfe die Witterung von kleinen Pelzwesen auf.

Auch die Geröllhalde lag einsam da. Die Wölfe liefen über die Buckel und durch die Mulden und tauchten in das Fichtengehölz ein, wo es unter den flechtenbehangenen Zweigen schon dämmrig wie am Abend war. In ihrem vertrauten Jagdgebiet begannen die Wölfe sich wieder sicher zu fühlen, sie kamen an Duftmarken vorbei, die das Rudel gesetzt hatte, und rannten leichtfüßig hinter Schak her, der von Zeit zu Zeit aufmunternd kreischte.

Unten im Tal wartete das Rudel geduldig auf die Rückkehr Ahkunas und Imiaks. Am frühen Nachmittag führte Palo Kan seine Wölfe zu der Stelle im Wald, wo sie am Tag zuvor den Hornträger erlegt hatten. Obwohl Füchse und Marder und andere kleine Jäger, dazu noch eine ganze Schar Geflügelter, sich ihren Anteil an der Beute geholt hatten, war noch immer genug übriggeblieben, um den Hunger des Rudels zu stillen. Als sich alle sattgefressen hatten, trotteten sie ins Lager zurück.

An einem so warmen, friedlichen Nachmittag schliefen oder dösten sie sonst Stunden um Stunden im Schatten der Bäume. Auch diesmal legten sie sich nieder, sie fanden aber keine Ruhe, schreckten beim geringsten Geräusch auf, spitzten die Ohren, lauschten und witterten und japsten leise. Palo Kan stand schweigend am Waldrand, den Kopf zum Berg gewandt.

Schiriki und Sternschwester hatten sich im Schutz dichter Sträucher niedergelassen und lagen versteckt im hohen Gras. Das Sirren, Summen und Brummen der Mücken, Fliegen, Bienen und Hummeln störte die Stille nicht. Manchmal schwirrte ein Vogel über die Wiese, piepte und flötete.

„Glaubst du, daß sie schon oben auf dem Berg sind, Sternschwester?" fragte Schiriki.

Ihre Zunge fuhr ihm übers Fell. „Ja, sicher sind sie längst oben."

Er versuchte, in Gedanken den Bruder zu begleiten, aber es war schwer, sich vorzustellen, wie es im Felsenland aussah. Von der Talsohle aus betrachtet, schien der Berg weglos zu sein, aber es mußte Pfade durch den Fels geben, auch wenn man sie von unten nicht erkennen konnte. Welch unbekannte Gefahren mochten dort oben lauern? Schiriki heftete den Blick auf den Himmel, an dem die Sonne so unbeweglich stand, als wollte sie nie weiterwandern, sich der Erde zuneigen und den Abend bringen, an dem Ahkuna und der Bruder zurückkehren würden.

Im Gras neben Schiriki huschte es. Sternschwesters Ohren zuckten. Zwischen den Halmen erschien ein pelziger, kleiner Kopf, perlrunde Augen starrten ängstlich, das schwarze Schnäuzchen bewegte sich schnuppernd. Einen Atemzug lang verharrte die Maus reglos, Auge in Auge mit den Wölfen, dann flüchtete sie und verschwand im hohen Gras.

Schiriki schmiegte sich an Sternschwester, schloß die Augen und glitt unmerklich in tiefen Schlaf hinüber.

Den ganzen Nachmittag wachte Sternschwester über ihn, immer bereit, ihn zu wecken und zu trösten, sollte ihn wieder einer seiner Träume plagen. Aber er schlief ruhig und entspannt, als genügte ihre Gegenwart, um die Träume zu verscheuchen.

Als Schiriki erwachte, stand die Sonne schon tief. Sternschwester war aufgesprungen und sog die Luft prüfend ein, ihr Schwanz war straff gereckt. Das Rudel lief aufgeregt hin und her und stieß winselnde Laute aus.

Obwohl noch kein Pfotengeräusch zu vernehmen war, spürten die Wölfe, daß Ahkuna und Imiak vom Berg zurückgekommen waren und das Jagdgebiet erreicht hatten. Itsi und To tapsten fiepend und aufgeregt vor den Pfoten der anderen umher. Den Kopf schief geneigt, den Körper angespannt, horchte und witterte Palo Kan in den Wald hinein und brach in ein fragendes Heulen aus.

Vom Hang oben kam Antwort! Die Wölfe erkannten Ahkunas Stimme, gleich darauf hörten sie das Knacken von Zweigen. Leitwölfin und Jungwolf liefen den Hang herunter.

Die Sonne, zu einem großen feurigen Ball geworden, berührte die Hügel im Westen. Der Himmel glühte auf; eine Wolke über der sinkenden Sonne bekam rote Ränder. Schak flog kreischend durch die Wipfel daher, zwischen den Stämmen tauchten Ahkuna und Imiak auf.

Die Wölfe begrüßten sich, als wären sie lange Zeit getrennt gewesen und nicht nur einen kurzen Nachmittag, sie beschnüffelten und leckten einander und bekamen nicht genug davon. Palo Kan und Ahkuna stellten sich auf die Hinterläufe und fuhren einander mit den langen Zungen über die Nasen. Wuk und Wok sprangen stürmisch an den beiden hoch. Sternschwester und Schiriki kniffen Imiak in den Pelz, die Welpen fielen über die Geschwister her, und bald war die schönste Balgerei im Gang. Japsend, jaulend, winselnd und vor Freude bellend umkreisten die Wölfe einander, schnappten nach den wehenden Schwänzen und bissen spielerisch zu. In der allgemeinen Wiedersehensfreude löste sich die Spannung, selbst Palo Kan und Ahkuna benahmen sich wie ausgelassene Welpen. Schak flatterte kreischend und flügelschlagend über dem Rudel. Nur Mahana stand unbeteiligt abseits.

Als alle sich wieder beruhigt hatten, setzten sie sich im Kreis nieder, leckten einander die Gesichter oder bohrten die Schnauzen kosend in den Pelz des Nachbarn. Die Sonne war hinter die Hügel gesunken, blasses Rot überzog den Himmel. Im Wald wuchsen dunkle Schatten.

„Ahkuna, Mutter meiner Welpen", fragte Palo Kan, „hat Hota, der Alte, mit dir gesprochen?"

„Ja, Palo Kan, das hat er getan."

„Und ist es wahr, was die Wandervögel berichten?"

Ahkunas Blick ging von einem zum anderen, von Wuk und Wok zu Sternschwester und Schiriki, dann zu den Welpen, die im Gras hockten und sie mit großen Augen anschauten.

„Ja, es ist wahr", sagte sie. „Im Land des Eises führt einer, der größer ist als wir alle, das Rudel Zahllos."

Wuk knurrte. Wok bleckte die Zähne. „So was gibt es nicht, Ahkuna! Das hat Waka nicht gewollt."

„Sie haben Waka vergessen", antwortete Ahkuna.

Den Wölfen sträubte sich der Pelz. Aus Palo Kans Rachen kam ein zorniges Grollen, die hochgezogenen Lefzen zeigten das mächtige Gebiß. „Läufer mit schnellen Beinen, die Waka vergessen haben?" heulte er auf. „Woher will der alte Dickpelz das wissen? Er lebt oben auf dem Berg und verläßt ihn nie!"

„Er sieht, was wir nicht sehen können, Palo Kan. Als sein Geist wanderte, erblickte er die Welt ohne das Gesetz, sie war öde und leer, und die Geschöpfe, die darin lebten, waren Schatten ohne Gestalt."

Die Wölfe starrten sie entsetzt an. Die Welpen drückten sich hilfesuchend aneinander, To winselte leise und verstummte sofort wieder. Palo Kan stand schweigend da. Auch die anderen schwiegen; in der immer größer werdenden Stille vermeinten sie, ihre eigenen Atemzüge zu hören. Das letzte Licht am Himmel erlosch, nach der kurzen, vergänglichen Farbenpracht des Sonnenuntergangs wurden Hügel und Wälder, das Tal und der darüber ausgespannte Himmel eintönig grau.

„Eine Welt ohne Gesetz?" fragte Palo Kan in die beginnende Dämmerung hinein. Über ihm, auf einem tief herabhängenden Ast, saß Schak, der Häher, ungewöhnlich ruhig, kaum noch auszunehmen im Gezweig. „Wenn das Volk der Schnellen Läufer das Gesetz vergißt – obwohl ich das nicht glaube –, was wirst du tun, Mutter meiner Welpen? Wirst du Waka vergessen wie jene, die Hota sah, als sein Geist wanderte?"

„Nein", antwortete Ahkuna. „Selbst Graupelzchen gehorchen dem Gesetz. Alle Geschöpfe tun es. Du und ich, Vater meiner Welpen, wir werden Waka nicht vergessen, auch wenn das Rudel Zahllos aus Norr Norr kommen sollte."

Wuk stieß Wok an, als wollte er ihn zum Sprechen auffordern. Wok schwenkte beruhigend den Schwanz. „Vielleicht gibt es in Norr Norr einen – oder ein paar –, die Waka vergessen haben. Aber das Eisland ist weit weg! Keiner von uns ist jemals dort gewesen, und keiner kam jemals von dort zu uns."

Mahana saß, wie immer, abseits vom Rudel, die Vorderläufe leicht gespreizt, den Schwanz lässig ausgestreckt. Sie kräuselte die Lefzen. „Was ist so schrecklich daran, wenn einer kommt, der ein Riesenrudel führt? Was mich betrifft – aber mich fragt ihr ja nie –, ich fände es aufregend."

Schak lachte spöttisch. „Paß nur auf, Mahana! Womöglich frißt er dich, der Riesengroße!" Er wippte, stieß sich ab und flog so dicht über die junge Wölfin hinweg, daß seine Flügel ihre Ohren streiften. Mahana wandte gelangweilt den Kopf ab.

Schak ließ sich vor Ahkuna nieder. „Schwester Vierbein", rief er schäkernd, „laß dir von dem alten Dickpelz keine Angst machen! Was der zusammengeredet hat, versteht doch keiner! Nicht einmal KumKum, der schwarze Federwisch!"

„Du hast recht, Schak", antwortete Ahkuna. „Hota, der Alte, sprach in Rätseln." Sie rieb ihre Schnauze an Palo Kans Pelz und verharrte einen Augenblick still, wie in Gedanken versunken. „Bevor er in die Höhle ging, erzählte er mir, was er erblickte, als sein Geist wanderte. Er sah einen, der stark war, und einen, der schwach war. Und der Schwache war stärker als der Starke. Mir war, als wollte Hota mich damit trösten. Nur kann ich mir seine Botschaft nicht deuten."

„Das kann keiner!" grollte Wuk.

Die Wölfe sahen einander an. Ein Schwacher sollte stärker sein als ein Starker? Um Beute zu machen, waren sie auf ihre Kraft angewiesen, ihr Überleben hing davon ab, daß die Stärksten im Rudel sie führten. Einer, der schwach war, nahm in der Rangordnung immer den niedrigsten Platz ein und war ohne den Schutz des Rudels verloren. Was der alte Bär gesagt hatte, war so unvorstellbar, daß die Wölfe sich plötzlich erleichtert fühlten. Der Dickpelz redete eben in Rätseln, wer konnte das verstehen! Und Norr Norr, wo das Rudel Zahllos sein sollte, war weit weg und fern!

Der erste Stern blinkte am Himmel. Ein langgezogener, trauriger Ruf ertönte von jenseits des Tales, gleich darauf kam von den Hügeln her Antwort. Die geflügelten Jäger der Nacht flogen auf Beute aus.

Der Häher schwenkte den Schopf. „Für einen anständigen Tagvogel wie unsereins ist es Zeit zu schlafen." Er umschnäbelte Ahkuna und wisperte ihr zu: „Ich werde wachsam sein, Schwester Vierbein. Verlaß dich auf mich!" Dann strich er mit raschen Flügelschlägen in den Wald hinein.

Wok stupste Itsi und To an, streckte sich aus und

wedelte auffordernd mit dem Schwanz. Wuk legte sich neben ihn. Die Welpen, die nicht begriffen, was all das Seltsame, das geschehen war, zu bedeuten hatte, kuschelten sich erleichtert fiepend an ihre Beschützer.

„Ja! Schlaft nur, schlaft!" sagte Ahkuna.

Auch die anderen Wölfe suchten ihre Ruheplätze auf. Schiriki, Sternschwester und Imiak wählten eine mit Gras und Moos gepolsterte Mulde am Rand des Lagers, wo sie, ohne die anderen zu stören, noch miteinander reden konnten. Im hohen Himmelsbecken glitzerten immer mehr Sterne. Vom Bach aufsteigende Nebel zogen über die Wiesen; der jenseitige Hügel war nur noch ein schwarzer Schatten. Eine Eule strich lautlos über die Jungwölfe hinweg, sie spürten die Schwingungen der weichgefiederten Flügel. Bald danach sagte ihnen ein klägliches Quieken, daß die nächtliche Jägerin ein Graupelzchen oder ein anderes kleines Geschöpf erbeutet hatte.

„Erzähl uns vom Berg, Imiak", bat Sternschwester.

Er zog die Stirn kraus. „Ich kann's fast nicht mehr glauben, daß ich oben gewesen bin. Es ist alles so anders. Nichts als Steine und Felsen. Ich dachte, was kann da noch wachsen? Aber sogar Blumen gibt es dort, ganz klein, nicht höher als meine Pfoten. Und stellt euch vor, ich habe Graupelzchen gewittert! Und die Spitzhörner! Ihr hättet sehen sollen, wie sie die Felsen hinauflaufen, als wär's ebener Grund!"

„Und Hota, der Alte?" fragte Schiriki.

„Der ist mächtig groß! Ich habe Angst vor ihm gehabt, die ganze Zeit. Und wie er geredet hat! Eine Welt ohne Gesetz, was kann er nur damit meinen?"

„Ich weiß es nicht", sagte Sternschwester. „Ahkuna weiß es auch nicht. Niemand weiß es."

Schiriki schaute zum Himmel auf, der so fern, so unerreichbar war. Die Kleinen Nachtlichter, unzählig wie Sand am Grund eines Wassers, flimmerten und funkelten, ihm war, als sprächen sie zu ihm, wenn er nur verstehen könnte, was sie sagten. Wie alle Wölfe glaubte er daran, daß die Sterne lebende Wesen waren, die Waka leuchten ließ, wenn das Große Taglicht sich zur Ruhe begeben hatte und die Nacht kam. Über den Sternen, vor aller Augen verborgen, war eine andere Welt, ebenso schön und fruchtbar wie die bekannte, eine Welt mit Wäldern und Flüssen und Seen und blumenbedeckten Wiesen, ein Land, in dem es keine eisigen Stürme und keine bittere Kälte gab. Kaam, das Himmelsland, nannten die Wölfe diese Welt. Starb ein Wolf, dann ging er nach Kaam, in das gute Land, wo niemand Hunger litt. Die alten Geschichten erzählten von der reichlichen Beute dort oben, und wie ein Tag nach dem anderen verstrich in immerwährendem Glück.

Schiriki konnte den Blick nicht vom sternglitzernden Himmel abwenden. So vieles berichteten die alten Geschichten, nur das eine nicht, wo Waka, das Gesetz, zu finden war. Gewiß dort oben in Kaam, doch dieses Land betrat kein Lebender. Aber schon einmal hatte Waka sich seinen Geschöpfen gezeigt. Damals, als er die Erstgeborenen aussandte, die Welt zu ordnen. Ob er sich auch jetzt noch dem zeigte, der ihn suchte?

Am Himmel flirrte ein Funke auf, zog eine leuchtende Spur über das Tal und versank im Dunkel. Ein zweiter fallender Stern erlosch wie der erste. Die Jungwölfe erschauerten. Sternschnuppen waren Wakas Boten, die er aussandte, damit sie Schnelle Läufer, deren Lebenszeit zu Ende gegangen war, auf dem weiten Weg nach Kaam, dem Himmelsland, begleiteten.

Die Geschwister drängten sich aneinander; die Schnauzen im Pelz des anderen vergraben, suchten sie die gegenseitige Wärme und den vertrauten Körpergeruch, beruhigten sich und schliefen ein. Und wieder träumte Schiriki. Es war der Traum, in dem er gefangen war im spinnwebgleichen Netz; sooft er auch dagegen ansprang, er konnte es nicht überspringen, konnte es nicht zerreißen. Dann war ihm, als sähe er ein seltsames Geschöpf, einen haarlosen Wolf, der auf zwei Beinen aufrecht stand. Schirikis Pelz sträubte sich, ein Wimmern kam aus seiner Kehle, er wollte aufheulen – und erwachte. Sternschwester leckte ihm das Gesicht. „Hast du geträumt?" wisperte sie. „Es ist schon wieder vorbei. Ich bin ja bei dir."

Er lag ganz still. Es war nur ein Traum gewesen, ein Geschöpf, das haarlos war und auf zwei Beinen stand, gab es nicht. Er hörte die ruhigen Atemzüge seiner Gefährten. Auf dem Erdbuckel vor dem Lager hielten Palo Kan und Ahkuna Wache, zwei dunkle Schatten im Dunkel. Die Kleinen Nachtlichter leuchteten. Schiriki küßte Sternschwester dankbar auf die Schnauze und schloß die Augen. Diesmal störte kein Traum seine Ruhe.

Am nächsten Morgen, als die Wölfe munter wurden, hingen an jedem Grashalm blitzende Tautropfen; die Wiese funkelte wie nachts der Sternenhimmel. Vögel saßen oben in den Wipfeln und begrüßten mit nicht endenwollenden Liedern den neuen Tag, andere huschten trillernd, flötend und zwitschernd im Gesträuch umher. Nichts hätte friedlicher sein können als dieser Morgen. Die Wölfe konnten fast nicht mehr glauben, daß Ahkuna mit Imiak den Berg hinaufgestiegen war und die rätselhafte Botschaft des Bären gebracht hatte. Trotzdem waren sie voller Unruhe, immer wieder horchten und witterten sie nach Norden. Die Sonne stand noch nicht sehr hoch und die Vormittagsschatten waren noch lang, als Palo Kan und Ahkuna aufbrachen und das Rudel zur nördlichen Grenze des Jagdgebiets führten, um sich zu vergewissern, daß kein Fremder eingedrungen war.

Das Rudel lief in gleichmäßigem Trab dahin, einer hinter dem anderen, die Welpen in der Mitte, über Hügelrücken und durch Senken. Als die Wölfe die Grenze erreichten und die vertrauten Duftmarken witterten, die sie ein paar Tage zuvor gesetzt hatten, schwand die innere Unruhe und die Spannung löste sich. Kein fremder Geruch stieg in ihre Nasen, alles war so, wie es immer gewesen war und wie es sein sollte.

Stunden um Stunden liefen sie die Grenze entlang, hielten immer wieder an, verspritzten Harn auf Steine und Sträucher oder scharrten den Boden auf und markierten Moos und Kräuter mit den Duftdrüsen zwischen den Pfotenballen. Manchmal wälzten sie sich und setzten mit den Duftdrüsen an den Wangen und am Schwanzansatz ein Zeichen. Itsi und To beteiligten sich eifrig, ahmten das Beispiel der Erwachsenen nach und schnüffelten und witterten, wenn Palo Kan und Ahkuna prüfend die Luft einsogen.

Nirgendwo war Feindliches und Gefährliches zu erwittern, an keiner der Grenzen fanden sich Spuren von Eindringlingen. In der Abenddämmerung zogen die Wölfe vom Tal auf Jagd aus, und als sie satt und müde ins Lager zurückkehrten, fanden sie es ebenso friedlich vor, wie sie es verlassen hatten.

Auch in den nächsten Tagen liefen sie unermüdlich die Grenzen ab und durchstreiften auf den Pfaden, die sie ausgetreten hatten, das ganze Jagdgebiet. Nichts deutete darauf hin, daß irgendwo eine unbekannte Gefahr lauerte. Eines Morgens aber, als sie wieder einmal zur nördlichen Grenze getrottet waren, geriet das ganze Rudel plötzlich in höchste Aufregung: Sie hatten eine fremde Witterung aufgenommen! Im Moos zeigten sich Pfotenabdrücke, an Farnwedeln, im Gras und am Laub der Büsche haftete fremder Geruch.

Den Wölfen sträubte sich das Rückenhaar, sie rannten mit gefletschten Zähnen umher, die Nasen dicht am Boden, knurrend und grollend. Schließlich brach Palo Kan in ein wildes Heulen aus, in das Ahkuna einstimmte. Vor Erregung zitternd stand das Rudel da, bereit, jedem an die Kehle zu springen, der es wagte, die Grenze zu überschreiten.

Von weit weg, aus Tasch Kans und Ayanas Jagdgebiet, kam Antwort. Es war das Nachbarrudel. Mit freundlichen Rufen teilte Tasch Kan mit, daß sein Rudel im Eifer der Jagd die Grenze übersehen, aber sich längst zurückgezogen hatte. Palo Kans Pelz glättete sich, er heulte noch einmal warnend, aber schon wieder besänftigt. Erleichtert japsend setzten die Wölfe ihren Weg fort.

Das blieb der einzige Zwischenfall. Sooft das Rudel auch das Jagdgebiet ablief, niemals wieder entdeckte es fremde Spuren. Ein Tag nach dem anderen verging, und jeder war gleich friedlich. Kein Warnruf hallte mehr durch die stillen Nächte. Die Geflügelten erzählten einander nur von alltäglichen Dingen und hatten die Botschaft der Wandervögel längst vergessen. Den Wölfen vom Tal kam es immer unwirklicher vor, daß sie einmal Angst vor einem Rudel Zahllos aus dem Land Norr Norr gehabt hatten, sie dachten kaum noch an Hota, den Alten vom Berg, und schließlich nahmen sie ihr gewohntes Leben wieder auf. Schak, der Häher, kam oft ins Lager und saß, zärtlich schnäbelnd, zwischen Ahkunas Pfoten. Suchten die Jungwölfe ihren Ruheplatz auf, legte Sternschwester sich neben Schiriki, aber sie mußte ihn nie aus dem Schlaf wecken, der Angsttraum quälte ihn nicht mehr.

Es war Hochsommer geworden, die Zeit der kurzen Nächte und der langen Tage. Wenn die Sonne mittags den höchsten Punkt erreicht hatte, flirrte die heiße Luft, und jedes Geschöpf suchte vor der sengenden Hitze den kühlen Schatten der Bäume oder verkroch sich in Erdhöhlen. In der Abenddämmerung und vor Sonnenaufgang ästen die Hornträger auf den Wiesen. Für alle, ob Vierbeiner oder Geflügelte, gab es Nahrung im Überfluß. Manchmal, wenn die Hitze zu drückend wurde, quollen dunkle Wolken am Himmel auf, Blitze zuckten, Donner grollte, der Sturm fegte durch den Wald, Regen prasselte nieder. Nach jedem Gewitter klarte es schnell wieder auf. Der Himmel war wie reingewaschen, die Erde trank das Regenwasser, das Gras stand noch üppiger als zuvor.

Die Wölfe wanderten durch ihr Gebiet, schliefen, wo es ihnen gefiel, und kehrten manchmal tagelang nicht zum Lager zurück. Mahana nahm an den Jagdzügen teil, hielt sich aber sonst vom Rudel fern, hatte sich auch einen eigenen Schlafplatz weitab vom Lager gesucht. Oft lief sie allein zur nördlichen Grenze und blieb dann lange fort. Das Rudel vermißte sie nicht, die junge Wölfin hatte sich nie wirklich in die Gemeinschaft eingefügt.

An einem dieser schönen Sommertage, als die Schatten langsam zu wachsen begannen und es nicht mehr so heiß war, trieben sich die Wölfe nach einem ausgiebigen Mittagsschlaf auf der Wiese umher. Sie setzten leichtfüßig über das hohe Gras, sprangen in die Luft, versuchten einander zu erhaschen und jagten fröhlich kläffend dahin. Itsi und To fielen über Wuk her, verbissen sich in seinem Pelz und knurrten und grollten, als sei es kein Spiel, sondern ein Kampf auf Leben und Tod. Wuk ließ sich gutmütig zausen und kneifen und wehrte die zwei Plagegeister nur dann ab, wenn sie in ihrem Eifer allzu fest zuschnappten. Schließlich bekamen sie seinen Schwanz zu fassen, schlugen die Zähne hinein und zogen und zerrten, die Pfoten in den Boden gestemmt, bis Itsi den Halt verlor und mit einem Haarbüschel im Maul auf das Hinterteil plumpste.

„Uff!" stöhnte Wuk. „Mein armer Schwanz! Laßt ihn in Ruhe! Ich möchte ihn noch weiterbehalten."

Wok fand es an der Zeit einzugreifen.

„He, ihr Kleinen!" rief er. „Kommt her zu mir, damit ich euch in Stücke reiße!"

Die Welpen ließen von Wuk ab und stürzten sich vor Begeisterung japsend auf Wok. Im selben Augenblick kam vom Norden, wo die Hügelkuppen im Sommerdunst verschwammen, das Aufheulen eines Wolfes – ein Heulen wie in Todesangst, das zu einem so verzweifelten Schrei wurde, wie keiner aus dem Rudel ihn je gehört hatte. Es war der Schrei eines Geschöpfes, das sich einem unfaßbaren Schrecken gegenübersieht, vor dem es kein Entrinnen gibt und für den es keinen Namen kennt.

Itsi und To drückten sich zitternd an Wuk und Wok. Palo Kan und Ahkuna starrten nach Norden, den Pelz gesträubt, jedes einzelne Rückenhaar steif aufgerichtet. Sternschwester und Imiak hatten die Lefzen entblößt, ein unnatürliches Hecheln kam aus ihren Rachen. Schiriki stand reglos da und gab keinen Laut von sich.

## *Der Kampf mit dem Riesenwolf*

Das Heulen im Norden verstummte ebenso jäh, wie es eingesetzt hatte. Im Tal war kein Vogelruf mehr zu vernehmen, nichts raschelte im Gras. Die Graupelzchen und die anderen kleinen Pelzwesen schienen vor Angst erstarrt oder in ihre Höhlen geflüchtet zu sein. Eine todesähnliche Stille breitete sich aus, die umso bedrückender war, als die Sonne wie zuvor das Tal in ihr Licht tauchte, die weit geöffneten Blütenköpfe der Blumen sich der Wärme zuwandten und süßen Duft verströmten. Weiße Sommerwolken zogen am Himmel dahin.

Ahkuna begann Itsi und To zu lecken, wusch sie mit der Zunge, als seien sie noch hilflose Winzlinge, die ohne die Fürsorge ihrer Mutter nicht überleben können. Am Ende des Tales tauchte Mahana auf, schaute kurz zum Rudel hin und lief dann in gleichmäßig wiegendem Trab nach Norden. Die Wölfe sahen ihr schweigend nach, bis der Wald sie vor ihren Blicken verbarg.

„Ahkuna", sagte Palo Kan, „ich gehe zu Tasch Kan."

Ahkuna hob den Kopf. „Nein, Vater meiner Welpen. Bleib bei uns. Wozu willst du uns verlassen? Was geschehen ist, wissen wir auch ohne zu fragen. Es ist das Rudel Zahllos aus dem Land des Eises."

Wuk und Wok wieften klagend.

Die Jungwölfe drängten sich aneinander. Zum erstenmal in ihrem Leben waren Leitwolf und Leitwölfin und die beiden erfahrenen Gefährten ebenso hilflos und ratlos wie sie selber, ohne Hoffnung einem unbekannten Schicksal ausgeliefert. Palo Kan und Ahkuna stimmten nicht einmal den Warnruf an. Was hätte es genützt? Sie dachten auch nicht an Flucht. Wohin hätten sie fliehen können? Ein einzelner Wolf mochte sich vielleicht einbetteln, aber ein ganzes Rudel fand nirgendwo Aufnahme. Verließen sie ihr Jagdgebiet, streiften sie auf der Suche nach einem neuen umher, würde einer nach dem anderen aus dem Rudel in endlosen Kämpfen den Tod finden. Und würde ihnen nicht das Rudel Zahllos folgen, sie immer wieder von neuem vertreiben?

„Schak?" fragte Ahkuna. „Wo ist er?" Sie rief nach dem Häher, rief seinen Namen, suchte die Wipfel mit den Augen ab, aber kein Schäkern antwortete, und kein weißblaues Federbündel flatterte aus den Zweigen herab.

Noch nie, so schien es den Wölfen, war die Sonne so langsam über den Himmel gewandert wie an diesem Tag. Sie spürten keinen Hunger. Graupelzchen liefen durchs Gras, aber keiner aus dem Rudel dachte an Jagd. Als der Abend dämmerte, kam eine Schar Hornträger aus dem Wald und äste ungestört auf der Wiese. Am dunkelgewordenen Himmel zeigten sich die ersten Sterne. Das Rudel lag eng nebeneinander, Itsi und To in der Mitte. Noch immer blieb Schak verschwunden.

Gegen Mitternacht verließen Palo Kan und Ahkuna gemeinsam das Lager. Wuk erhob sich, als wollte er ihnen folgen. „Laß sie allein", wisperte Wok. Wuk legte sich wieder nieder und grub die Schnauze in Woks Pelz.

Palo Kan und Ahkuna gingen den Waldrand entlang, bei jedem der gleichmäßigen Schritte berührten sich ihre Schultern. Auf einer Kuppe im Gras, wo moosbewachsene Steinplatten lagen, hielten sie an und setzten sich nieder. Von hier aus konnten sie das ganze Tal überblicken, das Tal, in dem sie geboren worden waren, in dem sie ihre Welpen aufgezogen und das Rudel geführt hatten. In feierlichem Kranz säumten die nachtschwarzen Bäume die Wiesen. Über den beiden Wölfen erhob sich der hohe Himmel, tiefschwarz und voll funkelnder Sterne, den Kleinen Nachtlichtern, von Waka dazu bestimmt, das Dunkel für seine Geschöpfe zu erhellen. Und über den Sternen lag Kaam, das geheimnisvolle Land, das kein lebender Wolf betrat, und wo die Ureltern, die Erstgeborenen, alle jene Läufer mit den schnellen Beinen erwarteten, deren Lebensspanne zu Ende gegangen war.

„Mutter meiner Welpen", sagte Palo Kan, „morgen werde ich in Kaam sein."

„Vater meiner Welpen", antwortete Ahkuna, „auch ich gehe dorthin. Wir hatten ein gutes Leben, du und ich. Dafür wollen wir jetzt dankbar sein."

Sie leckten einander die Gesichter und gaben sich in der Sprache ihrer Körper, mit der Wölfe ebensoviel ausdrücken können wie mit Worten, Zärtlichkeit und Trost. Dann blieben sie schweigend nebeneinander sitzen, Schnauze an Schnauze. Von nah und fern kamen die Rufe der nächtlich jagenden Geflügelten, schwermütige Töne, die im Dunkel nachzitterten, auch wenn sie schon verstummt waren.

In den Baumwipfeln flatterte es; noch bevor die Wölfe

das leise Schäkern hörten, wußten sie, daß es der Häher war, der zu ihnen herabgeflogen kam.

„Schak, du bist es!" rief Ahkuna.

Der Häher ließ sich vor ihr nieder und zirpte. „Hast du gedacht, ich hätte dich verlassen, Schwester Vierbein? Da kennst du mich schlecht! Ich bin zu Tasch Kan und Ayana geflogen, ich dachte, irgendwer muß nachsehen, was dort los ist."

„Und was hast du gesehen, Schak, mein Freund?"

Der Häher stieß ein zorniges Zetern aus. „Ein Pack toller Spitzohren, die tun, als gehörte die Welt ihnen allein! Nur weil sie einer führt, der riesengroß ist."

„Hat Tasch Kan mit ihm gekämpft?"

„Tasch Kan? Versucht hat er es! Aber dann ist er vor ihm auf dem Boden gekrochen. Jetzt gehört er zu ihnen."

Vom jenseitigen Waldrand her streunte ein Fuchs über die Wiese, sprang nach einem Graupelzchen, verfehlte es, witterte die Wölfe, erstarrte und zog sich in den Schutz der Bäume zurück.

„Das Rudel aus dem Norden?" fragte Ahkuna. „Ist es wirklich so zahlreich wie Kiesel in einem Fluß?"

Schak tat so, als hätte er die Frage nicht gehört. Er trippelte ein paar Schritte weg und begann, mit den Krallen Moos aufzukratzen, so eifrig, als suchte er nach einem verborgenen Leckerbissen.

„Du hast mir keine Antwort gegeben, Schak", sagte Ahkuna.

Der Häher hielt inne und wandte ihr mit einer hilflosen Gebärde den Kopf zu. Er flatterte auf ihre Schulter, koste sie mit dem Schnabel und piepte kläglich.

„Dann ist es also wahr, Schak, was Hota, der Alte, gesagt hat?"

„Ja. Es ist wahr. Sie sind so zahlreich wie Kiesel in einem Fluß."

Oben am Himmel zeichnete eine Sternschnuppe ihre kurze flimmernde Bahn in die Schwärze der Nacht und verglomm gleich einem Funken, der erlischt. Ahkunas Blick wanderte über das dunkle Tal, von einem Ende zum anderen bis zu jener Stelle, wo im Schutz der Bäume das Lager war. „Einer, der schwach ist, wird stärker sein als der Starke." Mit halbgeschlossenen Augen und so leise, daß Palo Kan sie kaum verstehen konnte, fuhr sie fort: „Schau dir das Gras an, so sagte Hota, ein Tritt deiner Pfoten knickt es, aber der Stein, in den es seine Wurzeln schickt, kann ihm nicht widerstehen. Ich weiß nicht, was Hota damit sagen wollte. Aber mir war, als wollte er mich trösten."

Sie streckte sich auf der moosbewachsenen Steinplatte aus. Schak hüpfte zwischen ihre Läufe. Sein blauer Schopf glänzte im Licht der Sterne. „Schwester Vierbein, willst du nicht das tun, was Tasch Kan und Ayana getan haben? Leben ist besser als tot sein!"

Ahkunas Schnauze strich über das glatte Gefieder. „Schak, mein kleiner geflügelter Freund, erinnerst du dich noch daran, als du zu uns kamst? Es war Frühling, meine Welpen spielten mit dir. Wir hatten eine schöne Zeit miteinander. Ist es nicht so?"

„Ja, Schwester Vierbein."

„Niemand kann uns diese Zeit nehmen, Schak! Auch nicht der Riesengroße aus Norr Norr."

„Nein, das kann er nicht!" Mit traurig zirpenden Lauten schmiegte sich der Häher an Ahkunas warmen Brustpelz.

Palo Kan legte sich neben die beiden hin.

Gemeinsam durchwachten sie die Nacht. Als das Licht der Sterne zu verblassen begann, verstummten die Rufe der Nachtvögel. Im ungewissen Schein des anbrechenden Tages wachte ein leichter Wind auf und flüsterte im Laub der Espenbäume.

Palo Kan hob den Kopf und schaute zum Lagerplatz hin. „Sollen wir sie fragen, ob sie mit uns nach Kaam gehen wollen, Mutter meiner Welpen?"

„Nein, Vater meiner Welpen. Wir sind alt geworden, aber sie sind noch jung. Die Erstgeborenen, die Urelten, werden sie beschützen."

Palo Kan und Ahkuna erhoben sich und schritten in der grauen Morgenwelt, der die warmen Farben des Tages fehlten, durchs taufeuchte Gras zum Lager zurück.

Schak flog ihnen stumm voran.

Auch an diesem Morgen, wie am Tag zuvor, gingen die Wölfe nicht auf die Jagd. Sternschwester fing ein paar Graupelzchen für die Welpen, die nicht von ihrer Seite wichen. Bevor die Sonne höher stieg, trotteten die Wölfe zum Bach und tranken. Dann lagen sie still nebeneinander auf dem Lagerplatz. Das Rudel Zahllos aus Norr Norr war gekommen, und Tasch Kan hatte sich unterworfen. Wuk und Wok und die Jungwölfe hörten schweigend zu, als Palo Kan berichtete, was er von Schak erfahren hatte. Keiner stellte eine Frage; seit dem verzweifelten Schrei in der Nacht wußten sie, was sie erwartete.

Als die Sonne den höchsten Punkt erreicht hatte und ihre Strahlen senkrecht in das Tal fielen, schreckte ein lautes Prasseln und Knacken am nördlichen Hügelhang die Wölfe auf. Die Luft trug ihnen die Witterung vieler Hornträger zu. Das Rudel trat auf die Wiese hinaus. Wo sich am Hang breite Gebüschstreifen durch das Gehölz zogen, schwankten Zweige, Geweihzacken tauchten aus dem Laub auf, das gleich danach wieder darüber zusammenschlug.

Dann brachen Scharen von Hornträgern aus dem Wald, mächtige Hirschbullen, Kühe mit ihren Kälbern an der Seite, Jährlinge, deren Geweih eben zu sprießen angefangen hatte. Hornträger um Hornträger rannte in wilder Flucht über den Talgrund; die Köpfe zurückgeworfen, preschten sie wie besinnungslos dahin, ganz nahe an den Wölfen vorbei, ohne sie wahrzunehmen. Ihr Keuchen, das Trommeln ihrer Hufe klang den Wölfen noch in den Ohren, als zwischen den Bäumen am Waldrand ein Puma auftauchte, ein Jäger mit den leisen Pfoten, der den Hornträgern nachhetzte, aber nicht um sie zu jagen, sondern ein Gejagter wie sie. In langen kraftvollen Sprüngen setzte er durch das hohe Gras, holte die Hornträger ein, überholte sie, erreichte vor ihnen den gegenseitigen Waldrand und floh hangaufwärts. Ohne einen Augenblick zu zögern, stürmten ihm die Hornträger blindlings nach.

Eine Bärin, gefolgt von zwei Jungen, rannte mit dem nur scheinbar schwerfälligen, schaukelnden Lauf der Dickpelze hinter ihnen her. Dicht nebeneinander flohen andere vierbeinige Jäger, Füchse, Marder, sogar die scheuen Langgeschwänzten, die Wildkatzen, die in der Dämmerung lautlos ihre Beute anschlichen und im hellen Tageslicht nur selten zu erblicken waren.

Über den Wipfeln erhoben sich Schwärme von Geflügelten, sie flatterten verwirrt und ratlos umher, ließen sich wieder in den Baumkronen nieder, um gleich danach erneut aufzufliegen. Der Wald hallte wider von den Warnschreien der Häher, Krähen und Raben und dem zornigen Keckern der Eichhörnchen. Quer über den Talgrund führte eine breite Spur niedergetrampelten Grases.

An jedem anderen Tag hätte diese panische Flucht nur eines bedeuten können: Feuer! In der Schwüle des Sommers, nach regenlosen Wochen, genügte ein Blitz, der in einen Baum einschlug, daß der Wald zu brennen anfing. An windstillen Tagen fraß das Feuer sich langsam weiter und ließ Vierbeinern und Geflügelten genügend Zeit, sich in Sicherheit zu bringen. Nur dann flohen alle Geschöpfe in blinder Angst, wie es die Hornträger und die vierbeinigen Jäger eben getan hatten, wenn ein starker Wind das Feuer anfachte und die Flammen rasend schnell von Baum zu Baum sprangen.

Seit Tagen aber war der Himmel blau und wolkenlos gewesen, auch nicht am fernsten Horizont war eine dunkle Gewitterwand aufgestiegen. Trotzdem witterten Wuk und Wok in den Wind, als hofften sie wider besseres Wissen, es könnte doch ein Feuer sein. Feuer vernichtete zwar, aber es schuf auch Platz für neues Grün, wenn das Dickicht zu undurchdringlich geworden war und kein junger Trieb mehr Licht zum Wachsen fand. Aus der Asche des verkohlten Waldes stachen junge Schößlinge, Gras und Blumen wucherten und lockten Hornträger und alle Arten von Geflügelten an. Ein Waldbrand hätte die Wölfe nur für kurze Zeit aus dem Tal vertrieben. Aber nicht der leiseste Brandgeruch war in der Luft zu spüren. Wuk und Wok ließen die Köpfe hängen.

To drückte sich platt auf den Boden und wimmerte.

Itsi schaute die Leitwölfin verstört an. „Sind es die Schnellen Läufer aus Norr Norr, Ahkuna?"

„Ja, Itsi, es ist das Rudel Zahllos."

Itsis Ohren zuckten, sie klemmte den Schwanz ein.

„Müssen wir nach Kaam gehen?"

„Nein, ihr nicht." Ahkuna beugte sich zu Itsi hinab und begann sie zu lecken, leckte ihr das Gesicht und den haselnußfarbenen, noch ein wenig wolligen Pelz, liebkoste auch To, der zu ihr hinkroch, und gab beruhigende Laute von sich wie in jener Zeit, als sie die Welpen im Dunkel der Höhle gesäugt hatte. „Die alten Geschichten", sagte sie, „erinnert ihr euch daran, was ich euch erzählt habe?"

„Ich habe mir alles gut gemerkt", versicherte Itsi. Ahkuna berührte die Welpen mit der Schnauze. „Du darfst die alten Geschichten nie vergessen, Itsi. Auch du nicht, To."

To fiepte.

Im selben Augenblick kam aus Palo Kans Kehle ein

fast lautloses Knurren, seine Ohren stellten sich steil nach vorn, der Schwanz straffte sich. Wuk und Wok fletschten die Zähne. Den Jungwölfen rannen Schauer durch die Körper. Noch konnten die Wölfe vom Tal nichts sehen und nichts hören, auch die Witterung, die der leichte Wind ihnen von Norden her zutrug, war nur schwach und unbestimmt, und doch spürten sie mit allen ihren Sinnen die nahende Gefahr.

Ahkunas Blick ging von Sternschwester zu Imiak und verharrte eine Weile auf Schiriki. „Es heißt, daß Kaam ein gutes Land ist", sagte sie. „Seid nicht traurig, wenn Palo Kan und ich dorthin gehen." Imiak und Sternschwester winselten. Schiriki stand stumm da.

Wie bei den Welpen, so berührte Ahkuna nun auch die Jungwölfe mit der Schnauze – ein schweigendes Abschiednehmen –, dann trat sie an Palo Kans Seite.

Oben am Himmel zogen Koiko, der Adler, und sein Weibchen mit weitausgebreiteten Schwingen immer schneller ihre Kreise. Die Witterung des fremden Rudels war nun deutlich wahrzunehmen, wurde stärker und schließlich so stark, daß es die Wölfe unten im Tal in lähmenden Schrecken versetzte. Das Geräusch von Pfoten – unzähligen Pfoten –, die im raschen Lauf über Moos und Farn dahinrannten, drang an ihre Ohren. Dann war ihnen, als setzte ihr Herzschlag aus. Dort, wo die grasbewachsene Lehne des Berges bis an den Hügel reichte, trabte Wolf neben Wolf, so dicht gereiht, daß die grauen und braunen Köper ineinander zu verschmelzen schienen. Auch über die bewaldete Kuppe, die sich an die Lehne anschloß, liefen Wölfe, hier und da im schwankenden Gebüsch für einen kurzen Augenblick sichtbar. Und nur das Pfotengeräusch war zu hören, die Wölfe aus Norr Norr kamen ins Tal herab, ohne einen Laut von sich zu geben.

Zahllos wie die Kiesel in einem Fluß waren sie. Galt Waka, das Gesetz, nicht mehr? War seine Ordnung aufgehoben? Kein Warnschrei ertönte im Wald, kein Vogelruf, die Geflügelten waren verstummt, als habe sie das gleiche Entsetzen erfaßt wie Palo Kans Rudel. Koiko und sein Weibchen stiegen steil in die Höhe. Schak flog zu Ahkuna hinab, strich mit einem klagenden Zirpen über sie hinweg, kehrte zu seinem Ast zurück und blieb dort reglos sitzen. Oben am Himmel flüchteten die Adler in die steinerne Welt des Berges.

Die Wölfe aus Norr Norr hatten den Talgrund erreicht, liefen leichtfüßig zwischen den lichter stehenden Stämmen hervor, hinaus auf die Wiese. Als die ersten stehen blieben – sie bildeten eine lange, dichtgeschlossene Reihe –, tauchten hinter ihnen Wölfe und wieder Wölfe unter den Bäumen auf, bis sie, Schulter an Schulter, fast den ganzen Talgrund einnahmen. Noch immer gaben sie keinen Laut von sich, ihre Haltung war aber nicht feindlich, nichts deutete darauf hin, daß sie vorhatten, über das kleine Rudel herzufallen.

Dann teilte sich die Schar, wich zu beiden Seiten zurück, machte einen Weg frei. Mit stockendem Atem und schreckgesträubtem Pelz sah Palo Kans Rudel einen riesigen Wolf auf sich zuschreiten, einen Wolf, der auch den größten seiner Wölfe um Haupteslänge überragte. Sein Fell war schwarz, wie das Dunkel einer sternlosen Nacht. Die Deckhaare der mächtigen Nackenkrause und entlang des Rückens aber waren weiß, sie glänzten im Sonnenlicht, so daß es war, als umgebe ihn ein heller Schein. Bei jedem Schritt sahen die Wölfe vom Tal das Spiel der kräftigen Muskeln unter dem Fell. Ohne Eile, Pfote vor Pfote setzend, bewegte der Riesenwolf sich mit ruhiger Würde, als sei er kein Eindringling, der gekommen war, um ein neues Jagdgebiet zu erkämpfen, sondern einer, dem das Besitzrecht ganz selbstverständlich zustand.

Die Ohren flach zurückgelegt, die Schwänze eingeklemmt, duckten sich Wuk und Wok auf den Boden.

Ihren Kehlen entrang sich der gleiche verzweifelte Schrei, den das Rudel am Tag zuvor aus Tasch Kans Gebiet vernommen hatte. Die Jungwölfe hechelten vor Angst.

Ein paar Schritte vor Ahkuna und Palo Kan blieb der Riesenwolf stehen. Der Fremde aus dem Norden und die Leitwölfe aus dem Tal sahen einander schweigend an. Im Gebüsch regte sich kein Vogel. Im Gras raschelte kein Graupelzchen. In der großen Stille, die sich über das Tal ausgebreitet hatte, wurde das Sirren eines Mückenschwarms und das Summen der winzigen Flügelwesen unnatürlich laut. Imiak konnte das angespannte Warten nicht mehr ertragen, am ganzen Körper zitternd fing er zu knurren an.

„Ich komme in Frieden", sagte der schwarze Wolf aus Norr Norr.

Seine riesige Gestalt ließ die beiden Leitwölfe klein erscheinen. Trotzdem antwortete Palo Kan so furchtlos, als stünde er einem Wolf gegenüber, dem er an Kraft gleichwertig war. „Wenn du in Frieden kommst, dann geh wieder fort – in Frieden. Ich, Palo Kan vom Tal der Flüsternden Winde, sage dir, daß kein Platz in meinem Jagdgebiet für dich und dein Rudel ist."

Der Wolf aus Norr Norr hob den Kopf. „Wer bist du, daß du mir befehlen kannst? Ich, Schogar Kan, den man den Leitwolf aller Leitwölfe nennt, bin aus Norr Norr gekommen, aus dem Land des Eises, um alle Rudel der Schnellen Läufer zu einem einzigen Rudel zu vereinen. Einem Rudel, dem die Welt gehören wird."

Von weiter hinten drängte sich eine Wölfin vor, Mahana, die am Tag zuvor ihre Gefährten verlassen hatte und nach Norden gelaufen war. Ahkuna schien weder sie noch das riesige Rudel zu sehen, sie schaute dem schwarzen Wolf voll ins Gesicht. „Es ist also wahr, was Hota, der Alte, sagte. Du und dein Rudel, ihr habt Waka vergessen."

„Vergessen?" fragte Schogar Kan. „Wie können wir vergessen, was es nie gegeben hat? Die Zeit ist vorbei, da wir Läufer mit den schnellen Beinen wie Welpen dachten und wie Welpen handelten. Begreift ihr nicht, was unsere Aufgabe ist? Wir werden die Welt verändern und eine bessere schaffen. Eine Welt, die uns gehört. In der keiner aus unserem Volk Hunger und Angst hat. Eine gute neue Welt – die Welt der Schnellen Läufer!"

„Das hat Waka, das Gesetz, nicht gewollt!" rief Ahkuna. „Als er die Welt ordnete, gab er jedem Geschöpf die gleichen Rechte. Die Welt gehört nicht uns allein." Sie schaute zum Berg empor, der sich grau in den glasigen Sommerhimmel erhob, die Schrofen und Klippen, in denen das Adlerpaar verschwunden war, von blauschwarzen Schatten durchzogen. Irgendwo dort zwischen den Felsgraten, vom Tal unten nicht auszunehmen, war die Höhle des alten Bären. „Schogar Kan", sagte Ahkuna, „weißt du nicht mehr, daß unsere Ureltern, die Erstgeborenen, gestorben wären, hätten nicht die anderen Geschöpfe für sie gesorgt? Der mit den großen Pranken wärmte sie, die Hornträger gaben ihnen Milch, die Jäger mit den leisen Pfoten und die Geflügelten brachten ihnen Nahrung. Hast du die alten Geschichten vergessen? Oder hat man sie dir nicht erzählt, als du ein Welpe warst?"

Ein leichter Windhauch bewegte die glänzenden Spitzen der Nackenkrause. Palo Kan zog die Lefzen hoch. „Geh zurück nach Norr Norr, Schogar Kan! Ich könnte dich als Leitwolf anerkennen, denn du bist stärker als ich. Aber einer, der Waka vergessen hat, wird nie mein Leitwolf sein."

Aus der ersten Reihe des großen Rudels löste sich ein Wolf, trottete näher und blieb auf halbem Weg stehen. Es war Tasch Kan. An seiner Flanke war das Fell mit Blut verkrustet.

„Palo Kan", rief er, „hör auf mich! Wir waren immer

Freunde, du und ich, wir haben unsere Rudel geführt und hatten nie Streit. Ich will nicht, daß du stirbst. Schau sie dir an, alle, die ihm folgen! Kannst du sie zählen? Sie haben sich unterworfen, wie Ayana und ich es getan haben."

Er leckte die Wunde an seiner Flanke und schaute Palo Kan an, als wollte er sagen: Ich habe versucht zu kämpfen, du siehst es! Aus den reifen Samenrispen der Gräser sirrten Flügelwesen hoch; winzige Geschöpfe mit Flügeln, die durchsichtig wie Wasser waren, umtanzten ihn. Er wehrte sie mit einer hilflosen Bewegung ab.

„Selbst sie, die Kleinsten, gehorchen dem Gesetz", sagte Ahkuna. „Willst du in einer Welt leben, Tasch Kan, in der wir Schnellen Läufer die einzigen sind, die es nicht tun? Hast auch du Waka vergessen?"

Tasch Kan warf einen scheuen Blick auf den Wolf aus Norr Norr. „Er sagt, die alten Geschichten taugen bloß für schwache Welpen. Er sagt, daß es Waka nicht gibt."

„Wer hat dann die Welt hervorgebracht, wer hat sie geordnet?" fragte Ahkuna. „Wer hat dem Großen Taglicht den Platz am Himmel angewiesen, wenn es nicht Waka war? Die Nachtlichter leuchten in der Dunkelheit, weil er es so will. Waka, das Gesetz, war immer und wird immer sein."

Durch die dichten Reihen der Wölfe ging eine Bewegung, so leicht, daß es kaum wahrzunehmen war, als brächten Ahkunas Worte die Erinnerung an jene Zeit zurück, da sie den alten Geschichten gelauscht und sich geborgen gefühlt hatten. Die Pupillen in den schwarzumrandeten Augen Schogar Kans verengten sich.

„Waka, das Gesetz?" rief er. „Wenn er immer war und immer sein wird, dann frage ich dich: Wo ist er? Bist du ihm jemals begegnet? Hat einer aus unserem Volk ihn je gesehen? Hat er zu uns gesprochen? Hat er zu dir gesprochen? Nein! Keiner hat Waka je gesehen, denn er war nie und wird nie sein. Wir selber sind das Gesetz. Und ich, Schogar Kan, bin es, der die Welt neu ordnen wird."

Seine dunkle volle Stimme hallte über das Tal. Seine Augen waren auf die kleine Schar gerichtet, auf das Rudel, das sich ihm noch nicht unterworfen hatte. Er stand vor ihnen, im vollen Sonnenlicht, den Kopf umrahmt von der weißschimmernden Nackenkrause. Eine geheime Macht ging von ihm aus, der sich die Wölfe vom Tal nicht entziehen konnten; ihnen war, als hätten sie sich schon immer danach gesehnt, ihm zu folgen und mit ihm zu gehen, wohin er sie auch führte.

„Ahkuna, Mutter meiner Welpen", sagte Palo Kan, „denkst du an letzte Nacht – so wie ich?"

„Ja, Vater meiner Welpen, ich denke daran."

Palo Kan trat einen Schritt vor.

„Wirst du mir folgen?" fragte der Wolf aus dem Norden.

„Nein, Schogar Kan, das werde ich nicht tun."

„Dann mußt du sterben", sagte Schogar Kan ruhig und ohne jede Erregung, als stelle er etwas fest, das selbstverständlich war.

Palo Kan antwortete mit einem tiefen, grollenden Knurren, mit hochgezogenen Lefzen und gefletschten Zähnen. Aber selbst jetzt, da sich seine Nackenkrause und das Rückenhaar steil aufgerichtet hatten und seine Größe betonten, wirkte er wie verloren vor dem Riesenwolf, der gelassen dastand und kein Anzeichen von sich gab, daß er sich auf den Kampf vorbereitete. Schogar Kan zeigte nicht das gewaltige Gebiß, um den Gegner einzuschüchtern, nicht ein Haar in seinem Pelz sträubte sich. Und gerade das war es, was Palo Kans Rudel mit Entsetzen erfüllte, als sei es keiner ihrer Art, mit dem ihr Leitwolf kämpfen wollte, sondern ein schreckenerregendes, nicht begreifbares Wesen aus einer anderen Welt.

Die Wölfe aus dem Rudel Zahllos verharrten reglos auf der Wiese. Tasch Kan stand wie erstarrt auf halbem Weg.

Mit einer so raschen Bewegung, daß die Augen der Wölfe kaum folgen konnten, sprang Palo Kan den Riesenwolf an, der ebenso schnell auswich. Palo Kans Zähne schnappten ins Leere. Wieder sprang er, wurde abgewehrt und griff von neuem an. Diesmal verbissen sich die Gegner ineinander. Als keiner den anderen zu Boden drücken konnte, trennten sie sich, aber nur einen Herzschlag lang, schon waren sie wieder übereinander hergefallen, mit weit geöffnetem Rachen, das Gebiß entblößt. Sie kämpften stumm, bis auf ein gelegentliches dumpfes Knurren, wälzten sich in einem rasenden Knäuel auf dem Boden oder versuchten, auf den Hinterbeinen stehend, die Kehle des Gegners zu packen.

Das war kein Kampf, der endete, sobald der Schwächere merkte, daß er unterlegen war und sich mit einer Demutsgebärde unterwarf oder sein Heil in der Flucht suchte. Der Wolf aus dem Norden und Palo Kan kämpften nicht um die Vorherrschaft, kämpften nicht, um den Stärkeren in der Rangordnung zu bestimmen. Sie kämpften, weil nur einer von ihnen überleben konnte.

Und Palo Kans Rudel sah, wie die Kräfte ihres Leitwolfes nachließen, wie seine Bewegungen langsamer wurden, wie er, wenn er strauchelte, sich immer mühsamer aufraffte. An seinen Flanken und am Nacken klafften tiefe Wunden. Blut strömte aus einer Wunde auf der Stirn und trübte ihm den Blick. Mit einem letzten verzweifelten Aufbäumen sprang Palo Kan den Gegner an. Schogar Kan warf sich mit voller Wucht auf ihn, zwang ihn zu Boden und riß ihm die Kehle auf.

Wuk und Wok gingen steifbeinig, als hätten sie verlernt, ihre Glieder zu gebrauchen, zu Ahkuna hin und stellten sich neben sie. „Nein", sagte sie sanft. „Laßt es mich allein tun. Ihr sollt noch nicht nach Kaam gehen. Behütet mir meine Jungen."

Sie trat zu Palo Kan. Er lag in dem vom Kampf niedergetretenen, geknickten Gras, die Läufe von sich gestreckt, die gebrochenen, blicklosen Augen ins Leere gerichtet. Ahkuna beugte sich zu ihm hinab und wusch ihm mit der Zunge die blutbefleckte Schnauze. Dann blickte sie auf.

„Jetzt mußt du mit mir kämpfen, Schogar Kan aus Norr Norr!"

Sie sprang ihn mit einem tiefen Aufstöhnen an, drang immer und immer wieder wie rasend auf ihn ein, achtlos darauf, daß seine Zähne ihr das Fell zerfetzten. Mahana war, vor Erregung tänzelnd, auf die freie Wiese hinausgelaufen; Geifer troff ihr aus dem Maul. Die Welpen drückten sich starr vor Angst an die Geschwister. Wie lange dieser Kampf dauerte, hätte nachher niemand sagen können. Die Zeit schien den Wölfen vom Tal stillzustehen. Dann sahen sie entsetzt, wie Ahkuna, mit blutenden Flanken und Seiten, den Kopf hocherhoben und zurückgeworfen, sich vor Schogar Kan aufrichtete und ihm ihre ungeschützte Kehle darbot, als suche sie nicht mehr den Kampf, sondern nur noch den Tod. Im selben Augenblick stieß aus dem Geäst der Bäume ein blauweißes Federbündel herab. Rauh kreischend griff Schak den Riesenwolf an, der scharfe Schnabel und die spitzen Krallen zielten auf Augen und Nase. Das Flattern der Flügel nahm Schogar Kan die Sicht, er wich zurück, schleuderte Schak mit einem Pfotenhieb zur Seite und warf sich auf Ahkuna. Die mächtigen Kiefer schlossen sich um ihre Kehle, ihr Körper wurde schlaff. Als Schogar Kan von ihr abließ, sank sie zu Boden; ihre Pfoten zuckten, dann blieb sie reglos liegen.

Jämmerlich piepend, die Flügel ausgebreitet, hüpfte Schak zu ihr.

Mahana jaulte triumphierend.

Das verwaiste Rudel brach in ein klagendes Geheul aus. Die Schnauzen zum leeren, wolkenlosen Himmel erhoben, verliehen sie ihrer Trauer und ihrer Verzweiflung Ausdruck, heulten in hohen, an- und abschwellenden Tönen, die von einem Ende des Tales zum anderen klangen und über den Kuppen der Hügel verhallten. Itsi tappte ein paar Schritte auf Ahkuna zu; vom Blutgeruch erschreckt, flüchtete sie winselnd zu To, der sich bei ihr verkroch. Die große Schar der Wölfe stand schweigend auf der Wiese. Tasch Kan hatte sich abgewandt.

Ein hagerer Wolf, großgewachsen und braunzottelig, lief zu Schogar Kan, knurrte den Häher an und rief: „Er hat es gewagt, dich anzugreifen. Soll ich ihn töten?"

„Wozu, Oiyo?" fragte Schogar Kan. „Laß den Geflügelten um die Toten trauern. Sie werden bald genug vergessen sein."

Er richtete die Augen auf das verlassene Rudel. Und wieder ging eine geheime, zwingende Macht von diesem Blick aus, der sie willenlos machte. Ihr Heulen erstarb, einer nach dem anderen verstummte.

„Führe sie zu ihrem Platz, Oiyo!" befahl Schogar Kan.

Die Wölfe vom Tal nahmen die wimmernden Welpen in ihre Mitte und folgten dem braunzotteligen Wolf, gingen mit gesenkten Köpfen und eingezogenen Schwänzen an den leblosen Körpern ihrer Leitwölfe vorbei, wo Schak noch immer mit ausgebreiteten Flügeln saß. Er gab jetzt keinen Laut mehr von sich.

Schiriki blieb stehen, hob den Kopf und schaute den riesigen Wolf mit der weißglänzenden Nackenkrause an, den Wolf, der so gleichgültig getötet hatte, ohne jede Erregung. Auf der schwarzen Nase, die Schak zerkratzt hatte, waren ein paar Blutstropfen hervorgequollen.

Die beiden sahen einander an, der schmächtige Jungwolf und Schogar Kan, der Leitwolf aller Leitwölfe, dem sich, auf seinem Zug vom Norden, Rudel um Rudel unterworfen hatte. Die Wölfe auf der Wiese wurden unruhig und reckten verwundert die Köpfe. Und Schiriki war es, als sei das plötzlich öde gewordene Tal erfüllt von unzähligen Schatten ohne Gestalt, ihm war, als sähe er nicht den Wolf aus dem Norden und sein Rudel, sondern jene Wesen, die der wandernde Geist des alten Bären durch den Nebel erblickt hatte.

Oiyo begann zornig zu knurren.

Schiriki ging seinen Geschwistern nach.

Das Riesenrudel setzte sich in Bewegung, mit Schogar Kan an der Spitze rannte es in ausdauerndem Wolfstrab den bewaldeten Hügelhang hinauf. Mitten unter ihnen, eingeschlossen von fremden Wölfen, lief das verwaiste Rudel aus dem Tal der Flüsternden Winde.

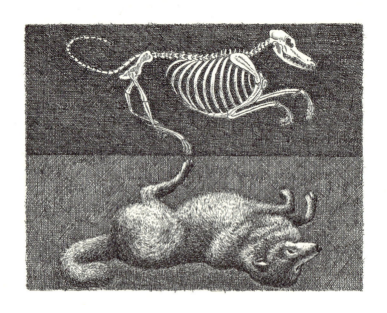

## *Im verlassenen Tal*

Schak hockte neben Ahkuna, den Kopf auf ihrer Schnauze. An dem noch immer wolkenlosen Himmel war die Sonne weitergewandert, Bäume und Sträucher warfen streng abgegrenzte Schatten. In der glasigen Luft wirkte der Berg fern und entrückt. Das von den vielen Pfoten niedergetretene Gras begann sich langsam wieder aufzurichten. Vereinzelt wagten sich Graupelzchen aus ihren Erdlöchern hervor, lugten ängstlich schnuppernd umher und lauschten mit zuckenden Ohren. Ein Eichhörnchen, das sich vor dem Riesenrudel in die höchsten Wipfel geflüchtet hatte, kam vorsichtig den Stamm heruntergelaufen, erschrak vor den leblosen Körpern im Gras und rannte mit wehendem Schwanz wieder den Baum hinauf. Hier und dort setzte schüchtern Vogelgesang ein. Im Espenwäldchen zwitscherten grauweiße Grasmücken. Die Blätter auf ihren dünnen

Stielen drehten und wendeten sich, blinkend im Sonnenlicht.

Als das Tal wieder zum Leben erwachte, war es Schak, als regte auch Ahkuna sich, ihm war, als spürte er ihren Atem. Er hüpfte erregt auf und ab und streichelte sie zirpend mit den Flügeln. „Ahkuna! Schwester Vierbein!"

An der zerfetzten, aber nicht durchgebissenen Kehle war das Blut geronnen und hatte sich verkrustet. Schak flog zum Bach, tauchte wie zu einem Bad ein, flog zurück und schüttelte, sich aufplusternd, Tropfen um Tropfen auf Ahkunas Schnauze. Dabei rief er immer wieder ihren Namen.

Ahkuna träumte. In ihrem Traum sah sie Palo Kan im Gras, die Läufe von sich gestreckt, als läge er in tiefem Schlaf, nur wußte sie, daß er tot war. Die Wiese, die sich endlos in die Ferne erstreckte, war von einem eigentümlichen Schein erhellt, der weder der Morgen- noch der Abenddämmerung glich. Dann sah Ahkuna, wie Palo Kan sich erhob; ein paar Herzschläge lang stand er ruhig da, den Blick auf sie gerichtet. Das Licht verdichtete sich. Ahkuna sah Palo Kan in einem schimmernden Kreis davonschreiten über die grenzenlose Wiese; sie sah, wie die Umrisse seiner Gestalt sich langsam auflösten. Das Licht wurde schwächer und erlosch.

Dunkelheit umgab Ahkuna. Sie ließ sich in dieses warme, weiche Dunkel sinken und hatte nur den einen Wunsch, auszuruhen und nie mehr aufzuwachen. Von irgendwoher aber hörte sie jemanden ihren Namen rufen, es klang wie das Tschirpen ihres kleinen geflügelten Freundes und schien von weither zu kommen.

Sie wunderte sich, daß Schak sie rief, und fragte sich, ob er nicht wußte, daß sie nur darauf wartete, dem Vater ihrer Welpen in das gute Land jenseits der Nachtlichter folgen zu dürfen.

Das Tschirpen wurde immer eindringlicher.

Ahkunas Lider flatterten.

„Schwester Vierbein!" zirpte Schak. „Ahkuna! Schwester Vierbein!"

„Du bist es, Schak?" sagte sie fast unhörbar.

„Ja, ich bin es, dein Freund!"

„Hast du das Licht gesehen, Schak?"

„Das Licht?" fragte der Häher.

Sie bewegte ganz leicht den Kopf, als wollte sie auf den toten Leitwolf weisen. „Er ist nach Kaam gegangen. Waka hat einen Boten geschickt."

Schak schaute auf die Wiese im hellen Sonnenschein, er dachte an die Geschichten, die Wölfe einander erzählten. „Ja, Ahkuna", sagte er, „ich habe das Licht gesehen."

„Dann ist es gut." Ihre Augen schlossen sich, sie lag wieder still da. Schak flog zum Bach, kam mit einem Schluck Wasser im Schnabel zurück und flößte es ihr ein.

Bis auf dieses kurze Erwachen fand Ahkuna nicht wieder zu klarem Bewußtsein. Der Häher blieb die ganze Zeit bei ihr und holte nur von Zeit zu Zeit Wasser vom Bach. Manchmal ging ihr Atem so schwach, daß er nicht mehr zu spüren war, dann wieder rasselnd und stoßweise. Vom Wundfieber war ihre Nase heiß und trocken geworden. So gut er es vermochte, fächelte ihr Schak mit tropfnassem Gefieder Kühlung zu.

Die Sonne versank hinter den Hügeln. Während der Himmel noch das letzte scheidende Licht trug, nahm das Grau der Dämmerung dem Tal schon alle Farben des Tages. Ein Langohr hoppelte aus dem Espenwäldchen, die Ohren scheu gespitzt. Als alles ruhig blieb, fing es an, Blätter und Kräuter zu nibbeln. Andere Kaninchen folgten, suchten Futter und zogen spielerisch Schleifen durchs Gras. Als es dunkel wurde, verschwanden sie in den Schutz des Waldes.

Die Rufe der Nachtvögel setzten ein, das weiche Schuschu der Eulen und das Lachen der Käuzchen. Am sternglitzernden Himmel hing eine dünne Mondsichel. Wenn einer der nächtlichen Jäger über das Tal schwebte, drückte Schak sich an Ahkuna und wartete, ohne sich zu rühren, bis die Gefahr vorüber war. Erst lange nach Mitternacht, als die Rufe verstummten, wagte er sich wieder zum Bach, flog unermüdlich hin und her, bis er vor Erschöpfung einschlief.

Als er erwachte, waren die Sterne verblaßt, kaltes Licht überzog den Himmel. Ahkuna lag so reglos da, daß Schak im ersten Augenblick meinte, sie sei gestorben; er wollte schon in ein klagendes Geschrei ausbrechen, als er sah, wie sie langsam den Kopf hob.

„Schwester Vierbein!" tschirpte er.

Sie hörte ihn, ohne daß ihr bewußt wurde, wer sie rief, sie erinnerte sich an nichts mehr, was geschehen war, spürte nur die quälende Hitze in ihrem Körper und das Verlangen nach Wasser und einem Flecken kühler, feuchter Erde, auf dem sie ausruhen konnte. Sie fühlte eine seltsame Schwerelosigkeit, gleichzeitig aber wollten die Beine sie nicht tragen, ihre Läufe knickten ein, sooft sie auch versuchte, sich aufzurichten. Sie schob sich auf allen vieren weiter, kam hoch, machte schwankend ein paar Schritte, sank wieder zu Boden. Das uralte, von Wolf zu Wolf vererbte Wissen sagte ihr, daß sie den Bach erreichen mußte. Es war nur alles so mühsam, jeder Erdbuckel, jede Mulde schien unüberwindbar zu sein.

Schak hüpfte neben ihr her, ratlos zuerst, weil er nicht verstand, was sie tun wollte, bis er plötzlich zu begreifen begann. Wenn Ahkuna niederfiel – und jedesmal brauchte sie länger und länger, um aufzustehen –, zirpte und tschirpte er ihr Mut zu. Er flatterte ihr voran, wenn sie sich taumelnd, Pfote um Pfote, vorwärtstastete. „Da bin ich, Schwester Vierbein! Ich zeig dir den Weg! Gleich bist du da!"

Als sich die Sonne über die Hügel erhob und die Vögel ihr Morgenlied begannen, hatte Ahkuna endlich den Waldrand und den Bach erreicht. Sie lappte das erfrischende Wasser. Dann kroch sie zu einem der schlammigen Tümpel am versumpften Ufer und blieb in der morastigen, heilkräftigen Erde liegen. Schak hockte sich still neben sie hin.

Über dem Tal kreisten Geier und ließen sich mit rauhen Schreien auf der Wiese nieder, dort, wo der Kampf stattgefunden hatte.

Schak wandte den Kopf ab.

## Die Wölfin Tokala

Das große Rudel lief bis tief in die Nacht hinein, dann hielt es Rast. Die verwaisten Wölfe vom Tal lagen dicht nebeneinander. Die Witterung so vieler und unbekannter Wölfe versetzte sie in einen Zustand ständiger Erregung, die kaum zu ertragen war und das Gefühl der Verlassenheit noch verstärkte. To war so verängstigt, daß er sich bei seinen älteren Geschwistern verkroch und sich nicht zu rühren wagte. Sie sprachen nicht miteinander, auf allen Seiten waren sie umgeben von fremden Wölfen, die jedes Wort, und wäre es auch nur geflüstert gewesen, mitanhören konnten. Und worüber hätten sie reden sollen? Sie konnten einander keinen Trost geben, ihre Leitwölfe waren tot, und die Ordnung, in der sie geborgen und sicher gelebt hatten, gab es nicht mehr.

Gegen Morgen, als Schogar Kan und seine Wölfe nicht

mehr weit von Tika Kans Jagdgebiet entfernt waren, stießen sie auf einen Trupp aus dem Rudel, der unter Oiyos Führung eine Herde Hornträger aufgespürt und erlegt hatte. Jeder erhielt einen Anteil an der Beute. Nach einer zweiten, diesmal sehr langen Rast, zogen alle wieder gemeinsam weiter. Am späten Nachmittag kamen sie in das langgestreckte Tal, in dem sich das Lager von Tika Kans Rudel befand.

Die Hügel, die das Tal umschlossen, waren nicht sehr hoch, sie rollten sanft dahin, die flachen Kuppen mit dichtem Wald bestanden. Der Berg lag weit zurück, war nur noch als blaue Schattenlinie am Horizont auszunehmen. Ein Bach, dessen Ufer Weidengesträuch säumte, verbreiterte sich immer wieder zu Tümpeln; an manchen Stellen war die Wiese versumpft und mit schilfigem Riedgras bestanden. Tika Kans Lagerplatz befand sich am Ende des Tales, wo die Wiese leicht anstieg und trocken war. Grau verwitterte Steinblöcke lagen gleich einem natürlichen Schutzwall verstreut im Gras.

Wie im Tal der Flüsternden Winde erwarteten auch hier die beiden Leitwölfe das fremde Riesenrudel, das in ihr Jagdgebiet eingedrungen war. Die Jungwölfe und die erfahrenen, ranghöheren Wölfe hatten die Welpen in die Mitte genommen. Tokala, die Leitwölfin, war älter als Tika Kan; die beiden hatten erst im Winter die früheren Leitwölfe abgelöst und führten das Rudel noch nicht lange.

Damals, als Tika Kan in das Tal der Flüsternden Winde gekommen war, um zu fragen, was das Warngeheul in der Nacht zu bedeuten hätte, war er sorglos und unbekümmert gewesen und schnell bereit, keinen weiteren Gedanken daran zu verschwenden. Selbst jetzt, da er sich der riesigen Schar gegenübersah und den Riesenwolf erblickte, wirkte er eher aufgeregt als angsterfüllt. Er konnte nicht stillstehen, sprang einmal vor, dann zurück und lief schließlich Schogar Kan entgegen.

„Also gibt es dich wirklich!" rief er. „Ich dachte, es sei bloß eine der Geschichten, die sich die Geflügelten erzählen." Tika Kan legte den Kopf schief, die Augen auf den schwarzen Wolf mit der weißschimmernden Nackenkrause gerichtet, fragte er: „Ist es wahr, was die Geflügelten sagen – entschuldige, wenn ich frage, aber du weißt, sie schwatzen oft Unsinn –, ist es wahr, daß du die Welt verändern wirst und daß wir Läufer mit den schnellen Beinen mächtiger sein werden als alle anderen Geschöpfe?"

Der Wolf aus Norr Norr stand ruhig und gelassen da, als nehme er auch dieses fremde Jagdgebiet so selbstverständlich in Besitz wie das Tal von Palo Kans Rudel. „Ja, Tika Kan", sagte er, „die Geflügelten haben dir die Wahrheit erzählt. Schau mich an! Man nennt mich Schogar Kan, den Leitwolf aller Leitwölfe. Ich kam aus dem Land des Eises, um die Rudel meines Volkes zu einem einzigen Rudel zu vereinen, dem niemand widerstehen kann. Ich werde die Welt verändern und eine neue schaffen, und sie wird uns gehören. Willst du mir dabei helfen?"

Tika Kans Schwanzende zuckte. Er starrte den schwarzen Wolf mit angehaltenem Atem an, dann hob er den Blick und betrachtete das vertraute Tal, als sähe er es zum ersten Mal. Seine Augen wanderten von Kuppe zu Kuppe bis hin zum Horizont, wo ferne Hügel einander überschnitten und im Dunst verschwammen. „Das alles gehört uns – uns allein?" rief er. Seine Gestalt straffte sich, er heulte freudig auf. „Ja, Schogar Kan, ich folge dir! Ich und mein Rudel, wir helfen dir, die Welt zu verändern."

In den ersten Reihen des Riesenrudels entstand Unruhe. Mahana lief auf die Wiese hinaus, schaute Tika Kan kurz an und wandte sich dann spielerisch von ihm ab. Die Grannenhaare ihres Pelzes glänzten.

Tika Kans Ohren und Schwanz stellten sich auf, er machte ein paar Schritte auf Mahana zu, schaute verlegen zu Tokala hin, warf den Kopf zurück, rannte zu ihr und umsprang sie fröhlich bellend. „Hast du gehört, Tokala! Uns gehört die Welt, uns ganz allein! Was für ein Tag! Warum haben wir das nicht schon immer gewußt! Kommt, kommt!" rief er seinem Rudel zu. „Kommt mit mir zu Schogar Kan. Er soll euch kennenlernen."

Tokala hatte bisher kein Wort gesagt, jetzt rieb sie beruhigend den Kopf an der Schulter ihres Gefährten. „Warte, Tika Kan! Ich habe noch nicht gesprochen."

Sie ging langsam auf Schogar Kan zu, blieb vor ihm stehen und sah ihn an. „Du willst, daß wir dir folgen?"

„Ja, das will ich. Folgt mir, und ich werde dich und die Deinen glücklich machen."

„Glücklich? Wir waren glücklich, bevor du zu uns gekommen bist. Ein kleines Rudel sind wir, das ist wahr. Aber wir leben, wie die Erstgeborenen, die Ureltern, es uns gelehrt haben, und so ist es gut. Warum kommst du zu uns, Schogar Kan? Ist dein Jagdgebiet noch nicht groß genug? Mußt du auch noch unseres haben? Warum?"

„Weil es nur ein einziges Jagdgebiet geben darf und nur ein einziges Rudel. Alle sind sie mir gefolgt auf dem weiten Weg vom Land Norr Norr bis hierher. Und alle werden mir folgen, vom Anfang bis zum Ende der bekannten Welt, auch jene Schnellen Läufer, die jetzt noch nichts von mir wissen. Schau sie dir an, Tokala, die meinen Weg mit mir gehen! Kannst du sie zählen?"

Tokalas Blick ging von einem zum anderen der riesigen Schar, verharrte ein paar Herzschläge lang auf den verwaisten Wölfen aus dem Nachbargebiet. „Ich kann sie nicht zählen. Niemand kann sie zählen. Es sind zu viele. Aber ich sehe Palo Kan und Ahkuna nicht. Wo sind sie?"

„Sie sind tot, Tokala", bellte Oiyo, der zottige Wolf.

„Sie sind tot?"

„Ja. Sie wollten nicht mit meinem Herrn gehen."

Tokala duckte sich, ein Zittern lief durch ihren Körper, ihr Rückenhaar stellte sich auf.

„Tot?" sagte sie. „Das ist es also, was einen erwartet, wenn man nicht so leben will, wie du es willst, Schogar Kan. Du tötest – nicht weil du ein Jagdgebiet brauchst, nicht weil du Hunger hast! Du tötest, weil es dir so gefällt. Nein, Schogar Kan! Ich folge dir nicht!"

„Tokala!" heulte Tika Kan auf. Er lief zu ihr, stieß sie an. „Was hast du? Wie kannst du nur so reden!" In seiner Erregung packte er sie mit den Zähnen am Pelz und schüttelte sie. „Siehst du nicht, wie groß sein Rudel ist? Siehst du nicht, wie stark er ist? Er will uns glücklich machen. Er gibt uns die ganze Welt!"

Tokala wirbelte herum, entblößte die Lefzen, aus ihrer Kehle kam ein tiefes Grollen. „Hör nicht auf ihn, Tika Kan! Er ist toll geworden. Wie soll ein so großes Rudel Nahrung finden, wenn der Winter kommt? Hast du Waka, das Gesetz, vergessen? Vater meiner Welpen, die Welt, die dieser da schaffen will, ist keine Welt, in der wir Schnellen Läufer glücklich sein werden."

„Er hat Palo Kan und Ahkuna getötet, Tokala! Er wird auch dich töten! Wie kannst du mir das antun?"

Sie richtete sich zur vollen Größe auf, nun ganz ruhig geworden. „Ich weiß, Tika Kan, daß er stärker ist als ich. Seit wann aber müssen Schwache mit dem Starken kämpfen? Das ist nicht die Art unseres Volkes. Ich kämpfe nicht mit ihm." Sie schaute über die Wiesen, auf den murmelnden Bach, auf das Riedgras mit den flockigen Samen, auf die kleinen Gruppen der Sträucher und Bäume. „Hier wurde ich geboren. Ich dachte, hier mit dir zu leben, Vater meiner Welpen, bis zu jener Zeit, da wir nach Kaam gehen. Aber es gibt auch andere Täler. Das Land der Hügel und Wälder ist groß, und noch gehört es nicht ihm, dem Schwarzen aus Norr Norr. Irgendwo wird es einen Platz geben, wo wir in Frieden leben können."

Sie trat zu ihrem Rudel, das sich verängstigt aneinanderdrängte. „Ich habe euch auf der Jagd geführt", sagte sie, „ich habe für euch gesorgt. Ihr meine Kleinen, ich habe euch gesäugt und euch Wärme gegeben, wenn ihr gefroren habt. Wollt ihr mit mir gehen?"

Die Welpen – es waren vier – starrten sie mit großen, verschreckten Augen an. Die anderen Wölfe des Rudels senkten den Blick. Keiner rührte sich.

„Hast du gehört, was sie gesagt hat, Schogar Kan?" heulte Oiyo. „Soll ich sie töten?"

„Wozu?" fragte der schwarze Wolf. „Laß sie fortgehen. Sie ist schon jetzt so gut wie tot."

„Vater meiner Welpen", sagte Tokala, „kommst du mit mir?"

Tika Kan gab keine Antwort. Mahana kam tänzelnd herbei und legte den Kopf auf seine Schulter, er ließ es geschehen und wies sie nicht von sich.

Tokala wandte sich ab. Ohne sich einmal umzusehen, lief sie durch das Tal, gegen Westen, wo die schon tiefstehende Sonne die Hügel in das goldene Licht des späten Nachmittags tauchte. Das Gras schwankte, wenn die Pfoten der Wölfin es berührten, sie verschwand hinter Gebüsch, um gleich danach wieder sichtbar zu werden, bis der Wald sie aufnahm und sie nicht mehr zu sehen war.

„Du hast recht, Schogar Kan", sagt Oiyo zufrieden. „Warum sollten wir sie töten? Eine Streunerin, die keine Gefährten hat! Sie wird nicht lange am Leben bleiben."


Diese Nacht blieb das Rudel in Tika Kans Jagdgebiet. Der schwarze Wolf aus Norr Norr hatte sich am Ende des Tales auf einer Bodenwelle niedergelassen, umgeben von Oiyo und den Leitwölfen und Leitwölfinnen, die sich ihm angeschlossen hatten. Auch Tika Kan befand sich in dieser Gruppe.

Vom ersten Augenblick an, als der Riesenwolf in das Tal gekommen war, hatte er auf Tika Kan die gleiche Macht ausgeübt, die auch Ahkunas verwaiste Wölfe verspürt hatten. Worin diese Macht lag, hätte Tika Kan sich nicht erklären können. Es war nur auf einmal selbstverständlich, alles zu vergessen, was er bisher geglaubt hatte, und nicht danach zu fragen, warum es so war. Als Schogar Kan von der neuen Welt gesprochen hatte, war es Tika Kan gewesen, als sähe er diese Welt vor sich, als hätte er schon immer darauf gewartet, daß es einmal so sein würde. Und nun war er auserwählt worden, Schogar Kan als einer der Leitwölfe zu begleiten. Er hätte froh und glücklich sein sollen und war es doch nicht. Er vermißte Tokala. Sie hatten miteinander gejagt, miteinander das Rudel geführt, sie waren immer beisammen gewesen. Wie aufgeregt und stolz war er gewesen, als er eines Morgens im Frühling das Fiepen der neugeborenen Welpen – seiner Welpen! – aus der Höhle vernommen hatte. Und jetzt war Tokala fortgegangen. Warum hatte sie ihm das angetan? Warum hatte sie ihn verlassen?

Tika Kan winselte und vergrub den Kopf unter dem Schwanz. Nach einer Weile spürte er, daß jemand sich zu ihm setzte. Es war Mahana. Er fühlte die Wärme ihres Körpers, wollte ihr das Gesicht lecken, aber sie schnappte nach ihm, entzog sich ihm mit einer geschmeidigen Bewegung und weckte dadurch erst recht sein Verlangen. Bevor die Mondsichel am Himmel zu leuchten begann, lagen sie, einander liebkosend, Seite an Seite. Tika Kan dachte nicht mehr an Tokala.

Das große Rudel hatte sich über das ganze Tal verstreut, die einzelnen Gruppen lagerten nicht mehr so dicht beisammen wie in der Nacht zuvor. Die Wölfe aus Palo Kans Rudel hatten sich einen Schlafplatz am Waldrand gewählt. Das Gras unter den Bäumen war mit Moos durchsetzt, der Boden speicherte noch die Wärme des

Tages. Sie konnten nicht einschlafen, so müde sie auch waren. Wären sie allein gewesen, hätten sie die Schnauzen zum Sternenhimmel erhoben, ein klagendes Geheul angestimmt und darin ein wenig Trost gefunden. Aber sie blieben stumm, sie wußten, daß sie nicht zeigen durften, was sie fühlten.

Tiefe Stille umgab sie, in der nur die Atemzüge schlafender Wölfe zu vernehmen waren. Manchmal raschelte das Gras, oder ein Zweig knackte, dann tauchte schattenhaft eine Gestalt auf und verschwand wieder im Dunkel – Wölfe, denen Schogar Kan aufgetragen hatte, Tal und Wald zu bewachen. Alle anderen vertrauten nächtlichen Geräusche fehlten. Kein kleines Pelzwesen wagte sich aus den Erdhöhlen, keiner der furchtsamen Langohren hoppelte über die Wiesen. Selbst die geflügelten Jäger der Nacht – Uhu und Eule und Kauz – mieden den Ort, wo die widernatürlich große Schar der Wölfe lagerte.

Auf dem schwarzen Himmelsbecken leuchtete die Milchstraße, der Pfad, auf dem die Schnellen Läufer, so glaubten die Wölfe, nach Kaam gingen. Sternschnuppen zuckten auf und erloschen. Über den Wipfeln hing ein blasser Sichelmond.

To wimmerte und rief leise winselnd nach Palo Kan und Ahkuna.

„Du kannst sie nicht mehr rufen, To", sagte Sternschwester. „Sie sind nach Kaam gegangen."

„In das gute Land?" fragte Itsi.

„Ja, in das gute Land."

To schniefte kläglich. „Sie haben mich allein gelassen! Warum?"

„Du bist nicht allein", sagte Wok. „Wuk und ich und deine Geschwister sind bei dir." Er streckte sich neben To aus und zog ihn mit den Pfoten an sich. To hörte zu wimmern auf, der vertraute Geruch Woks überdeckte die fremde, furchterregende Witterung der vielen Wölfe. To verkroch sich im weichen Brustpelz.

Die Sterne wanderten über den Himmel, manche versanken hinter den dunklen Hügelketten, andere zogen auf. Die verwaisten Wölfe vom Tal schliefen endlich ein.

Auch im Schlaf fand Schiriki keine Ruhe. Wieder war er eingeschlossen vom Netz, das Spinnenweben glich, aber hart wie Stein war. Er sprang und sprang dagegen an und konnte das Netz nicht überspringen, nicht mit den Zähnen durchbeißen. Verschwommen und unklar meinte er Wesen zu sehen, die auf zwei Beinen standen. Als er, fast besinnungslos vor Angst, aufheulen wollte, erwachte er.

Der Sichelmond, das Große Nachtlichthorn, war verblaßt, in der Schwärze der Nacht blinkten nur noch schwachleuchtende Sterne. Schogar Kans Wächterwölfe schritten durch das Tal, von einer schlafenden Wolfsschar zur anderen. Schiriki verbarg den Kopf unter den Pfoten. Aus diesem Angsttraum gab es für ihn und sein Rudel kein Erwachen.

Viele Tage lang zog das Riesenrudel weiter, von Jagdgebiet zu Jagdgebiet. Und so groß war der Schrecken, den Schogar Kan verbreitete, daß keiner der Leitwölfe und keine der Leitwölfinnen sich ihm zu widersetzen wagte. Als sein Reich sich vom Land des Eises bis weit nach Süden erstreckte, hielt er endlich inne und ging daran, jenen Teil der Welt, der ihm gehörte, nach seiner neuen Ordnung zu gestalten.

## Die Botschaft des alten Bären

Wie viele Tage und Nächte Ahkuna neben dem Bach lag, hätte Schak nachher nicht sagen können. Die Tage gingen in den Abend über und die Nächte in den Morgen. Manchmal – immer nur für kurze Zeit und ohne das Bewußtsein zu erlangen – schreckte Ahkuna aus ihrem Fieberschlaf auf. Stets war Schak an ihrer Seite, sein zärtliches Tschirpen und Zirpen beruhigte sie, wenn sie auch nicht wirklich wahrnahm, daß er bei ihr war. Ohne seine ständige Gegenwart wäre Ahkuna vielleicht dort am Bachufer gestorben.

Wieder dämmerte ein Morgen. Tau überzog die Wiesen. Als die Sonne emporstieg, brachen sich ihre Strahlen in jedem einzelnen Tropfen. In den fleischigen, tellerförmigen Blättern der Sumpfgewächse hatten sich glitzernde Tauperlen angesammelt. Lichtfunken hüpften auf jedem kleinen Wasserwirbel im Bach.

Ahkuna hob den Kopf, schaute um sich wie jemand, der lange geschlafen hat und sich nach dem Erwachen noch nicht zurechtfindet.

Schak umflatterte sie, seine Flügel strichen über ihre Schnauze.

„Ich bin durstig", sagte Ahkuna.

Sie stand auf, stand eine Weile mit hängendem Kopf da, dann tappte sie, Pfote vor Pfote setzend, als sei jeder Schritt unendlich mühsam, ans Ufer, ließ sich nieder und begann, mit langen Pausen dazwischen, Wasser zu lappen.

Nachher versuchte sie erst gar nicht, sich aufzurichten; die Vorderbeine lang ausgestreckt, blieb sie liegen, den Kopf auf den Läufen. „Schak", fragte sie, „wo ist – mein Rudel?"

Der Häher zirpte kläglich.

Eine grünglänzende Libelle flog herbei und schwebte mit zitternd vibrierenden Flügeln über dem Bach, bevor sie im Zickzackflug davonschwirrte. Am Grund eines der klaren Tümpel am Ufer kam ein winziger Krebs hinter einem Stein hervor, rannte über den Sand und verschwand eilig unter dem nächsten Kiesel. Zurück blieb eine zarte, wie hingekritzelte Spur, die das Wasser rasch wieder löschte.

„Sind sie mit dem Schwarzen aus Norr Norr fortgegangen?" fragte Ahkuna.

„Ja, Schwester Vierbein. Aber denk nicht mehr daran. Du mußt wieder gesund und kräftig werden. Soll ich dir ein Graupelzchen fangen?"

„Ich bin nicht hungrig, Schak."

Ahkuna schloß die Augen. Der Häher hockte sich neben sie und fächelte mit den Flügeln. Nach einer Weile merkte er, daß sie eingeschlafen war. Sie lag ganz still und atmete ruhig und gleichmäßig, es war der tiefe, heilende Schlaf der Erschöpfung, der dem Fieber folgt, wenn es abgeklungen ist. Als Ahkuna gegen Abend erwachte, schob ihr Schak ein Graupelzchen zu, das er einem streunenden Fuchs abgejagt hatte. Sie fraß – denn jetzt war sie hungrig – und schlief wieder ein, durchschlief die Nacht und den Tag. Schak flog nur einmal fort, um in den Wipfeln nach Futter zu suchen. Als die Sonne sich den Hügelkuppen zuneigte – Schak war eingedöst –, öffnete Ahkuna die Augen und erhob sich. Sofort war der Häher hellwach. Diesmal stand Ahkuna nicht so schwach auf den Beinen wie am Tag zuvor, der lange Schlaf hatte ihr wieder Kraft gegeben, sie schritt zielstrebig den Waldrand entlang auf den verlassenen Lagerplatz zu.

Schak flatterte zirpend neben ihr her. Als sie das Lager erreicht hatten, setzte Ahkuna sich auf die Erdkuppe, auf der sie so oft gemeinsam mit Palo Kan Wache gehalten hatte. Eine Herde Hornträger hatte sich, nachdem das große Wolfsrudel weitergezogen war, zurück ins Tal gewagt. Sie ästen im lichten Unterholz und am Wiesenrand, hoben immer wieder die Köpfe und witterten, aber die einsame, reglos dasitzende Wölfin beunruhigte sie nicht.

Ein leichter Wind wellte das Gras, täuschte flüchtige Schatten vor, die im schräg einfallenden Licht darüberzuhuschen schienen. Ahkuna schaute über die Wiese zu jener Stelle hin, wo sie und Palo Kan dem Wolf aus Norr Norr entgegengetreten waren. Das Gras hatte sich längst wieder aufgerichtet, stand hoch und dicht. Schak äugte Ahkuna besorgt an, aber ihr Blick verweilte nur kurze Zeit auf dem Kampfplatz, als wecke er keine Erinnerung in ihr.

Die Sonne versank hinter den Hügeln, die hereinbrechende Dämmerung verwischte alle Formen. Als die ersten Fledermäuse über die graugewordene Wiese hinweghuschten, schreckte ein krächzender Ruf den Häher auf. Mit ruhigen Schwingenschlägen kam KumKum aus den Wipfeln herabgeflogen und ließ sich vor Ahkuna nieder. Im ungewissen Licht wirkte der Rabe größer, als er war.

„Mutterwölfin", sagte er, „Hota, der Alte, hat mich zu dir gesandt." Ahkuna saß reglos da, gab kein Zeichen von sich, daß ihr die Ankunft des Raben bewußt geworden war. KumKum spreizte die Flügel. „Koiko, der Adler, flog über die Hügel, er sah eine Schar Schneller Läufer, und sie war auf dem Weg in dieses Tal. Geh auf den Berg, Ahkuna! Du darfst nicht hierbleiben. Hota erwartet dich."

„Auf den Berg?" piepte Schak. Er schwenkte den Schopf und trippelte erregt hin und her. „Ahkuna soll auf den Berg gehen? Und was ist mit mir? Ich bin schließlich auch noch da! Von mir hat Hota nichts gesagt?"

KumKum krächzte. „Nein, Buntgefiederter! Von dir hat er kein Wort gesprochen."

Der Häher plusterte sich auf. „Er meint wohl, ich bleibe hier unten? Aber da irrt er sich, der Dickpelz! Ich verlasse Ahkuna nicht. Was soll sie dort oben allein mit euch zwei?"

KumKum hob sich kraftvoll vom Boden ab und strich über Schak hinweg. „Geh mit der Mutterwölfin, kleiner Schwätzer! Das Felsenland ist groß genug, für dich ist auch noch Platz." Der Rabe verschwand im Dunkel unter den Bäumen, das krächzende Rufen wurde leiser und verstummte.

„Schwester Vierbein", zirpte Schak, „hast du gehört, was der schwarze Federwisch gesagt hat? Die Spitzohren kommen zurück!"

Ahkuna gab keine Antwort.

Der Häher umflatterte sie, zupfte sie am Pelz, schlug mit den Flügeln und zirpte immer ängstlicher und besorgter. Sie schien es nicht wahrzunehmen, ihr Blick war auf die verdämmernden Hügel gerichtet, als sähe sie etwas, das nur sie und kein anderer sehen konnte. Schak brach in ein zeterndes Geschrei aus. „Schwester

Vierbein! Sag doch was! KumKum war da! Hast du es nicht bemerkt? Der alte Dickpelz will, daß wir auf den Berg gehen. Wir müssen fliehen."

Jetzt endlich wandte Ahkuna sich zu ihm. „Fliehen, Schak? Warum?"

„Weil sie dich töten werden, Schogar Kan und sein Pack!"

Irgendwo drinnen im Wald knackten Zweige, die Hornträger warfen die Köpfe hoch, witterten und lauschten. Als nichts mehr sich rührte und nur Tauben verschlafen gurrten, ästen sie ruhig weiter.

„Mein kleiner Freund", sagte Ahkuna, „Palo Kan ist nach Kaam gegangen. Auch ich werde in das gute Land gehen."

Schak ließ sich zwischen ihren Pfoten nieder, reckte sich hoch und schaute sie starr an. Sein blauer Federschopf stand steil in die Höhe. „Hast du deine Welpen vergessen? Und die Jährlinge? Und Wuk und Wok? Wenn du nach Kaam gehst – was ist mit ihnen? Sollen sie niemanden mehr haben? Weißt du denn, ob sie dich nicht einmal brauchen?"

Ahkuna schwieg.

Schak piepte kläglich. „Und ich?" fragte er. „An mich denkst du gar nicht? Willst du mich ganz allein lassen? Ohne dich mag ich auch nicht mehr leben."

Er steckte den Kopf unter das Gefieder, wollte nichts mehr sehen, nichts mehr hören. Nach einer Weile spürte er, wie Ahkunas Schnauze ihn berührte. Er hob den Kopf. Ahkuna hatte sich zu ihm hinabgebeugt, ihre Zunge glitt über sein Federkleid. „Schwester Vierbein", piepte er, „gehst du mit mir auf den Berg?"

„Ja, mein kleiner geflügelter Freund, ich gehe mit dir."

Der Häher hüpfte vor Freude. „Dort oben ist es gar nicht so übel", tschirpte er. „Es gibt zwar nichts als Steine, aber ein paar Zapfenbäume habe ich doch gesehen." Er wollte schon zum Hang vorausfliegen, als Ahkuna ihn zurückhielt. „Warte bis morgen, Schak! Laß mir noch diese eine Nacht hier in meinem Tal."

Sträucher und Bäume waren zu gestaltlosen, ineinanderfließenden Schatten geworden. Im Westen trug der Himmel den letzten Schein der untergegangenen Sonne, ein blasses, entfärbtes Licht, vor dem sich die Hügelkuppen dunkel abhoben. Die ersten Sterne flimmerten über dem Tal. Von den äsenden Hirschen her kamen leise Geräusche.

Ahkuna streckte sich auf der Erdkuppe aus. Schak setzte sich zu ihr.

Immer mehr Sterne leuchteten am nun tiefschwarzen Himmel. Die Hornträger hatten sich ins Dickicht des Waldes zurückgezogen. Manchmal schwebte einer der nächtlichen Jäger über die Wiese. Ein paarmal flog Schak in die Wipfel hinauf und horchte angestrengt, aber die Wolfsschar, die Koiko gesichtet hatte, mußte noch weit entfernt sein, kein Vogel und kein anderes Geschöpf schreckte aus dem Schlaf und gab Alarm.

Als die Sterne erloschen und der Morgen sich in einem bleichen Streifen über den Hügeln ankündigte, erhob sich Ahkuna. „Komm, Schak!" sagte sie.

Es war ganz still, nur der Bach murmelte, flüsterte und plätscherte, aber selbst seine Stimme klang gedämpft im stummen Morgen. Die nächtlichen Geschöpfe hatten sich in ihre Höhlen und Schlupfwinkel verkrochen, und die Geschöpfe des Tages schliefen noch. Kein Vogel regte sich im Geäst. Dunst war vom Bach aufgestiegen, zog träge über die Wiesen, die Stämme am Waldrand standen wie auf dem Grund eines tiefen Wassers. Manchmal tropfte Tau von einem Blatt.

Im Frühsommer war Ahkuna mühelos den Hang hinaufgelaufen, hatte leichtfüßig über Steine und Wurzeln hinweggesetzt, diesmal fiel es ihr schwer, Schak zu folgen. Je steiler der Hang wurde, desto öfter mußte sie, nach Atem ringend, stehenbleiben.

Als sie das Bachbett verließen, erwachten die ersten Vögel und begannen ihr Morgenlied. Die Sonne ging auf, hier und da blitzte es hell durch die Zweige. Schak flog voraus, kam aber immer wieder zurück, umstrich Ahkuna, zirpte aufmunternd und wartete geduldig, wenn sie rastete.

Am späten Vormittag erreichten sie die steinige Halde. Die zarten Farben des Frühsommers waren verschwunden, dafür blühte es dunkelblau, tiefrot und violett versteckt im Gestein. Nebelfarbene Dohlen flogen mit lauten Warnschreien auf. Graupelzchen und andere kleine Pelzwesen huschten davon, setzten ihre Futtersuche aber gleich wieder fort, sie wußten, daß die geschwächte Wölfin ihnen nicht gefährlich werden konnte. Ahkuna schleppte sich mühsam aufwärts. Moos und Flechten boten sichere Trittstellen, aber immer wieder knickten ihr die Läufe ein.

Als sie die Halde endlich überwunden hatten und in das Steinlabyrinth eingestiegen waren, streckte Ahkuna sich unter einem der überhängenden Felsen aus. Sie hatte keine Kraft mehr zum Weitergehen. Das nun senkrecht einfallende Mittagslicht verlieh dem Gestein ein blendendes Weiß. Schak kuschelte sich an die Wölfin. Was immer jetzt unten im Tal geschehen mochte, hier waren sie in Sicherheit, keiner aus Schogar Kans Rudel würde sich so weit hinauf ins Bergland wagen. Schak hatte keine Eile mehr.

Nichts störte ihre Rast. Die Sonne wanderte am Himmel weiter, die Felsen warfen langsam wachsende Schatten. Einmal hörte Schak aus verborgenen Schründen das Pfeifen eines Bergvogels, ein anderesmal kollerte und rieselte es im Gestein. Oben auf einer Zinne tauchten weißzottelige Spitzhörner auf. Die Köpfe mit den Fransenbärten am Kinn vorgereckt, die viereckigen, gelben Augen auf die ruhende Wölfin gerichtet, kamen sie neugierig ein Stück herunter, liefen dann eine fast senkrechte Wand hoch und sprangen von Klippe zu Klippe immer höher, hinauf in unzugängliche Felsregionen.

Vom Gipfel her begann ein erfrischender Wind zu wehen. Ahkuna und Schak brachen wieder auf. Mit allerlei zärtlichen Tschirplauten lockte der Häher die Wölfin weiter, bis sie das Felslabyrinth hinter sich hatten.

Die kleine Hochebene lag still und friedlich vor ihnen. Ahkuna schritt über Moos- und Flechtenpolster, vorbei an kriechenden Krüppelkiefern, auf die Höhle des Bären zu. Schak flatterte hinter ihr her. Die massige Gestalt des zerklüfteten Berggipfels war im späten Nachmittagslicht schwerelos geworden.

Hota, der Alte, saß vor der Höhle. Auf einem der Felsvorsprünge hatte KumKum Platz genommen.

Ahkuna blieb stehen.

„Bist du zu mir gekommen, Mutterwölfin?" fragte der Bär.

„Ja, Hota vom Berg, ich bin zu dir gekommen."

Er erhob sich, und sie folgte ihm ins Innere der Höhle. Durch verborgene Ritzen und Spalten im Fels sickerte dämmriges Licht. Selbst die Hitze des Sommers hatte die dicken Steinwände nicht erwärmen können, die Luft war kühl. Ahkuna legte sich neben Hota nieder, es war auf einmal ganz selbstverständlich, daß sie in der Höhle des Bären war, hoch oben im Land aus Stein und Fels, das die Läufer mit den schnellen Beinen mieden. Sie schloß die Augen und glitt in der von keinem Laut gebrochenen Stille der Höhle in einen tiefen, traumlosen Schlaf.

Als sie erwachte, mußte der neue Tag längst angebrochen sein, in der Höhle war es heller geworden. Der alte Bär schlief. Ahkuna stand auf und trat ins Freie hinaus. Schak, der draußen auf sie gewartet hatte, begrüßte sie mit freudigem Geschrei. Nahe dem Eingang lag ein totes Bergschaf, das der Bär im Morgengrauen geschlagen und zur Höhle geschleppt hatte. Ahkuna fraß, und als sie satt war, trank sie bei dem kleinen steinigen Tümpel.

Die Sonne überglänzte das Felsenland. Wolkenballen schwebten am Himmel, wo Koiko, der Adler, kreiste, so hoch oben, daß er winzig klein wirkte und einem in der Luft treibenden Blatt glich. Ahkuna ging langsam über die Hochfläche, Schak hüpfte ihr voran. Flügelwesen summten und sirrten, irgendwo trieben sich sanft zwitschernde Vögel herum. Die Felsplatten strahlten die Sonnenwärme zurück, die dünne, trockene Erdkrume federte unter den Pfoten. Kräuter und Blumen sandten würzigen Duft aus.

Auf dem Felsvorsprung, wo sie bei ihrem ersten Gang auf den Berg gewartet hatte, bis der Rabe zurückgekommen war, ließ Ahkuna sich nieder. Wie an jedem klaren Tag war unten im Tal alles deutlich zu erkennen, Wiese, Wald und Bach. In der Ferne reihte sich Hügel an Hügel, endlos. Träume stiegen in Ahkuna auf, aus Tagen, die längst vergangen waren. Sie meinte, zusammen mit ihren Welpengeschwistern im warmen Dunkel der Höhle zu liegen, umsorgt von der Mutter. Sie war wieder die junge Wölfin, die sich den ersten Platz im Rudel erkämpft und Palo Kan zum Gefährten erwählt hatte. Beide waren sie jung und stark und voller Lebensfreude. Seite an Seite liefen sie inmitten ihres Rudels durchs Tal, streiften durch den Wald, jagten die scheuen Hornträger. Ahkuna sah die Welpen vor sich, die sie geboren hatte, fühlte die winzigen Schnauzen, die nach ihren Zitzen suchten. Und immer war Palo Kan bei ihr.

Dem Häher schien sie so gelöst, ja glücklich zu sein wie schon lange nicht mehr. Von Zeit zu Zeit äugte er ins Tal hinunter. Die Wiese lag verlassen da, ein paarmal war ihm, als könnte er in den Büschen eine flüchtige Bewegung wahrnehmen, es waren wohl Hornträger, die sich dort versteckt hielten. Schak hüpfte leise zirpend zwischen Ahkunas Pfoten, zufrieden, daß sie beide oben auf dem Berg waren. Was im Tal vor sich ging, betraf sie nicht mehr.

Ein Tag nach dem anderen verstrich. Ging der alte Bär im Felsenland auf die Jagd, brachte er stets einen Teil der Beute für Ahkuna zur Höhle. Wie früher bei den Wolfsmahlzeiten schnappte Schak sich kleine Fleischhappen. Auch sonst fand er reichlich Nahrung: Die Krüppelföhren trugen Zapfen, die Gräser hatten Samen angesetzt, und die Flügelwesen schmeckten ebenso gut wie unten im Tal. An Regentagen, wenn tief herabgesunkene Wolken den Gipfel verhüllten und das Felsenland in grauem Dunst versank, hatten Ahkuna und Schak es warm und trocken in der Höhle. Manchmal verbrachte Ahkuna Stunden um Stunden vor dem Höhleneingang neben dem alten Bären, der ebenso schweigsam und still war wie sie.

Meist aber suchte sie die Einsamkeit auf dem Felsvorsprung. Dort lag sie und schien weit fort zu sein, der Gegenwart entrückt. Immer öfter glitt sie in eine Art Dämmerzustand, der weder Schlaf noch Wachsein war. Die Öde des Berglandes wurde für sie zur blühenden Wiese, auf der sie und Palo Kan mit den Welpen spielten.

Ihr Jagdtrieb war erloschen. Graupelzchen und andere Pelzwesen der Bergwelt huschten im Gestein und auf den Moospolstern herum, darunter Geschöpfe, die den flinken Springern mit den wehenden Schwänzen glichen, nur sprangen sie nicht von Baum zu Baum, sondern liefen auf dem Boden. Langohren gab es, noch ängstlicher als jene unten im Tal. In den ersten Tagen hatten die Bergkaninchen jedesmal die Flucht ergriffen, wenn sie Ahkunas Witterung aufnahmen, aber nach und nach gewöhnten sie sich wie die anderen Pelzwesen an die reglose Wölfin und ließen sich auf der Futtersuche nicht mehr stören. Manchmal konnte es geschehen, daß ein waghalsiges Graupelzchen über Ahkunas Pfoten lief und nur dann fortrannte, wenn Schak es kreischend verjagte.

Im Tal unten waren Schogar Kans Wölfe, vom Felsvorsprung aus sah Schak ein paarmal, wie sie Hornträger vor sich herhetzten, die unwegsame Bergwelt betrat aber keiner aus dem Rudel. Vögel kamen zu Hota und berichteten, daß alles Land ringsum dem Riesenwolf aus Norr Norr gehöre. Eines Tages kreisten Koiko und sein Weibchen über der Höhle; die mächtigen Schwingen schlagend riefen sie, es gebe das Gesetz nicht mehr, nur noch die neue Ordnung der Schnellen Läufer. Als die Adler keine Antwort erhielten – der alte Bär saß stumm und in sich versunken da –, strichen sie mit zornigen Schreien zum Gipfel hinauf.

KumKum wurde immer schweigsamer, Hota verließ immer seltener die Höhle – und Ahkuna träumte. Schak verlor all seine Munterkeit. Schließlich hielt er es nicht mehr aus und flog ins Tal hinunter. Eine eigenartige Stille umgab ihn, als er in den Wipfeln dahinflatterte. Die Stimmen der Vögel klangen gedämpft, als hätten die Geflügelten ihre fröhlichen Lieder verlernt. Schak flog weiter, flog über das Tal, über die Hügel. Was er sah und hörte, konnte er nicht glauben, nicht fassen, die Flügel wurden ihm so schwer, daß sie ihn kaum noch trugen. Er kehrte um und flüchtete zurück auf den Berg.

Ahkuna saß auf dem Felsvorsprung.

„Schwester Vierbein", rief Schak, „ich war unten im Tal. Hör mir zu! Ich hab so viel zu erzählen."

Ihm war, als trete ein fragender Ausdruck in ihre Augen, als seien sie nicht mehr abwesend wie sonst. Das Schwanzende zuckte. „Im Tal, Schak?"

„Ja, im Tal!"

Ein Graupelzchen huschte fort, eine Erdwespe mit gelb geringeltem Körper summte aufgebracht. Ahkunas Ohren stellten sich auf. „Hast du sie gesehen, Schak? Wuk und Wok? Die Jährlinge? Meine Kleinen?"

Er ließ die Flügel traurig hängen. „Nein, Schwester Vierbein, ich bin weit geflogen, aber ich habe sie nicht gesehen."

Das Licht in ihren Augen erlosch.

Schak trippelte vor ihr hin und her. „Du mußt mir zuhören, Ahkuna! Da unten im Tal sind sie, die Läufer mit den schnellen Beinen aus Schogar Kans Schar! Aber es ist kein richtiges Rudel. Nur junge, starke Spitzohren – Wächter nennt er sie! Von überall her hat er Hornträger zusammentreiben lassen. Jetzt dürfen sie das Tal nicht mehr verlassen. Wenn sie fliehen wollen, hetzen die Wächter sie zurück. Und dann kommen sie, die Jäger aus dem Rudel, wählen ein paar aus und reißen sie. Ich habe es gesehen! Die anderen Hornträger warten. Warten auf den Tod. Ich habe sie klagen hören, Schwester Vierbein. Und frag nicht, ob es noch andere Vierbeiner gibt, die Jäger mit den leisen Pfoten, die Langgeschwänzten! Alle sind geflohen. Oder tot. Die Geflügelten dürfen keine Beute mehr schlagen. Kein Schneller Läufer gehorcht mehr Waka. Jetzt ist Schogar Kan das Gesetz."

Ahkuna hatte den Kopf leicht geneigt, als lausche sie, der Ausdruck ihrer Augen war sanft und leer. Auf einer der Felsplatten saß ein wolliges Pelzgeschöpf, ein noch junges Murmeltier, es richtete sich auf, machte Männchen und äugte zu der Wölfin hin.

„Schwester Vierbein, sag doch was!" tschirpte der Häher. Er schäkerte zärtlich. Aber sooft er sie auch mit den Flügeln streichelte, sie mit dem Schnabel pikte, sie rührte sich nicht. Schak umflatterte sie und fing schrill zu kreischen an. „Vielleicht will er auch ins Felsenland gehen, der Schwarze aus Norr Norr! Vielleicht will er auch hier oben das Gesetz sein! Was für ein Leben ist das!"

Ahkuna wandte ihm den Kopf zu.

„Palo Kan kommt, Schak! Hörst du nicht seine Schritte?"

Unwillkürlich schaute Schak um sich, aber nur das Murmeltier war da und rupfte Gras. Graupelzchen pfiffen, Käfer krabbelten, Flügelwesen sirrten. Sonst war kein Laut zu vernehmen. Schak setzte sich zwischen Ahkunas Pfoten. Er wollte sie nicht mehr in die Wirklichkeit zurückrufen. Sie träumt, dachte er. Sie träumt, und ich kann sie nicht wecken. Es ist besser so. Er steckte den Kopf unter die Flügel. Ich wünschte, ich wäre wie sie und wüßte von nichts. Ich wünschte, ich wäre tot.

## Die neue Ordnung

Schak, der ebenso schweigsam geworden war wie KumKum, der Rabe, verbrachte die Tage, wenn er nicht nach Futter suchte, bei Ahkuna auf dem Felsvorsprung. Manchmal flog er über die Täler und Hügel, aber er hielt nicht mehr Ausschau nach seinen früheren Freunden. Sie hatten sich dem schwarzen Wolf angeschlossen, er wollte nichts mehr mit ihnen zu tun haben.

In weitem Umkreis hatte Schogar Kan alle Rudel unterworfen. Schon im nächsten Frühjahr, so hieß es, würde er weiterziehen und erst dann haltmachen, wenn die ganze bekannte Welt ihm gehörte.

Aber alles hatte seine Zeit. Bevor Schogar Kan wieder aufbrach, begann er das eroberte Land nach seinem Willen und seiner Vorstellung zu ordnen. Wie schon oben im Norden, wo er viele einzelne Rudel aus seinem Riesenrudel zurückgelassen hatte, verteilte er die unterworfenen Wölfe aus dem Hügelland über das ganze Gebiet. Jedes der neuen Rudel war viel größer, als die Wölfe es von früher gewohnt waren. Begleitet von Oiyo und ein paar auserwählten Wölfen wanderte er unermüdlich umher, war einmal in diesem Tal, dann in jenem. Niemand wußte, wann er kam, stets tauchte er unvermutet auf und vergewisserte sich, daß die Wölfe so lebten, wie er es ihnen aufgetragen hatte. Zu seinem Gefolge gehörten auch Tika Kan und Mahana.

In das eigene Jagdgebiet durfte keiner der Wölfe zurück, auch die früheren Bindungen galten nicht mehr. Herausgerissen aus den alten Gemeinschaften und orientierungslos geworden, fügten die Wölfe sich bereitwillig in die neue Ordnung.

Wuk und Wok, die beiden Welpen und die drei Jungwölfe waren jener Schar zugeteilt worden, die in Tika Kans Tal ihr Lager hatten. Ihre Leitwölfe waren nun Tasch Kan und Ayana, seine Gefährtin. Die wirkliche Macht aber übten die Lehrmeister und Lehrmeisterinnen aus, Wölfe aus dem Norden, treue Anhänger Schogar Kans, die nicht den geringsten Verstoß gegen seine Ordnung duldeten. Tasch Kan befolgte die neuen Gebote und Verbote und unterwarf sich wortlos den Lehrmeistern; mit der verlorengegangenen Freiheit hatte er aber auch die Lebensfreude verloren. In der kurzen Mußezeit, die den Leitwölfen blieb, lagen sie meist schweigend nebeneinander. Tasch Kans düstere Miene erhellte sich nur, wenn Ayana ihn zärtlich leckte.

In der ersten Zeit meinten die Wölfe aus dem Tal der Flüsternden Winde wie in einem Traum zu leben, nur war es kein sanft entrückter wie jener Ahkunas, er glich Schirikis Angstträumen. Nichts war mehr so, wie es früher gewesen war. Tika Kans Jagdgebiet blieb ihnen lange fremd, sie vermißten das heimatliche Tal, in dem sie jeden Baum, jeden Busch, jeden moosbewachsenen Stein gekannt hatten. Durch ihr altes Jagdgebiet hätten sie auch in der dunkelsten Nacht blindlings dahinlaufen könnten, ihre Pfoten, ihre Nasen hätten von selber den Weg erspürt. In der neuen Umgebung, wo noch überall die langsam schwächer werdenden Duftspuren eines anderen Rudels waren, fanden sie sich nicht zurecht, sie kamen sich wie Eindringlinge vor, die jederzeit zur Flucht bereit sein mußten.

Sie trauerten um Palo Kan und um Ahkuna. Im Tal der Flüsternden Winde hatten sie sich nie einsam und verlassen gefühlt, obwohl das Rudel nur klein gewesen war. Hier aber, inmitten der großen Schar, lernten sie die Einsamkeit kennen. Was hätten sie nicht darum gegeben, wie früher auf dem vertrauten Lagerplatz zu liegen! Sie sehnten sich danach, wieder im Kreis zu sitzen und den alten Geschichten zu lauschen oder gemeinsam mit Palo Kan und Ahkuna zur Jagd aufzubrechen. Nichts war aufregender und schöner gewesen, als der Fährte eines Hornträgers zu folgen, lautlos, wie Schatten dahingleitend. Freilich, manchmal hatten sie die Beute verfehlt, manchmal war die Jagd erfolglos gewesen und sie hatten auf eine Mahlzeit verzichten müssen – was hatte das aber schon ausgemacht!

Sie vermißten das heitere, sorglose Spiel und konnten nicht verstehen, warum sie nie mehr tun durften, wonach ihnen eben zumute war. In diesem neuen Leben war alles geregelt und geordnet, Tage und Nächte waren genau eingeteilt.

Früher hatten in jedem Rudel jung und alt miteinander gelebt, jetzt waren sie nach Altersgruppen getrennt: Itsi und To waren bei der Schar der Welpen, Imiak, Schiriki und Sternschwester bei den Jungwölfen, Wuk und Wok bei den älteren, erfahrenen Wölfen. Jede Gruppe hatte ihren eigenen Schlafplatz. Sie trafen sich nur selten und konnten nie ungestört miteinander reden, weil immer einer der Lehrmeister oder eine der Lehrmeisterinnen in der Nähe war. Sie sollten alles vergessen, was früher gewesen war. Keiner im Lager durfte den Namen Waka aussprechen, keiner die alten Geschichten erzählen.

In klaren Nächten versammelte sich das ganze Rudel auf einer höher gelegenen Stelle im Tal, erhob die Schnauzen zum dunklen Himmel und stimmte das Lied der Gemeinschaft an, das langgezogene, auf- und abschwellende Heulen, in dem sie einst ihre Lebensfreude ausgedrückt hatten, die Freude über ihr Jagdgebiet, die Freude über Wakas gute Welt. Jetzt waren die alten Lieder vergessen, sie sangen nur noch von Schogar Kan, seiner neuen Welt und seinem neuen Weg.

Am Anfang hatte keiner der Wölfe aus dem Tal der Flüsternden Winde mitgeheult; von Nacht zu Nacht wurde es aber schwerer, stumm zu bleiben. Das gemeinsame Heulen war für Wölfe fast ebenso wichtig wie Nahrung oder die Luft zum Atmen. Zuerst waren es Itsi und To, die ihre Schnauzen hochreckten und mitsangen, dann Imiak, Wuk und Wok und schließlich auch Sternschwester. Nur Schiriki saß weiterhin schweigend da. Klein und schmächtig wie er war, fiel er keinem der Lehrmeister auf.

Allmählich, ohne daß es ihnen bewußt wurde, fügten sie sich mehr und mehr in die neue Ordnung ein, die Sehnsucht nach dem früheren Leben wurde schwächer. Der Geruch der anderen Wölfe im Rudel war nun vertraut. Itsi und To gewöhnten sich daran, mit den anderen Welpen beisammen zu sein. Jeden Morgen saßen sie mit der ganzen Schar im Kreis und wiederholten, was die Lehrmeister vorsprachen: „Wir Läufer mit den schnellen Beinen sind klüger und stärker als alle anderen Geschöpfe. Uns gehört die Welt, und unser Gesetz ist Schogar Kan." So oft sagten sie es im Chor, immer wieder die gleichen Sätze, bis es für alle Welpen, auch für Itsi und To, selbstverständlich wurde, daran zu glauben.

Wettspiele füllten die übrige Zeit aus. Wer von den Welpen konnte am schnellsten laufen? Wer am höchsten springen? Wer war der Glückliche, der sich leiser als seine Gefährten an ein Beutegeschöpf anschlich? Wer lief auch dann noch weiter, wenn alle anderen müde geworden waren? Bald träumten Itsi und To wie die anderen Welpen davon, die Besten aus der Schar zu werden. Denn nur die Besten, so sagten die Lehrmeister, durften später einmal Schogar Kans treue Begleiter werden.

Wuk und Wok waren, wie alle erfahrenen Wölfe, Tasch Kans Jägergruppe zugeteilt worden. Sie mußten das Rudelgebiet von Eindringlingen freihalten und vertreiben oder töten, was sich gleich den Wölfen von Beute nährte. Bär und Puma, Luchs und Wildkatze, Marder und Fuchs, Adler, Eule und Uhu – ob Vierbeiner oder Geflügelte – in Schogar Kans Reich hatten sie kein Lebensrecht mehr. Nicht nur die Leitwölfinnen, jede der Wölfinnen, so wollte es Schogar Kan, durfte nun Junge gebären. In einer Welt, in der die Läufer mit den schnellen Beinen so zahllos waren wie Kiesel im Fluß, konnten sie nicht mehr mit anderen Jägern teilen.

Die Hirschjagd war leicht und mühelos geworden. In den für sie bestimmten Tälern zusammengetrieben, Tag und Nacht von Wächterwölfen umkreist, konnten die Hornträger nicht entkommen, selbst das undurchdringlichste Dickicht bot ihnen keinen Schutz mehr. Wann immer das Rudel Nahrung brauchte, brach ein Trupp auf, wählte im Tal der Flüsternden Winde ein paar Hornträger aus und hetzte sie zum Futterplatz des Rudels, wo die anderen schon auf die Mahlzeit warteten.

Wie die Welpen, so wurden auch die Jungwölfe zu Wettspielen angehalten. Im Eifer dieser Spiele vergaß Imiak immer öfter, was ihn bedrückte. Er war jung und stark, er konnte einfach nicht anders als glücklich zu sein, wenn er, allen voran, über die Wiese rannte, im Wald mühelos über gestürzte Baumstämme hinwegsetzte oder so geschmeidig durchs Dickicht glitt, daß nicht ein Blatt sich bewegte und nicht ein dürrer Zweig knackte. Bald war er einer der Besten aus der Schar. Trugen die Jungwölfe Scheinkämpfe auf, besiegte er einen Gegner nach dem anderen. Und wie hätte er, wenn er von den Lehrmeistern aufgerufen wurde, dem Lob widerstehen können, das er erhielt?

Außer den Wettspielen mußten die Jungwölfe verschiedene Aufgaben im Rudel übernehmen, auch das bereitete Imiak mehr und mehr Freude. Sie wurden zur Wache eingeteilt, wenn das Rudel schlief, und sie halfen Tasch Kan und Ayana, einen Bären oder Puma aufzustöbern, zu vertreiben oder zu töten. Sandte Tasch Kan aber junge Wölfe als Wächter ins Tal der Flüsternden Winde, wählte er nie Imiak, Schiriki oder Sternschwester aus. Auch Wuk und Wok nahmen nicht an den Jagdzügen teil. Erst dann, hatten die Lehrmeister den Leitwölfen erklärt, dürften Wölfe wieder ihr einstiges Jagdgebiet betreten, wenn die Erinnerung an das frühere Leben ausgelöscht war.

In einer der Nächte – der noch nicht voll gerundete Mond stand über den Hügeln – saß das Rudel wieder einmal beisammen und sang das Lied von Schogar Kan und seiner neuen Welt. Von fernher, getragen durch die Stille, kam leise das Heulen des Nachbarrudels. Die Schnauze zum Himmel erhoben, die Augen halb geschlossen, stimmte Imiak in den Gesang ein. Die Nachtluft war lau. Er meinte noch immer die Sonnenwärme des Tages zu spüren, den Duft des Grases und der Blumen, den herben Geruch der Nadelbäume, meinte noch immer dahinzulaufen über die flachen Hügelwellen mit ihren Wiesen und lichtem Gehölz. In auf- und absteigenden Tonfolgen vereinten sich tiefe und hellere Stimmen des Rudels zu einem einzigen Klang, zum anschwellenden, langgezogenen Geheul. Imiak fühlte sich eins mit der Gemeinschaft, geborgen wie in früheren Zeiten. Neben ihm saß Schiriki, stumm wie immer.

In all den Nächten zuvor war es keinem der Lehrmeister aufgefallen, daß einer aus der Schar der Jungwölfe beharrlich schwieg, als gelte das Gebot, Schogar Kan zu loben, für ihn nicht. Es sollte Imiak sein, der Schiriki verriet. Im Glücksgefühl des gemeinsamen Heulens stupste er den Bruder an: „O Schiriki, sing mit!"

Einer der Lehrmeister reckte den Kopf hoch. Sternschwester stellte sich schützend vor Schiriki, aber es war schon zu spät. Auch andere Lehrmeister richteten den Blick auf den stummen Jungwolf. Leichte Unruhe entstand, ein paar der Wölfe schauten verwundert um sich, das Heulen kam aus dem Takt. Sofort setzten die Stimmen der Lehrmeister wieder ein, die ganze Schar sang gehorsam weiter, bis zur letzten Schlußkadenz.

Noch bevor das Rudel sich zerstreute – jede Gruppe zu ihrem eigenen Schlafplatz –, hatten die Lehrmeister und Lehrmeisterinnen Schiriki umringt und von den anderen getrennt. Sternschwester und Imiak wurden fortgewiesen, auch Wuk und Wok, die besorgt herantrotteten. Itsi und To starrten scheu auf Schiriki und verstanden nicht, was geschehen war und warum er hierbleiben mußte. To winselte.

Die Lehrmeister führten Schiriki an den Rand des nächtlichen Treffpunktes und setzten sich um ihn. Sie bestraften ihn nicht, sie fragten nicht einmal, warum er stumm geblieben war. Sie sangen ihm die Lehren Schogar Kans vor, sie sprachen von der neuen Ordnung, erzählten von der wunderbaren neuen Welt, an der jeder Schnelle Läufer, und sei er auch der kleinste und schwächste, teilhaben durfte.

Auf dem Schlafplatz der Jungwölfe drängte Imiak sich an Sternschwester. „Das habe ich nicht gewollt!" sagte er unglücklich.

„Ich weiß", wisperte Sternschwester und fuhr ihm mit der Zunge beruhigend übers Gesicht.

Er grub die Schnauze in ihren Pelz, fühlte sich so elend wie schon lange nicht mehr, wünschte einzuschlafen und wurde nur immer hellwacher. Mitten in der Nacht erhob er sich leise. Sternschwester lag mit geschlossenen Augen da, er stieg vorsichtig über sie hinweg und schlich, halb auf den Boden geduckt, lautlos vom Schlafplatz fort. Der Mond hatte sich hinter die Hügel gesenkt, nur noch die Sterne leuchteten. Als Imiak die Gestalten der Lehrmeister im Dunkel ausnahm, blieb er stehen und lauschte, hörte aber nichts außer ihrem eintönigen Singsang. Dann spürte er, daß er nicht mehr allein war, Sternschwester war ihm gefolgt. Lange Zeit standen sie reglos nebeneinander, horchten auf die sich ständig wiederholenden Lehrsätze und stahlen sich erst dann zu ihrem Schlafplatz zurück, als einer der nächtlichen Wächter sich näherte.

Die Sterne verblaßten. Im kalten Morgengrau saßen die Lehrmeister noch immer im Kreis um den Jungwolf, den sie, schwächlich wie er war, bisher kaum beachtet hatten, der in der Schar mitgelaufen war, ohne sich jemals bei den Wettspielen oder Scheinkämpfen hervorzutun. Auch als die Sonne aufging, durfte Schiriki nicht zu den Jungwölfen gehen. Tagsüber wechselten die Lehrmeister einander ab und erzählten ihm unermüdlich von der schönen neuen Welt. Abends, als das Rudel sich auf der flachen Kuppe traf, schauten die Lehrmeister Schiriki aufmunternd an, als erwarteten sie, daß er gleich den anderen die Schnauze zum Himmel erheben würde. Aber Schiriki blieb stumm.

Wieder die ganze Nacht, wieder den ganzen Tag sprachen sie auf Schiriki ein, und, weil er am Abend noch immer nicht miteinstimmte in den Gesang, auch in der nächsten Nacht und am nächsten Tag. Während das Rudel schlief, auf die Jagd ging, zum Futterplatz lief, während Welpen und Jungwölfe Wettspiele abhielten, hockte Schiriki inmitten der Lehrmeister. Sank ihm der Kopf herab, fielen ihm die Augen zu, wurde er sofort wieder geweckt.

In der dritten Nacht konnte Schiriki sich kaum noch aufrecht halten, der Schlafmangel hatte ihm die Augen getrübt, sein Fell war struppig geworden. Er hörte die Stimmen der Lehrmeister nur noch wie das Rauschen eines fernen Wassers.

Das Rudel kam herangetrottet; der Jägertrupp, die Jungwölfe und die Welpen versammelten sich auf der Kuppe. Von der freudigen Stimmung, die sonst dem Heulen voranging, war nichts zu merken. Alle schlichen lustlos auf ihre Plätze. Manche wandten sich ab, um Schiriki nicht ansehen zu müssen, andere warfen verstohlene Blicke auf ihn. Rief er, der sich weigerte, das neue Lied zu singen, Erinnerungen an früher wach, an Waka und an die alte Ordnung? Unwillkürlich rückten die Wölfe von seinen Geschwistern ab, als müßten sie auch jene meiden, die seinem einstigen Rudel angehört hatten. Die Welpen hielten sich von Itsi und To fern, die Jungwölfe zogen sich von Sternschwester und Imiak zurück. Von der Jägergruppe blieben nur Tasch Kan und Ayana bei Wuk und Wok.

Der nun volle Mond stand hoch über der schwarzgezackten Linie der Wipfel. So stark war sein Licht, daß alles sichtbar war wie am Tag, nur ohne Farben in verschiedenen Grautönungen. Wolken mit weiß angestrahlten Rändern schwammen am Himmel.

Schiriki hob den Kopf. Er fuhr sich mit der Pfote über die Augen, schaute auf das Rudel, auf die Geschwister, die vereinsamt dasaßen – schaute wie einer, der geschlafen hat und erst langsam wieder zu sich kommt. Sternschwester machte eine Bewegung, als wollte sie zu ihm laufen.

Schiriki stand auf. „Laßt mich mitsingen!" sagte er zu den Lehrmeistern.

Auf Beinen, die ihn kaum trugen, stapfte er zu Sternschwester und Imiak. Die Anspannung im Rudel ließ nach, die Welpen gesellten sich wieder zu Itsi und To. Als die Lehrmeister Schogar Kans Lied anstimmten, reckte Schiriki die Schnauze gehorsam hoch.

Neben ihm saß Imiak. Den Kopf zum mondbeglänzten Himmel emporgehoben, heulte er befreit und glücklich. Seine helle Stimme vereinte sich im Chor mit den anderen Stimmen, die Schogar Kan lobten. Auch Schiriki sang von der neuen schönen Welt, aber seine Gedanken waren weit fort. Er dachte an Palo Kan und Ahkuna oben in Kaam, dem Land über den Sternen, und wünschte, sie sollten wissen, warum er gehorchte. Nicht, weil er Waka vergessen hatte, sondern nur um der Geschwister willen, damit sie nicht seinetwegen ausgestoßen wurden.


Auf ihren Streifzügen stöberten die Wölfe nur noch selten einen der anderen vierbeinigen Jäger auf, viele waren tot, viele waren geflohen. Am Himmel über den Wäldern zeigte sich kaum noch einer der großen Geflügelten, und wenn, dann kreisten sie nicht wie früher, ließen sich nicht gemächlich von einer Luftströmung tragen, sondern strichen eilig dahin, als könnten sie nicht schnell genug das Land der Wölfe verlassen. Die Lehrmeister waren zufrieden.

Nur die Aasfresser, die Geier, deren Aufgabe es war, das Land rein zu halten, wurden in Schogar Kans Reich geduldet. Auf den Bäumen rings um den Futterplatz warteten sie dicht gereiht, bis die Wölfe ihre Mahlzeit beendet hatten. Keines der Rudel fiel einen Geier an, trotzdem verschwanden viele, als wäre ihnen die große Zahl der Schnellen Läufer unheimlich geworden.

Auch manche der harmlosen kleinen Geflügelten waren aus dem Tal fortgezogen, obwohl sie jetzt vor Jägern aus der Luft sicher waren. Jene gefiederten Sänger, die geblieben waren, wagten sich nur selten aus den Baumkronen in die Wiesen hinab. Wenn sie, scheu geworden, durchs Dickicht huschten, zirpten und zwitscherten sie kaum noch, ihre Morgenlieder setzten zaghaft ein und verstummten bald wieder. Daß so viele Geschöpfe Täler und Wälder mieden, beunruhigte die Wölfe nicht. Das Land gehörte jetzt ihnen allein. Was hatten die anderen hier noch zu suchen?

Der Sommer neigte sich dem Ende zu, zeigte aber noch einmal seine Macht. Schon lange hatte es nicht mehr geregnet, Tag für Tag stand die Sonne strahlend an dem von der Hitze entfärbten Himmel. Erschienen Wolken am Horizont, lösten sie sich allzu rasch wieder auf. Das dürre, steife Gras raschelte unter den Pfoten der Wölfe. Am Bachufer durchzogen feine Risse den festgebackenen Schlamm.

Die für diese Jahreszeit ungewohnte Schwüle machte die Wölfe träge, tagsüber dösten und schliefen sie im Schatten der Bäume und nahmen erst in der Kühle der Nacht ihre gewohnten Tätigkeiten auf. Sobald der taulose Morgen dämmerte, verkrochen sie sich auf ihren Ruheplätzen.

Eines Abends entlud sich die verspätete Sommerhitze in einem heftigen Gewitter. Grellweiße Blitze zuckten über den Himmel, begleitet vom ohrenbetäubenden Krachen des Donners. Der Sturm brauste durch den Wald und peitschte die Wipfel. Regen prasselte nieder und wurde, als das Gewitter weiterwanderte, zu einem eintönigen Rauschen. Am Morgen rissen die Wolken auf, der Himmel war tiefblau und wie reingewaschen. Abertausende von Tropfen fingen das Sonnenlicht ein, das ganze Tal blinkte und funkelte.

Nach den langen, trägen Tagen packte die Wölfe der Übermut, sie rannten über die Wiesen, japsten und bellten, wälzten sich im nassen Gras und jagten durchs Weidengebüsch am Bachufer. Jaulend vor Wonne, wenn Tropfenschauer auf sie niederfielen, tobten und tollten sie ausgelassen umher. Die Lehrmeister und Lehrmeisterinnen ließen es zu, daß die gewohnte Ordnung durcheinandergeriet, sie wußten, daß ein einziger Ruf genügte, um dem Treiben, sobald die Zeit dafür war, ein Ende zu bereiten.

Mitten in der Schar rannte und tanzte Imiak. Unbändige Lebensfreude hatte ihn erfaßt – Freude an der Kraft und Gewandtheit seines Körpers. Die Schnauze zum Himmel erhoben, schnellte er senkrecht in die Luft hinauf, drehte sich um sich selbst und landete schwerelos auf allen vier Beinen. Vom Nacken bis zur Schwanzspitze erschauernd, brach er in ein jauchzendes Bellen aus: „Wie schön ist es, ein Schneller Läufer zu sein! Sind wir nicht die herrlichsten Geschöpfe! Ja – die Welt gehört uns!"

Er mußte seine Freude mit den Geschwistern teilen. Wo waren sie? Imiak schaute um sich und entdeckte Sternschwester und Schiriki am Waldrand, raste in langen Sätzen durchs schwankende, tropfensprühende Gras und warf sich so ungestüm auf die beiden, daß er sich überschlug. Bevor er sich aufraffen konnte, rannte Schiriki in den Wald hinein. Imiak und Sternschwester nahmen sofort die Verfolgung auf, andere Jungwölfe schlossen sich ihnen an. Als die letzten unter den Bäumen verschwanden, wurden die Lehrmeister darauf aufmerksam, riefen die Ausreißer jedoch nicht zurück. Vielleicht meinten sie, es könnte nicht schaden, die strenge Ordnung einmal zu lockern, damit ihre Schützlinge sich dann umso williger fügten, vielleicht genossen auch sie es, sorglos und unbekümmert zu sein wie einst. Zwei der Lehrmeister trabten den jungen Wölfen nach, aber ohne Eile.

Imiak fegte zwischen den Stämmen hindurch, überholte Schiriki und rannte weiter, tiefer in den Wald hinein. Er rannte schneller und schneller, seine Pfotenballen berührten kaum den Boden, er preschte durch regenschweres Unterholz und übersprang jedes Hindernis so leichtfüßig, daß er zu schweben schien. Hinter sich hörte er das fröhliche Kläffen der Geschwister und der anderen Jungwölfe. Von Zeit zu Zeit antwortete er mit einem ebenso fröhlichen Geheul. Er konnte nicht anhalten, er mußte laufen, Hügel hinauf und wieder hinunter, durch Niederungen und über Höhen.

In einem Nadelwald, wo die Bäume hoch und schlank aufragten, weit von Tika Kans Tal entfernt, in einem Gebiet, das die Jungwölfe bisher noch nie betreten hatten, ließ Imiak sich hechelnd zu Boden fallen. Die federnde Nadeldecke hatte die Nässe schon aufgesogen, aber Moos und Farn glänzten noch feucht. Ein Stück entfernt ragten bemooste Steinblöcke auf und bildeten eine natürliche Nische. Auf dem mittleren Block wuchs ein mit weißdurchsichtigen Beeren übersäter Strauch, die Wurzeln umklammerten das Gestein und hatten sich in jede Ritze gezwängt.

Imiak streckte die Pfoten aus. Farne streiften an seine Ohren. Von den gerippten Wedeln rollten Tropfen, er lappte mit der Zunge danach, spürte die erfrischende Kühle, reckte sich wohlig und tappte nach einem Sonnenkringel im Moos. Von fernher kam ein Ordnungsruf der Lehrmeister, die Aufforderung, sich zu sammeln.

Imiak blinzelte ins Geäst hinauf. Einer der flinken Springer turnte dort oben herum, äugte herab, keckerte ungehalten, sprang mit wehendem Schwanz zum nächsten Baum und flüchtete in den Wipfel. Zwischen den Stämmen tauchten Sternschwester und Schiriki auf.

Wieder ertönte ein Ruf der Lehrmeister.

Imiak erhob sich zögernd.

Sternschwester und Schiriki liefen zu ihm und leckten ihm schnüffelnd das Fell.

„Wo sind die anderen?" fragte Imiak.

„Die sind umgekehrt", antwortete Schiriki und begann an Imiaks Ohr zu knabbern. Imiak stupste ihn. „Wir müssen zurück!" sagte er.

Schiriki gab keine Antwort, wandte sich ab, schritt durch den schulterhohen Farn zur Steinnische und blieb davor stehen. Den Kopf zur Seite geneigt, die Ohren nach vorn gestellt, die Vorderbeine leicht gespreizt, gab er den Geschwistern zu verstehen, daß sie zu ihm kommen sollten. Seine Schwanzspitze zuckte einladend.

Wieder riefen die Lehrmeister, gefolgt vom gehorsamen Bellen der Jungwölfe. Dann wurde es still. Keinem schien aufgefallen zu sein, daß drei in der Schar fehlten, die jetzt ins Lager zurückkehrte.

Sternschwester ging zu Schiriki.

Das dunkle, tiefe Gurren der Waldtauben kam aus den Wipfeln. Vereinzelte Sonnenstrahlen zeichneten helle Streifen ins Zwielicht unter den Bäumen. „Schiriki", sagte Imiak, „wir dürfen nicht hierbleiben."

Schiriki setzte sich unter dem weißbehangenen Busch nieder. „Warum nicht, Imiak?"

„Weil es verboten ist!"

„Ist es das?" fragte Schiriki. „Haben Palo Kan und Ahkuna uns jemals verboten, beieinander zu sein, wenn uns danach zumute war? Haben sie uns verboten, allein zu sein – nur wir drei und sonst niemand? Denkt ihr nicht mehr daran, wie oft wir beieinanderlagen und glücklich waren? Ich möchte mit dir und Sternschwester beisammen sein wie früher im Tal der Flüsternden Winde. Möchtet ihr das nicht auch? Oder habt ihr alles vergessen, was einst war?"

Sternschwester legte den Kopf an seine Schulter. „Ich habe es nicht vergessen."

„Komm zu uns, Imiak!" sagte Schiriki.

Und Imiak ging wortlos zur Nische und ließ sich neben seinen Geschwistern nieder. So saßen sie lange, ohne zu sprechen. Durch eine Lücke im Gezweig fiel Sonnenlicht, verlieh den Beeren im Busch einen milchigen Schimmer. In der Mitte hatte jede Beere einen dunklen, im Weiß verschwimmenden Kern. Schillernde

Käfer liefen die fächerförmigen Farnwedel hinauf, Ameisen wanderten auf winzigen Pfaden durchs Moos. Die Tauben gurrten noch immer.

Imiak schloß die Augen. Er vermeinte das Tal der Flüsternden Winde vor sich zu sehen, die blühenden Wiesen, den Berggipfel, der die Hügel überragte. Er sah den Lagerplatz vor sich; er hörte den Gesang unzähliger Vögel. Hornträger ästen friedlich. Oben im Blau des Himmels schwebte Koiko, der Adler, getragen vom Aufwind. Und Imiak war es, als hörte er Palo Kans und Ahkunas Stimmen, die das Rudel riefen.

„Waren wir nicht glücklich", sagte Schiriki, „damals, als unser Volk noch an Waka, das Gesetz, glaubte? Als wir noch lebten, wie die Erstgeborenen, die Urelten, es uns gelehrt hatten?"

Imiak schüttelte sich, als müßte er die Bilder abschütteln, die in ihm aufgestiegen waren. „Aber wenn es Waka nicht gibt, Schiriki? Wenn alles bloß Geschichten sind? Keiner hat Waka je gesehen – du auch nicht!"

„Ja, Imiak, ich habe Waka nie gesehen, aber ich weiß, daß es ihn gibt. Warum fliegen die Wandervögel nach Nitakama, ins Land des Sommers, bevor der Winter kommt? Warum kehren sie wieder zurück? Wer sagt ihnen, dort, wo es immer warm ist, daß die Zeit gekommen ist, nach Norden zu fliegen. Wer läßt die Bäume wachsen? Wer läßt die Bäche fließen? Warum wandert das Große Taglicht über den Himmel. Warum leuchten die Nachtlichter in der Dunkelheit, Imiak? Glaubst du wirklich nicht mehr an das Gesetz?"

Imiak gab keine Antwort.

„Und du, Sternschwester", fragte Schiriki, „hast auch du Waka vergessen?"

„Nein, Schiriki, ich habe ihn nicht vergessen."

Er fuhr mit der Zunge über ihr pelziges Gesicht. „Dann bin ich froh. Ich dachte schon, ich wäre ganz allein."

„Du bist nicht allein, Schiriki. Aber manchmal frage ich mich, ob wir recht haben. Vielleicht spricht Schogar Kan die Wahrheit? Vielleicht will ich ihm nur deshalb nicht folgen, weil er Palo Kan und Ahkuna getötet hat. Er sagt, daß unser Volk in einem langen Schlaf lag und erst jetzt die Augen öffnet und erwacht. Vielleicht wollen wir die Augen nicht öffnen – du und ich?"

Schiriki rieb den Kopf zärtlich an ihr. „Und was ist mit den anderen Geschöpfen, Sternschwester? In Schogar Kans Welt ist kein Platz mehr für sie, in Wakas Welt war Platz für alle. Und alle durften glücklich sein, nicht nur unser Volk."

Einer der gefiederten Sänger, ein brauner Vogel mit gelben Flügelbinden, huschte zirpend durchs Unterholz, lugte durchs Blattwerk auf die Wölfe und flüchtete eilig ins Buschdickicht.

Ich möchte wissen, wo Schak jetzt ist, dachte Imiak. Ob er noch im Tal ist? Oder ist er fortgeflogen – irgendwohin? So lange hatte er nicht mehr an den Häher gedacht, jetzt vermißte er sein spöttisches Schäkern, sein fröhliches Tschirpen. Der Weg auf den Berg fiel ihm ein. Hota, der Alte, vor seiner Höhle. KumKum, der Rabe. Imiak rückte näher an die Geschwister.

Sie streckten sich aus, leckten einander oder lagen still da, die Schnauzen im Pelz des anderen vergraben, bis die höhergestiegene Sonne sie daran mahnte, daß es an der Zeit war, ins Lager zurückzukehren. Als sie die letzte Hügelkuppe erreichten, hielten sie an, schlichen dann verstohlen den Hang hinunter und hofften, daß niemand sie vermißt hatte.

Alle Vorsicht wäre aber nicht nötig gewesen. Keiner aus dem Rudel achtete auf die drei Jungwölfe, keinem war aufgefallen, daß sie in der Schar ihrer Gefährten gefehlt hatten.

Schogar Kan war mit seinem Gefolge unerwartet ins Tal gekommen.

## Mahanas Feindschaft

Tasch Kan und Ayana, die Leitwölfe, führten den schwarzen Wolf durch das Lager, wo die drei Altersgruppen sich versammelt hatten und ihn erwarteten. Schogar Kan blieb vor jedem Lehrmeister und jeder Lehrmeisterin stehen und ließ sich von ihrer Arbeit erzählen. Zwischendurch richtete er immer wieder aufmunternde Worte an Wölfe, die in der Rangordnung niedrigere Plätze einnahmen. Während er die langen Reihen abschritt, erfaßte sein Blick jeden einzelnen Wolf. Oiyo, braunzottelig und hager, wich nicht von seiner Seite. Die Welpen fiepten und traten vor Aufregung von einer Pfote auf die andere. Als Schogar Kan an Itsi und To vorbeikam, fragte er, wie es ihnen in der Welpenschar gefiel. Itsi und To starrten ihn mit großen Augen an und brachten kein Wort heraus, die Lehrmeisterin mußte für sie antworten.

Die Sonne hatte den höchsten Punkt erreicht, der blanke Himmel war tiefblau, das schattenlose Tal vom Regen erfrischt. Gelassen einherschreitend, überragte Schogar Kan alle anderen Wölfe, auch die größten und stärksten des Rudels. Die Strahlen der Sonne, die voll auf ihn fielen, weckten Glanzlichter auf dem nachtschwarzen Fell, das weiße Deckhaar schimmerte. Keiner der Wölfe konnte sich der Macht entziehen, die von seinem Blick ausging – einem Blick, der ihnen sagte, daß alles gut sein würde, wenn sie sich nur selber aufgaben, sich ihm unterwarfen und ihm bedingungslos folgten.

Imiak wandte den Kopf ab. Mahana, die im Gefolge mitging, entblößte die Lefzen und gab einen verächtlichen Laut von sich.

Schogar Kan blieb vor einem der Jungwölfe stehen, einem schmächtigen Wolf, der ihn ruhig und nachdenklich anschaute.

„Wie heißt du?" fragte Schogar Kan.

„Schiriki", antwortete der schmächtige Wolf.

Und wieder, wie damals im Tal der Flüsternden Winde, sahen sie einander an.

Oiyo wurde ungeduldig und knurrte.

Schogar Kan ging weiter. Als er das Ende der langen Reihe erreicht hatte, rief er die Lehrmeister zu sich und forderte sie auf, mit den Wettspielen der Welpen und Jungwölfe zu beginnen. Tasch Kan und Ayana begleiteten ihn zum Treffpunkt, wo das Rudel sich allabendlich zu versammeln pflegte. Die flache, etwas erhöhte Kuppe bot einen weiten Blick über den Talgrund, auf den sich schlängelnden Bach und auf die jenseitigen Hügelhänge.

Als Schogar Kan sich inmitten seines Gefolges niedergelassen hatte, scharten sich die Welpen um ihre Lehrmeister. Eine der Lehrmeisterinnen rannte, als wäre sie ein Hornträger auf der Flucht, mit weiten Sätzen über die Wiese und durchs Weidengestrüpp. Hinter ihr her preschten die Welpen. Japsend und kläffend kamen sie immer näher, holten sie ein und schnappten, neben ihr herlaufend, nach ihren Hinterläufen. Wieder andere Welpen versuchten, die Kehle der Lehrmeisterin zu packen oder ihr auf den Rücken zu springen. Während Scheinangriff auf Scheinangriff folgte, gelang es Itsi und To, auf dem Rücken der Lehrmeisterin zu landen. To purzelte sofort wieder herab, aber Itsi verbiß sich im Nackenpelz und ließ sich nicht mehr abschütteln, bis die Lehrmeisterin gleich einem gefällten Hirsch zu Boden fiel. Die Jagd war zu Ende, die Welpen stimmten ein fröhliches Geheul an.

Itsi und To vergaßen alle Vorschriften, rasten mit steil in die Höhe gestreckten Schwänzen zu den Geschwistern, umsprangen sie stürmisch, winselten vor Freude und stießen sie mit den Schnauzen an, wie sie es früher, im Tal der Flüsternden Winde, so oft getan hatten. Ein Lockruf der Lehrmeisterin holte die Ausreißer wieder zur Schar zurück. Imiak schaute ihnen nach, wie sie über die Wiese zurückliefen, zwei glückliche, unbeschwerte Welpen.

Nachdem die Aufregung sich gelegt hatte, nahmen die Welpen am Waldrand Platz, und die Jungwölfe begannen ihre Vorführung. In vollem Lauf, einer hinter dem anderen, rannten sie über den Wiesengrund, zogen einen weiten Kreis, der immer enger wurde, je schneller sie liefen. Noch jedesmal zuvor war Imiak vom Rhythmus der kraftvollen und doch wie mühelos fließenden Bewegung mitgerissen worden, diesmal suchte er vergeblich, die Freude zu wecken, die er sonst gefühlt hatte.

Mitten auf der Talsohle – der Kreis war nun ganz eng geworden – hielten die Jungwölfe an und bewegten sich strahlenförmig auseinander. Geduckt, fast auf dem Boden kriechend, schlichen sie dahin wie Jäger, die einen Hornträger anpirschen, der sie noch nicht gewittert hat. Kein Laut war zu vernehmen, nur die Halme schwankten leicht, als striche ein Windhauch darüber. Imiak mußte daran denken, wie er einst hinter Ahkuna und Palo Kan hergeschlichen war, wie sie ihn gelehrt hatten, jeden Stein, jede Wurzel, jeden Strauch und jede Mulde als Deckung zu nützen.

Die ganze Zeit saß Schogar Kan auf der Kuppe, so reglos, daß nicht ein Haar seines Pelzes sich bewegte. Und doch war es jedem einzelnen Jungwolf, als sei der Blick aus den schwarzumrandeten Augen auf ihn gerichtet. Imiak vermied es, zur Kuppe hinzusehen. Bei den Scheinkämpfen der Jungwölfe am Schluß der Vorstellung war er – zum Erstaunen der Lehrmeister – nicht unter den Siegern.

Schogar Kan erhob sich. Das Rudel brach zum Futterplatz auf, wo der Jägertrupp eine Schar Hornträger aus dem Tal der Flüsternden Winde hingetrieben und erlegt hatte. Wie immer wurde die Rangordnung genau eingehalten. Schogar Kan und sein Gefolge waren die ersten, die mit der Mahlzeit begannen, die Jungwölfe warteten geduldig, bis sie an die Reihe kamen. Es war genügend Fleisch für alle da, jeder konnte seinen Hunger stillen, selbst der letzte Welpe würde noch satt werden. Imiak hatte sich längst an die strenge Ordnung gewöhnt, so unnatürlich sie ihm in der ersten Zeit vorgekommen war. Jetzt vermißte er auf einmal wieder die frühere Freiheit, er vermißte das fröhliche Futtergeknurre und Schaks schrilles Zetern und Zanken. Er dachte an das unbekümmerte Durcheinander, in dem man, war man nur flink genug, sich einen besonders guten Bissen schnappen durfte. Wer es zu arg trieb, der wußte, daß er sich nur ducken und die Ohren demütig zurücklegen mußte, damit alles wieder gut war. Und niemanden hatte es gestört, wenn die Welpen herumkrabbelten und um Futter bettelten.

Wie ganz anders waren die Mahlzeiten im Tal der Flüsternden Winde gewesen als hier! Als die Jungwölfe endlich an die Reihe kamen, fraß Imiak nur wenig.

Am späten Nachmittag, alle hatten sich sattgefressen, kehrten die Wölfe ins Lager zurück. Die Sonne ging unter, das Licht des Tages verblich. Nebliger Dunst stieg vom Bach und den versumpften Tümpeln auf und überzog das grauverdämmernde Tal. Das Rudel versammelte sich zum Abendgesang. In der Mitte stand der Wolf aus Norr Norr, umgeben von seinem Gefolge. Die anderen standen ehrfurchtsvoll im Kreis. Schogar Kan stimmte das Lied von der schönen neuen Welt an, und das ganze Rudel fiel in das Heulen ein.

Der Schlafplatz, den Schogar Kan sich gewählt hatte, war fern vom Lager, eine geschützte Stelle auf einem Erdhügel, vom Talgrund aus durch einen Ring verwitterter Findlingsblöcke nicht einsehbar. Waldreben rankten sich an den Steinen hoch, Kräuter und Moos hatten in Ritzen und Spalten Wurzeln geschlagen. Wölfe fühlen sich meist dann am wohlsten, wenn sie im Schlaf die Nähe der Gefährten spüren, aber Schogar Kans vertraute Begleiter wußten, daß er die Einsamkeit brauchte und daß sie ihn nicht stören durften, sobald er sich zurückgezogen hatte. Die ganze Nacht würde sein Gefolge bei seinem Lager abwechselnd Wache halten.

Die ersten Sterne blinkten, am Himmel hing ein blasser, fast farbloser Sichelmond. Die Wölfe waren viel zu aufgeregt, um einschlafen zu können. Sie nützten die ungewohnte Freiheit, die ihnen die Lehrmeister erlaubten, weil es ein festlicher Tag war, streunten im Tal umher, wanderten von einem Schlafplatz zum anderen und unterhielten sich leise.

Am Waldrand, unter weit ausladendem Nadelgeäst, lagen Schiriki, Imiak und Sternschwester. Wie in den alten Zeiten kuschelten sich Itsi und To an die Geschwister. Manchmal leckten, stupsten oder beschnüffelten sie einander, meist lagen sie aber still da und waren einfach glücklich, wieder beisammen zu sein. Die Augen halb geschlossen, die Schnauzen ans Fell der anderen geschmiegt, merkten sie nicht, daß Mahana auf sie zukam, und blickten erst auf, als sie vor ihnen stehenblieb.

Mahana streckte die Pfote nach Sternschwester aus. „Wovon träumst du?" fragte sie spöttisch. „Träumst du vom Tal der Flüsternden Winde? Aber das ist vorbei! Für immer! Damals warst du mächtig eingebildet – erinnerst du dich noch? Hast wohl gemeint, du würdest bald die Leitwölfin sein. Und was war ich? Eine Streunerin, die sich einbetteln hat müssen. Aber wer ist jetzt ganz unten? Und wer ist jetzt ganz oben? Auf mit dir! Und dann duck dich! Kriech auf dem Boden, wie es sich gehört, wenn ich vor dir stehe."

Sternschwester hob den Kopf und schaute Mahana ins Gesicht. „Warum soll ich mich vor dir ducken, nur weil es dir so gefällt? Du bist nicht meine Leitwölfin."

Mahanas Blick wurde starr, der Schwanz straffte sich, das Nackenhaar stellte sich auf, aus den entblößten, hochgezogenen Lefzen kam ein fauchender Laut, der in ein wütendes Knurren überging. Als sie angreifen wollte – Sternschwesters Körper hatte sich zur Abwehr bereits angespannt –, warf sich Imiak ungestüm dazwischen. Schiriki stellte sich neben die Schwester. Die Welpen machten es ihm nach und stießen mit ihren dünnen Stimmen aufgeregte Jaultöne aus.

Wie immer, wenn sie die Gegenwart eines männlichen Wolfes spürte, nahm Mahana unwillkürlich eine aufreizende Haltung ein. Das Knurren wollte sich schon in ein lockendes Fiepen wandeln, als ihr bewußt wurde, daß es nur einer der Jungwölfe aus dem früheren Rudel war. Ihr Rückenhaar, das sich zu glätten begonnen hatte, sträubte sich wieder.

„Geh mir aus dem Weg, Imiak!" zischte sie.

Er achtete nicht auf ihr Drohstarren. „Mußt du immer Streit suchen, Mahana? Laß Sternschwester in Ruhe. Sie hat dir nichts getan."

Mahana fletschte die Zähne. „Ich habe gesagt, du sollst mir aus dem Weg gehen. Tu es! Sonst zeige ich auch dir, daß du ein Niemand bist – wie deine Schwester und dein Bruder, dieses jämmerliche Geschöpf, das schon mißraten war, als es geboren wurde. Los, Imiak! Ich will hören, wie du demütig winselst! Vielleicht kommst du dann ungeschoren davon."

Ein paar Wölfe aus dem Rudel, die sich in der Nähe befanden, waren unruhig geworden und trotteten heran. Auf der dunklen, von den schwach glimmenden Sternen kaum erhellten Wiese tauchten Tasch Kan und Wuk und Wok auf. Imiak nahm es nicht wahr. Seit Mahana im Gefolge des schwarzen Wolfes war, hatte sie ihn und seine Geschwister gedemütigt, wann immer sie nur konnte. Er spürte nichts als Verachtung und einen kalten Zorn. „Du hast uns nichts zu befehlen, Mahana", rief er, „und wir brauchen dir nicht zu gehorchen. Ahkuna hat dich aufgenommen, damals, als du hungrig und allein warst. Hast du es ihr gedankt? Nein! Wäre ich Tika Kan, ich hätte dich niemals zur Gefährtin gewählt. Mit so einer, wie du es bist, wollen wir nichts zu tun haben."

Mahana heulte schrill auf. Den Rachen weit geöffnet, stürzte sie sich geifernd auf Imiak und wollte ihn an der Kehle packen. Er wich aus, wirbelte herum und schlug ihr die Zähne in die ungeschützte Flanke. Bevor er sich festbeißen konnte, hörte er ein leises, freundliches Wuffen und wurde zur Seite gedrängt. Er ließ von Mahana ab. Wuk und Wok waren mit Tasch Kan herbeigeeilt und ihm zu Hilfe zu gekommen.

Noch immer heulend, griff Mahana blindlings erneut an – und sah sich plötzlich nicht mehr dem Jungwolf gegenüber, sondern drei älteren, kampferfahrenen Wölfen, die ihr an Größe und Stärke überlegen waren. Imiak spuckte das Büschel Pelz aus, das er im Maul hatte. Wok fuhr ihm mit der Zunge übers Gesicht. „Ist schon gut, jetzt sind wir da", wuffte er.

Mahana wich zurück, ihre Augen glitzerten grün vor Wut. „Töte ihn, Tasch Kan!" schrie sie. „Er hat mich beleidigt!"

„Hat er das? Ich habe nichts gesehen und nichts gehört! In meinem Rudel bestimme ich, was zu geschehen hat, und nicht du." Tasch Kan richtete sich zu seiner vollen Größe auf, als wäre er wieder – wie einst – der Leitwolf, der sein Rudel führte, und nicht einer, der es nur noch dem Namen nach war und sich widerspruchslos allen Befehlen der Lehrmeister fügte. Nicht ein Muskel bewegte sich in seinen mächtigen Schultern, nur der Nackenpelz stand steif in die Höhe. Mahana zog den Schwanz ein.

Eine Schar neugieriger Wölfe hatte sich angesammelt. Ein paar Lehrmeister liefen herbei, aufgeschreckt durch Mahanas Heulen und besorgt darüber, daß Schogar Kans Ruhe gestört werden könnte. Vom Schlafplatz des Gefolges kam Tika Kan angerannt. Tasch Kan ließ Mahana stehen und ging den Lehrmeistern entgegen. Die Vorderläufe leicht gespreizt, stellte er sich ihnen in den Weg und erklärte, es gebe keinen Grund zur Aufregung, nichts sei geschehen, nur eine kleine freundschaftliche Meinungsverschiedenheit, wie es eben manchmal vorkäme. Alles sei schon wieder in bester Ordnung.

Seine entspannte Haltung und die ruhige Art, in der er sprach, verfehlten die Wirkung nicht. Die Wölfe zerstreuten sich, auch die Lehrmeister zogen sich wieder zurück, erleichtert, daß sie nicht einschreiten mußten.

Tika Kan sprang schweifwedelnd zu Mahana. „Da bist du ja!" bellte er. „Ich habe dich vermißt. Auf einmal warst du fort! Warum bist du nicht bei mir geblieben?"

Mahana schien ihn weder zu sehen noch zu hören. Die Augen noch immer grünglitzernd, starrte sie Imiak haßerfüllt an. „Das vergesse ich dir nicht!" stieß sie zwischen den gebleckten Zähnen hervor. „Eines Tages wirst du es bereuen!"

Sie warf den Kopf zurück, knurrte Tika Kan an, als er sie beruhigend stupsen wollte, und rannte fort. Er stand verwirrt und gekränkt da, dann hetzte er ihr nach, lief hinter ihr her wie ein getreuer Schatten, obwohl sie jedesmal nach ihm schnappte, wenn er ihr zu nahe kam.

Tasch Kan trottete wortlos davon. Ayana, seine Gefährtin, kam ihm entgegen, und sie verschwanden, Schulter an Schulter, im Dunkel auf der Wiese. Palo Kans einstiges Rudel blieb allein zurück. Über das Tal hatte sich wieder friedliche Stille gebreitet.

To fiepte. Itsi sprang an Wuk und Wok hoch und tanzte vor Begeisterung. „Habt ihr es gesehen?" japste sie. „Habt ihr gesehen, wie sie sich geduckt hat vor Tasch Kan?"

„Ja, das war gut zu sehen", grollte Wuk. „Aber du hast jetzt eine Feindin, Imiak!"

„Denkt nicht mehr an sie", murmelte Imiak. „Sie ist es nicht wert." Er rollte sich auf den Rücken, schlenkerte mit den Läufen und blinzelte Wuk und Wok und die Geschwister an. „Jetzt sind wir wieder beisammen. Ist das nicht schön?"

Itsi biß ihn liebevoll in die Schnauze, er sprang auf und tappte mit der Pfote nach ihr. Im nächsten Augenblick begannen sich alle zu balgen, so unbeschwert, wie sie es früher getan hatten. Sie zausten einander den Pelz, knabberten an Ohren und zogen an Schwänzen und konnten nicht genug davon bekommen, zu schnüffeln und den vertrauten Körpergeruch aufzunehmen. To und Itsi krochen glücklich winselnd auf Wuk und Wok herum.

Der Himmel war tiefschwarz geworden, die Sterne strahlten immer heller, das schmale, gebogene Horn des Mondes war nun leuchtend gelb. Im Laub und im Gras flüsterte der Nachtwind. Schiriki, Imiak und Sternschwester, die Welpen und Wuk und Wok schliefen ein, eng aneinandergeschmiegt wie damals, als Palo Kan und Ahkuna ihren Schlaf behütet hatten.

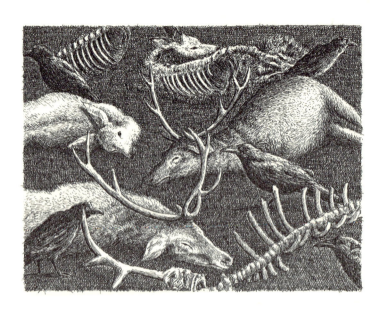

## Die Tollheit der Wölfe

In der Stunde zwischen Nacht und Morgengrauen begannen die Wölfe im Tal sich zu regen; einer nach dem anderen erwachte, sie erhoben sich von ihren Lagern, streckten und dehnten sich. Die einzelnen Gruppen versammelten sich wieder. Wuk und Wok, die Welpen und die Geschwister leckten einander zum Abschied die Gesichter.

Schogar Kan hatte sein Lager noch nicht verlassen. Auf dem Schlafplatz seines Gefolges hockte Tika Kan, mit hängendem Kopf ein paar Pfotenlängen von Mahana entfernt, und wartete demütig darauf, daß er sich ihr wieder nähern durfte.

Die Lehrmeister riefen jene Wölfe auf, die Tasch Kan zur Treibjagd ins Tal der Flüsternden Winde begleiten sollten. Imiak, Schiriki und Sternschwester konnten es fast nicht glauben, als sie plötzlich ihre Namen hörten.

Noch nie zuvor hatten sie das alte Gebiet betreten dürfen, weder als Wächterwölfe noch zur Jagd. War die Zeit der Prüfung vorbei? Sie schauten zur Welpenschar hin, wo Itsi und To sehnsüchtig zu ihnen herstarrten, sie schauten zu Wuk und Wok hin und wünschten, alle könnten dabei sein, wenn sie zum erstenmal ihr Tal wiedersahen.

Der Jägertrupp brach auf. Einer hinter dem anderen liefen die Wölfe im Zwielicht der schwindenden Nacht ihrem Leitwolf nach, in dem gleichmäßigen Trott, mit dem sie, ohne zu ermüden, selbst weite Entfernungen mühelos zurücklegten. Die Sonne stand schon hoch am Himmel, als der Trupp die frühere Grenze des Jagdgebietes erreichte.

Die Duftmarken, die das Rudel einst gesetzt hatte, waren längst verschwunden, vom Wind verweht, vom Regen fortgewaschen. Und doch war jeder Stein, jeder Strauch, jeder Baum, jede Senke, jedes kleine Bachgerinnsel im Moos und Farn den Geschwistern vertraut. Jeden Hügelhang, jede Lichtung kannten sie seit ihrer Welpenzeit, jede Stelle, wo sich die kreuz und quer durchs Jagdgebiet führenden Pfade trafen, weckte Erinnerungen. Sie meinten sich zurückversetzt in glückliche Tage, brauchten keine Worte, um auszudrücken, was sie fühlten, und liefen stumm dahin.

Auf der Kuppe des Hügels, der das Tal nach Süden hin abschloß, hielt Tasch Kan seine Schar an. Die Wölfe lagerten sich zu einer kurzen Rast. Schiriki, Imiak und Sternschwester gingen zu einem verwitterten, von Moospolstern und vereinzelten Grasbüscheln bewachsenen Felsvorsprung, von dem aus sie das Tal überblicken konnten. Tasch Kan ließ sie gewähren und rief sie nicht zurück.

Der Berg ragte über den dichtbewaldeten Hängen auf, durchzogen von blauen Schatten, die seine Grate, Klippen und Schrofen nachzeichneten. In der schon fast herbstlich klaren Luft schien der Talgrund zum Greifen nahe zu sein. Auf der Wiese blühten nur noch vereinzelt Sommerblumen, das Gras war steifvergilbt, hier und dort hing ein schon rot oder gelb verfärbtes Blatt im Gesträuch. Der Bach glich einem blinkenden Band. Schiriki, Imiak und Sternschwester war es, als könnten sie bis hier herauf sein Plätschern vernehmen und das Wispern des Windes im Espenlaub.

Die Geschwister standen still da. Nichts hatte sich verändert – Bach und Wiese, Bäume und Büsche so vertraut wie immer –, und doch war alles anders. Die erste Wiedersehensfreude wich einem Gefühl der Niedergeschlagenheit. Der alte Lagerplatz war verlassen, von Gras überwuchert. Wie oft hatten sie sich dort um die Leitwölfe geschart, hatten den Geschichten gelauscht, die Ahkuna erzählte, während Schak, der Häher, oben auf einem der Zweige saß. Wo war Schak? War er noch unten im Tal? Oder war er fortgezogen – wie so viele andere der Geflügelten?

Der Schatten einer Wolke wanderte über das Tal. Palo Kan und Ahkuna waren tot, und nichts mehr war so wie einst.

Der Himmel war leer, kein geflügelter Jäger schwebte hoch oben in der Luft, Koiko, der Adler, und sein Weibchen kreisten nicht mehr über den Wäldern. Wo waren die unzähligen gefiederten Sänger, die in Schwärmen herumgeflattert waren? Eine unnatürliche Ruhe lag über dem Tal und den Hügelhängen. Kaum eine Vogelstimme war zu vernehmen, nur manchmal ein Piepen und Zwitschern, ein kurzes Flöten. Im Unterholz schwankte kein Zweig. Wagten die Hornträger sich nicht mehr aus ihren Verstecken im Dickicht hervor, aus Furcht vor den immerzu das Tal umkreisenden Wächterwölfen? So war es früher nicht gewesen. Wie oft war das Rudel dösend im hohen Gras gelegen und die äsenden Hornträger hatten von Zeit zu Zeit hergeäugt oder witternd die Köpfe gehoben, waren aber nicht geflohen – sie hatten gespürt, daß die Jäger satt und träge waren und nicht an Jagd dachten.

Und wo waren die vielen Botschaften, die früher jeder Windhauch gebracht hatte, die Witterung anderer vierbeiniger Jäger? Nur die Witterung von Graupelzchen war ungewöhnlich stark. Am Fuß des Felsvorsprungs, auf einer Matte aus kurzem dichten Gras wimmelte es von den kleinen Pelzgeschöpfen; sie huschten herum, verschwanden in ihren dicht beieinanderliegenden Erdlöchern und kamen gleich darauf wieder hervor. Seit es Nahrung im Überfluß gab, kümmerten die Wölfe sich nicht mehr um so kleine Beute; auch von anderen Jägern, waren es nun Vierbeiner oder Geflügelte, hatten die Graupelzchen nichts mehr zu befürchten. Trotzdem waren sie seltsam ruhelos, schienen einander ständig im Weg zu sein und irrten aufgeregt umher, als fänden sie sich in der veränderten Welt nicht mehr zurecht.

„Das ist es also, was Hota erblickte, als sein Geist wanderte", sagte Schiriki. „Aber so hat Waka die Welt nicht gewollt."

Sie schauten hinüber zum Berg, wo die Höhle des alten Bären war, irgendwo in den sich überschneidenden Zinnen und Felshalden, aus der Ferne nicht erkennbar. Der Berg war ebenso stumm wie das Tal. Die Geschwister gingen bedrückt zu den anderen Wölfen zurück.

Tasch Kan war aufgestanden, den Kopf erhoben, die Ohren lauschend aufgestellt. Vom Hügelhang her kam das Geräusch von Pfoten und die Witterung sich nähernder Wächterwölfe. Gleich darauf liefen sie zwischen den Stämmen hervor, zwei Jungwölfe und ein älterer, erfahrener Wolf.

Die Hornträgerherde, die diesmal zur Treibjagd ausgewählt worden war, hielt sich, wie der ältere Wächterwolf meldete, in einem Dickicht am Ende des Tales verborgen. Der Jägertrupp brach auf. Geführt von Tasch

Kan und dem Wächterwolf, liefen sie den Hang hinunter und dann am Waldrand entlang, gegen den Wind, um die Hornträger nicht vorzeitig aufzuschrecken. Schweigend, ohne Laut zu geben, glitten sie durch Gras und Buschwerk; nur das Schwanken der Halme verriet, daß eine Wolfsschar unterwegs war. Der Wind, der in ihre Richtung wehte, trug ihnen die Witterung der Hornträger zu und weckte den Jagdeifer. Als sie am Talende wieder in den Wald eintauchten und zwischen den zuerst nur schütter, dann immer dichter stehenden Bäumen dahinrannten, wurde die Witterung stärker und versetzte sie mehr und mehr in Aufregung. Der uralte Jagdtrieb erfaßte auch die Geschwister und ließ sie vergessen, daß es nicht Palo Kan und Ahkuna waren, denen sie folgten, sondern Schogar Kans Wölfe.

Als das Versteck der Hornträger ganz nahe war, stieß Tasch Kan ein tiefes, kehliges Heulen aus. Die Wolfsschar teilte sich, mit kurzem Bellen schwenkte die Hälfte zur Seite und fächerte sich halbmondförmig auf, während Tasch Kans Gruppe geradeaus weitergaloppierte. Zuerst blieb es im Unterholz ganz still, dann brachen die Hornträger prasselnd durchs Dickicht. Aber schon auf der nächsten Lichtung gelang es Tasch Kan, einen Keil zwischen die Herde zu treiben. Während sein Trupp einen mächtigen Hirsch mit vielfach gezackter Krone, zwei junge Hirsche mit gegabeltem Geweih und eine alte Hirschkuh von der Herde abdrängte, begannen die anderen Wölfe die Treibhatz. Kläffend und heulend umkreisten sie die ausgewählten Hornträger und schnappten nach den Hinterläufen, wenn einer der verängstigten Hirsche zurück zur Herde laufen wollte.

Was dann geschah, kam so unerwartet, daß selbst Tasch Kan und die erfahrenen Wölfe davon überrascht wurden. Statt in die Tiefe des Waldes zu fliehen, wie es die nicht zur Beute bestimmten Hornträger bisher immer getan hatten, wandte sich die ganze Herde plötzlich gegen die Wölfe. Mit einem dumpfen Aufstöhnen, die Augen glasig, als hätte ihnen die ständige Bedrohung, in der sie lebten, den Verstand genommen, preschten die Hornträger los, rissen ein paar Wölfe mit, die nicht rechtzeitig ausweichen konnten, und trampelten einen der Jungwölfe nieder. Ein anderer wurde durch die Luft gewirbelt, die Flanke blutig aufgerissen von einer Geweihzacke. Wieder vereint, stürmte die Herde in wilder Flucht davon.

Im ersten Augenblick der Verwirrung stoben die Wölfe auseinander, sammelten sich aber rasch wieder, als Tasch Kan zur Verfolgung aufrief, und hetzten hinter den Hornträgern her; auch der verwundete Jungwolf raffte sich auf und schloß sich an. Aber trotz ihrer Jagderfahrung und obwohl Tasch Kan all sein Können einsetzte, gelang es ihnen nicht, die dahinrasende Herde aufzuhalten und zurück ins Tal zu treiben. Ebensogut hätten sie versuchen können, sich der Wucht eines zu Tal stürzenden, nach einem Wolkenbruch angeschwollenen Wildwassers entgegenzustellen.

Vor der Grenze des Jagdgebietes, auf einer steinigen Halde, die im Vorjahr ein Waldbrand verwüstet hatte, waren die Wölfe endlich im Vorteil. Die verwitterten, von niedrigem Gebüsch überwucherten Blöcke behinderten die Hornträger, einer strauchelte und wurde von den Wölfen zu Boden gerissen. Die Herde scheute zurück und floh in einen Kessel hinunter, wo sie sofort von den Wölfen eingekreist wurde.

Es gab keinen Ausweg mehr. Hilflos im Kessel gefangen, erblickten die Hornträger die von allen Seiten angreifenden Wölfe. Das ununterbrochene Heulen und Hecheln versetzte die Hirsche vollends in Panik, sie versuchten auszubrechen, hatten aber jeden Richtungssinn verloren. Sich aufbäumend, hoch in die Luft springend, rasten sie in Todesangst zwischen den vom Waldbrand schwarzverkohlten Baumgruppen wild durcheinander.

Als die Wölfe die Herde teilen wollten, wurden sie in das Chaos wirbelnder Leiber und schlagender Hufe hineingerissen. Die Botschaft der Todesangst, die von den Hornträgern ausströmte, füllte die empfindlichen Nasen der Wölfe und machte sie nun selber toll. Dem Instinkt der Jagd gehorchend, konnten sie nicht anders als schnappen, beißen, reißen, töten – konnten nicht aufhören zu töten, solange sich noch etwas im Kessel regte. Nicht einmal Tasch Kan gelang es, sie zurückzurufen, sie waren taub für sein immer zorniger werdendes Heulen.

Schiriki und Sternschwester waren am oberen Rand des Kessels; Imiak befand sich mitten drin im Aufruhr. Vom gleichen blinden Jagdtrieb erfaßt wie die anderen, sprang er einmal diesen Hornträger an, dann jenen, verbiß sich, wurde herumgeschleudert und kam, ohne darauf zu achten, immer wieder in Gefahr, von einer Geweihzacke aufgespießt zu werden.

Es war die Tollheit! Die Jungwölfe kannten sie nicht aus eigener Erfahrung, aber sie wußten, daß es sie gab und daß Schnelle Läufer davon befallen wurden, wenn die Beute allzu leicht zu jagen und allzu reichlich war. Im Zustand der Tollheit vergaßen die Wölfe, daß Jäger nur töten sollten, um den eigenen Hunger und den des Rudels zu stillen.

Selbst oben am Kesselrand war die Todesangst der Hornträger überdeutlich zu spüren. Wie alle Jäger, ob Geflügelte oder Vierbeiner, kannten Wölfe kein Mitleid mit ihrer Beute, empfanden aber auch keine Feindschaft, keinen Haß, selbst dann nicht, wenn das Beutegeschöpf sich zur Wehr stellte und zum Angreifer wurde. So hatte Waka, das Gesetz, es gewollt, als er jedem Lebewesen die gleichen Rechte gab. Der Jäger griff an, so gut er konnte, und der Gejagte versuchte, durch Flucht oder Kampf sein Leben zu retten. Das war so selbstverständlich wie der Wechsel von Tag und Nacht, wie Regen und Sonnenschein, wie die Kälte des Winters und die Wärme des

Sommers. Auch für Schiriki und Sternschwester war es selbstverständlich, und doch fühlten sie jetzt, zum erstenmal und sich dessen kaum bewußt, etwas wie Trauer, als sie das sinnlose Sterben der Hornträger sahen, als sie sahen, wie alle getötet wurden, junge und alte, Mutterkühe und halb erwachsene Kälber, die ganze Herde und nicht nur jene, die reichlich Nahrung für das Rudel gewesen wären.

Eines der Kälber, die hellen Kinderflecken auf dem Fell kaum verblichen, hatte sich bis an den unteren Rand des Kessels retten können. Als es den Hang hinauf flüchtete, hetzte Imiak hinterher; er sprang dem Kalb an die Kehle und biß zu. Die schlanken Läufe knickten ein, das Kalb fiel nieder und blieb im Gras liegen, die gebrochenen Augen zum Himmel gerichtet, in dessen weiter Bläue dunkle Punkte sichtbar wurden – Geier, die der Blutgeruch anlockte. Die Tollheit verließ Imiak ebenso jäh, wie sie ihn erfaßt hatte; mit blutigem Maul, Brust und Flanken rotbefleckt, kroch er zu den Geschwistern. Sie begannen ihn wortlos zu lecken, wuschen ihm Maul und Fell rein.

Am Fuß der Halde standen vom Brand verschont gebliebene Fichten, das Nadelgeäst hier und da braun angesengt. Im Laub von Birken und Eschen blinkten Sonnenflecke. Imiak hob den Kopf und ließ ihn wieder sinken: Er hatte gemeint, in den Wipfeln eine Bewegung wahrzunehmen, ihm war gewesen, als flatterte es dort oben blauweiß. Aber er hatte sich getäuscht. Es war nicht Schak, der Häher, es war nur ein Blatt gewesen, das sich im leichten Wind bewegt hatte.

Das sinnlose Töten war inzwischen zu Ende gegangen. Keiner der Hornträger lebte mehr. Sie lagen über den ganzen Kessel verstreut, manche mit unnatürlich verrenkten Gliedern, andere fast friedlich wie im Schlaf ausgestreckt. Nach dem Heulen und Hecheln war es plötzlich sehr still geworden.

Die Wölfe kamen wieder zur Besinnung und schlichen zu Tasch Kan. Ein paar trugen blutige Spuren von Hufen und Geweihzacken und leckten leise wiefend ihre Wunden. Am Kesselrand tauchte der Jungwolf auf, den die Hornträger im Tal niedergetrampelt hatten, er hinkte, war aber sonst unverletzt. In der Luft rauschte es von schweren Flügelschlägen. Mit heiseren Schreien senkten sich die Geier herab und ließen sich auf den schwarzen Baumgerippen nieder.

„Es war die Tollheit!" sagte einer der älteren Wölfe entschuldigend.

„Ja, ich habe es gemerkt", antwortete Tasch Kan trocken. „Wenn Hornträger toll werden, dann werden auch wir Schnellen Läufer toll. Ich hätte es wissen müssen." Er trottete die Halde hinauf, blieb auf der Kuppe stehen und rief in langgezogenen Heultönen das Rudel herbei, das sich mit Schogar Kan längst auf dem üblichen Futterplatz eingefunden haben mußte.

## Schiriki und Schogar Kan

Als Schogar Kan mit dem übrigen Rudel eintraf, empfing ihn ein Trupp verlegener Wölfe mit allen Zeichen der Unterwürfigkeit, zu Boden geduckt und die Schwänze eingeklemmt. Aber entgegen ihren Befürchtungen verlor er kein Wort darüber, daß Nahrung für viele künftige Tage vergeudet worden war. Das Mahlzeitenritual mit der strengen Rangordnung begann wie an jedem anderen Jagdtag.

Während zuerst Schogar Kan und sein Gefolge und dann die ranghöheren Wölfe sich sattfraßen, übersatt diesmal, warteten die anderen am Rand des Kessels. Den Geiern dauerte es schon zu lange, bis sie an die Reihe kamen, immer wieder flog einer oder eine ganze Schar von den Baumgerippen herab. Die Schwingen weit ausgebreitet, die kahlen Köpfe vorgereckt, stakten sie zu den toten Hornträgern und wichen erst dann mit unwilligen

Schreien zurück, wenn einer der Wölfe knurrend auf sie losfuhr. Auch Raben hatten sich eingefunden, sie saßen, geduldiger als die Geier, wie dunkle Wächter auf den schwarz angekohlten Ästen.

Als das Rudel die Mahlzeit beendet hatte und aufbrach, senkte sich eine flügelschlagende Wolke über den Kessel; das Krächzen und heisere Rufen der Raben und Geier hallte den Wölfen noch lange nach.

Ins Lager zurückgekehrt, schliefen oder dösten die Wölfe und wurden erst wieder munter, als die Lehrmeister sie am Abend zum Gesangplatz riefen. Am dämmrigen Himmel standen ein paar Sterne und der noch farblose Sichelmond. Die Wölfe versammelten sich und warteten schweigend, bis Schogar Kan von seinem einsamen Lager geschritten kam und in ihrer Mitte stehenblieb. Seine mächtige Gestalt, das Fell im erlöschenden Licht schiefergrau, überragte das Rudel. Er begann nicht, wie sonst, mit dem Abendlied, sondern sprach von der Tollheit, die den Jägertrupp befallen hatte. Hornträger, die ausbrachen, sagte er, würden so lange dahinstürmen, bis sie vor Erschöpfung nicht mehr weiterkonnten, erst dann sei es an der Zeit, sie einzukreisen und zurückzutreiben. Ganze Herden zu reißen, würde die Nahrung bald knapp machen. Daran sollten alle im Rudel denken, auch wenn er – Schogar Kan – das Lager wieder verlassen würde.

Die Wölfe vom Jägertrupp, die sich Vorwürfe erwartet hatten, hoben erleichtert die Schnauzen, als Schogar Kan den abendlichen Gesang anstimmte. Das Rudel heulte hingebungsvoll mit, Schogar Kans volle, tiefe Stimme übertönte den Chor. In der Schar der Jungwölfe standen Schiriki, Imiak und Sternschwester. Auch sie heulten, gehorsam, wie es von ihnen verlangt wurde, aber das Lied von der schönen neuen Welt erfüllte sie nicht mit Freude. Alle Erinnerungen an früher waren wieder lebendig geworden.

In dieser Nacht wurde Schiriki von dem Angsttraum heimgesucht, der ihn schon so oft gequält hatte. Gefangen im Netz, rannte er immer wieder dagegen an, konnte es nicht überspringen und nicht zerreißen. Das Netz war hart wie Stein, er biß sich vergeblich die Zähne daran blutig. Als er erschöpft zu Boden sank, war ihm, als hörte er Sternschwester und Imiak klagen, die Welpen und Wuk und Wok, Tasch Kans Rudel und andere Rudel, unzählige Schnelle Läufer, deren Stimmen er nicht kannte.

Dann verschwand das Netz, und Schiriki sah, wie durch Nebel, Schogar Kan auf sich zukommen.

Vor den Augen Schirikis wuchs der Wolf aus dem Norden ins Riesenhafte, auf den Hinterbeinen stehend, richtete er sich zur vollen Größe auf. Das Fell fiel von ihm ab, er wurde zu einem schrecklichen haarlosen Wesen, das aufrecht auf zwei Beinen ging.

Die Welt aber wurde öde und wüst, in der Welt des nackten Wolfes konnte kein Geschöpf mehr bestehen. Gras und Blumen verwelkten, das Laub auf den Bäumen vergilbte. Schnelle Läufer, die Jäger mit den leisen Pfoten und die mit den vier Pranken, Hornträger – alles, was vier Beine hatte oder im Wasser lebte, starb dahin. Mit lahmen Schwingen fielen die Geflügelten vom Himmel.

Voller Entsetzen wollte Schiriki aufheulen – und erwachte. Im Schweigen der Nacht, in der keine Rufe von geflügelten Jägern mehr erklangen, hörte er die gleichmäßigen Atemzüge seiner Geschwister und der anderen Jungwölfe. Das Rudel schlief. Nur um Schogar Kans Lagerplatz schritten zwei Wächter aus seinem Gefolge, dunkle Schatten in dunkler Nacht.

Über das Tal spannte sich ein tiefschwarzer, ins Endlose reichender Himmelsraum, besät mit hellglitzernden Sternen. Die Milchstraße, der Pfad der Schnellen Läufer, auf dem sie nach Kaam, dem guten Land, gingen, war zu einer Wolke aus Licht geworden, so dicht stand Stern an

Stern. Das gebogene Horn des Mondes, von sanftem Schein umflossen, hing hoch oben am Himmel.

Schiriki erhob sich, so leise, daß seine Geschwister ruhig weiterschliefen, und ging über die Wiese, wie schlafwandelnd, als wäre er noch von seinem Traum umfangen. Er ging an den schlafenden Wölfen vorbei, und keiner erwachte.

Vor Schogar Kans Lager, dem Ring aus Steinen, ließ er sich niedersinken und verharrte reglos im Gras. Er spürte die Witterung der Wächterwölfe, es waren Oiyo und Tika Kan, er hörte sie näher kommen und sich wieder entfernen. Als sie auf der anderen Seite des Lagers waren, glitt er im Schutz der Steinblöcke ins Innere des Ringes.

Moos bedeckte den Boden. Am bröckligen Gestein rankten sich Waldreben hoch, die weißgefiederten Samenbüschel schwerelos schwebend wie Gebilde aus Nebel. Der Wolf aus Norr Norr schlief, den mächtigen Kopf auf den Pfoten. Ein seltsam unwirkliches Gefühl hatte Schiriki erfaßt, als sei nicht er selber es gewesen, der durch die Nacht gegangen war, sondern jemand anderer. Er wußte jetzt auch, warum er es getan hatte. Er war hierhergekommen, um Schogar Kan zu töten. Er mußte es tun, bevor der Wolf aus Norr Norr sich in das schreckliche, zweibeinige Wesen verwandelte und Wakas Welt zugrunde richtete.

Schogar Kan regte sich. Er streckte sich, rollte sich auf den Rücken, der Kopf fiel ihm zur Seite und zeigte die ungeschützte Kehle. Im Schlaf ahmte er, dem kein Gegner widerstehen konnte, die Demutsgebärde nach, mit dem der Schwächere dem Stärkeren Frieden anbietet. Und Schiriki war nicht imstande loszuspringen, die Kiefer zu öffnen und die Zähne in die Kehle zu schlagen; der uralte Instinkt der Wölfe verbot ihm zu töten.

Vom Waldrand her strich ein Windhauch durch die Reben, Samen lösten sich aus den Büschen und sanken zu Boden. Schogar Kan schien zu spüren, daß er nicht mehr allein war, er öffnete die Augen, richtete sich halb auf und schaute den Jungwolf, der vor ihm stand, gleichmütig an, weder erschrocken noch verwundert.

„Bist du nicht Schiriki aus dem Tal der Flüsternden Winde?" fragte er.

„Ja, ich bin Schiriki."

„Wie bist du zu mir gekommen? Halten Oiyo und Tika Kan nicht mehr Wache?"

„Sie halten Wache, Schogar Kan."

„Und sie haben dich nicht fortgeschickt? Sind sie nachlässig geworden? Achten sie nicht mehr auf meine Gebote?"

„Sie achten deine Gebote, Schogar Kan. Sie haben mich nicht gehört und nicht gesehen."

„Also heimlich hast du dich hergeschlichen? War das nötig? Jeder kann mit mir sprechen – wenn ich es ihm erlaube. Warum kommst du mitten in der Nacht?"

Schiriki schwieg.

„Antworte mir!" befahl Schogar Kan.

Vom lichten Himmelspfad, der nach Kaam führte, fiel eine Sternschnuppe und verglühte in der Schwärze der Nacht.

„Ich wollte dich töten, Schogar Kan", sagte Schiriki.

„Töten? Mich?" Der Wolf aus Norr Norr zog die Lefzen hoch. „Warum, Schiriki?"

„Weil ich dich im Traum gesehen habe! Du warst ein schreckliches Geschöpf, und deine Welt war öde und leer."

Schogar Kan setzte sich langsam auf; die Vorderläufe gespreizt, blickte er auf den schmächtigen Jungwolf hinab, den er selbst im Sitzen noch überragte und der zu ihm aufschauen mußte. Das weiße Deckhaar der Nackenkrause glänzte im Sternenlicht. „Ein Traum hat dich geängstigt? Mein armer Kleiner! Was für ein Traum war das? Und was für ein Wesen war ich?"

„Ein haarloses, das aufrecht auf zwei Beinen ging", antwortete Schiriki leise.

„Und das hat dich erschreckt?" Schogar Kan legte den Schwanz um die Vorderpfoten. „Sei unbesorgt, Schiriki. Es war nur ein Traum. Haarlose Wesen auf zwei Beinen gibt es nicht, und die Welt ist nicht öde und leer."

„Noch nicht, Schogar Kan! Aber wenn sie so wird? Hota, der Alte, hat es vorausgesagt."

„Hota? Der Dickpelz? Was haben wir Schnellen Läufer mit dem zu tun?"

„Er ist weise", sagte Schiriki. „Er sieht, was wir nicht sehen. Und er hat die öde Welt erblickt, die Welt ohne Waka, das Gesetz."

„Waka, das Gesetz?" Schogar Kan sprang auf. Ein tiefes Grollen kam aus seiner Kehle. „Du wagst es, diesen Namen auszusprechen? Wie lange soll es noch dauern, bis ihr endlich begreift, daß Waka nie war und nie sein wird – so wenig, wie es dein haarloses Wesen je gegeben hat und je geben wird. Vergiß die alten Geschichten, Schiriki! Sie taugen nur für Welpen."

„Wenn Waka nie war und nie sein wird, warum dürfen wir dann seinen Namen nicht aussprechen, Schogar Kan? Und wenn es bloß Welpengeschichten sind, warum dürfen wir sie nicht erzählen? Wenn es Waka nicht gibt – wovor fürchtest du dich?"

Das Nackenhaar sträubte sich, die schwarzen Lefzen entblößten das mächtige Gebiß, das Grollen wurde zu einem wilden Aufheulen. Einen Herzschlag lang war es, als sähe Schogar Kan nicht einen schwachen Jungwolf vor sich, sondern einen Gegner, der ihm ebenbürtig war. Im nächsten Augenblick glättete sich der Pelz, und der Wolf aus Norr Norr stand so gleichmütig da wie immer.

Von draußen näherten sich eilige Pfotenschritte, zwischen den verwitterten Steinblöcken tauchte Oiyo auf. „Herr, was ist geschehen?" rief er erregt hechelnd. „Hast du mich gerufen?" Sein Blick fiel auf Schiriki. „Du?"

fauchte er wütend. „Du warst es, der meinen Herrn in seiner Ruhe gestört hat! Was hast du hier zu suchen? Herr, soll ich ihm das Fell in Fetzen reißen?"

„Laß ihn!" sagte Schogar Kan. „Du siehst, es ist nur – ein Jungwolf. Wir reden miteinander. Das vertreibt mir die Zeit. Geh jetzt, mein treuer Oiyo, und halte weiter Wache für mich."

Widerwillig, aber gehorsam zog Oiyo sich zurück. Er verstand nicht, warum Schogar Kan ihn fortschickte und einem Jungwolf zu bleiben erlaubte, noch dazu einem, der schwächlich war und völlig unbedeutend. War nicht er, Oiyo, der erste gewesen, der Schogar Kan gefolgt war, oben im Land des Eises? Damals war Schogar Kan allein gewesen, ohne Freunde, ohne Rudel, ein Ausgestoßener, den niemand aufnehmen wollte. Hatte nicht er, Oiyo, als erster an ihn geglaubt? Hatte er nicht mit ihm gehungert, für ihn gekämpft, immer bereit, für ihn, den er seinen Herrn nannte, zu sterben? Wenn jemand erwählt wurde, Schogar Kan in der langen Nacht Gesellschaft zu leisten – warum nicht er, Oiyo, der Treue?

Tika Kan kam herbei und stupste ihn an. „Was ist los? Wer ist bei Schogar Kan?"

„Ein Jungwolf!"

„Ein Jungwolf? Was will Schogar Kan von ihm?"

„Frag mich nicht!" knurrte Oiyo und setzte seinen Rundgang fort. Tika Kan schaute ihm verwundert nach, trottete dann hinter ihm her, hatte alles schon wieder vergessen, dachte nur noch an Mahana, wünschte sich, bei ihr zu sein, und konnte es kaum erwarten, bis die Nachtwache vorüber sein würde.

In dem Ring aus Steinen, der ihn vor Blicken von außen schützte, hatte Schogar Kan sich wieder hingesetzt. Schiriki stand schweigend vor ihm.

„Ich hätte dich töten können – oder von Oiyo töten lassen", sagte Schogar Kan. „Ich hätte nur ein Wort zu ihm sagen müssen. Weißt du das nicht?"

„Ich weiß es", antwortete Schiriki.

„Und du hast keine Angst? Bedeutet dir dein Leben so wenig?"

Schiriki schaute zum Himmel auf. Der schimmernde Hof des Mondes war größer geworden, die Sterne leuchteten plötzlich heller, aber vielleicht kam es ihm auch nur so vor. „Wir alle müssen einmal nach Kaam gehen, Schogar Kan", sagte er.

„Nach Kaam? Dort oben über dir, mein Kleiner, sind nur die Lichter der Nacht und das Nachtlichthorn, sonst nichts."

Schiriki schwieg.

„Setz dich zu mir", befahl Schogar Kan.

Schiriki setzte sich neben ihn.

„Warum glaubst du nicht an mich?" fragte Schogar Kan. „War die alte Welt wirklich so gut, daß du um sie trauern mußt? Ist meine Welt nicht besser? Habe ich nicht mein Rudel glücklich gemacht? Ist unser Volk nicht stark und mächtig, wie es nie zuvor war?"

„Das mag schon sein, Schogar Kan. Aber Waka, das Gesetz, hat es nicht so gewollt. Er gab jedem seiner Geschöpfe die gleichen Rechte. Jetzt wollen wir alles nur noch für uns selber haben. Wir teilen mit niemandem mehr."

„Teilen? Wozu? Hat einer der Vierbeiner, hat einer der Geflügelten jemals mit uns geteilt?"

Von den Hügeln her kam – zum erstenmal seit langer Zeit – der Ruf einer Eule, wiederholte sich aber nicht wie früher, sondern brach jäh ab, als sei die Jägerin auf der Flucht und selber eine Gejagte.

„Als die Erstgeborenen schutzlose Welpen waren", sagte Schiriki, „trug Waka, das Gesetz, den anderen Geschöpfen auf, mit ihnen zu teilen und für sie zu sorgen. Hast du das vergessen, Schogar Kan?"

„Vergessen? Nein! Ich kenne sie, die alten Geschichten. Und du hältst sie für wahr? Armer Schiriki! Wenn ich dich ausstoße aus dem Rudel, wie lange wirst du am Leben bleiben? Wie lange wird es dauern, bis du verhungert bist oder ein anderer, der stärker ist als du, dich tötet! Laß dir eine Geschichte erzählen – und diese Geschichte ist wahr. Oben in Norr Norr, wo der Sommer kurz und der Winter lang und bitterkalt ist, war einmal ein Welpe. Eines Tages fielen Eis und Schnee vom Berg herab und begruben das Rudel. Nur der Welpe konnte sich retten. Alle die Seinen aber waren tot. Er hatte niemanden mehr, der ihn beschützte. Kein Dickpelz kam, kein Jäger mit den leisen Pfoten brachte ihm Nahrung. Keine Mutterkuh ließ ihn an ihren Zitzen trinken. Keiner war da, der ihn tröstete, der ihn wärmte. Hatten sie Mitleid mit ihm, die anderen Geschöpfe? Nein! Sie jagten ihn, sie hetzten ihn, sie wollten ihn reißen und töten. Wie es ihm gelang zu überleben, wußte der Welpe selber nicht. Ich war dieser Welpe! In diesem unbarmherzigsten aller Winter, in meiner Not und Verzweiflung, versprach ich mir, daß nie wieder ein Welpe so verlassen sein sollte wie ich. Nie wieder sollte es einen Welpen geben, dem der Hunger das Innere zerfraß. Als ich, das Fell aufgerissen von den Fängen der Geflügelten, im Fieber lag, sah ich eine Welt vor mir, in der alle Welpen glücklich und satt waren. Ich erblickte ein friedliches Land, in dem sie ohne Angst spielten. Ich sah eine Welt, die meinem Volk gehörte, und es war eine gute Welt."

Schogar Kan schwieg. Seine Augen schauten in die Ferne, als sähe er den verlorenen, verlassenen Welpen, der er einmal gewesen war, und als sähe er die andere Welt, die neue, die er erschaffen wollte. Nichts regte sich in der Nacht, nur die beiden Wächter schritten um den Ring aus Steinen. „Schiriki", sagte Schogar Kan, „habe ich mein Versprechen nicht gehalten? Schau dir unsere Welpen an! Ist da einer, der Hunger leidet, einer, der nicht satt wird? Kein Dickpelz, kein Jäger mit den leisen Pfoten wagt es, sie anzufallen. Keiner der großen Geflügelten stößt aus der Luft herab und streckt die Fänge nach ihnen aus. Waren je zuvor Welpen so wohl behütet wie in meiner Welt?"

„Ja, das ist wahr", antwortete Schiriki. „Aber den Jungen der anderen Geschöpfe ergeht es, wie es dir ergangen ist, Schogar Kan. Die Jungen der geflügelten Jäger verhungern in ihren Nestern, weil wir ihren Eltern nicht erlauben, Beute zu schlagen. Wo finden die Jäger mit den vier Pranken oder die auf den leisen Pfoten Nahrung für ihre Jungen? Und die Jungen der Hornträger haben nur noch Angst. Hast du kein Mitleid mit ihnen?"

„Mitleid? Warum? Eines Tages werden sie erkennen, daß die Welt sich verändert hat, sie werden sich fügen und nicht mehr leiden. Wer die Welt neu ordnen will, muß zerstören, damit sie schöner als je zuvor wieder erstehen kann. Die Zeit wird kommen, da die bekannte und die unbekannte Welt uns gehört, dem Volk der Schnellen Läufer. Das Große Taglicht und die Nachtlichter werden uns gehorchen, der Wind und der Regen, die Flüsse und die Bäche und alles, was wächst. Das ist mein Ziel – das ist mein Weg. Willst du ihn mit mir gehen, Schiriki?"

Der schwarze Wolf aus dem Norden reckte sich hoch auf, wurde größer und größer. Schiriki war es, als sähe er wieder das Traumbild vor sich, als verwandle sich Schogar Kan, als falle der Pelz von ihm ab, als stünde er aufrecht auf zwei Beinen da.

„Nein, Schogar Kan!" schrie er auf. „Du darfst diesen Weg nicht gehen."

„Warum soll ich ihn nicht gehen?"

„Weil deine Welt schrecklich sein wird."

„Und ich ein schreckliches Geschöpf? Ein Zweibeiner? Armer Schiriki! Ängstigt dich dein Traum noch immer?" Schogar Kan neigte den Kopf zu dem Jungwolf hinab. „Ja", sagte er, „ich könnte ein schreckliches Wesen sein – für dich! Ich brauche es nur zu befehlen, und du siehst das Große Taglicht nicht mehr, wenn es sich morgen früh am Himmel erhebt. Hast du vergessen, daß alle Macht mir gehört? Ich kann dich am Leben lassen oder dich töten, wie es mir gefällt."

Schiriki zog die Schultern hoch. Ihn fror, als wäre es plötzlich kalt geworden, aber es war eine Kälte, die nicht von außen, sondern von innen her kam. Er blickte zu der riesigen Gestalt auf, die ihn überragte. „Ich habe es nicht vergessen, Schogar Kan. Du kannst mich töten, wenn du willst. Bedeutet dir deine Macht so viel, daß du sie mir beweisen mußt?"

Der Wolf aus Norr Norr schaute über Schiriki hinweg ins Dunkel der Nacht. „Meine Macht?" fragte er. „Weißt du, wie es ist, wenn man mächtiger ist als die anderen? Man ist immer allein – mehr allein, als es jener Welpe im Land des Eises war. Wer Macht hat, ist einsam, Schiriki. Eine Einsamkeit, die du nicht kennst. Du hast deine Geschwister. Ob du wach bist oder schläfst, sie sind bei dir. Wer ist bei mir? Mein Gefolge? Schnelle Läufer wie Tika Kan? Wie Mahana? Was liegt mir an ihnen? Sie sind nützlich – das ist alles."

Von draußen her war das leise Pfotengeräusch der Wächter zu hören. „Und Oiyo?" fragte Schiriki. „Ist er nicht dein Freund?"

„Oiyo? Ja, er ist mein Freund. Der beste, den es gibt. Mein treuer Oiyo! Er würde sein Leben für mich hingeben. Aber meine Einsamkeit kann er nicht mit mir teilen. Er sieht nicht, was ich sehe, er fühlt nicht, was ich fühle. Manchmal sehne ich mich danach, der Geringste in meinem Rudel zu sein und an nichts anderes zu denken als an den Tag, der ist. Nicht an morgen, nicht an später. Nein, Schiriki, meine Macht bedeutet mir nichts."

„Warum willst du dann der Leitwolf aller Leitwölfe sein, Schogar Kan?"

„Weil mein Volk mir nur dann gehorcht, wenn es mich fürchtet. Würde es meinen neuen Weg gehen, wenn ich keine Macht hätte? Ihr singt das Lied von meiner neuen Welt. Wie viele von euch würden es singen, hätten sie nicht Angst vor mir? Tasch Kan und Ayana wären die ersten, die mich verlassen würden. Glaubst du, ich weiß das nicht? Und wer von den anderen würde ihnen nicht folgen? Wieder in kleinen Rudeln irgendwo hausen – möchtet ihr das nicht, Schiriki?"

„Ja, das möchten wir! Weil es unsere Art ist zu leben."

„Ist es wirklich unsere Art? Oder lebten wir nur deshalb so, weil wir es nicht besser verstanden? Jetzt sind wir aufgewacht. Ich lasse nicht zu, daß mein Volk wieder im Schlaf versinkt, im Nichts. Aber eines Tages wird es keinen Leitwolf aller Leitwölfe mehr geben. Das verspreche ich dir. Wenn auch der letzte von euch vergessen hat, wie es früher war, wenn alle meinen Weg gewählt haben, freiwillig und ohne zu fragen, dann verzichte ich auf meine Macht. Und jetzt geh, Schiriki! Geh zu deinen Geschwistern. Ich möchte – wieder allein sein."

Schogar Kan streckte sich aus und legte den Kopf auf die Pfoten. Die gefiederten Samenbüschel hingen reglos am Rebengerank. Schiriki stand auf und verließ den Steinring. Als er zwischen den verwitterten Blöcken hervortrat, blieb Oiyo auf seinem Rundgang stehen und schaute ihn mißtrauisch an. Schiriki merkte es nicht. Er fühlte sich erschöpft; die Läufe wurden ihm schwer, als er über die Wiese ging. Wieder erwachte keiner der Wölfe.

Auch Imiak und Sternschwester schliefen. Das Licht der Sterne war schwächer geworden, der Mond hatte seinen Hof verloren. Schiriki legte sich nieder und schloß die Augen.

## Das Pumajunge

Morgendlicher Dunst lag über den Wiesen. Als die Sonne über den Hügeln emporstieg, begann er sich zu heben, wurde durchsichtig wie Wasser und löste sich auf. Das Rudel erwachte. Noch satt von der überreichlichen Mahlzeit, blinzelten die Wölfe ins Licht, reckten und streckten sich, waren zu träge, um aufzustehen, und dösten weiter. Schogar Kan hatte seinen Schlafplatz noch nicht verlassen.

Auch die Geschwister waren wach geworden. Ein Käfer mit roten Flügelkappen kroch an einem Halm hoch und schwirrte auf, als ein Tautropfen herabrollte. Schiriki legte den Kopf auf Sternschwesters Schulter. Er vermeinte noch immer den Wolf aus Norr Norr vor sich zu sehen, den mächtigen Kopf mit der Nackenkrause unter den schwebenden Samenbüscheln des Rebengeranks, und glaubte, die dunkle, tiefe Stimme zu hören.

Wie in der Nacht zuvor war alles unwirklich geworden. Er brachte es nicht über sich, den Geschwistern davon zu erzählen. Nicht einmal Sternschwester konnte er sich anvertrauen. Eine ihm selbst nicht erklärbare Scheu hielt ihn ab, als beträfe das, was geschehen war, nur ihn und den schwarzen Wolf.

Allmählich wurden die Wölfe etwas munterer, manche wälzten sich im Gras und ließen die Läufe baumeln, andere setzten sich gähnend auf, ein paar schlenderten zum Bach und tranken. Die Welpen begannen zu spielen. Itsi und To vergnügten sich eine Weile damit, einen Ast hin und her zu zerren. Bald aber wurde es im Lager wieder ruhig. Selbst die Welpen genossen das Nichtstun und lagen faul im Gras herum.

Gegen Mittag verließ Schogar Kan den Steinring und rief das Rudel auf, mit ihm zum Futterplatz zu laufen. Die Wölfe folgten ihm nur zögernd. Viel lieber wären sie den ganzen Tag herumgelegen, dösend oder schlafend, wie sie es sonst taten, wenn sie vollgefressen waren. Sie wagten aber nicht, sich zu widersetzen, und trotteten hinter Schogar Kan und seinem Gefolge nach.

Noch bevor sie das vom Brand heimgesuchte Waldgebiet erreichten, waren die heiseren Rufe der Geier zu hören. Ein süßlicher Geruch nach Blut hing in der Luft. Die Geier ließen sich von der Ankunft der Wölfe nicht stören. Auf jedem der Kadaver saßen sie in Scharen und hackten mit ihren kräftigen Schnäbeln die Bälge leer. Immer wieder fuhren sie mit weitausgebreiteten Schwingen aufeinander los und stritten um die besten Happen. Raben stolzierten zwischen ihnen umher und schnappten sich ab und zu einen Bissen.

Die Wölfe standen mit eingezogenen Schwänzen oben am Kessel. Schogar Kan brauchte kein Wort zu sagen, sie begriffen, warum er sie hierhergeführt hatte, warum er sie, die noch satt waren, zum Fressen zwang. Jeder von ihnen, auch der jüngste Welpe, sollte sich von nun an immer daran erinnern, nie wieder sollte ein Jägertrupp im Zustand der Tollheit eine ganze Herde reißen.

Als Schogar Kan befahl, mit der Mahlzeit zu beginnen, schlich das Rudel stumm in den Kessel hinunter. Die Geier wollten den guten Futterplatz nicht sofort räumen. Aufgeregt kreischend rannten sie mit schlagenden Flügeln von einem toten Hornträger zum anderen, erhoben sich schließlich mit mißtönendem Geschrei in die Luft, strichen zum Rand des Kessels und ließen sich auf den Baumgerippen nieder. Die Raben hüpften vor den Wölfen zur Seite, zogen sich krächzend zurück – aber nicht weit – und warteten, bis sie wieder an der Reihe waren.

Die Wölfe fingen lustlos zu fressen an, diesmal nicht in der Rangordnung, aber doch nach den einzelnen Gruppen getrennt. Schillernde Fliegenschwärme bedeckten die Kadaver. Über die leergehackten Augenhöhlen krochen Schmeißfliegen. Sternschwester rieb wie tröstend die Schnauze an Schiriki.

Schogar Kan beteiligte sich nicht an der Mahlzeit. Er stand, den Kopf hoch erhoben, die Sonne hinter sich, auf einer Steinplatte oben am Kessel. Im Gegenlicht wirkte der dichte Pelz noch schwärzer als sonst, das Deckhaar der Nackenkrause war grellweiß. Als das Rudel zu fressen aufhörte und sich wieder um ihn versammelte, ging sein Blick von einem zum anderen, nur den schmächtigen Jungwolf, dem er im Dunkel der Nacht mehr von sich anvertraut hatte als je einem lebenden Wesen zuvor, schien er nicht zu sehen. Er befahl den Aufbruch. Die Wölfe folgten ihm erleichtert, sie waren froh, daß sie den Kessel verlassen durften.

Als sie die von niedrigem Gebüsch und jungen Schößlingen bewachsene Halde querten, wo die rasende Flucht der Hornträger gebrochen worden war, hielt einer der Lehrmeister aus der Jungwölfeschar plötzlich an. Er streckte witternd den Kopf vor, gab kurz Laut und rannte dann auf die vom Brand verschonte Waldzunge zu. Die Jungwölfe liefen hinter ihm her.

Vor den Bäumen, an einen der rankenüberwucherten Steinblöcke gedrückt, kauerte ein Pumajunges. Es mußte von einem Wurf im Frühsommer stammen, hatte noch den hellen Kinderpelz und die schwarzen Flecken der kleinen Kätzchen. Mit schreckgeweiteten Augen duckte sich das Junge zitternd auf den Boden; die Lefzen entblößt, knurrte und zischte es die Wölfe an. Der kurze Schwanz peitschte hin und her.

Die Jungwölfe blieben stehen, fletschten die Zähne und knurrten zurück, aber nicht angriffslustig. Mit ihren vollen Bäuchen hätte nicht einmal die aufregendste Witterung den Jagdtrieb in ihnen wecken können.

Imiak stand in der ersten Reihe, nur ein paar Pfotenschritte vor dem Pumajungen. Es wird nicht mehr lange leben, dachte er. Schogar Kan wird befehlen, daß wir es töten. Und einer von uns wird es tun. Auch wenn er keinen Hunger hat. Nur damit es keine anderen Jäger mehr gibt, die unsere Beute jagen. Imiak verstand nicht mehr, daß er jemals an Schogar Kans neuen Weg hatte glauben können. Er schaute auf das hilflos fauchende Junge. Vielleicht hatte es seine Mutter verloren? Vielleicht war sie getötet worden und nur das Junge hatte entkommen können. Wer wußte, wie lange es schon hungrig und verlassen herumstreunte. Der Blutgeruch mochte es angelockt haben.

Inzwischen hatte das ganze Rudel die Witterung des Pumajungen aufgenommen und kam herbeigelaufen. Die Welpen kläfften aufgeregt. Mahana hetzte, allen voran, in weiten Sätzen die Halde herab, stürzt sich mit einem kehligen Knurren auf das Pumajunge, wollte es packen und ihm das Genick brechen. Im selben Augenblick sprang Imiak sie an.

Sein Angriff kam so unerwartet, daß Mahana den Halt verlor und sich überschlagend zu Boden kollerte. Bevor sie sich aufraffen konnte, hatte er ihr die Zähne in den Hals geschlagen und biß zu. Der Blutgeschmack im Maul brachte ihn zu sich, er ließ von Mahana ab, die halb betäubt liegenblieb, und stellte sich vor das zitternde Pumajunge.

Die Lehrmeister und Lehrmeisterinnen wollten ihren Augen nicht trauen, nicht glauben, was sie gesehen hatten. Ein Jungwolf hatte eine Wölfin aus dem Gefolge angefallen! Sie daran gehindert, Schogar Kans Weisungen auszuführen! Noch dazu war es Imiak, einer der besten aus der Schar. Wie furchtlos er sie jetzt anblickte! Begriff er nicht, was er getan hatte?

Aber Imiak sah die Lehrmeister nicht. Er sah keinen der Wölfe aus dem Rudel. Er schaute über die Halde, ohne wahrzunehmen, wie sie dichtgedrängt dastanden, erschrocken und besorgt zugleich. Er sah das Tal der Flüsternden Winde vor sich, ihm war, als hörte er Ahkuna die alte Geschichte erzählen, ihm war, als hörte er Palo Kans Stimme, die ihn rief. Er schaute zum Himmel auf, in dessen Unendlichkeit irgendwo das Land Kaam war, und fühlte sich frei wie noch nie zuvor. Losgelöst von allen Ängsten, begann er die Geschichte von Waka, dem Gesetz, zu erzählen, die Geschichte der beiden Wolfswelpen, der Ureltern, der Erstgeborenen.

Auf der Halde war es still geworden, selbst die Schreie der Geier waren verstummt. Das Rudel verharrte in reglosem Schweigen. Da war keiner, der die Geschichte nicht kannte. Jedes Wort war vertraut, jeder Satz. Seitdem sie Welpen gewesen waren, hatten sie diese Geschichte immer und immer wieder gehört.

Die Lehrmeister, das Gefolge, sogar Oiyo, der Treue, konnten sich dem Zauber der Geschichte nicht entziehen, die einst, bevor sie dem Wolf aus dem Norden auf dem neuen Weg gefolgt waren, ihr Leben bestimmt hatte wie das aller Schnellen Läufer. Nur Schogar Kan hätte den Jungwolf unterbrechen können, aber er tat es nicht.

Weckte die Stimme Imiaks auch in ihm Erinnerungen? Fühlte er sich zurückversetzt in jene Zeit, als er in der dunklen, warmen Höhle bei seinen Geschwistern gelegen war, umsorgt von seiner Mutter?

Ayana hatte den Kopf auf Tasch Kans Nacken gelegt. Wuk und Wok lauschten, die Augen halb geschlossen. Sternschwester merkte nicht, daß der Platz neben ihr auf einmal leer war, daß Schiriki nicht mehr neben ihr stand. Itsi und To war es, als seien sie wieder im Tal der Flüsternden Winde. Als To tief aufschnaufte, begann Itsi ihn zu lecken, ohne daß es ihr bewußt wurde.

Verborgen im Nadelgeäst der alten Fichten, die vom Waldbrand verschont geblieben waren, saß Schak, der Häher. Auch er horchte Imiak zu. Einmal breitete er die Flügel aus, als wollte er zu ihm fliegen, ließ sie aber wieder sinken. Auf dem Waldboden unter ihm raschelte es, leise, fast unhörbar. Farnwedel schwankten, der Häher sah im Rankengewirr und Unterholz einen lohfarbenen Pelz. Ein Pumaweibchen schlich lautlos zum Rand der Waldzunge, blieb einen Augenblick lang im Schutz der Bäume stehen, glitt dann auf weichen Tatzen zu ihrem Jungen hin, faßte es mit den Zähnen am Nacken, hob es auf und verschwand ebenso lautlos wieder unter den Bäumen. Die Wölfe sahen und hörten nichts – die Stimme das Jungwolfs hielt sie gefangen, und solange er nicht zu sprechen aufhörte, solange er erzählte, vergaßen sie Schogar Kan und seine Gebote; die Erinnerungen waren stärker als die Macht, die er auf sie ausübte.

Der Bann brach erst, als Imiak die Geschichte zu Ende erzählt hatte und schwieg. Die Wölfe schauten einander an, als wären sie aus tiefem Schlaf erwacht. Mahana reckte den Kopf mit der blutbefleckten Kehle hoch und heulte schrill auf. „Töte ihn, Schogar Kan! Töte ihn!"

Im Rudel entstand Unruhe. Einer nach dem anderen der Wölfe begann zu begreifen, was geschehen war, sie klemmten die Schwänze ein und duckten sich auf den

Boden. Ein paar rollten sich demütig auf den Rücken, wie hilflose Welpen, die um Futter und Zärtlichkeit betteln. Andere schauten, über sich selber bestürzt, zu Schogar Kan hin. Warum hatte er es zugelassen, daß ein Jungwolf sein Gebot brach?

Aus Oiyos Kehle kam ein tiefes Grollen, der zottige Nackenpelz stellte sich auf. Ein einziges Wort seines Herrn hätte genügt, und Oiyo hätte sich auf den Jungwolf gestürzt und ihn getötet. Aber Schogar Kan gab seinem ergebenen Freund kein Zeichen, sagte kein Wort. Spürte er die wachsende Aufregung im Rudel nicht? Als Oiyo schon meinte, die Spannung nicht mehr ertragen zu können, ging Schogar Kan endlich auf den Jungwolf zu, ohne Eile, so gleichmütig und ruhig wie immer. Oiyo folgte dicht hinter ihm nach.

Das Rudel wich vor Schogar Kan zurück und machte ihm Platz. Imiak sah den riesigen Wolf auf sich zukommen. Das Gefühl der Freiheit, des Losgelöstseins von allen Ängsten, verflog. Schauer liefen ihm durch den Körper, alles verschwamm vor seinen Augen, das Rudel, die Halde, der weite Himmel darüber; er konnte nichts mehr ausnehmen. Dann spürte er, wie eine Schnauze sacht seine Schulter berührte. Neben ihm stand Schiriki. Und Imiak beruhigte sich.

Der Halbkreis der Wölfe, der sich geteilt hatte, schloß sich wieder. Schogar Kan blieb vor Imiak stehen.

„Weißt du nicht", fragte er, „daß jeder sterben muß, der die alte Geschichte erzählt?"

„Ich weiß es", antwortete Imiak.

„Und doch hast du sie erzählt? Und wir haben sie gehört. Warum erzählst du eine Geschichte, die nicht einmal für Welpen taugt?"

Waren vorher Halde und Wolfsschar vor Imiaks Augen verschwommen, sah er jetzt alles überdeutlich klar. Er sah Wuk und Wok, die mit gesträubtem Fell, die Lefzen hochgezogen, mitten im Rudel standen, er sah Itsi und To, die sich hilflos aneinanderdrückten. Im leichten Wind bewegten sich die Haarspitzen von Sternschwesters hellem Pelz. Und Imiak sah, wie Mahana ihn haßerfüllt anstarrte, wie Oiyo lautlos die Zähne fletschte. „Es ist die Geschichte von Waka, dem Gesetz", sagte er. „Darum habe ich sie erzählt, Schogar Kan."

Vom Kessel her kamen jetzt wieder die heiseren Rufe der Geier; ein paar hatten sich in die Luft erhoben und kreisten am Himmel.

„Warum willst du sterben, Imiak?" fragte Schogar Kan. „Du bist jung und stark – und du hast Mut. Du könntest ein guter Jäger werden, einer, der ein Rudel führt, einer aus meinem Gefolge, einer, der mich begleitet. Möchtest du das nicht? Wenn du meinen Weg mit mir gehst, werde ich vergessen, was du getan hast."

Imiak antwortete nicht. Er schaute über die Halde, die im vollen Licht der schon schrägstehenden Sonne lag. Aus dem satten Grün der Büsche und Ranken leuchteten die ersten herbstlich verfärbten Blätter. Disteln mit vergilbten Stengeln reckten leere oder noch weißflockige Samenkörbchen hoch. Bienen und Erdwespen umsummten die Blüten der letzten Sommerblumen. Die Luft war erfüllt von Botschaften, die Imiaks Nase aufnahm, er konnte jeden Geruch, jeden Duft deuten. Er hörte das Trippeln von Graupelzchen, das Huschen von Vögeln im Unterholz. Mit seinem ganzen Sein spürte er das Leben in sich und um sich, stärker als jemals zuvor.

Oben am Himmel hatten die Geier zu kreisen aufgehört. Die Schwingen weit ausgebreitet, glitten sie tiefer und tiefer und verschwanden hinter der Halde. In der reinen Luft zeichneten sich die Wipfel der Bäume auf den Hügelkuppen vom tiefen Blau des Himmels ab. Imiak konnte – so spät am Nachmittag – zum Großen Taglicht emporblicken, ohne geblendet zu werden. All das mußte er aufgeben. Für immer. Wieder spürte er, wie ihn Schiriki mit der Schnauze berührte. „Ich kann deinen

Weg nicht gehen, Schogar Kan", sagte er. „Ich habe Waka nicht vergessen. Er ist das Gesetz."

„Daran glaubst du immer noch?"

„Ja, daran glaube ich."

„Dann", sagte der schwarze Wolf aus dem Norden, „mußt du sterben, Imiak."

Er entblößte nicht das mächtige Gebiß, kein Knurren kam aus seiner Kehle. Ohne ein Zeichen der Erregung blickte er auf den Jungwolf hinab, als wollte er ihm eine letzte Gelegenheit geben, sich zu unterwerfen. Die riesige Gestalt machte Imiak klein, ließ ihn schutzlos erscheinen, wie ein von allen verlassener Welpe. Daß Schiriki im Schatten des rankenüberwucherten Steins neben ihm stand, nahm das Rudel nicht wahr; die Wölfe hatten nur Augen für Schogar Kan und den Jungwolf, der sich der neuen Ordnung widersetzte. Der ungleiche Kampf würde bald zu Ende sein, jeder im Rudel wußte es, auch die Wölfe vom Tal.

Sternschwester, Wuk und Wok traten auf den freien Platz hinaus, der sich um Schogar Kan und Imiak gebildet hatte. Das Fell vor Angst gesträubt, aber Kopf und Schwanz in einer Art verzweifelten Mutes erhoben, folgte Itsi ihnen nach. To kroch hinterher, sein leises Wimmern war der einzige Laut in dem atemlosen Schweigen der Wolfsschar. In Oiyos Körper spannte sich jeder Muskel an. Aus Mahanas Maul rann Geifer.

Aber Schogar Kan griff nicht an.

So unauffällig, daß es dem Rudel kaum bewußt geworden war, hatte Schiriki sich vor Imiak gestellt. In der uralten Demutsgebärde der Wölfe neigte er sich vor Schogar Kan zu Boden und schaute zu ihm auf.

„Bevor du meinen Bruder tötest", sagte er, „mußt du mich töten. Wir waren immer beisammen, er und ich, und wenn wir nach Kaam gehen, dann gehen wir gemeinsam dorthin."

Sternschwester stieß einen hohen, jammernden Schrei

aus. Irgendwo auf der Halde zirpte eine einsame Zikade.

„Warum tötest du mich nicht, Schogar Kan?" fragte Schiriki sanft. „Schau, hier ist meine Kehle. Kannst du nicht zubeißen? Gehorchst auch du noch Waka, auch wenn du sagst, daß er nie war und nie sein wird?"

Eine zweite Zikade begann der ersten zu antworten, ein ganzer Chor von Zikadenstimmen setzte auf der Halde ein, schwoll an und verebbte. Keiner im Rudel regte sich. Der Leitwolf aller Leitwölfe und der Geringste der Jungwölfe sahen einander an.

„Armer Schiriki", sagte Schogar Kan, „es ist nicht Waka, der dich beschützt. Ich bin es, der dir das Leben läßt. Aber einen, der meinen Weg nicht geht, kann ich in meinem Rudel nicht dulden." Der schwarze Wolf mit dem schimmernden weißen Deckhaar richtete sich zur vollen Größe auf. „Ich verstoße euch, dich und deinen Bruder. Vom Land des Eises bis an die Grenzen meiner Welt wird es keinen Ort geben, wo ihr in Frieden schlafen könnt. Wohin ihr auch geht, keiner wird euch aufnehmen. Von diesem Tag an seid ihr verlassen und ohne Freunde, gejagt und verfolgt von allen. Ist das nicht schlimmer als der Tod? Möchtest du nicht bleiben, Schiriki, im Rudel, das dir Geborgenheit gibt? Du kannst noch immer wählen. Du brauchst nur ein Wort zu sagen."

Schiriki schwieg.

Ein rauher, abgehackter Geierruf durchbrach kurz die Stille. Oiyo sog die Luft ein und stieß sie keuchend wieder aus.

„Geht!" befahl Schogar Kan. „In meinem Rudel ist kein Platz mehr für euch. Ihr selber habt es so gewollt."

Die Lehrmeister und das Gefolge schlossen einen dichten Ring um Sternschwester, Wuk und Wok und die zwei Welpen. Schiriki legte die Schnauze an das Gesicht seines Bruders. „Komm, Imiak!" sagte er. Sie wandten sich ab und gingen fort, schritten die Halde hinauf, vorbei an den vereinzelt stehenden Baumgerippen, die lange Schatten warfen, nach Westen zu, wo die Sonne jeden Abend hinter den Hügeln versank.

Mahana heulte auf. „Warum läßt du sie gehen, Schogar Kan? Du hast gesagt, daß jeder sterben muß, der die alte Geschichte erzählt! Töte sie!"

Der Wolf aus Norr Norr wirbelte herum und fuhr mit gefletschten Zähnen auf sie los. Als Mahana winselnd zurückwich, befahl er den Aufbruch und lief dem Rudel voraus. Oiyo rannte hinter ihm her, verwirrt und unglücklich. Die Wolfsschar folgte mit eingezogenen Schwänzen.

Schak flog auf und strich über die Wipfel dahin, zurück zum Berg.

## Die Nacht auf dem Berg

Schak flog, ohne anzuhalten, über Hügel und Senken, bis er das Tal der Flüsternden Winde erreicht hatte. Im milden Licht der jetzt schon tiefstehenden Sonne begannen die langen Schatten sich aufzulösen. Wächterwölfe trabten über die Kuppen, glitten durchs Gebüsch, tauchten auf und verschwanden wieder. Schak beachtete sie nicht, er überquerte den Talboden und ließ sich am gegenüberliegenden Hang auf einer alten Kiefer zu einer kurzen Rast nieder. Ein Eichhörnchen, das sich den Baum als Futterplatz erwählt hatte, sprang im Wipfel herum, wippte aufgeregt mit dem Schwanz, keckerte zornig und warf einen Zapfen auf den ungebetenen Gast hinab.

Das laute Schelten schreckte ein Hirschkalb auf. Im Dickicht unter dem Baum schwankten Zweige, ängstliche Augen lugten scheu durchs Laub. Gleich danach duckte sich das Kalb, und nur ein leichtes Nachzittern der Blätter verriet, wo es sich versteckt hielt.

Armes Ding! dachte Schak. Hast immer Angst! Was für ein Leben! Er flog weiter, den Bachlauf entlang zum Berg hinauf.

Über der Baumgrenze hatten die ersten Nachtfröste Gras und Blumen schon braun angesengt. In der Einsamkeit des Felsenlabyrinths zeigte sich kein Lebewesen. Schak strich mit immer schnelleren Flügelschlägen durch die Klippen und Schrofen.

Als er die Hochfläche erreichte, flammte der Himmel im Westen auf, die Sonne neigte sich den Hügeln zu. Vor der Höhle am Fuß der Felswand saß Hota, der Alte, reglos, wie schlafend. Neben ihm hockte KumKum, der Rabe.

Ahkuna lag auf dem Felsvorsprung, den Kopf auf den Pfoten, die Augen geschlossen. Schak flog zu ihr, zirpte und schlug mit den Flügeln. Sie hob den Kopf und schaute ihn mit ihrem wie immer sanften, abwesenden Blick an. Er pikte sie am Fell. „Ich war fort, Schwester Vierbein. Hast du mich nicht vermißt?"

Auf einem der höhergelegenen Felsgrate tauchten Bergziegen auf, klein durch die Entfernung, aber deutlich abgehoben gegen den aufleuchtenden Himmel. Steine, die sich unter den Hufen der Ziegen lösten, kollerten in die Tiefe und weckten ein schwaches Echo.

„Willst du nicht wissen, wo ich war, Schwester Vierbein?" zirpte Schak. „Willst du nicht wissen, wen ich gesehen habe?" Er umflatterte sie, liebkoste sie mit Schnabel und Flügeln. Im Tal unten verdämmerte das Licht. Schak tschirpte immer eindringlicher. „Hör mir zu, Schwester Vierbein! Hör zu! Ich habe dein Rudel gesehen!"

„Mein Rudel?" fragte Ahkuna, als verstehe sie nicht, wovon der Häher sprach.

Schak schlug mit den Flügeln und schwenkte den

blauen Schopf. „Ja, dein Rudel, Ahkuna! Alle sieben! Und weißt du, was Imiak getan hat? Er hat die alte Geschichte erzählt."

Ahkunas Blick ging über die fernen Hügelketten. Ihre Ohren stellten sich auf, als lausche sie. Der Häher saß jetzt still da, den Kopf zu ihr hochgereckt, die Schopffedern geglättet. Seine kleinen Augen glänzten.

„Die alte Geschichte?" murmelte Ahkuna. „Wie kann das sein? Keiner aus dem Volk der Schnellen Läufer spricht mehr den Namen Waka aus. Ist es nicht so, Schak?"

„Es ist so, Schwester Vierbein! Keiner wagt es. Aber Imiak hat es getan. Er hat die alte Geschichte erzählt. Vor dem ganzen Pack der Spitzohren. Vor dem Schwarzen aus Norr Norr."

Der im Sonnenuntergang glühende Himmel verlieh dem grauen Bergmassiv einen warmgoldenen Ton. Ahkuna richtete sich auf, ihr Körper straffte sich. Zum erstenmal, seit der Wolf aus dem Land des Eises in ihr Tal eingedrungen war, erwachte sie aus ihrem Hindämmern. Schak hüpfte vor Freude. „Ja, Schwester Vierbein! Es war Imiak! Er hat dich nicht vergessen! Er hat Waka nicht vergessen."

Eine von unten angestrahlte Wolkenbank lag dunkel über den Hügeln. Der Goldton auf den Felsen wurde schwächer. Ahkuna senkte den Kopf, ihre Schnauze berührte den Schopf des Hähers. „Dann ist auch er nach Kaam gegangen. Wie Palo Kan. Du brauchst es mir nicht zu sagen, mein kleiner geflügelter Freund. Ich weiß es. Schogar Kan hat ihn getötet."

„Nein, Ahkuna! Der Schwarze hat ihn nicht getötet." Schak plusterte sich auf, aus seiner Kehle kamen glucksende Töne, er trippelte aufgeregt hin und her. „Schiriki hat es nicht zugelassen! Hat sich hingestellt vor den Schwarzen und hat gesagt: Bevor du meinen Bruder tötest, mußt du mich töten. Und das Spitzohr aus Norr

Norr konnte nicht zubeißen, konnte es nicht tun. Das hättest du sehen sollen, Schwester Vierbein! Dein kleiner Schiriki war es, der Imiak beschützt hat!"

„Schiriki?" sagte Ahkuna, fast unhörbar, mehr zu sich selbst als zu dem Häher, der sich zwischen ihren Pfoten niedergelassen hatte und zu ihr aufblickte. Sie schaute zu der Felswand hin, wo – kaum noch auszunehmen – der alte Bär vor der Höhle saß. Eine lange Zeit stand sie schweigend da. Am Himmel verblaßten Licht und Farben, aus den Schluchten und Schründen stieg die Dunkelheit. Schak rührte sich nicht. Als er schon glaubte, sie sei wieder der Gegenwart entrückt, beugte Ahkuna sich zu ihm hinab. „Was ist dann geschehen, Schak, mein Freund? Sag es mir!"

Der Häher hüpfte zur Seite, spreitete die Flügel und piepte traurig. „Schogar Kan hat sie ausgestoßen, Schwester Vierbein."

„Ausgestoßen! Meine Jungen!" Ahkuna heulte klagend auf. „Jeder darf sie jagen! Jeder darf sie töten!" Sie warf den Kopf zurück, der Ruf, mit dem sie einst ihr Rudel um sich versammelt hatte, brach aus ihrer Kehle. Ein paar Herzschläge lang war es, als fände sie zu der früheren Kraft zurück, dann knickten ihr die Beine ein. Sie sank auf den mit Moos und Flechten bedeckten Boden, ihr Kopf fiel auf die Pfoten. „Schak, ich kann sie nicht mehr beschützen. Ich bin so alt, so müde." Ihr Atem ging flach und stoßweise, ihr Augen schlossen sich. Schak umflatterte sie besorgt und gab beruhigende Laute von sich. Als der Atem der Wölfin wieder gleichmäßiger wurde, setzte er sich still zwischen ihre Pfoten.

Das letzte Licht über den Hügeln erlosch, das Grau des hereinbrechenden Abends nahm den Felsklippen die Schroffheit. Ahkuna öffnete die Augen. „Schak, lieber Schak", bat sie, „flieg ins Lager von Schogar Kan. Flieg zu Wuk und Wok. Flieg zu Sternschwester! Sag ihnen, daß sie mit Imiak und Schiriki gehen sollen. Auch Itsi und To! Ich will nicht, daß eines meiner Jungen bei Schogar Kan bleibt. Begleite sie auf ihrer Flucht, mein kleiner geflügelter Freund. Hilf ihnen, den Weg zu suchen. Irgendwo wird es einen Ort geben, wo Schogar Kan keine Macht mehr hat."

Der Häher stand ganz still, den Kopf schief geneigt. „Ich soll mit ihnen fortgehen, Schwester Vierbein?"

„Ja, Schak."

„Und du?" fragte er. „Was ist mit dir? Dich soll ich allein lassen?"

„Ich bin nicht allein, Hota und KumKum sind bei mir."

Der Häher sträubte die Schopffedern. „Die zwei? Den ganzen Tag reden sie nichts, hocken bloß vor ihrer Höhle. Was hast du von denen? So was nenn ich keine Gesellschaft."

Ahkuna lächelte nach Wolfsart. „Ich werde nicht einsam sein, Schak. Da ist ja auch noch Koiko, der über den Berg fliegt."

„Koiko?" Schak schnarrte verächtlich. „Dieses Federungetüm! Der denkt nur an sich selber und meint, wer weiß was zu sein, nur weil er zu groß geraten ist. Nein, Ahkuna, ich bleibe bei dir. Mach dir keine Sorgen um Schiriki und Imiak. Die kommen schon zurecht!"

„Sie sind so jung, Schak!"

„Eben! Sie sind jung, gesund und kräftig. Und sie haben einander, und du hast nur mich." Der Häher reckte sich hoch. Die Flügel angelegt, den Schopf wieder geglättet, schaute er der Wölfin ins Gesicht und sagte nicht ohne Würde: „Um alles darfst du mich bitten, Schwester Vierbein, bloß um dieses eine nicht. Ich bleibe bei dir."

Sie antwortete nicht, berührte ihn nur zärtlich mit der Schnauze. Er nestelte sich an ihren Brustpelz. Die ersten Sterne glommen auf. Schak steckte den Kopf unter die Flügel und schlief ein.

Mitten in der Nacht erwachte er. Etwas hatte ihn aus

dem Schlaf geschreckt, aber was es gewesen war, wußte er nicht. Der bleiche Sichelmond hing hoch am sternübersäten Himmel, der Berg war zu einem dunklen Schattengebilde geworden. Schak wollte den Kopf schon wieder unter die Flügel stecken, als ihm plötzlich bewußt wurde, daß Ahkuna nicht mehr neben ihm lag. Ihr Platz war leer.

Er schaute um sich und sah, wie sie langsam, Schritt für Schritt, zum Felsenlabyrinth ging, flatterte auf und strich ihr mit raschen Flügelschlägen nach. Ahkuna blieb stehen und wandte ihm den Kopf zu. Im unwirklichen Licht der Sterne wirkte sie noch hagerer, als sie es war; unter dem strähnigen Fell konnte Schak die spitzen Schulterblätter ausnehmen. Die Schnauze war ganz ergraut.

„Habe ich dich geweckt?" fragte sie. „Das wollte ich nicht."

„Was hast du vor?" piepte er.

„Ich gehe ins Lager von Schogar Kan. Ich hätte dich nicht darum bitten dürfen, Schak. Ich hole mein Rudel."

Der Häher krächzte rauh. „Sie werden dich töten, der Schwarze und sein Pack!"

Ahkuna blickte zu den still leuchtenden Sternen auf, zur Milchstraße, dem Pfad, der in das Himmelsland führte. „Ich bin alt", sagte sie. „Ob ich jetzt oder ein wenig später nach Kaam gehe, was macht das schon. Aber sie sind jung. Ich bin für sie verantwortlich. Ich muß es tun."

„Nein, das mußt du nicht! Ich hole dein Rudel aus dem Lager! Ich gehe mit ihnen."

Sie beugte sich wortlos zu ihm hinab und leckte ihm das Gefieder.

Er plusterte sich auf, schwenkte den Schopf und lachte schäkernd. „Wenn man es recht bedenkt, brauchen sie wirklich jemanden, der sie beschützt, deine Jungen! Jemanden wie unsereins, der gut achtgibt auf sie."

„Geh mit ihnen, mein kleiner geflügelter Freund", sagte Ahkuna. „Und wenn es in der bekannten Welt keinen Ort mehr gibt, an dem ihr in Frieden leben könnt, dann macht es den Wandervögeln nach und zieht nach Nitakama, in das Land, wo die Sonne immer scheint. Einmal wird Schogar Kans Zeit zu Ende sein. Dann kommt zurück in unser Tal."

Der Häher war wieder ernst geworden. „Ich komme zurück, Schwester Vierbein. Wirst du auf mich warten?"

„Ja, Schak, mein Freund, ich warte auf dich!"

Er umflatterte sie, schnäbelte zum Abschied und flog dann in das dunkle Felsenlabyrinth hinein.

## Der Weg ins Ungewisse

Imiak und Schiriki liefen schweigend dahin, der Nachmittagssonne entgegen, die Hügel und Täler in ihr Licht tauchte. Sie liefen nebeneinander, nicht einer hinter dem anderen, wie es Wolfsart war, und berührten einander immer wieder mit den Schnauzen, als wollten sie stets von neuem die Gegenwart des anderen spüren und sich vergewissern, daß er da war. Von Zeit zu Zeit hielten sie an, horchten und sogen witternd die Luft ein und rannten erst dann weiter, wenn sie sicher waren, daß keiner aus Schogar Kans Schar sie verfolgte. Noch befanden sie sich im Jagdgebiet Tasch Kans, sie kannten die Waldschneisen, die Hügel, jede Senke und jeden Beerenschlag, an dem sie vorüberkamen. Sie glitten durchs Unterholz, sprangen über vermoderte Baumstrünke und benützten die verschlungenen, kaum mehr sichtbaren früheren Pfade der Hornträger.

Seit sie ausgestoßen worden waren, hatten sie noch kein Wort miteinander gesprochen. Von klein auf daran gewöhnt, in der Gemeinschaft Schutz und Geborgenheit zu finden, verließen Wölfe ihr Jagdgebiet und ihr Rudel nur selten. Junge Wölfe mußten, wenn sie eine eigene Sippe gründen wollten, das Rudel verlassen, aber dann zogen sie aus in der Hoffnung, bald Gefährten zu finden, die sich ihnen anschließen würden. Schiriki und Imiak durften nicht darauf hoffen. Keines der Rudel Schogar Kans würde sie aufnehmen; wo immer sie hinkamen, würden sie gejagt und gehetzt werden.

Am Anfang war Imiak erfüllt gewesen von dem Hochgefühl, daß er Schogar Kan widerstanden hatte. Je weiter er und Schiriki sich aber von den Geschwistern und Wuk und Wok entfernten, desto mehr wurde ihm bewußt, was er verloren hatte. Die Grenze des Jagdgebietes mußte nun hinter ihnen liegen, sie liefen durch einen Wald, den sie auf den Streifzügen des Rudels noch nie betreten hatten. Die Bäume standen nicht sehr dicht, waren aber so hoch und mächtig, daß die weitausladenden Äste kein Sonnenlicht durchließen. Fahlbleiche Pilze wuchsen aus der dicken braunen Nadelschicht. Von abgestorbenen, moosumsponnenen Ästen hingen Flechten herab, die jedesmal leicht schwankten, wenn die Wölfe sie im Vorbeilaufen berührten. Sonst war keine Bewegung wahrzunehmen. Nicht ein Vogelruf ertönte – nichts als Stille und graues Zwielicht.

Die beiden Jungwölfe blieben stehen und drängten sich aneinander.

„Schiriki", sagte Imiak, „ich konnte nicht anders! Ich konnte nicht zusehen, wie Mahana das Junge der Jägerin mit den leisen Pfoten töten wollte. Und wir waren nicht einmal hungrig! Da habe ich die alte Geschichte erzählt. Ich mußte es tun."

„Ich bin froh darüber", antwortete Schiriki.

„Ich auch! Aber ich wünschte, Schogar Kan hätte nur

mich ausgestoßen und nicht auch dich. Dann wäre es mir leichter."

Schiriki grub die Schnauze in den Nackenpelz des Bruders. „Still!" murmelte er. „So etwas darfst du nicht einmal denken. Ganz allein – das muß schrecklich sein. Aber wir sind nicht allein. Ich bin bei dir, und du bist bei mir."

Wieder liefen sie weiter, in dem gleichmäßigen Wolfstrab, mit dem sie, ohne zu ermüden, große Entfernungen zurücklegen konnten. Sie kamen in ein Tal, das von lockerem Mischwald und Buschwerk bestanden war. Die Sonne ging unter. Während der Himmel noch farbenprächtig erglühte, wurde es unter den Bäumen schon dämmrig. Ein Bach floß durch Ranken, Moos und vergilbtes Gras und sammelte sein Wasser auf einer von Birken gesäumten Lichtung in einem tiefen Tümpel. Nachdem Imiak und Schiriki sich vergewissert hatten, daß ihre Nasen keine fremde Wolfswitterung aufnahmen, blieben sie am Tümpel stehen und tranken schlabbernd. Dann streckten sie sich am Ufer aus. Bevor sie weiterwanderten, wollten sie eine Zeitlang rasten.

Das Licht am Himmel verblaßte. In den Wipfeln der Bäume flatterte es, Tauben gurrten verschlafen. Lautlosen Schatten gleich flogen Fledermäuse durch die Dunkelheit. Das Murmeln des Baches störte die nächtliche Ruhe nicht.

Imiak und Schiriki lagen Schnauze an Schnauze. Sie vermißten Sternschwester und sehnten sich mehr und mehr nach ihr. Seit ihrer Welpenzeit waren sie nie getrennt gewesen, immer hatten sie den gemeinsamen Ruheplatz mit ihr geteilt. Sie suchten vergeblich die Wärme ihres Körpers, den vertrauten Geruch, und ertappten sich dabei, wie sie die Pfoten nach ihr ausstrecken wollten oder die Ohren aufstellten, als müßten sie, wenn sie nur aufmerksam lauschten, ihre Atemzüge vernehmen. Aber Sternschwester war nicht da. Sie wußten nicht, ob es je ein Wiedersehen gab. Und sie hatten nicht einmal von ihr Abschied nehmen können!

Sie konnten lange nicht einschlafen, obwohl die Anspannung der Flucht allmählich in Müdigkeit überging. Der glatte, von keinem Windhauch gekräuselte Spiegel des Tümpels war schwarz wie der Himmel. In der klaren Nachtluft war das Licht der Sterne so kräftig, daß es die Dunkelheit zu erhellen schien und die Rinde der Birken unwirklich weiß machte; es war, als leuchteten die Stämme von innen her.

Als Imiak und Schiriki endlich in den Schlaf hinüberdämmerten, schreckten sie jäh wieder auf. Ihre Köpfe hoben sich wie von selbst, die Ohren bewegten sich zuckend. Alle ihre Sinne sagten ihnen, daß aus dem Wald ein Schneller Läufer auf sie zukam, wenn auch die Witterung schwach und noch nicht zu deuten war.

Sie richteten sich auf, die Muskeln angespannt und bereit, sich zur Wehr zu setzen oder in wilder Flucht davonzupreschen. Die Nähe des anderen Wolfes wurde immer stärker spürbar, war aber nicht bedrohlich; ein vertrauter Geruch drang an ihre Nasen. Imiak jaulte glücklich auf. Zwischen den Stämmen schimmerte ein Wolfspelz, ebenso unwirklich hell wie die Rinde der Birken. Sternschwester trat auf die Lichtung hinaus.

Leise winselnd in der ersten Wiedersehensfreude liefen die Geschwister aufeinander zu. Sie rieben die Nasen aneinander, leckten und beschnüffelten sich, umkreisten sich steifbeinig, richteten sich auf den Hinterläufen auf und umarmten einander nach Wolfsart. Dann blieben sie dicht beisammen stehen, die Schnauzen gegenseitig im Pelz vergraben.

Ein leichter Wind war aufgekommen und wisperte im Laub, ein paar Blätter sanken auf den dunklen Wasserspiegel. Ein weicher Federball glitt über die Lichtung, das schon so selten gewordene Schu-Schu einer nächtlich jagenden Eule ertönte, wie ein gutes Vorzeichen für die

Suche nach einem Zufluchtsort fern von den Rudeln Schogar Kans.

Schirikis Zunge fuhr über Sternschwesters Fell. „Hat dich Schogar Kan fortgeschickt – wie uns?" sagte er.

„Nein", antwortete sie. „Die Lehrmeister hatten mich umringt, ich dachte, ich würde ihnen nie entkommen. Aber als wir ins Lager liefen, war auf einmal Ayana neben mir und drängte mich immer mehr zur Seite, bis ich ganz am Rand des Rudels war. Da ließ ich mich ins Farnkraut sinken, und Ayana lief weiter, als hätte sie nichts gesehen. Keiner merkte, daß ich fehlte. Ich rannte zur Halde zurück und folgte eurer Spur."

Schiriki hörte nicht auf, sie schweigend zu lecken.

„Denkst du an Wuk und Wok und an die Welpen?" fragte sie.

„Ja, Sternschwester."

Imiak stupste ihn an. „Sei nicht traurig! Hättest du geglaubt, daß Sternschwester zu uns kommt? Nein! Und jetzt ist sie da! Eines Tages sind wir wieder alle beisammen." Er reckte die Schnauze zum Himmel empor, zu den hellglitzernden Lichtern der Nacht, als wollte er das Lied der Gemeinschaft anstimmen, nur kam kein Ton aus seiner Kehle. Laut zu heulen wagte er nicht, das hätte sie allzu leicht verraten können.

Sie suchten sich im Gesträuch einen verborgenen Lagerplatz. Einer über dem anderen liegend, schliefen sie bald tief und fest, wären aber sofort wieder hellwach gewesen, hätten ihre Ohren einen ungewohnten Laut wahrgenommen oder ihre Nasen eine Witterung, die Gefahr bedeutete.

Noch standen die Sterne am Himmel, als die Geschwister erwachten und aufbrachen. Imiak übernahm wie selbstverständlich die Führung. Das blaßfarbene Mondhorn hing über den Wipfeln. Die Luft war kalt. Da weder Sternschwester noch die Brüder jemals so weit weg vom Jagdgebiet des Rudels gewesen waren, wußten sie nicht, wo sich die benachbarten Lager befanden und ob sie nicht unvermutet Wächterwölfen begegnen würden. Sie vermieden die von Duftmarken gekennzeichneten Pfade, nützten jede Deckung aus, die sich ihnen bot, umgingen die Lichtungen und liefen auf so lautlosen Pfoten durchs Unterholz, daß sie nicht mehr Wölfen, sondern dahingleitenden Schatten glichen.

Die Sterne erloschen. Im Grau des heraufdämmernden Tages war es im Wald ganz still geworden. Alle kleinen Geschöpfe, die im Schutz der Dunkelheit unterwegs gewesen waren, hatten ihre Schlupfwinkel wieder aufgesucht. Morgennebel zogen unter den Bäumen dahin, lösten sich aber rasch auf, als die Sonne über die Wipfel emporstieg. Die Luft erwärmte sich.

Die Geschwister kamen an einen versumpften, riedgrasbestandenen Weiher, auf dem Enten friedlich schnatternd und gründelnd umherschwammen, ohne sich stören zu lassen. An einer Stelle, wo das Ufer sandig war, schnappten die Wölfe nach Krebsen, die, unter Steinen versteckt, leicht zu erbeuten waren. Die Enten zu jagen versuchten die Geschwister nicht; sie wußten aus Erfahrung, daß das geflügelte Wasservolk stets aufflog, bevor man nahe genug heranschleichen konnte.

Mittags verkrochen sie sich im Dickicht und dösten einige Zeit. Als die Schatten langsam zu wachsen begannen, setzten sie ihre Flucht wieder fort. Sie durchquerten einen Mischwald, wo im grünen Laub Büschel bunter Blätter aufleuchteten und sie daran erinnerten, daß der Sommer zu Ende ging. Bevor der Winter kam, die Zeit der Kälte und des Hungers, mußten sie ein Jagdgebiet fern vom Land des Schwarzen Wolfes gefunden haben.

So liefen sie unermüdlich hügelauf und hügelab und streiften am Rand von Tälern dahin. Einmal sahen sie auf einem Kamm ein paar Wächterwölfe sitzen, konnten sich aber, bevor sie selber entdeckt wurden, mit dem Wind, der in ihre Richtung wehte, in den Schutz des Waldes zurückziehen. In der Abenddämmerung – sie hatten schon an eine kurze Rast gedacht – stießen sie auf zahlreiche frisch gesetzte Duftmarken. Ein Gewirr sich kreuzender Pfade umgab sie, überall fanden sie alte und neue Spuren. Da wußten sie, daß eines der Lager ganz nahe war.

Immer wieder horchend, umherspähend und witternd, schlichen sie geduckt dahin und erstarrten bei jedem Geräusch, war es auch noch so leise. Manchmal krochen sie fast auf dem Boden dahin oder lagen reglos im hohen Farn versteckt. Durch die Wipfel sickerte schon das erste Sternenlicht, als sie das Japsen und Jaulen einer spielenden Welpenschar hörten und das tiefere Bellen der Lehrmeister, die zum Heimweg drängten. Bald danach drang ein vielstimmiges auf- und abschwellendes Heulen an ihre Ohren. Das fremde Rudel hatte sich zum nächtlichen Gesang versammelt. Die Geschwister hasteten stumm weiter.

Mitternacht war vorüber, als das Heulen, nun schon sehr fern, im Dunkel verebbte. Die Duftspuren waren seltener geworden. Jetzt erst wagten die Geschwister, sich tief drinnen im Unterholz zu verkriechen.

So müde sie waren und so dringend sie eine längere Rast gebraucht hätten, sie brachen doch bald wieder auf. Eine innere Unruhe hatte sie erfaßt, obwohl sie sich nicht erklären konnten, was sie ängstigte. Sie trabten unter dem Sternenhimmel dahin. Wenn sie von Zeit zu Zeit horchten und witterten, trug ihnen die Luft keine Botschaft zu, und ihre Ohren vernahmen nur die gewohnten Laute der Nacht. Trotzdem verstärkte sich das Gefühl, nicht mehr allein zu sein; sie meinten zu spüren, daß ihnen jemand folgte, hartnäckig und ohne sich abschütteln zu lassen.

Die Geschwister liefen schneller und schneller, aber das, was hinter ihnen her war, blieb auf ihrer Spur. Im Dämmergrau des Morgens hielten sie mit schlagenden

Flanken auf einer der Hügelwellen an. Unter ihnen lag ein weites, flaches Tal, durch das sich ein kleiner Fluß schlängelte. Der Wind strich in die Gegenrichtung, und die Vorstellung, daß er sie verriet, während sie selbst kaum etwas wittern konnten, versetzte die Geschwister in Panik. Sie rasten ins Tal hinunter, preschten durch den Fluß, daß das Wasser hoch aufspritzte, kehrten um und rannten im Zickzack zurück. Immer wieder die eigene Spur kreuzend, schlugen sie einen weiten Bogen, bis der Wind zu ihnen her wehte.

Sie standen stumm da. Ihre Nasen nahmen nun deutlich und unmißverständlich die Witterung der Verfolger auf. Das gesträubte Rückenfell der Geschwister glättete sich, aus ihren Kehlen kam ein befreites, lockendes Jaulen.

In den Baumkronen blitzte es blauweiß. Schak flog mit lautem Gekreisch daher und flatterte über den Köpfen der Geschwister. „Was ist denn mit euch los?" zeterte er. „Unsereins kommt ja ganz außer Atem, wenn ihr so rennt! Habt ihr gemeint, Schogar Kans Spitzohren sind hinter euch her?"

Er zog eine Schleife, ließ sich nieder und breitete die Flügel aus. „Ich habe Wuk und Wok und die Welpen mitgebracht", verkündete er. „Wie Ahkuna es mir aufgetragen hat."

In der Freude des Wiedersehens und im Wissen, daß Ahkuna am Leben war, vergaßen die Wölfe alle ausgestandenen Gefahren. Sie dachten nicht mehr daran, daß sie auf der Flucht waren und noch immer im Land Schogar Kans, umgeben von feindlichen Rudeln. Ahkuna war nicht nach Kaam gegangen, wie sie geglaubt hatten, und sie selber waren wieder vereint wie einst im Tal der Flüsternden Winde. So groß war ihre Erleichterung, daß sie jede Vorsicht außer acht ließen und sich benahmen, als seien sie sorglose Welpen. Sie umtanzten und beschnüffelten einander, sogen den Körpergeruch ein und küßten sich unzählige Male mit den Schnauzen. Sie wedelten mit den Schwänzen, schnappten danach, fielen übereinander her und wälzten und rollten sich in einem nicht entwirrbaren Knäuel im moosigen Grund. Sie strampelten mit den Beinen, pufften und kniffen, leckten einander das Fell oder zausten es unter scheinbarem Drohgeknurre.

Schak wurde wieder zu dem mutwilligen, spöttischen Vogel, der er früher gewesen war. Er umflatterte die Wölfe, schlug im Flug Kapriolen und hüpfte schäkernd von Ast zu Ast. Zwischendurch stieg er über die Baumkronen hoch, spähte umher und verkündete jedesmal laut, daß sich nirgendwo ein Spitzohr blicken ließe.

Als die Wölfe sich endlich beruhigt hatten, hockten sie sich im Kreis um den Häher. Er erzählte ihnen, wie er im Tal der Flüsternden Winde bei der schwerverletzten Leitwölfin geblieben war, erzählte von den Tagen und Nächten, in denen ihr Geist im Fieberschlaf gewandert war, bis sie eines Morgens wieder ins Leben zurückgefunden hatte. Er erzählte, wie KumKum sie auf den Berg gerufen hatte, wo Hota, der Alte, von jenem Tag an für Ahkuna sorgte und ihr Nahrung brachte. Sogar Koiko – das gestand Schak freilich nur ungern ein – gebe Ahkuna ab und zu ein Stück von seiner Beute.

Die Wölfe saßen still da und lauschten, die Augen auf den Häher gerichtet. Die Sonne hatte sich vom Horizont gelöst und über die Hügel erhoben. Der leichte Wind umfächelte die Wölfe. Sie unterbrachen Schak mit keinem Wort, keiner Frage, nur manchmal atmeten sie tief ein oder winselten. Zuerst konnten sie kaum glauben, daß Ahkuna nicht nach Kaam gegangen war, und kaum begreifen, daß sie noch lebte, bis es auf einmal selbstverständlich geworden war und sie sich wunderten, warum sie es nicht selbst schon immer gespürt hatten. Wären sie nicht auf der Flucht gewesen, sie hätten die Schnauzen erhoben und ihrem Glücksgefühl im gemeinsamen Lied Ausdruck verliehen. Aber ihr Heulen hätte Ahkuna oben auf dem nun so fernen Berg doch nicht erreicht und das Rudel nur umherstreifenden Wächterwölfen verraten.

Und Schak berichtete, wie er, verborgen im Geäst, dabeigewesen war, als Imiak und Schiriki von Schogar Kan verstoßen worden waren. Er erzählte von der Nacht auf dem Berg, als Ahkuna ins Lager des Schwarzen Wolfes hatte gehen wollen, um ihr Rudel fortzuführen aus seinem Land. Der Häher krächzte rauh. „Aber sie ist alt und müde, ihre Beine haben keine Kraft mehr. Da habe ich ihr versprochen, es für sie zu tun. Es war leichter, als ich dachte. Der Schwarze war mit seinem Pack wieder weitergezogen, im Lager waren nur noch die Lehrmeister. Und die können ihre Augen auch nicht überall haben. Als sie eingeschlafen waren, verschwanden wir. Tasch Kan und Ayana haben uns nicht zurückgehalten. Und da sind wir nun!"

Imiak berührte ihn mit der Schnauze, wie Ahkuna es immer getan hatte. „Ich habe oft nach dir ausgeschaut", sagte er. „Wir haben dich vermißt, Schak!"

„Habt ihr das? Nun ja, so Spitzohren wie ihr brauchen eben doch unsereins." Der Häher spreizte die Flügel, betrachtete sie wohlgefällig und zog eine der blauglänzenden Schwungfedern durch den Schnabel.

„Gehen wir jetzt zu Ahkuna auf den Berg?" fragte Itsi.

„Nein, Itsi", sagte Sternschwester, „das dürfen wir nicht, so gern wir es auch tun möchten. Wir sind keine Geschöpfe der Berge. Wie sollen wir dort oben Nahrung finden? Wir können nicht klettern und nicht von Fels zu Fels springen. Und Hota, der Alte, hat nur Ahkuna zu sich gerufen."

To schniefte. „Kommen wir nie mehr heim?"

Schak trippelte heran und zupfte den Welpen am Fell.

„Ahkuna wartet auf dich! Also kommst du einmal heim. Aber zuerst mußt du es wie die Wandervögel machen, die von einem Land zum anderen ziehen. Gefällt dir das nicht?"

To schaute ihn zweifelnd an, als wüßte er nicht, ob er sich freuen sollte oder ob er Angst davor hatte. Itsi kniff ihn ins Ohr. „Ja, es gefällt uns, Schak. Wir wollen nicht mehr bei Schogar Kan bleiben. Wir möchten, daß Sternschwester uns wieder Geschichten erzählt. Und wir helfen auch beim Jagen! Graupelzchen fangen können wir schon sehr gut, To und ich. Und Langohren erwischen wir auch!"

Der sich auflösende Morgendunst zog in durchsichtigen Streifen über das Tal und hing, gleich Spinnengespinst, im Geäst der Weiden. Der Fluß, spiegelnd im Sonnenlicht, war zu einem glitzernden Band geworden. Bunte Blätter sprenkelten das taufeuchte Laub. Keine fremde Witterung war zu spüren; nur ihr eigener, vertrauter Geruch umgab die Wölfe. Imiak schöpfte tief Atem.

„Wir waren zwei", rief er, „Schiriki und ich. Dann kam Sternschwester, und wir waren drei. Jetzt sind wir sieben! Und das ist schon ein richtiges Rudel."

„Kannst du nicht zählen?" kreischte Schak. „Wir sind acht! Oder hast du auf mich vergessen?"

„Schak, lieber Schak, kommst du mit uns?" rief Sternschwester.

Der Häher flatterte auf, zog einen Kreis über den Köpfen der Wölfe, flog in die Bäume hinauf, ließ sich auf einen Ast nieder und äugte zu Sternschwester hinab. „Glaubst du, ich lasse euch allein, Schwesterchen Vierbein? Was tätet ihr denn ohne mich? Ich hab's Ahkuna versprochen, daß ich mit euch gehe, wenn's sein muß, bis nach Nitakama. Und jetzt nichts wie fort! Worauf wartet ihr noch? Wir haben einen langen Weg vor uns. Los! Mir nach!"

Er breitete die Flügel aus und strich mit wehendem Schopf davon. Imiak wollte schon, wie am Tag zuvor, die Führung übernehmen, als er plötzlich innehielt. Er war nur ein Jungwolf, es stand ihm nicht zu, dem Rudel – denn nun waren sie wieder ein Rudel – voranzugehen, als wäre er der Leitwolf. Das würden nun Wuk und Wok tun. Er machte ihnen Platz. Die beiden sahen einander an, Wuk wuffte etwas Unverständliches.

„Wuk und ich", sagte Wok, „wir waren immer zufrieden, wie es war, und wollen auch jetzt nicht mehr. Du warst es, Imiak, der die alte Geschichte erzählt hat, nicht wir. Geh voran, wir gehen mit dir." Nach Art der Wölfe mit den Augen lächelnd, deutete Wok die Geste der Unterwerfung an und berührte mit der Schnauze Imiaks Lefzen.

Und Imiak lief der kleinen Schar voran, auf dem Weg ins Ungewisse. Er führte das Rudel, nicht im stolzen Überschwang eines Wolfes, der sich kraft seiner Stärke die Vorherrschaft erkämpft hat, sondern fast demütig im Bewußtsein, daß er das Vertrauen von Wuk und Wok nicht enttäuschen durfte. Er begann zu begreifen, was es hieß, für ein Rudel verantwortlich zu sein, und lief, wachsam und alle Sinne angespannt, dem Häher nach, der durch die Baumkronen dahinflog.

Von diesem Tag an war es Imiak, der die Aufgaben eines Leitwolfes übernahm. Noch nannten ihn die anderen nicht Imiak Kan, das mußte er sich erst verdienen. Und es waren Wuk und Wok, die ihm beistanden und ihm eine Entscheidung abnahmen, wenn er zögerte oder sich unsicher fühlte. Irgendwo im Westen, so hofften die Wölfe vom Tal, würden sie jenseits der Grenzen von Schogar Kans Gebiet einen Ort finden, wo sie in Frieden leben konnten. Der Mittagssonne zu wäre die Grenze näher gewesen, aber sie wußten, daß Schogar Kan im nächsten Frühling weiter nach Süden ziehen würde. Das Land Nitakama, von dem Schak gesprochen hatte, war zu fern, zu unbekannt; dorthin zu wandern konnten sie sich nicht entschließen.

Auf der Flucht durch das Land des Schwarzen Wolfes erwies sich Schak als unschätzbarer Helfer. Er zog unermüdlich weite Kreise, flog seinen Gefährten voraus und erkundete das Gelände. Oft entdeckte er, noch bevor sie selber die Witterung aufnahmen, Wächterwölfe oder eine umherstreifende Schar aus einem der Lager. Einmal, an einem stürmischen Tag, als der heftige Wind jede Witterung verblies, warnte sie sein zeterndes Geschrei im allerletzten Augenblick. Sie sanken zu Boden, erstarrten und lagen reglos. Pfotengeräusch drang an ihre Ohren, das Knacken von Zweigen, ein kurzes Bellen. Keiner von Schogar Kans Wölfen kümmerte sich um Schaks Kreischen, es war der gewohnte Warnruf eines Hähers. Die Jägertruppe, die vorüberrannte, ahnte nicht, daß die Ausgestoßenen, die sie jagen und töten hätten sollen, ganz in der Nähe waren.

In eines der Täler einzudringen, in denen die Hornträger gefangen waren, wagten Imiak und seine Gefährten nicht. Vor ihrer Flucht hatten sie sich aber immer sattfressen können, sie waren gut genährt und kamen daher mit wenig Nahrung aus. Sie fingen Graupelzchen, Langohren und andere kleine Pelzgeschöpfe, stöberten im flachen Uferwasser der Bäche und Tümpel Krebse auf und erwischten so manchen zappelnden, silbrigglänzenden Fisch. Wenn Waldhühner im Moos nach Futter scharrten, lauerten die Wölfe geduldig, sprangen plötzlich auf und schnappten zu, bevor die gefiederte Schar gackernd davonstieben konnte.

Die Nächte wurden kälter, jeden Morgen bedeckte nun gefrorener Tau das Gras. Die Wälder leuchteten buntgescheckt. Blätter lösten sich von den Zweigen und schwebten herab, unter den Pfoten der Wölfe raschelte dürres Laub.

Eines Morgens begann es zu regnen. Graue Wolken

verhüllten den Himmel und hingen bis zu den Kuppen der Hügel herab. Den ganzen Tag über brach die Sonne nicht durch, und nachts schien kein einziger Stern.

Das Rudel suchte sich einen gut versteckten Schlafplatz im Dickicht. Der Regen rauschte eintönig, es rieselte und sprühte durchs Blattwerk, aber das dichte Deckhaar schützte die Wölfe vor der Nässe. Zusammengerollt, den Kopf unter den Schwanz gesteckt, schliefen sie tief und fest. Mitten in der Nacht erwachte Sternschwester. Der Regen hatte aufgehört, es war die plötzliche Stille, die sie geweckt haben mußte. Dann merkte sie, daß Schiriki nicht mehr bei ihr war. Er saß abseits von der Schar und schaute ins Dunkel, als sei da etwas, das ihn beunruhigte, aber als Sternschwester witternd den Kopf hob, nahm sie nur den vertrauten Geruch der anderen wahr.

Sie stahl sich von den Schlafenden fort, ging zu ihm und ließ sich an seiner Seite nieder. Er streckte sich neben ihr aus, sie spürte, wie er sich entspannte.

„Was ist, Schiriki?" wisperte sie.

„Ich habe an Schogar Kan gedacht, Sternschwester. Und an seine Welt. An die Welt ohne Waka."

Irgendwo oben in den Zweigen bewegte Schak sich im Schlaf, Tropfenschauer fielen herab. Schiriki legte die Schnauze auf Sternschwesters Pfoten. „Manchmal ist mir, als sei ich gar nicht auf der Flucht. Als sei ich unterwegs zu einem Ziel. Aber was für ein Ziel das ist, weiß ich nicht."

Der Regen setzte wieder ein, leicht, kaum spürbar. Das nasse Laub tropfte. „Ich möchte Waka, das Gesetz, suchen", sagte Schiriki. „Ob er auch heute noch zu uns spricht, Sternschwester? Wie damals in der uralten Zeit?"

„Aber niemand weiß, wo er ist, Schiriki!"

Er gab keine Antwort und schaute wieder ins Dunkel. Sie grub ihre Schnauze in sein Fell. Er war so anders als alle anderen und dachte Gedanken, die sonst keiner dachte. Zärtlichkeit stieg in ihr hoch und der Wunsch, dieses Anderssein mit ihm zu teilen, sie bedrängte ihn aber nicht mit Fragen, es genügte ihr, daß sie bei ihm war. So lagen sie schweigend nebeneinander, während der Regen im Laub flüsterte und oben am Himmel – aber das sahen sie nicht – in einem Wolkenloch ein Stern schwach leuchtete. Schirikis Atemzüge wurden immer ruhiger. Als er eingeschlafen war, schloß auch Sternschwester die Augen.

In den nächsten Tagen und Nächten setzte der Regen immer nur für kurze Zeit aus. Wiesen und Wälder troffen vor Nässe, der Horizont ertrank im Dunst. Die Hügel wurden allmählich flacher, und schließlich erreichte das Rudel eine nur spärlich mit Büschen und vereinzelten Baumgruppen bestandene Ebene. Bevor sie sich in das offene Gelände hinauswagten, sicherten die Wölfe nach allen Seiten, nahmen aber keine fremde Witterung wahr. Nicht einmal Duftmarken fanden sie, aber die mochte der Regen verwaschen haben. Schak, der als Kundschafter vorausflog, ließ keinen Warnschrei hören. Trotzdem fühlten sich die Wölfe erleichtert, als sie die Ebene durchquert hatten. Wieder stiegen Hügel vor ihnen auf, höher als sie es gewohnt waren, kaum bewaldet und mit steilen, steinigen Hängen. Auch hier stießen sie auf keine Duftmarken, weder auf den Hängen noch oben auf den Kuppen, obwohl sie immer wieder schnüffelnd umherrannten und den Boden sorgfältig absuchten.

Auf dem Weg hinunter in eines der Täler klarte es plötzlich auf. Die Wolken teilten sich und gaben die Sonne frei. Ihr Licht spiegelte sich in unzähligen funkelnden Tropfen, das regennasse Moos, Gras und Laub glänzte. Die Nebelschwaden hoben sich, die letzten Wolkenreste zerflossen im milchigen Blau des Himmels.

Als die Wölfe durch das Tal wanderten, sahen sie auf dem gegenüberliegenden Hang eine Bärin mit zwei Jungen. Das mächtige Geschöpf wühlte die Erde mit den Pranken auf und grub nach Wurzeln und Knollen, während die Jungen spielend herumtapsten. Daß Wölfe unten im Tal waren, störte die Bärin nicht, sie richtete sich nur kurz auf, witterte und setzte dann die Wurzelsuche fort.

„Ein Dickpelz!" rief Imiak. „Und nicht auf der Flucht!"
„Wißt ihr, was das bedeutet?" kreischte Schak.
„Ja", knurrte Wuk. „Wir sind nicht mehr im Land Schogar Kans."

Die Wölfe wußten sich vor Freude kaum zu fassen, begannen wie toll herumzujagen, sprangen hoch in die Luft und kläfften und bellten. Itsi und To hopsten und tanzten mit wackelnden Hinterteilen. Schak zeterte und schrie, so laut er nur konnte.

Der Bärin schien das Verhalten der Wolfsschar seltsam und unerklärlich zu sein und nicht ganz geheuer. Sie erhob sich immer öfter auf den Hinterpranken, um ins Tal hinab zu äugen, und zog sich schließlich mit ihren Jungen hinter die Kuppe zurück.

Die Wölfe aber hoben die Schnauzen und stimmten das so lang vermißte Lied der Gemeinschaft an. Sie heulten in auf- und absteigenden Kadenzen, ließen manchmal die langgezogenen Töne zitternd verklingen, bis einer aus der Schar erneut zu heulen begann und die anderen wieder einfielen. Noch sangen sie freilich leise, darauf bedacht, daß ihr Heulen nicht allzu weithin hallte. Auch wenn sie die Grenze von Schogar Kans Land überschritten hatten, mochten hier noch immer seine Späherwölfe umherstreifen. Und von jetzt an mußten sie auch damit rechnen, auf eines der nicht unterworfenen Rudel zu stoßen.

Als sie verstummten, mahnte Schak zum Aufbruch. Sie liefen weiter, nicht mehr geduckt und verstohlen wie bisher, trotzdem wachsam und stets bereit, auf das geringste Anzeichen einer Gefahr zu reagieren. So aufmerksam sie aber auch die Luft prüften und den Boden absuchten, sie fanden keine Spuren von Späherwölfen und keine Duftzeichen, die darauf hinwiesen, daß sie im Jagdgebiet eines Rudels waren. Vielleicht waren alle Schnellen Läufer, die hier gelebt hatten, vor Schogar Kan und seinem Riesenrudel geflohen.

Schak flog mit fröhlichem Gekreisch voraus, verschwand in den Baumkronen, kam wieder zurück und meldete, alles sei einsam und verlassen. Die Wölfe reckten die Schwänze hoch, fühlten sich immer sicherer und trabten unermüdlich dahin, ohne Rast zu machen. Die Sonne neigte sich, senkte sich zum Horizont hinab und versank hinter den Hügeln. Eine Weile noch glomm ihr Licht am Himmel nach, bis es allmählich erlosch. Der Abend dämmerte.

Die Wölfe hielten auf einer Hügelkuppe an. Unter ihnen lag ein weites Tal, die jenseitigen Hügel verschwammen schon im Dunkel. Auf dem Talgrund äste – friedlich wie einst – eine Herde Hornträger. Manchmal hob eine der Mutterkühe oder einer der Böcke den Kopf, lauschte und witterte, aber der Wind, der den Hang heraufstrich, verriet die Wölfe nicht. Imiak und seine Gefährten standen reglos auf der Kuppe. Seit vielen Tagen hatten sie sich nur von Graupelzchen und anderen kleinen Geschöpfen ernährt, und doch erwachte ihr Jagdtrieb nicht. Diese Hornträger durften gehen, wohin sie wollten, keine Wächterwölfe umkreisten sie. Die Welt, die sich so unnatürlich verändert hatte, fügte sich wieder in die rechte Ordnung. Die Wölfe schauten der äsenden Herde andächtig zu; die Freiheit der Hornträger bedeutete auch ihre eigene Freiheit.

Am nächsten Morgen – die Sonne war noch nicht aufgegangen – entdeckten sie wieder eine Herde, die von einem Bock mit vielzackigem Geweih angeführt wurde. Eines der Kälber hinkte. Die Wölfe verständigten sich lautlos, glitten gegen den Wind durchs Dickicht, bis sie nahe genug waren, und rasten dann kläffend los. Sternschwester und Schiriki trennten das Kalb von der Herde, die in hohen Sätzen in den Wald hinein floh. Als sei er schon jagderfahren wie ein Leitwolf, sprang Imiak dem verschreckten Kalb auf den Rücken. Wuk und Wok schnappten nach den Hinterbeinen und bissen die Sehnen durch. Das Kalb verendete schnell, und die Wölfe begannen ihr Mahl. Endlich konnten sie sich wieder sattfressen. Der Häher umflatterte sie schäkernd und holte sich ab und zu einen Bissen.

Zufrieden und mit vollen Bäuchen streckten die Wölfe sich nachher im herbstlich vergilbten Gras aus, räkelten und dehnten sich, rollten sich und schlenkerten mit den Beinen. Ein Fuchs huschte aus dem Unterholz zur Wolfsbeute und rannte mit einem gestohlenen Happen eiligst davon. Als die Sonne aufging, kamen Raben krächzend angeflogen und wollten auch ihren Anteil haben. Die Wölfe waren viel zu träge, um die Schwarzgefiederten zu verjagen. Nur Schak zeterte zornig, was auf die Raben aber keinen Eindruck machte.

Das Honk-Honk einer keilförmig fliegenden Gänseschar erinnerte die dösenden Wölfe daran, daß die Zeit der großen Wanderung nach Nitakama begonnen hatte. Ein paarmal noch ertönten Gänserufe, und gegen Mittag verdunkelte ein riesiger Schwarm von Wandertauben fast die Sonne.

In der Abendkühle setzten die Wölfe ihre Mahlzeit fort. Jeder Knochen wurde sorgfältig abgenagt und zwischen den kräftigen Kiefern geknackt. Auf einem nahen Weiher hatten sich Enten und Gänse und anderes geflügeltes Wasservolk niedergelassen. Schwäne landeten laut trompetend.

Die Nacht kam. Auf dem Weiher war es still geworden. Sterne flimmerten. Schak schlief im Geäst einer alten Kiefer, den Kopf unter den Flügeln. Auch die Wölfe schliefen. Eule und Uhu schwebten über die dunklen Wälder. Fuchs und Wiesel und andere kleine Pelzwesen hielten bei der Wolfsbeute heimliche Mahlzeit.

Noch bevor der Morgen graute, erwachten die Wölfe. Sie streckten und dehnten sich und leckten den Tau von den Gräsern. Dann fraßen sie die letzten spärlichen Reste der Beute und tranken am Weiher, wo verschlafene Enten und Gänse vor den ungebetenen Gästen davonpaddelten.

Die Wölfe setzten ihre Wanderung fort. Bei Sonnenaufgang kamen sie an einen Fluß, der träg dahinströmte und sich in unzählige versumpfte Wasserläufe teilte. In einem der Tümpel stand ein Elchbulle bis zum Brustkorb im moorigen Wasser und äste. Imiak und seine Gefährten erstarrten. In ihrem früheren Jagdgebiet lebten keine Elche, sie wußten nur aus Erzählungen, daß es solche Geschöpfe gab, obwohl sie bisher nie recht daran glauben hatten wollen.

„Ein Großhorn!" wisperte Imiak.

Der Elch hob den Kopf und glotzte zu den Wölfen hin. Wasserlilienstengel hingen aus dem breiten Maul, das leise malmend kaute. Zotteliges Haar bedeckte die mächtigen Schulterblätter. Am meisten jedoch beeindruckte die Wölfe das gewaltige Schaufelgeweih, das selbst für den riesigen Elchschädel zu schwer schien.

Der Bulle ließ sie nicht aus den Augen, watete schließlich ans Ufer und zog sich mit einem eigentümlich schaukelnden Gang ins dichte Gebüsch zurück. Beim Anblick der großen Hufe rann den Wölfen ein prickelnder Schauer den Rücken hinab. Auch wenn sie hungrig gewesen wären, hätten sie die Jagd auf dieses bedrohlich aussehende Geschöpf nicht gewagt.

Noch ein paarmal sahen sie, als sie weiterwanderten, äsende Elche. Dämme durchzogen das Tal und stauten jedes seichte Rinnsal auf. Überall tummelten sich Biber. Sobald einer dieser Baumfäller die Wölfe sichtete, schlug er mit dem Schuppenschwanz laut klatschend aufs Wasser, und im Nu waren alle anderen untergetaucht.

Nachdem die Wölfe die Flußniederung hinter sich gelassen hatten, fanden sie sich in einem dichtbewaldeten Gebiet mit hohen Hügeln, wo klare Quellen im Schatten der Bäume aus der Erde sprudelten. Grasbewachsene Lichtungen boten Weideplätze für Hornträger. Die Wölfe überlegten schon, ob sie hier ihr neues Jagdgebiet wählen sollten, als sie am nächsten Tag – es war ein strahlender Morgen – von der Kuppe eines Hügels aus einen fernen Berg erblickten. Einem Traumgebilde gleich, hing er zartblau und schwerelos am Horizont, sein höchster Gipfel war gebogen wie das Nachtlichthorn. Dahinter, nur noch erahnbar, zog sich eine langgestreckte Gebirgskette von Norden nach Süden.

Der Berg weckte in den Wölfen die Erinnerung an ihr Tal, erfüllte sie mit Sehnsucht. Sie standen still da, wortlos. Ihnen war zumute, als sähen sie vor sich das Ziel ihrer Wanderung, als hätten sie endlich gefunden, was sie so lange gesucht hatten. Dort, am Fuß des Berges, wollten sie jagen, dort wollten sie leben und im nächsten Frühjahr ihre Welpen aufziehen.

Schak flog auf eine Tanne, reckte sich hoch auf und schlug mit den Flügeln. „Schaut ganz so aus, als gäb's dort viele Zapfenbäume! He, Brüderchen Vierbein, worauf wartest du noch?" Er packte einen der Zapfen, riß ihn ab, ließ ihn gezielt auf Imiaks Kopf fallen und strich schäkernd davon.

Imiak sprang verdutzt zur Seite, sein Pelz sträubte sich. Er war zwar noch kein Leitwolf – aber beinahe schon einer! Durfte er dem Häher solche Späße erlauben? Als er, betont würdevoll, dem Rudel voranschreiten wollte, stimmten Itsi und To ein fröhliches Gekläffe an und flitzten den Hügelhang hinunter. Imiak rannte ihnen nach, fletschte im Überholen die Zähne und knurrte sie an, um die rechte Ordnung wiederherzustellen. Dann hob auch er den Schwanz, schwenkte ihn ebenso fröhlich und lief leichtfüßig auf den fernen Berg zu. Die ganze Schar jagte bellend und kläffend hinter ihm drein.

Sie konnten es kaum erwarten, ihr neues Gebiet in Besitz zu nehmen, trabten unermüdlich dahin und hielten immer nur kurze Rast. Manchmal war der Berg hinter Hügeln verborgen, dann sahen sie ihn wieder in den Himmel aufragen. Je näher sie kamen, desto deutlicher wurden die Umrisse, der Berg nahm Form und Gestalt an. Die Spitzen und Grate des seltsam gebogenen Gipfels glitzerten und funkelten im Sonnenlicht, dort oben lag Schnee und Eis.

Die Wölfe liefen schneller und schneller, ihnen war, als hätten sie nach langer Zeit in der Fremde wieder vertrauten Boden betreten. Der Himmel über ihnen war erfüllt von den Rufen der ziehenden Enten und Gänse, die das gleiche Ziel zu haben schienen. Vielleicht war am Fuß des Berges ein Weiher oder ein See.

Plötzlich stutzte Imiak und fing an, einen mit Moos bewachsenen Stein zu beschnüffeln. Sein Rückenhaar stellte sich auf, aus seiner Kehle kam ein drohendes Knurren. Das Rudel umringte ihn, schnüffelte wie er und jaulte auf. Der Stein trug die Duftmarke eines Schnellen Läufers, zwar nur schwach und kaum noch merkbar, aber unmißverständlich ein Besitzzeichen, eine Warnung an jeden Eindringling.

Die unerwartete Botschaft versetzte die Wölfe in große Aufregung. Sie hatten sich so sicher gefühlt, waren fest überzeugt gewesen, auf kein Rudel hier zu stoßen. In ihrer Vorstellung war das Land rings um den Berg schon ihr Jagdgebiet geworden. Sie vergaßen, daß sie nur eine kleine Schar waren und einem größeren Rudel im Kampf unterlegen sein würden.

Wuk verspritzte grollend Harn auf den Stein, setzte sein Zeichen über das alte Zeichen. Imiak und Wok machten es ihm nach. Sternschwester, Schiriki und die Welpen liefen herum, scharrten die Erde auf und wälzten sich, um überall Spuren ihrer eigenen Duftdrüsen zu hinterlassen.

Dann hoben sie, alle gleichzeitig, die Köpfe und brachen in ein herausforderndes Geheul aus. Schak unterstützte sie mit lautem Zetern und Kreischen.

## Die Wölfin vom See

Als sie zu heulen aufhörten, standen die Wölfe vom Tal mit hochgereckten Köpfen und gespitzten Ohren da, das Fell gesträubt und die Schwänze straff erhoben. Aber weder von fern noch von nah kam Antwort, kein Schneller Läufer gab irgendwo Laut, kein Heulen ertönte. Nichts als Stille! Nur leises Gezwitscher kleiner Gefiederter in Büschen und Bäumen. So angespannt lauschten die Wölfe, daß ihnen war, als summte das pulsierende Blut in ihren Ohren. Der Schrei eines Falken hoch oben am Himmel ließ sie zusammenzucken. Das Warten wurde unerträglich. Warum schwieg das fremde Rudel? Auch wenn es sich auf einem Jagdzug befand und weit entfernt war, mußte es das Heulen vernommen haben. Hatte das Rudel vielleicht die Eindringlinge längst gewittert? Schlich es schon heran, um plötzlich und ohne Warnung anzugreifen?

Hätte das Rudel die Kampfansage erwidert, wären Imiak und seine Gefährten sofort heulend losgestürmt. Das Warten machte ihnen aber bewußt, daß sie Streuner waren, Fremde, die vom ansässigen Rudel fortgejagt oder getötet werden durften. Itsi und To winselten. Wenn sie auch noch Welpen waren, wußten sie doch, daß jener im Recht war, der als erster ein Gebiet in Besitz nahm. Hatten nicht Palo Kan und Ahkuna jeden Schnellen Läufer vertrieben, der die Grenze des Jagdgebietes überschritten hatte! Und war nicht jeder Eindringling mit eingeklemmtem Schwanz geflohen, selbst starke, kampferfahrene Wölfe? Waka, das Gesetz, hatte es so gewollt, damit die Rudel sich nicht in ständigen Besitzkämpfen gegenseitig ausrotteten.

Die Wölfe vom Tal schauten einander verunsichert an. Sollten sie umkehren und zurückwandern? Dann waren sie aber Schogar Kans Land wieder näher. Sollten sie weiterwandern? Wenn hier ein Rudel lebte, war das nächste Jagdgebiet auch nicht frei. Und der in den Himmel aufragende Berg erinnerte sie an ihr verlorenes Tal, sie brachten es nicht über sich, von hier fortzugehen. Sollten sie darum betteln, bleiben zu dürfen? Einen von ihnen oder zwei würde das fremde Rudel vielleicht aufnehmen, aber niemals die ganze Schar.

„Schak", bat Imiak, „flieg zum Berg! Such nach dem Rudel und sag uns, wie viele es sind und wo sie ihr Lager haben."

„Bin schon fort!" kreischte Schak. „Keine Angst, Brüderchen Vierbein! Auf mich kannst du dich verlassen. Unsereins hat gute Augen."

Der Häher flog auf und strich zielbewußt durch die Kronen dahin. Sie schauten ihm nach – bis zum letzten Aufblitzen des blauweißen Gefieders im Geäst. Die schäkernden Rufe verklangen. Wieder lauschten die Wölfe. Ihre gespitzten Ohren bewegten sich, einmal nach dieser Seite, einmal nach der anderen. Immer wieder hoben sie die Köpfe und witterten. Vom Fuß des Berges her kam das ferne Tratschen einer Entenschar. In den Wipfeln huschte ein langgeschwänzter Springer umher. Das Eichhörnchen keckerte die Wölfe aufgebracht an und flüchtete dann von Baum zu Baum in den Wald hinein. Nicht weit entfernt begann ein Specht zu klopfen. In den Büschen flatterte es, gefiederte Sänger piepten und flöteten.

Buntverfärbtes Laub leuchtete im Grün der Nadelbäume. Wo die Wipfel nicht zu dicht waren, fielen Sonnenbahnen durchs Gezweig. Blätter lösten sich und tanzten zu Boden. Die friedliche Stille beruhigte die Wölfe allmählich. Nichts deutete darauf hin, daß ein fremdes Rudel sich näherte. So warteten sie geduldig auf Schaks Rückkehr, obwohl es ihnen endlos lang schien, bis sie sein Tschirpen wieder vernahmen.

Der Häher ließ sich vor ihnen auf dem moosigen Waldboden nieder, hielt den Kopf schief, schwenkte den Federschopf und äugte sie vergnügt an.

„Jetzt wollt ihr wohl wissen, was ich gesehen habe", zirpte er. „Also, da ist der Berg, und da ist ein großes Wasser, und Enten und Gänse und derlei Schnattervolk gibt es genug. Hornträger habe ich gesehen und auch ein paar glotzende Großmäuler."

„Und Schnelle Läufer?" fragte Imiak.

Der Häher plusterte sich auf. „Ich bin über den See geflogen, ich bin über den Wald geflogen, ich bin zum Berg geflogen, und ich habe nicht eine Schwanzspitze entdeckt, geschweige denn ein Spitzohr."

„Von wem ist dann das Duftzeichen?" fragte Sternschwester.

Imiak schaute nachdenklich vor sich hin. „Vielleicht sind sie auf der Jagd, irgendwo sehr weit fern vom Berg. Oder sie sind Streuner wie wir, auf der Flucht vor Schogar Kan, und haben hier nur kurz Rast gemacht."

Er warf den Kopf zurück und heulte wieder, nicht

mehr herausfordernd, aber bestimmt und ohne Angst. Auch diesmal erhielt er keine Antwort.

„Gehen wir zum Berg, Imiak", schlug Wok vor. „Wir werden schon herausfinden, was los ist."

Sie glitten im Unterholz dahin, setzten ihre Pfoten so behutsam, daß kein Laut zu hören war, hielten immer wieder an und schlichen erst dann weiter, wenn sie sich vergewissert hatten, daß keine Gefahr drohte. Über ihnen wölbte sich das Dach der Bäume und versperrte den Ausblick auf den Berg. Sonnenkringel flimmerten im Laub. Farnwedel standen flankenhoch. Unzählige Spuren von Langohren und anderen kleinen Pelzgeschöpfen kreuzten den Weg der Wölfe, einmal nahmen sie die Witterung von Hornträgern auf. Schak flog voraus und zirpte von Zeit zu Zeit.

Der Wald lichtete sich. Die Wölfe traten unter den Bäumen hervor und sahen vor sich eine weite, im Licht der Nachmittagssonne blinkende Wasserfläche, die sich bis an den Fuß des Berges hinzog.

Das Seeufer lief flach in einem hellen, fast weißen Sandstreifen aus; im durchsichtig klaren Wasser war jeder Kiesel am Grund zu sehen. An anderen Stellen säumten Riedgras und Schilf die Ufer. Schwarzgefiederte Sänger mit gelben Flügelbinden trieben sich im Halmdickicht herum. In den Buchten quakten und tratschten Enten, Gänse und andere Wasservögel. Langbeinige Reiher staksten durch das Schilf und fischten. Am gegenüberliegenden Ufer schwammen Biber vor ihrem Bau aus Zweigen und Ästen. Elche ästen in einem Wasserlilienfeld.

Auf der Nordseite des Sees erhob sich der Berg. Wald und herbstbraune Matten reichten hoch hinauf bis zu den kahlen Graten, Schrofen und Zinnen. Ein Wasserfall stürzte sich – durch die Ferne zu einem glitzernden Band geworden – über die Felsen herab. Schnee und kaltblaues Eis bedeckte den Gipfel.

Die Wölfe schritten ans Ufer. Sie konnten ihr Glück kaum fassen. Jeder Lufthauch brachte ihnen Botschaft von jagdbaren Geschöpfen, kleinen und großen. Hier würden sie nie Hunger leiden, und im Winter würde ihnen der Berg Schutz vor den eisigen Stürmen aus Norr Norr bieten.

„Was sagt ihr jetzt?" schäkerte der Häher. Er umflatterte Imiak. „Wie gefällt es dir hier, Brüderchen Vierbein?"

Imiak schaute um sich, als erwachte er aus einem Traum. „Ja, es ist ein guter Ort, Schak. Nur das Duftzeichen macht mir Sorge. Wenn ich nur wüßte, was es bedeutet!"

„Rufen wir noch einmal!" schlug Wok vor und begann zu heulen.

Einer nach dem anderen fiel ein, sie heulten in hohen und tiefen Tönen, sandten ihre Botschaft über den See und die endlosen Wälder. Die Wasservögel stoben auf, erhoben sich mit lauten Rufen und rauschenden Flügelschlägen, eine buntschwirrende Federwolke. Das Warnklatschen der Biber mischte sich in die Schreie der Vögel; die Elche am anderen Ufer zogen sich ins Gebüsch zurück.

Die Wölfe vermeinten, vom Berg her eine schwache Antwort zu vernehmen – aber es war nur das Echo ihrer eigenen Stimmen.

„Hier ist niemand!" rief Wok und verspritzte, vor Besitzerstolz jaulend, Harn auf einen der Steine am Ufer.

Itsi und To kläfften begeistert, sprangen hoch, kugelten zu Boden und strampelten mit den Beinen. Unbändige Freude packte auch die anderen, sie zausten die Welpen und rannten dann, die Schwänze fröhlich schwenkend, den See entlang, bis sie in einer der Buchten plötzlich anhielten, als wären sie an eine unsichtbare Wand gestoßen. Im Ufergras führte, deutlich erkennbar, eine Wolfsspur zum Waldrand hin. Die Spur mußte ganz frisch sein, der fremde Geruch hing an den Halmen und stieg den Wölfen in die Nasen. Itsi und To klemmten die Schwänze ein.

Nichts regte sich im Wald. Die Luft strich vom See her und konnte keine Witterung bringen, und doch spürten die Wölfe vom Tal, daß sie beobachtet wurden, daß dort im Unterholz ein Schneller Läufer lauerte. Ihr Pelz stellte sich auf, Schauer rannen ihnen den Rücken hinab. Schak schnalzte warnend.

Eine leichte, kaum merkbare Bewegung im Gebüsch am Waldrand ließ die Wölfe erstarren. Einen Atemzug lang standen sie vollkommen reglos da, alle Muskeln angespannt. Ihre Lefzen entblößten sich. Mit drohendem Grollen, die Zähne gefletscht, das Maul weit aufgerissen, setzten sie Schritt für Schritt auf den Wald zu, jederzeit bereit, dem Angreifer an die Kehle zu springen.

Blätter zitterten, im Laub erschien eine spitze Schnauze – eine Wölfin kam aus dem Gebüsch hervorgekrochen. Ihr linker Hinterlauf schleifte kraftlos nach, an der Flanke klaffte eine tiefe Wunde, der Pelz war mit geronnenem Blut verkrustet.

Es war Tokala, Tika Kans Leitwölfin, die sich dem schwarzen Wolf nicht unterworfen hatte und geflohen war. Sie kroch näher, wollte sich, unendlich mühevoll, aufrichten, aber ihre Beine trugen sie nicht, sie sank wieder zu Boden und schaute die Wölfe vom Tal an. Ihr Atem ging rasselnd.

„Kommt ihr von Schogar Kan?" fragte sie. „Hat er euch hergeschickt? Ich dachte, ich könnte in Frieden sterben. Genügt es ihm nicht, daß er mich vertrieben hat? Ich würde euch schon zeigen, was Kämpfen heißt, aber ein Großhorn hat mir das Bein zerfetzt. Ich habe keine Kraft mehr. Da – hier bin ich! Tötet mich!"

Als keiner der Wölfe sich rührte, stieß sie hervor: „Worauf wartet ihr noch? Habt ihr Angst vor einer, die wehrlos ist?"

Sternschwester trat zu ihr und ließ sich im Gras nieder. Beruhigend winselnd, mit wedelndem Schwanz, die Ohren zurückgelegt, schob sie sich ganz nahe an Tokala heran und berührte die Lefzen mit der Schnauze. „Schogar Kan hat uns nicht geschickt! Auch wir mußten fliehen – wie du, Tokala. Wir wollten nicht mehr so leben, wie er es befiehlt. Wir haben Waka nicht vergessen. Hier ist ein guter Ort, fern von Schogar Kans Land. Erlaubst du uns, daß wir bleiben?"

Die Wölfin gab keine Antwort, ihr Blick glitt von einem zum anderen der kleinen Schar. Die fiebrig glänzenden Augen in dem hageren, eingefallenen Gesicht wirkten unnatürlich groß.

„Hat dich ein Rudel aufgenommen, Tokala?" fragte Wok. „Gibt es noch andere Schnelle Läufer hier?"

„Nein, keinen außer mir!" murmelte Tokala. „Alle sind geflohen."

„Aber jetzt sind wir hier!" rief Imiak. „Und du gehörst zu uns. Wir gehen für dich auf die Jagd, wir sorgen für dich, bis du wieder auf vier Beinen laufen kannst."

Tokalas Lefzen zuckten. „Das wird nie wieder sein. Dafür hat das Großhorn gesorgt."

Ihr Schwanz schlug müde hin und her. Sie war erschreckend abgemagert, die Schulterblätter schienen durch den Pelz zu stechen. „Ihr seid Ahkunas Rudel, nicht wahr?" fragte sie. „Und du bist Imiak, ich erinnere mich an deinen Namen." Ihre Zunge glitt über Sternschwesters Schnauze. „Ah, das tut gut! Ihr wißt nicht, wie es ist, wenn man immer allein ist, wenn kein Gefährte da ist, den man rufen kann."

Ihr Kopf sank auf die Pfoten. Die Wölfe vom Tal umringten sie mitleidig, begannen ihre Wunden zu lecken und den Pelz zu reinigen. Sie ließ es wortlos geschehen, streckte sich seufzend aus und schloß die Augen. Nicht nur das Bein war gebrochen, die Elchhufe hatten auch den Oberschenkelknochen zertrümmert.

Tokala hatte die Wahrheit gesagt, nie wieder würde sie laufen oder springen können, höchstens mühsam auf drei Beinen humpeln. Die verhängnisvolle Jagd mußte vor vielen Tagen gewesen sein, der magere Körper verriet, daß Tokala schon lange keine Nahrung zu sich genommen hatte. Wuk und Wok sahen einander an und trabten dann in den Wald hinein.

Schak saß – so still wie sonst nie – in einer der Baumkronen. Er dachte an die andere Leitwölfin, an Ahkuna, oben in der Einsamkeit der Bergwelt, genauso geduldig in ihr Schicksal ergeben wie Tokala. In ihren Träumen mochte sie mit Palo Kan reden, als wäre er noch am Leben, während Hota, der Alte, und KumKum stumm vor der Höhle saßen. Der Häher steckte den Kopf unter die Flügel.

Schon nach kurzer Zeit tauchten Wuk und Wok wieder auf. Wok hatte ein totes Langohr im Maul und legte es vor Tokala nieder. Sie begann gierig zu fressen, war aber so schwach, daß sie immer wieder innehielt und nach Atem rang. Trotzdem wirkte sie nach der Mahlzeit frischer als zuvor, sie schleppte sich ans Ufer und lappte Wasser. Als sie ihren Durst gestillt hatte, setzten sich die Wölfe im Kreis um sie und begannen zu erzählen, vermieden es aber, von Tika Kan zu sprechen. Tokala hörte schweigend zu, schaute über den See, der in den schrägen Strahlen der sich langsam neigenden Sonne silbrig aufglänzte. Schak saß noch immer oben auf seinem Baum.

Erdrote Enten mit blauem Schnabel und weißem Bürzel schwammen so ruhig auf der glatten, von keinem Windhauch getrübten Wasserfläche, daß ihr Spiegelbild sie gleich Zwillingsenten begleitete. Andere Enten hatten blauschwarze Schöpfe. Ein Stück entfernt vom Ufer suchten Graugänse im Gras nach Futter, ohne die Wölfe zu beachten. Nur die Wächtergans oben auf einem kleinen Erdhügel ließ das Rudel nicht aus den Augen. In einer der Buchten fischten rosafarbene Pelikane. Am jenseitigen Ufer hatten sich die Elche wieder eingefunden, sie standen bis zum Bauch im Wasser und ästen. Biber trieben sich sorglos im See umher. Der schneebedeckte Gipfel glitzerte, in den Schründen und Klüften wuchsen blaue Schatten.

Flötend und trillernd huschten gefiederte Sänger durchs Gebüsch. Graumeisen zirpten. Tokala hob den Kopf. „Und Tika Kan?" fragte sie. „Ist Mahana jetzt seine Gefährtin?"

Sternschwester rieb wortlos ihren Kopf an der Schulter der Wölfin.

Eine Schar Schwäne fiel auf dem See ein und glitt, die langen Hälse anmutig gebogen, die Flügel abgewinkelt, auf das Uferschilf zu.

„Du mußt mich nicht trösten, Sternschwester", sagte Tokala. „Ich habe es schon immer gewußt. Tika Kan ist jung und unbedacht. Aber er war ein guter Vater seiner Welpen. Wo sind meine Kleinen jetzt? Ist Mahana ihre Leitwölfin?"

„Nein, Tokala", sagte Wok. „Tika Kan und Mahana begleiten den Schwarzen, wenn er von Lager zu Lager zieht. Deine Welpen sind in Tasch Kans Rudel."

„Dann ist es gut. Tasch Kan und Ayana werden für sie sorgen – wie Tika Kan es einst getan hat und wie ich es nicht mehr tun kann."

Ihr Kopf sank wieder auf die Pfoten, sie schloß die Augen. Die Sonne senkte sich immer tiefer, ihr Licht war mild geworden. Die Wölfe saßen still am Ufer. Nach den Tagen der Flucht, in denen ihre Sinne immer hellwach gewesen waren und jeder Laut sie erschreckt hatte, fühlten sie sich jetzt geborgen und in Sicherheit. Hier würden sie jagen – in ihrem Gebiet, in dem sie nicht Fremde waren, sondern die Besitzer, deren Rechte andere Schnelle Läufer achten mußten.

Erinnerungen stiegen in ihnen auf an die glücklichen

Zeiten im Tal der Flüsternden Winde, sie dachten an Ahkuna oben auf dem Berg und vermeinten sie vor sich zu sehen. Während sie dem abendlichen Gesang der Vögel und den friedlichen Lauten der Enten und Gänse lauschten, wurde ihre Sehnsucht immer größer. Wäre der Weg nicht so weit und so gefährlich gewesen und Ahkuna nicht alt und müde, sie wären zurückgelaufen, um sie zu holen.

Die Sonne ging unter. In der Abenddämmerung verstummten die Wasservögel. Der Mond, voll und rund geworden, stieg am Himmel empor und legte einen schimmernden Pfad auf das schwarze Wasser. Im bleichen Schein des Großen Nachtlichtes wirkte der Berg fern, wie entrückt.

Die Wölfe hoben die Schnauzen zum Mond empor und fingen zu heulen an. Ihre tiefen und hohen Stimmen vereinten sich zu einem harmonischen Gesang, der weithin über die Wälder hallte, sich an den Felswänden brach und als Echo zurückkam. Sie sangen aus vollen Kehlen, als könnte ihr Lied den einsamen Berg erreichen, wo Ahkuna Zuflucht gefunden hatte.

Auf einer der Wiesen am anderen Ufer äste eine Herde Hornträger, witterte ab und zu, ließ sich aber vom Heulen nicht vertreiben. Die erfahrenen Böcke und Mutterkühe wußten, daß ihnen – zumindest im Augenblick – keine Gefahr von den Wölfen drohte.

Tokala lag entspannt im Gras und lauschte – nicht mehr allein, sondern wieder aufgenommen in die Gemeinschaft eines Rudels.

## Glückliche Tage

Für Imiak und seine Gefährten begann eine unbeschwerte, glückliche Zeit. Alle Ängste waren verflogen. Nach Art der Wölfe, die in der warmen Jahreszeit, wenn es Nahrung in Fülle gibt, nicht an Winter und Hunger denken, so dachten sie bald nicht mehr an Schogar Kan und an sein Riesenrudel. Schon am ersten Morgen brachen sie auf, um ihr Gebiet zu erforschen und die Grenzen festzulegen. Sie schliefen, wenn sie müde waren, sie jagten, wenn sie Hunger hatten, sie streiften durch die Wälder rings um den See und am Fuß des Mondbergs – wie sie den Berg nach seinem Gipfel nannten, der gebogen war wie das Nachtlichthorn. Sie machten sich mit jeder Landmarke vertraut, mit jedem Bach, jedem Hügel, jeder Lichtung und jedem Dickicht. Mit ihren Duftdrüsen an Pfoten, Schwanzansatz und Wangen setzten sie unermüdlich Zeichen an den weitläufigen Reviergrenzen. Sie kratzten die Erde auf, wälzten sich, rieben die Wangen an Moosbüscheln oder verspritzten Harntropfen auf Steine, Sträucher und Baumstrünke – Botschaften, die jeder Wolf ebenso gut lesen konnte wie sie.

Auch innerhalb des Jagdgebietes setzten sie Duftzeichen, bis viele vertraute Pfade kreuz und quer durch die Wälder führten. Dadurch wiesen sie nicht nur Fremde zurück, sie fühlten sich auch selber, wo immer sie waren, sicher im Wissen, daß sie im eigenen Gebiet waren. Besonders wichtig waren die Duftmarken für Itsi und To, die jetzt groß genug waren, allein umherzuwandern, aber noch Wegzeichen brauchten, um heimzufinden.

Die Wölfe hatten sich am Fuß des Berges nahe am Seeufer eine mit Moos und Kräutern bewachsene Mulde als Lagerplatz gewählt. Sträucher und Bäume boten Schatten, ein paar von Regen und Sonne gebleichte Felsblöcke hielten den Wind ab. Saßen die Wölfe oben auf einem der Steine, bot sich ihnen eine weite Sicht über den See, die Ufer und den angrenzenden Wald. Nicht weit entfernt davon war eine alte halbverfallene Wolfshöhle. Tokala verbrachte fast die ganze Zeit im Lager. Manchmal kroch sie ans Ufer und ließ die Sonne auf sich scheinen, manchmal versuchte sie, auf drei Beinen zu humpeln, sank aber nach ein paar Schritten immer wieder erschöpft zu Boden. Kamen Itsi und To zu ihr getrottet, leckte sie ihnen die Gesichter und war stets bereit, eine der alten Geschichten zu erzählen. Die Welpen erinnerten sie an ihre eigenen Jungen; ihre Gegenwart versetzte sie zurück in jene Zeit, als sie noch gemeinsam mit Tika Kan für das Rudel gesorgt hatte.

Wenn Schak nicht auf Futtersuche war oder die Wölfe begleitete oder sich mit anderen Hähern herumtrieb, blieb er bei Tokala im Lager. Bald waren die beiden so aneinander gewöhnt, daß der Häher zwischen den Vorderpfoten der Wölfin schlief, als wäre sie Ahkuna.

Schon nach kurzer Zeit kannten die Wölfe vom Tal jede der versteckten Lichtungen, auf denen Hornträger in der Dämmerung ästen. Manchmal jagten die Wölfe nahe am Seeufer, dann wieder weit entfernt tief drinnen in den Wäldern. Auf diese Weise vermieden sie es, die Hornträger vom See zu verscheuchen. Eines der Großhörner anzugreifen wagten sie anfangs nicht, bis ihre Jagdlust immer größer wurde und sie an einem grauen stillen Morgen eine Elchkuh am Ufer überraschten, ihr den Fluchtweg abschnitten und sie dann gemeinsam erlegten. Um die Elchbullen mit ihrem bedrohlichen Schaufelgeweih machten sie aber noch immer einen weiten Bogen.

Nach jedem Jagdzug schleppten sie Fleisch ins Lager und brachten es Tokala. Was sie nicht auf einmal vertilgen konnten, ließen sie in einem Versteck zurück, das freilich noch in der gleichen Nacht die kleinen vierbeinigen Jäger des Waldes anlockte. Oft saß ein Fuchs oder ein Marder im nächsten Gebüsch und wartete nur darauf, daß die Wölfe verschwanden.

Die treuesten Kostgänger waren Raben, die sich sofort einfanden, sobald die Wölfe eine Beute gerissen hatten. Die schwarzen Vögel verloren alle Scheu, flatterten zwischen dem Rudel umher und stahlen, was sie erwischten; nur wenn sie allzu frech wurden, knurrte einer der Wölfe und schnappte nach ihnen. Aber es gab reichlich Nahrung für alle, warum hätte das Rudel den Raben nicht einen kleinen Teil der Beute vergönnen sollen. Und wer wußte, wann die Schwarzgefiederten nicht auch ihnen nützlich sein würden. Raben brachen beim geringsten Anzeichen einer Gefahr in ein krächzendes Warngeschrei aus. Es lohnte sich, die schwarzen Diebe bei der Beute zu dulden, in ihrer Gesellschaft konnten die Wölfe sorgloser sein als sonst.

Kokko, ein junger Rabe, schien sie als seine Spielgefährten zu betrachten. Wenn das Rudel schlief oder döste, schlich er sich an und hackte mit dem Schnabel nach einem der Schwänze. Fuhr der Besitzer des Schwanzes zähnefletschend auf, floh Kokko krächzend, ließ sich aber ganz in der Nähe wieder nieder, hüpfte hin und her und forderte die Wölfe auf, ihn zu fangen. Itsi und To rannten ihm jedesmal nach, konnten ihn aber nie erhaschen. Streiften die Welpen im Wald umher, flog Kokko krächzend mit. Als sie einmal in einem Beerenschlag spielten, warnte er sie gerade noch rechtzeitig vor einem Dickpelz, der, von der reichen Ernte verlockt, die Büsche plünderte.

Da das Rudel keinen richtigen Leitwolf hatte – Imiak war zu jung dafür und wußte es auch –, gab es keine Rangordnung wie sonst in jeder Wolfsgemeinschaft. Nach den strengen Gesetzen in Schogar Kans Land genossen sie es, endlich frei zu sein, und in den sorglosen Tagen am See gab es auch keinen Grund, um die Rangordnung zu kämpfen. Bei der gemeinsamen Jagd, wenn sie ihre Beute hetzten, übernahm meist Sternschwester die Führung. Sie war leichter gebaut als die Rüden und konnte, weil ihr Körpergewicht geringer war, für kurze Zeit sogar schneller laufen als Wuk und Wok.

Bei den Mahlzeiten herrschte ein fröhliches Durcheinander. Kamen sie sich in die Quere, genügte ein Zähnefletschen, ein Knurren oder ein Scheinangriff, um die Ruhe wiederherzustellen. Als Itsi und To es einmal allzu wild trieben, wirbelte Imiak herum, blieb mit gespreizten Beinen und gesträubter Halskrause vor ihnen stehen und starrte sie an. Sie verstanden sofort, was er meinte, warfen sich auf den Rücken und zeigten den Bauch, als wären sie noch so klein, daß sie geleckt und gereinigt werden mußten. Dann krochen sie zum großen Bruder und stupsten ihn mit den Schnauzen ans Kinn. All das hieß: Wir wissen, daß du stärker bist, wir wollten nur mit dir spielen. Sei wieder gut mit uns!

Imiak leckte sie leise fiepend und fraß weiter, diesmal

ungestört. Ein paar Tage später ertappte er sich dabei, wie er Wuk, der ihn versehentlich angerempelt hatte, drohend anstarrte. Zum Erstaunen aller legte Wuk die Ohren zurück und duckte sich, als sei Imiak tatsächlich der Ranghöhere. Als Wuk bewußt wurde, was er getan hatte, trollte er sich, verlegen vor sich hinmurrend, in den Wald.

In Schogar Kans Rudel hatten sie nie gemeinsam herumtollen dürfen, jetzt bekamen sie nicht genug davon. Sie jagten einander nach, das Seeufer entlang und ins Gebüsch hinein. Trottete einer allein durch den Wald, lag bestimmt ein anderer im Hinterhalt, schnellte plötzlich auf und lachte nach Wolfsart, wenn sein Opfer erschrocken zurücksprang. Mit allen vieren gleichzeitig auf einem friedlich Schlafenden zu landen war ebenfalls ein beliebtes Spiel, das jedesmal in einer allgemeinen Balgerei endete.

Nur Schiriki neckten sie nie. Seit er Schogar Kan entgegengetreten war, als sei er dem schwarzen Wolf ebenbürtig, empfand das Rudel etwas wie Scheu, fast Ehrfurcht vor ihm. Sein Lieblingsplatz war oben am Wasserfall. Wenn Sternschwester ihn vermißte und nach ihm suchte, fand sie ihn immer dort. Sie streckte sich dann neben ihm aus und blieb bei ihm, während er still dalag, wie geduldig wartend. Manchmal schien ihr, als lausche er einer Stimme, die sie selber nicht hören konnte.

Fichten, Föhren und hier und dort ein Laubbaum säumten die mit kurzem Gras und würzigen Kräutern bedeckte Matte. Das Wasser stürzte sich weißschäumend von hoch oben über eine senkrechte, von der Nässe schwarzgefärbte Felswand. Unzählige Tropfen sprühten und zerstäubten, verwehten in durchsichtigen Schleiern. Am Fuß der Felswand sammelte sich das Wasser in einem tiefen Becken, bevor es zu einem Bach wurde, der sich über die kleine Hochwiese schlängelte und durch den Wald zum See hinunter floß. Auf dem Bachgrund glitzerte Goldglimmer. In ihren Geschichten erzählten die Wölfe, das funkelnde Geglitzer sei Sonnenlicht, das sich im Wasser gefangen hätte und nun für alle Zeit darin bleiben müßte.

Weil das Rudel nie heraufkam, um hier zu jagen, und Schiriki und Sternschwester sich immer ruhig verhielten, hüpften die Gefiederten ohne Scheu umher, manchmal nur ein paar Pfotenlängen entfernt. Erdhörnchen suchten auf der Wiese nach Futter. Die langgeschwänzten Springer keckerten nicht mehr aufgebracht, wenn sie die zwei Wölfe erspähten.

An einem der milden Herbsttage lagen Sternschwester und Schiriki wieder einmal nebeneinander. Der Wasserfall rauschte und toste, eintönig, beruhigend. Vögel zirpten, trillerten und flöteten. Ein Adler kreiste mit hellen Schreien oben am Himmel. Sternschwester war schon halb in den Schlaf hinübergedöst, als sie spürte, wie Schirikis Körper sich anspannte. Sofort war sie hellwach und stupste ihn an. „Hast du geträumt?" fragte sie.

Er schaute vor sich hin. „Ich habe an Schogar Kan gedacht", sagte er.

„Denk nicht an ihn, Schiriki. Er ist weit fort. Hier sind wir vor ihm sicher."

Schiriki gab keine Antwort, zog nur die Schultern hoch, als friere ihn plötzlich. Sternschwester rückte näher an ihn, begann ihn zu lecken und blieb bei ihm, bis der Abend dämmerte und das Jagdgebell des Rudels sie hinunter zum See rief.

Nach sonnigen, fast sommerlichen Tagen zogen Wolken am Himmel auf, verhüllten den Mondberg und senkten sich tief auf die Hänge hinab. Ein paar Tage lang regnete es, das Laub hing schwer vor Nässe an den Zweigen, nicht einmal im Dickicht fanden die Wölfe einen trockenen Platz. Dann lösten die Wolken sich auf, die Nächte wurden sternklar und sehr kalt. Auch das letzte grüne Blatt hatte sich verfärbt, die Wälder flammten gelb und rot. Über den Himmel zogen die Wandervögel. Abend für Abend fielen sie in Scharen auf dem See ein, quakend, schnatternd und trompetend. Reiher ließen sich zum Schlafen auf den Bäumen nieder. Bei Sonnenaufgang flog eine Schar nach der anderen flügelrauschend auf, ihre Rufe und Schreie hallten durch den vom Wasser aufsteigenden Morgendunst.

Der erste Herbststurm fegte durch die Wälder, eine dichte Laubdecke raschelte unter den Pfoten der Wölfe. Obwohl noch immer Wandervögel auf dem See übernachteten, waren sie nicht mehr so zahlreich wie zuvor. Der nahende Winter beunruhigte das Rudel nicht, hier würden sie auch bei Schnee und Kälte genug Nahrung finden.

Eines Abends, nach einem kurzen Regenschauer, streiften die Wölfe durch den Wald; ihr Ziel war eine der vielen kleinen Lichtungen, auf denen in der Dämmerung Hirsche zu äsen pflegten. Als sie nahe genug waren, schlichen sie gegen den Wind an, nahmen aber keine Witterung von Hornträgern auf. Die Lichtung war einsam und verlassen. Aus dem Gezweig rieselte und tropfte es. Ein Abglanz der untergegangenen Sonne lag noch auf den im Grau zerfließenden Wolken. Nebelstreifen zogen über das nasse Gras.

Die Wölfe wollten schon zum nächsten Weideplatz weiterlaufen, als ihre Nasen eine Botschaft aufnahmen, die sie jäh stehenbleiben ließ. Ihr Nackenhaar sträubte sich.

Hier auf der Lichtung waren Schnelle Läufer gewesen – Fremde!

Ohne ein Wort zu verlieren, streunten alle gleichzeitig über die Waldwiese aus. Die Nasen am Boden, schnüffelten sie aufgeregt, entdeckten Pfotenabdrücke in der feuchten Erde und fanden einen Busch, wo einer der Fremden Harn verspritzt hatte. Itsi und To wieften erschrocken. Wuk und Wok knurrten zornig.

„Warum haben sie das getan?" fragte Sternschwester. „Sie müssen doch gemerkt haben, daß sie in einem Jagdgebiet sind, das nicht ihnen gehört!"

Am Himmel erlosch der letzte rosa Schein, vom Waldrand her breitete sich Dunkelheit über die Lichtung aus. Die Wölfe sahen einander an. Wer waren die Fremden, die sich heimlich eingeschlichen hatten? Wohin waren sie verschwunden? Waren es – Späher aus Schogar Kans Rudel gewesen?

Den Wölfen liefen Schauer die Rücken hinab. So sicher hatten sie sich gefühlt, jetzt spähten sie ängstlich umher, lauschten auf jeden geringsten Laut, jedes Rascheln erschreckte sie. Der Wald ringsum schien plötzlich voller Gefahren zu sein, hinter jedem Busch, jedem Baum sahen sie in ihrer Vorstellung Schogar Kans Wölfe, die geduckt lauerten und vielleicht im nächsten Augenblick schon angriffen.

Itsi und To drückten sich schutzsuchend an Sternschwester.

Wok stellte sich neben Imiak und stieß ihn mit der Schnauze an, als wollte er sagen: Zeig uns, daß du einmal ein guter Leitwolf sein wirst. Denk an Palo Kan! Was er getan hat, mußt du jetzt tun.

Und Imiaks Angst verflog. Wok hatte recht. Ein Leitwolf durfte nicht zulassen, daß sein Rudel in Panik geriet. „Wer sagt denn, daß es Späher waren?" rief er. „Wir werden uns doch nicht vor jedem Schatten fürchten? Schogar Kan hat uns fortgehen lassen, er hat uns nicht verfolgt, hat keinen aus seinem Rudel hinter uns hergeschickt. Vielleicht waren es nur ein paar Streuner, die hier gewesen sind. Sternschwester, geh mit Itsi und To ins Lager zurück. Tokala braucht Schutz. Wok und Wuk, ihr seid erfahrener als ich beim Spurensuchen; ihr übernehmt die Führung. Schiriki und ich kommen mit euch. Wir werden schon herausfinden, wer diese Fremden sind. Mehr als zwei oder drei waren es nicht. Und wir sind vier!"

Noch einmal liefen sie schnüffelnd umher – diesmal nicht so aufgeregt wie zuvor – und fanden bald die Stelle, wo die unbekannten Wölfe die Lichtung verlassen hatten. Während Sternschwester mit den Welpen ins Lager zurückkehrte, nahmen die Brüder mit Wuk und Wok die Verfolgung auf.

Sie rannten einer hinter dem anderen in schnellem Trab dahin. Obwohl es rasch finster wurde, leitete sie ihr Geruchsinn so sicher, als wäre es heller Tag. Die Spur war noch frisch, das feuchte Laub hatte die Witterung gut bewahrt. In einer moos- und farnbewachsenen Senke hatten die Fremden sich auf dem Boden gewälzt; Wuk und Wok prüften diesen Platz besonders sorgfältig und stellten fest, daß es drei erwachsene Rüden gewesen waren und daß der Vorsprung, den sie hatten, nicht sehr groß sein konnte. Weil die Fährte aber, ohne einmal abzuweichen, geradewegs nach Sonnenuntergang führte und nicht nach Sonnenaufgang, in Schogar Kans Land, beruhigten sich die Wölfe vom Tal. Sie fielen in einen gemächlichen Trab, wollten die Eindringlinge nicht mehr einholen und zum Kampf auffordern, sondern nur noch die Gewißheit haben, daß ihr Jagdgebiet wieder frei von unwillkommenen Besuchern war.

Als die Sonne aufging, erreichten sie die westliche Grenze, einen hohen, fast unbewaldeten Hügelrücken. Sie folgten der Spur noch eine Weile, bis sie sicher waren, daß die Fremden weiter nach Westen gelaufen waren. Dann kehrten sie um und hielten auf dem Hügel eine kurze Rast.

Die Sonne hatte sich über die ferne, blaue Gebirgskette erhoben. Der Horizont schimmerte perlmuttfarben wie das Innere einer Flußmuschel. Schiriki stand still da.

Imiak stupste ihn an. „Das waren keine Späher, Bruder!" rief er. „Das waren arme Streuner, wie wir es gewesen sind."

Er hob die Schnauze und fing zu heulen an. Wuk und Wok fielen ein. Gemeinsam sandten sie ihre Botschaft nach Westen: „Hier ist unser Jagdgebiet, hier jagen wir! Laßt euch nicht wieder bei uns blicken!"

Noch ein paarmal heulten sie warnend, dann brachen sie auf und liefen zum See zurück.

Ein paar Tage lang war das Rudel wachsamer als zuvor, lief unermüdlich die Grenzen ab und setzte neue Duftmarken. Schak flog über die Wälder, spähte in jedes Tal, entdeckte aber nirgendwo Zeichen, die auf die Anwesenheit fremder Wölfe hinwiesen. Das Rudel nahm das gewohnte Leben wieder auf.

## Die Jägerin mit den leisen Pfoten

An einem der lauen, warmen Spätherbsttage schliefen die Wölfe nach erfolgreicher Jagd satt und zufrieden auf ihrem Lagerplatz. Nur Itsi und To waren viel zu munter, um Ruhe zu geben. Eine Weile versuchten sie, die anderen aufzuwecken, sie zogen einmal an diesem Schwanz, dann an jenem, kniffen in dieses Ohr, dann ins nächste, sprangen umher und wufften. Als keiner der Großen sich zum Spielen verlocken ließ, gaben die Welpen es auf und liefen zu einer nahen Bucht am See. Im breiten Schilf- und Riedgürtel suchten Stockenten nach Futter; die schillernd grünen Köpfe und das weiße Brustgefieder der Erpel waren deutlich auszunehmen.

Die Welpen brauchten sich nicht einmal zu verständigen, hier hatten sie endlich Spielgefährten – wenn auch unfreiwillige – gefunden. Sie sanken ins Gras und schlichen fast auf dem Boden kriechend die ahnungslosen

Enten an. Immer wieder erstarrten sie und lauerten reglos. Nicht ein Halm schwankte und verriet sie. Aus einem der Wipfel am Waldrand verfolgte Kokko, der Rabe, aufmerksam alle Bewegungen der Welpen. Ein paarmal schlug er leicht mit den Flügeln, gab aber keinen Laut von sich; er hatte begriffen, daß er sich still verhalten mußte.

Itsi und To hatten nun den Schilfgürtel erreicht. Ganz nahe vom Ufer gründelten zwei der Enten, tauchten leise tratschend wieder auf, schlürften Wasserlinsen und begannen sich dann das Gefieder zu glätten. Die Welpen schnellten gleichzeitig los, landeten nach einem weiten Satz mit gespreizten Vorderbeinen so ungestüm im Wasser, daß es hoch aufspritzte, und schnappten zu. Im selben Augenblick stoben die Enten laut quakend davon – unversehrt, bis auf eine Schwanzfeder, die herabwirbelte. Ihre Alarmrufe scheuchten die anderen Enten und eine Schar Gänse auf. Schwäne erhoben sich mit knatternden Flügelschlägen, Bleßhühner flüchteten auf den See hinaus.

Itsi und To liefen ans Ufer zurück, schüttelten sich das Wasser aus dem Pelz, setzten sich auf die Hinterkeulen und kläfften dem fliehenden Wasservolk nach. Kokko hüpfte im Gezweig hin und her, lachte auf Rabenart und wollte schon herabfliegen, als er plötzlich stutzte und in ein krächzendes Warngeschrei ausbrach.

Die Welpen verstummten und fuhren herum.

Aus dem Unterholz am Waldrand, neben einer alten Eiche, tapste ein Pumajunges heraus. Die schon fast verblaßten dunklen Flecken auf seinem Fell verschmolzen mit dem sonnengesprenkelten Laub. Der kleine Puma sah harmlos aus und wirkte eher neugierig als ängstlich. Noch ganz im Eifer des Spiels dachten die Welpen nicht daran, daß ein Junges sich nie weit von seiner Mutter entfernt. Sie staksten vorsichtig näher, wedelten mit den Schwänzen und wieften freundlich. Dem Pumajungen war das nicht ganz geheuer, es wich zurück, richtete sich auf, krallte sich am Stamm fest und fauchte. Gleichzeitig kam aus dem knorrigen Geäst ein drohendes Knurren.

Auf einem der weitausladenden Äste stand ein Pumaweibchen, kaum sichtbar im gelben Laub. Die großen, runden Augen waren starr auf die Welpen gerichtet, die hochgezogenen Lefzen zeigten das mächtige Gebiß, der dicke Schwanz peitschte hin und her. Das Junge kletterte blitzschnell hoch und drückte sich zischend und fauchend an seine Mutter.

Itsi und To klemmten die Schwänze ein und flohen jaulend ans Ufer zurück. Kokko krächzte lauthals. Das Pumaweibchen fauchte noch einmal, aber nicht mehr drohend, reckte und dehnte sich behaglich, riß die Astrinde mit den Krallen auf und stieß einen durchdringenden Schrei aus, der in einem schrillen Miauen endete und die Welpen so sehr erschreckte, daß sie vor Angst zu heulen begannen.

Im Lager der Wölfe hatten die Alarmrufe der Wasservögel und Kokkos Warngekrächze das Rudel aus dem trägen Dahindösen geweckt. Obwohl sie das Pumaweibchen nicht wittern konnten, da der Wind von ihnen wegstrich, wurden die Wölfe unruhig, sie liefen zum See, lauschten und sogen prüfend die Luft ein. Als sie den Pumaschrei und das Angstgeheul der Welpen hörten, hetzten sie laut bellend das Ufer entlang. Schak flog zeternd voraus. Tokala schleppte sich mühsam nach.

Die Wölfe erreichten die Bucht, umringten die Welpen und vergewisserten sich, daß ihnen kein Leid geschehen war. Die nun deutlich spürbare Witterung des Pumaweibchens versetzte sie in immer größere Aufregung; sie rannten zum Fuß der Eiche, sprangen am Stamm hoch und kläfften wütend. Auch Itsi und To wagten sich wieder näher und fielen in das Kläffen ein.

„Was hast du hier zu suchen, gelbfarbene Leisetreterin?" kreischte Schak. „Verschwinde oder ich reiße dir deine Schnurrborsten aus, du dickmäulige, breitschwänzige Nachtschleicherin!"

Statt mit einem Fauchen zu antworten, streckte sich das Pumaweibchen auf dem Ast aus, ließ den Schwanz lässig hinunterhängen und begann sich mit aufreizender Ruhe zu putzen.

Das machte die Wölfe vollends toll. Sie schnellten sich heulend aus dem Stand hoch in die Luft und schnappten mit entblößten Kiefern nach dem Feind, den sie nicht erreichen konnten, weil der Ast zu hoch oben war. Das Pumaweibchen zog lediglich den Schwanz ein und begann zu schnurren.

Die Wölfe hielten verblüfft inne und starrten zu ihr hinauf. Das Junge schaute stumm auf sie hinunter.

„So etwas darf es nicht geben!" japste Wok. „Die tut ja, als wären Leisepfoten und wir gute Freunde!"

„Ah!" zischte das Pumaweibchen. „Glaubt nicht, daß wir Freunde sind. Trotzdem! Ich, Scheta, die Jägerin, habe euch gesucht, und ich komme in Frieden."

„In Frieden?" Imiak meinte, nicht recht gehört zu haben. Er konnte das Miauen auch kaum verstehen; für die Ohren der Wölfe war es eher ein Gestammel als eine richtige Sprache.

Das Pumaweibchen äugte ihn an. „Mir scheint, ich kenne dich! Für mich schaut ihr zwar alle gleich aus – vier lange dünne Beine und ein jämmerliches Anhängsel, das sich Schwanz nennt. Und dieses Zottelfell! Da, seht euch meinen Pelz an! Schön glatt und jedes Haar an seinem Platz!" Selbstzufrieden schnurrend fuhr sich das Weibchen mit der Pfote übers Gesicht. „Und was für spitze Hungerleiderschnauzen ihr habt! Man muß euch wirklich bedauern."

„He, du!" kläffte der sonst so schweigsame Wuk aufgebracht. „Glaubst du, daß uns dein stumpfes Maul gefällt?"

„Nichts als Neid! Was man nicht hat, darüber spottet

man." Scheta, die Jägerin, leckte sich das Maul, schwenkte den Schwanz anmutig hin und her und schaute aus bernsteingelben Augen – die Pupillen vom Sonnenlicht zu schmalen Schlitzen verengt – auf Imiak hinab. „Bist du nicht jener, der mein Kleines beschützt hat? Als das verrückte Pack es töten wollte?"

„Das war dein Junges?" rief Imiak erstaunt. „Ich habe es nicht erkannt. Für uns Schnelle Läufer", setzte er entschuldigend hinzu, „schaut ihr Leisepfoten eben auch alle gleich aus."

„So? Das wundert mich! Unsereins ist einmalig und unverwechselbar. Aber was kann man von euch Langbeinern schon erwarten!" Das Pumaweibchen miaute abschätzig, bog den Kopf zurück, betrachtete wohlgefällig den kraftvollen, biegsamen Körper und ließ die Muskeln unter dem Fell spielen. Ein leichter Wind bewegte das Laub; in dem sich stetig verändernden Muster aus Licht und Schatten schien der lohfarbene Pelz das leuchtende Gelb der Eichenblätter anzunehmen.

Schiriki setzte sich unter dem Baum nieder und schaute nachdenklich zu dem Pumaweibchen hinauf. „Ja, du bist schön", sagte er, „auch wenn du anders bist als wir. Ich bin froh, daß deinem Jungen kein Leid geschehen ist."

„Warum habt ihr es beschützt?" zischte Scheta. „Warum? Zwischen eurem und meinem Volk gibt es keine Freundschaft."

Imiak sah den Kessel vor sich, in dem die toten Hornträger lagen; ihm war, als spüre er den Verwesungsgeruch, als höre er die Schreie der Geier. „Wir hatten keinen Hunger", sagte er.

Draußen auf dem See und im Schilf quakten und tratschten die Enten und Gänse, irgendwo am Waldrand tschirpten und tschilpten gefiederte Sänger. Das Pumajunge schmiegte sich an seine Mutter und äugte die Wölfe an, ohne Angst und schon zutraulich. Scheta begann es zärtlich zu lecken, das Junge biß spielerisch in ihr Maul.

Itsi und To fiepten freundlich.

„Zwischen deinem und meinem Volk", sagte Sternschwester, „gibt es keine Freundschaft, das ist wahr. Aber ich sehe, daß wir eines gemeinsam haben. Du liebst dein Junges, wie wir unsere Jungen lieben. Wenn du hier bleiben willst, Jägerin mit den leisen Pfoten, dann denk daran, daß unsere Kleinen Schutz brauchen wie dein Kleines".

„Hier bleiben?" Das Pumaweibchen fuhr so jäh auf, daß ihr Junges fast den Halt verlor, sich am Ast festklammerte und erschrocken wimmerte. Aus den entblößten Lefzen seiner Mutter kam ein zorniges Grollen. „Hier bleiben soll ich?" fauchte sie. „Damit der Verrückte wieder sein Pack auf mein Kleines hetzt?"

„Der Verrückte?" rief Imiak. „Meinst du Schogar Kan?"

„Kann schon sein, daß er so heißt. Ich nenne ihn den Verrückten, und dieser Name ist gerade gut genug für ihn."

„Wenn du wirklich Schogar Kan meinst, dann irrst du dich. Er ist weit weg von hier."

Das Pumaweibchen richtete sich hoch auf, der Rücken wölbte sich, der Schwanz peitschte hin und her. „Weit weg? Ist er das? Drei aus seinem Pack waren schon da! Ihr seid ihnen nachgelaufen! Bloß ein wenig langsam."

„Die drei? Das waren Streuner ohne Jagdgebiet, Scheta!"

„Glaubst du?" Die Augen des Pumaweibchens bekamen einen grünlichen Glanz. „Ich weiß es besser. Sie sind von Sonnenaufgang gekommen, aus dem Land des Verrückten, und dorthin sind sie auch wieder zurückgegangen."

Der Pelz der Wölfe sträubte sich, ihre Schwanzenden zuckten. Imiak und Sternschwester heulten erregt auf, während das Pumaweibchen sich wieder auf dem Ast ausstreckte, die Pranken nach unten baumeln ließ und herablassend miaute. Schak, der in sicherer Entfernung oben im Wipfel saß, zeterte aufgebracht.

Wuk und Wok fletschten knurrend die Zähne. Die Welpen winselten. Nur Schiriki blieb ruhig. „Scheta", fragte er, „sind sie wirklich nach Sonnenaufgang gelaufen? Ihre Spur führte nach Sonnenuntergang."

„Ja, um euch zu täuschen! Sie waren oben auf dem nächsten Hügel und warteten nur, bis ihr umgekehrt seid."

„Wieso weißt du das?"

„Weil ich hinter ein paar Steinen lag, nicht weit von dem Platz entfernt, wo sie sich versteckt hielten. Und der Wind war günstig. Außerdem", erklärte Scheta und schnurrte selbstzufrieden, „ist unsereins immer noch etwas schlauer als dieses Pack. Da saßen sie und redeten und meinten allein zu sein, und ich lag still wie ihr Schatten und hörte alles. Obwohl man es kaum eine Sprache nennen kann, dieses Gekläff und Gejaule. Entschuldigt, wenn ich das sage! Mein Volk ist da besser dran. Klingt das nicht angenehm in den Ohren?" Sie reckte den Kopf hoch und stieß ein so lautes, durchdringendes Miauen aus, daß die Enten und Gänse aus dem Ried aufstoben und flüchteten.

„Was für ein jammervolles Gewinsel!" schrie der Häher. „Das nennst du sprechen?"

Scheta würdigte ihn keines Blickes, sie streckte und dehnte sich, legte den breiten Kopf auf den Ast und fauchte, aber nicht unfreundlich, die Augen auf Imiak gerichtet. „Deinetwegen bin ich gekommen. Um dir zu sagen, was ich hörte."

„Und was hast du gehört, Scheta?"

„Daß der Verrückte euch töten will! Deshalb hat er Späher ausgesandt. Nun – und sie haben euch gefunden."

Die Wölfe drängten sich aneinander, als suche einer beim anderen Schutz. Auf dem See waren die Rufe der Enten und Gänse verstummt. Ein leichter Windhauch vom Wasser her wisperte im Laub, Blätter lösten sich von den Zweigen und schwebten herab. In den Büschen am Waldrand begann ein Vogel zu singen, eine immer wiederkehrende Melodie, die in einem langgezogenen sehnsüchtigen Flöten endete. Imiak erschauerte. „Er hat uns ausgestoßen", sagte er wie zu sich selber. „Genügt ihm das nicht? Warum will er uns jetzt töten?"

Schiriki berührte ihn sanft mit der Schnauze. „Du hast die alte Geschichte erzählt und sein Rudel an Waka erinnert. Vergiß das nicht, Bruder."

Scheta miaute. „Ganz recht! Es hat mit der Geschichte zu tun, die er erzählt hat. Aber warum ihr deswegen sterben sollt, verstehe ich nicht." Sie legte den Schwanz anmutig an den Körper. „Auch wir haben Geschichten, jeder von uns hört sie gern. Ist das bei euch nicht so?"

„Wir hatten viele Geschichten", antwortete Sternschwester. „Dann kam Schogar Kan, und keiner durfte sie mehr erzählen. Er hat es verboten."

„Hat er das? Ich fange an zu begreifen. Deshalb hat die Langbeinige das ganze Pack toll gemacht."

„Was für eine Langbeinige? Wen meinst du?"

„Von der die drei geredet haben!" Scheta zischte wütend. „Sie war es, die mein Junges töten wollte!"

„Mahana?" rief Imiak.

Die ganze Zeit über war Tokala abseits im Gras gelegen; jetzt richtete sie sich mühsam auf und schleppte sich näher heran. Ihre eingefallenen Flanken hoben und senkten sich. Der Blick des Pumaweibchens wurde plötzlich starr, die Schnurrhaare bebten, das Maul öffnete sich zu einem lautlosen Fauchen. Einen Herzschlag lang schien es, als habe Scheta alles andere vergessen und nehme nur noch wahr, daß am Fuß des Baumes eine verwundete Wölfin war, eine Wölfin mit einem lahmen Hinterbein, eine leicht jagdbare Beute, die nicht entkommen konnte.

„Auch sie mußte vor Schogar Kan fliehen, Schwester Vierbein", sagte Schiriki. „Wie du und dein Junges und wir alle."

Das Pumaweibchen zuckte zusammen, kam wieder zu sich, leckte sich das Maul und kratzte sich dann betont gleichgültig am Kinn. „Habt ihr Mahana gesagt? So ähnlich hat es sich angehört. Ihretwegen hat der Verrückte die Späher ausgesandt. Damit wieder Ruhe im Pack ist. Als die drei fortliefen, nach Sonnenaufgang, lief auch ich fort. Ich lief mit meinem Jungen nach Sonnenuntergang, dorthin, wo das Felsenland ist. Aber dann dachte ich an den, der mein Kleines beschützt hat." Sie schaute auf Imiak hinunter, in die runden, gelben Augen trat ein ungewohnt sanfter Ausdruck. „Niemand soll sagen dürfen, daß ich, Scheta, nicht dankbar sein kann. So kam ich zurück, um euch zu warnen."

Das Junge, das alle Scheu verloren hatte, miaute in hellen Tönen und tappte, die Ohren aufgestellt, mit den dicken Tatzen spielerisch zu den Wölfen hinab. „Auch wir vom Volk der Schnellen Läufer können dankbar sein", sagte Sternschwester. „Von nun an wird es ein Rudel geben, Jägerin mit den leisen Pfoten, das keinem eurer Kleinen ein Leid zufügt."

Als Antwort fauchte und zischte Scheta furchterregend, womit sie auf ihre Weise den Wölfen zu verstehen gab, daß sie keine Angst vor ihnen hatte und selber auf ihr Junges aufpassen konnte. Mit einem bedauernden Blick auf Tokala – als fiele es ihr schwer, auf diese leichte Beute zu verzichten – fauchte sie noch einmal, aber schon wieder versöhnlich. „Ich und mein Junges, wir gehen jetzt ins Felsenland. Euch aber rate ich zu verschwinden, solange noch Zeit dafür ist."

Leise miauend forderte sie ihr Junges auf, mit ihr zu kommen, glitt vom Baum herunter und landete federnd auf den weichen Tatzenballen. Der kleine Puma kletterte etwas unbeholfen nach und wollte, den Schwanz erhoben, Itsi und To zum Spiel auffordern, als ihn ein neuerliches Miauen – laut und unmißverständlich befehlend – an die Seite der Mutter rief.

Mit einem geschmeidigen, kraftvollen Satz verschwand das Pumaweibchen im Unterholz. Ihr Junges tapste eilig hinterher. Schak flog aus dem Wipfel herab. „So einer Leisetreterin ist nicht zu trauen", kreischte er. „Glaubt ihr nicht!"

Die Wölfe sahen ihn schweigend an.

Der Häher ließ sich auf einem Ast nieder und piepte kläglich.

## Tokalas Opfer

Das Pumaweibchen und ihr Junges waren schon eine ganze Weile fort, aber noch immer standen die Wölfe stumm nebeneinander. Kokko, der ein Stück in den Wald hineingeflüchtet war, kam zurückgeflogen, landete im Ufergras und schlich die Welpen an. Nur noch eine Schwanzlänge entfernt, duckte er sich, lugte erwartungsvoll mit schiefgeneigtem Kopf und gab glucksende Töne von sich. Als weder Itsi noch To zu merken schienen, daß ihr Spielgefährte da war, flatterte Kokko ins Unterholz, hüpfte von Zweig zu Zweig, plauderte leise krächzend, knickte Ästchen ab, hielt sie auffordernd im Schnabel hoch oder hackte laut schnarrend auf dürres Holz.

To wimmerte und vergrub die Schnauze in Itsis Fell.

Selbst für einen Herbsttag war der Himmel ungewöhnlich klar und von tiefer Bläue. Der Schnee auf dem leicht gebogenen Gipfel des Berges glitzerte. Weiße Wolkenballen zogen so langsam dahin, daß es für das Auge kaum merkbar war. Die weite Seefläche fing das Blau des Himmels ein, dunkelgrün nur dort, wo Nadelwald bis ans Ufer reichte und sich im Wasser spiegelte. Ein Tauchervogel stieg flügelschlagend in einem sprühenden Tropfenschauer aus dem See hoch. Flache, langgezogene Wellenkreise liefen an den Strand. Im Schilf sirrten Mücken.

„Müssen wir fort", sagte Itsi, aber nicht fragend; sie wußte, daß es keine andere Wahl gab.

„Ja, Itsi", antwortete Sternschwester.

Die Wölfe schauten über den See und die Wälder. Das alles mußten sie verlassen, mußten fortgehen von hier, wo sie geglaubt hatten, einen Ort gefunden zu haben, an dem sie in Frieden leben konnten. Wieder würden sie Flüchtlinge sein, Streuner ohne Jagdgebiet. Schon allein die Vorstellung, bei jedem Laut zu erschrecken und in ständiger Furcht zu leben, machte sie mutlos und verzagt.

Der Schatten einer Wolke wanderte über die Berghalden zu Tal, verdüsterte den See und nahm dem Laub der Uferbäume die Leuchtkraft. Die Wölfe sahen einander an. Wohin sollten sie fliehen? Nach Norden konnten sie nicht gehen, dort erstreckte sich bis nach Norr Norr, dem Schnee- und Eisland, das Reich Schogar Kans. Auch im Osten würden sie überall auf seine Rudel stoßen. Wie weit er nach Süden, der Mittagssonne zu, vorgedrungen war und wie dort die Grenze verlief, wußten sie nicht. Wenn sie wie das Pumaweibchen nach Sonnenuntergang wanderten, versperrte ihnen die Bergkette den Weg. Ohne Tokala hätten sie vielleicht einen Weg gefunden, der darüberführte, aber wie sollte sie, die Lahme, die schon auf ebenem Gelände so rasch ermüdete, steile, felsige Hänge erklettern! Keiner der Wölfe sprach aus, was er dachte, aber sie spürten die Gedanken der anderen und verständigten sich auch ohne Worte. Fliegen umsummten Tokalas kaum verheilte Wunden, sie tappte mit einem klagenden Laut danach und ließ sich stumm zu Boden sinken.

Zorn stieg in Imiak hoch. Der Anblick der hilflosen Wölfin rief ihm alles wieder in Erinnerung, was Schogar Kan dem Rudel angetan hatte. Er schüttelte sich und atmete tief ein. Sie durften nicht aufgeben! Auch wenn sie von hier fortmußten, irgendwo würde es einen Ort geben, wo sie eine neue Zuflucht fanden. Bis sie wieder zurückkehrten!

„Wuk und Wok", sagte er „im Süden muß die Grenze von Schogar Kans Land am nächsten sein. Und es ist uns schon einmal gelungen, nicht entdeckt zu werden. Wenn wir immer auf die Mittagssonne zugehen, kommen wir früher oder später in ein Land, das ihm noch nicht gehört. Dort suchen wir uns ein neues Jagdgebiet. Was haltet ihr davon?"

„Daran habe ich auch gedacht", antwortete Wok bedächtig. „Einen anderen Weg wüßte ich nicht." Er vermied es, Tokala anzusehen.

Wuk wuffte zustimmend.

Sternschwester beugte sich zu der Wölfin hinab. „Vielleicht brauchen wir nicht lange zu suchen, Tokala. Vielleicht finden wir bald ein Rudel, das dich und uns aufnimmt."

„Mich, die Lahme? Die nie mehr jagen wird?" Tokalas hagere Lefzen zuckten. Ihre tiefliegenden Augen waren wie erloschen. Sternschwester streckte sich neben ihr aus und begann sie zärtlich zu lecken, leckte die spitze Schnauze, die verkrusteten Wunden und den strähnigen Pelz. „Wozu sollst du jagen? Wir sorgen für dich. Bis du gesund und kräftig bist. Auch auf drei Beinen kann man laufen. Du wirst es lernen!"

Tokalas Zunge glitt über Sternschwesters Gesicht. „Ihr seid gut zu mir gewesen. Waka wird euch beistehen.

Geht nur in das Land, wo die Sonne mittags steht – ich kann euch nicht begleiten, so gern ich es täte. Ich gehe in ein anderes Land. Dort werde ich wieder laufen, Sternschwester, auf allen vier Beinen."

„Wir sollen dich zurücklassen?" rief Imiak. „Damit du hier sterben mußt, allein und ohne Freunde? Nein, Tokala! Schogar Kan hat dir und uns alles genommen, was wir hatten. Wir gehören zusammen. Wir fliehen nicht ohne dich."

„Ihr wollt mich – mitnehmen? Wißt ihr, was ihr tut?"

„Wir wissen es", antwortete Imiak einfach. Sternschwester rieb den Kopf an der Wölfin. „Hab keine Angst, du schaffst es schon. Wenn du müde bist, suchen wir uns ein Versteck. Dann kannst du dich ausruhen."

„Ja, ausruhen…", sagte Tokala so leise, daß es kaum verständlich war. Ein seltsamer Ausdruck trat in ihre Augen, sie schaute über den See, als suche sie etwas, das sie dort finden könnte. Die weite, spiegelnde Wasserfläche blinkte im Sonnenlicht. Enten und Gänse hatten sich ins Röhricht zurückgezogen, der See lag still und friedlich da. Wieder wanderte der Schatten einer Wolke darüber, löste sich aber unmerklich auf. Der Vogel im Busch sang noch immer sein sehnsüchtig flötendes Lied.

Noch nie waren der See und die Wälder ringsum den Wölfen so schön erschienen, so einladend zum Verweilen wie jetzt, da sie alles aufgeben mußten, das Jagdgebiet, das ihnen vertraut geworden war, wo sie reichlich Nahrung fanden, wo jeder der sich kreuzenden Pfade ihr Besitzzeichen trug und sie jede Waldwiese kannten, auf der die Hornträger ästen.

Imiak jaulte klagend auf.

Schiriki trat zu ihm und stieß ihn sanft mit der Schnauze an. „Hast du geglaubt, daß wir hier sicher sind? Ich habe gewußt, daß er kommen wird. Auch wenn er nicht nach uns gesucht hätte. Habt ihr vergessen, daß ihm sein Land noch immer zu klein ist? So groß es auch ist?"

Schak kam von seinem Ast herabgeflogen, landete zwischen den Wölfen und äugte Schiriki an. „Du hast recht, Brüderchen Vierbein! Der Schwarze wird nie genug bekommen. Ich wüßte schon einen Ort, wo ihr sicher vor ihm seid. Leider habt ihr keine Flügel wie unsereins. Sonst wär's ganz einfach."

„Meinst du – Nitakama?" fragte Schiriki.

„Ja, das Land des Sommers!" Schak ließ die Flügel hängen und tschirpte wehmütig. Er dachte an die Nacht oben auf dem Berg, an die grauen Felsen im Sternenlicht, er sah Ahkuna vor sich, wie sie den steinigen Hang hinunterging. „Ahkuna hat mir aufgetragen, mit euch zu gehen. Und wenn's sein muß, bis nach Nitakama."

„Aber das liegt am Ende der bekannten Welt!" rief Wok.

„Eben deshalb!" Schak plusterte sich auf und schwenkte den blauen Schopf. „Je weiter weg, desto besser! Einmal wird einer kommen, der stärker ist als der Schwarze. Der alte Dickpelz hat es vorausgesagt. In Nitakama könnt ihr darauf warten."

Die Wölfe sahen einander an. Der Weg nach Nitakama war endlos, war ein Weg ins Unbekannte. Kein Schneller Läufer aus dem Land der Hügel und Wälder war je dort gewesen; was sie davon wußten, hatten sie von den Wandervögeln erfahren. Und was die Wandervögel berichteten, überstieg die Vorstellungskraft der Wölfe. Immerfort sollte dort die Sonne warm scheinen und Blumen selbst im Winter blühen, wenn Schnee und Eis die übrige Welt bedeckten. Was für Geschöpfe lebten in diesem Land? Würde man sie aufnehmen, sie, die Fremden, die Streuner auf der Flucht? Und welche Gefahren erwarteten sie auf dem Weg ins Ungewisse? Sie durften nicht nur an sich selber denken. Da war ja auch noch Tokala!

Der Häher zirpte fragend.

„Nein, Schak", sagte Imiak. „Wir gehen nicht nach Nitakama. Der Weg ist zu weit."

Sternschwester schmiegte sich an die lahme Wölfin.

Es war ganz still. Vom See her kam kein Laut, selbst der leichte Wind hatte ausgesetzt und wisperte nicht mehr im Laub. „Nitakama", sagte Tokala, „das Land des Sommers." Ihre Augen, die allen Glanz verloren hatten, wurden weich und zärtlich, sie schaute das Rudel an wie eine Mutterwölfin ihre Welpen. „Wenn die Blätter von den Bäumen fallen, fliegen die Wandervögel nach Süden, und wenn der Schnee geschmolzen ist, kehren sie wieder zurück. Die Geflügelten fürchten den langen Weg nicht, warum habt ihr Angst davor? Man sagt, es sei ein Land der Wunder, wohin sie ziehen. Macht es ihnen nach!"

Sie schob Sternschwester sacht zur Seite. In ihrem mageren Körper spannten sich die Muskeln an, sie richtete sich auf, nicht mehr mühsam und schweratmend wie sonst. Ihr Atem ging leicht, ihre Glieder strafften sich, es war, als fände sie zu ihrer früheren Kraft und Gewandtheit zurück.

Schak hüpfte zu ihr. „Willst du wirklich, daß wir nach Nitakama gehen, Tokala?"

„Ja, das will ich."

„Und du gehst mit?"

Ihr Blick glitt über den See, über das sonnenglitzernde Wasser. „Ja, Schak, ich gehe mit."

Von den Wipfeln der Bäume herab senkte sich eine Schar Schmetterlinge auf die Uferwiese, schwerelos flatternd, einer bunten Wolke gleich, die im Wind dahintreibt. Die Schmetterlinge flogen am See entlang, unbeirrt, als wüßten sie das Ziel, zu dem sie unterwegs waren. Jahr für Jahr kamen sie aus dem Norden und zogen durch das Hügelland, es hieß, daß sie, wie die Wandervögel, den Winter in Nitakama verbrachten. Jeder der Schmetterlinge war so groß wie ein Pfotenballen, die Flügel leuchteten rot, schwarz und weiß. Die Wölfe schauten ihnen nach, bis der Schwarm im Ufergesträuch der nächsten Bucht verschwunden war. Wenn selbst schwache Flügelwesen den Weg nach Nitakama fanden, warum sollte es dann ihnen nicht gelingen?

Tokala streckte sich am Boden aus und seufzte zufrieden. Schak setzte sich zwischen ihre Pfoten, zärtlich schnäbelnd, wie er es bei Ahkuna immer getan hatte.


Die Wölfe beschlossen, bis zum nächsten Morgen am See zu bleiben, sie brachten es nicht über sich, den Ort, an dem sie so glücklich gewesen waren, sofort zu verlassen. Bis Schogar Kans Trupp hier eintreffen konnte, mochten noch viele Tage vergehen; ihre eigene Spur, die nach Süden führte, würde dann längst von Regen und Wind gelöscht sein, auch wenn sie mit der lahmen Wölfin nur langsam vorwärtskamen.

Während Tokala sich am Lagerplatz ausruhte, wanderten die anderen am Ufer und im Wald umher. Jeder vertraute Pfad lockte sie weiter, auf jedem der liebgewordenen Plätze hielten sie inne. Kokko wich den Welpen nicht von der Seite, hüpfte hinter ihnen her oder umflatterte sie wehmütig krächzend.

Schiriki und Sternschwester gingen noch einmal zum Wasserfall hinauf. Nebeneinanderliegend, wie sie es so oft getan hatten, lauschten sie den Stimmen des Wassers, dem Gesang der Vögel und den leisen Lauten der kleinen Geschöpfe. Verspätete Gänsescharen flogen laut rufend mit eiligen Flügelschlägen den See entlang. Über den Zinnen des Mondbergs zog ein Adler seine Kreise, stieg höher und höher, bis er, kaum noch sichtbar, zu einem dunklen Punkt im Blau des Himmels geworden war.

Schiriki blickte wie träumend über die dahinrollenden Hügelketten zum Horizont, wo die Grenze zwischen Himmel und Erde ineinanderfloß, verschwimmend im Dunst, und wo, unvorstellbar fern, das geheimnisvolle

Land des Sommers war. Sternschwester legte den Kopf auf seine Schulter. Vielleicht findet er dort, was er sucht, dachte sie. Vielleicht spricht Waka dort zu ihm.

Als die Sonne sich nach Westen neigte und die Schatten länger wurden, wanderten sie zum See hinunter. Schak hatte die ganze Zeit im Lager bei Tokala verbracht. Am Spätnachmittag lief das Rudel zu der Waldwiese, wo sie am Abend zuvor eine Beute geschlagen hatten. Raben und andere Gäste hatten sich ihren Anteil geholt, aber es war noch immer genug da, daß jeder der Wölfe satt wurde. Sie fraßen schweigend, nicht wie sonst knurrend und jaulend und sich vergnügt balgend, und trabten ebenso schweigend zurück an den See. Als sie das Lager erreichten, dämmerte schon der Abend. See, Ufer und Berg waren grau und ohne Farben, nur der Himmel war noch hell.

Tokala fraß die Fleischbrocken, die sie ihr mitgebracht hatten, dann gingen alle ans Seeufer. Ein paar Nachzügler der großen Vogelwanderung tratschten verschlafen im Schilf. Das Licht am Himmel erlosch, ein einsamer Stern blinzelte. Die Wölfe hoben die Schnauzen und sangen ihr Abschiedslied; das auf- und abschwellende Heulen kam als Echo vom Berg zurück und verhallte über dem See.

Nach der letzten Schlußkadenz standen sie noch eine Weile am Ufer. Fledermäuse huschten durch die Dämmerung, ihre hohen, schrillen Jagdrufe erfüllten die Luft. In einer der Buchten am jenseitigen Ufer ästen Elche. Es wurde dunkler, immer mehr Sterne glitzerten. Die Wölfe trotteten stumm ins Lager und streckten sich auf ihren Schlafplätzen aus.

Tokala hatte sich neben einem der Steine am Rand des Lagers niedergelassen. Sie lag still da, die Augen offen, und lauschte auf die immer ruhiger werdenden Atemzüge des Rudels. Um Mitternacht, der Himmel war nun tiefschwarz und übersät mit Sternen, richtete sie sich lautlos auf. Das Rudel schlief weiter, auch Schak oben im Geäst eines Baumes regte sich nicht. Tokala stahl sich aus dem Lager, halb kriechend zog sie ihr lahmes Bein so behutsam nach, daß kein Blatt oder Grashalm raschelte.

Mit ihren schleppenden, mühsamen Schritten ging sie zum See und hinkte das Ufer entlang, bis sie so weit vom Lager entfernt war, daß sie es in der Dunkelheit nicht mehr ausnehmen konnte.

Der Nachtwind seufzte im Ried und strich über die weite, dunkle Wasserfläche, die sich unmerklich hob und senkte; es war, als atme der See. Leise murmelnd verliefen sich winzige Wellen auf dem flachen, sandigen Kieselstrand und netzten Tokalas Pfoten.

Sie schaute in den hohen Himmel hinauf. Die Milchstraße, der Weg der Wölfe in das Land Kaam, erhob sich über ihr, ein leuchtender Pfad aus schimmerndem Licht. Wie manchmal in klaren Herbstnächten glühten rasch hintereinander Sternschnuppen auf, zogen ihre Spur über den Himmel und versanken wieder im Dunkel.

Ein leichter Flügelschlag schreckte Tokala auf; sie wandte sich um und sah, daß Schak ihr gefolgt war. Er setzte sich auf einen der Ufersteine.

„Du hättest nicht kommen sollen", sagte sie.

Er gab keine Antwort.

„Du verstehst – ich muß es tun. Ohne mich werden sie einen Ort finden, wo sie in Frieden leben können. Mit mir kämen sie nicht einmal bis an die Grenze von Schogar Kans Land. Ich nehme ihnen eine Entscheidung ab, die zu schwer für sie ist. Sei nicht traurig, Schak, mein Freund, und sag ihnen, daß auch sie nicht traurig sein dürfen. Es ist ein gutes Land, in das ich gehe. Dort laufe ich wieder auf allen vier Beinen."

Sie setzte die Pfoten ins Wasser. Der Häher öffnete die Flügel, als wollte er zu ihr fliegen.

„Nein, Schak", sagte sie sanft, „du kannst mich nicht begleiten."

Sie schritt langsam, das lahme Bein nachziehend, in den See hinein. Dort, wo der Wind das Wasser kräuselte, blinkte es im Widerschein der Sterne.

Schak steckte den Kopf unter die Flügel.

Tokala dachte an Tika Kan, aber nicht an jenen Augenblick, als er sie verlassen hatte. Sie meinte, wieder die kraftvolle Wölfin zu sein, die er umwarb, ihr war, als läge sie in der warmen Höhle, in der die Welpen sich an sie drängten und nach ihrer Milch suchten. Sie lief mit den Welpen über blühende Wiesen. Sie hatte keine Schmerzen mehr, ihr Bein war wieder heil, sie konnte gehen wie früher, leichtfüßig, ohne Mühsal. So schritt sie auf dem sich langsam senkenden Seegrund weiter und weiter. Als das Wasser ihr bis zu den Schultern reichte, begann sie zu schwimmen, auf den dunklen See hinaus, dem blinkenden Licht entgegen. Ihr Fell wurde schwer. Sie legte den Kopf zurück und blickte in den endlosen Himmelsraum empor. Das Wasser umspülte sie freundlich, sie spürte nichts als Frieden und eine große Ruhe.

Als Schak aufschaute, lag der See einsam und still vor ihm. Oben am Himmel glomm eine Sternschnuppe auf und erlosch.

In der Stunde zwischen Nacht und Morgengrauen legte sich der leichte Wind. Dunst zog wie Rauch über den nun glatten, unbewegten Seespiegel. Die Wölfe im Lager erwachten. Sie erhoben sich still, berührten einander mit den Schnauzen und wollten schon aufbrechen zu der langen Wanderung, als sie Tokala und Schak vermißten. Sie riefen, erhielten keine Antwort, liefen suchend umher und nahmen bald die Witterung der lahmen Wölfin im taunassen Gras auf. Die Nasen am Boden, rannten sie der Spur nach, am Ufer entlang. Von einem unbestimmten Gefühl der Angst erfaßt, liefen sie immer schneller.

Als sie zu dem flachen Kieselstrand kamen, sahen sie Schak auf dem Stein sitzen. Am Ufer und im sandigen, seichten Seegrund, kaum vom Wasser verwischt, waren deutlich die Pfotenabdrücke und die Schleifspur des lahmen Beines zu sehen. Die Spur führte in den See hinaus und führte nicht wieder zurück.

„Tokala!" heulte Sternschwester auf.

Schak zirpte rauh. „Du brauchst nicht nach ihr zu rufen. Dort, wo sie ist, kann sie dich nicht hören."

Nichts regte sich auf dem See. In den ziehenden Nebeln schienen Luft und Wasser ineinanderzufließen, das jenseitige Ufer war nur zu erahnen.

„Warum hat sie es getan?" flüsterte Sternschwester.

Schak hüpfte von seinem Stein herunter und trippelte zu ihr. „Weißt du es nicht? Mußt du fragen?"

Die Wölfe schauten stumm auf den See.

„Ihr habt es nicht wahrhaben wollen", zirpte Schak. „Aber sie wußte es besser. Seid nicht traurig. Jetzt läuft sie wieder auf allen vier Beinen."

Die Welpen winselten. „Ist sie nach Kaam gegangen?" fragte Itsi.

Sternschwester leckte ihr das Gesicht. „Ja, Itsi. Ihr dürft sie nie vergessen. Später, wenn ihr einmal selber Welpen habt, dann erzählt ihnen von Tokala, der Lahmen, die den leuchtenden Pfad ging, damit wir in Nitakama eine neue Zuflucht suchen können."

Über dem östlichen Ufer glomm hinter dem Nebeldunst ein sanfter Schein auf, das erste Anzeichen des dämmernden Morgens. „Für uns", sagte Imiak, „wird das nun immer ihr See sein. Tokalas See, an dem wir glücklich waren. Und jetzt, Schak, flieg uns voraus. Der Weg nach Nitakama ist weit, und sie wollte, daß wir ihn gehen."

Nach einem letzten Blick auf den See hinaus folgten die Wölfe dem Häher, der mit kräftigen Flügelschlägen das Ufer entlangstreifte. In den Büschen und Bäumen erwachten die gefiederten Sänger. Im Röhricht plätscherte es, Enten quakten verschlafen. Ein Otterpärchen, das am Ufer spielte, flüchtete vor dem Wolfsrudel und tauchte kopfüber in den See.

In einer der Buchten, wo die Bäume bis ans Wasser standen, kam Kokko aus den Wipfeln herabgeflogen, strich über die Wölfe hinweg, flog ein Stück voraus, flog wieder zurück und schloß sich ihnen an, von Zeit zu Zeit heiser krächzend.

Als sie das Ende des Sees erreicht hatten, blieben die Wölfe stehen und schauten noch einmal zurück. Der Nebel begann sich zu lichten, ein heller Streifen säumte die Wipfel am östlichen Ufer. Der Mondberg erhob sich über dem See, eine zartblaue Silhouette am blassen Himmel.

Kokko hüpfte in einem Busch von Zweig zu Zweig, zupfte Blätter ab und lugte zu den Welpen hin. „Müßt ihr wirklich fort?" schnarrte er.

„Ja, Kokko", antwortete Itsi.

„He, schwarzer Federwisch!" kreischte Schak. „Einmal in deinem Leben kannst du dich nützlich erweisen. Sag deinem Volk, es soll eine Botschaft weitergeben. Eine Botschaft für KumKum, den Raben, und Hota, den alten Dickpelz."

Kokko reckte den Kopf hoch, gab glucksende Töne von sich und sträubte das Gefieder. „Was für eine Botschaft?"

„Daß wir ins Land des Sommers ziehen, wie Ahkuna es uns aufgetragen hat. Was denn sonst?"

Der Rabe flatterte zu den Wölfen und äugte sie betrübt an. Er pikste Itsi am Schwanz. „Kommt ihr wieder zurück?"

„Wir kommen zurück", versprach Imiak. „Wenn Schogar Kans Zeit vorbei ist."

Kokko verdrehte den Kopf und spreitete die Flügel. Seine kleinen Augen funkelten. „Ist das bald?"

„Frag nicht soviel!" tschirpte Schak. „Wer weiß das schon! Wir wissen es nicht!"

Kokko brach in ein wehmütiges Geschrei aus, umflatterte die Welpen, erhob sich in die Luft, flog in die Bäume hinauf und ließ sich krächzend auf dem höchsten Wipfel nieder.

„Vergiß die Botschaft nicht!" schrie Schak.

Die Wölfe heulten kurz zum Abschied, dann trabten sie, einer hinter dem anderen, in den Wald hinein. Noch lange hörten sie das traurige Krächzen des Raben, bis es immer schwächer wurde und verklang. Die ersten Vogellieder setzten ein. Die Wölfe liefen weiter und weiter, fort vom See, einer ungewissen Zukunft entgegen.

## Wieder auf der Flucht

Der Weg nach Süden führte über hohe, nur spärlich bewachsene steinige Hügel, die aber bald niedriger wurden und dicht bewaldet waren. Die Wölfe trabten unermüdlich dahin und hielten immer nur kurze Rast. Nirgendwo nahmen sie die Witterung eines anderen Rudels auf, auch in diesem Gebiet schienen alle Schnellen Läufer geflüchtet zu sein. Jagdbeute gab es genug; im Abenddämmern und im Morgengrauen ästen Hornträger auf den Talwiesen und Waldlichtungen.

Imiak und seine Gefährten begannen schon zu hoffen, daß Schogar Kan, als er im Sommer ein Rudel nach dem anderen unterworfen hatte, nur nach Süden und nicht nach Sonnenuntergang vorgedrungen war. Wenn das stimmte, konnten sie am Rand seines Landes dahinziehen, bis sie die südliche Grenze hinter sich hatten und keine Angst mehr zu haben brauchten, auf eines seiner

Rudel zu stoßen. Sie wurden immer zuversichtlicher. Eines Abends aber – sie wanderten durch ein langgestrecktes Tal – fühlten sie sich seltsam bedrückt. Es war zu still, zu ruhig. Sie witterten vergeblich nach Hornträgern, schauten vergeblich nach einem der geflügelten Nachtjäger aus. Kein flüchtiger Schatten glitt über die verdämmernden Wiesen, keine Eule rief, kein Käuzchen lachte.

Die Wölfe drängen sich aneinander.

„Spürt ihr es auch?" wisperte Sternschwester.

Schak zirpte zornig

Als sie weiterliefen, hörten sie aus der Ferne das Heulen von Wächterwölfen.

Und wieder, wie damals, als sie das erstemal vor Schogar Kan geflohen waren, mußten sie sich heimlich durchs Dickicht stehlen. Sie wagten sich nicht mehr auf die freien Plätze hinaus und mieden Lichtungen und Talwiesen. Sie erschraken vor jedem Laut, horchten und witterten und liefen erst dann weiter, wenn sie sich überzeugt hatten, daß keine Gefahr drohte. Schak erwies sich erneut als große Hilfe. Über den Baumkronen dahinstreichend, äugte er aufmerksam umher und kreischte warnend, wenn er einen fremden Wolfstrupp entdeckte. So konnten sie sich jedesmal rechtzeitig gegen den Wind in einem Versteck verkriechen. Galt es, schnell eine Entscheidung zu treffen und rasch zu handeln, übernahmen Wuk und Wok die Führung. Imiak machte es ihnen nicht streitig, er wußte, daß sie mehr Erfahrung hatten als er.

Einmal, als sie schon viele Stunden unterwegs gewesen waren und am Ufer eines Flusses rasten wollten, meldete Schak einen Jägertrupp ganz in der Nähe. Um keine verräterischen Spuren zu hinterlassen, wateten Wuk und Wok den anderen voran ins Wasser. Der Fluß war nicht tief, in der leichten Strömung genügten ein paar Schwimmbewegungen. Die Wölfe entspannten sich, ließen sich dahintragen und empfanden das kühle Bad als wohltuend, bis sie unversehens in eine Stromschnelle gerieten. Übermüdet, wie sie waren, hatten sie die Gefahr nicht rechtzeitig wahrgenommen. Schaks Warngeschrei kam zu spät. Sie wurden umhergewirbelt, vom Sog gegen Felsblöcke geschleudert und fanden nirgends Halt. Das schäumende, gischtende Wasser riß sie weiter und weiter. Schak flog über ihnen her und kreischte aufmunternd.

Endlich toste der Fluß nicht mehr so wild. Die Stromschnelle lag hinter ihnen. Einer nach dem anderen wateten sie ans Ufer und wollten sich schon erschöpft hinfallen lassen, als Itsi entsetzt aufheulte. Der Häher brach in ein schrilles Gezeter aus. Flußabwärts trieb etwas Dunkles im Fluß. Es war To, er mußte halb betäubt sein und wehrte sich kaum noch gegen die Strömung. Die Wölfe rasten ihm nach und holten ihn vor der nächsten Biegung ein, wo der Fluß breiter wurde und die Strömung nicht mehr so stark war. Sie sprangen ins Wasser und halfen dem Welpen, das seichte Ufer zu erreichen. To kroch an Land, erbrach das Wasser, das er geschluckt hatte, und blieb wimmernd liegen. Sein Läufe waren aufgeschürft, und auf der Stirn hatte er eine Platzwunde, aber sonst hatte er das Abenteuer heil überstanden.

An eine Weiterflucht war nicht zu denken, To konnte sich nur mühsam auf den Beinen halten. Das Rudel zog sich in den Wald zurück und suchte im Unterholz ein Versteck. Schak hielt oben in den Wipfeln Wache. Itsi lag neben To, leckte seine Wunden, stupste ihn immer wieder oder knabberte zärtlich an seinen Ohren. Auch die anderen leckten und liebkosten ihn, er vergaß den ausgestandenen Schrecken und genoß es, von allen betreut zu werden.

Zwischendurch horchten und witterten sie, aber nichts deutete darauf hin, daß der Jägertrupp sie entdeckt hatte und sie verfolgte. So blieben sie in ihrem Versteck und zogen erst in der Abenddämmerung weiter, hielten aber mitten in der Nacht an, als sie merkten, daß To immer öfter zurückblieb.

Wieder verkrochen sie sich im Dickicht. Das dichte Dach der Bäume schirmte das Licht der Sterne ab, in der tiefen Dunkelheit waren kleine Geschöpfe auf Futtersuche unterwegs, aber was da huschte, leise tappte oder kroch, störte die Ruhe der Wölfe nicht. Sie lagen still nebeneinander. Wie so oft auf dieser Flucht wanderten ihre Gedanken zu Tokala; jede überstandene Gefahr machte ihnen erneut bewußt, warum die lahme Wölfin den leuchtenden Pfad gewählt hatte. Sternschwester schloß die Augen und meinte, Tokala vor sich zu sehen, wie sie unter dem nächtlichen Himmel am Ufer des Sees stand.

„Sie ist nach Kaam gegangen, in das gute Land", sagte Schiriki.

Schak flog aus dem Gezweig herunter, setzte sich zwischen Sternschwesters Pfoten und zirpte tröstend.

Am nächsten Morgen hatte eine dicke Wolkendecke den Himmel überzogen. Die Wölfe liefen im strömenden Regen weiter, der ihnen zwar Schutz gewährte, weil er ihre Witterung auslöschte, aber auch die Gefahr erhöhte, ohne Vorwarnung auf einen Trupp aus einem der Lager Schogar Kans zu stoßen. Als der Regen endlich aufhörte, tropfte und rieselte es noch lange aus dem Gezweig. Nicht ein Windhauch bewegte das Laub. Wuk und Wok blieben immer öfter stehen und prüften die Luft, ihre Unruhe übertrug sich auf die Jungwölfe und auf die Welpen. Schak flatterte besorgt umher. Von einem der Hügelrücken aus, der eine weite Sicht bot, sahen sie im Norden eine Wolkenwand, die unheimlich schnell näher zu kommen schien und stumpfschwarz war, mit mattgelben Rändern. Die Wölfe rannten den Hang hinab und fanden, gerade noch rechtzeitig, eine schützende Nische unter überhängenden, bemoosten Felsen. Auch Schak suchte dort Zuflucht.

In der seltsamen Stille hörten sie einen pfeifenden, sirrenden Ton, der anschwoll und immer lauter wurde. Der Herbststurm brach mit aller Gewalt los, heulte und tobte durch den Wald, peitschte das Laub von den Zweigen und schleuderte Äste und geknickte Wipfel durch die Luft. Die Stämme beugten sich ächzend; immer wieder hörten die Wölfe das dumpfe Dröhnen stürzender Bäume. Ein eisigkalter Regen prasselte herab.

Schak entdeckte in der Nische ein paar Samenzapfen. Für die Wölfe gab es keine Nahrung, aber da sie gewohnt waren, tagelang zu fasten, wenn es sein mußte, ertrugen sie den Hunger geduldig. Sie lauschten den Stimmen des Sturmes, dösten vor sich hin, schliefen ein, wurden wieder wach, leckten einander, gruben die Schnauzen in den warmen Pelz des Nachbarn oder rollten sich zusammen, den Kopf unter den Schwanz gesteckt.

Als der Sturm sich nach drei Tagen endlich legte und Schak und die Wölfe weiterwanderten, hatte der Wald sich verändert. Verschwunden war die Farbenpracht der Laubbäume, nur hier und dort hingen noch ein paar einsame bunte Blätter an den kahlen Zweigen. Nebelschwaden zogen zwischen den Stämmen dahin. Der Himmel war von Wolken leergefegt.

In der Nacht darauf sahen sie im Licht der Sterne eine Schar Wächterwölfe über einen der Hügel laufen. Da der Wind günstig wehte, ergriffen sie nicht die Flucht. Auf dem Boden liegend, im Schutz von Sträuchern, warteten sie, bis die Wächterwölfe hinter der Kuppe verschwunden waren. Erst dann setzten sie ihren Weg wieder fort.

Das sollte ihre letzte Begegnung mit Schogar Kans Wölfen sein. Sie hatten, ohne daß es ihnen bewußt geworden war, die südliche Grenze seines Reiches überschritten. Allmählich merkten sie jedoch, daß alles anders geworden war. Sie fanden keine Spuren von Wölfen mehr, kein Busch, kein Stein trug eine Duftmarke. Ab und zu kreisten am Himmel wieder geflügelte Jäger. Schogar Kan hatte dieses Land noch nicht in Besitz genommen, aber auch keines der Rudel hatte hier sein Jagdgebiet; entweder hatten sie die Flucht ergriffen oder sich dem Wolf aus dem Norden angeschlossen.

Am zweiten Tag im wolfsleeren Land kam die kleine Schar in ein weites Tal, durchflossen von einem klaren, munter sprudelnden Bach und bestanden mit Busch- und Baumgruppen.

Die Wölfe hielten am Talrand an. So lange hatten sie sich nicht sattfressen können, nur hie und da hatten sie sich Graupelzchen oder andere Pelzwesen geschnappt, um den ärgsten Hunger zu stillen. Ihr Pelz war struppig geworden und schlotterte an den mageren Körpern. Die zwei Welpen hatten zwar durchgehalten, waren aber am Ende ihrer Kraft. To konnte kaum noch weiter. Er hatte sich, als das Rudel stehengeblieben war, auf dem Boden ausgestreckt und wimmerte leise, während Itsi und Sternschwester ihn leckten.

Imiak schaute über das Tal. So friedlich lag es da unter einem blassen Himmel, der sich über den Hügelrücken in Dunst auflöste. Die Luft trug ihm keine Hirschwitterung zu – im wolfsleeren Land waren sie bisher noch nicht auf Hornträger gestoßen –, aber im vergilbten, herbstdürren Gras wimmelte es von Graupelzchen. Das helle Band des Baches blinkte einladend, dort konnte man Fische und Krebse fangen.

„Hier bleiben wir!" rief Imiak. „Zu fressen gibt es genug, und wir brauchen alle eine lange Rast."

Er lief den anderen voran, ohne Wuk und Wok um Rat zu fragen, wie er es sonst getan hatte, und wollte schon wieder anhalten, als er merkte, daß ihm das Rudel so selbstverständlich folgte, als sei er wirklich der Leitwolf. Mit erhobenem Kopf und den Schwanz hochgereckt, lief er glücklich bellend weiter.

Eine wilde Freude packte die Wölfe, endlich durften sie ihr Leben wieder ohne Angst genießen. Sie sprangen hoch in die Luft, pufften und kniffen einander, vergaßen, daß sie müde waren, und tollten und spielten, bis sich einer nach dem anderen hechelnd zu Boden fallen ließ.

Sie rasteten aber nicht lange, die vielen Gerüche, die ihre Nasen aufnahmen, waren zu verlockend. Sie verstreuten sich über das Tal, fingen Graupelzchen, stöberten im kahlen Gesträuch Waldhühner auf, hetzten Langohren nach und holten Fische und Krebse aus dem Bach. Zwischendurch lagen sie immer wieder faul im Gras und ließen sich die Sonne auf den Pelz scheinen. Schak trieb sich in den Bäumen herum und zankte sich mit den Hähern aus dem Tal um die besten Samenzapfen.

Als es dunkel geworden war, suchte sich das Rudel einen Lagerplatz, und bald schliefen alle – die Wölfe in Laub und Moos eingewühlt und Schak oben im Geäst eines Baumes.

Die Nacht war sternklar und sehr kalt. Am Morgen glitzerte das Gras weiß vom Reif, der Atem der Wölfe dampfte in der frostigen Luft. Tagsüber wurde es wieder angenehm warm. Wie am Tag zuvor machten sie Jagd auf kleine Geschöpfe; die meiste Zeit aber lagen sie im Gras und dösten oder schliefen.

Am späten Nachmittag, die Sonne hatte sich schon tief herabgeneigt, wanderte Schiriki allein durch das Tal und blieb bei einer einsamen Gebüschinsel im Wiesengrund stehen. Das schräg einfallende, kräftige Licht ließ das dunkle Nadelgrün der Wälder aufleuchten, die kahlen Zweige der Sträucher und Laubbäume zeichneten ein feinverästeltes Netz auf den schon gelbgetönten Himmel. Vögel flatterten durchs Gebüsch. Unter den Bäumen am Talrand scharrten Waldhühner. Eine Maus huschte arglos im vergilbten Gras umher; hier und dort an Samenrispen knabbernd, kam sie immer näher, tapste Schiriki beinahe an – und erstarrte in jähem Schreck.

„Ich bin nicht hungrig", sagte Schiriki. „Geh in Frieden, kleines Geschöpf!"

Die Maus stieß ein verstörtes Piepsen aus, schaute den Wolf, der ihr riesig erscheinen mußte, ungläubig an und flüchtete, so schnell sie nur konnte, in ihr Erdloch. Schiriki lächelte auf Wolfsart und ging zu seinen Gefährten zurück.

Nach der ausgiebigen Rast fühlten die Wölfe sich wieder ausgeruht und bei Kräften, und die einsetzende Dämmerung lockte zum Weiterwandern, aber um Schaks willen beschlossen sie, den Morgen abzuwarten. Sie selbst konnten durch die Dunkelheit so sicher laufen wie bei hellem Sonnenschein, für ihn, den Tagvogel, waren aber die nächtlichen Wegstrecken immer beschwerlich.

So blieben sie noch eine Nacht im Tal und brachen erst im Morgengrauen auf. Als die Sonne sich über die Hügel erhob, stießen sie zum erstenmal auf eine Herde Hornträger. Einer der Böcke, der schon altersschwach war, wurde eine leichte Beute für die Wölfe. Das war nun doch eine andere Mahlzeit als Graupelzchen, diese winzigen Happen, die man mit einem einzigen Biß schluckte. Das Rudel fraß, bis es nichts mehr hinunterbrachte.

In der Abenddämmerung, sie hatten schon nach einem Rastplatz Ausschau gehalten, kreuzten sie einen von Hornträgern ausgetretenen Pfad mit einer noch ganz frischen Witterung und folgten ihr, nicht aus Jagdlust, einfach aus Freude darüber, daß hier Hornträger frei umherwandern durften. Sie schlichen die Herde gegen den Wind an und lagen versteckt im Gebüsch, während Kühe und Kälber und Jungböcke friedlich ästen. Ein großer Bock mit einem vielfach gegabelten Zackengeweih hob immer wieder den Kopf und prüfte die Luft, konnte das Rudel aber nicht wittern.

Als die Hornträger ihre Weide verließen, setzten sich die Wölfe ins Gras und stimmten das Lied der Gemeinschaft an. Das an- und abschwellende Heulen, in hohen und tiefen Tönen, erfüllte den weiten nächtlichen Raum und verebbte über den dunklen Wäldern.

So saßen sie, unter dem sternfunkelnden Himmel, sangen das uralte Lied und konnten kein Ende finden. Schwiegen sie, begann gleich darauf einer von neuem, und die anderen fielen ein, bis der Chor wieder vollständig war. Schogar Kan hatte keine Macht mehr über sie; sie waren in einem Land, in dem die Geschöpfe so lebten, wie Waka, das Gesetz, es gewollt hatte. Vor Glück heulend, meinten die Wölfe vom Tal, daß der gefährlichste Teil der Wanderung hinter ihnen lag.

## Der Hinterhalt

Kreuz und quer durch die Wälder führten die Pfade der Hornträger. In versumpften Niederungen gab es auch Großhörner; immer wieder stießen die Wölfe auf Elche, die in seichten, moorigen Tümpeln standen und Wasserpflanzen zwischen ihren breiten Kiefern zermalmten.

Manchmal spähte aus dem Geäst einer der Jäger mit den leisen Pfoten auf sie herab und fauchte warnend noch eine Weile hinter ihnen her. Manchmal mußten sie einem Dickpelz, der sich durch den Wald trollte, aus dem Weg gehen. Oben am Himmel zogen geflügelte Jäger weite Kreise oder standen rüttelnd im Blau.

Es war kälter geworden, Nacht für Nacht überzog Reif die Wiesen, tagsüber wärmte die Sonne kaum noch, aber den Wölfen wuchs schon der dicke Winterpelz, und die frostige Luft machte ihnen nichts aus. Eine heitere Sorglosigkeit hatte sie erfaßt. Wenn sie im gleichmäßigen Trab über Hügel und durch Täler liefen, überkam sie immer wieder die Lust, vor Freude zu kläffen oder sich federnd vom Boden abzuheben und hoch in die Luft zu springen. Selbst Schiriki, der sonst immer stiller war und nie so ausgelassen wie die anderen, wurde davon angesteckt. Über ihnen schlug Schak im Flug allerlei Kapriolen und kreischte vergnügt.

Eines Morgens wurde ihnen aber wieder jäh bewußt, daß sie Streuner waren auf einem langen, gefährlichen Weg ins Ungewisse. Wok, der ein Stück vorausgelaufen war, hielt so plötzlich an, als stünde er vor einem unsichtbaren Hindernis. Sein Nackenhaar sträubte sich, ein Grollen kam aus seiner Kehle. Die anderen rannten zu ihm und blieben ebenso unvermittelt stehen. Im Moos unter den Bäumen hatte sich ein fremder Wolf gewälzt, eine Duftmarke hinterlassen und damit seinen Besitzanspruch geltend gemacht. Und er hatte es vor nicht allzu langer Zeit getan!

Eine Weile standen alle stumm da. Schak hüpfte umher und scharrte aufgeregt im Moos.

„Wir mußten damit rechnen", sagte Imiak etwas unsicher.

„Ja, das mußten wir!" bestätigte Wok. „Und es wird nicht das letzte Mal sein! Laßt uns jetzt einmal feststellen, wie groß das Rudel ist, dann können wir beschließen, was zu tun ist."

Sie zerstreuten sich nach allen Richtungen, liefen schnüffelnd dahin, blieben stehen, sogen die Luft ein und liefen weiter. Überall stießen sie auf frisch gesetzte Grenzzeichen; nach der Zahl der verschiedenen Duftmarken war es ein großes und starkes Rudel.

Die Wölfe vom Tal kehrten wieder zu der Stelle zurück, wo sie die erste Grenzmarkierung gefunden hatten, und versammelten sich um Imiak. „Denk an die Welpen!" sagte Sternschwesters Blick. „Sie sind zu jung für einen Kampf." Nicht zum erstenmal auf dieser Flucht fühlte Imiak sich überfordert. Was sollte er raten? Entlang der Grenze nach Sonnenaufgang oder Sonnenuntergang weiterzuziehen, bis sie ans Ende des Jagdgebietes kamen? Aber wenn sie wirklich das von Schnellen Läufern verlassene Land hinter sich hatten – und die Anzeichen sprachen dafür –, würden sie, wohin sie sich auch wandten, stets von neuem die Spuren eines anderen Rudels finden.

Imiak schaute um sich. Sie befanden sich in einem locker bestandenen Mischwald. Das Nadelgrün der Kiefern, Tannen und Fichten hob sich vom kahlen Geäst der Laubbäume ab, die das Sonnenlicht – es war seltsam kraftlos – ungehindert durchließen. Aus den Wipfeln äugten rauchbraune Tauben herab. Sollen wir die Nacht abwarten und uns heimlich durchschleichen? dachte Imiak. Oder Schak als Späher aussenden und den Weiterweg wagen, sobald sich das Rudel auf einem Jagdzug entfernt hat? Aber auch dann, das wußte er, würde es schwierig sein, unbemerkt durch das Gebiet zu kommen. Ein so starkes Rudel, wie es allem Anschein nach war, würde sein Jagdgebiet nicht unbewacht lassen. Und jeder Schnelle Läufer hatte das Recht, über Eindringlinge herzufallen, sie zu vertreiben oder zu töten.

Sollten sie sich zu erkennen geben? Dem fremden Rudel mitteilen, daß sie nicht gekommen waren, um Anspruch auf das Jagdgebiet zu erheben? Daß sie nur darum baten, durchziehen zu dürfen? Sie waren noch satt von der letzten ausgiebigen Mahlzeit, sie brauchten nicht einmal zu bitten, hier jagen zu dürfen. Was für einen Grund hätte ein starkes Rudel, über eine kleine Schar Streuner herzufallen, die nichts anderes wollten, als so schnell wie möglich das Jagdgebiet wieder zu verlassen.

War das ein guter Rat? Wie würden Wuk und Wok sich entscheiden? Imiak schaute sie fragend an, während Schak ungeduldig zirpte.

„Ja, genau das hab ich mir auch gedacht, Imiak", sagte Wok. „Sagen wir ihnen, daß wir in Frieden kommen und keinen Kampf suchen."

Wuk wuffte zustimmend.

Ich bin noch zu unerfahren, um ein Leitwolf zu sein, dachte Imiak. Aber bei jeder wichtigen Entscheidung helfen sie mir. Treuere Freunde könnten wir Geschwister uns nicht wünschen! Er küßte Wuk und Wok dankbar auf die Schnauzen, hob den Kopf und begann zu heulen: „Wir sind Streuner! Wir kommen in Frieden! Erlaubt uns, daß wir durch euer Gebiet wandern!"

Die anderen fielen in seine Rufe ein, auch Itsi und To mit ihren hellen Welpenstimmen. Das Heulen hallte durch den Wald, und wo immer sich das fremde Rudel befand, es mußte die Botschaft hören. Schak kreischte so laut, daß die Tauben erschrocken flüchteten.

Die Wölfe verstummten, spitzten die Ohren und lauschten erwartungsvoll. Nichts als Stille. Kein naher oder ferner Antwortruf. Noch einmal sandten sie ihre Botschaft in den Wald hinein, und wieder lauschten sie vergeblich auf ein Zeichen, daß sie gehört worden waren. Warum antwortete das fremde Rudel nicht? Es schien, als wäre das Jagdgebiet von seinen Bewohnern verlassen worden. Aber das konnte nicht sein, die Duftzeichen waren viel zu frisch.

„Schak", bat Imiak und sprach unwillkürlich so leise, als lauerte hinter jedem Busch, hinter jedem Baum eine unbekannte Gefahr, „flieg voraus und schau nach, was los ist."

Der Häher breitete die Flügel aus und flog durch die Wipfel davon. Alle Sinne angespannt, horchend und witternd, warteten die Wölfe auf seine Rückkehr. An dem dunstigen, milchfarbenen Himmel stieg die matte Sonne langsam höher. Nicht ein Windhauch wehte. Ein paar letzte Blätter, die von den Stürmen verschont geblieben waren, hingen reglos an den Zweigen.

Am späten Vormittag schien die Sonne nur noch schwach durch den dichter werdenden Dunstschleier. Der Himmel im Norden war grau geworden. Die Wölfe wurden immer unruhiger. Als sie sich schon fragten, ob Schak etwas zugestoßen sei, flatterte es oben in den Wipfeln, und der Häher ließ sich schäkernd auf einem Ast über ihnen nieder.

„Da sind keine Langbeiner!" kreischte er. „Zumindest hab ich kein einziges Spitzohr entdeckt. Schaut so aus, als wären sie auf und davon oder hätten sich irgendwo verkrochen."

„Ein so großes Rudel?" fragte Imiak ungläubig. „Das kann nicht sein."

Schak plusterte sich auf. „Ob es sein kann oder nicht, wie soll ich das wissen, Brüderchen Vierbein? Hab ein paar Raben gefragt, und die behaupteten, hier sei weit und breit kein Langbeiner mehr. Aber diesem schwarzen Federgefleder würde ich nicht einmal so viel trauen!" Er schnippte kurz an einem seiner blauen Federchen.

„Rabengeschwätz!" murrte der sonst so schweigsame Wuk. „Wenn das da keine Grenzzeichen sind, glaube ich meiner Nase nie wieder."

Aber wo war das fremde Rudel? Warum zeigte es sich nicht? Warum schwieg es, wenn eine andere Schar den Friedensruf heulte? Imiak und seine Gefährten konnten sich dieses seltsame Verhalten nicht deuten und fühlten ein warnendes Prickeln im Rückenpelz. Sollten sie umkehren und einen anderen Weg suchen? Wenn sie aber jedem Hindernis auswichen, das zwischen ihnen und dem Land des Sommers lag, würden sie niemals dort ankommen. So beschlossen sie weiterzugehen, schließlich blieb ihnen auch keine andere Wahl.

Unendlich vorsichtig, jeden Augenblick bereit, sich Angreifern zu stellen, wagten sie sich in das fremde Jagdgebiet hinein. Schiriki, Sternschwester und Wuk hatten die Welpen in die Mitte genommen, Wok und

Imiak liefen voran. Schak flog über ihnen durchs Geäst. Von Zeit zu Zeit heulten sie den Friedensruf, weil sie noch immer hofften, endlich Antwort zu erhalten, aber jedesmal wurden sie von neuem enttäuscht.

Die Bäume standen nicht sehr dicht, eine dicke Laubschicht bedeckte den Boden. Außer fernem Rabengekrächze und einmal dem Schrei eines Falken hörten sie keine Vogelstimmen. Im immer diesiger werdenden Licht – das den ersten Schnee ankündigte – huschten die kleinen gefiederten Sänger stumm durchs Gezweig. Die Stille bedrückte die Wölfe, sie erschraken vor jedem Laut, selbst vor dem Rascheln des Laubes unter ihren Pfoten. Als sie einen Hirsch aufstörten, der sich im Gebüsch niedergelassen hatte und prasselnd durchs Dickicht flüchtete, hätte nicht viel gefehlt, und sie wären, von wilder Panik ergriffen, davongerast wie er.

Wieder rief Imiak – zum wievielten Mal schon? –: „Wir kommen in Frieden!" Seine Stimme verklang zwischen den Stämmen, ein spöttischer Widerhall schien zu antworten: Frieden... Frieden...

Die Wölfe liefen weiter. Die Stille wurde unheimlich. Sie mußten nun schon sehr tief im Jagdgebiet des fremden Rudels sein. Nur noch selten kamen sie an Laubbäumen vorbei, der Mischwald ging in einen Nadelwald aus hohen Tannen und Fichten und ab zu einer knorrigen Kiefer über. Flechtengespinst hing von den Ästen, Farne wucherten. Gestürzte vermoderte Stämme waren überzogen mit dicken Moospolstern, aus denen Schößlinge sprossen. Manchmal war das Unterholz so verstrüppt, daß die Wölfe kaum durchschlüpfen konnten.

Dann, auf einmal, hatten sie das Gefühl, nicht mehr allein zu sein. Zwar hörten sie keinen Laut, und in der völligen Windstille nahmen ihre Nasen auch keine Witterung auf, und doch sagten ihnen alle ihre Sinne, daß Schnelle Läufer im Unterholz verborgen waren, Schnelle Läufer, die anhielten, wenn sie selbst stehenblieben, und ihnen nach durchs Dickicht glitten, sobald sie wieder weiterliefen.

Imiaks Nackenfell sträubte sich, ein Schauer rann ihm den Rücken hinunter. „Was sollen wir tun?" wisperte er Wok zu. „Glaubst du, daß sie angreifen werden?"

Auch Woks Haar hatte sich aufgestellt. „Nein", antwortete er ebenso leise. „Zumindest nicht gleich. Ich würde das spüren. Sie beobachten uns nur. Sag ihnen, warum wir hier sind."

„Wir wollen nicht jagen!" rief Imiak. „Wir sind auf dem Weg ins Land des Sommers. Erlaubt uns, daß wir durch euer Gebiet ziehen."

Er lauschte so angespannt, daß es ihm in den Ohren summte. Seine Gefährten standen dicht beisammen, um Itsi und To geschart. Wie wellenförmig ging die Erregung von ihnen allen aus, aber im Unterholz rührte sich nichts. Die Schnellen Läufer – und es mußten Schnelle Läufer sein! – verhielten sich still und gaben nicht das geringste Zeichen von sich.

„So zeigt euch doch!" zeterte Schak. „Warum verkriecht ihr euch? Wir sind bloß harmlose Wanderer! Kommt heraus aus eurem Versteck, oder ich zerkratze euch die Nasen!"

Er lachte nach Häherart gellend auf. Als Antwort ertönte Rabengekrächze. Gleich darauf hörten Imiak und seine Gefährten den Ruf eines Wolfes, eine volle tiefe Stimme, die von ganz nahe rief: „Hier sind wir! Wir erwarten euch! Ihr seid uns willkommen!"

An der Erleichterung, die sie fühlten, merkten sie erst, wie groß ihre Angst gewesen war. Ihre überreizten Nerven entspannten sich. Ohne sich um die Schnellen Läufer im Unterholz zu kümmern – vermutlich waren es nur Späher des fremden Rudels –, antworteten sie freudig kläffend. Raben erhoben sich flügelschlagend aus den Wipfeln und strichen krächzend davon: „Uns nach! Wir führen euch!" Schak flog glucksend und schäkernd hinterher. Die Wölfe rannten zwischen den Stämmen dahin, liefen auf den Rufer zu, der sie willkommen hieß, sprangen leichtfüßig über Strünke und windgefällte Bäume, preschten durch ein dichtes Gebüsch und fanden sich unvermutet auf einer Lichtung, die mit vergilbtem Gras, Ranken und schwarzen, frostversengten Disteln bedeckt war.

Mitten auf der Lichtung, auf einer flachen, von Regen und Wind weißgescheuerten Steinplatte, stand hochaufgerichtet ein Wolf, ein mächtiges Geschöpf mit breitem Brustkorb, hohen Schultern und einer zottigen, dunkelbraunen Nackenkrause. Von der Stirn bis zur Schnauze führte eine weißverheilte Narbe, auch Schultern und Lenden trugen die Spuren früherer Kämpfe.

Imiak und seine Gefährten hielten jäh an. Völlig lautlos, wie aus dem Nichts aufgetaucht, erhob sich aus dem Rankengewirr zu beiden Seiten der Steinplatte ein Schneller Läufer nach dem anderen. Es mußten die Ranghöheren im Rudel sein, Rüden und Weibchen, in vielen Kämpfen erprobt wie ihr Leitwolf und ihm an Größe kaum nachstehend. Die straffgespannten Ruten zuckten. Das Nackenhaar gesträubt, die Ohren nach vorn gerichtet, die Zähne gefletscht, kam ein wütendes Knurren aus ihren weit geöffneten Rachen – das Knurren, mit dem ein Wolf zeigt, daß er zum Töten bereit ist. Das waren keine Wölfe, die Fremde willkommen hießen!

Im ersten Schreck war Imiak wie gelähmt, dann stieg blinder Zorn in ihm hoch. So also hatte man sie getäuscht! Den Friedensruf erwidert, nur um sie auf diese Lichtung zu locken, wo eine Flucht unmöglich war! Was für Schnelle Läufer waren das, die nicht offen und von allem Anfang an zu erkennen gaben, daß sie in ihrem Gebiet keine Eindringlinge duldeten. Imiak konnte nicht mehr klar denken, jedes Haar auf seinem Rücken stellte sich auf, die Zähne gebleckt wie seine Gegner, wollte er schon auf den fremden Leitwolf losfahren und

ihm die Kehle zerfetzen, als Wok ihn warnend anstieß.
„Nein, Imiak!" flüsterte Sternschwester. „Wir sind zu schwach! Wir dürfen nicht kämpfen."

Wuk und Wok duckten sich in der uralten Demutsgebärde, die Waka, das Gesetz, die Läufer mit den Schnellen Beinen gelehrt hatte, damit sie, die starken Kämpfer, nicht in sinnlosen Auseinandersetzungen einander töteten. Die Ohren flach zurückgelegt, den Schwanz eingezogen, zu Boden gekrümmt, winselten Wuk und Wok wie Welpen, die um Futter betteln – jene Geste, die den Stärkeren besänftigt und seine Kampfeslust verfliegen läßt.

Auch Imiak duckte sich, auch er legte die Ohren an den Kopf, auch er winselte leise. Wäre er allein gewesen, er hätte sich dem Kampf gestellt, selbst wenn es den sicheren Tod bedeutet hätte, aber er war nicht nur für sich selber, er war auch für die anderen verantwortlich. „Wir sind bloß Streuner auf dem Weg ins Land des Sommers", sagte er. „Wir wollen nicht in eurem Gebiet jagen. Laßt uns weiterziehen!"

Den Blick von unten auf den Leitwolf geheftet, wartete Imiak – wartete darauf, daß seine Bitte gehört worden war.

Nichts dergleichen geschah. Die Haltung der fremden Wölfe wurde nur noch drohender. Aus den Wipfeln der Bäume ertönte wildes Gekrächze. Eine Schar Raben saß hoch oben in den Ästen, schlug aufgeregt mit den ausgebreiteten Schwingen, erhob sich in die Luft und zog schreiend einen Kreis über den Köpfen des Leitwolfes und seines Rudels. „Tötet sie! Tötet sie! Worauf wartet ihr noch!"

„Schwarzes Gesindel!" zeterte Schak zornig. „Haltet gefälligst den Schnabel und mischt euch nicht ein! Seit wann ist es Brauch, harmlose Wanderer anzulügen? Mögen euch alle Federn ausfallen! Warum habt ihr uns nicht gewarnt?"

Die Raben antworteten mit einem höhnischen Gelächter und ließen sich wieder in den Bäumen nieder. „Euch warnen – dich und Schogar Kans Mörderwölfe? Warum sollten wir? Glaubt ihr denn, wir wissen nicht, warum ihr hier seid? Hat er euch hergeschickt, der Schwarze aus dem Norden? Aber von euch wird keiner zu ihm zurückkehren. Und warte nur! Wenn deine elenden Freunde erledigt sind, dann kommt die Reihe an dich! Wir hacken dich zu Tode. Und das mit dem größten Vergnügen, du kreischende Buntfeder!"

Die graue, stille Wolkenwand hatte nun schon den halben Himmel überzogen, die Sonne war nur noch eine farblose Scheibe, die gleich einem blassen Riesenmond über den Wäldern hing. Sternschwester schaute über die Lichtung, auf die starken Rüden und Weibchen des fremden Rudels, die stumm dastanden – außer dem bösartigen Knurren hatten sie bisher keinen Laut von sich gegeben, aber die Botschaft, die von ihnen ausging, war unmißverständlich. Sternschwester konnte diesen tödlichen Haß im ganzen Körper spüren, ihr war, als fühlte sie schon die Reißzähne, die sich in ihren Pelz eingruben. Sie hob den Blick zu dem Leitwolf empor. „Ihr wollt uns töten? Nur weil wir aus Schogar Kans Land kommen? Nur deshalb?"

Ein tiefes Grollen kam aus der Kehle des Leitwolfes. „Ja, deshalb! Weil jeder sterben muß, den Schogar Kan zu uns schickt."

„Aber er hat uns nicht geschickt!" rief Sternschwester. „Wir haben nichts mit ihm zu tun. Wir sind aus seinem Land geflohen."

„Und das sollen wir euch glauben?" fragte der fremde Leitwolf verächtlich. „Warum habt ihr nicht den Mut zu sagen, daß ihr seine Späher seid? Daß ihr erkunden sollt, wie viele er aus seinem Rudel braucht, um auch uns zu unterwerfen? Alle sind vor ihm davongelaufen. Nur wir nicht. Das ist unser Jagdgebiet. Keiner wird ihm Nachricht davon bringen! Das haben wir beschlossen. Schon seit langem. Wir wußten, daß er Späher senden würde. Wir haben euch erwartet! Nur Tote können nichts verraten. Darum müßt ihr sterben. Wir werden nie seine Geschöpfe werden, wie ihr es geworden seid. Wir gehorchen Waka, dem Gesetz!"

„Auch wir haben Waka nicht vergessen", sagte Imiak. „Auch wir leben so, wie er es gewollt hat. Wir sind nicht Schogar Kans Späher. Er hat uns ausgestoßen! Das müßt ihr uns glauben!"

Der Leitwolf gab keine Antwort. Seine Muskeln spannten sich, die Narbe auf seiner Stirn schwoll an.

„Imiak", wisperte Wok, so leise, daß keiner der fremden Wölfe es verstehen konnte. „Flieh mit den anderen! Wuk und ich werden versuchen, das Rudel aufzuhalten. Blickt nicht zurück! Lauft um euer Leben!"

Imiak ließ den Leitwolf nicht aus den Augen. „Nein, nicht du, Wok! Ohne dich kommen sie nie ins Land des Sommers. Wuk und ich werden kämpfen."

„Schaut hinter euch!" kreischte Schak. Sie wandten die Köpfe. Unter den Bäumen am Rand der Lichtung, im verfilzten Gras und im verdorrten Distelgestrüpp standen im Halbkreis an die zwanzig oder mehr Schnelle Läufer, stumm, das Rückenhaar gesträubt, die Lefzen hochgezogen, das Gebiß entblößt. Eine der Wölfinnen war besonders groß, es mußte die Gefährtin des Leitwolfs sein.

Der Fluchtweg zurück in den Wald war versperrt. Das fremde Rudel hatte die Wölfe vom Tal in eine Falle gelockt, aus der es kein Entrinnen gab.

Das war das Ende.

Und wenn sie noch so tapfer kämpften, sie konnten vielleicht zwei oder drei dieses ungewöhnlich starken Rudels töten, aber dann würde die Übermacht zu groß sein. Sie würden nie das Land des Sommers erreichen. Hier auf dieser Waldlichtung, unter dem grauen, den ersten Schnee verheißenden Himmel würden sie sterben müssen.

Die kleine, verlorene Schar drängte sich aneinander. Sie hatten einen Kreis um Itsi und To gebildet; so konnten sie einander Rückendeckung geben und gleichzeitig die Welpen beschützen. Aber sie alle wußten, daß der Kampf aussichtslos sein würde. Itsi leckte den leise wimmernden To: „Sei nicht traurig. Wir gehen nach Kaam. Es ist ein gutes Land."

Noch immer griff das Rudel nicht an, nur der Ring um Imiak und seine Gefährten war enger geworden. Die fremden Wölfe hatten keine Eile, sie konnten warten, bis einer der Eingeschlossenen die unerträgliche Spannung nicht mehr aushielt und sich auf sie stürzte – um ein leichtes Opfer zu werden, das sie im nächsten Augenblick zerreißen würden.

Mit einem hohen, jammervollen Schrei stieß Schak plötzlich auf den Leitwolf herab und schlug mit den Flügeln wie rasend auf ihn ein. „Du weißt nicht, was du tust! Du weißt es nicht!" Als der Leitwolf unwillkürlich zurückwich, ließ der Häher von ihm ab, flog zu seinen Freunden, landete im Gras und schaute, das Gefieder aufgeplustert, traurig zu ihnen auf. „Was ist das für eine Welt!" klagte er. „Einer tötet den anderen, nur weil es ihm so gefällt. O Akhuna, Schwester Vierbein! Ich kann deine Jungen nicht beschützen, ich kann sie nicht ins Land des Sommers begleiten, wie ich es dir versprochen habe. Ich mag nicht mehr leben. Ich will mit euch sterben."

Schiriki neigte sich zu ihm hinab und berührte ihn mit der Schnauze. „Du bist ein guter Freund, Schak", sagte er. „Aber die Zeit zum Sterben ist noch nicht gekommen."

Bevor die anderen ihn daran hindern konnten, hatte er sich aus dem Kreis gelöst und ging auf den Leitwolf zu. Er schritt langsam durch das herbstverblichene Gras, ohne Demutsgebärde, ohne Angst, so selbstverständlich, wie er damals auf der steinbedeckten Halde vor Schogar Kan hingetreten war. Einen Herzschlag lang war es, als wollte sich das Rudel auf ihn stürzen. Der Leitwolf setzte schon grollend zum Sprung an, um dem seltsam furchtlosen, schmächtigen Jungwolf mit einem Biß das Rückgrat zu brechen – und hielt plötzlich inne.

Schiriki ging ruhig weiter, blieb vor der Steinplatte stehen und schaute zu dem mächtigen, ihn überragenden Wolf auf – wie lange, wußte nachher keiner. Die Wölfe vom Tal standen so reglos da wie das fremde Rudel; sie spürten, daß sie Schiriki gewähren lassen mußten. Das Knurren des Leitwolfes erstarb, wurde zu einem ohnmächtigen Hecheln. Er wandte den Kopf ab, als könnte er den Blick aus diesen sanften, nachdenklichen Augen nicht ertragen.

„Auch wir waren einst frei wie ihr und lebten glücklich in unserem Jagdgebiet", sagte Schiriki. „Wir lebten, wie Waka es gewollt hat, und alles war gut. Eines Tages aber kam das Riesenrudel aus dem Norden in unser Tal, und Schogar Kan, der Schwarze, zwang uns, seinen Weg zu gehen. Das Gesetz galt nicht mehr. Aber wenn es uns auch verboten war, den Namen Waka auszusprechen, bewahrten wir doch die Erinnerung an ihn und an die alten Geschichten unseres Volkes. Weil Schogar Kan nicht dulden durfte, daß es in seinem Rudel Schnelle Läufer gab, die dem Gesetz treu bleiben, hat er uns ausgestoßen. Wir flohen, auf der Flucht vor ihm kamen wir in euer Gebiet. Und jetzt wollt ihr uns töten? Warum? Weil ihr Angst vor Schogar Kan habt? Aber ich sage dir, Fremder, Schogar Kan braucht nicht mehr zu euch zu kommen, nein, das muß er nicht! Ihr seid jetzt schon seine Geschöpfe, bevor er euch unterworfen hat. Um seinetwillen habt ihr Waka vergessen und lebt nicht mehr so, wie das Gesetz es will."

„Wir haben Waka vergessen?" Der Leitwolf heulte auf

und entblößte wütend das Gebiß. „Was redest du? Wir leben, wie das Gesetz es uns gelehrt hat."

„Tut ihr das?" fragte Schiriki. „Hat Waka uns nicht aufgetragen, daß kein Schneller Läufer einen anderen töten soll, es sei denn im ehrlichen Kampf? Aber was habt ihr getan? Ihr habt unseren Friedensruf erwidert, obwohl wir euch nicht willkommen waren. Ihr habt uns hierher gelockt, um uns zu töten – aus dem Hinterhalt! Uns, die wir euch vertrauten! Hat Waka das gewollt?"

Auf der Lichtung war es ganz still geworden. Keiner der Wölfe – weder aus Imiaks Schar noch aus dem fremden Rudel – regte sich; selbst von den Raben kam kein Laut, sie hockten, schwarz gegen den grauen Himmel, im kahlen Geäst.

„Wir sind in Frieden gekommen", sagte Schiriki. „Laßt uns in Frieden gehen!"

Der Leitwolf mit der Narbe auf der Stirn stieg wortlos von der Steinplatte und trat zur Seite.

„Kommt!" sagte Schiriki zu seinen Gefährten.

Sie folgten ihm. Das Rudel wich zurück und machte ihnen den Weg frei. Schak flog stumm über den Köpfen seiner Freunde.

Als sie durch den Wald liefen, trotteten die fremden Wölfe in einiger Entfernung hinterher, aber keiner kam näher, keiner griff sie an. Als sie – nach vielen Stunden – die Grenze des Jagdgebietes überschritten hatten, blieben die Wölfe aus dem Tal stehen, schauten zurück und sahen, wie das Rudel umkehrte und im Dickicht verschwand. Das einförmige Wolkengrau bedeckte nun den ganzen Himmel und hatte sich tief herab auf die Hügel gesenkt; es dämmerte, als wäre der Abend schon hereingebrochen.

„Wir danken euch, daß wir durch euer Gebiet ziehen durften!" rief Imiak. Aus der Ferne antwortete die tiefe Stimme des Leitwolfes: „Geht in Frieden!"

Eine Weile standen sie schweigend nebeneinander.

Schak saß auf einem Zweig und äugte befreit und erleichtert auf sie hinab.

„Sie haben Waka nicht vergessen", sagte Sternschwester. „Sie haben nur Angst."

„Ja", murmelte Schiriki. „Sie haben Angst." Er schaute in das weiche, verschwimmende Licht, das Bäume und Büsche zu geheimnisvollen Schattengebilden machte, und heulte klagend auf. „Schogar Kan", rief er, „du hast gesagt, daß du eine neue glückliche Welt schaffen willst. Aber was hast du geschaffen? Eine Welt voller Angst!"

Die anderen starrten ihn an, und ihnen war, als sei jener, der da im dämmrigen Halbdunkel unter den Bäumen seine Stimme erhob, um Schogar Kan anzurufen, nicht der vertraute Jungwolf, sondern ein Wesen, das ihnen plötzlich Scheu einflößte, das fremd und unerklärbar war.

„Keiner von uns hätte gewagt, was du getan hast", sagte Wok fast ehrfürchtig.

Schiriki blickte um sich, als käme er von weither zurück, fuhr sich mit der Pfote übers Gesicht und sagte verlegen: „So was Besonderes war es doch nicht. Ich dachte nur, wenn ich etwas tue, worauf sie nicht gefaßt sind, dann lassen sie mich reden und hören mich an."

Der Bann war gebrochen. Es war kein unbekanntes Wesen, das vor ihnen stand, es war Schiriki, den sie so gut kannten und der ihnen das Leben gerettet hatte. Sie umdrängten ihn, leckten ihm das Gesicht und gruben die Schnauzen zärtlich in sein Fell. Schak umflatterte ihn glucksend und tschirpend und küßte ihn mit dem Schnabel, wie er es einst bei Ahkuna getan hatte.

Es begann zu schneien. Die Flocken fielen sacht durchs Geäst, schwebten lautlos nieder, fielen immer dichter. Bald war alles weiß geworden, auch der Pelz der Wölfe, die weiter und weiter durch den stillen, nun winterlichen Wald wanderten.

## *Im kalten Licht des Wintermondes*

Es schneite viele Tage lang. Unaufhörlich rieselten die Flocken vom grauverhangenen Himmel, überzogen Hügel und Täler mit einer weißen Decke, hüllten Büsche und Bäume ein. Imiak und seine Gefährten wanderten durch eine wirbelnde, flirrende Flockenwelt, in der alles nur schemenhaft sichtbar war und die jedes Geräusch dämpfte. Es war ungewöhnlich still, nur manchmal, wenn die Schneelast auf einem der gebeugten Äste zu schwer wurde, glitt sie mit einem dumpfen Laut zu Boden. Noch war der Schnee nicht gefroren, sondern feinkörnig und pulvrig, die Wölfe sanken oft bis zur Brust ein. Abwechselnd ging einer voraus und bahnte den Pfad; die anderen folgten hintereinander nach und setzten die Pfoten in die ausgetretenen Stapfen.

Wenn Schak unter den Wipfeln dahinstrich, schützte ihn das dichte Geäst vor dem fallenden Schnee, auf freiem Gelände aber hatte er Mühe, die Wölfe nicht aus den Augen zu verlieren.

Als es endlich zu schneien aufhörte, wurde es klirrend kalt. Der Mond, das Große Nachtlicht, stand hoch am frostigen Himmel und überglänzte eine bleiche Schneeöde mit seinem fahlen Schein. Um diese Zeit des Winters fanden Wolfsrudel meist genug Nahrung. Die Hornträger schlossen sich zu großen Herden zusammen und kamen aus den Wäldern und von den Hügelkämmen herab ans Ufer der Bäche und Flüsse, wo der Schnee nicht so hart war und sie mit den Hufen Gras und Kräuter freischarren konnten.

Gingen die Wölfe auf Jagd, dauerte es nie lange, bis sie ihre Beute rissen. Während sie selber leichtfüßig über die nun gefrorene Schneedecke hetzten, brachen die Hornträger mit ihren schweren Körpern ein und waren bald am Ende ihrer Kraft. Trotzdem jagten Imiak und seine Gefährten nur dann, wenn der Hunger sie dazu zwang. Sie befanden sich in einem Land, das dicht von Wölfen besiedelt war, immer wieder stießen sie auf Grenzmarken.

Die Rudel, die hier lebten, hatte die Nachricht von Schogar Kan und seinem Eroberungszug in Angst und Schrecken versetzt, sie verkrochen sich vor den Fremden, in denen sie Späher des schwarzen Wolfes vermuteten, und ließen sich, wenn Imiak und seine Gefährten durch ihr Gebiet zogen, nicht blicken. Die kleine Schar Streuner wurde nie angegriffen und kein zweitesmal in eine Falle gelockt. Nach ihrem Abenteuer mit dem großen Rudel des narbigen Leitwolfes waren sie aber so mißtrauisch geworden, daß sie sich nur mit äußerster Vorsicht durch jedes fremde Gebiet wagten. Erlegten sie einmal einen Hirsch oder Elch, fraßen sie sich gierig satt, schlangen hinunter, soviel ihre Mägen vertrugen, und brachen sofort wieder auf, ohne Rast zu halten.

Je weiter sie wanderten und je ferner im Norden Schogar Kans Land lag, desto weniger wußten die Rudel, denen sie begegneten, von dem schwarzen Wolf aus Norr Norr. Manche hatten durch die Wandervögel von seiner neuen Welt gehört, konnten sich aber nicht vorstellen, daß es so etwas in Wirklichkeit gab. Hier war die Wolfswelt noch heil. Manchmal nahm eines der Rudel Imiak und seine Gefährten gastfreundlich auf und erlaubte ihnen, auf Jagd zu gehen. Andere Rudel wollten die Beute nicht mit Fremden teilen – vor allem dort, wo die Hornträger das Gebiet verlassen hatten, weil es zu unwirtlich geworden war. Den Wölfen vom Tal blieb dann nichts anderes übrig, als schleunigst die Flucht zu ergreifen. Das Besitzerrudel verfolgte sie und ließ erst an der Reviergrenze von ihnen ab. Imiak und seine Gefährten nahmen es als selbstverständlich hin, wenn ein Rudel sie nicht duldete. Das war immer so gewesen und würde immer so sein. Auch Palo Kan und Ahkuna hätten jeden Streuner angegriffen, der auf Drohgebärden nicht mit Flucht oder Unterwerfung antwortete. Kein Leitwolf und keine Leitwölfin durfte das Überleben der eigenen Schar gefährden, besonders dann nicht, wenn Nahrung knapp war.

Der Winter war längst mit aller Gewalt hereingebrochen. Schneestürme brausten über die Wälder, heulten und tobten, entwurzelten Bäume oder knickten mächtige Stämme, als wären es schwache Grashalme. An Jagd war dann nicht zu denken. Die Wölfe stapften wie blind dahin, gepeitscht von den zu spitzen Eiskristallen gefrorenen Flocken. Am meisten litt Schak unter den Stürmen. Ihn plagte zwar nicht der Hunger – es gab noch immer genug Samenzapfen –, aber er war der Gewalt eines Schneesturms hilflos ausgeliefert, all seine Flugkünste nützten ihm nichts. Wurde es zu arg, hielten die Wölfe an, auch wenn sie selber noch nicht müde waren, und machten Rast, damit Schak sich einen geschützten Platz im Unterholz, im Gezweig oder in einer Baumnische suchen konnte. Sie selber rollten sich im Schnee ein, mit dem Rücken gegen Norden, und steckten den Kopf unter den Schwanz. Die dichte Wolle, die ihnen unter dem Deckhaar gewachsen war, wärmte sie, die immer dicker werdende Schneedecke über ihnen hielt die Kälte ab. Erwachten sie, weil der Sturm nachgelassen hatte, gruben sie sich frei, schüttelten den Schnee aus dem Pelz und setzten die Wanderung gut ausgeruht fort.

Dann kamen Tage, an denen die Wintersonne an einem blanken, kaltblauen Himmel emporstieg und das von Eis und Schnee bedeckte Land funkelte, glitzerte und gleißte. Der Atem der Wölfe gefror zu wolkigem Eishauch. In den klaren Nächten erhob sich der Himmel unendlich hoch und tiefschwarz; die Sterne, die Kleinen Nachtlichter, strahlten so hell wie sonst zu keiner anderen Jahreszeit. Für die Hornträger wurde es immer schwieriger, den vereisten Schnee auf der Suche nach Nahrung aufzuscharren. Viele waren vom Hunger abgezehrt und so ermattet, daß sie eine leichte Beute für die Wölfe wurden.

Bei jeder Rast gesellte Schak sich zu den anderen Hähern, die zeternd und schäkernd im Geäst herumflatterten und Zapfenbäume plünderten oder die winzigen, noch festverschlossenen Knospen der Büsche abhackten. Auch von der Wolfsbeute holte Schak sich jedesmal ein paar Happen. Die Schönwettertage gaben Imiak und seinen Gefährten neue Kraft. Einmal, als sie in ein verlassenes Jagdgebiet kamen, tollten sie umher, schlitterten Schneehänge hinunter und überschlugen sich in aufstäubenden Schneewächten. Schak flog fröhlich kreischend über ihnen. Nachts saßen sie unter dem kalten Wintermond, hoben die Schnauzen zu ihm empor und stimmten den uralten Gesang der Wölfe an. Aus der Ferne gab ein fremdes Rudel Antwort, ebenso satt und zufrieden wie sie selber.

Die Wölfe vom Tal meinten, Nitakama, das Land des Sommers, könne nicht mehr fern sein. Schon bald, so hofften sie, würden sie plötzlich davor stehen – vor dem Land voll Sonnenschein, grünem Gras, bunten Blumen und klaren Bächen und Flüssen.

Aber der Winter nahm kein Ende, und vom Kamm eines der Hügel aus sahen Schak und die Wölfe immer nur neue Hügel, grenzenlos nach Süden dahinrollend. Tag für Tag, Nacht für Nacht, nur unterbrochen von den kurzen Stunden der Rast und des Schlafens, zog die kleine Schar dahin. Wieder begann es zu stürmen. Auch wenn der Wind sich für kurze Zeit legte, hellte sich der Himmel nicht auf, eine dunkle Wolkendecke schluckte die Sonne, nur der Schnee gab ein fahles, unwirkliches Licht von sich. Noch dazu schien das Land von den Hornträgern verlassen worden zu sein, die Wölfe entdeckten kaum noch Hufspuren im Schnee.

Die Rudel, durch deren Gebiete sie wanderten, litten selbst unter dem Mangel an Nahrung und griffen jeden Eindringling wütend an. Imiak und seine Gefährten fanden keine Ruhe mehr, waren stets auf der Flucht, stets gehetzt und gejagt. Verkrochen sie sich in einem Versteck, wagten sie kaum zu schlafen, fuhren bei jedem Geräusch hoch, witterten und lauschten. Manchmal gruben sie Graupelzchen aus dem Schnee oder fingen ein Langohr, aber satt wurden sie davon nicht. Das ständige Hungergefühl, die ständige Fluchtbereitschaft machte sie immer gereizter. In den sorglosen Tagen am See war keine Rangordnung entstanden, die das Zusammenleben eines Rudels auch in schwierigen Zeiten regelt, und sie hatten keinen starken Leitwolf, der für Frieden sorgte. Wegen der geringsten Kleinigkeit schnappten sie nacheinander, nicht spielerisch wie sonst, sondern erregt knurrend. Nur Schiriki blieb ruhig und sanft, und keiner der anderen hätte daran gedacht, ihn anzuknurren oder nach ihm zu schnappen.

An einem dieser düsteren Tage gelang es Sternschwester, einen langohrigen Springer zu erbeuten. Als die anderen – halb verrückt vor Hunger – ihr den Hasen entrissen und darum zu kämpfen anfingen, heulte Schiriki traurig auf. Das brachte Imiak zur Besinnung. Er fuhr zornig knurrend in das ineinander verbissene Knäuel, packte zähnefletschend einmal Wuk und Wok, dann die Welpen am Pelz und erwartete, daß alle gemeinsam ihn anfallen würden. Zu seinem Erstaunen beruhigten sie sich. Wuk und Wok winselten beschämt, die Welpen leckten ihn, und Sternschwester nahm zärtlich seine Schnauze ins Maul. Bald darauf stöberten sie bei einem Kaninchenbau eine ganze Schar dieser kleinen Langohren auf, hetzten sie vereint, fraßen friedlich und hatten jeden Streit vergessen.

Am Abend lagerten sie auf einem Hügelkamm. In der Nacht klarte es auf, und als Schak und die Wölfe erwachten, wollten sie ihren Augen nicht trauen. Im strahlenden Morgenlicht erhob sich vor ihnen Gipfel an Gipfel, eisumkleidet ins Blau des Himmels aufragend – eine hohe Bergkette, die von Sonnenuntergang bis Sonnenaufgang reichte und wie ein unüberwindbares Hindernis zwischen ihnen und dem Land des Sommers lag.

## Die Lawine

„Da hinauf müssen wir?" fragte Itsi. To drückte sich verzagt an sie.

„Ja, da hinauf!" antwortete Imiak.

Sternschwester stupste die Welpen tröstend an. „Wie kämen wir sonst ins Land des Sommers? Es wird schon einen Weg darüber geben."

Die Wölfe schauten zu der Bergwelt empor, zu den Gipfeln und Spitzen, die, von Schatten durchzogen, unendlich hoch schienen. Die unteren Hänge waren dicht bewaldet. Weiter oben, soviel die Wölfe vom Hügelkamm aus sehen konnten, gab es nur noch Krüppelföhren und am Boden dahinkriechendes Gesträuch.

„Von dieser steinernen Welt haben die Wandervögel uns nie erzählt", sagte Wok bedächtig.

„Warum sollten sie auch?" schrie Schak. „Unsereins fliegt über so was einfach drüber hinweg! Wozu haben wir Flügel, die uns über den höchsten Berg tragen. Bloß ihr Spitzohren mit den langen Beinen tut euch schwer. Aber keine Angst, ich finde den Weg für euch."

Er umflatterte schäkernd die Wölfe und flog ihnen dann mit kräftigen Flügelschlägen voraus. Sie folgten ihm den Hügel hinunter bis zum Fuß des Gebirges. Nirgendwo nahmen ihre Nasen Duftmarken fremder Wölfe auf. Das machte der kleinen Schar Mut, als sie hinter Schak den Berghang hinaufzuwandern begannen. Sie konnten also auf die Jagd gehen, wann immer sich eine Gelegenheit bot. Im Winter – das wußten sie aus dem Tal der Flüsternden Winde – fanden Krummhörner und Spitzhörner im Felsenland keine Nahrung mehr und kamen auf niedriger gelegene Hänge herab. Vielleicht hatten sie Glück und stießen bald auf eine Herde Schafe oder Ziegen.

Der mit Tannen und Fichten bestandene Hang wurde immer steiler. Unter den Bäumen lag der Schnee nicht sehr hoch – nur manchmal zu Wächten aufgetürmt –, war aber so festgefroren und glatt, daß die Pfoten darauf ausrutschten, die Wölfe mußten oft lange nach gangbaren Steigen suchen.

Schak flog als Kundschafter voraus und fand einen Einschnitt zwischen den Gipfeln. Als die Wölfe endlich die Höhe erreicht hatten, erblickten sie vor sich wieder Felsspitzen, wieder Klippen und Zinnen. Vereinzelt standen hier noch windgebeugte, zerzauste Bäume, der dichte Wald hatte aufgehört.

Auf einem der Kare, die sich weit hinauf zu den schroffen Felswänden zogen, entdeckten die Wölfe äsende Krummhörner; die weißwolligen Körper der Schafe hoben sich kaum vom Schnee ab. Der Anführer der Herde, ein Bock mit schweren, gewundenen Hörnern, stand auf einem Steinblock und äugte witternd und prüfend umher.

Die Wölfe erstarrten und sanken zu Boden.

„Wir müssen ihnen den Weg nach oben abschneiden", wisperte Wok.

„Ja", wisperte Imiak zurück. „Wuk und Sternschwester und ich tun das. Treibt sie uns zu!"

Unendlich vorsichtig schlichen die drei am Rand des Kares hoch, suchten Deckung zwischen Krüppelgesträuch und Steintrümmern und lagen oft lange reglos, bevor sie sich weiterwagten. Der Wind war günstig und verriet sie nicht. Als sie oberhalb der Herde waren, stimmten Wok, die Welpen und Schiriki das Jagdgeheul an. Die jäh aufgeschreckten Schafe wollten zur Felswand flüchten, wo sie selber mit ihren gespaltenen Hufen so leicht Halt im Gestein fanden und Wölfe hilflos waren, wurden aber von Imiak, Sternschwester und Wuk zurückgetrieben. Das Rudel riß zwei Schafe und konnte sich nach so vielen Hungertagen endlich sattfressen.

Die Wölfe blieben bei der Beute und rasteten sich aus, schliefen oder dösten. Am Nachmittag fraßen sie den Rest, brachen auf und wanderten weiter. Immer wieder kamen sie auf Anhöhen, immer wieder mußten sie in Täler hinunter, um dann erneut steile Hänge hinaufzusteigen.

Am zweiten Tag ihrer Bergwanderung schlug das Wetter plötzlich um; die Gipfel verschwanden in Wolken. Nach einem mühsamen Aufstieg aus einem der Täler trotteten die Wölfe eben über eine freie, ungeschützte Halde, als Schak plötzlich unruhig wurde und schneller flog. Ein fahles Licht lag über dem Schnee, der stumpfgrau geworden war. Auf der Halde stand die Luft bewegungslos. Die Wölfe hasteten stumm hinter dem Häher her, gleich ihm spürten sie den kommenden Schneesturm, noch bevor er einsetzte; sie hofften, auf dem nächsten Bergeinschnitt, der verborgen im Grau lag, einen sicheren Unterschlupf zu finden.

Sie hatten aber noch nicht einmal den halben Weg zurückgelegt, als von den Felsgraten ein singender Ton kam, der anschwoll und lauter wurde. Ein plötzlicher Windstoß wirbelte langgezogene Schneefahnen hoch, dann brach der Sturm los, heulte von den Gipfeln herab mit einer Gewalt, wie die Wölfe es im Hügelland noch nie erlebt hatten. Der Sturm tobte und brüllte, brach sich in den Graten und Schrofen und schien von allen Seiten zu kommen.

Schak war in den tobenden Schneemassen verschwunden. Sie riefen nach ihm, immer wieder, aber das Brausen des Sturms verschluckte ihre Stimmen. Den Häher zu suchen war aussichtslos, sie konnten nur hoffen, daß er in einer Nische oder unter einem überhängenden Stein Zuflucht gefunden hatte. Am besten war es, wenn sie sich zu dem Bergeinschnitt hinaufkämpften und dort auf ihn warteten. So gut es ging, versuchten sie dicht beisammenzubleiben, die Welpen in der Mitte. Einmal mußten sie sich gegen den Sturm stemmen und wurden fast die Halde hinuntergeblasen, dann packte der Sturm sie von hinten und trieb sie unbarmherzig vorwärts. Sie verloren jeden Richtungssinn. Abgründe öffneten sich vor ihnen, Felsklippen versperrten den Weg.

Statt den geschützten Bergeinschnitt zu erreichen, waren sie in ein wildzerklüftetes Gebiet geraten. Wie lange sie im Heulen des Sturmes und im windgepeitschten Schnee umherirrten, hätten sie nachher nicht sagen können, sie fühlten sich dieser fremden, steinernen Welt hilflos ausgeliefert. Im Hügelland hätten sie gewußt, was zu tun war, aber hier im Felsenland, das sie immer gemieden hatten, fehlte ihnen jede Erfahrung.

Schließlich stolperten sie, schon am Ende ihrer Kräfte, in einen mit Krüppelkiefern bestandenen Kessel und beschlossen, sich hier zu verkriechen und abzuwarten, bis der Sturm vorüber war oder zumindest schwächer wurde. Sie ließen sich zu Boden sinken und wollten sich schon erleichtert aneinanderdrängen, als ein Tosen und Donnern hoch über ihnen sie wieder aufschreckte. Sie konnten sich nicht erklären, was das bedeuten sollte, konnten auch durch die Wand aus wirbelndem Schnee nichts sehen, aber all ihre Sinne sagten ihnen, daß sie in tödlicher Gefahr waren. Sie rafften sich auf, flohen aus dem Kessel und rasten den Hang hoch, gerade noch im letzten Augenblick, bevor eine breite Bahn aus aufstäubendem Schnee den Kessel und die Krüppelkiefern unter sich begrub.

In panischer Angst hetzten die Wölfe weiter, ohne zu merken, daß einer aus ihrer Schar fehlte. Schiriki war von einem Ausläufer der Lawine erfaßt worden. Die Schneemassen rissen ihn mit, trugen ihn über den Rand des Kessels hinaus und schleuderten ihn gegen eine Steinklippe, wo er betäubt liegenblieb.

Seine Geschwister, die Welpen und Wuk und Wok hatten das Ende des Hanges erreicht. Vor ihnen lag eine weite Hochfläche, aber das wußten sie nicht, sie spürten nur, daß der Boden unter ihnen eben wurde. Sie rannten taumelnd weiter. Einer nach dem anderen brach erschöpft zusammen und blieb im Schnee liegen, während der Sturm über sie hinwegtobte und Lawinen von den Gipfeln und Graten herab in die Täler donnerten.

Als Schiriki wieder zu sich kam, lag er halb im Schnee vergraben, unter fest zusammengebackenen Brocken, die schwer wie Stein waren. In einer Art Dämmerzustand zwischen Bewußtlosigkeit und Wachsein vernahm er das Heulen des Sturmes nur noch gedämpft. Alles war unwirklich geworden. Im treibenden Schnee glaubte er Gestalten zu erblicken, er rief nach Sternschwester und Imiak, aber er konnte seine eigene Stimme nicht hören. Die Gestalten lösten sich auf, verschwanden, und Schiriki begriff, daß er allein war, allein in dieser wüsten Welt aus Schnee und Eis. Er mußte die

Geschwister suchen, mußte sie finden, aber es war so unendlich mühsam, sich freizukämpfen. Am ganzen Körper fühlte er sich wie zerschlagen, seine Läufe waren taub und gehorchten ihm nicht.

Einer der Schneebrocken rutschte weg. Die Last war nicht mehr so schwer. Schiriki richtete sich schwankend auf und tastete sich, Schritt für Schritt, vorwärts. Die Beine wollten ihm immer wieder einknicken, aber er zwang sich, Pfote vor Pfote zu setzen. Als er endlich den Lawinenstrich hinter sich hatte, gab die Schneedecke plötzlich unter ihm nach, er glitt aus und fiel ins Bodenlose.

## Der Traum

Am Morgen ließ die Gewalt des Sturmes ebenso jäh nach, wie sie eingesetzt hatte. Das Brüllen und Tosen wurde schwächer und erstarb. Die Sonne stieg an dem von Wolken freigeblasenen Himmel empor und überstrahlte Gipfel, Kare und Täler mit Licht; die Hochfläche funkelte und gleißte. An manchen Stellen, wo Hindernisse aufragten, Klippen oder Baumgruppen, hatte der Sturm den Schnee zu riesigen Wehen aufgetürmt, wieder andere Felsblöcke waren blankgefegt worden.

Schnee hatte auch die schlafenden Wölfe zugedeckt, nur kleine Buckel zeigten an, wo sie lagen. Aber es war eine pulvrige, leichte Decke, die sich ohne Mühe abschütteln ließ, als sie erwachten. Einer nach dem anderen sprang auf und schaute blinzelnd ins blendende Licht. Ihr Atem flockte, es war bitterkalt. Von drei Seiten säumten weiße Bergspitzen die Hochfläche, aber gegen Süden zu, in der Richtung, in der sie weiterziehen mußten, ging der Blick frei und ungehindert in die Ferne, kein neuer Gebirgszug erhob sich dort.

Die Wölfe konnten es kaum fassen, brachen in erlöstes Heulen aus und sprangen kläffend im aufstäubenden Schnee aneinander hoch. Itsi biß vorsichtig einen Eisklumpen aus dem Pelz des Bruder und jaulte glücklich.

Sie hatten die steinerne Welt überwunden. Die Schrecken des Sturmes und des stürzenden Schnees lagen hinter ihnen. Der Himmel spannte sich tiefblau über ihnen, der Schnee glitzerte – was für ein schöner Tag! Für den Augenblick vergaßen sie alles, selbst die ausgestandene Todesangst.

Dann aber kam die Erinnerung zurück, sie dachten an ihren geflügelten Freund, an Schak, den Häher, den sie im tobenden Sturm aus den Augen verloren hatten. Und ganz plötzlich wurde ihnen auch bewußt, daß einer aus dem Rudel fehlte. Schiriki war nicht bei ihnen. Schlief er noch im Schnee? War er noch nicht aufgewacht? Sie schauten um sich, aber rundum war die Schneedecke glatt und eben, kein Buckel erhob sich und zeigte den Schlafplatz eines Wolfes an.

„Schiriki!" heulte Sternschwester auf. „Wo bist du? Schiriki!"

Sie rannten winselnd umher, gruben ihre Schnauzen in den Schnee und schnüffelten, aber nirgendwo nahmen sie Schirikis Geruch auf. Sie verstreuten sich über die Hochfläche, liefen zu jedem Steinblock, jedem Baum und jedem Busch, sogen witternd die Luft ein und spähten nach allen Richtungen. Sie konnten kein Anzeichen, keinen Hinweis entdecken, daß er wie sie die Hochfläche erreicht hatte.

Schließlich trotteten sie zu ihrem Lager im Schnee zurück und blieben mit hängenden Köpfen stehen. Sternschwester stieß Imiak mit der Schnauze an. „Wir

finden ihn", sagte sie, als sei das selbstverständlich.
„Ja", antwortete Imiak. „Wir finden ihn."

Als er aber auf das Felsenland blickte, auf die hochragenden Gipfel, auf die Schründe und Schrofen, die Schluchten und schneebedeckten Kare, erfaßte ihn ein Gefühl der Hoffnungslosigkeit. Von dem Augenblick an, als der Sturm eingesetzt hatte, waren sie wie blind und ohne Richtungssinn umhergeirrt; wer von ihnen konnte sagen, welche Höhen sie erklommen hatten, entlang welcher Berghänge sie sich vorwärtsgekämpft hatten. Wann war Schiriki von der Schar abgekommen? Imiak wußte es nicht. Wo sollten sie ihn in dieser riesigen Welt aus Schnee und Fels suchen? Der Sturm hatte jede Spur gelöscht, jede Witterung längst fortgetragen. Mußten sie ohne Schak und ohne Schiriki nach Nitakama weiterwandern? Wäre Imiak allein gewesen, er wäre in ein klagendes Geheul ausgebrochen, aber er durfte den anderen nicht zeigen, wie ihm zumute war. In den Blicken von Wuk und Wok spürte er, was sie ihm sagten, auch wenn sie es nicht aussprachen: Bleib ruhig, Imiak. Ein Leitwolf gibt dem Rudel Zuversicht.

Und Imiak fragte, so ruhig er es nur vermochte: „Wer von euch weiß, wann Schiriki noch bei uns war?"

„Unten in der Mulde, bevor der stürzende Schnee kam!" antwortete Sternschwester sofort.

„Bist du sicher?"

„Ja, Imiak. Ganz sicher! Er war neben mir!"

„Dann suchen wir ihn dort!"

Sie liefen zum Rand der Hochfläche, hielten an und blickten um sich. Der Hang, auf dem sie vor der Lawine geflohen waren, senkte sich steil zum Kessel hinab, eine fast einheitlich glatte Schneefläche, nur unterbrochen von ein paar Steinblöcken, die nicht zugeweht worden waren. Der Kessel selbst lag am Fuß einer senkrecht aufsteigenden, hohen Felswand. Blankes Eis schimmerte bläulich in Spalten und Ritzen. Im Bergmassiv oberhalb der Felswand war auf einem der Grate eine riesige Schneewächte abgebrochen, das mußte die Lawine ausgelöst haben, die breite Bahn der Zerstörung war deutlich zu sehen. Der Kessel war ein wüstes Durcheinander von zusammengeballtem, schmutzigbraunem Schnee, Gesteinstrümmern und zerfetztem Krüppelgesträuch. Weiter unten brach der Lawinenstrich jäh ab, dort waren die Schneemassen in eine Schlucht hinuntergestürzt. Ein zersplitterter Baumstrunk ragte wie in stummer Klage über den Abgrund hinaus. Weder die Felswand noch die Schlucht hatten die Wölfe im Sturm wahrnehmen können.

Nach dem ersten Augenblick des Entsetzens – wie konnten sie hoffen, daß Schiriki noch lebte, wenn ihn die Lawine erfaßt hatte – rannten sie den Hang hinunter. Sie sanken in lockerem Schnee ein und schlitterten über eisige Stellen, wo ihre Pfoten keinen Halt fanden.

Als sie unten im Kessel waren, kletterten sie auf dem Lawinenstrich umher und wühlten mit Schnauzen und Pfoten im zusammengepreßten Schnee. Ihre Nasen empfingen keine Botschaft. Lag Schiriki so tief begraben, daß sie ihn nicht wittern konnten? Sie riefen nach ihm, riefen nach Schak. Obwohl es gefährlich war, suchten sie auch den Rand der Schlucht ab. Hinunterschauen konnten sie aber nicht, hier war der Schnee trügerisch, Klumpen lösten sich und kollerten in den Abgrund, wenn sie sich zu weit vorwagten. Noch einmal schnüffelten und witterten sie im Kessel und entlang der Felswand. Sie scharrten und gruben, bis ihre Pfoten wund waren und sie einsehen mußten, daß es vergeblich war.

Sternschwester hob die Schnauze zu dem hohen, blauen Himmel empor, zu den Bergen in ihrer kalten, winterlichen Pracht, und fing zu heulen an. Ihre klagenden Rufe kamen, vielfach gebrochen, von den Felswänden zurück, es war, als gäbe dort oben jemand spöttisch Antwort. Imiak rieb den Kopf an ihrer Schulter, aber er wußte, daß er sie nicht trösten konnte. Wuk und Wok und die Welpen standen stumm da.

Wieder heulte Sternschwester, wieder antwortete das Echo. War es nur das Echo? Die Wölfe meinten, nicht recht gehört zu haben. Ihre Ohren stellten sich auf. Täuschte ihnen der Widerhall etwas vor oder vernahmen sie wirklich das Kreischen des Hähers? Aus den Felsen herab flog ein blauweißes Federbündel auf sie zu. Schak strich herbei und landete vor ihnen auf dem brockigen Schnee. „Da bin ich!" schäkerte er und plusterte sich auf. „Habt ihr geglaubt, ihr würdet mich so leicht los? Bin mit dem Sturm geflogen, bis ich einen guten Platz fand, mitten im Dickicht unter den Krüppelbäumen. Ich wußte ja, daß ich euch wiederfinden würde."

Er gluckste vergnügt. Seine kleinen Augen funkelten.

Sternschwester beugte sich mit einem jammernden Laut zu ihm hinab. Der Häher reckte sich hoch und schnäbelte zärtlich. „Was hast du, Schwesterchen Vierbein? Wir sind doch alle wieder beisammen!"

„Nein, nicht alle, Schak!"

Er äugte die schweigenden Wölfe an. „Schiriki?" piepte er.

„Ja, Schak. Wir waren hier im Kessel, als der stürzende Schnee kam. Wir anderen konnten fliehen. Nur Schiriki nicht."

Der Häher ließ die Flügel hängen. „Liegt er unterm Schnee?" fragte er leise.

Die Wölfe gaben keine Antwort.

„Er liegt nicht unterm Schnee!" rief Sternschwester. „Irgendwo ist er und braucht unsere Hilfe. Ich spüre es." Sie schaute den Häher flehend an. „Dich tragen deine Flügel, wohin wir nicht laufen können. Schak, lieber Schak, flieg fort und such ihn!"

Schak breitete die Flügel aus, flog hoch und begann über der Schlucht Kreise zu ziehen. Die Wölfe liefen ihm nach, so weit der Schnee sie trug. Einen Augenblick lang blieb der Häher flügelschlagend in der Luft stehen, strich dann rasch tiefer hinab und entschwand hinter dem Rand der Schlucht ihren Blicken.

Schiriki erwachte. In den Ohren vermeinte er noch immer das Toben des Sturmes und das Tosen des stürzenden Schnees zu hören, aber durch seine geschlossenen Lider drang helles Tageslicht, und die Luft, die er einatmete, war warm wie an einem Sommertag. Er konnte das nicht verstehen, öffnete die Augen – und sah vor sich eine fremde, unbekannte Welt. Verschwunden waren Eis und Schnee und die in den Himmel ragenden Gipfel, er war aber auch nicht im Hügelland mit den Kuppen und Tälern und dichten Wäldern. Die Welt, in der er sich befand, war so anders als jene, die ihm vertraut war, daß er im ersten Augenblick zu träumen glaubte, denn das, was er erblickte, konnte nicht Wirklichkeit sein.

Ein breiter Pfad führte in diese Welt hinein – nicht geheimnisvoll verschlungen wie die Pfade der Schnellen Läufer oder die der anderen Vierbeiner, sondern ganz gerade, ohne einen Busch oder Baum, der Deckung bot. Als Schiriki zögernd die Pfoten daraufsetzte, meinte er auf Stein zu treten; es konnte aber kein Stein sein. Was er unter den Pfotenballen spürte, war seltsam leblos.

Staunend und verschreckt wie ein Welpe, der zum erstenmal das Halbdunkel der Höhle verläßt und sich im Tageslicht noch nicht zurechtfindet, folgte Schiriki dem Pfad. Viele der Pflanzen, die hier wuchsen, hatte er noch nie gesehen, sie standen in großen Flecken beisammen, immer nur eine Art, manche waren grün und krautig, andere hatten hohe gelbe Halme mit schweren, nickenden Samenrispen. Der leichte Wind trug ihm eine Vielzahl von Botschaften zu, es waren fremde Gerüche, die ihn verwirrten und ängstigten. Der Himmel über ihm war leer, kein geflügelter Jäger zog dort oben seine Kreise.

Am Ende des Pfades erhoben sich gleich einem nicht sehr hohen Gebirge weißgraue Blöcke, wie absichtslos hingestreut, die aus unzähligen blinkenden Augen zu starren schienen. Schiriki wagte sich nicht weiter und blieb stehen. Die Blöcke aus Stein – oder was immer es sein mochte – waren Wohnhöhlen der haarlosen, aufrecht auf zwei Beinen gehenden Wölfe, jener schrecklichen Geschöpfe, die Schiriki im Traum erblickt hatte. Da wußte er, daß es Schogar Kans neue Welt war, in der er sich befand; er wandte sich um und floh.

Er lief und lief mit großer Angst im Herzen, fand keinen Weg zurück in seine Welt und konnte der Welt der aufrechtgehenden Wölfe nicht entrinnen. Er rief nach seinen Geschwistern, er rief nach seinem Rudel, er rief nach seinen Artgenossen, aber sein Heulen verhallte ungehört. Kein Schneller Läufer gab ihm Antwort.

Schließlich ließ er sich zu Boden fallen und meinte, aus Verlassenheit und Einsamkeit sterben zu müssen, als der Wind ihm endlich die ersehnte Botschaft brachte. Er schaute auf und sah einen Schnellen Läufer, der wie er selbst durch die fremde Welt irrte. Schiriki sprang auf und rannte ihm entgegen.

Ein donnerähnliches Knallen, ein grell aufzuckendes Licht erschreckten ihn. Mitten im Lauf, als hätte ein unsichtbarer Gegner ihn angefallen, riß es den Schnellen Läufer hoch, dann sank er aus vielen Wunden blutend nieder.

Schiriki lief zu ihm und leckte ihn, aber er konnte das Blut nicht stillen, mit dem die Lebenskraft verrann. „Wo sind deine Gefährten?" fragte er.

„Keiner mehr da! Alle sind tot", antwortete der Sterbende. „In der Welt der Zweibeiner ist kein Platz für Wakas Geschöpfe. Weißt du das nicht?" Seine Läufe zuckten, er streckte sich aus und lag reglos da.

Schiriki schaute in die gebrochenen Augen des einzigen Wolfes, den er auf seiner langen Suche gefunden hatte. Er hob die Schnauze zu dem leeren Himmel empor und heulte auf: „Wo ist mein Volk? Bin ich der Letzte der Schnellen Läufer?"

Aber so sehr er auch heulte, niemand hörte ihn, niemand kam und gab ihm Trost. Die haarlosen Wölfe waren taub für sein Klagen, und ihre Augen waren blind für seine Not.

Da legte Schiriki sich neben seinen toten Artgenossen, wollte sterben wie er und sank in einen tiefen, totenähnlichen Schlaf, aus dem er – er wußte nicht wann – wieder erwachte.

Als er die Augen öffnete und um sich blickte, sah er, daß ihn das funkelnde Netz einschloß, das Netz, das wie Spinnenwebe, aber hart wie Stein war, das Netz, das er nie überspringen und nie zerreißen hatte können. Es war wie in seinem Traum, der ihn so oft gequält hatte, nur war er diesmal nicht allein, auch seine Geschwister, die Welpen und Wuk und Wok waren gleich ihm darin gefangen. Er lief zu ihnen und rief sie mit ihren Namen, aber sie erwiderten seine Rufe nicht. Sie erkannten ihn nicht, sie wußten nicht, daß er es war, der sie rief. Sie blieben stumm und blickten ihn aus Augen an, die wie erloschen waren.

„Ich bin es, Schiriki, euer Bruder!" heulte er.

Er leckte und liebkoste sie – sie ließen es geschehen, teilnahmslos. Er grub seine Schnauze in Sternschwesters Pelz, und sie wandte sich von ihm ab, als sei er ein Fremder.

„Habt ihr vergessen, wer ihr seid?" rief er. „Einst waren wir frei! Wißt ihr das nicht mehr?"

Er begann zu erzählen, von den Hügeln und Tälern, von den endlosen Wäldern, in denen sie gejagt hatten. Er erzählte vom weichen Moos unter den Pfoten und den im Wind wispernden Gräsern, von der großen Stille, bevor das Taglicht sich am Himmel erhob, von den Nächten, in denen Wakas Lichter die Dunkelheit erhellten. Er erzählte von den glücklichen Spielen und wie sie miteinander über die Wiesen getollt waren – aber sie verstanden nicht, wovon er sprach. Er konnte ihre Erinnerung nicht wecken, ihre Augen blieben stumpf und gleichgültig.

Da lief Schiriki das grausame Netz entlang, wollte eine Lücke suchen, aber nirgendwo gab es ein Schlupfloch in die Freiheit. Er sprang am Netz hoch empor, biß in das kalte Geflecht und wollte es niederreißen. Immer und immer wieder sprang er hoch, sprang noch mit zerfetzten Pfoten und blutendem Maul. Er durfte nicht aufgeben, er mußte sich und seine Gefährten befreien und mit ihnen gemeinsam den Weg zurück in Wakas gute Welt suchen und finden.


„Schiriki!" wisperte Sternschwester. Sie schnüffelte, sog glücklich seinen Geruch ein und begann ihn zu lecken.

Er spürte ihre Zunge, die über sein Fell glitt, und konnte das nicht begreifen. Hatte sie sich nicht eben wie eine Fremde von ihm abgewandt? „Das Netz, Sternschwester!" stieß er hechelnd hervor. „Ich muß es niederreißen."

„Das Netz? Hier ist keines." Sie knabberte an seinen Ohren. „Wach auf, Schiriki! Du hast nur geträumt."

Er öffnete die Augen, sah alles wie durch dichten Nebel, schaute verloren um sich und fand sich nicht zurecht. „Die Zweibeiner!" murmelte er. „In ihrer Welt ist kein Platz mehr für uns."

„Was redest du, Schiriki?" hörte er Imiaks Stimme. „Zweibeiner gibt es nicht."

Der Nebel vor Schirikis Augen lichtete sich, löste sich

auf und zerfloß. Die Luft war klar und sonnendurchstrahlt. Er lag auf einem Felsband, tief eingesunken im Schnee, in einem Gestrüpp aus Krüppelsträuchern und Ranken, die sich an eine steil aufsteigende Wand klammerten. Neben ihm saß Sternschwester, und hinter ihr auf dem Felsband standen Imiak, Wuk und Wok und die Welpen. Sie glichen nicht mehr den stumpfen, vom Netz eingeschlossenen Geschöpfen. Winselnd vor Freude, schauten sie ihn an, sie erkannten ihn, sie wußten, wer er war, ihre Augen glänzten, waren nicht teilnahmslos und gleichgültig.

Die Erinnerung kam zurück, Schiriki wußte wieder, was geschehen war. Der stürzende Schnee hatte ihn mitgerissen; er hatte gemeint, ins Bodenlose zu fallen. Und dann hatte er geträumt – von der Welt ohne Waka.

Er hob den Kopf. Über ihm, auf einer vorspringenden Felskante, saß Schak, lugte ihn mit schiefgeneigtem Kopf an und zirpte fröhlich.

„Schak! Lieber Schak!" rief Schiriki. „Du bist wieder bei uns!"

Der Häher lachte glucksend. „Ja, Brüderchen Vierbein, wir sind wieder alle beisammen. Du hast Glück gehabt, bist nicht tief gefallen. Ich hab dich gleich entdeckt auf dem Felsenband. Dann habe ich einen Weg in die Schlucht gesucht – und da sind wir nun!"

Der schmale Himmelsausschnitt über der Schlucht war blau und wolkenlos, die aufragende Wand war zerklüftet, das Gestein verwittert. Die schrägeinfallenden Strahlen der frühen Vormittagssonne konnten die Schlucht nicht ausleuchten, sie senkte sich steil hinab in die Tiefe und verlor sich in dunklen Schatten. Ein Gefühl des Schwindels erfaßte Schiriki, als er aufstand und hinunterblickte und daran dachte, was geschehen wäre, hätten ihn die Krüppelsträucher nicht aufgefangen.

„Kommt!" tschirpte Schak, breitete die Flügel aus und flog voran.

Die Wölfe begannen, einer hinter dem anderen, den Aufstieg aus der Schlucht. Das Felsband, das Schiriki vor dem Sturz in die Tiefe bewahrt hatte, führte entlang der Wand langsam höher hinauf, war so breit, daß ihre Pfoten Halt fanden, und mündete oberhalb des Kessels in den Hang.

Auf dem Felsband wäre es zu gefährlich gewesen, das Wiedersehen zu feiern, aber auf dem Hang konnten die Wölfe sich nicht mehr halten; sie stellten sich auf die Hinterbeine, umarmten einander mit den Vorderläufen, leckten einander mit den langen Zungen, bekamen nicht genug davon, Schiriki zu beschnüffeln und zu küssen, sprangen hoch in die Luft, rutschten aus und kugelten im Schnee herum. Schak tanzte flügelschlagend und laut kreischend über den Köpfen der Wolfsschar.

Endlich beruhigten sie sich, sie blickten noch einmal zurück auf den Lawinenstrich, auf die Schlucht und auf den verwüsteten Kessel, konnten fast nicht glauben, daß sie all das lebend überstanden hatten, stapften dann den Hang hinauf und wanderten über die Hochfläche, dem fernen Horizont entgegen. Der Schnee war windgepreßt, sie sanken nicht ein, trabten leichtfüßig dahin und kamen schnell vorwärts. Die Sonne stieg höher, ihr Licht brach sich in Myriaden von funkelnden Schneekristallen. Schiriki, der in der Mitte lief, setzte glücklich seine Pfoten in die Stapfen der Gefährten. Der schreckliche Traum war vorbei, er war wieder in Wakas guter Welt.

Am Ende der Hochfläche führte ein sanft abfallender Hang in ein dicht mit Bergkiefern bewachsenes Tal hinunter. Schak kreischte erfreut auf und flog pfeilgerade darauf zu, während die Wölfe ihm gemächlich nachtrotteten. Schon von weitem hörten sie das Schnarren und Tratschen einer Schar Häher, die sich in den Bäumen herumtrieben. Schak gesellte sich zu ihnen, flatterte von Ast zu Ast und plünderte die zapfenbehängten Zweige.

Nachdem sein Hunger gestillt war, holte er die Wölfe, die weitergewandert waren, bald wieder ein.

Am späten Nachmittag, die Schatten waren lang geworden, leitete Rabengekrächze die Wölfe zu einer Mulde, wo ein verendeter Hirsch lag, der in der Sturmnacht von einem stürzenden Baum erschlagen worden war. Außer den Raben hatten sich auch ein paar Füchse eingefunden. Der Blutgeruch stieg den Wölfen lockend in die Nasen und machte ihnen bewußt, daß sie seit der Jagd auf die Krummhörner gefastet hatten. Da sie auf dem ganzen Weg kein Besitzzeichen eines anderen Rudels entdeckt hatten, stürzten sie sich bedenkenlos und fröhlich kläffend auf die Mahlzeit. Die Raben flogen erbost auf, ließen sich aber gleich wieder nieder. Die langgeschwänzten Füchse zogen sich unter die Bäume zurück, umstrichen die Mulde und wagten sich erst nach einer Weile vorsichtig wieder näher. Die Wölfe dachten nicht daran, sie zu verjagen, es war genug Nahrung für alle da. Sie knurrten nur, wenn einer der Raben sie beim Fressen störte.

Nachdem ihr Bäuche so prall waren, daß sie nichts mehr hinunterwürgen konnten, suchten sie sich einen geschützten Platz, leckten sich gegenseitig den Pelz rein, steckten die Schnauzen unter die Schwänze und schliefen. Schak döste in einer der Kiefern.

Die Sonne neigte sich dem Horizont zu, es dämmerte, nur der Schnee leuchtete noch schwach. Von der Mulde her kam das Krächzen der Raben und das Japsen der Füchse, dann verkündete ein lautes Fauchen, daß ein Marder seinen Teil von der Mahlzeit haben wollte.

Die Wölfe erwachten. Sie streckten und reckten sich, rollten sich auf den Rücken, schlenkerten mit den Beinen, ließen die Pfoten baumeln, rollten sich auf die Seite und stupsten einander an. Aber noch waren sie zu satt und zu träge, um aufzustehen. Als die Sterne am nachtblauen Himmel zu leuchten begannen, kehrten sie zur

Mulde zurück, worüber sich der Marder sehr aufregte und zischend und fauchend alle möglichen Drohungen ausstieß. Sobald er jedoch das gefletschte, mächtige Gebiß Woks drohend über sich erblickte, zog er es vor, auf Fluchtdistanz zu gehen und zu warten, bis die unwillkommenen Gäste wieder verschwunden waren.

In den nächsten Tagen mußten sich die Wölfe mit Graupelzchen, Langohren, Waldhühnern und anderem Kleinzeug zufriedengeben. Überall stießen sie jetzt auf Duftmarken, und keines der Rudel wollte sie auf ihrem Gebiet dulden. Ein paarmal mußten sie überstürzt die Flucht ergreifen, um einen Kampf zu vermeiden.

Eines Morgens erreichten sie – ganz unerwartet – das Ende der Hügelketten. Vor ihnen lag ein weites flaches Land, bedeckt mit dichten Wäldern, die sich am Horizont in der Ferne verloren. Bäche und Flüsse wanden sich hellglitzernd durch die Ebene; größere und kleinere Seen blinkten.

„Hier gibt es bestimmt Großhörner und Hornträger, und mehr als genug!" rief Imiak.

„Ja! Wenn man uns jagen läßt!" murrte Wuk.

Das Rudel, dessen Duftmarken sie fanden, sobald sie in die Ebene hinabgestiegen waren, schien aber nichts dagegen zu haben, daß ein paar hungrige Streuner durch das Jagdgebiet zogen. Die fremden Wölfe ließen sich nicht blicken. Wahrscheinlich waren sie sattgefressen und zu träge, um Eindringlinge aufzuspüren und fortzutreiben.

Überall entdeckten Imiak und seine Gefährten Anzeichen, die ihnen sagten, daß es hier reichlich Jagdbeute gab. Als sie zu einem großen, langgestreckten See kamen und das Besitzerrudel sich noch immer nicht gezeigt hatte, beschlossen sie, auf die Jagd zu gehen. Sie trennten sich und liefen, jeder für sich, das Ufer entlang und suchten nach frischen Fährten.

Der See war zugeschneit, nur dort, wo er Winddriften

ausgesetzt war, spiegelte blankes Eis. Tannen und Fichten – das Nadelgrün vom Schnee weißgefleckt – säumten die von Buchten gegliederten Ufer. Da und dort reckten Laubbäume ihre kahlen Kronen in den winterlich blassen Himmel. Die Nächte waren zwar kürzer geworden und die Tage länger, aber noch besaß die Sonne keine Kraft und wärmte kaum.

Auch Schiriki trabte schnüffelnd und witternd dahin. In einer der Buchten blieb er stehen. Biber hatten hier eine Burg gebaut und rund um ihr Futterfloß das Wasser eisfrei gehalten. Ein braunpelziger Kopf tauchte neben dem Zweiggewirr auf. Da Schiriki sich nicht regte und die Luft zu ihm her strich, schwamm der Biber leise plätschernd umher, bevor er wieder im Wasser verschwand.

Das friedliche Bild der winterlichen Landschaft, die Stille, die Schiriki umgab, in der er seine eigenen Atemzüge hörte und manchmal ein Knacken im Geäst oder ein kaum wahrnehmbares Rascheln – all das ließ ihn die Jagd vergessen. Über die verschneite Seefläche führten unzählige, wie hingekritzelte Vogelspuren und Spuren von großen und kleinen Vierbeinern. Schiriki fühlte sich eins mit Wakas Welt, fühlte sich geborgen in dem Wissen, daß er ein winziger Teil davon war; die Angstträume, die so bedrohlich gewesen waren, wurden unwirklich und verblaßten.

Ein aufgeregtes Kläffen brachte Schiriki wieder zu sich. Seine Geschwister, die Welpen und Wuk und Wok hatten einen Hasen aufgestöbert und trieben ihn über das Eis auf die Bucht zu. Schiriki sank ins schneeverwehte Riedgras nieder. Der Hase, durch den weißen Winterpelz kaum von seiner Umgebung zu unterscheiden, versuchte das Ufer und das schützende Dickicht des Waldes zu erreichen. Jedesmal, wenn ihm einer der Verfolger zu nahe kam, schlug er jäh einen Haken und war, während die Wölfe schlitternd bremsten, schon wieder ein ganzes Stück voraus.

Schirikis Nase nahm den Geruch der Angst auf, die Jagdlust erwachte, er duckte sich und spannte die Muskeln an. Der Hase schoß ans Ufer, geradewegs auf das Riedgras zu. Schiriki sprang, packte ihn am Genick und wollte schon zubeißen, als sich das kleine, gehetzte Geschöpf hilflos quiekend aufbäumte. Schiriki blickte in vor Todesangst starre Augen – ihm war, als blicke er in die Augen des sterbenden Schnellen Läufers, dem er in der Welt ohne Waka begegnet war.

Er ließ von dem Hasen ab, der jetzt reglos, wie gelähmt, auf dem Boden kauerte. „Lauf!" sagte Schiriki. „Lauf, kleines Geschöpf."

Ein Zittern rann durch das weiße, flaumige Fellbündel, die langen, innen rosa gefärbten Ohren bebten. Einen Herzschlag lang schien der Hase nicht zu erfassen, daß er frei war, dann raffte er sich auf und raste, die letzten Kräfte sammelnd, in das Ufergebüsch hinein.

Wuk und Wok, Sternschwester und Imiak waren auf dem Eis stehengeblieben. To schniefte verwirrt. Schiriki kam in die Gegenwart zurück, wurde sich bewußt, was er getan hatte, und fuhr sich mit der Pfote verlegen übers Gesicht.

Sie sahen ihn am Ufer stehen. Im Licht der matten Wintersonne wirkte er noch schmächtiger als sonst – und doch war er dem narbigen Leitwolf und selbst Schogar Kan ohne Furcht entgegengetreten. Sie verstanden nicht, warum er das Langohr hatte entkommen lassen, obwohl das Rudel hungrig war – denn Mitleid mit Beutegeschöpfen war ihnen fremd –, aber sie nahmen sein seltsames Verhalten ohne zu fragen hin.

„Er ist – anders!" sagte Imiak leise.

„Ja", sagte Sternschwester. „Er ist anders. Er sieht Dinge, die wir nicht sehen."

Sie lief ans Ufer und leckte ihn. Der Rest des Rudels trottete langsam nach.

„Wenn man es recht bedenkt", sagte Wok, „ist so ein

furchtsames Langohr wirklich ein zu kleiner Happen für uns. Was wir jetzt brauchen, ist ein Großhorn. Meinst du nicht auch, Wuk?"

Wuk antwortete mit einem kurzen, zustimmenden Wuffen.

Am Ende des Sees, in versumpften Wiesen, die sich weit in den Wald hineinzogen, nahmen die Wölfe die Witterung von Elchen auf, erlegten einen alten, lahmenden Bullen und balgten sich vergnügt knurrend um die besten Bissen. Keiner aber knurrte Schiriki an, während er, wie abwesend und als wären seine Gedanken ganz woanders, seinen Hunger stillte. Schak, der mit einer Häherschar einen Streifzug durch den Wald gemacht hatte, kam herangeflogen und leistete den Wölfen beim Fressen Gesellschaft.

Als alle satt waren, liefen sie zum See zurück. In einer der Buchten hüpfte und sprudelte ein Bach über Steinblöcke, die mit wunderlichen Eiszapfen behängt waren, sammelte sein Wasser in einem zugefrorenen Tümpel und floß dann in den See.

An der Bachmündung fanden die Wölfe einen windgeschützten Lagerplatz. Aneinandergedrängt gaben sie sich gegenseitige Wärme, denn die Nächte waren noch immer sehr kalt. Sternschwester lag dicht bei Schiriki. So tief der Schlaf der Wölfe auch war, nahmen doch ihre Sinne jeden Laut auf. Wenn ein Zweig in der Kälte knackte oder ein Vogel sich im Dickicht regte, spielten die Ohren der Schläfer und ein oder zwei Augenpaare öffneten sich. Schak ruhte oben im Geäst einer Tanne. Auch er wäre bei einer sich nahenden Gefahr sofort hellwach gewesen und in kreischende Warnrufe ausgebrochen.

Aber nichts störte die nächtliche Ruhe. Als die Wölfe am Morgen erwachten, dachten sie nicht ans Weiterwandern. Das Rudel, dem das Jagdgebiet gehörte, kümmerte sich noch immer nicht um sie, und wer wußte, wann sie wieder einmal eine solche Gelegenheit zum Schlafen und Rasten fanden. So döste die ganze Schar weiter, bis es den Welpen langweilig wurde. Zuerst liefen Itsi und To am Ufer herum, dann lockte sie die weite Seefläche, und sie entdeckten unter fröhlichem Gekläff ein neues Spiel: Eistanzen! Der Häher kam schäkernd zum Lager der Wölfe geflogen. „He, ihr Langschläfer! Wacht auf! Da draußen auf dem See geht es lustig zu!"

Sternschwester sprang als erste auf, duckte sich spielerisch, ihre schräggestellten Augen funkelten auffordernd, dann sauste sie los. Die anderen rannten hinter ihr her und machten es den Welpen nach. Sie schlitterten und rutschten über blankes, vom Schnee freigefegtes Eis, sprangen hoch in die Luft und landeten bäuchlings, alle viere von sich gestreckt. Einen Ringkampf auf spiegelglattem Boden aufzuführen war ebenfalls eine neue Erfahrung. Sie richteten sich auf, umarmten einander mit den Vorderläufen und schubsten sich gegenseitig so lange hin und her, bis sie den Halt verloren und aufs Eis kollerten. Schak lachte gellend und schlug über ihren Köpfen flügelflatternd Kapriolen.

Als die Wölfe genug getollt hatten, legten sie sich am Ufer in die Sonne und dösten und schliefen wieder. Der Tag verging auf die angenehmste Weise. Zu Mittag hatten sie mit einem Leisepfotenjäger ein Scheingeplänkel, um ihn von den Sumpfwiesen, wo ihre Beute lag, fernzuhalten. Am Nachmittag fraßen sie den Rest des Elchbullens, nagten alles säuberlich ab und zerknackten noch den letzten Knochen. Hernach faulenzten sie auf ihrem Schlafplatz und genossen erneut das Nichtstun.

Als die Sonne sich zu neigen begann, verließ Schiriki das Lager, so unauffällig, daß Sternschwester ihn erst nach einer Weile vermißte. Sie folgte seiner Spur und fand ihn auf einer Landspitze. Er saß unter den weitausladenden Ästen am Waldrand, den Blick nach Süden gerichtet, wo in unbekannter Ferne das Land Nitakama lag. Sternschwester setzte sich zu ihm, und so saßen sie still nebeneinander, während die Sonne langsam immer tiefer sank. Wolkenstreifen bekamen rote Ränder, rosa Schein überhauchte den Himmel.

„Ich muß Waka suchen, Sternschwester", sagte Schiriki, „ich muß das Gesetz zurückbringen in unser Land."

Sie legte wortlos den Kopf an seine Schulter.

Die Sonne verschwand hinter dem Horizont, das Farbenspiel verblich, das Licht am Himmel erlosch. Im sanften Grau der einsetzenden Dämmerung gingen Schiriki und Sternschwester schweigend zu ihren Gefährten zurück.

## Das öde Land

Wie viele Tage und Nächte die Wölfe durch das Seengebiet wanderten, hätten sie nachher nicht sagen können. Tageslicht und Dunkelheit folgten einander in stetigem Gleichmaß, die Landschaft veränderte sich kaum: große und kleine Seen, gefrorene Sumpfwiesen, Bibertümpel, lichter Mischwald oder eine Wildnis aus Tannen und Fichten, durch deren Wipfel sich nur selten ein Sonnenstrahl verirrte. Die Kälte hatte noch nicht nachgelassen, trotzdem spürten Schak und die Wölfe, daß der Frühling nicht mehr fern war. Die Tage wurden immer länger, die Sonne war nicht mehr so kraftlos. In Büschen und Bäumen zwitscherten, flöteten und pfiffen die Vögel, die im Hochwinter verstummt gewesen waren. Das Federkleid der Männchen begann in den Hochzeitsfarben zu leuchten.

Für die Wölfe war es eine glückliche Zeit. Das reichliche Nahrungsangebot hatte die meisten Besitzerrudel friedlich gemacht, sie vertrieben die Streuner nicht, auch wenn diese einen Hirsch oder einen Elch jagten. Hätten Imiak und seine Gefährten hier ein freies Jagdgebiet gefunden, sie wären geblieben und nicht mehr weitergewandert, trotz ihrer Angst vor Schogar Kan. Aber die Ebene war dicht besiedelt, ein Jagdgebiet grenzte an das nächste.

Das Land der Seen und Wälder wurde von einer Bergkette abgeschlossen, die nicht so hoch und unwirtlich war wie das Felsengebirge, wo die Wanderung der Wölfe fast ein böses Ende genommen hätte. Die Hänge stiegen sanft an, die Baumgrenze reichte hoch hinauf, nur hier und dort erhoben sich kahlgraue Kuppen über das Grün. Vom Süden her wehte ein warmer Wind. Die Wölfe stapften durch matschigen Schnee, der in der Abendkühle und in den noch immer frostigen Nächten harschig wurde. Vom Eis befreite Bäche glucksten und gurgelten unter schmutzigbraun schmelzenden Schneebrücken bergab.

Die Bären waren aus dem Winterschlaf erwacht. Immer öfter mußten die Wölfe einem Dickpelz aus dem Weg gehen, der mit dem seiner Art eigenen schaukelnden Gang auf Futtersuche über die Hänge trottete.

Der Mond, das Große Nachtlicht, hatte sich gerundet und hing, eine mildleuchtende Scheibe, am tiefschwarzen Himmel über dem Bergland. In einer dieser Nächte wanderten die Wölfe einen Hügel hinauf. Mondlicht sickerte durch das Gezweig und durchwebte die Dunkelheit unter den Bäumen. Oben auf der Kuppe sahen die Wölfe auf eine Bergwiese hinab, die sich bis an den Fuß einer Felswand hinzog, über die ein Bach in Kaskaden herunterfiel, ein schmales Band aus sprühenden Tropfen, das, vom Mond beschienen, seltsam unwirklich war.

Auf der Bergwiese tollten zwei Kaninchen umher, ein Pärchen, noch im weißen Winterfell, so versunken in ihr

Liebesspiel, daß sie die Ankunft der Wölfe nicht wahrnahmen. Das Weibchen entzog sich immer wieder dem Männchen, hopste mutwillig davon und legte auf seiner Scheinflucht verwirrende Schleifen in den Schnee, ein Netz sich kreuzender Spuren. Manchmal blieb das Weibchen hocken, kämmte sich die Ohren mit den Pfoten und tat, als sei der Bewerber nicht vorhanden. Manchmal ließ es sich umschmeicheln, um gleich darauf das Spiel von neuem zu beginnen.

Die Wölfe standen still unter den Bäumen. Der Wind war günstig, aber sie waren noch satt von der letzten Mahlzeit, ihr Jagdtrieb erwachte nicht. Der Schnee schimmerte bleich; dort, wo der Bach sich durch die Wiese schlängelte, blitzten Mondfunken auf dem dunklen Wasser. Das Weibchen, plötzlich sanft und fügsam geworden, verweigerte sich dem Männchen nicht mehr. Gleich darauf verschwand das Pärchen, selbstvergessen nebeneinander hoppelnd, in den schwarzen Mondschatten an der Felswand.

Etwas regte sich in Imiak, ein Gefühl, das er noch nicht kannte. Sehnsucht erfaßte ihn, er wußte nicht, wonach. Er hob die Schnauze zum Himmel empor, zu dem Großen Nachtlicht, das so fern und entrückt in dem unendlichen Raum über der Erde schwebte, und fing zu heulen an, leise zuerst, in tiefen Tönen, die anschwollen und höher wurden. Einer nach dem anderen fielen die Wölfe in den Gesang ein, ihre Stimmen klangen in immer neuen Tonfolgen durch die Nacht und verebbten über den Kämmen und Tälern des Berglandes. Schak steckte wehmütig den Kopf unters Gefieder. Andere Häher suchten sich nun eine Gefährtin wie das Langohr dort unten, aber er durfte nicht daran denken.

Als der Mond sich senkte, verstummten die Wölfe und wanderten mit Schak weiter.

Der Wind aus dem Süden wurde wärmer und leckte gierig am Schnee; nur noch in Mulden oder im Schatten lagen spärliche Reste. Schak und die Wölfe erreichten die letzten Ausläufer der Bergkette. Die immer niedriger werdenden Hügel waren kaum noch bewaldet und führten in ein Tiefland hinab, wo der Baumbestand ganz aufhörte. Die wenigen Büsche, die hier wuchsen, trugen fast alle Dornen. Vereinzelt standen da und dort zähe, harte Grasbüschel. Es war ein ödes Land, ein brauner Erdbuckel reihte sich an den anderen, und alle sahen gleich aus. Die Senken waren mit scharfkantigem Geröll bedeckt.

Von einem Tag auf den nächsten war es heiß geworden, die Sonne brannte vom wolkenlosen Himmel herab. Den Wölfen kam es vor, als seien sie unvermittelt – ohne Frühling – vom Winter in den Sommer geraten. Bei jedem Schritt hechelten sie; der Winterpelz, der sie so gut vor der Kälte geschützt hatte, war viel zu warm geworden.

Die Wölfe waren verwirrt, auch Schak konnte sich diesen jähen Übergang nicht erklären. Als sie schon tief drinnen im Ödland waren, hielten sie auf einem der Buckel an und schauten um sich. Hinter ihnen erhob sich die Bergkette, vor ihnen erstreckten sich die flachen, braunen Kuppen bis zum fernen, im Dunst verschwimmenden Horizont.

„Ist das Nitakama?" fragte Itsi verzagt. Sie hinkte. In einer der Senken hatte sie sich einen langen Dorn eingetreten. Schak hatte ihn sofort mit dem Schnabel aus dem Sohlenballen gezogen, trotzdem schmerzte die Pfote noch immer.

„Nitakama?" kreischte Schak. „Nie im Leben! Wo wir jetzt sind, weiß ich nicht, aber das Land des Sommers kann es nicht sein."

Wuk zog die Lefzen hoch. „Heiß genug wäre es!" grollte er.

„Aber Wuk!" rief Sternschwester. „Hast du vergessen, was die Wandervögel erzählen? In Nitakama blühen die Blumen das ganze Jahr, und die Wiesen sind immer grün."

Die Wölfe schauten einander unschlüssig an. Auf ihrer langen Wanderung hatten sie bisher nie gezögert, sie waren unbeirrt immer weiter nach Süden gewandert, hatten sich nicht einmal von den Schrecken des Felsenlandes abhalten lassen. Nach dem Gebirge waren sie wieder durch endlose Wälder gezogen, wo ihnen alles vertraut gewesen war. Hier aber war nichts mehr vertraut, hier war alles anders. Außer ein paar geflügelten Jägern, die hoch oben am Himmel kreisten oder rüttelnd in der Luft standen, hatten sie keine Vögel gesehen oder gehört. Sie hatten Spuren gefunden von kleinen Pelzgeschöpfen, die sich aber alle in Erdhöhlen verkrochen hatten und sich nicht blicken ließen. Und sie waren an keiner Quelle, an keinem Bach oder Tümpel vorbeigekommen. Nirgends hatten sie Duftmarken anderer Wölfe entdeckt.

Itsi leckte die wunde Pfote. To kratzte sich. Der Winterpelz hatte zu jucken angefangen. Ein kugelförmiger Käfer mit schillernd schwarzen Flügelpanzern erschrak vor der jähen Bewegung, zog die Beine ein und stellte sich tot. Schiriki schaute still nach Süden, auf den diesigen Horizont, wo Himmel und Erde einander begegneten.

„Einer der Wandervögel", sagte Wok in seiner bedächtigen Art, „hat mir einmal erzählt, daß sie auf ihrem Weg nach Nitakama über ein ödes Land fliegen müssen – eines wie dieses hier."

„Dann nichts wie weiter!" schnarrte Schak. „Je früher wir es hinter uns haben, desto besser. Das ist kein guter Ort für unsereins! Nicht einen einzigen Zapfenbaum gibt's da!"

Nach einem letzten Blick zurück nach Norden, auf die

vertraute Welt, die sie nun endgültig verließen, trotteten die Wölfe hinein in das karge, abweisende Land. Kein höherer Hügel, kein Baum oder Bach unterbrach die Eintönigkeit der braunen Erdkuppen, die nur dürftig mit Pflanzen bewachsen waren. Als Hitze und Wassermangel Schak und den Wölfen schon sehr zusetzten, kamen sie endlich zu einem Tümpel – eigentlich war es nur eine Pfütze. Schak ließ sich sofort nieder, tauchte den Schnabel ein und ließ Schluck um Schluck durch seine Kehle rinnen. Auch die Wölfe tranken gierig. Das Wasser schmeckte schal und brackig.

Bald darauf scheuchten sie ein paar Vögel auf, die Waldhühnern glichen und wie diese auf dem Boden liefen, sich aber mit schwirrenden Flügelschlägen sofort in die Luft erhoben und so schnell davonstrichen, daß die Wölfe die Jagd aufgeben mußten. Einmal sahen sie eine gelbschwarze Schlange, die sich auf einem flachen Stein sonnte, ein anderesmal glitt einer dieser beinlosen Kriecher mit einem leicht schabenden Geräusch über den bröckligen Schotter. Jedesmal hielten die Wölfe vorsichtig Abstand. Die Schlangen waren größer und auffälliger gezeichnet als jene, die sie aus den Wäldern kannten, und wirkten dadurch bedrohlich.

Den ganzen Tag fanden die Wölfe keine Beute; erst in der Dämmerung erwachte das Leben im Ödland. Graupelzchen und andere kleine Pelzgeschöpfe kamen auf der Futtersuche aus ihren Erdhöhlen und huschten herum, immer wieder um sich spähend und vorsichtig witternd. Verhungern mußten die Wölfe nicht, auch wenn viele dieser kleinen Happen notwendig waren, damit das Rudel halbwegs satt wurde.

Am frühen Morgen, der Himmel war noch grau bis auf einen lichten Streifen im Osten, wanderten Schak und die Wölfe weiter. Wieder schien das Ödland von allen jagdbaren Geschöpfen verlassen zu sein, aber als die Sonne aufging, erblickten die Wölfe eine Schar Hornträger, die über eine der Kuppen zogen und das spärliche Gras abästen. Ihr Fell war gelblichbraun, ungewöhnlich hell; sie waren kleiner als Hirsch und Elch und trugen auf den Köpfen kurze, gegabelte Hörner.

Beim Anblick der leichtgebauten, aber doch kraftvollen Geschöpfe packte die Wölfe eine unwiderstehliche Jagdlust, nicht nur deshalb, weil sie sich am Abend zuvor mit einer kargen Mahlzeit zufriedengeben hatten müssen, auch aus Freude darüber, daß es hier Hornträger gab. Alle Vorsicht und alle Jagdregeln waren vergessen, die Wölfe stürmten kläffend und bellend drauflos. Die Gabelböcke warfen die Köpfe hoch, standen einen Herzschlag lang reglos, wie erstarrt, dann flohen sie in hohen, weiten Sprüngen. Die Wölfe hetzten hinterher, aber die Entfernung zwischen ihnen und der Jagdbeute verdoppelte sich im Nu – verdreifachte sich, wurde immer größer! Konnte es Vierbeiner geben, die – gleich dem Wind! – über das Land dahinflogen? Die Wölfe rasten keuchend, mit heraushängenden Zungen und schlagenden Flanken über Kuppen und durch Senken; sie sahen die weißen Schwanzwedel auf- und abtanzen, wie Lichter, die ihnen zuwinkten, die kleiner und kleiner wurden, um dann in der Weite des Landes zu verschwinden.

Die Wölfe ließen sich hechelnd zu Boden fallen und rangen nach Luft. Schak kam ihnen nachgeflogen und umflatterte sie. „Das sind Springer!" kreischte er. „Die fliegen ja wie unsereins und haben doch keine Flügel!"

„Es war zwar umsonst", keuchte Imiak, „mein Magen ist noch immer leer, und mir ist, als hätte ich keine Beine mehr – aber schön war es doch! Jetzt wissen wir, daß es hier Jagdbeute für uns gibt. Das ist auch was wert."

„Und wir haben gelernt, wie wir sie nicht jagen dürfen, diese Springer mit den Gabelhörnern!" sagte Wok. „Das ist noch mehr wert. Das nächstemal laufen wir ihnen nicht nach, da treiben wir sie zu uns her."

Die Wölfe rappelten sich auf und trotteten zurück. Auf halbem Weg trafen sie Itsi und To, die den raschen Lauf nicht durchgehalten hatten. Die Welpen japsten vor Erleichterung, als alle wieder vereint waren.

Um eine Erfahrung reicher geworden, schickten die Wölfe Schak als Späher aus, während sie gemächlich und ohne Eile dahinwanderten, damit Itsi sich schonen konnte. Am späten Nachmittag kam Schak geflogen und meldete eine Gabelbockherde im Süden. Das Rudel teilte sich. Wuk, Sternschwester und Schiriki und die Welpen versteckten sich am Rand einer Senke hinter Erdbuckeln und Dornbüschen. Wok und Imiak rannten weiter, zogen einen Halbkreis und zeigten sich erst dann, als sie im Rücken der Gabelböcke waren. Die Herde sichtete die zwei Wölfe und nahm ihre Witterung auf, war aber nicht beunruhigt, weil der Abstand groß genug war. Wok und Imiak trotteten wie absichtslos umher, sanken manchmal zu Boden und tauchten erst nach einer Weile wieder auf. Wenn die Gabelböcke beim Äsen die Richtung ändern wollten, schwenkten die Wölfe zur Seite aus und trieben so die Herde langsam auf die Senke zu.

Die Zeit verstrich, die Sonne begann sich zu neigen. Geduldig, ohne sich zu regen, lagen Wuk, die beiden Jungwölfe und die Welpen in ihren Verstecken. Die Schatten wurden lang, lösten sich auf. Im abnehmenden Tageslicht erhielten Buckel und Kuppen dunkle Konturen vor dem noch immer hellen Himmel.

Endlich brachte der Wind den lauernden Wölfen die Witterung der Beute, zuerst schwach, dann immer deutlicher. Itsi und To zitterten vor Aufregung und warteten, alle Sinne angespannt, auf ein Zeichen von Wuk. Aber noch war es zu früh; ihre jagderfahrenen Gefährten rührten sich nicht, sie hoben nicht einmal die Köpfe und verließen sich nur auf Nasen und Ohren.

Die Herde kam arglos äsend näher und begann in der Senke nach den spärlich wachsenden dürftigen Gräsern zu suchen. Manchmal knirschte ein Kiesel unter den Hufen. Leises Schnauben und das Malmen der Kiefer drang an die Ohren der Wölfe. Die Witterung war nun so stark, daß Itsi und To es kaum noch aushielten.

Einer der Gabelhornspringer, ein junger Bock, lief zu den Erdbuckeln, hinter denen die Wölfe lagen. Als er den Kopf senkte und ein Grasbüschel ausrupfte, sprang ihm Wuk ohne Vorwarnung mit einem mächtigen Satz auf den Rücken. Sternschwester verbiß sich in der Kehle, Schiriki und die Welpen schnappten nach den Läufen. Gemeinsam brachten sie den Bock zu Fall, noch bevor Wok und Imiak herangerannt kamen und Schak aufgeregt daherflatterte. Die übrige Herde war längst geflüchtet, keiner der Wölfe dachte daran, sie zu verfolgen. Das Rudel begann sofort mit der Mahlzeit.

Nach dieser erfolgreichen Jagd verlor das Ödland allen Schrecken, schon fingen die Wölfe an, sich hier vertraut zu fühlen. Wenn sie hungrig waren, jagten sie Gabelböcke, wenn sie durstig waren, tranken sie Wasser aus den brackigen Tümpeln. Itsis Pfote heilte, bei jeder Rast spielten die Welpen, wie sie es früher getan hatten.

In der ungewohnten Wärme verloren die Wölfe den Winterpelz rascher als sonst; die weiche Unterwolle ging ihnen büschelweise aus. Zottelig und ruppig geworden, glichen sie nun einer Bande von verwegenen Streunern und Strolchen.

## Das Land des Todes

Als Schak und die Wölfe schon meinten, das Ödland würde nie ein Ende nehmen, sahen sie eine Reihe nicht sehr hoher, kahler Hügel vor sich. Sie liefen auf einen der Kämme hinauf, erwarteten, daß dahinter wieder nur braune Erdkuppen liegen würden, aber zu ihrem Erstaunen senkten sich die Hügel in eine sandige Ebene hinab, die tief unter ihnen lag, völlig flach und ohne die geringste Erhebung. Die Luft darüber war seltsam glasig. Was jenseits dieser Ebene war, wie weit sie sich erstreckte und wo sie ihre Grenzen hatte, war nicht auszunehmen. Perlmuttfarben schimmernd wie das Innere einer Bachmuschel, löste sich der Horizont in Dunst auf.

Die Wölfe hielten zögernd inne. Was sie erblickten, war so fremd, daß es ihnen Angst einflößte. Aber dann dachten sie daran, daß auch das Ödland zuerst abweisend geschienen hatte. Gewiß würde dieses Sandland, sobald sie sich damit vertraut gemacht hatten, ebenso alle Schrecken verlieren.

To wiefte.

Imiak stupste ihn an. „Nur Mut, kleiner To! Vielleicht sind wir schon bald in Nitakama. Was meinst du, Schak?"

„Frag mich nicht!" Der Häher verdrehte den Kopf und schüttelte den blauen Schopf. „Wer weiß, ob es dieses Sommerland überhaupt gibt! Ich wünschte, ich wäre nie fortgeflogen aus unserem Tal. Wie kühl es dort jetzt wäre im Schatten der Bäume! Und ich könnte von Ast zu Ast fliegen und mir von den besten Zapfen den allerbesten aussuchen. Als ich mit euch ging, muß ich den Verstand verloren haben!"

„Nein, Schak, das hast du nicht!" Sternschwester machte ein paar tänzelnde Schritte, blieb mit leicht gegrätschten Beinen vor ihm stehen und schnupperte zärtlich. „Was täten wir, wenn du nicht bei uns wärst! Wir sind so weit weg von unserer Welt – allein und ohne Freunde. Wir haben nur dich!"

Der Häher plusterte sich auf, berührte sie sacht mit den Flügeln und schnalzte mit dem Schnabel. „Das hast du schön gesagt, Schwesterchen Vierbein! Hab keine Angst, ich verlasse euch nicht. Hab's Ahkuna versprochen! Also nur weiter! Wir werden bald genug wissen, was da unten los ist."

Die Wölfe trotteten hinter ihm her den Hang hinab, der bar jeden Pflanzenwuchses war, außer ein paar halbverdorrten, kümmerlichen Dornsträuchern. Es wurde immer heißer, dem Rudel kam es vor, als wallte die Hitze aus der Sandebene in Schwaden hoch. Itsi und To, die zuerst munter dahingesprungen waren, schlichen mit eingezogenen Schwänzen den anderen nach.

Am Fuß des Hügels war der Boden mit brüchigem, scharfkantigem Schotter bedeckt, der in feinkörnigen

Sand überging. Die Hitze hier unten war fast unerträglich, kein Windhauch brachte Kühlung. Trotzdem wanderten die Wölfe tapfer in die Ebene hinein. Manchmal war der Sand hart, wie festgestampft, dann wieder so lose, daß ihre Pfoten tiefe Stapfen hinterließen. Bald wurde jeder Schritt zur Qual. Die Sonne brannte erbarmungslos, die Luft floß in Wellen, als sei sie geschmolzen, über den stumpffarbenen, glutheißen Boden.

Die Kehlen der Wölfe trockneten aus, Durst begann sie zu plagen. Sie kamen zu keiner Quelle, zu keinem Tümpel. Hier gab es nur Sand. Sand und wieder Sand. Am meisten litt Schak unter dem Wassermangel, er ließ sich immer öfter nieder, schnappte nach Luft und flog dann torkelnd wieder auf.

Noch wollten die Wölfe nicht glauben, daß es ein Land gab, in dem alles Wasser versiegt war. Irgendwo mußte es Zeichen im Sand zu lesen geben, irgendwo mußten sie Spuren von Geschöpfen finden, die ihnen den Weg zu einer Wasserstelle wiesen. Aber sie schauten vergeblich nach anderen Lebewesen aus. Das Sandland blieb immer gleich, änderte sich nicht, in strenger Einförmigkeit und wasserlos schien es bis in die Unendlichkeit zu reichen. Nicht ein Laut war zu hören, nur das Geräusch ihrer Pfotenschritte und ihr keuchender Atem.

Schließlich blieben die Wölfe stehen. Die Welpen warfen sich hechelnd nieder. Schak setzte sich zu ihnen, plusterte das Gefieder auf und öffnete kläglich den Schnabel. Schiriki schaute, die Augen vom grellen Licht getrübt, auf den hitzeflimmernden Horizont. Diese Ebene, so bedrohlich in ihrer Stille, in der Reglosigkeit des grauen Sandes, lag zwischen ihnen und Nitakama, dem Land, von dem die Wandervögel soviel Wunderbares erzählten, dem Land, wo er gemeint hatte, Waka, das Gesetz, zu finden. Er hob den Kopf und wollte in ein klagendes Heulen ausbrechen, aber aus seiner ausgedörrten Kehle kam nur ein rasselnder Laut.

„Das ist ein Land des Todes", stieß er hervor.

Die anderen starrten ihn stumm an. Sie brauchten nicht darüber zu reden, sie wußten, daß ihnen keine andere Wahl blieb, als umzukehren und zurück ins Ödland zu gehen. Und was dann? Sollten sie versuchen, dieses Land des Todes – wie Schiriki es genannt hatte – seitlich zu umgehen? Sie wußten nicht, wie weit es sich erstreckte, es dehnte sich grenzenlos vor ihnen aus; wohin sie auch ihre Blicke wandten, sie sahen nichts als Sand. Selbst die kahlen Hügel hinter ihnen waren kaum noch zu sehen, hatten keine festen Umrisse mehr und waren unwirklich geworden in der heißen, zitternden Luft. Die letzte Wasserstelle, an der sie im Ödland vorbeigekommen waren, lag weit jenseits dieser Kämme. Wenn sie umkehrten, mußten sie es jetzt tun, sonst würden sie verdursten, bevor sie den rettenden Tümpel erreichten.

„Sei nicht traurig, Schiriki", wisperte Sternschwester. „Wir finden einen anderen Weg nach Nitakama."

Um der Welpen willen, die ganz erschöpft waren, hielten sie vor dem Rückweg eine kurze Rast. Sie lagen hechelnd – aber nicht einmal das brachte ihnen Erleichterung – im Sand, der die Hitze widerstrahlte, und dösten, bis ein rauhes Kreischen des Hähers sie plötzlich aufschreckte. „Dort! Dort!" schrie Schak. „Schaut dorthin! Seht ihr auch, was ich sehe?"

Sie sprangen auf. In der Ferne blinkte es blau – blau, wie nur reines, klares Wasser blinken konnte. Und die dunklen, verschwimmenden Flecken mußten Bäume und Büsche sein. Die Wölfe wollten ihren Augen, ihrem Glück nicht trauen. Im grauen Sandland war ein See, das Ufer gesäumt von Bäumen und Büschen. Dort gab es Wasser und Schatten!

Alle Mutlosigkeit, alle Erschöpfung war vergessen. Sie rannten Schak nach, der ihnen flügelschnell vorausstrich. Itsi und To streckten die Schwänze hoch. Wasser und Schatten! Es war kein Land des Todes, sie brauchten nicht umzukehren, mußten nicht den mühevollen Rückweg antreten. In ihrer Vorstellung sahen die Wölfe sich schon im See herumwaten, planschen und trinken – trinken in vollen Zügen; sie sahen sich schon im Schatten liegen und ausruhen.

Aber sie kamen dem See nicht näher. Sie rannten schneller, immer schneller. Als sie endlich glaubten, dort zu sein, als sie anhielten, war da kein See, kein Wasser, kein Baum, kein Busch. Da war nur Sand, grauer Sand.

„Schak", heulte Imiak auf, „wir haben es doch gesehen! Du und ich – wir alle!"

Schak piepte kläglich.

Keiner von ihnen konnte sich erklären, wohin der See verschwunden war. Aber dann sahen sie ihn plötzlich wieder, sahen ihn deutlicher als zuvor, rannten voller Freude darauf zu und wurden von neuem enttäuscht. Noch ein paarmal narrte sie eine Luftspiegelung, weil sie, die noch nie in einer Wüste gewesen waren, nicht wußten, welche Trugbilder die überhitzte Luft hervorbringen konnte. Erst als kein Blau mehr aus der Ferne winkte, wurde ihnen bewußt, wie tief sie sich in dieses Land des Todes hineinlocken hatten lassen. Die Hügel am Horizont waren verschwunden, hatten sich aufgelöst im Geflirr. Der Weg zurück war zu weit, der Tümpel irgendwo hinter den nicht mehr sichtbaren Kämmen war zu fern. Ohne Wasser würden sie die Tränke nie erreichen. Ihnen blieb nichts anderes übrig, als weiterzugehen in der Hoffnung, doch noch eine Wasserstelle in dieser Einöde aus Sand zu finden.

Der Übergang vom Tag zur Nacht kam unvermittelt und jäh. Als die Sonne sank, flammte der Himmel so tiefrot auf, wie es Schak und die Wölfe bisher noch nie gesehen hatten. Erschöpft, von Durst geplagt und am Ende ihrer Kräfte, nahmen sie das Schauspiel am Himmel kaum wahr.

Die Farbenpracht erlosch, es wurde schlagartig dunkel. Auch die Nacht brachte keine Kühlung. Unter den mattleuchtenden Sternen schlichen die Wölfe weiter. Immer wieder warfen sie besorgte Blicke auf Schak. Wenn sie kein Wasser fanden, würde er als erster verdursten.

Am Morgen, als die Sonne sich am Himmel erhob, erblickten sie eine hell glimmernde Linie am Horizont. War es Wasser? Das Rudel faßte neuen Mut. Schak versuchte wieder vorauszufliegen, aber seine Flügelschläge waren unregelmäßig, torkelnd und kraftlos.

Das Glimmern verschwand nicht wie die Trugbilder, die blaues Wasser verheißen hatten, es wurde, als sie näher kamen, zu einem breiten Streifen im Sand. Glitzerte Wasser in sengender Sonne auf diese Weise? Denn mit dem Aufgang der Sonne war es heißer und heißer geworden – eine Gluthitze, die den Wölfen die letzte Feuchtigkeit aus den Körpern sog.

Schwankend, mit unsicheren Beinen gingen sie auf den Streifen zu. Als sie davorstanden, war es kein Wasser; zu wunderlichen Formen verkrustetes Salz bedeckte den Boden, manchmal grünlich schimmernd, manchmal stumpfweiß. Jenseits davon war wieder grauer Sand.

Die ätzenden Kristalle scheuerten den Wölfen die Pfoten wund, jeder Schritt schmerzte. Als sie endlich die riesige Salzlecke mitten in der unheimlichen Ebene hinter sich hatten, blieben Itsi und To wimmernd liegen.

Oben am hitzeentfärbten Himmel, der so leer gewesen war, sahen die Wölfe plötzlich dunkle Punkte, zuerst klein, dann immer größer. Wie aus dem Nichts war eine Schar Geier aufgetaucht und begann, die Schwingen ausgebreitet, über ihrer sicheren Beute zu kreisen. Imiak wollte sie zornig anbellen und verscheuchen, brachte aber nur ein ächzendes Keuchen hervor.

„Weiter!" stammelte er. „Wir müssen weiter!"

Die anderen stolperten ihm nach. Schak gelang es erst

nach ein paar vergeblichen Versuchen, sich vom Boden zu erheben.

Taumelnd und vom gleißenden Licht geblendet, schleppten die Wölfe sich dahin. Nichts als Sand rings um sie – und über ihnen die kreisenden Geier.

Ihr Atem rasselte, ihr Blick trübte sich. In der Ferne vermeinten sie Bäume und Büsche zu sehen und aufragende Felsen, aber sie achteten nicht darauf, es war doch wieder nur ein Trugbild. Sie hatten nur noch einen Wunsch: sich hinfallen zu lassen und nicht mehr aufzustehen.

Schak sank zu Boden, flatterte noch einmal schwach mit den Flügeln und blieb dann liegen. Die Wölfe krochen zu ihm. Sternschwester berührte ihn mit der Schnauze. „Schak, lieber Schak", wisperte sie, „wir verlassen dich nicht. Wir sind gemeinsam fortgegangen, wir wollen auch gemeinsam sterben."

Der Häher regte sich nicht, sein Schnabel stand offen. Die Wölfe streckten sich im Sand aus.

Das war der Tod. Sie hatten das Ende ihrer Wanderung erreicht. Hier, in diesem grausamen Land aus Sand und Hitze würden sie sterben. Wie alle Geschöpfe, die nach dem Gesetz lebten, nahmen sie den Tod an, sobald er unausweichlich geworden war, und wehrten sich nicht dagegen.

„Jetzt kannst du Waka nicht mehr suchen, Schiriki", sagte Sternschwester. Ihre Stimme war rauh, fast unhörbar.

Er antwortete nicht, legte nur den Kopf auf ihre Pfoten.

Die Geier zogen immer engere Kreise. Das Rauschen ihrer Schwingen, ihre heiseren Schreie drangen kaum noch ins Bewußtsein der Wölfe. Sie würden den leuchtenden Pfad am Himmel betreten, den alle Schnellen Läufer, deren Lebenszeit zu Ende gegangen war, vor ihnen beschritten hatten – den Pfad, der in das gute Land Kaam jenseits der Sterne führte.

### Die kleine Wölfin

Imiak spürte, wie das Leben langsam aus ihm entwich. Er lag ausgestreckt da, den Kopf auf den Vorderläufen. Er brauchte den Durst nicht länger zu ertragen, mußte sich nicht mehr weiterschleppen. In Kaam, dem guten Land, würde Palo Kan sie erwarten, dort würden sie – mit ihm vereint – wieder im Rudel laufen.

Dann war es Imiak, als hörte er eine Stimme.

„Imiak!" rief die Stimme. „Steh auf!"

War es Palo Kan, der ihn rief? Imiak hob den Kopf. Einer der Geier strich herab, ließ sich im Sand nieder und schlug mit den mächtigen Schwingen. Sein heiserer Schrei lockte andere heran, nun waren es zwei, dann drei, dann immer mehr. Die kahlen Hälse hochgereckt, kamen sie näher, noch unsicher, und hielten sofort an, als sie merkten, daß ihre Beute sich noch regte.

„Steh auf, Imiak!" rief die Stimme.

Es war nicht Palo Kan, der rief. Die Stimme, die Imiak hörte, kam aus ihm selber. Er war kein Leitwolf, er war nur ein Jungwolf, aber Wuk und Wok hatten ihm die Führung anvertraut. Palo Kan hätte sich nicht hingelegt, um zu sterben, bis zuletzt hätte er versucht, sein Rudel zu retten. Und das war es, was Imiak jetzt tun mußte.

Er wollte sich aufrichten, aber die Läufe knickten ihm ein.

Die Geier wichen zurück.

Wie oft Imiak wieder zu Boden fiel und liegenblieb, wie oft er sich in die wohltuende Bewußtlosigkeit sinken lassen wollte – er wußte es nicht. Er verlor das Gefühl für Zeit und Raum. Irgendwann stand er auf seinen vier Beinen und setzte Pfote um Pfote in den Sand.

Die Geier waren verstummt, die Blicke starr auf ihn gerichtet, warteten sie reglos.

Imiaks erlöschende Augen nahmen verschwommen, undeutlich, das gleiche Trugbild auf, das er schon einmal gesehen hatte. Er sah Felsen, Bäume, Büsche. Wo Bäume wuchsen, mußte Wasser sein! Aber die Trugbilder waren immer verschwunden, wenn man näher kam. Auch dieses Bild würde sich auflösen und vergehen.

Hinter sich im Sand hörte er ein Geräusch. Wuk und Wok krochen ihm nach.

Er zwang sich, Felsen und Bäume im Blickfeld zu behalten, als könnte er dadurch verhindern, daß sie ihm wieder entglitten – und sah in der flirrend fließenden Luft ein tanzendes Etwas, ein schemenhaftes Wesen, das auf ihn zukam. Während er wie gebannt schaute, nahm die Erscheinung Gestalt an und wurde zu einer zierlichen, kleinen Wölfin.

„Wok", wisperte er, „siehst du, was ich sehe? Sind wir schon in Kaam?"

Die Wölfin lief leichtfüßig heran, japste kurz zur Begrüßung, fuhr dann kläffend auf die Geier los und scheuchte sie fort. Die großen Vögel erhoben sich mit unwilligen Schreien, gaben aber die Hoffnung nicht auf und begannen wieder zu kreisen.

Die Wölfin duckte sich spielerisch vor Imiak und jaulte freundlich. „Ihr seid nicht von hier?" fragte sie und fuhr fort, ohne eine Antwort abzuwarten: „Ja, das habe ich mir gedacht. Legt euch einfach hin und wollt nach Kaam gehen. Und Wasser ist so nah! Kommt! Ich führe euch hin." Ihre schräggestellten, bernsteinfarbenen Augen funkelten. Nicht nur ihre Stimme war freundlich, auch jede Gebärde ihrer Körpersprache drückte aus, daß sie den Fremden wohlgesonnen war.

Sie lief zu den Welpen, zu Schiriki und Sternschwester, stupste alle der Reihe nach an, sprang um sie herum, winselte auffordernd und sagte immer wieder, daß es Wasser gebe, ganz nahe. Und sie, die geglaubt hatten, den leuchtenden Pfad zu beschreiten, hörten das Locken der Wölfin. Ihr verdämmerndes Bewußtsein nahm die Worte auf, die Wasser verhießen, sie öffneten die Augen und fanden die Kraft, sich aufzurichten. Sternschwester nahm Schak ins Maul, wie eine Wolfsmutter, die ihr Kleines trägt.

„So ist's recht", sagte die Wölfin und zauste To am Ohr.

„Kommt!" rief sie. Wieder funkelten ihre Augen Imiak an, fröhlich und unwiderstehlich, sie wedelte mit dem Schwanz und sprang voraus.

Er folgte ihr wie im Traum.

Sie schleppten sich hinter ihr her auf Beinen, die sie kaum trugen, fielen nieder, sanken in den Sand und rafften sich erneut auf. Itsi und To krochen Seite an Seite. Die Wölfin kam immer wieder zurückgesprungen und japste aufmunternd. Zwischendurch kläffte sie die Geier an.

Das Trugbild, auf das sie zulief, verschwand nicht, löste sich nicht auf. Es waren Felsen! Es waren Bäume und Büsche! Und obwohl kein Windhauch wehte, brachte die heiße Luft den Wölfen vom Tal eine Botschaft, die ihnen sagte, daß die kleine Wölfin, die so geheimnisvoll aus der weiten Öde des Sandlandes zu ihnen gekommen war, die Wahrheit gesprochen hatte. Hier gab es Wasser!

Die Geier stiegen höher, als wüßten sie, daß alles Warten nun vergeblich war.

Baumkronen ragten neben verwitterten, massigen Steinblöcken auf. Hecken, mit langen Stacheldornen bespickt, umwucherten einen geschützten, kreisrunden Ort, der im Gegensatz zum grauen Sand unwirklich grün war. Gras sproß aus dem Boden, Flügelwesen summten. Im Schatten der Felsen, von den Bäumen überdacht, war ein tiefer Tümpel voll klarem Wasser. Kühle stieg davon auf; nach der Gluthitze konnten die Wölfe hier endlich frei atmen.

Sie krochen zu dem Tümpel und tauchten die Schnauzen ein. Sie lappten mit den Zungen, gierig zuerst, dann bedächtig. Noch nie war Wasser so köstlich gewesen, es kühlte die rissigen Zungen, es rann durch die ausgedörrten Kehlen. Das eingedickte Blut begann wieder zu fließen.

Die kleine Wölfin hatte sich im Schatten niedergelassen und schaute zufrieden zu, wie sie tranken.

„Schak, lieber Schak", sagte Sternschwester, „da ist Wasser!"

Der Häher lag schlaff auf dem Boden und gab kein Lebenszeichen von sich. Sternschwester schob ihn behutsam näher an den Tümpel, bis der Schnabel den Wasserspiegel berührte. Schak regte sich nicht.

War er der einzige, für den die Hilfe zu spät gekommen war?

Die Augen der Wölfe wurden feucht. Unter der unbarmherzigen Sonne, im glühenden Sand, hatten sie den nahen Tod als Trost empfunden. Aber dort hätten sie gemeinsam – alle vereint – den unbekannten Pfad betreten. Und jetzt sollte es nur Schak sein, der nach Kaam gehen mußte? Allein. Ohne seine Gefährten.

Sie senkten die Köpfe. Würden sie nie mehr sein

Lachen, sein Schäkern hören? Er war Ahkunas treuer Freund. Solange er bei ihnen war, konnten sie daran glauben, eines Tages ins Tal der Flüsternden Winde zurückzukehren, zu Ahkuna, die oben auf dem Berg bei Hota, dem Alten, auf sie wartete. Mit dem Häher verloren die Wölfe nicht nur den Gefährten ihrer langen Wanderung, sondern auch die eigene Hoffnung. Sternschwester stieß einen hohen, jammernden Laut aus. Itsi wimmerte.

Schiriki legte die Schnauze auf den gefiederten Freund. Die Wölfe standen still da. Hoch über ihnen verharrten die Geier unbeweglich am Himmel. Und Schiriki war es, als verspüre er einen erlöschenden Atem, als sei aus dem schlaffen Federbündel noch nicht alles Leben entschwunden, als schlage das Herz des Hähers noch. Er begann ihn beim Namen zu rufen, leise zuerst, dann immer eindringlicher, als könnte seine Stimme den Freund auf dem einsamen Weg nach Kaam erreichen. „Schak! Schak! Schak … Schak! Schak! … Schak …"

Die Wölfe erschauerten. Sie hörten den beschwörenden Singsang, sie vermeinten zu sehen, wie ein Zittern durch den Häher lief, durch den leblosen Körper – ein Zittern, das wieder verebbte. Ihr Haar sträubte sich. Konnte Schiriki Tote aus Kaam zurückrufen?

Der Kopf des Hähers hob sich, pendelte kraftlos, sank wieder herab.

„Schak, lieber Schak! Trink!" rief Sternschwester.

Und Schak tauchte den Schnabel ein – und trank. Tauchte wieder den Schnabel ein, hob den Kopf, nahm – mit langen Pausen dazwischen – Schluck um Schluck des lebensspendenden Wassers zu sich.

Die kleine Wölfin war aufgestanden und lautlos zum Tümpel gekommen. Die Wölfe starrten Schiriki an, als sei er nicht der schmächtige Jungwolf, den sie kannten, sondern ein Wesen aus einer anderen Welt.

Schiriki fuhr sich mit der Pfote übers Gesicht, wie er es

immer tat, wenn seine Gefährten ihn auf diese Weise ansahen. „Sein Herz hat noch geschlagen", sagte er. „Das habe ich gespürt."

Sie widersprachen ihm nicht. Aber später, wenn sie die Geschichte ihrer langen Wanderung erzählten, war keiner unter ihnen, der nicht davon berichtete, wie Schak, der Häher, im Land des Todes schon den Weg nach Kaam betreten hatte und wie es Schirikis Stimme gewesen war, die ihn ins Leben zurückgeholt hatte.

Schak bewegte matt die Flügel und piepte schwach. „Was ist mit mir?" fragte er. „Wo bin ich? Mir war, als schliefe ich. Einen langen, tiefen Schlaf."

„Du hast geschlafen", antwortete Sternschwester. „Aber jetzt bist du aufgewacht. Schiriki hat dich gerufen. Hast du es nicht gehört?"

„Schiriki? Ich habe eine Stimme gehört, aber sie war so weit weg." Der Häher äugte um sich, schaute staunend auf die schattenwerfenden Steinblöcke, auf die Bäume, deren lanzenförmige Blätter dunkelgrün und unbewegt von den Zweigen hingen, schaute auf das Gras am Tümpelrand, auf die sirrenden Flügelwesen über dem Wasser. Er plusterte die Halsfedern auf. „Mir scheint, ich schlafe noch immer! Ich träume. Da war doch nur Sand. Heißer Sand. Und die Sonne brannte. Ich war so durstig, war so müde. Meine Flügel trugen mich nicht mehr. Sind das wirklich Bäume? Wie bin ich hergekommen?"

„Ich habe dich getragen, Schak", sagte Sternschwester. „Weißt du das nicht?"

„Ich weiß nichts mehr." Der Häher zupfte an einem Grashalm, versuchte noch etwas unbeholfen nach einem Flügelwesen zu schnappen, tauchte den Schnabel in den Tümpel, legte den Kopf zurück und ließ das Wasser glucksend in sich hineinrinnen.

„Wasser!" tschirpte er. „Es ist Wasser, ich träume nicht. Sind wir im Himmelsland?"

„Nein, Schak", sagte Imiak. „Wir sind nicht im Land

jenseits der Nachtlichter. Wir meinten am Verdursten zu sein, aber jemand kam und führte uns hierher, wo Wasser ist und Schatten." Er wandte sich an die kleine Wölfin. „Du hast uns das Leben gerettet. Und wir haben dir noch nicht einmal dafür gedankt."

In die bernsteingelben Augen der Wölfin trat wieder das fröhliche Funkeln. „Danken? Wozu! Ich habe getan, was jeder tut. In der Hogala hilft einer dem anderen."

„In der Hogala?"

„Im Sandland! Kennt ihr die Hogala nicht?"

„Nein, wir kennen sie nicht."

„Da müßt ihr aber von fernher kommen?"

„Ja, wir sind lange gewandert. Wir lebten dort, wo die Wintersonne steht, oben im Norden."

„Gibt es dort kein Sandland?"

„Nein, nur Wälder und Wiesen."

„Wälder und Wiesen?" wiederholte die kleine Wölfin, als höre sie diese Worte zum erstenmal. „Gibt es Wasser dort?"

„Überall. Wohin du auch läufst, ist ein Bach oder ein See."

„Ein See? Was ist das?"

„Weißt du das nicht? Sehr viel Wasser an einem Ort."

Die Wölfin zog die Stirn kraus, ihre Ohren spielten. „Mehr als in unserem Wasserloch?" fragte sie ungläubig.

„Das ist doch nur ein Tümpel!" rief Imiak. „Ein See ist viel größer."

„Größer? Und voller Wasser? Versickert es nicht? Wenn die Sonne immer heißer scheint, ist es dann noch da?"

„Es ist immer da! Und es versickert nie."

Die Augen der Wölfin wurden groß, staunend. „So viel Wasser! Und es ist immer da! Die Wandervögel haben uns erzählt, daß es ein Land gibt, wo niemand Durst hat. Wir haben es nicht geglaubt. Aber wenn du es auch sagst, ist es wahr. Oh, das muß schön sein!"

Die Wölfin machte ein paar tänzelnde Schritte, als könne sie vor Freude nicht mehr stillhalten. Ihr Fell, auf dem ein Schimmer lag, gleich dem Licht der späten Abendsonne, hatte eine warme gelbbraune Farbe. Läufe und Pfoten, auch Schnauze und Stirn waren heller, fast weiß. Augen und Lefzen waren schwarz umrandet. Noch nie hatte Imiak eine so zierliche Wölfin gesehen. Und wie anmutig sie sich bewegte!

Er sog den Duft ihres Körpers ein, eine ausgelassene Heiterkeit erfaßte ihn, er duckte sich, wedelte mit dem Schwanz, sprang sie an und biß spielerisch zu. Sie erwiderte unbefangen seine Zärtlichkeit, leckte ihn und knabberte an seinem Pelz.

Itsi und To jaulten fröhlich auf. Die Wölfe vergaßen, was sie durchgemacht hatten und wie nahe sie dem Tod gewesen waren, sie umdrängten die Wölfin, ihre Nasen nahmen den fremden Geruch auf und machten sich damit vertraut. Bald balgte sich das Rudel mit der kleinen Wölfin, die ebenso unbekümmert wie sie selber auf das Spiel einging. Zwischendurch schlabberten sie immer wieder Wasser, konnten nicht genug davon bekommen. Schak saß tschirpend am Tümpelrand, breitete ein paarmal versuchsweise die Flügel aus, erhob sich und flatterte in die Bäume hinauf. „He, ihr dort oben!" schrie er den Geiern zu, die ihre Schleifen am Himmel zogen. „Verschwindet!"

Die Geier ließen sich nicht stören.

Als das Rudel sich beruhigt hatte, küßte Imiak die Wölfin auf die Schnauze. „Ich heiße Imiak", sagte er. „Und das da sind Wuk und Wok und Sternschwester und Schiriki. Die zwei Kleinen heißen Itsi und To."

„Und was ist mit mir?" schäkerte der Häher oben im Baum. „Mich gibt es auch noch! Hast du mich vergessen?"

„Nein, dich würde ich nie vergessen! Das ist Schak, unser bester Freund. Und wie heißt du?"

„Adsini", antwortete die kleine Wölfin ein wenig atemlos. „Seid ihr aber stark! Und groß! Sind dort, woher ihr kommt, alle so groß und stark?"

„Ja! Bei euch nicht?"

Adsini schien die Frage seltsam zu finden. Sie kräuselte vergnügt die Lefzen. „Nein! Nicht einmal Haschka."

„Ist das euer Leitwolf?"

Sie legte den Kopf schief, gab keine Antwort und schaute ihn verwundert an.

„Führt er dein Rudel, Adsini? Wir möchten ihn bitten, daß wir hier jagen dürfen. Glaubst du, daß er es erlaubt?"

„Haschka? Warum sollte er es nicht erlauben? Wenn ihr hungrig seid, dann geht auf die Jagd. Ihr braucht niemanden darum zu bitten."

„Aber das ist doch euer Jagdgebiet?"

„Jagdgebiet?" Die kleine Wölfin sprach das Wort zögernd aus, als sei es ihr unbekannt. „Was ist das, Imiak?"

„Das Land, das dein Rudel besitzt."

Adsini schaute verblüfft drein. Dann begann sie zu lachen; sie lachte mit den Augen, mit dem ganzen Körper. „Land besitzen? Was redest du da? Land kann keiner besitzen, das gehört allen!"

„Aber die Wasserstelle?" fragte Imiak verwirrt. „Du hast uns hergeführt. Die gehört doch euch?"

„Uns gehören? Wie kann Wasser jemandem gehören? Wasser ist für jeden da, der durstig ist. Kennt ihr das Gesetz der Hogala nicht? Wer hungrig ist, der jagt, und wer Durst hat, geht zum Wasser und trinkt. Ist das bei euch nicht so?"

„Nein. Bei uns hat jedes Rudel sein eigenes Gebiet. Und nur dort dürfen wir jagen."

„Und wenn ein Fremder kommt, darf der nicht jagen?"

„Wenn wir es ihm erlauben, dann darf er. Sonst nicht."

Adsini stand still da, sie schien angestrengt nachzudenken, der Schwanz bewegte sich leicht, wie fragend. In ihre Augen trat ein mitleidiger Ausdruck. „Dann müßt ihr wohl immer hungrig sein, dort im Norden. Seid ihr deshalb fortgegangen? Gibt es so wenig Beute bei euch?"

„Wenig Beute, Adsini? Mehr als genug!"

„Und trotzdem teilt ihr nicht? Das ist merkwürdig. Bei uns könnt ihr jagen, wann immer und wo immer ihr wollt. Nur – wir haben nicht viel Beute. In der Hogala gibt es wenig zu fressen. Aber es reicht für alle."

„Für alle? Leben viele Schnelle Läufer hier?"

„Oh, viele!"

„Wir dachten", knurrte Wuk, „daß da niemand leben kann."

„Dort draußen, wo ich euch gefunden habe? Dort leben wir nicht. Wir gehen selten hin. Nur wenn die Geflügelten uns zeigen, daß es eine Mahlzeit gibt."

„Wieso hast du uns dann gefunden?" fragte Imiak.

„Ich kam zum Wasserloch, um zu trinken. Und dann sah ich die Geflügelten und wollte nachsehen, ob für mich und die Meinen etwas abfällt."

„Für dein Rudel?"

„Für meine Sippe. Mein Vater ist Haschka, und Ugama ist meine Mutter. Skruff und Min, meine Geschwister, sind Jährlinge. Und dann sind da noch die ganz Kleinen, Iyini und Siyi und Ninu. Wollt ihr mitkommen? Ich führe euch hin."

„Ja, wir gehen gern mit dir. Wenn Haschka und Ugama einverstanden sind."

„Einverstanden? Die freuen sich! Und ich zeige euch die Hogala. Oh, sie ist schön! Ihr werdet es schon sehen."

Bevor die Wölfe aufbrachen, tranken sie noch einmal in langen Zügen. Sie warteten, bis Schak genußvoll Schluck um Schluck zu sich genommen hatte, dann verließen sie den Tümpel auf einem von vielen Pfoten ausgetretenen Pfad zwischen den Bäumen und Steinblöcken. Der Häher strich über Sternschwester und Schiriki hinweg und berührte sie mit den Flügelspitzen.

„Danke, daß du mich getragen hast, Sternschwester", zirpte er. „Danke, daß du mich gerufen hast, Schiriki."

Das Land, durch das Adsini sie führte, war von Gesteinsbrocken übersät, grau und ohne Pflanzenwuchs. Auch dieser Teil der Hogala war öde und leer. Kein Geflügelter, kein Vierbeiner zeigte sich, nur die Geier kreisten am Himmel. Auf der Suche nach einer anderen Beute stiegen sie höher, wurden kleiner, wurden zu schwarzen Punkten und entschwanden schließlich aus dem Blickfeld der Wölfe.

Die Sonne, das Große Taglicht, brannte sengend herab; je weiter sich die Wölfe vom Wasserloch entfernten, desto mehr vermißten sie die schattenspendenden Bäume. Sie konnten nicht verstehen, warum Adsini gesagt hatte, die Hogala sei schön – dieses wüste Steingewirr, in dem sich die kleine Wölfin aber so leicht und sicher bewegte, als liefe sie auf weichem Moosboden. Obwohl Imiak und seine Gefährten sich vom Wasser erfrischt fühlten, ermüdeten sie rasch, es fiel ihnen schwer, mit ihr Schritt zu halten. Schak mußte sich immer wieder zu einer kurzen Rast niederlassen. Wurde der Abstand zu groß, kam Adsini jedesmal zurückgelaufen, umsprang ihre neuen Freunde schweifwedelnd und bellte fröhlich.

Nach einiger Zeit zogen sich Streifen aus gelbem, feinkörnigem Sand durch das bröcklige Gestein. Die kleine Schar kam an den ersten Spuren von Pflanzenwuchs vorbei, an niedrigem Dorngesträuch und Grasbüscheln, allerdings längst vertrocknet und verdorrt. Adsini lief einen Hügelhang hinauf, setzte sich oben nieder und schaute zufrieden und stolz um sich. Die Wölfe blieben stehen, Schak flatterte zu Boden und flappte ungläubig mit den Flügeln. Was er und seine Gefährten erblickten, war so fremd, so anders, so jenseits aller Vorstellungsmöglichkeiten, daß sie zu träumen vermeinten. In flachen Wellen, unterbrochen von ebenen Plätzen, rollten gelbe Sanddünen gleichförmig dahin, bis an den Fuß von fernen, nicht sehr hohen, zerklüfteten Bergen, im Osten violettfarben und im Süden, im Gegenlicht, schwarz wie verbranntes Holz.

Im Sand, ohne jedes Erdreich, standen vereinzelt Bäume, manche klein, manche riesig, zwar grün – das einzige Grün, so weit man blickte –, aber blattlos. Diese Bäume hatten keine Kronen, keine Wipfel. Oft reckte sich nur ein einzelner, mit Stacheln bewehrter Stamm hoch, dann wieder wucherten sie nebeneinander gleich Hecken. Auch hier war jeder Grashalm verdorrt. Unbekannte, krautige Gewächse waren braun verschrumpelt. Die Wölfe hatten das Gefühl, Gras und Kraut würden zu Staub zerfallen, wenn sie die Pfoten darauf setzten.

Und wie grell das Licht war! Sie starrten nach Süden, auf die schwarzen Berge – die Sonne wurde zu einem Ball aus Feuer, alles färbte sich schwarz, auch der Sand und die wunderlichen Stachelbäume. Als Imiak die schmerzenden Augen zukniff, sah er noch immer flimmernde Punkte davor tanzen.

„Ist sie nicht schön, die Hogala?" rief Adsini.

Imiak blinzelte sie an. „Es ist alles – so anders!" antwortete er zögernd.

„Schwarze Berge!" grollte Wuk. „Das darf es nicht geben!"

„Schwarze Berge?" Adsini wippte mit dem Schwanz. „Sie sind nicht schwarz. Das ist doch nur, weil ihr in das Große Taglicht schaut!"

Schak saß ungewöhnlich still da. „Soll das Nitakama sein?" piepte er. „Wo sind die Wiesen, die Blumen? Haben die Wandervögel nicht die Wahrheit erzählt?"

„Die Wandervögel?" Adsini schaute ihn verwundert an. „Die bleiben nicht bei uns, die fliegen weiter. Nitakama ist irgendwo. Ihr seid in unserer Hogala."

Wieder sprang sie voraus, hinein in das gelbe Land. Das Rudel und der Häher folgten ihr, aber nur langsam; immer wieder blieben die Wölfe stehen und wollten ihren Augen nicht trauen. Wenn auch alle Bäume der Hogala Stacheln statt Blättern oder Nadeln trugen, waren sie doch ganz verschieden und hatten die absonderlichsten Formen. Jede neue Kakteenart, an der sie vorüberkamen, entlockte den Wölfen Laute des Erstaunens. Manchmal wuchsen aus dem Sand fünf oder sechs oder mehr schlanke Schäfte, die Äste hätten sein können. Auch stachelige Kugelgebilde gab es, die keine Ähnlichkeit mit irgendeinem Baum oder Busch hatten. Andere Hogalabäume bestanden aus flachen, länglichen Scheiben, auf die merkwürdigste Art aufeinandergesetzt – kaum zu glauben, daß sie nicht unter der gegenseitigen Last knickten und brachen. Am meisten beeindruckt waren die Wölfe von den riesigen Säulenkakteen, die wie Nadelbäume aufragten und neben denen sie sich winzig klein vorkamen. Schak flog nicht voran wie sonst, er wagte sich nie weit von seinen Freunden fort. In dieser fremden Welt fühlte er sich ganz verloren.

Einmal glitt eine Schlange durch den Sand. Geschöpfe, die Eidechsen glichen – nur waren sie größer und hatten schuppige Körper –, sonnten sich auf flachen Steinen und zischten drohend, wenn einer der Wölfe zu nahe kam. Hoch oben auf der Spitze eines Säulenkaktus saß ein einsamer Habicht und äugte aufmerksam umher. Schak suchte sofort Zuflucht bei den Wölfen. Daß die Hogala im Gebiet der Stachelbäume nicht unbewohnt war, verrieten Spuren im Sand, einige nur leicht hingekritzelt, andere tief eingedrückt – Spuren von Graupelzchen und langohrigen Springern, aber auch Spuren von unbekannten Lebewesen. In der Abenddämmerung, erklärte Adsini, gäbe es hier genug Beute zu jagen, nur in der Tageshitze verkröche sich jedes Geschöpf in seinem Schlupfwinkel, auch die Geflügelten, die hier ihre Nester hatten.

Schak zirpte ungläubig. „Wo kann unsereins sich da ein Nest bauen, Adsini?"

„In den Stachelbäumen! Schau – dort oben ist eines!"
Die Wölfe und Schak blickten hoch. In einem der Kakteenstämme war ein kreisrundes Loch ausgehackt, wie der Eingang zu einer Spechthöhle. Schak plusterte verwundert das Gefieder auf.

Sie zogen weiter, diesmal im gemächlichen Wolfstrab, bis sie wiederum erstaunt anhielten. Vor ihnen lag ein flaches Stück Land, über und über mit etwas bedeckt, das von weitem aussah, als seien es lauter Spinnweben. Sie rannten hin und sahen, daß es Hogalabäume waren, vielfach ineinander verschlungen und umhüllt von einem weißhaarigen Pelz. Bevor Adsini warnend kläffen konnte, schnüffelte To daran und sprang aufwinselnd zurück. Aus seiner Schnauze quollen Blutstropfen. Was die Wölfe für einen Pelz gehalten hatten, waren feinste, nadelspitze Stacheln. Schak brauchte eine ganze Weile, um Stachel nach Stachel aus der Schnauze des Welpen zu ziehen.

Das Große Taglicht war auf seinem Weg über den Himmel nach Westen gewandert und stand nicht mehr so hoch. Die Stachelbäume warfen lange Schatten. Das milder gewordene Licht verlieh dem Sand einen warmen, goldbraunen Schimmer, dieselbe Farbe, die auch Adsinis Fell hatte. Wenn sie ein Stück vorauslief, war es Imiak, als verschmelze sie mit den Dünen, als würde sie eins mit der Hogala. Zum erstenmal verstand er, warum sie dieses Land liebte.

Die Wölfe konnten nun nach Süden schauen, ohne geblendet zu werden, und merkten, daß die fernen Berge dort nicht wirklich schwarz waren, wie das grelle Gegenlicht es vorgetäuscht hatte, sondern braun in den verschiedensten Farbtönungen.

Die meisten Vierbeiner blieben noch immer in ihren Schlupfwinkeln, aber die Geflügelten waren munter geworden. In den Kakteen zwitscherte, flötete und piepte es, Scharen von Vögeln huschten umher. Manche waren unscheinbar grau oder braun, andere hatten ein grellbuntes Gefieder. Tauben gurrten. Ein leuchtendroter Vogel mit schwarzer Kopfhaube saß auf einem abgebrochenen Kakteenarm und pickte eifrig. Als er fortflog, sahen die Wölfe, daß an der Bruchstelle glasklare Tropfen hervorquollen. Nach dieser Entdeckung schien ihnen die Hogala nicht mehr so feindlich und abweisend zu sein. Daß hier sogar Bäume dem Durstigen Wasser spendeten, hatten sie nicht erwartet.

Bald darauf stutzten Wuk und Wok und wufften. Hinter einer der Sanddünen tauchte ein spitzes Ohrenpaar auf, eine Schnauze erhob sich und verschwand wieder, dann reckten zwei Schwänze sich wedelnd hoch. Im nächsten Augenblick standen zwei Jungwölfe auf der Düne, aber nur einen Atemzug lang, schon waren sie wieder davongestoben!

Adsini bellte fröhlich. „Min! Skruff! Kommt her! Kommt her! Ich habe Freunde mitgebracht."

Ihre Geschwister kamen, ebenso fröhlich bellend, herangelaufen, begrüßten Adsini stürmisch, kläfften Schak verwundert an und begannen Imiak und seine Gefährten japsend und bellend zu umkreisen. Sie haschten einander, verschwanden hinter Kakteenhecken oder in Bodenwellen und sprangen immer wieder hoch in die Luft.

Die Wölfe vom Tal wußten nicht recht, wie sie sich verhalten sollten. Wann immer sie bisher auf Wölfe aus anderen Rudeln gestoßen waren – Wölfe, die sie im Jagdgebiet geduldet hatten –, war die erste Begegnung stets würdevoll und feierlich nach den bestehenden Regeln verlaufen. Andere Rudel hatten mit Drohgebärden, mit Geknurr und Zähnefletschen zu verstehen gegeben, daß Fremde nicht erwünscht waren. Diese Hogalawölfe aber benahmen sich, als sei die Ankunft einer unbekannten Schar bloß ein willkommener Anlaß zum Spiel!

Wie arglos sie sind! dachte Imiak. Sie müssen doch

sehen, daß wir größer und stärker sind als sie. Haben sie denn keine Angst, daß wir sie aus ihrem Gebiet vertreiben könnten?

Wieder sprangen Skruff und Min hoch, landeten auf allen vier Beinen und kläfften Itsi und To auffordernd an. Die Welpen konnten nicht widerstehen. Welpen? Es waren keine Welpen mehr, auf der langen Wanderung waren Itsi und To zu Jungwölfen herangewachsen, nur wurde es den anderen Rudelmitgliedern erst jetzt bewußt. To kroch leise fiepend durch den Sand der erwartungsvoll dastehenden Min entgegen und leckte ihr die Pfoten. Min war ebenso zierlich wie Adsini und hatte das gleiche warmgelbe Fell. Skruff war kräftiger gebaut und hatte breitere Schultern, sein Fell war dunkler, die Halskrause war struppig. Mit hochgereckten, straff erhobenen Schwänzen stelzten er und Itsi aufeinander zu, stellten sich gleichzeitig auf die Hinterbeine und umarmten und beschnüffelten einander. Dann liefen sie, Schulter an Schulter, in die Hogala hinein. Min gab To schweifwedelnd zu verstehen, daß er ihr folgen sollte. Er vergaß seine Schüchternheit und trabte ihr nach.

„Es ist nicht mehr weit zum Lager!" rief Adsini.

Alle Müdigkeit war vergessen. Die Geschwister und Wuk und Wok rannten hinter Adsini her, vorbei an wunderlichen Kakteen und kahlem Dorngeheck. Itsi und To liefen mit Min und Skruff voraus und blickten kein einzigesmal zurück auf ihr Rudel – wie Jungwölfe, die wissen, daß die Zeit bald kommen wird, da sie ihren eigenen Weg gehen.

Schak flog kreischend über den Köpfen seiner Freunde.

## *Im Lager der Hogalawölfe*

Das Lager der Hogalawölfe befand sich in einem kleinen, von Felsblöcken geschützten Tal. Feiner Sand bedeckte den Boden und stäubte unter den Pfoten der Wölfe auf. Die Felsen hatten die gleiche Farbe wie der Sand, manche glichen stumpfen Kegeln, einige waren oben abgeplattet, andere lagen kugelförmig aufeinander. Ein vorspringendes Felsdach beschattete den in einer Nische verborgenen Eingang zur Wolfshöhle.

Min und Skruff waren auf eine der Felsplatten geklettert und blickten schweifwedelnd auf die Wölfe vom Tal hinab. Ein Hogalawolf mit graubraunem Fell und einer struppigen Halskrause wie Skruff erhob sich von seinem Ruheplatz vor der Nische und wurde von Adsini zärtlich begrüßt. Aus der Höhle kroch eine Wölfin hervor, deren angeschwollene, mit Milch gefüllte Zitzen verrieten, daß sie Junge säugte. Adsini leckte ihr das Gesicht.

Nach den üblichen Regeln des Zusammenlebens hätten Haschka der Leitwolf und Ugama die Leitwölfin sein müssen, aber soviel hatten Imiak und seine Gefährten seit ihrer wunderbaren Errettung durch Adsini schon begriffen, daß es bei den Hogalawölfen keine Rangordnung gab. Trotzdem duckte sich Imiak zum Zeichen der Demut und machte sich klein, um Haschka und Ugama zu zeigen, daß sie keine Angst vor den viel größeren und stärkeren Fremden zu haben brauchten „Wir sind Streuner ohne Jagdgebiet", sagte er. „Erlaubt uns, daß wir eine Weile bei euch bleiben und mit euch jagen."

Die feierliche Begrüßung kam Skruff und Min offensichtlich sehr merkwürdig vor, sie tanzten ausgelassen auf der Steinplatte herum und wackelten vor Lachen mit den Hinterteilen. Adsini wisperte ihrem Vater ins Ohr: „Sie kommen von weither! Sie kennen das Gesetz der Hogala nicht."

Haschka verzog die Lefzen zu einem Wolfslächeln, antwortete aber nicht ohne Würde: „In der Hogala ist Platz für alle. Wenn es keine Beute gibt, ist jeder hungrig, und wenn es Beute gibt, wird jeder satt. Ihr seid uns willkommen."

Skruff warf den Kopf zurück und jappte lauthals. „Sind die nicht wunderlich? Schaut euch bloß an, was sie für große Pfoten haben! Und ein Federwisch fliegt mit ihnen – habt ihr so was schon gesehen?"

„He, du kleines Spitzohr", zeterte Schak, „hast deine Schnauze nie aus diesem Sandland hinausgesteckt und glaubst wohl, die ganze Welt zu kennen! Unsereins weiß mehr als du und könnte dir Dinge erzählen, die du dir nicht träumen läßt." Er schwenkte den Schopf, breitete die Flügel aus und hüpfte zu Ugama. „Mutterwölfin", sagte er , „oben im Norden, wo die Sonne nicht so heiß scheint und Schnee im Winter fällt, habe ich einer anderen Mutterwölfin versprochen, ihr Rudel zu begleiten, wohin es auch geht. Einst waren wir glücklich wie ihr, aber dann kamen der Schwarze und sein Riesenrudel aus Norr Norr, und wir mußten fliehen. Meine Freunde haben viel durchgemacht. Schon lange haben sie keinen Ort mehr, an dem sie in Frieden leben können. Nehmt sie auf bei euch, sie haben es verdient!"

„Ihr habt fliehen müssen?" Ugama lief zu den Wölfen vom Tal und begann sie zu lecken und zu liebkosen. „Ihr Armen!" rief sie immer wieder. „Aber jetzt ist alles gut. Jetzt seid ihr bei uns und habt einen Ort, an dem ihr in Frieden leben könnt."

Adsini kam herbei, ihre Schnauze berührte Imiaks Schnauze in einer stummen Geste des Mitgefühls.

Skruff und Min aber sprangen von der Felsplatte herunter und fielen über Itsi und To her, als sei das die beste Art und Weise, den beiden zu zeigen, daß sie nicht mehr verlassen und ohne Freunde waren. Bald war die schönste Balgerei im Gang, jeder haschte nach jedem Schwanz, jeder versuchte den anderen zu kneifen, manchmal war es ein unentwirrbarer Knäuel mit strampelnden Beinen. Aus der Ferne mochte es aussehen wie ein tödlicher Kampf, aber all das Knurren und Kläffen, das Schnappen und Zubeißen war nur ein Spiel, nur ein sich einander Vertrautmachen.

Ein leises Wimmern aus der Höhle rief Ugama zu ihren Welpen. Adsini und Haschka streckten sich vor dem Höhleneingang aus. Die vier Jungwölfe ließen sich japsend nebeneinander im Schutz eines der Felsen nieder. Imiak, Sternschwester und Schiriki und Wuk und Wok suchten sich in einer nahen Mulde einen Ruheplatz. Die Sonne stand nun schon sehr tief, die Kakteen in der Hogala zeichneten absonderliche Schattenmuster auf den Boden. Die Wölfe vom Tal lagen wohlig entspannt im Sand, der noch die Hitze des Tages widerstrahlte. Wok streckte und reckte sich, tief aus seiner Kehle kam ein fiepender Laut. „Da nehmen sie uns auf, als sei das ganz selbstverständlich!" sagte er. „Und sind alle so klein! Ich könnte ihnen mit einem Biß das Rückgrat brechen, nicht wahr, Wuk?"

Wuk wiefte zustimmend.

Imiaks Nackenhaar sträubte sich, er fuhr zornig knurrend auf. Wuk und Wok verzogen die Lefzen und wedelten vergnügt mit den Schwänzen. Schak lachte glucksend. Imiak ließ sich wieder in den Sand sinken. „Sagt so was nie mehr!" bat er. „Adsini hat uns das Leben gerettet."

„Ja, dir und mir und uns allen", schäkerte der Häher. „Noch dazu ist sie das hübscheste kleine Spitzohr, das ich je gesehen habe. Ist es nicht so, Brüderchen Vierbein, großer Imiak Kan? Wenn ich du wäre, würde ich ans Nestbauen denken."

Schak hüpfte zu Imiak, der verlegen die Schnauze unter die Pfoten steckte, und zupfte ihn am Pelz. „Was mich betrifft, würde ich gern ein Nest bauen. Freilich, in den Stachelbäumen wär's nicht das Rechte für unsereins."

Die Sonne, groß und rot geworden, versank hinter dem Rand der Erde. Gegen den aufflammenden Himmel wurden die Kakteen unwirklich und glichen Traumgebilden. Sternschwester streckte sich neben Schiriki aus. Schak hüpfte zwischen ihre Pfoten.

Auch hier in der Hogala folgte die Nacht fast unmittelbar dem Tag. An eine lange Dämmerung gewöhnt, in der das Licht unmerklich schwächer und schwächer wurde, kam den Wölfen vom Tal die Dunkelheit wieder überraschend schnell wie schon im Land des Todes. Einen kurzen Augenblick noch bewahrte der Himmel den Widerglanz der versunkenen Sonne, dann erlosch das Licht jäh, und Himmel und Erde wurden schwarz. Die ersten Sterne blinkten schon am Himmel, während am Horizont noch das letzte Rot des Sonnenuntergangs verglühte.

Die Hogalawölfe brachen zur Jagd auf und luden ihre

neuen Freunde ein, sie zu begleiten. Ugama blieb bei den Kleinen in der Höhle. Schak, dem Tagvogel, war die dunkel gewordene Wüste unheimlich, er schlüpfte, als seine Freunde das Tal verließen, in eine Felsspalte beim Höhleneingang und wagte sich daraus nicht mehr hervor.

In der nächtlichen Dunkelheit erwachte die Hogala zu ungewohntem Leben. Alle Geschöpfe, die sich vor der sengenden Hitze in Schlupfwinkeln und Höhlen verkrochen hatten, kamen hervor und gingen auf Nahrungssuche; aber was immer nun huschte, kroch, sprang oder hüpfte, bewegte sich so behutsam und leise, daß kein Laut die Stille zu stören schien.

Gleich zu Beginn der Jagd zerstreuten sich die Hogalawölfe und liefen suchend umher, schnüffelten einmal da und einmal dort. Für die Wölfe vom Tal war alles noch zu unbekannt, zu fremd, um dem Beispiel ihrer Freunde zu folgen, sie fühlten sich nur dann sicher, wenn sie einander nahe waren.

Bald wurde ihnen bewußt, daß die Jagd in der Hogala mühsamer war als in den Wäldern; selbst im Bergland war es leichter gewesen, Beute zu finden. Außer den Wölfen streiften noch andere vierbeinige Jäger durch das Sandland: kleingebaute, flinke Füchse mit ungewöhnlich großen Ohren und verschiedene Arten von langgeschwänzten Leisepfoten. Und sie alle machten Jagd auf Graupelzchen und andere Pelzwesen. Manche der Graupelzchen waren größer als jene in den Wäldern; einen solchen Happen zu erwischen war schon der Mühe wert. Wer aber hätte geglaubt, daß es Mäuse gab, die so lange und kräftige Hinterbeine hatten, daß sie in weiten Sätzen davongesprungen waren, bevor man zuschnappen konnte? Und wehrlos waren diese Springer auch nicht! Als Wuk eines der Pelzwesen packen wollte, drehte es sich blitzschnell um und schleuderte ihm mit den Hinterbeinen eine Ladung Sand nach der anderen ins

Gesicht. Ihm blieb nichts anderes übrig, als Augen und Schnauze mit den Pfoten zu schützen, während das freche Geschöpf ihn weiter mit Sand bewarf, bevor es in ein Erdloch flüchtete. Diese unerwartete Niederlage machte Wuk so zornig, daß er einem anderen Graupelzchen blindlings nachhetzte, nur um sich beim nächsten Kakteendickicht eine blutige Nase zu holen. Während die Maus in ihrem Stachelversteck schadenfroh piepste, schlich Wuk mit eingeklemmtem Schwanz zu seinen Gefährten zurück. Eine ganze Weile mußten sie ihn tröstend lecken, bis er endlich zu grollen und zu murren aufhörte.

Aber nicht nur Wuk wurde in dieser Nacht von den Beutegeschöpfen übel mitgespielt, auch die anderen merkten bald, daß ihnen ihre Größe in der Hogala wenig nützte und oft sogar hinderlich war. Sie begannen zu verstehen, warum Waka, das Gesetz, die Wölfe des Sandlandes andere Regeln des Zusammenlebens gelehrt hatte. Bei Dornhecken, die für sie undurchdringlich waren, schlüpften die Hogalawölfe behend durch jede kleine Lücke. Hätten nicht Haschka, Adsini und die zwei Jungwölfe bereitwillig die Beute geteilt, wären die Wölfe vom Tal hungrig geblieben.

Jedesmal, wenn sie vergeblich eine Springmaus zu fangen versucht hatten, tanzte und hüpfte Skruff und rollte sich im Sand, als könnte er nicht fassen, daß jemand so ungeschickt war. Zuerst fühlte Itsi sich in ihrer Würde gekränkt und bellte ihn zornig an, dann wurde sie selber von seiner Fröhlichkeit angesteckt. To fand es selbstverständlich, daß Min die bessere Jägerin war, er tappte ihr bewundernd nach, wohin sie auch ging, und wich nicht von ihrer Seite.

Von Zeit zu Zeit tauchten andere Hogalawölfe gleich Schatten in der Nacht auf und japsten kurz zur Begrüßung. Hier jagte wirklich jeder Schnelle Läufer, wo er wollte, und keiner machte dem anderen die Beute streitig. Manchmal schwebten geflügelte Jäger lautlos durch die dunkel aufragenden Kakteen – es waren kleine Eulen, deren Rufe wie ein schwermütiges Lachen klangen.

Auch die beinlosen Kriecher suchten nachts in der Hogala nach Nahrung. Manche der Schlangen waren so lang und dick und so auffällig gefärbt, daß Imiak und seine Gefährten aus dem Staunen nicht herauskamen. Für To wäre diese Nacht beinahe die letzte seines Lebens geworden. Wieder einmal hatte er eine Springmaus verfehlt und stürzte sich voller Eifer auf ein anderes Pelzwesen – im selben Augenblick, als eine der im Sand lauernden beinlosen Jägerinnen zustoßen wollte. Zischend, den Rachen weit geöffnet, und mit einem furchterregenden Rasseln fuhr die Schlange auf ihn los, aber schon hatte Min sie hinter dem Kopf gepackt und biß zu. So wütend der kräftige, geschmeidige Körper auch hin und her peitschte, Min ließ nicht los, bis die Schlange endlich nach ein paar Zuckungen schlaff herunterhing. Noch im nachhinein sträubte sich den Wölfen vom Tal der Pelz, als Haschka sagte, daß der Biß dieser kriechenden Jägerin jedem Geschöpf einen qualvollen Tod brächte.

Der Himmel über der nächtlichen Hogala war von tiefer Schwärze, unendlich hoch und dicht besät mit Sternen, die in der trockenen Luft heller strahlten als selbst im eisigen Winterfrost des Felsenlandes. Die Wölfe kehrten in das Tal zurück. Schak schlief in seinem geschützten Versteck bei der Höhle. Imiak und seine Gefährten kuschelten sich in ihrer Mulde aneinander und erwachten erst am späten Vormittag. Als sie sich behaglich streckten und dehnten, erblickten sie am Horizont aufquellende dunkle Wolken.

Adsini lief vergnügt bellend herbei. Schak flatterte ihr nach. „Sie sagt, das ist ein gutes Zeichen!" tschirpte er.

„Wird es regnen?" fragte Imiak verwundert.

"Nein, jetzt noch nicht!" erklärte Adsini. "Aber es dauert nicht mehr lange, dann regnet es. Immer, wenn die Wolken kommen, wird es bald Frühling."

Schak und die Wölfe schauten einander an. Sie konnten sich einen Frühling in diesem dürren Land nicht vorstellen. Frühling, das war milde Luft, frisches Gras, grüne Blätter und Blumen. Daß im Sand jemals Blumen blühen sollten, glaubten sie nicht.

In den nächsten Stunden kamen immer wieder Wölfe aus der Hogala, um die Fremden zu begrüßen und zu bestaunen. Sie beschnüffelten vertrauensvoll die Wölfe vom Tal, zeigten keine Angst und fanden es nur merkwürdig, daß jemand so viel größer und stärker war als sie selbst.

Am Nachmittag versammelten sich die Besucher im Schatten der Felsen, und die Wölfe vom Tal und Schak erzählten die Geschichte ihrer langen Wanderung. Von Zeit zu Zeit brachen die Hogalawölfe in verwunderte Rufe aus oder japsten ungläubig. Als Imiak berichtete, wie Schogar Kan aus Norr Norr gekommen war und Palo Kan getötet hatte, heulten die Hogalawölfe entsetzt auf und beruhigten sich lange nicht. Sie, die so unbefangen miteinander lebten, konnten nicht begreifen, daß es einen Schnellen Läufer gab, der wollte, daß ihm jedes Geschöpf gehorchte. Sie lauschten atemlos, als die Wölfe vom Tal und Schak von der Flucht erzählten, von den vielen Gefahren und wie der Stürzende Schnee im Land der Felsen sie fast unter sich begraben hätte. Schnee und Eis waren für die Hogalawölfe unvorstellbar. Ugama gab erschrockene Laute von sich und begann Itsi und To zu liebkosen.

Als die Wölfe vom Tal alles erzählt hatten und schwiegen, saßen die Hogalawölfe stumm da und schauten mitleidig und voller Anteilnahme auf die kleine Schar, die so Schreckliches erlebt hatte. Adsini kroch zu Imiak und wisperte: "Denk nicht mehr daran! Vergiß es! Ihr seid jetzt bei uns! Niemals würde einer aus der Hogala das tun, was dieser Schwarze aus Norr Norr getan hat."

„Nein! Niemals!" heulten die Hogalawölfe. Sie sprangen auf und schüttelten sich, als müßten sie alles Fremde und Bedrohliche abwerfen. Sie leckten die Wölfe vom Tal und sagten, nun seien alle Gefahren vorbei, stupsten sie zum Abschied und riefen, heute nacht gebe es ein Wiedersehen bei der Jagd. Dann liefen sie hinaus in die Hogala. Auf den nächsten Sanddünen fingen sie zu spielen an, rannten einander nach und schienen schon nicht mehr daran zu denken, daß es eine Welt gab, die nicht so friedlich war wie ihre.

Adsini duckte sich vor Imiak, wedelte mit dem Schwanz und wiefte leise. Als er ihrer Aufforderung zum Spiel nachkommen wollte, entzog sie sich ihm mit einer raschen Bewegung und rannte aus dem Tal. Er folgte ihr. Sie lief, ohne einmal anzuhalten, über die dahinrollenden Sanddünen bis zu einer Bodenwelle, die höher war als die anderen. Dort erst blieb sie stehen. Der Blick ging weit in die Ferne, nur hier und dort unterbrochen von Kakteenfeldern und urtümlich verwitterten Felsen. Adsini rieb die Schnauze an Imiaks Fell. Er schaute nach Süden. In der hitzeflirrenden Luft, die die Berge am Horizont verschleierte, schien die Wüste grenzenlos zu sein – diese absonderliche Einöde, die von Adsini so sehr geliebt wurde. Irgendwo jenseits der Hogala mochte Nitakama liegen, das Land der grünschwellenden Wiesen, der warmen Luft, der klaren Bäche und Seen. Imiak hatte nicht mehr den Wunsch weiterzuwandern und danach zu suchen. Er erwiderte Adsinis Liebkosung, und dann standen sie lange beisammen, in stummer Vertrautheit, als hätten sie einander schon immer gekannt.

## Das Wunder der Hogala

Die Wölfe vom Tal redeten nicht darüber, sie faßten keinen gemeinsamen Entschluß, aber sie ließen Tag um Tag verstreichen, ohne aufzubrechen, als wüßten sie, daß sie ihr Ziel erreicht hatten und daß die lange Wanderung zu Ende war. Wie alle Wölfe, die von klein auf gewohnt waren, zu beobachten und nachzuahmen, paßten sich Imiak und seine Gefährten rasch der neuen Umwelt an. Sie schauten den Hogalawölfen jeden Trick bei der Jagd ab und waren bald imstande, für sich selbst zu sorgen. Sie lernten darauf zu achten, ob eine Schlange in der Nähe war, und mieden die beinlosen Kriecher, die so gefährlich schnell zustoßen konnten. War eine Auseinandersetzung unvermeidlich, wußten sie, was man tun mußte, um die Schlange unschädlich zu machen.

Manche der Schlangen hatten die seltsamsten Angewohnheiten. Da gab es eine Art, die, den Körper im Sand verborgen, dahinkroch und nur ab und zu den Kopf mit der züngelnden, gespaltenen Zunge emporreckte. Eine andere bewegte sich, den Körper in vielen Windungen gekrümmt, erstaunlich flink vorwärts und hinterließ eine wunderliche Spur im Sand. Wieder ein anderes Hogalageschöpf hatte einen langgestreckten, glänzend schwarzgelben Schuppenkörper und kroch auf vier kräftigen Beinen mühelos im Sand und im Gestein umher – es wirkte nicht nur bedrohlich, sondern war es auch. Die Hogalawölfe sagten, der Biß sei schmerzhaft und für jedes kleine Geschöpf tödlich.

Nacht für Nacht wurde die Hogala für die Wölfe vom Tal zu einem aufregenden Abenteuer. Aber auch tagsüber gab es viel zu entdecken. Ein Hogalavogel konnte nicht fliegen, lief dafür aber unglaublich schnell auf dem Boden dahin. In Sandlöchern lauerten behaarte Spinnen auf Käfer und andere Flügelwesen. Und nicht alle Pelzwesen waren Nachtgeschöpfe. In den Kakteenfeldern trieben sich flinke Erdhörnchen auch am Tag herum. Bei jeder nahenden Gefahr trommelten sie mit den Hinterbeinen auf den Boden und verschwanden im Nu.

Brannte mittags die Sonne unbarmherzig vom Himmel, verkrochen sich die Wölfe vom Tal wie alle anderen Lebewesen in der Hogala. Am meisten litt Schak unter der Hitze. Er döste fast die ganze Zeit in einer der Felsnischen, die etwas Schatten bot. Nur in der Morgendämmerung, wenn es etwas kühler war, gesellte er sich zu den Vögeln der Hogala, zankte sich mit ihnen, suchte Futter, hackte mit dem Schnabel auf einen der Kakteenarme und stillte seinen Durst an der Flüssigkeit, die tropfenweise hervorquoll.

Immer wieder zogen am Himmel Wolken auf, die sich aber jedes Mal rasch auflösten und in der Hitze verdunsteten. Die Hogalawölfe begrüßten jede neue Wolke – auch wenn sie noch so vergänglich war – als einen Vorboten des Frühlings. Freute Adsini sich über eine aufquellende Wolke, umfächelte Schak die kleine Wölfin mit den Flügeln und schäkerte spöttisch. Selbst Imiak wiefte ungläubig.

Schiriki widersprach ihr nie. Manchmal geschah es, daß er unauffällig verschwand und allein in der Hogala, in dem sonnenglühenden Land, umherwanderte. Er setzte die Pfoten auf den Sand, auf diesen Boden, der so unfruchtbar schien, und fragte sich, ob darin etwas verborgen läge, das wachsen und sprießen würde wie das Gras und die Blumen in Land der Wälder. Oft stand er lange lauschend da, weil ihm war, als erhielte er von der stummen, schweigenden Wüste eine Botschaft, wäre er nur fähig, sie zu hören.

Eines Nachmittags baute sich am Himmel eine dunkle Wolkenbank auf. Mächtiger als alle bisherigen, überzog sie stetig wachsend den glasigen, hitzeentfärbten Himmel. Obwohl es drückend schwül war, tollten Adsini, ihre Geschwister und selbst Haschka und Ugama in einem seltsam aufgeregten Tanz zwischen den Felsen herum. Schließlich lief Adsini zu den Wölfen vom Tal, aus ihrer Kehle kam ein sehnsüchtiger Ruf. „Schwesterchen Vierbein", kreischte Schak, „was ist mit euch los?"

Adsini umkreiste ihn mit wehendem Schwanz. „Der Frühling ist da!" sang sie. „Der Frühling ist da!"

Den Wölfen vom Tal war es, als prickelte es sie am ganzen Körper. War das wirklich der Frühling? Die Köpfe hoch erhoben, stürmten Skruff und Min den anderen voran in die Hogala hinaus. Die Wölfe vom Tal rannten hinterher. Nur Ugama blieb im Tal zurück, sie durfte ihre Kleinen nicht allein lassen. Schak strich den Wölfen flügelschnell nach.

Sie rannten über den Sand, daß er unter ihren Pfoten aufsprühte, sprangen immer wieder in die Luft, landeten leichtfüßig, bellten einander ausgelassen an und liefen weiter. Die Wolkendecke hatte sich vor die Sonne geschoben und schwefelfarbene Ränder bekommen. In dem eigenartigen Zwielicht – weder Tag noch Dämmerung – tauchten von überall her andere Hogalawölfe auf, bis es eine große Schar geworden war, die sich auf den Sandkuppen versammelte. Schaks helles Kreischen mischte sich unter die Wolfsrufe. Blitze zuckten über den Horizont, Donner rollte in der Ferne.

Die Hogalawölfe hoben die Schnauzen und stimmten das Lied des Frühlings an. Mit auf- und abschwellenden Rufen, in immer wechselnden hohen und tiefen Tonfolgen, begleitet vom Grollen des Donners, sangen sie von Waka, der Regen spendete, sie sangen von der blühenden Hogala, die Nahrung im Überfluß für all ihre Geschöpfe bot. Die Wölfe vom Tal konnten nicht anders, sie fielen ein und heulten unter dem nun fast nachtschwarzen, tief herabgesunkenen Himmel selbstvergessen im Chor mit ihren Freunden.

Das Krachen des Donners wurde immer lauter. Grellweiße Blitze erhellten die Dunkelheit. Der Gesang der Hogalawölfe schwoll ekstatisch an und brach dann jäh ab. Die schwüle, stickige Luft hatte sich elektrisch aufgeladen; jedes Haar im Pelz der Wölfe stellte sich auf.

So selbstverständlich, wie sie zusammengekommen waren, trennten sich die Hogalawölfe wieder, verschwanden einzeln oder in Gruppen zwischen den Kakteen und Dünen. Auch auf dem Heimweg stürmten die Jungwölfe voran, Itsi und To von der gleichen überschäumenden Lebenslust erfaßt wie Skruff und Min.

Schak und die Wölfe hatten kaum den Schutz des Felsenlagers erreicht, als der Regen einsetzte. Und was für ein Regen! Es war, als entleere sich oben am Himmel ein riesiger See und schütte all seine Wassermassen auf die Erde nieder. Wahre Fluten bahnten sich den Weg zwischen den Felsen, füllten jede Mulde und Vertiefung. Die Wölfe verkrochen sich unter einer überhängenden Steinplatte, bis ein Wasserschwall sie vertrieb. Es gab keinen trockenen Platz mehr. Selbst Schak in seiner Nische wurde klatschnaß. Ugama und Haschka mußten ihre Kleinen aus der überschwemmten Höhle tragen.

Gegen Mitternacht ließ die Gewalt des Wolkenbruchs allmählich nach, das Prasseln des Regens wurde zu einem eintönigen Plätschern und Rieseln. Als die Wölfe am Morgen erwachten, war der Himmel reingewaschen und strahlend blau. Der durstige, ausgedörrte Boden hatte das Regenwasser aufgesogen; eine Weile noch glitzerte der Sand naß im Sonnenlicht, bis alle Feuchtigkeit in der Tageshitze verdampft war.

Am Nachmittag verdichtete sich der aufgestiegene Dunst zu neuen Wolken. Ein sanfter Regen fiel, der auch noch die ganze Nacht währte und erst bei Sonnenaufgang von blauem Himmel abgelöst wurde. Abends ging der nächste Wolkenbruch nieder. Der längst gesättigte Sand konnte das Wasser nicht mehr aufnehmen, Flüsse und Bäche strömten rauschend und gurgelnd durch die Hogala und versiegten ebenso rasch, wie sie entstanden waren.

Die Samen, die so lange im Sand geschlafen hatten, erwachten zu neuem Leben. Von einem Tag zum anderen begann die Hogala zu blühen. In jeder Felsspalte sprossen Blumenpolster. Die Sanddünen verschwanden unter einer üppigen Blütenpracht. Zerbrechliche Halme trugen Glöckchen in allen Farbtönen. Ein Blumenbüschel wetteiferte mit dem anderen, als wollte die Hogala ihre Geschöpfe für die lange Zeit der Dürre und Öde entschädigen. All die Büsche, die so trostlos und tot ausgesehen hatten, grünten und blühten. Eine Strauchart sah aus der Ferne aus, als stünde sie in Flammen, so dicht war jeder Zweig mit feuerroten Blütchen bedeckt. Die wunderbarste Verwandlung aber war mit den Kakteen vor sich gegangen. Nie hätten Schak und die Wölfe vom Tal geglaubt, daß diese stumpfgrünen Gewächse mit ihrer harten Haut und den spitzen Stacheln Blüten hervorbringen könnten. Und doch war es so. Jeden Morgen öffneten sich an den Kakteenarmen rote, gelbe oder blaue Kelche. Am schönsten waren die Riesenkakteen, die oben auf ihren hochaufragenden Schäften Kränze aus weißgelb schimmernden Blüten trugen.

Nach einer der Regennächte, als es noch angenehm kühl war, holte Ugama ihre Kleinen aus der Höhle und führte sie ins Freie. Die drei wolligen Fellbündel mit den viel zu großen, dicken Köpfen tappten auf tolpatschigen Pfoten umher, blinzelten ins Licht und suchten wimmernd Zuflucht bei der Mutter. Gleich darauf wurden sie mutig und machten sich, alle drei gemeinsam, knurrend über Wuks Schwanz her. Als er sich bereitwillig ausstreckte, krochen sie auf ihm umher und zausten ihm den Pelz, bis sie müde wurden und zwischen seinen Pfoten einschliefen. Wok legte sich daneben hin und leckte die Kleinen, zufrieden, daß er und Wuk wieder, wie einst, Welpen umsorgen und betreuen durften.

Im Schatten der Felsblöcke saß Schak, schaute nach Norden und dachte an die glücklichen Tage im Tal der Flüsternden Winde, damals, als auch Ahkuna ihre Kleinen aus der Höhle geführt hatte. Er sah Ahkuna vor sich, wie sie oben auf der einsamen Hochfläche lag, geduldig und ergeben in ihr Schicksal. Schak zirpte traurig und steckte den Kopf unter den Flügel.

Ein leichter Wind wehte den Duft der Blüten ins Tal. Winzige Kolibris standen im bezaubernden Farbenspiel ihrer Federkleider vor den Kakteen und tauchten, in der Luft schwirrend, die langen Schnäbel in die Kelche.

Adsini rieb den Kopf an Imiaks Schulter. „Glaubst du mir jetzt, daß die Hogala schön ist?" fragte sie.

Imiak holte tief Atem. „Ja, Adsini, sie ist schön!"


Nicht nur das pflanzliche Leben war in der Hogala erwacht. Die Wüste, die im sengenden Sonnenglast so still und verlassen gewirkt hatte, lockte nun ihre Geschöpfe ans Tageslicht. Vögel bauten Nester in grünenden Dornbüschen, im stacheligen Kaktusgestrüpp oder in den Höhlen, die sie hoch oben in die Stämme der Säulenkakteen gehackt hatten. Das war ein Flattern, ein Schwirren, ein Flöten und Trillern, Zwitschern und Zirpen. Zwischen den Blumenbüscheln huschte und hüpfte, was vier Beine hatte. Scheue Springmäuse führten wunderliche Tänze auf. Mütter säugten ihre Kleinen in Erdlöchern oder in versteckten Schlupfwinkeln. Kaum erwachsene Junge wagten sich zum erstenmal von ihren Eltern weg. Jeder Tümpel wimmelte von Kröten, die sich nicht schnell genug paaren konnten, um in der kurzen Zeit des Frühlings für Nachwuchs zu sorgen. Die Hogalawölfe behaupteten, diese nackten braunen Vierfüßler, die so dumpf quakten, verschliefen die trockene, heiße Zeit tief unten im Sand. Das war noch irgendwie zu begreifen, als aber Imiak und seine Gefährten einen Tümpel fanden, in dem kleine Fische herumflitzten, konnten nicht einmal die Hogalawölfe dieses Rätsel lösen und eine Erklärung dafür geben. Das war so, sagten sie, und würde immer so sein. Woher die Flossenwesen kämen, wisse niemand.

Wie alle Wölfinnen, die Junge säugten, hatte Ugama bisher nur selten die Höhle verlassen. Jetzt konnte sie mit Haschka auf die Jagd gehen oder sich im Schatten der Felsen ausruhen, sich von der anstrengenden Zeit erholen und neue Kräfte sammeln. Wuk und Wok hatten ganz selbstverständlich ihre gewohnten Pflichten übernommen und betreuten die Welpen. Iyini, Siyi und Ninu tappten ihren großen, gutmütigen Beschützern auf Schritt und Tritt nach, gruben die spitzen Zähnchen in die dicken Pelze, zerrten an den Schwänzen oder schliefen, wenn sie genug gespielt hatten, selig schnaufend an Wuk und Wok geschmiegt ein.

Hogalawelpen unterschieden sich nicht von den Welpen ihrer größeren Verwandten im Norden. Sie hatten nichts als Unfug im Kopf, verlangten ebenso stürmisch nach Zärtlichkeit und Futter, und alles wurde ihnen, solange sie klein waren, geduldig und liebevoll gewährt. Nur wenn sie allzu weit vom Lagerplatz streunten, tauchte immer einer der Großen auf und holte sie zurück. Wollte sich eines der Kleinen im nächsten Augenblick schon wieder fortstehlen, wurde es warnend angeknurrt oder strafend gebeutelt. Besonders Iyini brannte darauf, die unbekannte Welt jenseits des Lagerplatzes zu erforschen; er entwischte, wann er nur konnte, und die Wachsamkeit seiner Beschützer durfte nie nachlassen. Aber in jedem Wurf gab es ein Junges, das unternehmungslustiger war als die anderen. Wuk und Wok liebten das quicklebendige Fellbündel gerade deshalb! Wäre Iyini ein Welpe aus den Wäldern gewesen, hätte er später in der Rangordnung des Rudels bestimmt einen Platz ganz oben eingenommen.

Schak unterhielt die Welpen mit seinen Flugkünsten und zeterte ihnen die Ohren voll, wenn sie nach seinen Schwanzfedern schnappten. Sonst aber war er stiller geworden als früher; seine Freunde hörten nur noch selten das fröhliche, spöttische Häherlachen. Selbst das Wunder der blühenden Hogala konnte Schak für das, was er vermißte, nicht entschädigen. Er sehnte sich nach dem kühlen Schatten der Wälder, er sehnte sich nach Ahkuna. Oft saß er zwischen Sternschwesters Pfoten, während sie ihn schweigend liebkoste und wußte, daß sie ihn nicht wirklich trösten konnte.

Eines Morgens, als die Sonne sich nach einer regenlosen Nacht am Himmel erhob, der durchsichtig war wie frisches Quellwasser, verließ Schiriki seine Gefährten, die noch schliefen, und wanderte in die Wüste hinein. Er ging langsam und setzte behutsam Schritt für Schritt. Immer wieder blieb er stehen und senkte den Kopf zu einem der Blumenbüschel hinab, die den sandigen

Boden mit einem verwirrend bunten Muster bedeckten. Kakteenkelche, die nachts aufgeblüht waren, begannen sich nach ihrer kurzen Pracht wieder zu schließen und verwelkten rasch. Bei den meisten Kaktusarten aber streckten sich die Blüten weit geöffnet dem Sonnenlicht entgegen und lockten mit ihren leuchtenden Farben und ihren gelbbestäubten Griffeln Insekten und Vögel an.

Scharen von Geflügelten trieben sich auf der Suche nach Futter umher. Vogeleltern schlüpften bei ihren Nisthöhlen ein und aus und atzten unermüdlich ihre Jungen. Aus einem Loch hoch oben lugte ein Hogala-Eulchen auf den einsamen Wolf hinab. Wieder andere Vögel, so groß wie Waldhühner, eilten geschäftig pickend von Kaktus zu Kaktus und gluksten dabei leise. Der Sand war geriffelt von den Pfoten der Graupelzchen, Langohren und anderer kleiner Geschöpfe.

Schiriki wanderte weiter und weiter, hinein in die Hogala, ließ sich einmal dahin und einmal dorthin locken. So lautlos schritt er aus, daß keiner der Geflügelten erschrocken aufschwirrte und kein Graupelzchen die Flucht ergriff.

Als wir in die Hogala kamen, dachte er, war da nichts als Sand. Wohin wir auch unsere Pfoten setzten, gab es kein Grün, und das Land schien uns öde und leer, unfruchtbar und ohne Leben zu sein.

Und Schiriki war es, als hörte er eine Stimme, er hob den Kopf und lauschte. Die Sonne war hochgestiegen und übergoß die Hogala mit ihrem strahlenden Licht. Die Stimme, die Schiriki hörte, wurde zu vielen Stimmen und blieb doch eine einzige, so unbegreiflich das auch war; sie sprach nicht in Worten zu ihm und doch verstand er, was sie sagte. Er ließ sich in den Sand nieder.

„Du bist das Gesetz", sagte er demütig, „ich meinte, ich müßte dich suchen, Waka, und wußte nicht, daß du überall bist und überall zu uns sprichst, wenn wir dich nur hören wollen. Du spricht zu uns durch das Leben, das du uns gegeben hast. Du läßt Gras und Blumen unterm Schnee schlafen und sagst ihnen, wann die Zeit gekommen ist, zu wachsen und zu blühen. Du weckst die Blumen der Hogala mit deinem Regen. Die Geflügelten in den Wäldern bauen ihre Nester in den Bäumen, die Geflügelten der Hogala finden Schutz für ihre Jungen im Dornendickicht. Uns, die wir groß und stark sind, hast du gelehrt, die Hornträger zu jagen, die Schnellen Läufer der Hogala hast du klein und genügsam gemacht, damit sie dort überleben können, wo es nur wenig Nahrung gibt. Jedes Geschöpf hast du gelehrt, nach seiner Art zu leben, und solange wir dir gehorchen, ist alles gut, sei es im Sand der Hogala oder im Schatten der Wälder."

Schiriki legte den Kopf auf die Pfoten. Noch nie zuvor hatte er sich so im Einklang mit sich selber und der Welt ringsum gefühlt, er war ein Teil des großen Ganzen und fühlte sich geborgen in diesem Wissen.

Die Sonne stieg höher und erreichte den Scheitel des Himmels, in der Mittagshitze verstummten die Lieder der Geflügelten. Nur noch ab und zu flatterte ein verspäteter Vogel durchs Dorngesträuch. Schiriki hörte das Summen der Flügelwesen wie aus weiter Ferne. In einem Zustand, der weder Schlaf noch Wachsein war, glitten friedliche Bilder an ihm vorüber und lösten einander ab. Er lag mit seinen Geschwistern im Gras vor der Höhle, behütet von Ahkuna und Palo Kan. Kein haarloses, aufrechtgehendes Geschöpf erschreckte ihn. Hornträger ästen ohne Angst im Abendlicht. Er schritt auf weichem Moos im Schatten grüner Nadelbäume, er schritt durch die blühende Hogala. Der hohe Himmelsraum und die Erde wurden eins, und Schiriki durchwanderte die unendliche Weite von Wakas Welt so mühelos, als hätte sein Körper alle Schwere verloren und sei leicht wie eine Feder geworden.

Ein junges, noch unerfahrenes Erdhörnchen suchte

ganz in seiner Nähe nach Futter, ohne auf den Wolf zu achten, der sich nicht regte und wie leblos dalag. Mit wippendem Schwanz, die Ohren aufgestellt, immerzu mit dem schwarzen Schnäuzchen schnuppernd, huschte das Erdhörnchen von einem Blütenbüschel zum anderen, beugte die Halme und nibbelte eifrig. So vertieft war es in die Nahrungssuche, daß es auf die ausgestreckte Wolfspfote trat – und sich plötzlich Auge in Auge mit einem der gefürchteten Jäger der Hogala fand.

Das Erdhörnchen erstarrte; vom ersten Schreck gelähmt, war es nicht imstande zu fliehen.

Schiriki lächelte auf Wolfsart. „Hab keine Angst, kleines Wesen", sagte er.

Das Erdhörnchen machte einen weiten Satz nach hinten und brachte sich aus dem unmittelbaren Bereich der Wolfspfoten. Statt zu fliehen, blieb es jedoch stehen – die Neugierde war größer als die Angst. Es reckte den Kopf vor und schaute aus perlrunden Augen das riesige Geschöpf an, aus dessen Rachen so sanfte, freundliche Laute kamen.

„Ich hab keine Angst!" piepste es, am ganzen Körper zitternd; jedes einzelne Haar im Pelz hatte sich aufgestellt. „Glaube ja nicht, daß du mich erwischen kannst, du großes Ding! Ich bin viel zu flink für dich."

„Bist du das? Wenn du es sagst, wird es wohl so sein", antwortete Schiriki, der das Pelzwesen mit einem Tatzenschlag hätte töten können – falls er es gewollt hätte.

Das Erdhörnchen hüpfte vorsichtig näher. „Habe ich dich erschreckt?" fragte es und begann sich den Schwanz zu bürsten. „Ich wollte dir nicht auf die Pfote treten, du bist mir nur im Weg gewesen."

„Entschuldige, das war nicht meine Absicht", sagte Schiriki. „Erlaubst du, daß ich eine Weile hierbleibe?"

„Von mir aus!" erklärte das Erdhörnchen großmütig. „Es ist Platz genug für zwei. Ich bin nicht so, daß ich jeden gleich davonjage, der zu mir kommt." Es schwenkte den Schwanz, betrachtete ihn prüfend und fand, daß er genug gebürstet war. Plötzlich schien ihm etwas einzufallen, es kratzte sich hinter den Ohren und schaute Schiriki besorgt an. „Sag einmal, frißt du Samen, Kerne und Knospen?"

„Nein, das fresse ich nicht."

„Warum nicht?"

„Weil es mir nicht schmeckt."

„Dann ist es gut!" zirpte das Hörnchen. Es konnte nie stillhalten, immer war etwas in Bewegung, entweder die Ohren oder der Schwanz oder das Schnäuzchen. „Ein paar Früchte von dem Stachelzeug hätte ich dir vergönnt", fuhr es fort. „Aber zu viele nicht. Das verstehst du hoffentlich?"

„Ich fresse dir keinen einzigen Samen weg, keine Knospe, keinen Kern und auch kein Stachelzeug", versprach Schiriki.

Das Hörnchen richtete sich auf den Hinterbeinen hoch und beschnupperte Schirikis Schnauze.

„Wie heißt du?" fragte es.

„Schiriki."

„Sonderbarer Name! Hab so einen noch nie gehört. Meine Mami nennt mich Kip-Kip."

„Deine Mutter? Ist es ihr recht, daß du ganz allein herumläufst?"

„Na, hör mal!" piepste Kip-Kip. „Wofür hältst du mich? Ich bin kein Junges mehr! Ich sorge schon ganz allein für mich."

Ein leises, kaum wahrnehmbares Geräusch kam aus den Dünen. Auf der nächsten Kuppe tauchte Sternschwester auf, Sandkörner lösten sich unter ihren Pfoten und rieselten hinab. Kip-Kip machte einen Satz nach hinten. Der steil aufgerichtete Schwanz schlug hin und her. „Bleib, wo du bist!" keckerte er. „Wag dich nicht näher, du Ungetüm!"

„Es ist bloß meine Schwester", beruhigte Schiriki das

aufgeregte Erdhörnchen. „Du hast doch nichts dagegen, wenn sie uns besucht?"

Kip-Kip kräuselte die Schnauze, rümpfte das Näschen und legte den Schwanz schwungvoll auf den Rücken. „Zwei so Große auf einmal ist ein bißchen viel", gestand er. „Ausnahmsweise erlaube ich es."

Sternschwester schritt langsam die Düne herunter, ein Blick aus ihren schräggestellten Augen sagte Schiriki, daß sie auf sein Spiel einging. Sie blieb vor Kip-Kip stehen und senkte den Kopf zu ihm hinab. Das Erdhörnchen reckte sich hoch und schnupperte. „Du riechst wie er", zirpte es, „anders als Mami – nicht so gut. Trotzdem mag ich euch. Um die Wahrheit zu sagen, es war recht einsam, seit meine Mami uns fortgeschickt hat, mich und meine Geschwister."

„Sind deine Geschwister nicht bei dir?"

„Weiß nicht, wo sie sind." Kip-Kip zeigte mit der Pfote in alle Richtungen. „Sie sind dahin und dorthin gelaufen. Ich bin hierhergekommen. Es ist ein schöner Ort, findest du nicht auch? Und genug zu fressen gibt es." Kip-Kip äugte Sternschwester an. „Du frißt doch nicht etwa Samen, Kerne und Knospen?"

„Nein! So was nehme ich nicht ins Maul."

„Schmeckt es dir nicht?" fragte Kip-Kip erstaunt. „Dem da schmeckt es auch nicht. Seltsam! Dabei gibt es nichts Besseres. Hab aber nichts dagegen. Einer wird hier satt, zwei jedoch nicht, und drei schon gar nicht! Und jetzt entschuldigt mich, ich muß weiterfressen. In meinem Magen ist noch nicht genug drin."

Kip-Kip trippelte zu den Blütennestern, packte mit seinen winzigen Pfotenfingern einen der Halme und begann die dicken Knospen zu verspeisen.

Schiriki erhob sich. Sternschwester legte den Kopf an ihn. Warum bist du fortgegangen, als wir schliefen? dachte sie. Warum wanderst du so oft allein in die Hogala?

Er leckte ihr das Gesicht. Sie spürte, daß er ihre stumme Frage verstanden hatte, gab sich damit zufrieden und drängte ihn zu keiner Antwort.

„Gehen wir ins Lager", sagte er. „Leb wohl, Kip-Kip!"

Das Erdhörnchen nibbelte eifrig, schien die Abschiedsworte nicht zu hören und schon vergessen zu haben, daß jemand dagewesen war.

Als Schiriki und Sternschwester aber in die Hogala hineingingen, hörten sie ein Trillern hinter sich und schauten zurück. Kip-Kip hatte sich aufgerichtet, drückte die Vorderpfoten an die Brust und schwenkte den Schwanz. „Es war nett, daß ihr mich besucht habt!" rief er. „Hab nur jetzt keine Zeit mehr für euch. Wenn ihr wollt, dürft ihr wiederkommen!"

Schiriki wanderte mit Sternschwester durch die blühende Wüste. Blütenrispen streiften ihre Beine. Die Vögel waren aus der Mittagsruhe erwacht und stimmten wieder ihre Lieder an. Schwirrende Kolibris stießen süße, kristallklare Töne aus. Von einem der Tümpel kam das tiefe, rauhe Quaken der Kröten.

„O Schiriki", sagte Sternschwester, „was wirst du noch alles tun? Jetzt hast du dich mit einem der kleinen Langschwänze angefreundet!"

„Ist er nicht auch Wakas Geschöpf – wie wir?" fragte er.

„Ja! Aber wir sind Jäger!"

Schiriki blieb stehen. Sein Blick ging in die Ferne, als sähe er etwas, das andere nicht sehen konnten. „Waka hat zu mir gesprochen, Sternschwester", sagte er.

Sie starrte ihn scheu an. „Hast du ihn gesehen?" wisperte sie.

„Nein. Wer bin ich, daß er für mich Gestalt annehmen würde wie damals, als er sich den Ureltern, den Erstgeborenen, zeigte. Aber er sprach zu mir mit vielen Stimmen. Er hat es immer schon getan, nur wußte ich es nicht. Er redet auch zu dir, Sternschwester. Du mußt es nur hören wollen. Er redet zu uns allen. Er spricht in den Liedern der Geflügelten, im Wehen der Luft, in der Wärme, die uns das Große Taglicht schenkt, im Regen, der niederfällt. Mit jedem Grashalm, jeder Blume spricht er zu uns. Schau um dich, Sternschwester. Hörst du ihn nicht?"

Er stand neben ihr, so nahe, daß ihre Schultern einander berührten. Sie spürte Schirikis Gegenwart auf eine neue Weise, seine Gedanken und Gefühle wurden auch die ihren. Sie lauschte den vielfältigen Lauten der Hogala, dem heimlichen Huschen und Krabbeln, dem Flattern und Schwirren. Sie atmete den Duft ein, den die Kakteenblüten verströmten. Sie schaute um sich. Mit jedem ihrer Sinne fühlte sie das Leben ringsum, und alles hatte eine Stimme erhalten. Selbst der Sand, die Steine waren nicht mehr stumm.

„Ja, Schiriki", sagte sie, „ich höre Waka, wie du ihn hörst."

Sie gingen schweigend weiter. Als sie – die Sonne stand schon tief – den Lagerplatz erreichten, sahen sie Imiak und Adsini auf einer der Dünen sitzen. Die drei Welpen hatten sich müde gespielt, hatten sich an Wuk und Wok gekuschelt und schliefen. Im milden Licht waren die Farben von Sand und Blumen sanft geworden. Adsini legte den Kopf an Imiak, und er begann sie – wie selbstvergessen – zu lecken.

„Nächstes Jahr", sagte Wok und wiefte vergnügt, „werden wir wieder Welpen hüten – Ahkunas Enkel!"

Wuk blinzelte Sternschwester an. „Auch für dich wird einer kommen! Warte nur! Dann hüten wir auch deine Kleinen."

Sternschwester lächelte auf Wolfsart. Sie widersprach nicht, aber sie wußte, daß sie niemals Schiriki verlassen würde, um einem anderen Wolf zu folgen, sie wußte, daß sie immer bei ihm bleiben würde. Was sie und ihn verband, war stärker als jede andere Bindung.

## Die große Jagd

Weiter im Westen, nach Sonnenuntergang zu, grenzte die Hogala an das Ödland. Auf ihrer Wanderung hätten die Wölfe und Schak das Land des Todes umgehen können, nur hatten sie das nicht gewußt; sie erfuhren es erst von den Hogalawölfen.

Eine Herde von Gabelböcken war, angelockt vom reichlichen Futter, aus dem Ödland in die blühende Wüste gezogen und äste in einem der flachen Täler am Rand der Hogala. Ein trockenes Bachbett, das sich beim nächsten Regen wieder füllen würde, wirr durcheinanderliegende Steinblöcke, vereinzelte Kakteen und Dornsträucher schlossen das Tal nach Norden ab.

Beim Herumtollen in der Wüste entdeckten die Jungwölfe die Herde, aber Skruff und Min dachten nicht an Jagd. Gabelböcke waren so flink, daß die Hogalawölfe nicht einmal versuchten, sie zu erbeuten; selber viel zu klein und zu leicht, wußten sie, daß es ihnen nie gelingen würde, einen der Hornträger zu Fall zu bringen und zu reißen. Skruff und Min begnügten sich damit, sich an die Herde anzuschleichen, um plötzlich laut kläffend loszustürmen und einen Angriff vorzutäuschen. Die Gabelböcke stoben auf und flohen in hohen, anmutigen Sprüngen, freilich nicht weit. Sie wußten aus Erfahrung, daß Hogalawölfe ihnen nicht gefährlich werden konnten, hatten sich bald wieder beruhigt und ästen weiter, als sei nichts geschehen.

Skruff und Min tanzten und hüpften ausgelassen und lachten auf Wolfsart. Itsi und To fanden das Spiel ‚Erschrick-vor-mir' ebenfalls vergnüglich, aber der Anblick der schönen Geschöpfe mit den gegabelten Hörnern weckte auch ihren Jagdinstinkt. Hatte das Rudel nicht im Ödland gelernt, wie man diese Hornträger in einen Hinterhalt lockte und dann erlegte? Warum sollte man es nicht auch hier tun? Sie brauchten nur ins Lager zu laufen und die anderen zu holen.

„Das wird eine gute Jagd!" heulte Itsi aufgeregt, streckte den Schwanz aus und rannte los. Skruff schaute ihr verdutzt nach.

„Was hat sie nur?" fragte Min. „Hornträger kann man nicht jagen, die sind viel zu flink."

„Nicht für uns!" rief To und biß Min spielerisch in die Schnauze. Immer öfter vergaß er seine Schüchternheit – jetzt, da er nicht mehr der Kleinste und Schwächste war. „Kommt! Kommt!" bellte er. „Worauf wartet ihr noch! Wir holen das Rudel!"

Die Jungwölfe rannten über den welligen Sand, vorbei an Kakteen und Steinklippen. Skruff hatte Itsi bald eingeholt, lief neben ihr her, schnappte ab und zu nach ihr und wußte nicht, sollte er sich auf ein ungewöhnliches Jagderlebnis freuen oder sollte er sich kränken, weil er nicht so groß und stark war und nie einen Hornträger erlegen würde, wie Itsi es vorhatte.

Ein paar andere Jungwölfe, die sich in der Nähe herumgetrieben hatten, tauchten zwischen den Dünen auf, hielten alles für ein Spiel und rannten kläffend hinterher. Die ganze Schar kam atemlos beim Lagerplatz an. Die Welpen schliefen in der Höhle, ihre Eltern, Wuk und Wok und die drei Geschwister dösten im Schatten der Felsen und genossen die Ruhe. Als das Kläffen der Jungwölfe die Stille störte, drückten Wuk und Wok die Augen zu, fest entschlossen, sich schlafend zu stellen und, wenn es sein mußte, neue Plagegeister mit Knurren und Zähnefletschen von sich fernzuhalten.

Im nächsten Augenblick aber waren sie hellwach. Itsi und To japsten, noch keuchend vom schnellen Lauf, daß eine Herde Hornträger in der Hogala weide – Böcke und Kühe mit ihren Jungen!

Wuk und Wok, Imiak und Sternschwester sprangen auf. Ihre Schwänze zuckten, die Ohren hatten sich steil aufgestellt, ein Prickeln rann ihnen durch den Körper. Jetzt erst, da sie diese Botschaft hörten, wurde ihnen bewußt, wie sehr sie es vermißt hatten, eine Beute zu jagen, die ihnen gleichwertig war, bei der sie ihre Kraft und Klugheit einsetzen mußten, um nachher mit einer reichlichen Mahlzeit belohnt zu werden. Sie heulten auf, stimmten den Jagdruf an. Hornträger zu hetzen und anzuspringen – das war eine andere Jagd, als bloß immerzu kleinen Geschöpfen aufzulauern. Die Wölfe vom Tal vergaßen, daß sie in der Hogala waren, sie waren wieder wie einst das verschworene Rudel – das Rudel aus den Wäldern, das gemeinsam auf die Jagd ging, sich mit den kleinsten Zeichen verständigen konnte, das wie ein einziger Wolf handelte und nur ein Ziel hatte: die Beute zu erlegen!

Während die Hogalawölfe stumm und verwundert dastanden, umringten die Wölfe vom Tal Itsi und To und ließen sich den Ort beschreiben, wo die Gabelböcke weideten. Die Jungwölfe aus der Hogala begriffen zuerst nicht, wovon ihre Freunde redeten. Hatten sie ein neues Spiel vor? Aber wozu dann so ernst sein? Und doch spürten sie etwas, das sie in Erregung versetzte. Wie bei einem Gewitter die Luft sich auflädt, bis sie zu knistern scheint, übertrug sich die Jagdlust der Wölfe vom Tal auf die Hogalawölfe. Adsini löste sich aus dem Schatten der Felsen und trat, vor Aufregung wiefend, zu Imiak. Als das Rudel aufbrach, rannten alle Hogalawölfe mit. Nur Ugama blieb bei den Welpen zurück.

Lautlos, gleich Schatten, die von Kakteen zu Kakteen glitten, liefen die Wölfe durch die Hogala, verschmolzen mit dem Sand, dem Grün und den Blumen. So leichtfüßig setzten sie ihre Pfoten auf, daß kein Geräusch sie verriet und kein Vogel erschreckt aufflog. Bevor sie sich dem Tal näherten, teilten sie sich. Der Jägertrupp – Wuk und Wok, Imiak und Adsini – lief in weitem Bogen auf das ausgetrocknete Bachbett im Norden zu. Sternschwester, Schiriki, Itsi und To, Haschka und die anderen Hogalawölfe schwenkten nach Süden ab: Ihre Aufgabe war es, die Herde langsam und unauffällig nach Norden zu treiben, wo die Jäger im Hinterhalt lagen. Es wurde eine Jagd, die für immer in der Erinnerung der Hogalawölfe bleiben sollte, von der sie später noch ihren Welpen und deren Welpen erzählten.

Wuk und Wok, Imiak und Sternschwester rissen zwei Hornträger, einen Bock, der schon altersschwach war, und einen unerfahrenen, jungen Bock. Den Jungwölfen der Hogala und Itsi und To gelang es, ein Kälbchen zu erlegen, das auf der Flucht seine Mutter verloren hatte und ihnen blind vor Angst in die Fänge lief.

Die Botschaft von der reichen Beute verbreitete sich auf geheimnisvolle Weise und lockte Hogalawölfe von weither an, immer wieder kamen sie einzeln oder in kleinen Gruppen. Nach dem Gesetz der Hogala machten die erfolgreichen Jäger den Neuankömmlingen die Mahlzeit nicht streitig; wenn einer dem anderen einen Bissen wegschnappte, geschah es nur aus Spaß und im Übermut. Eine solche Mahlzeit hätten die Hogalawölfe sich nie träumen lassen – sie, die sonst froh sein mußten, wenn sie ihren Hunger halbwegs stillen konnten. Sie fraßen und hörten nicht auf zu fressen, zwischendurch tollten sie umher, wälzten sich im Sand, ließen entspannt die Beine baumeln, balgten sich, japsten und kläfften und fielen dann wieder über die Beute her, knackten die Knochen und holten das Mark heraus. Adsini und Imiak wichen einander nicht von der Seite, die vier Jungwölfe fraßen ebenso einträchtig. „Du und ich", sagte Skruff und biß Itsi liebevoll, „wir jagen jetzt immer miteinander." – „Ja, du und ich!" antwortete Itsi und zauste ihn am Pelz. Min fütterte To mit den besten Happen, als wäre er ein Welpe; er ließ es sich, schniefend vor Glück, nur zu gern gefallen.

Schak war den Wölfen nachgeflogen, gesellte sich aber nicht zu ihnen, wie er es immer getan hatte, sondern suchte sich weiter oben im trockenen Bachbett einen versteckten Platz zwischen den Steinbrocken. In der Stille der Wüste war das Japsen und Kläffen, das Bellen und Wiefen der Wölfe deutlich zu hören. Oben am Himmel zogen Geier große und kleine Schleifen, kreisten über den feiernden Wölfen und senkten sich immer tiefer.

Schak breitete die Flügel aus und flog auf, strich dahin zwischen Kakteen, die ihre Blütenkränze der Sonne darboten, flog über Stacheldickichte, flog ohne Ziel durch die Wüste, voller Sehnsucht nach den Wäldern des Nordens, wo das Licht unter den dichten Kronen sanft und dämmrig war und nicht so grell und blendend wie hier. Er sehnte sich nach Ahkuna, vermeinte sie vor sich zu sehen und ihre Stimme zu hören, die ihn rief.

Die Sonne überschritt den höchsten Punkt, wanderte langsam weiter und neigte sich allmählich der Erde zu. Die Lieder der Vögel verstummten. Der Himmel im Westen glühte auf, als sei dort ein großes Feuer entzündet worden. Dann sank die Sonne hinter den Horizont, das Licht verglomm, und die jähe Dunkelheit der Wüste setzte ein.

Schak ließ sich auf einem der stacheligen Kakteenarme nieder. „Ahkuna", sagte er, „ich habe deine Kinder auf dem langen Weg begleitet. Jetzt haben sie ein Land gefunden, in dem sie Schogar Kan nicht mehr fürchten müssen. Sie haben hier Freunde gefunden. Ahkuna, Schwester Vierbein, sie brauchen mich nicht mehr."

Die Wölfe hatten ihr Mahl beendet. Träg und vollgefressen trollte sich einer nach dem anderen zu den verstreut liegenden Schlupfwinkeln. Auch die Wölfe vom Tal und Haschkas Sippe trotteten heim, im Maul Fleischbrocken für Ugama. Wuk und Wok transportierten die Nahrung für die Welpen auf die einfachste Art – im Magen.

Iyini, Siyi und Ninu warteten schon bei den Felsen, rannten mit hocherhobenen Schwänzchen herbei, duckten sich, stießen Wuk und Wok mit den Schnauzen ans Kinn und balgten sich um die herausgewürgten Happen. Wie immer erkämpfte sich Iyini das beste Stück.

Die Geier waren zu ihren Schlafstätten zurückgekehrt. Im Bachbett trippelte, huschte und quiekte es. Scheue Wüstenfüchse, langschwänzige Leisepfoten und andere kleine Nachtjäger nagten eifrig an den Knochengerippen. Der Mond stieg am sternflimmernden Himmel empor und verwandelte die Wüste in ein graues Schattenreich. Die Hogalawölfe schliefen und träumten von reicher Beute und guten Zeiten, in denen sie mit ihren neuen Freunden jagten und nie mehr hungrig sein würden.

Auch im Lagerplatz bei den Felsen schliefen alle, Sternschwester und Schiriki abseits der anderen auf einer Felsplatte oberhalb der Höhle. Mitten in der Nacht landete Schak lautlos neben ihnen. Schiriki und Sternschwester öffneten die Augen.

„Du bist es, Schak!" wisperte Sternschwester. „Wo warst du? Wir haben dich vermißt."

Er schaute sie ungewöhnlich ernst an. „Ich wollte allein sein, Schwesterchen Vierbein."

„Hast du – an Ahkuna gedacht?"

„Ahkuna!" Der Häher plusterte das Gefieder auf und piepte sehnsüchtig. „Ja, ich habe an sie gedacht. Ich fliege zu ihr zurück. Ich halt's hier nicht mehr aus! Ich möchte wieder über eine blühende Wiese fliegen, über grünes Gras. Ich möchte das Laub im Wind flüstern hören. Alles ist hier so anders! Und Ahkuna ist einsam, dort oben auf dem Berg." Er hüpfte zwischen Sternschwesters Pfoten, reckte den Kopf hoch und schnäbelte. „Ich möchte wieder bei Ahkuna sitzen, so wie jetzt bei dir. Ihr versteht doch, daß ich fortmuß?"

Schiriki beugte wortlos den Kopf zu dem Häher hinab und berührte ihn mit der Schnauze.

„Schak, lieber Schak", sagte Sternschwester, „wir verstehen es. Aber der Weg ist so weit! Und du bist ganz allein. Denkst du nicht an die Gefahren? Hast du das Land des Todes vergessen?"

Er zupfte sie mit dem Schnabel am Fell. „Nein, Schwesterchen Vierbein, hab ich nicht! Aber wozu hat unsereins Flügel? Die Wandervögel fliegen Jahr für Jahr nach Norden. Was die können, kann ich auch."

Sternschwester und Schiriki sahen ihn schweigend an. Die Wölfe vom Tal hatten das Land des Todes nie mehr betreten, waren aber mit den Hogalawölfen manchmal am Rand herumgestreift. Selbst jetzt, im Frühling, hatte dort kein Grün zu sprießen angefangen, der Sand war so leblos und tot wie immer. Es schien, als mieden die Regenwolken diese Einöde. Fielen ein paar Tropfen, verdunsteten sie in der Hitze, bevor der Sand sie trinken konnte. Kein Wasserloch hatte sich dort gefüllt, kein Bach war sprudelnd und glucksend über den ausgedörrten, hartgebackenen Boden geflossen. Aber Geflügelte waren schneller als Vierbeiner, konnten wie der Wind frei und ungehindert durch die Luft streifen. Allein und ohne seine Freunde würde es Schak bestimmt gelingen, das tote Land zu überfliegen, er brauchte nicht den weiten Umweg nach Westen zu wählen.

Eines der kleinen Eulchen der Hogala strich auf seiner nächtlichen Jagd über die Felsen, ein flaumiger Federball, der zarte, helle Töne von sich gab, als fielen Wassertropfen auf einen Teich.

„Schak", bat Schiriki, „wenn du zu Ahkuna kommst, sag ihr, daß hier in der Hogala die alten Geschichten nicht vergessen sind. Eines Tages wird Waka wieder in Schogar Kans Land zurückkehren. Dann kommen auch wir zurück."

„Das will ich hoffen!" piepte der Häher. „Ahkuna und ich, wir warten auf euch." Er fächelte mit den Flügeln und küßte die Wölfe auf die Schnauzen. „Laßt die anderen schlafen. Weckt sie nicht. Es ist so schwer, Abschied zu nehmen." Seine Stimme wurde rauh. „Hätte nie gedacht, daß mir ein paar Spitzohren so viel bedeuten können! Leb wohl, Schwester Vierbein! Leb wohl, Bruder Vierbein!" Er tschirpte, erhob sich in die Luft und flog, ohne sich einmal umzusehen, in die Hogala hinein, dem Nordstern entgegen.

Im unwirklichen Licht des Mondes, unter dem bleichüberstrahlten Himmel wurde er zu einem Schatten, der sich, kleiner und kleiner geworden, in der nächlichen Unendlichkeit verlor. Sternschwester hob den Kopf, die Schnauze zu der weißen Scheibe am Himmel emporgereckt, begann sie zu heulen, stimmte das Lied des Abschieds an – langgezogene, traurige Töne, die weithin über die mondgrauen Dünen hallten.

Die anderen Wölfe erwachten und kamen besorgt herangetappt. Ugama kroch aus der Höhle.

„Schak hat uns verlassen", sagte Schiriki.

„Er ist fort?" rief Wok.

„Er fliegt zu Ahkuna", antwortete Schiriki.

Die Wölfe vom Tal standen stumm da. Sie schauten auf die vom Mond beschienene Wüste, in der Schak nach Norden flog, allein, ohne daß sie ihn begleiten und beschützen konnten. Ahkunas geflügelter Freund war nicht mehr bei ihnen, der mutwillige, immer fröhliche Vogel, mit dem sie alle Gefahren der langen Wanderung geteilt hatten. Er, der Geflügelte, durfte heimkehren, sie, die Ausgestoßenen, durften es nicht. Sie hoben die Schnauzen und heulten klagend. Die Hogala, die sie zu lieben angefangen hatten, wurde ihnen plötzlich fremd. Sie gehörten nicht hierher. Selbst das Wunder des Frühlings, der die Wüste verwandelt hatte, all die Blütenpracht, konnte ihnen das Tal der Flüsternden Winde nicht ersetzen. Erst jetzt wußten sie, wie sehr sie sich nach den dahinrollenden Hügeln gesehnt hatten, nach dem üppigen Grün, der milden Luft, den blauen Seen und Bächen. Sie wollten wieder durch die Wälder streifen, in der vertrauten Ordnung des Rudels, geführt von Ahkuna, ihrer Leitwölfin.

Imiak spürte, wie eine Schnauze ihn berührte: Adsini stand neben ihm. Die Hogalawölfe waren lautlos aus dem Dunkel der Felsen aufgetaucht, um bei ihren Freunden zu sein. Und die Wüste war auf einmal nicht mehr fremd, wurde für die Wölfe vom Tal wieder zu dem Ort, an dem sie sich aufgenommen und geborgen fühlten. Als sie, gemeinsam mit den Wölfen der Hogala, dem scheidenden Häher nachheulten, war es nicht nur ein Abschied, sondern auch ein Lied der Zuversicht und der künftigen Wiedersehensfreude.

Die Stille der Mondnacht trug die Stimmen weit hinaus in die Wüste, von irgendwoher antworteten andere Hogalawölfe, immer mehr und mehr fielen ein. Die auf- und abschwellenden Töne, die hellen und dunklen Kadenzen klangen über Dünen und Kakteendickichte und begleiteten Schak auf seinem Weg nach Norden.

## Kip-Kip und die Wölfe

Einige Tage lang fühlten die Wölfe vom Tal sich wie verloren ohne Schak. Solange sie sich zurückerinnern konnten, war er der Gefährte des Rudels gewesen. Mehr als zuvor vermißten sie Ahkuna und das Tal der Flüsternden Winde; verweilten ihre Gedanken dort, war ihnen, als sähen sie Schaks blauweißes Gefieder aufblitzen, als hörten sie sein Tschirpen und Zirpen. Dachten sie an Tokalas See, erblickten sie Schak vor sich, wie er geduldig bei der lahmen Wölfin saß, sie dachten daran, wie er Tokala auf ihrem letzten Weg begleitet hatte. Dösten sie in der Hitze des Mittags, konnte es geschehen, daß einer von ihnen auffuhr, den Kopf hochreckte und die Ohren spitzte, weil er vermeint hatte, das schäkernde Lachen des Hähers zu hören.

Ugamas Welpen fragten in den ersten Tagen immer wieder nach Schak. Wo war er? Warum kam er nicht zurück? Sie tapsten auf ihren dicken Pfoten von der Höhle fort, riefen nach ihm, suchten hinter jedem Stein und wollten nicht glauben, daß der muntere Spielgefährte nicht mehr da war.

Nach Art der Welpen, deren Gedächtnis kurz ist, trösteten sie sich aber bald. Sie vergaßen den Häher, tollten so wild umher wie zuvor, fielen Wuk und Wok an und balgten sich mit ihnen. Die alltäglichen Pflichten, die Betreuung der Welpen, die nächtlichen Jagden halfen den Wölfen vom Tal über den Abschiedsschmerz hinweg. Es war unmöglich, sich nicht mit den Hogalawölfen am Leben in der blühenden Wüste zu erfreuen. Die Wölfe vom Tal nahmen den Duft der Blumen auf, die vielfältigen verlockenden Gerüche. Oft packte sie die Lust, über die endlosen Sanddünen dahinzustürmen, nur aus Freude am schnellen Lauf. Und wie aufregend war die Jagd auf Gabelböcke, wenn wieder eine der Herden aus dem Ödland in der Wüste äste. Die Hogalawölfe lernten rasch, die Hornträger in einen Hinterhalt zu treiben. Skruff sprang schon ebenso geschickt wie Itsi einen ausgewählten Beutebock an.

Schiriki hatte sich mit Kip-Kip angefreundet und verbrachte viele Stunden mit dem kleinen Geschöpf, das ihn jedesmal schon erwartete und ihm vertrauensvoll um die Pfoten hüpfte. Oft ging er auch weit hinein in die Wüste, wanderte allein herum und suchte die Einsamkeit; es mochte sein, daß er fehlte, wenn die anderen zur gemeinsamen Jagd aufbrachen. Erblickten ihn heimkehrende Hogalawölfe, verspürten sie eine ungewisse Scheu vor diesem sanften, schmächtigen Wolf und liefen weiter, ohne ihn zu stören. Manchmal begleitete ihn Sternschwester und lauschte wie er der Stimme Wakas.

Eines Morgens, vor Sonnenaufgang, verließ Schiriki die schlafenden Gefährten und wanderte auf dem Weg zu Kip-Kip in die noch dämmrige Wüste hinein. Ein mattfarbener Schimmer am Horizont zeigte den nahenden Aufgang der Sonne an. Als sie emporstieg, erstrahlte der Himmel, eine plötzliche Lichtfülle ergoß sich auf die Hogala. Der von einem kurzen nächtlichen Regen feuchte Sand glänzte. Tropfen rollten glitzernd aus Blumenkelchen.

Die Vögel erwachten, pfiffen und flöteten, in den Kakteendickichten huschte und schwirrte es. Kolibris nippten am Nektar der sich weit öffnenden Blüten. Die Feuchtigkeit verdunstete rasch. Hoch oben am Himmel, auf dem die letzten Wolkenreste sich auflösten, kreiste ein Falke. Als Schiriki der Höhle seines kleinen Freundes schon sehr nahe war, senkte der geflügelte Jäger sich tiefer und blieb rüttelnd im Blau stehen. Er hatte das Erdhörnchen entdeckt, das geschäftig hin und her eilte und einmal an diesem Halm nibbelte und dann an jenem.

Ein samenschweres Grasbüschel lockte Kip-Kip von der Höhle fort. Auf den Hinterbeinen hockend, faßte er einen der Halme mit den Vorderpfoten und fing zu fressen an. Das Sausen der Luft, der Schatten, der plötzlich auf ihn fiel, warnte ihn, aber zu spät. Wie ein Stein, der senkrecht vom Himmel fällt, stieß der Falke herab. Die Krallen weit vorgestreckt, wollte er die Beute fassen – und sah sich plötzlich statt des wehrlosen Erdhörnchens einem zähnefletschenden, knurrenden Wolf gegenüber, einem Gegner, der ihm durch Größe und Körpergewicht überlegen war. Mit einem schrillen, zornigen Pfeifen wich der Falke zurück, ließ ein paar Federn zwischen Schirikis Zähnen, stieg hoch und strich auf der Suche nach einer anderen Beute davon.

Kip-Kip zitterte am ganzen Körper, von den Ohrbüscheln bis zum Schwanzende. Jedes seiner Haare hatte sich gesträubt. „Das war knapp!" piepte er mit vor Angst hoher Stimme. „Wir haben es gerade noch geschafft."

Schiriki leckte ihm tröstend das Fell. Als er sich im Sand ausstreckte, kuschelte sich Kip-Kip an ihn und drückte sich so fest an den weichen Brustpelz, daß er fast in der Wolle verschwand. „Entschuldige", piepste er, „ich muß ein wenig rasten. Meine Beine sind noch ganz schwach."

So lagen sie im warmen Sand und ließen die Sonne auf sich scheinen. Allmählich beruhigte sich Kip-Kips wildschlagendes Herz. Der Falke war längst in der Weite des Himmels verschwunden. Flügelwesen summten, Käfer krabbelten. Ein Laufvogel stolzierte zwischen den Dünen, reckte den Kopf und äugte mit aufgestellter Halskrause zu dem offenbar satten und daher harmlosen Wolf hin, zog es dann aber doch vor, auf Distanz zu gehen, und rannte auf seinen zwei kräftigen Beinen so schnell davon, daß der Sand aufspritzte. Kip-Kip hatte den Schrecken schon wieder vergessen, hüpfte über Schirikis ausgestreckte Pfoten, setzte sich hin und kämmte den Schwanz.

„Kip-Kip", sagte Schiriki, „hat dich deine Mutter nicht vor den Feinden in der Hogala gewarnt?"

„Was denkst du?" zirpte Kip-Kip. „Natürlich hat das meine Mami getan." Er stellte den Schwanz auf, schwenkte ihn hin und her und rollte ihn dann auf den Rücken. „Geh nie zu weit weg von der Höhle, das hat sie gesagt. Und wenn du frißt, schau immer wieder rundum. Nimm dich in acht vor den beinlosen Kriechern. Denen ist nicht zu trauen." Seine Perlaugen funkelten. „Am besten ist es, man springt hoch in die Luft, wenn so einer daherkommt. Und dann nichts wie weg, hat meine Mami gesagt."

„Und die geflügelten Jäger, hat dich deine Mutter davor nicht gewarnt?"

Kip-Kip kratzte sich hinterm Ohr. „Du meinst, daß ich nicht aufgepaßt habe? Stimmt! Ich tu's aber nie wieder." Er küßte Schiriki auf die Schnauze. „Jetzt bist du bei mir! Und da brauch ich keine Angst zu haben."

„Und wenn ich nicht bei dir bin? Hat dich deine Mutter auch vor Vierbeinern gewarnt?"

„O ja! Da gibt es Leisepfoten und Großohren mit langen Schwänzen und noch ein paar andere, die herumschleichen und mich fressen möchten."

„Solche, die aussehen wie ich?" fragte Schiriki.

Kip-Kip lief ihm den Rücken hinauf, zupfte mit den Pfotenfingern an der Halskrause und quietschte vor Vergnügen. „Die wie du aussehen? Die sind gefährlich, hat sie gesagt. Da hat sie sich aber getäuscht, meine Mami! Alles kann sie eben auch nicht wissen." Er schlitterte von Schirikis Rücken hinunter und zirpte zutraulich. „Du und ich – wir sind Freunde! Ein bißchen groß bist du schon, das ist wahr. Aber dafür bin ich flinker. Fang mich!"

Mit wehendem Schwanz fegte Kip-Kip durch die Grasbüschel und pfiff vor Freude, als Schiriki ihm nachrannte und mit der Pfote nach ihm tappte. Kip-Kip hatte keine Angst vor diesen großen Pfoten, auch nicht vor dem mächtigen Gebiß, das ihn einen Herzschlag lang festhielt. Er entwischte zappelnd und begann seinen großen Freund immer schneller zu umkreisen. Schiriki drehte und wendete sich, schnappte und knurrte zum Schein und ließ sich endlich, als sei er erschöpft, in den Sand fallen. Kip-Kip hüpfte ihm auf den Kopf, setzte sich zwischen die Ohren und tschirpte triumphierend. Als Schiriki ihn abschütteln wollte – vergeblich, denn Kip-Kip krallte sich fest –, wurden beide gleichzeitig gewahr, daß sie nicht mehr allein waren, sondern Zuschauer bekommen hatten.

Auf einem der Dünenkämme waren Itsi und To mit einer ganzen Schar ihrer Hogalagefährten aufgetaucht. Die Jungwölfe wollten ihren Augen nicht trauen. Träumten sie oder war es Wirklichkeit? Ein Winzling, den sie mit einem Schluck verschlingen konnten, spielte unbekümmert mit einem aus ihrem Volk, als gälte die uralte Ordnung von Beutegeschöpf und Jäger nicht mehr. Skruff schnaufte tief.

Kip-Kip glitt von Schirikis Kopf herunter. „So viel Große auf einmal!" rief er. „Wo kommen die nur her?" Er trommelte warnend mit den Hinterbeinen, lief auf die Jungwölfe zu und blieb breitbeinig vor ihnen stehen, die Pfoten in den Sand gestemmt, den Schwanz steil aufgestellt. Die Ohrbüschel und das Schwanzende zuckten. „Was macht ihr da? Habe ich euch erlaubt, mich zu besuchen?"

„Sie sind meine Freunde, Kip-Kip", sagte Schiriki. „Willst du sie nicht willkommen heißen?"

„Deine Freunde?" Kip-Kip strich mit der Pfote über die Schnurrhaare. Er hüpfte näher an die Jungwölfe heran und zirpte. „Ihr freßt doch hoffentlich keine Samen und Körner? Wenn das so ist, dürft ihr hierbleiben. Paßt aber auf und zertrampelt mir mein Futter nicht."

Die Jungwölfe der Hogala wußten nicht, sollten sie in Wolfsgelächter ausbrechen oder sich unauffällig davonstehlen. Sie schauten auf Schiriki und dachten an die seltsamen Geschichten, die man von ihm erzählte, dachten daran, daß es hieß, er gehe in die Hogala, um mit Waka zu sprechen. Sie schauten auf das kleine Geschöpf, das keine Angst hatte und das sie, die Jäger, furchtlos anblickte. Beinahe wurde ihnen unheimlich zumute.

Itsi und To aber beugten sich zu Kip-Kip hinab und nahmen seinen Geruch auf, der unverwechselbar war und an dem sie ihn in Zukunft immer erkennen würden. Auch der vertraute Duft von Schirikis Körper hing an den Pelzhaaren. Itsi und To fragten sich nicht, warum Schiriki mit einem Beutegeschöpf Freundschaft schloß, sie wunderten sich nicht einmal darüber. Er war eben anders, und was er tat, war gut. Das Pelzwesen reckte sich hoch und rieb sein Schnäuzchen an ihren Nasen.

„Skruff und Min", sagte Schiriki, „kommt und macht euch auch mit ihm vertraut."

Skruff und Min und ein Jungwolf nach dem anderen kamen herbei, beschnupperten das Erdhörnchen und prägten sich den Geruch ein. Von diesem Augenblick an war Kip-Kip kein Beutegeschöpf mehr, selbst in einer mond- und sternlosen Nacht würde dieser Geruch den Jagdinstinkt nicht wecken. Skruff, der große Jäger, der gelernt hatte, Gabelböcke unerschrocken anzuspringen, schaute nur verlegen drein und knurrte nicht einmal, als Kip-Kip ihm mit dem Schwanz übers Gesicht fuhr.

„Wollt ihr mit mir spielen?" fragte Kip-Kip. „Nichts tue ich lieber! Außer fressen – versteht sich!" Er flitzte zwischen den Beinen der Jungwölfe hindurch, fegte um sie herum, lief zu Schiriki und fächelte freundlich mit dem Schwanz. „Dich habe ich schon müde gejagt! Aber ich bin noch immer flink auf den Beinen. Fangt mich, wenn ihr könnt!"

Und zu ihrem eigenen Erstaunen – denn wer hätte gedacht, daß sie, die Jäger der Hogala, mit einem Pelzwesen spielten – rannten die Jungwölfe hinter Kip-Kip her, versuchten ihn zu erhaschen und gaben dabei acht, nicht mit den Pfoten auf ihn zu treten. Wenn sie nach ihm schnappten, geschah es so behutsam, daß nicht eines seiner Haare in ihren Zähnen blieb. Als Kip-Kip in der Höhle verschwand, um gleich danach neben ein paar stacheligen Kugelkakteen wieder aufzutauchen, taten sie sehr verblüfft, obwohl sie genau wußten, daß jede Höhle einen zweiten Ausgang hatte. Kip-Kip tanzte und hüpfte. „Da bin ich! Da bin ich! Ihr erwischt mich nie!"

Schiriki hatte sich im Sand ausgestreckt. Manchmal sprangen Kip-Kip oder einer der Jungwölfe im Eifer des Spiels über ihn hinweg. Kip-Kips Zirpen und Tschirpen mischte sich in das muntere Kläffen der Wölfe.

Die Sonne stieg höher, über den Dünen begann die heiße Luft zu flimmern. Atemlos vom Herumtollen, ließ Kip-Kip sich neben Schiriki nieder. „Das war lustig!" zirpte er. „Aber jetzt ist es genug. Ich muß ein wenig rasten." Er stellte sich auf die Hinterbeine, legte die Vorderpfoten an die Brust und schwenkte den Schwanz hin und her. „Hat es euch Spaß gemacht?" fragte er die Jungwölfe. „Ihr dürft wiederkommen, wenn ihr wollt."

Itsi und To stupsten ihn zum Abschied an. Skruff warf einen letzten Blick auf Schiriki, dann stob die Schar der Jungwölfe davon. Kip-Kip kuschelte sich an Schiriki, schnaufte glücklich und schloß die Augen. Schiriki begann ihn zu lecken; seine Zunge glitt noch über das glatte Fell, als das Erdhörnchen schon längst eingeschlafen war. Wie sollte er Kip-Kip begreiflich machen, daß nicht jeder Schnelle Läufer ein Freund war? Schiriki lauschte dem ruhigen, entspannten Atmen des kleinen Geschöpfes und dachte daran, was geschehen würde, wenn einer der Hogalawölfe, hungrig und auf der Jagd, das Erdhörnchen entdeckte.

Um die Mittagszeit wurde es so heiß, daß Kip-Kip sich in der kühlen Höhle verkroch. Schiriki wanderte zum Lager zurück, durch die schattenlose Wüste, die in der Ferne flirrte wie spiegelndes Wasser. Von Tag zu Tag nahm die Hitze zu. Flockige Samenrispen raschelten, wenn Schirikis Läufe daran streiften. Hier und dort waren Blumenbüschel schon verdorrt. An einem der halbausgetrockneten Krötentümpel durchzogen feine Risse den hartgebackenen Rand.

Die Wölfe im Lager hatten vor der prallen Sonne Schutz unter überhängenden Felsen gesucht. Schiriki legte sich neben Sternschwester, die ihn anblinzelte und dann weiterdöste. Am Nachmittag, als im schräg einfallenden Licht die scharf abgegrenzten Schatten länger wurden, kam Ugama mit den Welpen aus der Höhle. Die Wölfe streckten sich, gähnten, rollten sich auf den Rücken, waren aber zu träge, um aufzustehen.

Aus der Hogala tauchte fröhlich kläffend die Schar der Jungwölfe auf. Nachdem sie die ärgste Hitze irgendwo in der Wüste verschlafen hatten, waren sie gut ausgeruht und begierig, ihr Abenteuer mit dem seltsam furchtlosen Erdhörnchen zu erzählen. Sie tanzten im Lager umher, rempelten die kaum erwachten Schläfer an, sprangen hoch und landeten mitten unter ihnen. Sie lachten auf Wolfsart, jagten einander nach und führten vor, wie sie mit dem kleinen Pelzwesen gespielt hatten. „Es hat uns erlaubt, daß wir wiederkommen!" rief einer aus der Schar. „Stellt euch das bloß vor! Dabei hätte ich nur zubeißen müssen – und aus wäre es mit dem Winzling gewesen!" Der junge Wolf riß den Rachen auf, zeigte sein prachtvolles Gebiß, wälzte sich im Sand und strampelte mit den Beinen.

„O Schiriki", fragte Sternschwester besorgt, „hat Kip-Kip vergessen, daß er ein Beutegeschöpf ist? Weiß er nicht, daß die Schnellen Läufer der Hogala Jäger sind, vor denen er sich hüten muß?"

„Nein, Sternschwester, er weiß es nicht. Er wird es nie begreifen."

Die Welpen lauschten verwundert, die Ohren gespitzt.

„Hat dieses kleine Geschöpf wirklich keine Angst vor uns?" fragte Ugama.

Schirikis Blick ging von einem der Hogalawölfe zum anderen. „Er hat keine Angst vor uns, Ugama", sagte er. „Ich habe mir Kip-Kip vertraut gemacht. Jetzt bin ich für ihn verantwortlich. Wollt ihr mir helfen, ihn zu beschützen? Allein kann ich es nicht."

Skruff stellte die Nackenkrause auf, seine Schwanzspitze zuckte. „Keiner von uns wird ihn töten", sagte er mit vor Aufregung rauher Stimme und schaute Schiriki an, diesen Wolf aus dem Norden, der den blauweißen Geflügelten aus Kaam zurückgerufen hatte, der mit Waka sprach und dem sich ein schwaches Beutegeschöpf ohne Furcht näherte. Wäre da jemand gewesen, der Kip-Kip angegriffen hätte, Skruff wäre bereit gewesen, auf Leben und Tod für Schirikis Schützling zu kämpfen.

„Worauf wartet ihr noch?" kläffte er die Jungwölfe an. „Los! Jeder in der Hogala soll wissen, daß dieses Pelzwesen keine Jagdbeute ist."

Min berührte Schiriki scheu mit der Schnauze. „Wir sagen es allen", versprach sie. „Und wenn sie noch so weit weg sind!"

Die Jungwölfe der Hogala und Itsi und To rannten hinter Skruff her, der mit hocherhobenem Schwanz voranstürmte. Weiter draußen in der Hogala trennten sie sich und streunten in kleinen Gruppen durch die Wüste, die einen dahin, die anderen dorthin, zu jedem der vielen Lagerplätze der Hogalawölfe.

In den nächsten Tagen erschienen immer wieder Wölfe von nah und von fern bei Kip-Kips Höhle, nahmen seine Witterung auf und machten sich mit ihm vertraut. Kip-Kip fand es ganz selbstverständlich, daß er so viele langbeinige Freunde hatte – Freunde, die nicht nur mit ihm spielten, sondern auch seine Feinde vertrieben, die Jäger aus der Luft, die beinlosen Kriecher, die Großohrigen mit den langen Schwänzen, die Leisepfoten und was sich sonst noch in der Hogala herumtreiben mochte und Lust auf einen Erdhörnchenhappen hatte.

Ebenso unvermittelt, wie der Frühling eingesetzt hatte, ging er in der Hogala auch wieder zu Ende. Über Nacht verwelkten Blütenbüschel. Halme und Blätter verdorrten in der Hitze des Tages, schrumpelten ein und raschelten in jedem leichten Windhauch. Das Sterben der Pflanzen geschah aber nicht gleichzeitig, manche standen noch in Blüte, während andere längst dürr geworden waren und allmählich zu Staub zerfielen. Die Tümpel trockneten aus, der Schlammboden wurde hart wie Stein. Die Kröten schliefen irgendwo tief unten im Sand.

Nach und nach verschwand die Blumenpracht gänzlich. Der Feuerstrauch hielt noch eine Weile seine rotleuchtenden Blüten fest, aber schließlich wurden auch seine Zweige nackt und kahl. Nur die Kakteen, die in ihren dicken, fleischigen Strünken und Armen genug Wasser speichern konnten, blühten tapfer weiter, noch immer umschwirrt von Vögeln.

Von den frühen Morgenstunden an stand die Sonne nun wieder gleich einem feurigen Ball am Himmel. Die Gabelböcke hatten sich ins Ödland zurückgezogen und mieden die hitzeflirrende Wüste, in der alles Grün verdorrt war. Ab und zu unternahmen die Wölfe vom Tal einen Jagdzug ins Ödland. Obwohl sie gewohnt waren, weite Strecken zu bewältigen, waren sie jedesmal erschöpft, wenn sie ins Lager zurückkehrten, und kaum noch imstande, die Beutebrocken für Haschkas Sippe im Maul zu schleppen.

Lagen die Wölfe vom Tal in der Mittagsglut hechelnd unter den Felsen, die keine Kühlung boten, wanderten ihre Gedanken nach Norden. In ihrer Vorstellung vermeinten sie, im Schatten mächtiger Baumkronen zu liegen und die nach Laub und Nadeln duftende Luft einzuatmen. Sie dachten an Schak und fragten sich, ob er wohlbehalten heimgekommen war. Saß er jetzt oben auf dem Berg zwischen Ahkunas Pfoten, erzählte er ihr von der langen Wanderung und der Hogala, in der ihr Rudel Zuflucht gefunden hatte? Wenn sie nur einmal, ein einziges Mal, durchs Tal der Flüsternden Winde oder entlang am Ufer von Tokalas See laufen dürften! Den Wölfen war es, als sähen sie das blauglitzernde Wasser vor sich, ihnen war, als striche ein kühler Lufthauch von der spiegelnden Seefläche auf. Sie rollten sich zusammen, steckten die Schnauzen unter die Schwänze und versuchten, nicht mehr daran zu denken.

Jedesmal, wenn die Erinnerungen an das verlorene Land der Hügel und Wälder übermächtig wurden, schienen die Hogalawölfe es zu spüren. Dann kamen sie herbei, legten sich zu ihren Freunden aus dem Norden, Adsini leckte Imiak, die Welpen umschmeichelten Wuk und Wok. Die Wölfe vom Tal erwiderten die Zärtlichkeiten, und die Sehnsucht verging; sie waren dankbar, daß sie in der Hogala sein durften, und begannen, sich auf die abendliche Jagd in den Dünen zu freuen.

Seitdem sie wußten, daß das pflanzliche Leben in der Hogala im nächsten Frühjahr wieder in Überfülle erwachen würde, kam ihnen das Sandland auch nicht mehr so öde vor wie damals, als sie es zum erstenmal betreten hatten. Im scheinbar toten Boden schliefen Blumen und Gräser, um beim ersten Regen wieder hervorzusprießen. Die Wölfe vom Tal begannen zu verstehen, warum die Hogalawölfe die Wüste zu jeder Jahreszeit liebten. Sie sahen ihre strenge Schönheit: die Sanddünen, die einander überschnitten, die bizarren Schatten – schwarz auf gelbem Sand – der wunderlichen Stachelbäume. Und nirgendwo sonst ging die Sonne, das Große Taglicht, mit solch strahlenden Farbenbündeln auf, nirgendwo anders erglühte der Himmel bei ihrem Untergang in einem so feurigen Rot, während darüber schon der Abendstern blinkte.

Und was hätte schöner sein können als eine Mondnacht in der Hogala! So groß, so weiß war der Mond nur hier, sein Licht verzauberte die Hogala. In solchen Nächten fanden die Wölfe keine Ruhe, sie streunten in der Wüste umher, heulten das Große Nachtlicht an und legten sich erst dann zum Schlafen nieder, wenn der Mond untergegangen war und der Morgen sich ankündigte.

Itsi und To vermißten kaum noch die Wälder, sie waren so jung gewesen, als sie fliehen hatten müssen, die Erinnerung daran verblaßte. Sie tollten, spielten und jagten mit ihren gleichaltrigen Gefährten; außer daß sie größer waren, unterschieden sie sich nicht von ihnen. Wenn sie auch manchmal hungrig blieben und der Durst sie plagte, wenn auch der heiße Sand unter den Pfoten brannte, was machte das schon aus! Den anderen erging es ebenso. Und bessere Freunde als Skruff und Min gab es nicht! Die vier waren unzertrennlich.

Wie im Frühling wanderte Schiriki oft in die Hogala hinein, manchmal von Sternschwester begleitet, manchmal allein. Er verbrachte viel Zeit mit Kip-Kip, besonders am Morgen, am späten Nachmittag und am Abend. Die Mittagszeit verschlief das Erdhörnchen meist in seiner Höhle. Wie für jedes Geschöpf der Hogala war die Nahrungssuche für Kip-Kip schwierig geworden, er mußte sich immer weiter weg von dem schützenden Erdloch wagen. Der Wassermangel machte ihm nichts aus; die Früchte, die von den Kakteen herabfielen und die er in seiner Höhle speicherte, waren so saftig, daß es genügte, daran zu knabbern, um den Durst zu stillen.

Wenn Kip-Kip über die Dünen huschte, wachte Schiriki über ihn; seine Gegenwart hielt die geflügelten Jäger fern, die vierbeinigen Jäger und die Beinlosen. Manchmal stellten sich auch andere Wölfe ein. Besonders Skruff bestand darauf, gemeinsam mit Min, Itsi und To das Erdhörnchen zu beschützen. Alle Hogalawölfe hatten sich an das kleine, muntere Geschöpf gewöhnt, auf ihren Streifzügen kamen sie immer wieder zu seiner Höhle und spielten mit ihm.

Am liebsten war Kip-Kip aber doch mit Schiriki zusammen. Viele Stunden lagen die beiden dösend oder schlafend im Schatten von Kakteen – Kip-Kip zwischen den Wolfspfoten oder an den weichen Brustpelz gekuschelt. In diesem heißen, hitzeflirrenden Sommer quälten Schiriki keine Träume von haarlosen Zweibeinern, nie rannte er im Traum gegen ein Hindernis an, das er nicht überspringen konnte. Für Schiriki war es eine glückliche Zeit.

Iyini, Siyi und Ninu waren nun so groß geworden, daß sie immer weitere Ausflüge in die Hogala unternahmen, freilich nie allein, sondern immer begleitet von ihren Beschützern. Noch wären sie für die großen Geflügelten eine leichte Beute gewesen, und manchmal konnte es auch geschehen, daß einer der Jäger mit den leisen Pfoten, ein Puma, durch die Hogala streifte.

Wie alle Welpen mußten Iyini, Siyi und Ninu erst lernen, zwischen harmlosen und nicht so harmlosen Geschöpfen zu unterscheiden. Alles, was sich bewegte, was umherhuschte, kroch oder flog, lockte sie unwiderstehlich an. Neugierig tappten sie darauf zu. Konnte man mit diesem Geschöpf spielen? Nach ihm haschen? Es anspringen und fangen? Wuk und Wok und die anderen Wölfe mußten stets wachsam sein und eingreifen, bevor ein Unglück geschah.

Einmal hätte ein Adler mit seinen Fängen Iyini beinahe erwischt, wäre nicht Wuk dazwischengefahren. Von diesem Abenteuer an wußten die Welpen, daß ein Geflügelter, mochte er noch so ruhig am Himmel schweben, sich blitzschnell herabstürzen kann. Ein andermal wurde Ninu von einer Schlange gebissen, zum Glück von einer, die keine Giftzähne hatte. Min packte die Schlange hinter dem Kopf, biß zu, beutelte sie tüchtig, schleuderte sie fort und zeigte auf diese Weise den Welpen, wie man einen beinlosen Kriecher gefahrlos töten konnte. Um das zu tun, mußte man jedoch groß und stark sein. Die Welpen ließen von nun an Schlangen in Ruhe.

Auf einem ihrer Streifzüge kamen die Welpen zu Kip-Kips Höhle, sahen ihn im Sand herumhüpfen und stürzten sich japsend und mit hocherhobenen Schwänzchen auf ihn. Erstaunlicherweise benahm sich das winzige Geschöpf ganz anders, als sie es gewohnt waren. Es floh nicht, es richtete sich auf und zirpte: „He! Woher kommt ihr? Euch kenne ich noch nicht. Wollt ihr mit mir spielen?"

Kip-Kip lief zu den Welpen, die für ihn nur drei neue Spielgefährten waren, und umkreiste sie, während sie verdutzt dastanden und nicht wußten, was sie tun sollten. Hinter einer der Sanddünen tauchten Wuk und Wok auf. Kip-Kip tschirpte. Die Welpen rissen die Augen auf, legten die Köpfe schief und schnauften fragend.

„Das ist Kip-Kip", erklärte Wok. „Er ist unser Freund."

Kip-Kip stellte sich auf die Hinterbeine und schnupperte. Die Welpen senkten die Köpfe, ihr Nasen berührten das schwarze Schnäuzchen, sie nahmen Kip-Kips Geruch auf und machten sich damit vertraut.

So begann die Freundschaft zwischen dem Erdhörnchen und Ugamas Welpen. Iyini, Siyi und Ninu kamen jeden Tag zur Höhle, stets zum Spielen aufgelegt. Waren Erdhörnchen und Welpen des Herumtollens müde, legten sie sich nebeneinander in den Sand und schliefen. Und immer war Schiriki oder einer der anderen Wölfe in der Nähe und hielt Wache.

## Die nackten Wölfe

Der Sommer ging in den Herbst über, nur daran wahrzunehmen, daß die Tage kürzer und die Nächte länger wurden. Während die Wälder im Hügelland sich noch einmal vor dem Winter mit leuchtender Farbenpracht schmückten, bevor sich die Laubbäume kahl in einen blassen Schneehimmel reckten, veränderte die Hogala ihr Aussehen kaum. Streng und noch öder geworden, verriet sie nichts von der Vielfalt der schlummernden Samen im Sand. Die Kakteen waren längst verblüht. Die Vögel sangen nicht mehr; stumm oder nur leise zirpend huschten sie im Dorngesträuch umher.

Die Schwärme der Wandervögel, die jetzt auf dem Weg nach Süden, in das Land des Sommers waren, mieden die Hogala auf ihrem langen Flug. Nur selten verirrte sich eine Schar in das wasserlose Gebiet, hielt kurze Rast und flog dann eilig wieder weiter. Keiner der Wandervögel brachte Nachricht von Schak und Ahkuna; sooft auch Imiak und seine Gefährten fragten, immer wurden sie von neuem enttäuscht.

Was die Vögel aber sonst aus dem Hügelland erzählten, war beunruhigend genug. Der Riesenwolf aus Norr Norr, so sagten sie, verbreite Angst und Schrecken und unterwerfe ein Rudel nach dem anderen. Alle vierbeinigen Jäger, ob Dickpelz, Leisepfoten oder Langgeschwänzte, seien geflohen. Auch die geflügelten Jäger hatten das Land verlassen, in dem niemand mehr Waka, das Gesetz, achtete.

Sprach einer der Vögel von Schogar Kan, sträubte Skruff das Fell, stellte sich breitbeinig, zum Schutz bereit, vor Itsi und knurrte drohend. Adsini schmiegte sich an Imiak und leckte ihn. Die Hogalawölfe trösteten ihre Freunde, so gut es ging. In das Sandland, sagten sie, würde Schogar Kan nie kommen.

Als oben im Norden schon Winter sein mußte, verließ Schiriki eines Tages das Lager und wanderte wie so oft in die Hogala hinein. Die Hitze lastete schwer auf dem Land. Das Grün der Kakteen war stumpf geworden, ihre Schatten lagen schwarz und hart auf dem wie entfärbten Sand. Sonnenblitze tanzten am Horizont. Auf einer Gruppe von Riesenkakteen saßen Geier, sie reckten die Hälse, erhoben sich und strichen mit trägen Flügelschlägen davon, stiegen hoch, schraubten sich immer höher und begannen zu kreisen, schwarze Punkte auf dem sonst leeren Himmel.

Schiriki ließ sich am Fuß einer der Riesenkakteen nieder. Ein kleiner Wüstenspecht fing über ihm zu hämmern an. Im Sand rieselte es, eine gelb-rot gezackte Schlange suchte Zuflucht unter Steinbrocken. Der Specht flog wieder fort. Um Schiriki war nichts als Stille und Einsamkeit.

Und während er dalag, den Kopf auf den Vorderpfoten, leise hechelnd, um sich Kühlung zu verschaffen, war ihm plötzlich, als träume er, obwohl er wußte, daß er nicht schlief. Die Hogala verwandelte sich, wurde zu jenem beängstigenden Land, das er in der Schneeschlucht erblickt hatte, das Land mit den Wohnhöhlen der aufrechtgehenden Geschöpfe. Schiriki schüttelte sich, er brauchte diesen Angsttraum nicht zu träumen, er war ja wach! Er hob den Kopf, die Steinblöcke mit den blinkenden Augenlöchern verschwanden, lösten sich in Nichts auf, wieder verwandelte sich die Hogala. Statt der welligen Sanddünen und der wunderlichen Stachelgewächse erblickte Schiriki Bäume im Nadelgrün, dichte Laubkronen, grasbedeckte Täler und bewaldete Hügel, undeutlich nur, verschwommen wie durch eine Nebelwand, die alles in weite Ferne entrückte.

Und Schiriki sah im Hügelland eine große Zahl von Läufern mit den schnellen Beinen umherirren, ziellos, als hätte eine große Verwirrung sie erfaßt, als wüßten sie nicht mehr, wohin sie sich wenden sollten.

Sie haben den Weg verloren, dachte Schiriki. Ich muß zu ihnen gehen und ihnen zeigen, wo er ist.

Er wollte aufspringen und durch den Nebel laufen, der ihn vom Land der Täler und Hügel trennte, aber er konnte kein Glied rühren, keine Pfote heben. Und er sah, wie einer nach dem anderen der Schnellen Läufer sich auf den Hinterbeinen erhob, wie der Pelz von ihnen abfiel und wie sie zu nackten, aufrecht auf zwei Beinen gehenden Geschöpfen wurden.

„Nein!" schrie Schiriki. „Wir dürfen nicht so werden! Nein! Wir Läufer mit den schnellen Beinen nicht!"

Die haarlosen Wölfe wandten ihm ihre Gesichter zu; die Augen, die ihn anblickten, waren wie tot und ohne Hoffnung. Er sah in der großen Schar Schogar Kan, Tasch Kan und Ayana und andere, die er kannte, und er sah unzählige, die er nicht kannte, er spürte ihr Leid, ihre Verzweiflung in der trostlosen Welt ohne Waka und hatte nur den einen Wunsch, ihnen zu helfen.

Eine feuchte Schnauze berührte ihn, er hörte beruhigende Worte: Sternschwester war ihm gefolgt. Schiriki kam zu sich, der Nebel lichtete sich und verging. Rundum erstreckte sich die Hogala, still und friedlich. Die Sonne war weitergewandert, die Schatten waren weicher geworden, das Licht war nicht mehr so grell. Der Sand hatte seine sattgelbe Farbe zurückerhalten. Auf einer der Dünen tauchten ein paar Hogalawölfe auf, ihre Gestalten hoben sich ab vom sonnendurchglänzten Himmel; sie jagten einander in unbeschwertem Spiel und verschwanden mit wehenden Schwänzen in der nächsten Senke.

„Hast du geträumt, Schiriki?" fragte Sternschwester.

„Ich weiß es nicht", antwortete er zögernd. „Es war wie ein Traum, nur war ich wach. Ich habe Schogar Kan gesehen und sein Rudel. Der Pelz fiel von ihnen ab, und sie gingen auf zwei Beinen. Sternschwester, ich muß zu ihnen gehen, bevor sie zu diesen schrecklichen Geschöpfen werden. Ich muß ihnen sagen, daß Waka wieder in ihr Land kommt, wenn sie es nur wollen."

Sternschwester begann ihn zu lecken, ihre Zunge glitt über sein Fell. „Es war ein Traum, Schiriki! Du darfst nicht zurückgehen! Schogar Kan hat uns ausgestoßen. Er wird dich töten. Warum willst du fort? Hier sind wir glücklich."

Sein Blick wanderte über die Hogala; er dachte an Kip-Kip und an das Lager bei den Felsen. „Ja, Sternschwester, hier sind wir glücklich. Aber in der Welt ohne Waka gibt es keinen Trost, keine Hoffnung. Hast du nicht gehört, was die Wandervögel erzählen?" Er schaute nach Norden, in die Ferne, wo Himmel und Erde einander begegneten. „Sie brauchen mich", sagte er, „Schogar Kan und sein Rudel. Ich spüre es. Du hast ihre Augen nicht gesehen, Sternschwester. Sie waren wie tot. Wir dürfen nicht zulassen, daß Waka die Welt verläßt."

„Und der weite Weg zurück?" fragte Sternschwester.

Sie grub ihr Gesicht in Schirikis Pelz. „Der Winter kommt. Hast du keine Angst davor?"

„Doch!" gestand er. „Ich habe Angst. Nicht nur vor dem Winter und dem Felsenland. Es ist schwer, das zu tun, was ich tun will. Es ist schwer, alle Freunde zu verlassen. Ich werde ganz allein sein."

„Nein, nicht allein! Ich gehe mit dir." Sternschwester legte den Kopf auf Schirikis Schulter, eine Weile sprach keiner von beiden ein Wort. Eine Schuppeneidechse, die auf einer der weißgebleichten Steinplatten reglos auf Beute lauerte, hob den Kopf, die lange Zunge schnellte nach dem winzigen Flügelwesen, das sich zu nahe herangewagt hatte. Zwischen den Riesenkakteen stolzierten Laufvögel und gaben glucksende Laute von sich.

Schiriki berührte Sternschwester mit der Schnauze. „Nicht allein zu sein – das wäre schön! Aber ich darf es nicht von dir verlangen. Bleib hier!"

„Ich verlasse dich nicht", antwortete sie. „Du und ich – wir gehören zusammen. Wenn wir sterben müssen, dann soll es gemeinsam sein."

Er lächelte auf Wolfsart. „Waka wird bei uns sein, Sternschwester."

Sie dachte daran, was geschehen würde, wenn sie – zwei gegen so viele – in das Hügelland kamen; sie dachte an Schogar Kan, an Oiyo und all die anderen, die dem Wolf aus Norr Norr blind gehorchten. Als sie aber mit Schiriki durch die Hogala zum Lagerplatz heimwanderte und er so ruhig neben ihr dahinschritt, ging seine Zuversicht, sein Vertrauen auf sie über. Was sie vorhatten, schien ihr auf einmal nicht mehr unmöglich zu sein.

Nach der heißen Mittagszeit lagen die Wölfe im Schatten der Felsen noch träg herum, räkelten sich im Sand und schnappten gutmütig nacheinander. Iyini kam herangetapst, wälzte sich vor Sternschwester auf dem Boden und fiepte, als sie ihm mit der Schnauze den wolligen Bauch massierte. Siyi und Ninu fielen über Schiriki her. Wuk und Wok streckten sich zufrieden aus, froh darüber, daß die drei Quälgeister andere Opfer gefunden hatten. Schiriki ließ sich geduldig von den Welpen zausen. Iyini stürzte sich auf die auffordernd geschwenkte Rute, biß sich fest und begann knurrend und quiekend daran zu zerren.

Sternschwester setzte sich still in den Sand. All das mußte sie aufgeben – die Geschwister, die Freunde, die Geborgenheit im Lager, die Hogala, die ihr so vertraut geworden war. Sie hob den Blick. Das Licht der schon niedrig stehenden Sonne blendete nicht mehr, in der klaren, durchsichtigen Bläue des Himmels sah Sternschwester hoch oben einen Raben fliegen. Er kam von Norden her, flog langsam, wie einer, der auf der Suche ist und ausspäht nach etwas, das er zu finden hofft. Manchmal blieb er fast stehen in der Luft oder zog bedächtig Kreise. Als er ganz nahe war, senkte er sich plötzlich tiefer und setzte zum Gleitflug an. Sein Schatten wanderte über den Sand, huschte über die Felsen.

Die Wölfe im Lager schauten auf.

Der Rabe landete laut krächzend und flügelschlagend auf einer der Klippen. „Hab ich euch endlich gefunden!" schnarrte er.

„Kokko!" schrie Sternschwester.

„Ja, ich bin es!" Kokko breitete die Flügel aus, glitt von der Klippe herunter, legte den Kopf schief und äugte die Wölfe an, wie er es am See immer getan hatte. Er war nun voll ausgewachsen, ein kräftiger Vogel, nur sah man ihm den weiten Flug an, das Gefieder war zerzaust, eine der Schwanzfedern hing gebrochen herab. Itsi und To starrten ihn an und konnten nicht fassen, wer da gekommen war.

„Kennt ihr mich nicht mehr?" fragte Kokko.

Sie wieften, beschnüffelten ihn und brachen in freudiges Gewinsel aus. Kokko plusterte sich auf, flappte mit den Flügeln und zupfte To am Pelz. Die Wölfe vom Tal umringten ihn.

„Bist du aber groß geworden!" rief Itsi.

„Hast du was anderes erwartet?" Kokko betrachtete sich wohlgefällig und spreizte die Schwanzfedern. „Hat nichts zu bedeuten, daß eine gebrochen ist", erklärte er. „Hatte eine Auseinandersetzung mit einem Großschnabel. Dem hab ich's gezeigt! Unsereins ist nicht dazu da, um gefressen zu werden." Seine kleinen Augen funkelten Itsi und To an. „Ihr seid auch groß geworden! Beinahe hätte ich euch nicht mehr erkannt."

„Kokko", fragte Wok, „bringst du Nachricht von Schak und Ahkuna? Haben sie dich gesandt?"

„Schak? Der ist doch mit euch geflogen?"

„Ja, aber er ist wieder heimgekehrt. Hast du nichts von ihm gehört?"

„Nein, Wok."

„Warum bist du dann zu uns gekommen? Warum bist du fort vom See?"

Kokko krächzte zornig. „Weil dort jetzt die Verrückten sind! Das Riesenrudel! Und wo die sind, da ist kein Platz mehr für einen ehrlichen Geflügelten, wie ich es bin. Ihr seid ja auch vor dem Schwarzen ausgerissen. Sollte ich bleiben?"

Die Wölfe vom Tal standen stumm da. Die Hogalawölfe waren näher gekommen, hielten aber Abstand. Iyini jaulte leise.

„Oh, ihr wißt nicht, wie es in den Wäldern jetzt ist!" Kokko ließ die Schwingen traurig herabhängen. „Wer Beine hat zum Laufen, wer Flügel hat zum Fliegen, der flieht. Und was aus den Spitzohren geworden ist, brauch ich euch das zu sagen? Die sind kein freies Volk mehr! Oben in Norr Norr, so heißt es, tropft ihnen der Schaum aus dem Maul, sie laufen zum Wasser und können nicht trinken, sie beißen in alles, und dann sterben sie. Ob das wahr ist, weiß ich nicht. Man erzählt es."

Eine Eidechse kroch unter einem Stein hervor, verharrte einen Augenblick reglos und zog sich eilig wieder zurück. Es war so still, daß ihr Huschen, das Rieseln im Sand, laut zu sein schien. Die Welpen drückten sich an Ugama.

„Es ist die Krankheit, die wahnsinnig macht", sagte Wok. „Ich habe gehört, daß es sie geben soll. Erzähl weiter, Kokko!"

„Als der Winter vorbei war, ist er wieder aufgebrochen, der Schwarze, und ist dorthin gezogen, wo die Mittagssonne steht. Aber da ist kein Spitzohr mehr gewesen, das er hätte unterwerfen können. Sie sind vor ihm davongerannt, alle! Und dann sind sie übereinander hergefallen. Weil nicht genug Platz war, nicht genug Jagdbeute. Zu viele waren geflohen. Sie kämpften, jeder gegen jeden. Als wären auch sie verrückt geworden." Kokko wirkte plötzlich alt, müde; nichts mehr erinnerte an den verspielten Vogel von einst. „Der Schwarze könnte zufrieden sein. Aber das ist er nicht. Er hat noch nicht genug. Er will das ganze Hügelland haben. Er will die ganze bekannte Welt haben. Er wird weiterziehen, immer weiter."

„Und Schogar Kans Rudel?" fragte Schiriki in das Schweigen hinein, das Kokkos Worten folgte. „Glaubt es noch an ihn? Folgen seine Schnellen Läufer ihm noch immer?"

Kokko breitete die Schwingen aus, schritt auf Schiriki zu, blieb vor ihm stehen und schaute ihn eindringlich an. „Ich habe gehört", krächzte er, „daß es viele geben soll, die sich nach der Zeit sehnen, als das Volk der Spitzohren noch so lebte, wie Waka, das Gesetz, es wollte. Aber keiner wagt es auszusprechen. Sie haben Angst. Alle haben sie Angst! Alle! Nicht nur die Spitzohren", schnarrte Kokko schrill, „auch die Vierbeiner, die Geflügelten. Sie haben Angst – und sie warten!"

„Worauf warten sie, Kokko?"

„Auf den, der ihnen die Angst nimmt. Auf den, der das Gesetz zurückbringt in die Wälder. Auf den Schwachen, der stärker ist als der Starke." Kokkos Schnarren wurde zu einem rauhen Gewisper. „Das hat ein weiser Dickpelz verheißen. Einer, der sehen kann, was sein wird, aber noch nicht ist. Man sagt, er sei uralt und lebe in den Wolken, oben auf einem Berg."

„Hota, der Alte!" murmelte Wok. „Er muß es sein. So hat er zu Ahkuna gesprochen. Erinnert ihr euch?"

„Ja", knurrte Wuk. „Aber soviel ich weiß, redet er immer in Rätseln."

„In Rätseln?" rief Kokko. „Die kann man deuten. Alle meinen zu wissen, wer der Schwache ist, der das Gesetz zurückbringen wird. Schogar Kan konnte ihm nicht in die Augen sehen und konnte ihn nicht töten!" Kokko reckte sich hoch auf, die Flügel weit ausgebreitet, wirkte er plötzlich würdevoll und größer als sonst. Felsen und Sand leuchteten in einem warmgoldenen Schimmer auf; es war jener kurze Augenblick, in dem die Sonne, bevor sie sich zum Untergehen neigt, noch einmal Himmel und Erde mit Licht übergießt.

„Du bist es, Schiriki, auf den sie warten", sagte Kokko. „Gehst du zu ihnen zurück?"

„Ja, Kokko", antwortete Schiriki, „ich gehe zurück ins Land der Wälder."

„Und ich komme mit", sagte Sternschwester.

Imiak heulte auf. „Nein! Das dürft ihr nicht tun. Hast du vergessen, Schiriki, was sie uns angetan haben? Sie haben uns ausgestoßen! Laß sie doch einander töten, laß sie doch umkommen. Was haben wir damit zu tun?" Er atmete tief ein und stieß die Luft keuchend wieder aus. „Warum bist du gekommen, Kokko? Hier sind wir glücklich. Hier wollen wir bleiben. Die Hogala ist nun unser Land. Das Land der Wälder ist es nicht mehr."

Kokko ließ die Flügel sinken. „Imiak", sagte er, „als ich den See verließ und über die Hügel flog, sah ich einen aus deinem Volk, der im Sterben lag, aus vielen Wunden blutend. Sein Pelz war zottig braun, im Gesicht hatte er eine Narbe. Du kennst ihn. Er hat euch in Frieden ziehen lassen. Auch er hörte von der Botschaft des Weisen, auch er glaubte zu wissen, wer der Schwache sei, der stärker ist als der Starke. Er bat mich, ihn zu suchen, damit die Welt wieder heil wird. Dann starb er. Er hatte für sein Rudel gekämpft, das keinen Ort mehr fand, wo es hätte bleiben können. Die ihm die Kehle aufgerissen hatten, kämpften um ihrer Welpen willen, die am Verhungern waren. Was für eine andere Wahl blieb ihnen? Soll das nun immer so sein, Imiak? Das Gesetz verläßt die Welt. Willst du das?"

Imiak schwieg.

Die Welpen, die noch zu klein waren, um zu begreifen, was geschehen war, und nur spürten, daß etwas nicht so war, wie es sein sollte, krochen zu Wuk und Wok und gruben wimmernd die Schnauzen in den Pelz ihrer großen Beschützer. Wuk begann sie zu lecken.

Wok sah Haschka und Ugama an. „Wuk und ich", sagte er, „wir haben geglaubt, daß wir hier eine neue Aufgabe gefunden hätten. Eure Kleinen waren unsere Kleinen, und wir dachten, so würde es nun immer sein. Die Hogala wurde unser Land, das wir lieben."

Iyini zwängte sich zwischen Woks Pfoten und hob die Schnauze zu ihm empor. Wok küßte ihn auf die Nase. „Ihr versteht", sagte er zu Haschka und Ugama, „warum wir nicht bleiben können?"

„Ja, wir verstehen es", antwortete Ugama. Ihre Augen waren sanft und traurig.

Noch immer schwieg Imiak. Adsini stand stumm da.

Der gelbe Farbton auf den Felsen vertiefte sich, der Himmel glänzte im Widerschein der tiefstehenden Sonne. Kokko trippelte zu den Jungwölfen. „Und ihr?" fragte er.

Itsi und To drückten sich aneinander. Die Erinnerung

an die Wälder war verblaßt, Ugama hatte ihnen Ahkuna ersetzt. Sie hatten kaum noch ans Tal der Flüsternden Winde gedacht. Jetzt kam die Erinnerung zurück, Bilder stiegen in ihnen auf, die sie fast schon vergessen hatten: grasbedeckte Wiesen, auf denen Hornträger ästen; hoch aufragende Nadelbäume, das üppige Grün der Laubkronen; klare Bäche, die durchs Moos flossen; die spiegelnde Fläche von Tokalas See; Ahkuna und Schak oben auf dem Berg. Aber wenn sie heimkehrten, mußten sie die Hogala verlassen. Sie sahen sich mit Skruff und Min über die welligen Dünen laufen, hinein in die Weite des Sandlandes. Sie hatten mit Skruff und Min gejagt, gespielt, geschlafen, nie hatten sie sich voneinander getrennt.

To duckte sich und fiepte verzagt. Min gab leise, tröstende Laute von sich. Skruff stellte sich neben Itsi, seine Halskrause hatte sich gesträubt.

„Sternschwester", sagte Itsi, „müssen To und ich fort von hier? Müssen wir mit euch gehen?"

„Nein, Itsi, das müßt ihr nicht! Ihr habt das Recht, euch selber zu entscheiden."

„Aber wir waren immer beisammen!"

„Ja, wir waren immer beisammen. Und doch kann für jeden die Zeit kommen, den eigenen Weg zu wählen."

Itsi zog die Stirn in Falten. „Sternschwester", fragte sie, „glaubst du an Hotas Botschaft? Hat er wirklich Schiriki gemeint?"

„Niemand weiß das. Du hast doch gehört, was Wuk sagte? Der Uralte spricht immer in Rätseln."

„Und trotzdem geht ihr zurück?"

„Ja, Itsi, wir gehen zurück in die Wälder. Wir gehen zu Ahkuna auf den Berg. Hota, der Alte, wird uns sagen, was wir tun müssen."

Die Sonne hatte sich zum Rand der Erde hinabgeneigt, der warme Schimmer auf den Felsen erlosch. Die Wüste verlor ihre Farben, dafür glühte der Himmel feurig rot.

Imiak starrte noch immer vor sich hin. Er schaute keinen der anderen an, weder Adsini noch seine Geschwister noch Wuk und Wok, als er mit rauher Stimme sagte: „Ich komme mit." Er ließ sich zu Boden sinken und vergrub den Kopf in den Pfoten.

Itsi und To sahen einander an.

„Wir auch", sagte Itsi.

„Wir auch", wiefte To.

Kokko brach in ein freudiges Gekrächze aus, stieg flügelflatternd hoch, vollführte über den Köpfen der Wölfe allerlei Kapriolen und zog waghalsige Schleifen. Er schien in der Luft zu tanzen, ein wirbelnder, schwarzer Federball vor dem flammenden Himmel. Als sei er wieder der verspielte Jungvogel von Tokalas See geworden, stieß er plötzlich herab, zupfte Itsi und To am Schwanz, pikste die Hogalawelpen und hüpfte kreischend im Sand auf und ab. Er flog zur höchsten Klippe, setzte sich auf die Spitze, schlug mit den Flügeln und verkündete laut krächzend der rasch dunkler werdenden Hogala, daß alles gut geworden sei. Dann strich er zu Schiriki, lugte ihn scheu an und wisperte: „Ich habe viel gehört auf meinem langen Flug. Sag, kannst du Tote aus Kaam zurückholen? Spricht Waka, das Gesetz, zu dir?"

„Niemand kann Tote aus Kaam zurückholen, Kokko", antwortete Schiriki. „Und Waka, das Gesetz, spricht zu jedem, der ihn hören will."

Kokko schnarrte ungläubig.

An diesem Abend verließ keiner der Wölfe das Lager, keiner ging auf die Jagd. Sie sprachen nicht vom Abschiednehmen, sie stellten auch keine Fragen an Kokko – obwohl es so viele Fragen gegeben hätte –, sie brachten es nicht über sich, vom Hügelland zu reden. Sie lagen nebeneinander, leckten einander oder nahmen die Schnauze des Nachbarn liebevoll ins Maul. Skruff und Min wichen Itsi und To nicht von der Seite. Nur Imiak und Adsini hielten sich voneinander fern.

Als die Sterne am Himmel zu leuchten begannen, erhob sich Imiak und ging zu den Felsen oberhalb des Lagers. Die Welpen schliefen ein, an Wuk und Wok gekuschelt. Kokko hatte sich einen Schlafplatz im Schutz der Klippen gesucht. Ein leichter Wind wehte von der Hogala her, strich mit einem kaum hörbaren Klingen durch die Felsen. Imiak saß reglos da. Friedliche Atemzüge sagten ihm, daß die anderen eingeschlafen waren. Seine Augen suchten nach Adsini, aber es war so finster geworden, daß er die dunklen Gestalten der Schlafenden nicht voneinander unterscheiden konnte.

Er fühlte sich erschöpft wie einer, der Stunden um Stunden gelaufen ist, so lange, bis er keine Kraft mehr hat. Warum kam Adsini nicht zu ihm? Sie mußte doch wissen, wie ihm zumute war. Der Sandboden unter seinen Pfoten war warm, strahlte noch immer die Hitze des Tages aus, aber die Nachtluft war kühl. Über den fernen Sandhügeln glomm ein schwacher Lichtstreifen auf. War das der Mond, der aufging?

Imiak streckte sich aus und schloß die Augen, fand aber keinen Schlaf. Dann mußte er eingenickt sein; plötzlich schreckte er auf und war wieder hellwach. Er hob den Kopf.

Der Mond hing hoch am Himmel, sein bleiches Licht machte die Hogala grenzenlos; Felsen und Steinblöcke waren deutlich auszunehmen. Imiak sah, wie Adsini aufstand. Sie schaute zu ihm her, dann ging sie aus dem Lager, hinein in die Hogala.

Er folgte ihr.

Sie schritt langsam dahin, ohne sich umzublicken. Er versuchte nicht, sie einzuholen, es genügte ihm, hinter ihr herzugehen. So führte sie ihn durch die nachtstille Hogala, immer weiter weg vom Lager, vorbei an Kakteen, die dunkle, weiche Schatten warfen, über Dünen, deren Sandkörner im Mondlicht weiß wie Schnee waren. Unzählige Sterne flimmerten; in der trockenen Wüstenluft nahm ihnen der Mond nicht die Leuchtkraft. Imiak war es, als schreite er im Traum durch ein unwirklich gewordenes Land.

Vor einem flachen Tal, das mit Säulenkakteen bewachsen war, blieb Adsini stehen, wandte sich um und wartete auf ihn. Er konnte jedes Haar ihrer Nackenkrause sehen, die dunkle Zeichnung um ihre Augen, die schwarzumrandeten Ohren, die sich wie lauschend aufgerichtet hatten. Sie ließ ihn ganz nahe herankommen, schwenkte auffordernd den Schwanz und ging in den Kakteenwald hinein. Wieder folgte er, diesmal dicht hinter ihr. Das Mondlicht floß an den grauen Stämmen hinab, blinkte auf Stacheln und täuschte Augen vor, wo keine waren. Die hochgereckten Kakteenarme legten ineinander verkreuzte Schatten auf den sandigen Boden. Im fahlen Schein glichen die riesigen Stachelbäume lebenden Wesen, die stumm und teilnahmslos auf die Vierbeiner hinabschauten, die in ihr Reich eingedrungen waren.

Wie lange sie unter den Kakteen dahinschritten, wurde Imiak nicht bewußt. Manchmal rieselte es im Sand, wenn eines der kleinen Pelzgeschöpfe davonhuschte. Einmal schwirrte ein Vogel auf. Allmählich wuchsen die Kakteen weniger dicht und dann nur noch vereinzelt. Adsini und Imiak traten auf eine weite, ebene Fläche hinaus. Der Wind hatte den feinkörnigen Sand gerieffelt, hier und dort glitzerte Glimmerstaub, den die Frühlingsregen aus den Bergen angeschwemmt hatten.

Imiak und Adsini gingen weiter, jetzt nebeneinander, sie setzten die Pfoten im gleichen Rhythmus, bei jedem Schritt berührten sich ihre Schultern. Irgendwann hielten sie an. Adsini legte den Kopf auf Imiaks Schulter, er grub die Schnauze in ihr weiches Brustfell. Eine ganze Weile standen sie so, reglos, als könnte jede kleinste Bewegung den Zauber dieser Nacht zerstören.

Aus der Tiefe der Hogala kam der lachende, wie Wasser perlende Ruf einer der kleinen Eulen; sie mußte weit weg sein, aber die Stille verstärkte jeden Laut, es hörte sich an, als wäre sie ganz in der Nähe. Ein zweites Eulchen antwortete.

„Adsini", sagte Imiak, „ich wollte, ich könnte bei dir bleiben. Ich wünschte, wir könnten immer beisammen sein."

Sie nahm den Kopf von seiner Schulter und trat einen Schritt zurück. „Warum gehst du dann fort?"

„Schiriki – du weißt, wie er ist! Er braucht mich."

„Und ich?" fragte Adsini. „Brauche ich dich nicht? Aber mich willst du verlassen."

Sie stand vor ihm, die schlanken Vorderbeine leicht gespreizt, den Kopf geneigt, die Ohren gespitzt, als fordere sie ihn zum Spiel auf. Ihre schräggestellten Augen funkelten.

„Ach du!" rief sie. „Glaubst du, ich laß es zu, daß du ohne mich fortgehst? Ich gehe mit dir."

Sie fuhr ihm mit der Zunge übers Gesicht. Er starrte sie an, begann langsam zu begreifen, hob die Schnauze zum Mond empor, zum sternglitzernden Himmel, und brach in ein glückliches Heulen aus. Einer der Sterne am südlichen Himmelsbogen leuchtete besonders hell; über den Wäldern des Nordens war er nie zu erblicken gewesen.

Imiak verstummte. „Adsini", fragte er, „wirst du nicht die Hogala vermissen? Dort oben in den Wäldern ist alles fremd für dich."

„Ich werde die Hogala vermissen, Imiak. Und alles wird mir fremd sein. Aber hast du die Wälder nicht vermißt, als du zu uns kamst? Ist dir die Hogala nicht fremd gewesen? Und jetzt liebst du sie. So wird es auch bei mir sein. Manchmal werde ich Sehnsucht nach der Hogala haben. Aber auch du wirst Sehnsucht nach dem Sandland haben, dann sind wir zu zweit und können einander trösten."

„Und Haschka und Ugama? Hast du ihnen gesagt, daß du mit mir gehen willst?"

„Über so etwas braucht man nicht zu reden, das spürt man."

„Sind sie einverstanden, Adsini?"

„Ja, Imiak."

Er schaute auf die mondüberglänzte Wüste und dachte daran, wie er Adsini zum erstenmal erblickt hatte, in der Gluthitze im Land des Todes, als er gemeint hatte, mit seinen Gefährten sterben zu müssen. Wie freundlich hatten Haschka und Ugama sie damals aufgenommen und Lager und Nahrung mit ihnen geteilt. Und jetzt nahm er ihnen Adsini fort!

Sie knabberte an seinem Ohr. „Abschiednehmen ist immer schwer. Aber sie wissen, daß wir beide zusammengehören."

Dann stupste sie ihn an. „Weißt du, was uns am wunderbarsten erscheint? Daß einer, der durstig ist und trinken will, bloß zur nächsten Quelle, zum nächsten Bach laufen muß. Und daß Wasser nie versiegt! Daß es für immer aus der Erde strömt! Für uns ist das kaum zu glauben."

„Aber es ist so! Warte nur, bis ich dir Tokalas See zeige! Da wirst du staunen. Von einem Ende des Tales bis zum anderen reicht er. Blau wie der Himmel ist sein Wasser, das Große Taglicht spiegelt sich darin, und wenn es dunkel ist, das Große Nachtlicht und die Kleinen Lichter. Freust du dich darauf, Adsini?"

„Ja, Imiak."

Sie duckte sich, wedelte mit dem Schwanz und rannte fröhlich kläffend davon. Er setzte ihr nach, holte sie ein, sie tauschten zärtliche Bisse, liefen weiter, einmal der eine voran, dann der andere. Sie liefen über Dünen, die windgepreßt waren und hart wie Stein, sie tollten in Mulden umher, rollten sich im losen Sand und schnappten nach den Schwänzen. Sie sprangen einander an, rieben die Schnauzen im Pelz des anderen, sogen den erregenden Körpergeruch ein, konnten nicht genug davon bekommen und vereinten sich. Im Liebesspiel vergaßen sie, wie gefahrvoll der Weg nach Norden war, sie vergaßen, daß Schogar Kan sie am Ende des Weges erwartete, sie dachten nicht daran, daß es nicht mehr die Wälder von einst waren, wo Vierbeiner, Geflügelte und jedes Geschöpf nach dem Gesetz lebten. Als sie sich endlich trennten, schnellten sie sich hoch in die Luft, schwebten über der Erde und landeten schwerelos wieder im Sand, erhoben sich auf den Hinterbeinen, umarmten einander und gaben sich mit den langen Zungen Küsse auf die Nasen.

Dann liefen sie im gleichmäßigen Wolfstrab dahin, bis Adsini plötzlich wieder mit wehendem Schwanz davonstob und das Spiel von neuem begann. Ein paarmal sahen sie, ohne es richtig wahrzunehmen, andere Wölfe über die Dünen streifen. Sie merkten es kaum, wenn eines der Pelzwesen oder eine Schlange vor ihnen floh. Je weiter die Nacht voranschritt, desto einsamer wurde es in der Hogala. Wer immer auf Nahrungssuche gewesen war, zog sich wieder in seinen Schlupfwinkel zurück. Auch die Eulen hatten ihre Jagd beendet.

Imiak und Adsini ließen sich auf einer Sandkuppe nieder. Der Boden unter ihnen war angenehm kühl, ein leichter Wind fächelte ihnen das Fell. Der Mond senkte sich, sein Licht erlosch, die Sterne verblaßten, der Himmel wurde grau. Ein heller Lichtstreifen säumte den Horizont im Osten. Imiak und Adsini wanderten ins Lager zurück und erreichten es, als die Sonne sich erhob und der neue Tag dem Sandland die Farben zurückgab.

Imiak lief zu seinen Gefährten, blieb vor ihnen stehen und sagte: „Adsini geht mit uns!"

## Der Abschied

Am Nachmittag verließ Schiriki das Lager und wanderte durch die Hogala zur Höhle des Erdhörnchens, er ging langsam und blieb immer wieder stehen, als wollte er den Augenblick hinauszögern, da er dem kleinen Geschöpf sagen mußte, was geschehen war.

Kip-Kip hatte vor der Hitze Zuflucht in seiner Höhle gesucht, kam aber sofort herausgehuscht, als er die vertraute Stimme hörte, und tschirpte zur Begrüßung.

Schiriki setzte sich in den Sand. „Kip-Kip", sagte er, „weißt du noch, was ich dir erzählt habe? Daß wir von weither kamen, aus einem Land, wo alles anders ist als hier."

„Freilich weiß ich das noch", zirpte das Erdhörnchen.

„Wir sind gute Freunde geworden, ist es nicht so?"

Statt einer Antwort rieb Kip-Kip die Schnauze an der Wolfsnase. Dabei gab er sanft zwitschernde Laute von sich wie ein aus dem Schlaf erwachter Vogel. Im staubgrau vertrockneten Gras vor dem Höhleneingang kroch eine schwarzpelzige Spinne an einem Halm empor, spann einen weißen, langen Faden und ließ sich daran wieder herab.

„Kip-Kip", sagte Schiriki, „auch für gute Freunde kann die Zeit kommen, da sie voneinander Abschied nehmen müssen."

„Abschied?" fragte das kleine Geschöpf, als verstünde es nicht, was dieses Wort bedeutete.

Schirikis Zunge glitt über das braune Fell. „Ich muß fortgehen, Kip-Kip. Wir gehen in die Wälder zurück, dorthin, woher wir gekommen sind."

Kip-Kip hüpfte zur Seite, streckte den Kopf vor und legte die Vorderpfoten an die Brust. Die Schwanzspitze und die Haarpinsel in den Ohren zuckten. „Du gehst fort?"

„Ja, Kip-Kip."

Das Erdhörnchen schien vor Schreck zu erstarren, im nächsten Augenblick tschirpte es so unbekümmert wie immer. „Fortgehen mußt du? Jetzt gleich? Ich hätte gern mit dir gespielt. Nun ja, morgen kommst du wieder!"

Die Spinne im Gras spann einen zweiten Faden, der den ersten kreuzte. Kip-Kip begann sein Fell und den Schwanz mit den Pfotenfingern zu kämmen, sorgfältig und hingebungsvoll, ganz vertieft in die Fellpflege. Er schwenkte den Schwanz hin und her und betrachtete ihn prüfend, ob auch jedes Haar auf dem rechten Platz war. Dann richtete er sich auf und kräuselte schnuppernd die Nase. Zwischen den Sanddünen kamen Wuk und Wok und die drei Welpen daher.

„Entschuldige, Schiriki!" zirpte Kip-Kip. „Ich habe keine Zeit mehr für dich. Du siehst, ich bekomme Besuch." Er huschte davon, hüpfte auf einen Stein, machte Männchen und stimmte ein lautes Getschirpe an. Die Welpen rannten kläffend auf ihn zu.

Schiriki stand auf und ging langsam in die Hogala hinein. Als er sich nach einer Weile umdrehte, sah er das Erdhörnchen umherflitzen, während die Welpen versuchten, den wehenden Schwanz zu erhaschen.

Er begreift nicht, daß ich für immer fortgehe, dachte Schiriki. Er weiß nicht, was Abschiednehmen heißt. Er wird mit den Welpen spielen und mich bald vergessen haben. Ein paar Tage lang wird er mich vermissen, dann wird es sein, als hätte er mich nie gekannt.

Schiriki schritt schneller aus, an kugeligen Kakteen vorbei, an weißpelzigen, wunderlichen Stachelbäumen, an dornigen Hecken. Die von der Sonne abgewandte Seite der flachen Wellentäler hatte eine gelbsatte Farbe, manchmal gesprenkelt von weißgebleichten Kieseln. Eine Halde war mit schwarzen Steinbrocken übersät, scharfkantig und so hart, daß der Wind sie nicht rundschleifen hatte können.

Auf einer der Kuppen tauchten Itsi und To auf, Seite an Seite mit Min und Skruff. Sie sprangen in langen, anmutigen Sätzen dahin, unter ihren Pfoten wirbelte der staubtrockene Sand hoch. Ein paar andere Jungwölfe gesellten sich zu ihnen und nahmen sie in die Mitte. Schiriki schaute ihnen nach, bis die ganze Schar in der Ferne verschwunden war und nur noch die hitzegesättigte Luft über den Dünen tanzte. Er ließ sich neben einem der Säulenkakteen nieder, lag dort, den Kopf auf den Pfoten, und kehrte erst am Abend ins Lager zurück. Sternschwester fragte nicht, wo er gewesen war, sie streckte sich neben ihm aus und leckte ihn, als wüßte sie, wie ihm zumute war.


Auf ihrer langen Wanderung hatten die Wölfe vom Tal geglaubt, den Tag nicht erwarten zu können, an dem sie in die Wälder heimkehren durften, jetzt fiel ihnen der Abschied von der Hogala schwer. Sie konnten sich nicht entschließen, sofort aufzubrechen. Kokko flog wieder nach Norden; er wollte allen Wolfsrudeln die Botschaft des alten Bären überbringen und ihnen sagen, daß der Schwache unterwegs sei, der stärker als der Starke wäre. Bei den Hogalawölfen hatte sich die Nachricht bald verbreitet, daß ihre Freunde sie verlassen mußten. Die Wölfe vom Tal waren selten allein, immer wieder tauchte – im Lager oder draußen in der Wüste – eine Schar von Hogalawölfen auf und gesellte sich zu ihnen. Schiriki verbrachte viel Zeit mit dem Erdhörnchen, sprach aber nie mehr vom Abschied.

Bevor sie nach Norden aufbrachen, wollten Imiak und seine Gefährten den Hogalawölfen noch einmal eine reichliche Mahlzeit bescheren und zogen auf der Jagd nach Gabelböcken ins Ödland. Nach dieser Jagd war – alle wußten es, ohne daß sie es einander sagen mußten – die Zeit des Abschieds gekommen. Die Wölfe vom Tal durften nicht länger warten.

Am Nachmittag des letzten Tages ging Schiriki zur Höhle des Erdhörnchens. Kip-Kip erwartete ihn schon, stand männchenmachend auf einer Düne und lief ihm tschirpend entgegen.

Schiriki senkte den Kopf zu dem kleinen Geschöpf hinab und begann es stumm zu liebkosen. Kip-Kip reckte sich hoch und gab ihm einen Kuß auf die Nase.

„Jetzt gehst du also fort und kommst nie wieder", sagte er. Die perlrunden Augen hatten einen feuchten Schimmer. Der Schwanz hing schlaff herab.

Eine ganze Weile sahen sie einander schweigend an. „Du weißt es?" fragte Schiriki endlich. „Ich dachte, du hättest mich nicht verstanden."

„Oh, ich habe dich gut verstanden. Hätte ich es aber zugegeben, hätten wir immer daran denken müssen und wären traurig gewesen. Und solange du bei mir bist, mag ich nicht traurig sein."

Schiriki streckte sich im Sand aus, Kip-Kip setzte sich

zwischen die Vorderbeine. Es war ein friedlicher Nachmittag. Die flachen Wellentäler lagen einsam da, eine große Ruhe hatte sich über die Hogala gebreitet. Das leichte Rascheln im dürren Gras, wenn ein Käfer an einen Halm streifte, das Sirren winziger Flügelwesen störte die Stille nicht.

Manchmal zirpte Kip-Kip, seine Pfotenfinger kämmten Schirikis Fell oder strichen ihm über die Schnauze. Wenn Schiriki ihn leckte, rollte er sich wohlig zusammen und kuschelte sich enger an seinen Freund.

Die Sonne wanderte über den Himmel, neigte sich dem Horizont zu; die Schatten wurden weicher, die scharf abgegrenzten Umrisse begannen sich aufzulösen. In den Kakteen und Dornsträuchern erwachten die Vögel und huschten piepend umher.

„Ich muß jetzt gehen, Kip-Kip", sagte Schiriki.

Kip-Kip biß ihn zart ins Ohr. „Ich begleite dich", tschirpte er und wippte mit dem Schwanz, als würden sie zum gemeinsamen Spiel aufbrechen, wie sie es so oft getan hatten.

Sie gingen in die Hogala hinein. Schiriki setzte langsam Pfote vor Pfote, damit Kip-Kip mühelos mit ihm Schritt halten konnte. Bei einem der Kakteenfelder störten sie Springmäuse auf. Einen Atemzug lang verharrten die Mäuse reglos, auf die Schwänze gestützt, dann flüchteten sie in hohen Sprüngen. Schräge Lichtbündel fielen zwischen den Kakteen durch, leuchteten kurz auf und erloschen.

Das Erdhörnchen zirpte. „Wir hatten eine schöne Zeit miteinander, Schiriki?"

„Ja, wir hatten eine schöne Zeit."

„Wir waren gute Freunde."

„Die allerbesten Freunde, Kip-Kip!"

„Wenn du im Land der Wälder bist, werde ich an dich denken. Und dann wird es sein, als wärst du bei mir. Wirst du auch an mich denken, Schiriki?"

„Ja, ich werde an dich denken."

Kip-Kip stellte den Schwanz steil auf und fegte einmal rund um Schiriki. „Dann bist du bei mir, und ich bin bei dir, auch wenn wir nicht beisammen sind. Wozu sind wir dann traurig?" Er wollte ein vergnügtes Tschirpen anstimmen, brachte aber nur ein klägliches Glucksen heraus. „Es geht nicht", sagte er, „ich bring's nicht über mich, fröhlich zu sein. Es wird sehr einsam sein ohne dich, Schiriki!"

„Die Welpen werden mit dir spielen, Kip-Kip. Und die Schnellen Läufer der Hogala werden dich besuchen. Freust du dich nicht darauf?"

„Doch! Aber so wie es war, wird es nie mehr sein."

Schiriki berührte die kleine, schwarze Schnauze. „Iyini, Siyi und Ninu sind noch sehr jung. Sie brauchen einen erfahrenen Freund wie dich."

Kip-Kips Miene hellte sich auf. „Glaubst du, daß sie mich brauchen? Glaubst du das wirklich?"

„Ja, Kip-Kip."

Die Sonne senkte sich tiefer, rosa Schein überzog den Himmel. Ein paar hoch oben schwebende Dunststreifen bekamen rote Ränder.

„Kip-Kip", sagte Schiriki, „das Große Taglicht verläßt die Welt, und wenn es dunkel wird, gehen die Jäger der Hogala auf die Jagd. Du mußt zu deiner Höhle zurück."

Das Erdhörnchen fuhr sich mit den Pfoten übers Gesicht und gab keine Antwort.

„Sei nicht traurig, Kip-Kip. Ich laß dich nicht allein zurückgehen. Deine Höhle ist viel zu weit weg. Ich begleite dich."

Kip-Kip hüpfte hoch, faßte Schiriki am Fell und zwitscherte sanft. „Das ist gut! Gerade jetzt wollte ich noch nicht Abschied nehmen! Gerade jetzt wär's mir zu schwer gefallen."

Sie kehrten um und wanderten schweigend zurück. Als sie zur Höhle kamen, versank die Sonne hinter dem

Rand der Erde. In der Hogala begann ein Wolf zu heulen, ein zweiter und ein dritter antworteten, dann wurde es wieder still.

Schiriki beugte sich zu dem Erdhörnchen hinab. „Leb wohl, Kip-Kip", sagte er.

Kip-Kip küßte ihn auf die Schnauze. „Leb wohl, Schiriki!"

Schiriki ging langsam fort. Bevor Dünen ihm die Sicht nahmen, wandte er sich noch einmal um und sah im scheidenden Licht des Tages Kip-Kip vor der Höhle sitzen. Hoch aufgereckt, die Pfoten an die Brust gelegt, saß das Erdhörnchen reglos da und blickte ihm nach.

In dieser Nacht versammelten sich die Hogalawölfe beim Lagerplatz, alle kamen, auch jene, die weit entfernt ihre Höhlen hatten. Immer wieder tauchten Neuankömmlinge aus dem Dunkel auf, bis sich eine große Schar eingefunden hatte. Die Schnauzen zu den hell glitzernden Sternen emporgehoben, zum abnehmenden Mond, der nicht mehr ganz rund war, sangen die Hogalawölfe und die Wölfe aus den Wäldern das uralte Lied der Gemeinschaft. Ihre Stimmen vereinten sich und hallten über die nächtliche Wüste. Sie sangen, bis der Mond sich senkte, dann kehrten die Hogalawölfe, nachdem sie einen letzten Abschiedsgruß geheult hatten, zu ihren eigenen Lagerplätzen zurück. Nur die Jungwölfe blieben und ein paar der erfahrensten Wölfe, die eine Abkürzung durch das Todesland kannten, damit Imiak und seine Gefährten nicht den weiten Umweg nach Westen, wo Hogala und Ödland aneinander grenzten, auf sich nehmen mußten.

Die Nachtruhe war kurz. Noch vor Sonnenaufgang – der Morgen graute kaum – waren alle munter. Wie es die Art der Wölfe war, brachen sie auf, ohne sich lange vorher verständigen zu müssen, sie liefen in gleichmäßigem Trab durch das Zwielicht, das ein aufglimmender Schein am östlichen Himmel allmählich erhellte.

Haschka und Ugama liefen an Adsinis Seite, Itsi und To inmitten der Jungwölfe. Die Welpen wollten sich nicht von Wuk und Wok trennen, rannten neben ihnen her und versuchten, so gut es ging, mit ihren viel kürzeren Beinen den mühelosen Laufrhythmus ihrer Betreuer nachzuahmen. Von Zeit zu Zeit kläfften sie eifrig.

Die Dünen hörten auf, immer mehr große und kleine Steinbrocken lagen im Sand, schließlich tauchten die Felsen und Bäume der Wasserstelle auf. Die Sonne hatte sich am Himmel erhoben, der Tümpel spiegelte das Licht wider. Im Schatten der Felsen war es noch morgendlich kühl. Die Wölfe tranken, lappten das erfrischende Wasser und hielten eine kurze Rast. Dann war die Zeit des Abschieds gekommen. Skruff und Min hatten beschlossen, mit den wegkundigen Führern ihre Freunde bis ins Ödland zu begleiten. Haschka und Ugama mußten umkehren, um der Welpen willen, für die der Weg durchs Todesland zu anstrengend gewesen wäre.

Die Welpen fiepten und wieften, sprangen winselnd an Wuk und Wok hoch, kniffen sie in den Pelz und zausten sie an den Schwänzen, küßten Imiak und Sternschwester auf die Schnauzen, lugten zu Schiriki auf – von dem man sich so wunderbare Geschichten erzählte – und stupsten einander an. Iyini wuffte kurz. „Schiriki", sagte er, „mach dir keine Sorgen um Kip-Kip! Siyi, Ninu und ich, wir geben auf ihn acht."

„Da bin ich aber froh", antwortete Schiriki. „Er wird euch brauchen!" Die Welpen vergaßen ihre Scheu und sprangen an ihm hoch.

Am Ufer des Tümpels, abseits von den anderen, standen Ugama, Haschka und Adsini und leckten einander stumm die Gesichter. Ein einsamer Vogel in den Baumkronen flatterte von Ast zu Ast und flötete leise. Adsini schmiegte sich an Haschka, grub die Schnauze in Ugamas Fell, nahm zum letztenmal den vertrauten Geruch auf, wandte sich jäh ab, heulte auf und raste in weiten Sätzen davon.

Imiak rannte ihr nach.

Sie lief so schnell, daß er sie nicht einholen konnte, setzte leichtfüßig über jedes Hindernis hinweg; ihr langgestreckter Körper glitt wie schwerelos dahin, die Pfoten berührten kaum den Boden. Schließlich hielt sie so unvermittelt an, daß loser Schotter hochspritzte, und wartete, bis Imiak bei ihr war.

„Weißt du es noch?" sagte sie. „Diesen Weg sind wir gegangen, als ich dich in die Hogala führte."

„Ich weiß es noch gut, Adsini."

„Und jetzt, Imiak, gehe ich wieder diesen Weg mit dir, und diesmal führst du mich in dein Land."

Die Jungwölfe begleiteten ihre scheidenden Freunde noch eine Weile, dann blieb einer nach dem anderen zurück und kehrte um. Die Wölfe vom Tal und Skruff und Min wanderten mit ihren Führern in das Land des Todes hinein. Eintönig und trostlos erstreckte sich die von Lebewesen gemiedene Wüste nach allen Seiten, nichts als grauer Sand und manchmal stumpfweiß blinkende Salzkristalle. Wieder täuschte die flimmernde Luft blaues Wasser vor, Büsche und Bäume – Trugbilder, die sich beim Näherkommen in Nichts auflösten. Ohne die Hogalawölfe, die zielstrebig dahinliefen und nicht einmal zögerten, hätten die Wölfe vom Tal sich wieder rettungslos verirrt. Sie dachten daran, wie sie geglaubt hatten, im heißen Sand vor Durst sterben zu müssen, und fühlten sich erleichtert, als ihre Führer am Abend einen steil abfallenden Hang hinaufliefen, der die Grenze des Todeslandes war.

Das Ödland, das ihnen auf dem Herweg so wenig einladend erschienen war, hatten sie sich nun längst vertraut gemacht. Wenn sie Hunger hatten, jagten sie langohrige Springer oder schnappten sich ein Graupelzchen. Einmal erlegten sie einen Gabelbock und fraßen, bis nur noch abgenagte Knochen übrigblieben. Itsi und To, Skruff und Min trennten sich nie, sie liefen nebeneinander her und schliefen bei jeder Rast dicht beisammen in einem unentwirrbaren Knäuel aus Läufen, Schwänzen und Schnauzen.

Eines Morgens erblickten die Wölfe am nördlichen Horizont ein zartes Schattengebilde, durchsichtig blau wie Wasser: Es war die Bergkette, die sie auf dem Herweg überquert hatten. Gegen Mittag nahmen die Berge deutlich erkennbare Formen an. Das glitzernde Weiß auf Gipfeln und Hängen mußte Schnee sein. Hier im Ödland war es aber noch immer warm.

Die Hogalawölfe waren viel weiter von ihren Lagerplätzen fortgewandert, als sie es je zuvor getan hatten; jetzt durften sie den Abschied nicht länger hinauszögern. Während die älteren Hogalawölfe geduldig warteten, tollten Skruff und Min noch einmal mit Itsi und To herum. Sie stoben über die braunen Kuppen, japsend und bellend umkreisten und umtanzten sie einander und kamen schließlich mit hängenden Schwänzen wieder herangetrottet.

To warf sich auf den Boden und kroch zu Min, schniefte und wühlte die Schnauze in ihr Fell. Sie begann ihn zu liebkosen. „Ich warte auf dich!" wisperte sie. „Ich warte auf dich, bis du zurückkommst!"

Skruff sprang an Itsi hoch, umarmte sie mit den Vorderbeinen und erdrückte sie fast mit seiner stürmischen Zärtlichkeit. Dann stellte er sich breitbeinig vor sie hin. In seinem ruppigen Pelz hatte sich jedes Haar aufgerichtet, die Schwanzspitze zuckte. „Wir wären mit euch gegangen – wie Adsini", bellte er, „aber wer hätte dann Haschka und Ugama geholfen, wenn im Frühling wieder Kleine in der Höhle sind! Wir dürfen sie nicht allein lassen, Min und ich."

DER ABSCHIED

Er faßte Itsi rauh am Nacken, vor Erregung kam ein tiefes Grollen aus seiner Kehle. „Sag, daß du zurückkommst! Sag es!"

„Ja, Skruff", antwortete Itsi. „Ich gehe zu dir zurück, wenn Waka, das Gesetz, wieder in den Wäldern ist."

Als die Wölfe vom Tal die nächste Kuppe hinaufgelaufen waren und zurückschauten, standen Skruff und Min noch immer an der Stelle, wo sie von ihren Freunden Abschied genommen hatten. Skruff stimmte ein langgezogenes, sehnsüchtiges Heulen an.

„Wir kommen wieder!" heulte Itsi zurück. „To und ich, wir kommen wieder!"

*Nach Norden!*

War für die Wölfe vom Tal alles neu, fremd und ungewohnt gewesen, als sie die Hogala zum erstenmal betreten hatten, so war es nun Adsini, die aus dem Staunen nicht herauskam. Im Bergland hatte der Winter längst begonnen: Frost und Schnee waren Wunder, kaum zu begreifen. Vor allem der Schnee versetzte Adsini in Aufregung, dieses weiße, in der Sonne glitzernde Etwas, das sich so kalt anfühlte und einmal so weich war, daß man bis zum Bauch einsank, dann wieder so hart, daß kein Pfotenabdruck darauf zurückblieb.

Und dieses Etwas sollte Wasser sein, das sich in der Winterkälte auf seltsamste Art verwandelt hatte? Adsini glaubte es nicht. Imiak mußte ihr lange zureden, bis sie endlich wagte, daran zu lecken. Das Glitzerzeug brannte auf der Zunge, schmolz im warmen Maul und wurde – zu Wasser! Adsini schaute so verblüfft drein, daß die anderen auf Wolfsart zu lachen anfingen. Sie tat, als sei sie gekränkt, und zauste ihnen der Reihe nach den Pelz. Beim Weiterwandern leckte sie von Zeit zu Zeit verstohlen am Schnee.

Eines Nachmittags – sie waren nun schon hoch oben im Bergland – verhüllten graue Wolken den Himmel und sanken immer tiefer, bis die Gipfelkuppen in ihnen verschwanden. Es begann zu schneien, Flocken um Flocken wirbelten herab. Adsini stand wie verzaubert da. Fiel weißer Federflaum vom Himmel? Sie schnappte zaghaft danach, versuchte die Flocken zu erhaschen, brach in fröhliches Bellen aus, tanzte im fallenden Schnee und steckte die anderen mit ihrer Heiterkeit an.

Es schneite die ganze Nacht. Als sie am Morgen erwachten, lagen sie unter einer dicken, weichen Decke. Adsini buddelte sich frei, schüttelte den Schnee aus dem Fell und fragte sich verwundert, wie es möglich gewesen war, im kalten Schnee so warm und geborgen zu schlafen.

Die Sonne hatte sich am Himmel erhoben, in ihrem Licht funkelten Hänge und Gipfel. Ein weiter Hang, der vom Schlafplatz der Wölfe in ein Bergtal hinabführte, war besät mit Abertausenden von Schneekristallen.

Adsini sprang in den hoch aufstäubenden Pulverschnee, verlor den Halt, überschlug sich und schlitterte in einer weißen Wolke den Hang hinab. Itsi und To rasten ihr nach, verloren ebenfalls den Halt und kugelten mit Adsini im Schnee herum. Imiak, Sternschwester und Schiriki, Wuk und Wok folgten ihrem Beispiel, und bald tollten die Wölfe herum und spielten so ausgelassen und übermütig wie Welpen, die keine Sorgen kannten.

Unten im Talgrund erwartete Adsini eine neue Überraschung. Als sie auf eine von Gebüsch umsäumte ebene Fläche hinausstürmte, glitten ihre Pfoten aus und sie landete, alle viere von sich gestreckt, jäh auf dem Bauch. Unter dem Schnee verborgen war etwas Blankes, grauschimmernd und so glatt, daß man beim Versuch aufzustehen sofort wieder ausrutschte. Auch das sollte Wasser sein? Wieder einmal wollte Adsini ihren Freunden nicht glauben, als sie behaupteten, darunter sei ein See, größer als der Tümpel in der Hogala.

Am gegenüberliegenden Ufer lagen verwitterte Steinblöcke, über die durchscheinendes Eis in Wellen floß oder in spitzen Zapfen herunterhing. Die Strahlen der Sonne weckten blitzende Lichter in dem wunderlichen Gebilde. Adsini berührte das Eis vorsichtig mit der Pfote, und einer der wasserklaren Zapfen brach mit einem leisen Klingen ab.

Als sie im Talgrund weiterwanderten, durch einen hohen Mischwald, schritt Adsini schweigend neben Imiak her. Unter der Last des Schnees beugten sich die Zweige der Tannen, die, wie die Wölfe vom Tal erklärten, ihre immergrünen Nadeln auch nicht in der bittersten Kälte verloren. Im kahl verästelten Gezweig junger Laubbäume hatte sich Schnee verfangen, es sah aus, als stünden sie mitten im Winter in Blüte.

Adsini stieß Imiak mit der Schnauze sanft an die Lefzen. „Dein Land ist voller Wunder – wie die Hogala!"

Er leckte ihr wortlos glücklich das Gesicht.


Das war eine andere Wanderung als damals auf ihrer Flucht nach Süden. Nicht nur Adsini mit ihrem nie endenwollenden Staunen verkürzte ihnen die Zeit, sie hatten auch Glück mit dem Wetter. In der Hogala war ihnen kein Winterpelz gewachsen, trotzdem litten sie nicht unter der Kälte. Der Winter war ungewöhnlich mild, auch nachts sanken die Temperaturen nicht sehr tief ab. Sie waren nie hungrig, im Land der Seen und Flüsse, das sie nun erreicht hatten, gab es genug Beute. Adsini nahm zum erstenmal an Jagden auf Elch und Hirsch teil, Hornträger, die ihr wegen der Größe zuerst Angst machten. Bald aber verlor sie jede Furcht und erwies sich bei der Hatz als geschickte Treiberin.

Im Jahr zuvor waren sie nur zwei erwachsene Wölfe gewesen, dazu drei Jungwölfe und zwei Welpen – jetzt waren sie ein erfahrenes Rudel, das sich bei seinen Artgenossen Respekt verschaffen konnte. Sie brauchten aber nie um Erlaubnis zur Jagd bitten, mußten sich nie verstohlen durch ein fremdes Gebiet schleichen, mußten nie vor den Besitzern die Flucht ergreifen. Jedes Rudel nahm sie gastfreundlich auf. Kokko hatte auf seinem Flug nach Norden nicht umsonst ihre Ankunft verkündet.

Noch waren Schiriki und seine Gefährten weit entfernt von Schogar Kans Reich. Die Wölfe, die hier lebten, wußten nichts Genaues, hatten nur aus Berichten der Wandervögel vernommen, daß oben im Norden das Gesetz nicht mehr gelte, daß Waka die Wälder verlassen habe, daß ein riesiger Wolf Angst und Schrecken verbreite und daß er vorhabe, die ganze bekannte Welt zu erobern. Die Geschichten vom Riesenwolf erfüllten die Rudel mit Furcht, es war wie eine drohende Gefahr, die man sich nicht vorstellen konnte und die gerade deshalb umso unheimlicher war. Nun aber hieß es, aus dem Süden sei ein Rudel unterwegs, gerufen von einem alten weisen Bären und dazu auserwählt, die Welt wieder heil zu machen. Einer aus der Schar, der Schwächste, so sagte man, besitze geheime Kräfte, er rede mit Waka, habe einen toten Freund aus Kaam zurückgerufen, und keiner könne seinem Blick widerstehen. Dieser Wolf sei es, der den Riesenwolf besiegen würde.

Solche Gäste wies man nicht ab! Wo immer die Wölfe vom Tal und Adsini hinkamen, überall waren sie willkommen. Erblickten die fremden Wölfe Schiriki, konnten sie zuerst nicht glauben, daß an diesem schmächtig gebauten Wolf etwas Besonderes sein sollte, schauten sie aber in die ruhigen, nachdenklichen Augen, rückten sie zur Seite und machten ihm Platz.

Übernachteten Schiriki und seine Gefährten in einem der Lager, saßen die Gastgeber im Kreis um sie und lauschten atemlos und voll ungläubigem Staunen, wenn ihre Gäste von Schogar Kan erzählten, von der Flucht und der Hogala. Manchmal hielt einer der Zuhörer die Spannung nicht mehr aus und winselte oder heulte auf. Meist aber saßen sie schweigend da und konnten nicht fassen, was sie hörten, es dauerte lange, bis sie sich wieder beruhigt hatten. Waren die Gastgeber dann endlich eingeschlafen, oft erst in den Morgenstunden, mochte es sein, daß sich Adsini leise wiefend bei Imiak verkroch, weil sie, im Lager des fremden Rudels, an das andere, nun schon so ferne Lager bei den Felsen dachte. Die Wölfe vom Tal leckten sie tröstend, und auch ihre Gedanken wanderten in die Hogala, zu Haschka und Ugama, zu den Welpen und Skruff und Min.

Als die Wölfe vom Tal und Adsini den halben Weg zum Felsengebirge zurückgelegt hatten, zeigten sich im Seengebiet die ersten Anzeichen, daß der Winter dem Ende zuging. Die Tage wurden länger, die Nächte kürzer, die Sonne, die kraftlos gewesen war, wärmte wieder. Mittags, wenn sie ihren höchsten Punkt erreicht hatte und ihre Strahlen senkrecht herabfielen, rieselte und tropfte es von Bäumen und Büschen. An den südseitigen Hängen wurde der Schnee weich und matschig, in den noch immer kalten Nächten gefror er dann zu einer harschigen Kruste. Das Eis bekam eine stumpfblaue Farbe, begann zu schmelzen; am Ufer der Seen, Bäche und Tümpel glucksten und gluckerten kleine Wellen. Wenn die Wölfe über einen der Seen wanderten, mußten sie immer wieder Stellen umgehen, wo die dünn gewordene Eisdecke trügerisch war. Hielten sie tagsüber Rast, ließen sie sich die Sonne auf den Pelz scheinen und genossen die Wärme.

Auch in den Hügeln am Fuß des Felsengebirges, das sich wie ein steinerner Wall vor dem Land der Wälder erhob, war es tagsüber mild. Je höher die Wölfe aber hinaufwanderten, desto kälter wurde es, und oben im Gebirge herrschte noch tiefer Winter. In den Nächten war es bitterkalt. Nach jeder Rast brauchte Adsini eine ganze Weile, bis sie sich wieder warmgelaufen hatte. Aber diesmal war ihnen zumindest das Wetter günstig.

Keine düstere Wolkenfront zog auf, kein Sturm setzte ein und machte sie blind im tobenden Schnee, keine Lawine erschreckte sie. Die endlose Kette der Berge hob sich klar von einem tiefblauen Himmel ab; nachts lag das schneebedeckte Felsenland unwirklich bleich unter den Sternen. Die Wölfe wanderten über die Hochebene, wo sie im Sturm Zuflucht gefunden hatten, sie kreuzten den zerfurchten Lawinenstrich, wagten sich bis an den Rand der Schlucht vor und dachten an die Todesangst, die sie damals ausgestanden hatten. Als sie von jener Nacht erzählten, sträubte sich Adsini noch im nachhinein das Fell.

Bergziegen und Bergschafe, die leichtfüßigen Geschöpfe des Felsenlandes, waren auf der Futtersuche in die tiefer gelegenen Hänge und Täler hinabgezogen. Die Wölfe erlegten ein Krummhorn, einen schon altersschwachen Bock, und fraßen sich satt. Auch sonst blieben sie nicht hungrig. Graupelzchen und andere kleine Pelzwesen suchten unter der Schneedecke nach Nahrung und waren leicht aufzuspüren. Trotzdem wanderten die Wölfe zügig weiter und hielten immer nur kurze Rast. Nicht nur für Adsini war das Hochgebirge mit seinen in den Himmel ragenden Gipfeln, den Klippen, Schrofen und Graten und Schluchten fremd und angsteinflößend, auch ihre Freunde fühlten sich als Eindringlinge, die nicht hierhergehörten.

Als die Wölfe das Gebirge überquert hatten und von einer Paßhöhe aus auf bewaldete Hügel hinunterblickten, sahen sie den ersten, aus dem Winterschlaf erwachten Bären. Ein dunkler Fleck im weißen Schnee, trollte sich der Dickpelz gemächlich zwischen windverwehten Krüppelföhren dahin. Die Wölfe dachten an Hota, den Alten, sie dachten an Ahkuna und an Schak. So lange hatten sie keine Nachricht erhalten! Sie wußten nicht, was im Land jenseits der Grenzen von Schogar Kans Reich geschehen war, sie wußten nicht, ob Ahkuna und Schak noch lebten und ob es je ein Wiedersehen gab. Adsini rieb ihre Schnauze an Imiaks Kopf. Sie brauchte keine Fragen zu stellen, sie spürte, woran ihre Freunde dachten, und wußte, warum sie plötzlich so still geworden waren.

Die Wölfe wanderten schweigend zu Tal.


Sie waren nun im Land der dahinrollenden Hügel, der Täler und Wälder, in dem Land, das ihnen so vertraut war. Die Freude darüber, endlich heimgekehrt zu sein, brach immer wieder aus ihnen hervor und ließ sie vergessen, daß das Ende ihrer Wanderung nahe war und daß sie, die kleine Schar, allein und ohne Hilfe Schogar Kan und seinem Riesenrudel entgegentreten mußten. Noch dazu wurde es Frühling – fast über Nacht. Ein warmer Südsturm brauste über die Wälder, fraß den Schnee, schmolz das Eis. Dann begann es zu regnen, gleichmäßig, sanft, einen Tag und eine Nacht. Als es aufklarte und die Sonne wieder schien, stieg weißer Dunst auf und zog durch den Wald. Nach diesem ersten Regen, so hatte Adsini gemeint, würden auch hier überall Blumen hervorsprießen, wie im Sand der Hogala. Wohin sie aber blickte, waren die Wiesen braun und Büsche und Bäume kahl, nichts wies auf eine kommende Blütenpracht hin.

Adsini war verwirrt. Sie verstand nicht, warum die Vögel so eifrig umherflatterten und flötend und zirpend, zwitschernd und trillernd, in immer wiederkehrenden gleichen Melodien jedem verkündeten, der es hören wollte, daß die gute Zeit nahe sei, in der man Nester baute und Junge aufzog.

„Was haben die nur?" fragte Adsini. „Warum singen sie so?"

„Weil der Frühling da ist", antwortete Imiak.

„Der Frühling?"

„Ja! Spürst du es nicht?"

Adsini sog die Luft ein, ihre Lefzen kräuselten sich. Wo war das Prickeln unter der Haut, die tolle Lust, die einen packte – wenn es Frühling geworden war in der Hogala!

„Du mußt Geduld haben, Adsini", sagte Wok bedächtig. „Hier geht es nicht so schnell wie bei euch."

„Aber dafür", sagte Sternschwester, „ist es dann auch im Sommer grün."

Als sie weiterwanderten, entdeckten sie auf einer Lichtung zwischen letzten Schneeflecken grüne Triebe, die aus dem verfilzten Gras stachen. Ein paar Knospen hatten sich schon geöffnet, kleine weiße Glocken und unscheinbare rosa Sterne. Ihr Duft, so schwach er Adsini auch vorkam, hatte Flügelwesen angelockt, die an den Blüten saugten.

Adsini schnüffelte und dachte an den betörend süßen Duft, den die Blumen der Hogala verströmten. Sie zog die Schultern hoch, als fröstle sie, als würde ihr plötzlich bewußt, wie sehr sie die Wärme vermißte, den heißen Sand, die hitzeflirrende Luft.

In der dürren Laubschicht raschelte es, ein Erdhörnchen huschte unter den blattlosen Zweigen hervor, erstarrte, als es die Wölfe erblickte, und flüchtete blitzschnell zurück ins Gebüsch.

„Die sind wie bei uns!" rief Adsini. „Wie Kip-Kip! Ist es nicht so, Schiriki?" Sie stupste Imiak und Sternschwester, nahm Schirikis Ohr ins Maul, wuffte Itsi und To, Wuk und Wok an und schwenkte den Schwanz auffordernd zum Spiel – um sich und den anderen zu beweisen, daß man nicht den Mut verlor, selbst wenn einen die Sehnsucht nach der Hogala überkam.

Auch im Hügelland waren die Rudel, durch deren Jagdgebiet sie wanderten, auf ihr Kommen vorbereitet, auch hier wurden sie erwartet. Kokko, der Rabe, hatte aber die Wahrheit gesagt, als er erzählte, das Volk der Schnellen Läufer lebe in Angst und kein Rudel traue mehr dem anderen. Solange die Wölfe vom Tal und Adsini allein waren, schien ihnen die Welt hier noch immer heil zu sein. Hirsche ästen, Adler kreisten, Falke und Bussard standen rüttelnd am Himmel. Eule, Uhu und Käuzchen flogen nachts auf die Jagd. Alles war so, wie es immer im Hügelland gewesen war, bevor Schogar Kan seinen neuen Weg verkündet hatte. In dem Augenblick aber, wenn Imiak und seine Gefährten die Gegenwart anderer Wölfe witterten, änderte sich das schlagartig; von den Wölfen, die da irgendwo versteckt lagen und sie beobachteten, gingen Wellen von Furcht und Mißtrauen aus. Kein Rudel trat ihnen offen und freimütig entgegen. An den Duftmarken merkten sie es, wenn sie wieder ein neues Jagdgebiet betreten hatten; gaben sie sich aber heulend zu erkennen, erhielten sie keine Antwort. Wie Schatten umschlichen sie die fremden Wölfe, begleiteten sie, blieben aber unsichtbar. Erst wenn ein ganzes Rudel sich zusammengerottet hatte, wagten es die Leitwölfe, sich der Schar aus dem Süden zu zeigen.

Waren Imiak und seine Gefährten in einem der Lager, umstrichen die Wölfe sie scheu und starrten Schiriki an, als fragten sie sich, ob die Geschichten, die man sich von ihm erzählte, wirklich wahr seien. In ihren Augen glomm etwas wie Hoffnung auf. Durften sie an Hotas Botschaft glauben? War da einer, der den Riesenwolf besiegen würde? Oder würde Schogar Kan in diesem Frühling wieder aufbrechen und Jagdgebiet um Jagdgebiet erobern?

Was im Land jenseits der Grenze vor sich ging, darüber konnte niemand Auskunft geben, kein Schneller Läufer, kein Geflügelter. Von Hotas Botschaft hatten alle erfahren, von Ahkuna und Schak wußten sie nichts. Nur einer der großen Geflügelten, ein Adler, meinte, er habe irgendwann einmal von einer alten Mutterwölfin gehört, die in der Höhle Hotas lebe. Aber das sei lange her, und ob es noch immer so sei, wisse er nicht.

Von Tag zu Tag wurde es wärmer. Auf den Südhängen und in den Tälern sproß junges Gras. Blütensterne, Glocken und Kelche öffneten sich und wandten sich der Sonne zu. An den Büschen und Bäumen schwollen die Knospen an, winzige Blättchen entfalteten sich; manches Gebüsch war schon mit einem grünen Schleier überzogen.

Selbst Adsini gab zu, daß der Frühling hier zwar anders als in der Hogala, aber ebenso schön sei. Nur konnten sie sich nicht an der lauen Luft, am Grün und an den Blüten erfreuen wie sonst. Sie hatten nun jenen Teil des Hügellandes erreicht, wo die Rudel verzweifelt um Jagdgebiete gekämpft hatten. Es mußten mörderische Kämpfe zwischen den rechtmäßigen Besitzern und den eindringenden, halb verhungerten Flüchtlingen gewesen sein. Die Wölfe waren von Narben gezeichnet, auch jetzt lebten sie noch in ständiger Angst. Von der heiteren Unbeschwertheit, die sonst in einem Wolfslager herrschte, war hier nichts zu finden.

In keinem der Lager trafen die Wölfe vom Tal einen Überlebenden aus dem Rudel des Leitwolfes mit der Narbe im Gesicht, der sie damals in die Falle gelockt hatte. Sie waren wohl alle tot, umgekommen in den Kämpfen wie ihr Leitwolf, der Kokko, den Raben, sterbend gebeten hatten, Schiriki zu suchen.

Irgendeine Nachricht aus Schogar Kans Land gab es nicht. Wer Flügel hatte, wer vier Beine hatte, scheute sich, die Grenze zu überfliegen oder zu überschreiten. Es war, als habe sich vor Schogar Kans Reich ein unsichtbarer Wall erhoben, unüberwindlicher als das Felsengebirge. Stellten Imiak und seine Gefährten eine Frage, antwortete ihnen Schweigen, die Mienen der Wölfe verschlossen sich, wurden abweisend. Andere brachen in kläglisches Wimmern aus, duckten sich zu Boden und vergruben die Schnauzen zitternd in den Pfoten.

Wie so oft im Frühling, schlug das Wetter plötzlich um. Es wurde wieder kälter. Vom wolkenverhangenen Himmel strömte Tag und Nacht Regen nieder; grauer Dunst löschte die bunten Farben. Die Wölfe vom Tal und Adsini wanderten durch eine naßkalte, triefende Welt, die jeden anderen Laut schluckte bis auf das eintönige Rauschen des Regens. Die düstere Stimmung übertrug sich auf Imiak und seine Gefährten. Sie trotteten schweigend dahin. Jeder Schritt brachte sie der Grenze näher; was sie dort erwartete, wußten sie nicht. Wäre Schiriki nicht unbeirrt weitergegangen, sie hätten den Mut verloren und wären umgekehrt.

Im letzten Jagdgebiet vor der Grenze rissen sie einen Hornträger und fraßen sich noch einmal satt. Als sie im Lager des Rudels, das hier lebte, den Leitwolf fragten, ob er einmal Späher bis zur Grenze ausgesandt hätte, erhielten sie nicht nur keine Antwort, das Rudel wich vor ihnen zurück, als habe die Krankheit, die wahnsinnig macht, ihre Gäste befallen.

Im Morgendämmern, als sie aufbrachen, waren aber die beiden Leitwölfe und ein paar aus dem Rudel bereit, sie ein Stück zu begleiten. Es hatte zu regnen aufgehört, aber noch war die Wolkendecke dicht. Lange bevor die im fernen Dunst liegende Grenze, eine Hügelkette, zu erahnen war, wurden die Leitwölfe und ihr Rudel immer unruhiger. Jedes Geräusch erschreckte sie, jeder Zweig, der knackte, ließ sie zusammenfahren, sie schlichen geduckt dahin und schienen kaum noch die Beine heben zu können. Schließlich blieb einer nach dem anderen zurück und stahl sich mit eingeklemmtem Schwanz davon, zuletzt die beiden Leitwölfe.

Imiak und seine Gefährten gingen allein weiter. Ihre Pfoten sanken im weichen, mit Wasser vollgesogenen Moos ein. Aus dem Gezweig rieselte es, Tropfenschauer fielen herab, in jeder Mulde standen Lachen. Die Wolkendecke begann sich langsam zu heben, ab und zu zeigten sich helle Flecken am Himmel. Eine Lichtung, über die Dunststreifen zogen, öffnete sich vor den Wölfen, sie wollten schon unter den Bäumen hervortreten, als ihnen etwas sagte, daß sie nicht mehr allein waren. Obwohl sie nichts wittern konnten, da die Luft von ihnen wegstrich, hatten sie das Gefühl, beobachtet zu werden, und spürten die Gegenwart eines Geschöpfes, das ihnen feindlich gesinnt war. Sie blieben jäh stehen.

Am gegenüberliegenden Rand der Lichtung, vor einem Dickicht aus noch kahlen Büschen und Dorngerank, stand hochaufgerichtet eine Bärin. Zwei Junge, die sie während des Winters in ihrer Höhle geboren hatte, drängten sich an sie und äugten halb neugierig, halb ängstlich auf die Wölfe. Aus dem weitgeöffneten Rachen der Bärin kam ein drohendes Brummen.

„Schwester mit den vier Pranken", beeilte sich Imiak zu rufen – denn bei einer Bärin, deren Junge noch klein und schutzlos waren, wußte man nie, ob sie nicht ohne Vorwarnung zum Angriff überging. „Schwester, wir haben keinen Hunger. Laß uns in Frieden weitergehen."

„Schwester?" grollte die Bärin. „Seit wann darf ein Pack von Langbeinern eine aus meinem Volk so nennen?"

Bei dem größeren der Jungen hatte die Neugier über die Angst gesiegt, es tappte fiepend ein paar Schritte vor und wollte erkunden, was es mit diesen fremdriechenden Geschöpfen auf sich hatte. Die Bärin ließ sich blitzschnell nieder. Sehnen und Muskeln der Wölfe spannten sich an. Das Nackenhaar gesträubt, waren sie bereit, ebenso schnell – sollte die Bärin angreifen – zurück in den Wald zu fliehen, wo sie zwischen den dichtstehenden Bäumen im Vorteil waren.

Die Bärin griff aber nicht an, sie gab ihrem vorwitzigen Jungen nur ein paar unmißverständliche Klapse mit der Vorderpranke. Als das Junge sich winselnd hinter ihr verkroch, erhob sie sich wieder auf die Hinterbeine. Sie schien sich etwas beruhigt zu haben, weil die Wölfe keine Angriffslust zeigten und weiterhin den sicheren Abstand einhielten. „Schwester?" grollte sie noch einmal, schon weniger bedrohlich als zuvor. „Was soll das? Zwischen eurem Volk und meinem gibt es keine Freundschaft."

„Du irrst dich", sagte Schiriki so ruhig wie immer. „Einer aus deinem Volk hat eine aus unserem Volk in seine Höhle aufgenommen, Hota, der Alte vom Berg, der Weise. Hast du von ihm gehört?"

„Wer hätte nicht von ihm gehört?" Die kleinen Augen unter den dicken Brauenwülsten waren starr auf Schiriki gerichtet. „Warum fragst du? Was habt ihr mit Hota zu tun?"

„Er hat uns gerufen, Schwester."

„Ihr geht zu ihm?"

„Wir gehen zu ihm."

Die Bärin gab einen dumpfen Laut von sich. Ihr Gesicht war unbewegt, denn nach Art ihres Volkes drückte sie Gefühle nicht im Mienenspiel aus. Was in ihr vorging, blieb den Wölfen verborgen, und doch vermeinten sie, plötzlich Traurigkeit zu spüren, und ihnen war, als hätte sich der Blick aus den starren Augen getrübt. Die Jungen klammerten sich an den Pelz ihrer Mutter.

„Hota, der Alte, ist tot", sagte die Bärin.

„Tot?" heulte Imiak auf.

„Ja, tot. Er ist in das Land jenseits der Nachtlichter gegangen. Man sagt, er habe sich zum Schlaf niedergelegt und sich sterben lassen aus Trauer, weil das Gesetz die Wälder verlassen hat." Die Bärin fuhr sich mit der Pranke übers Gesicht, als sei ihr etwas in die Augen geraten, das sie fortwischen müßte. In der noch regenfeuchten Luft, im ziehenden Dunst wurde sie auf einmal unwirklich. „Woher kommt ihr", murmelte sie, „daß ihr in das Land gehen wollt, in dem das Gesetz nicht mehr gilt? Alle aus meinem Volk haben es verlassen, keiner betritt es mehr. Kehrt auch ihr um, bevor es zu spät ist."

Die Bärin ließ sich schwerfällig nieder, forderte ihre Jungen mit einem Lockruf auf, dicht bei ihr zu bleiben, und zog sich zurück, teilte das Dickicht mühelos mit ihrem mächtigen Körper.

„Warte, Schwester!" rief Schiriki ihr nach. „Weißt du nichts von Ahkuna, der Läuferin mit den schnellen Beinen, die oben auf dem Berg bei Hota lebte? Weißt du nichts von ihr und von Schak, dem Buntgefiederten?"

Die Bärin, halb schon verdeckt von Gebüsch und Gerank, schaute zurück. „Von einem Buntgefiederten und von einer, die Ahkuna heißt, weiß ich nichts. Ein Schwarzgefiederter war Hotas Gefährte – aber der ist wohl auch schon tot."

Äste schwankten, regennasse Zweige schnellten hoch, als die Bärin, gefolgt von ihren Jungen, sich den Weg durchs Unterholz bahnte. Das Prasseln und Knacken entfernte sich, wurde leiser. Dann war es still.

Die Wölfe standen stumm da. Hota, der Alte, war tot. Und wenn er gestorben war, wie hätten Ahkuna und Schak überleben können, ohne seine Hilfe. Vielleicht – nein, ganz bestimmt! – waren auch sie nach Kaam gegangen, umgekommen in der bitteren Kälte des Winters, im Eis und im Schnee oben auf dem Berg. Plötzlich war alles sinnlos geworden: die lange Wanderung, der ungewisse

Weg nach Norden. Die Wölfe konnten nicht mehr daran glauben, daß sie es waren, die Hota gerufen hatte, daß sie es waren, denen er aufgetragen hatte, Waka, das Gesetz, zurückzubringen in Schogar Kans Land. Waren sie wirklich deshalb ausgezogen? Hatten sie deshalb die Hogala verlassen? War es nicht die Hoffnung gewesen, Ahkuna und Schak wiederzusehen, die sie aus der Hogala fortgeführt hatte? Was suchten sie hier, wenn sie keine Hoffnung mehr hatten? Was gingen Schogar Kan und sein Riesenrudel sie an und das Land ohne Gesetz hinter der Grenze! Was hatten sie mit den düsterblickenden Schnellen Läufern zu tun, die im Hügelland lebten und nur noch Mißtrauen kannten, nur noch Angst?

Sie sehnten sich nach der Hogala. In ihrer Vorstellung sahen sie sich über die Dünen laufen, sie sahen Haschka und Ugama, Skruff und Min und die Welpen vor sich, das Lager bei den Felsen. In der Hogala gab es kein Mißtrauen, keine Furcht. Sie mußten nur umkehren und zurückwandern, und alles würde wieder gut sein.

Itsi und To winselten erleichtert. Wuk und Wok stießen einander an. Sie würden wieder Welpen betreuen, wie sie es immer getan hatten – Welpen, die vielleicht jetzt schon geboren waren, die in der Höhle unter den Felsen an Ugamas Zitzen saugten und die Beschützer brauchten, sobald sie zu laufen anfingen.

Adsini stand vor Imiak, ihre schräggestellten Augen waren nachdenklich. Er schaute sie an. Er hätte sie nie mitnehmen dürfen. Aber es war, wie die Bärin gesagt hatte, noch nicht zu spät

Sternschwester senkte den Kopf.

Schiriki wandte sich langsam ab und ging allein über die Lichtung.

Und sie folgten ihm, zuerst Sternschwester und Adsini, dann Imiak, Wuk und Wok und Itsi und To. Sie folgten ihm, weil er vorausging und ihnen dadurch Mut machte, und wußten nicht, daß er wie sie nahe daran gewesen war aufzugeben. Die Stimmen, mit denen Waka in der Hogala zu ihm gesprochen hatte, schwiegen. Kein Traumbild sagte ihm, daß er auf dem rechten Weg war. Trotzdem ging er weiter. Und weil die anderen hinter ihm hergingen, fand auch er wieder Zuversicht. So gaben sie einander Vertrauen und Mut, während sie durch den dunstverhangenen Wald nach Norden wanderten.

Allmählich teilten sich die Wolken, die Sonne kam hervor. Die Wölfe liefen eine Anhöhe hinauf und sahen vor sich eine langgestreckte Hügelkette, die Grenze von Schogar Kans Land.

## Der stumme Frühling

Als die Wölfe die unsichtbare Grenze überschritten, hätte ihnen niemand sagen müssen, daß sie nun in Schogar Kans Land waren. Sie spürten es, obwohl sich auf den ersten Blick nichts verändert hatte. Die Sonne, die nach den vielen Regentagen von einem blassen, noch immer dunstigen Himmel herabschien, trocknete das sprießende Gras auf den Waldwiesen. Blütenkelche, die sich, schwer von der Nässe, zu Boden geneigt hatten, begannen sich wieder aufzurichten. Laubbäume und Büsche waren mit Knospen oder jungen Blättern bedeckt. Auch hier war es Frühling geworden, auch hier war das Eis geschmolzen. Bäche liefen durchs Moos, Quellen sprudelten aus der Erde. Nur klang das Murmeln und Plätschern des Wassers seltsam freudlos. Von allem schien Schwermut auszugehen, ob es nun die Blumen waren, das Moos oder Gras, Dornranken oder verwitterte Steine. Die Jäger unter den Vierbeinern mußten Schogar Kans Land schon vor langer Zeit verlassen haben, keine Spur, keine Witterung war von ihnen zurückgeblieben. Und der Himmel über den Wipfeln war leer, kein Geflügelter zog dort oben seine Kreise oder schwebte, getragen von einer Luftströmung, mit ausgebreiteten Schwingen dahin.

Eine unnatürliche Stille herrschte. Zuerst glaubten die Wölfe, daß alle Geschöpfe, nicht nur die Jäger, das Land hinter der Grenze verlassen hätten, dann vernahmen ihre Ohren doch ab und zu das Huschen und Trippeln kleiner Pelzwesen im Unterholz. Manchmal flogen Vögel durchs Gezweig, freilich so lautlos, daß sie eher Schatten glichen als lebenden Wesen. Sonst, um diese Jahreszeit, wenn die Tage lang wurden, flöteten und zwitscherten, trillerten, tschirpten und pfiffen die Vögel vom frühen Morgen an bis in die Dämmerung, sie suchten sich Partner und begannen Nester zu bauen. Die gefiederten Sänger im Land ohne Gesetz hatten das Singen verlernt und dachten nicht an den Nestbau.

Von dem Augenblick an, da Schiriki und seine Gefährten Schogar Kans Land betreten hatten, mußten sie jederzeit gewärtig sein, auf eines seiner Rudel oder auf Wächterwölfe zu stoßen. Sie bewegten sich mit größter Vorsicht, glitten geduckt dahin, nützten jede Deckung und mieden freie Lichtungen und Wiesen. Immer wieder hielten sie an und lauschten und witterten, aber nirgendwo fanden sie Anzeichen, daß hier Schnelle Läufer lebten. Waren auch Schogar Kans Rudel fortgezogen? Das konnte nicht sein! Adsini und die Wölfe vom Tal schnüffelten den Boden ab, sogen die Luft prüfend ein – wohin sie sich auch wandten, der leichte Windhauch trug ihnen keine Botschaft zu. Auch Besitzmarken gab es nicht, weder im Moos noch an Sträuchern oder auf Steinen. Und wenn sie einen Pfad entdeckten, den Wolfspfoten ausgetreten hatten, war er überwuchert und jede Duftspur längst verweht.

Am späten Nachmittag kamen die Wölfe zu einer Lichtung und wagten sich zum erstenmal unter den Bäumen hervor. Obwohl sie schon weit in Schogar Kans Land vorgedrungen waren, verriet auch hier nichts die Nähe anderer Wölfe. In einem Busch am Rand der Lichtung hatte sich eine Schar kleiner grauweißer Vögel niedergelassen; statt umherzuflattern, saßen sie reglos da, aufgeplustert, als frören sie im warmen Sonnenschein. Die Wölfe begrüßten die Vögel, erhielten aber keine Antwort.

„Warum singt ihr nicht?" rief Sternschwester. „Merkt ihr nicht, daß die gute Zeit wiedergekommen ist?"

Die Vögel schauten teilnahmslos auf die Wölfe hinunter.

„Warum baut ihr keine Nester?" fuhr Sternschwester fort. „Wißt ihr nicht mehr, wie es früher war?"

„War es einmal anders?" fragte einer aus der Vogelschar, als verstünde er nicht, wovon die hellfarbene Wölfin redete.

Das schräg einfallende Nachmittagslicht lag voll auf dem Busch, manche der schwellenden Knospen waren schon aufgebrochen, und winzige Blättchen hatten sich entfaltet. Sternschwester schaute von einem der Vögel zum anderen. „Ihr könnt doch nicht alles vergessen haben?" sagte sie eindringlich. „Erinnert ihr euch nicht mehr daran, daß ihr einmal glücklich gewesen seid?"

„Glücklichsein? Was ist das?" fragte der Vogel, breitete die Flügel aus und flog fort. Die ganze Schar erhob sich, strich mit den gleichen müden Flügelschlägen davon und verschwand unter den Baumkronen.

To klemmte den Schwanz ein und drückte sich an Itsi. Sie wollte sich ihm schon tröstend zuwenden, als etwas auf der Lichtung ihre Aufmerksamkeit erregte. „Schaut!" wisperte sie. „Da sind Graupelzchen!"

Ein paar Waldmäuse waren aus ihren Erdlöchern herausgekommen und suchten auf der Lichtung nach Futter. Wie die Vögel hatten auch sie sich verändert, wirkten ebenso teilnahmslos. Das waren nicht mehr die munteren Geschöpfe von einst. Sie nibbelten an jungen Halmen, die aus der braunverfilzten Grasdecke des Vorjahrs hervorgesprossen waren, hielten immer wieder verloren inne, als vergäßen sie, wozu sie sich ins Freie gewagt hatten, und äugten nicht flink umher, wie es ihre Art war, stets auf der Hut vor Jägern mit vier Beinen und Jägern aus der Luft. Eines der Graupelzchen, nur ein paar Pfotenlängen von den Wölfen entfernt, richtete sich auf den Hinterbeinen hoch und schaute um sich. Die kleinen, perlrunden Augen waren wie erloschen und glichen den Augen jener Wesen, die Schiriki in seinen Träumen gesehen hatte.

Die Wölfe zogen sich still zurück. Nach der letzten ausgiebigen Mahlzeit hatten sie keinen Hunger. Aber wären sie auch hungrig gewesen – die traurigen Geschöpfe auf der Waldwiese hätten ihren Jagdtrieb nicht geweckt.

Das Geäst der Nadelbäume verstrickte sich immer dichter und ließ das Sonnenlicht nicht mehr durch, nur hie und da leuchtete es schwach im Nadelgrün auf. „Das also ist das Land ohne Waka", sagte Adsini. „So trostlos habe ich es mir nicht vorgestellt."

„Wir uns auch nicht", sagte Imiak bedrückt. „Als wir fortgingen, hat alles erst angefangen."

„Es war arg genug!" knurrte Wok. „Aber daß es so ist – nein, das haben wir nicht gewußt."

Wuk zog die Lefzen grollend hoch und bleckte die Zähne, als stünde er einem unsichtbaren Feind gegenüber. Schiriki sagte kein Wort.

Die Wölfe trotteten schweigend weiter.

Die Sonne, groß und rot geworden, verschwand hinter den Hügeln. Das Tageslicht erlosch, es wurde dunkel,

Sterne glommen am Himmel auf. Imiak und seine Gefährten hielten eine kurze Rast im dichten Unterholz, brachen aber bald wieder auf. Noch immer fanden sie keine Spuren und keine Besitzmarken anderer Wölfe, weder in den Tälern noch auf den Hügeln. Sooft sie auch gegen den Wind witterten, sooft sie auch angestrengt lauschten und umherblickten – nichts! Sie konnten das nicht begreifen. Es mußten doch Wächterwölfe umherstreifen! In einem der Täler mußte ein Rudel seinen Lagerplatz haben! Es war, als könnten sie Schogar Kans Wölfe nicht mit den Nasen, mit den Ohren, den Augen, mit keinem ihrer Sinne wahrnehmen. Sie fühlten sich mehr und mehr schutzlos, ausgeliefert unbekannten Schrecken. Jedes Geräusch in der nächtlichen Stille, jedes Knacken im Dickicht, jedes Rascheln im dürren Laub versetzte sie in Furcht.

Plötzlich kam es ihnen ganz selbstverständlich vor, daß in diesem Land ohne Waka, in diesem Land, dem nicht einmal der Frühling Freude brachte, Schogar Kans Schnelle Läufer sich verwandelt hatten und zu unheimlichen Wesen geworden waren, die keine Spuren hinterließen und deren Gegenwart man nicht wittern konnte. Die Wölfe drängten sich aneinander. Vielleicht wurden sie schon längst von Schogar Kans Wächtern umlauert? Während sie dahintrotteten und ins Dunkel starrten, erwarteten sie jeden Augenblick, von den aufrechtgehenden, haarlosen Geschöpfen aus Schirikis Träumen umringt zu werden. Als sie eine versumpfte Niederung querten und Moderholz im Sternenlicht fahl aufblinkte – wie geisterhafte Augen –, hätte nicht viel gefehlt, und sie wären in panischer Flucht davongerast.

Allmählich verblaßten die Sterne, ein grauer, stummer Morgen dämmerte. Schiriki und seine Gefährten hatten ein dichtverstrüpptes Waldgebiet hinter sich gelassen und wollten eben einen lose mit Bäumen und Sträuchern bestandenen Hügel hinauflaufen, als ihnen der Wind, zum erstenmal, seitdem sie die unsichtbare Grenze überschritten hatten, die Witterung von Wölfen zutrug. Nach den Angstbildern der Nacht fühlte die kleine Schar sich erleichtert und wie befreit. Jenseits des Hügels waren Schnelle Läufer wie sie selber und nicht unbekannte, schreckliche Wesen!

Sie hielten inne, konnten zuerst kaum an die Botschaft glauben, die ihnen der Wind brachte. Dann duckten sie sich und huschten lautlos den Hang hinauf, jedes Grasbüschel, jede Mulde, jeden Busch als Deckung nehmend.

Oben auf der Kuppe wagten sie sich, so weit es gefahrlos möglich war, bis an den Rand vor und ließen sich im Schutz von Sträuchern eng auf den Boden gedrückt nieder. Unter sich sahen sie ein weites Tal, das von einem Bach durchflossen war. In der Talmitte lagerte ein großes Rudel, reglos, ohne einen Laut von sich zu geben, einer neben dem anderen und nicht getrennt nach Altersgruppen, wie es früher üblich gewesen war. Im ungewissen Licht des anbrechenden Tages, im Dunst, der vom Bach und aus den Wiesen aufstieg und langsam dahinzog, waren die schlafenden Wölfe unten im Tal unwirklich wie die Bärin auf der regenfeuchten Lichtung. Schiriki und seine Gefährten vermeinten die gleiche Schwermut zu spüren, die von den Vögeln und Graupelzchen ausgegangen war.

Eine ganze Weile lagen die Wölfe vom Tal und Adsini ebenso still da wie das Rudel. Tropfen fielen von den knospenden Zweigen der Büsche. Ziehende Nebelstreifen veränderten ihre Gestalt, lösten sich auf oder verdichteten sich.

Schiriki stand auf.

„Was willst du tun?" wisperte Imiak.

„Zu ihnen gehen", antwortete Schiriki.

Einen Herzschlag lang zögerte Imiak, dann ging er ihm nach. Wuk und Wok folgten. Sternschwester und Adsini nahmen Itsi und To in die Mitte. Schiriki schritt so ruhig aus wie einer, der weiß, daß er tun muß, was ihm aufgetragen worden war. Wie aber würde sie Schogar Kans Rudel empfangen, sie, die Ausgestoßenen? Itsi und To zogen die Schwänze ein.

Das taufeuchte Gras dämpfte das Geräusch der Pfoten, und doch hätte es genügen müssen, die Schläfer aufzuschrecken und sie zu warnen, daß Eindringlinge in ihr Tal gekommen waren. Schogar Kans Rudel regte sich noch immer nicht.

Der Dunst über dem Bach begann sich zu heben, ein heller Lichtsaum am östlichen Himmel kündigte den Aufgang der Sonne an. Schiriki und seine Gefährten waren unten am Fuß des Hügels angekommen und gingen über die Wiese. Jetzt erst spürte das Rudel die Nähe fremder Wölfe und erwachte. Ein paar reckten die Köpfe hoch, ließen sie aber sofort wieder sinken. Die anderen blieben teilnahmslos liegen.

Einer der Wölfe richtete sich schwerfällig auf und kam mit schleppenden Schritten auf die kleine Schar zu.

Es war Tasch Kan.

Im ersten Augenblick konnten sie nicht glauben, daß er es war. Nichts mehr erinnerte an den einst starken, kräftigen Leitwolf. Tasch Kan war erschreckend mager, die Flanken waren eingefallen, die Schulterknochen schienen durch die Haut zu stechen, die Halskrause war verfilzt, das Fell glanzlos, ruppig. Was die Wölfe vom Tal aber am meisten verstörte, waren die Augen – erloschen wie jene des Graupelzchens auf der Waldlichtung.

Die Wölfe in seinem Rudel waren in einem noch erbärmlicheren Zustand. Viele waren mit räudigem Ausschlag bedeckt, manchen fiel das Haar in Zotteln aus. Wieder andere waren halb blind und konnten die triefenden, verkrusteten Augen kaum öffnen. Gleichgültig und stumpf, glichen Schogar Kans Wölfe Geschöpfen, die an nichts mehr Anteil nehmen und nichts mehr erwarten als den Tod.

Einer der Jungwölfe – Itsi und To hatten mit ihm gespielt, als sie Welpen gewesen waren – lag am Rand des Rudels, die dünnen Beine mit den knotigen, angeschwollenen Gelenken kraftlos von sich gestreckt. Itsi und To winselten mitleidig. Der Jungwolf hielt den Kopf schief, seine Ohren zuckten, als lauschte er, einen Atemzug lang war es, als wollte er antwortend winseln, dann fiel ihm der Kopf wieder auf die Läufe hinab.

„Tasch Kan", sagte Schiriki, „wir sind zurückgekommen."

Der Leitwolf schaute ihn stumm an. Sein Blick war leer.

Wok heulte auf. „Tasch Kan!" rief er. „Du kannst uns nicht vergessen haben! Wir sind es, Wuk und Wok. Wir haben mit dir gejagt! Und als wir flohen, hast du uns nicht verraten. Weißt du das nicht mehr?"

„Ich weiß es", antwortete Tasch Kan tonlos. „Ihr seid fortgegangen. Warum kommt ihr zurück?"

„Das fragst du uns?" sagte Schiriki. „Kannst du dir nicht selber die Antwort geben? Schau um dich, Tasch Kan! Was ist aus euch geworden, den Läufern mit den schnellen Beinen? Einmal seid auch ihr glücklich gewesen – bevor Schogar Kan kam. War es nicht ein gutes Land, das Land der Hügel und Wälder, als die Gefiederten noch sangen, die Hornträger auf den Wiesen ästen, als jedes Geschöpf Nahrung fand und unser Volk so lebte, wie Waka es die Ureltern, die Erstgeborenen, gelehrt hatte. War es nicht ein gutes Leben? Für dich, für uns, für alle? Es könnte wieder so sein, wenn ihr das nur wollt. Deshalb sind wir zurückgekehrt."

Aus der elenden Schar kam ein klägliches, kaum hörbares Winseln – wie das Seufzen des Windes im Laub. Eine der Wölfinnen blickte auf. Zwischen ihren Pfoten lag, die Schnauze an ihre Brust geschmiegt, ein Jährling, ein schwächliches Geschöpf, ebenso mager wie sie selbst. Es war Ayana, Tasch Kans Gefährtin. „Ja", murmelte sie, "einst waren wir glücklich. Aber das ist lange her. So lange, daß wir es vergessen haben." Sie hob mit einer müden Gebärde den Kopf und richtete den Blick auf die Wölfe vom Tal; etwas wie Erstaunen trat in ihre Augen. „Ihr seid gesund und kräftig? Ihr habt keinen Hunger? Wir meinten, überall in der Welt sterbe das Leben. Gibt es noch ein Land, in dem es anders ist als hier? Warum seid ihr nicht dortgeblieben?"

Sternschwester trat zu ihr und leckte ihr das Gesicht. „Ayana", sagte sie, „wir sind gekommen, weil wir euch helfen möchten."

„Helfen? Uns kann niemand helfen. So viele von uns sind gestorben. Ihr wißt nicht, wie das ist, wenn man jene beneidet, die sterben dürfen. Wenn man nur noch darauf wartet, endlich selber tot zu sein. So wie unser Land tot ist. Ihr wißt nicht, wie das ist, keine Hoffnung mehr zu haben."

„Aber es gibt Hoffnung!" rief Schiriki. „Ihr müßt sie nur wiederfinden." Seine helle Stimme klang weithin über die taubedeckten Wiesen. Der Dunst hatte sich verflüchtigt, rosa Schein überzog den östlichen Himmel. „Waka hat unser Land verlassen, als ihr euch abgewandt habt von ihm. Als ihr den Weg nicht mehr gegangen seid, den unser Volk ging, seit das Gesetz die Welt geordnet hat. Wollt ihr ihn wieder gehen, den guten Weg? Wollt ihr wieder leben, wie Waka es will? Ihm gehorchen wie einst, als jedes Geschöpf im Land der Hügel und Täler die gleichen Rechte hatte? Ayana, meine Gefährten und ich, wir gehen zu Schogar Kan. Kommt mit uns! Sagt ihm, daß ihr Waka gehorcht und nicht mehr ihm, und das Gesetz wird zurückkehren in unser Land."

Über den Wipfeln blitzte es, Strahlenbündel schossen empor. Die Sonne erhob sich am Himmel, eine leuchtende Scheibe. Der Tau im Gras funkelte. Schogar Kans Wölfe schauten blinzelnd in die plötzliche Lichtfülle, wimmerten und schlossen die Augen. Der Jährling drückte sich an Ayana, sie wiefte beruhigend und legte die Schnauze auf sein struppiges Nackenfell. Einer aus dem Rudel versuchte aufzustehen; es gelang ihm nicht, sein rechter Vorderlauf war lahm und hing kraftlos herab. Die Wölfe vom Tal kannten ihn, er war Lehrmeister der Welpen gewesen. Die eingeschrumpften Lefzen zeigten das noch immer mächtige Gebiß, aber die keuchenden Atemzüge verrieten, wie geschwächt er war. Er stierte Schiriki an und hatte Mühe, ihn im Blick zu behalten, der Kopf auf dem dürren Hals pendelte hin und her. „Wir dürfen nicht fortgehen. Schogar Kan hat uns befohlen, hier zu bleiben."

„Wer ist er denn, daß er euch befehlen kann?" fragte Schiriki. „Er ist auch nur ein Schneller Läufer wie ihr. Warum habt ihr Angst vor ihm?"

Das Rudel schwieg. Wuk knurrte Tasch Kan an, als wollte er ihn auffordern zu sprechen. Tasch Kan blieb stumm.

„Laß sie, Schiriki!" jaulte Imiak auf. „Die bringst du nie dazu, daß sie dir folgen. Komm! Vielleicht gibt es andere, die nicht vergessen haben, daß sie einst frei waren."

Adsini hatte sich bisher still im Hintergrund gehalten. Auf dem Weg durch Schogar Kans Land hatte sie geglaubt, nichts könnte trauriger sein als die freudlosen Geschöpfe, denen sie und ihre Gefährten begegnet waren: die Gefiederten, die das Singen verlernt hatten, die kleinen, verlorenen Pelzwesen auf der Waldlichtung. Was sie jetzt sah, war noch schlimmer. Sie dachte an die Hogala. An das einfache, karge Leben. An die Sanddünen, auf denen das Gras unter der glühenden Sonne verdorrte. Ihr Blick wanderte von den ausgemergelten, stumpfsinnig daliegenden Wölfen zum Bach. Im Morgenlicht glitzerte das Wasser; wo es sich am Ufer brach, blinkten kleine Wellen. Wie glücklich wären wir in der Hogala, dachte sie, wenn es einen Bach gäbe, der nie versiegt, auch im Sommer nicht. Und das Gras auf dieser

Wiese wird nicht dahinwelken und vergehen wie bei uns!

Sie rannte auf das Rudel zu und begann es zu umkreisen. „Was seid ihr für Schnelle Läufer?" rief sie. „Seid ihr es überhaupt noch? Ich verstehe euch nicht. Euer Land könnte so schön sein! Woher ich komme, weit weg von hier, dort, wo die Mittagssonne steht, gibt es nur Sand. Keine Quellen, die aus dem Boden sprudeln. Begreift ihr nicht, wie gut ihr es habt? Die Bäche geben euch Wasser! Die Bäume spenden euch Schatten! Und Regen fällt und läßt das Gras wachsen, nicht nur im kurzen Frühling, auch in der Hitze des Sommers."

Ein klagendes Heulen kam aus Adsinis Kehle. „Meine Freunde und ich, wir sind so weit gewandert, durch den Schnee, durch Kälte und Eis. Und ihr? Was tut ihr, um euer Land zu retten? Ihr legt euch hin und wollt sterben." Sie blieb vor Ayana stehen. „Hätte ich ein Junges wie du, Mutter der Welpen, ich würde es nicht umkommen lassen. Ich würde nicht zusehen, wie es stirbt."

Der Jährling blickte zu der fremden Wölfin auf, zog die Stirn kraus und schniefte. „Du bist keine von uns", sagte Ayana. „Du bist anders als wir. Woher kommst du?"

„Aus der Hogala, aus dem Sandland."

„Davon haben wir nie etwas gehört. Gibt es dort keine Quellen? Keine Wiesen? Keine Wälder?"

„Nur Sand, Mutter der Welpen. Die Sonne verbrennt das Grün."

„Nur Sand? Wo äsen dann die Hornträger?"

„Sie ziehen fort, wenn das Gras verdorrt. Nahrung zu finden ist mühsam in unserem Land. Und doch lieben wir es und sind glücklich. Und jedes kleinste Geschöpf der Hogala, das vielleicht nur einen Tag leben darf, ist glücklich. Denn so hat es das Gesetz gewollt."

„Hat Waka euer Land nicht verlassen?"

„Nein, er hat es nicht verlassen!"

„Und eure Welpen? Haben eure Mütter genug Milch

für sie? Könnt ihr für sie sorgen? Spielen eure Kleinen und sind sie fröhlich?"

„Ja, sie spielen und sind fröhlich."

Ayana schob den Jährling behutsam zur Seite, erhob sich und gab lockende Laute von sich. „Steh auf, mein Kleiner! Steh auf!" Als sie zu Tasch Kan hinging, folgte ihr der Jährling auf unsicheren Beinen.

„Vater meiner Welpen", sagte sie, „schau ihn dir an, Aki, deinen Kleinen! Seine Brüder und Schwestern starben. Du und ich, wir suchten Beute für sie und fanden keine. Nur er ist uns geblieben. Weißt du noch, was Schogar Kan versprochen hat? Kein Welpe sollte Hunger leiden! Kein Welpe sollte ohne Schutz sein." Sie brach in ein jammervolles Heulen aus, verstummte jäh und wandte sich an Schiriki. „Du hast uns gefragt, ob wir vergessen haben, wie es früher war – bevor er kam, der Schwarze aus Norr Norr. Nein, Schiriki, wir haben es nicht vergessen. Aber wozu sich erinnern, wenn man weiß, daß es vergeblich ist. Das hätte alles nur schwerer gemacht. Wir hörten von Hota, dem Alten, und seiner Botschaft. Ein Schwarzgefiederter erzählte es uns. Aber wir konnten nicht daran glauben. Bist du es, den Hota gerufen hat? Wird es wieder so werden, wie es einst war? Wird Waka zurückkehren in unser Land?"

„Ja, Ayana, Waka wird zurückkehren."

Das Licht der aufgegangenen Sonne spiegelte sich in den Augen der Wölfin. Sie schaute still vor sich hin, versunken in Bilder der Vergangenheit, die in ihr aufstiegen.

„Hornträger zogen durch die Wälder – so viele, ohne Zahl. In der Dämmerung ästen sie auf den Wiesen. Sie konnten gehen, wohin sie wollten. Und wir folgten ihnen. Wie schön war es, sie aufzuspüren und zu jagen…"

Ayana schaute um sich, sie schaute Tasch Kan und ihr Junges an, das geduldig neben ihr stand. Sie blickte zum leeren Himmel empor, auf dem kein geflügelter Jäger kreiste, sie schaute über die Wiese, auf der kein Vogel mehr sang.

„Schiriki", sagte sie, „ich gehe mit dir."

„Gehst auch du mit uns, Tasch Kan?" fragte Schiriki.

Tasch Kan gab keine Antwort. Ayana hob die Schnauze und stimmte das Heulen an, mit dem eine Leitwölfin das Rudel zum Aufbruch ruft. Einen Atemzug lang schien es, als wollte Tasch Kan sich abwenden, zurück zum Rudel schleichen, dann straffte sich sein hagerer Körper; er fiel in Ayanas Rufe ein.

Ein paar aus dem Rudel wieften zaghaft. Der Lehrmeister winselte: „Schogar Kan hat uns befohlen zu bleiben."

Mit Tasch Kan ging eine erstaunliche Veränderung vor sich, es war, als fände er zu seiner früheren Kraft zurück. Das struppige Rückenhaar sträubte sich. Die Ohren nach vorne gerichtet, die Lefzen hochgezogen, entblößte er die Zähne in der uralten Geste, mit der ein Leitwolf sich Respekt verschafft. „Steht auf!" rief er. „Kommt! Worauf wartet ihr noch? Schogar Kan ist nicht das Gesetz. Wir sind wieder frei."

Einer der ältesten Wölfe reckte die ergraute Schnauze hoch. „Frei?" murmelte er. „Wir sind wieder frei? Und Waka ist wieder das Gesetz?"

„Ja", sagte Ayana, „Waka ist wieder das Gesetz."

Als sie über die taublitzende Wiese gingen – Schiriki und seine Gefährten, Ayana und Tasch Kan mit ihrem Jungen in der Mitte –, stand einer nach dem anderen aus dem Rudel auf und schlich hinter ihnen her. Als letzter hinkte der lahme Lehrmeister nach.

## Die Schattenwölfe

Sie kamen nur langsam vorwärts, mußten immer wieder anhalten und auf Nachzügler warten. Die Wölfe aus dem Rudel waren nicht imstande, längere Wegstrecken zu bewältigen, schon gar nicht war daran zu denken, in den ausdauernden Wolfstrab zu verfallen. Die meisten waren so kraftlos, daß sie sich kaum dahinschleppen konnten. Vor allem die Jährlinge, von denen viele klein wie Welpen waren, ermüdeten rasch, blieben zurück und gingen erst dann wieder weiter, wenn ihre Eltern sie mit zärtlichen Lauten lockten.

Auf der ersten längeren Rast berichteten Ayana und Tasch Kan, was geschehen war, seitdem die Wölfe vom Tal aus Schogar Kans Land geflohen waren. Der Herbst damals, sagte Ayana, sei für alle Rudel eine wunderbare Zeit gewesen; Beute habe es im Überfluß gegeben. Kein anderer Jäger hatte sie den Wölfen streitig gemacht. Aber dann war der Winter angebrochen, mit eisigen Stürmen, Schnee und Kälte. Eingeschlossen in den Tälern, die sie nicht verlassen durften, konnten die Hornträger nicht mehr wie früher auf der Suche nach Nahrung umherwandern. Viele verhungerten. Als der Frühling kam, brachten die verängstigten Hirschkühe keine Jungen zur Welt. Und immer öfter geschah es, daß eine der zusammengepferchten Herden in Panik verfiel und die Wächterwölfe überrannte. In der Tollheit der Hetzjagd rissen die Wölfe die Fliehenden, statt sie zurückzutreiben. Nur ein paar Herden blieben am Leben, zuwenig Beute für die große Schar der Wölfe.

Aber noch gab es genug Nahrung. Auf jeder Waldlichtung, auf jeder Wiese tummelten sich Graupelzchen, nie zuvor waren es so viele gewesen. Nicht mehr bedroht von Jägern aus der Luft und vierbeinigen Jägern, hatten die kleinen Pelzwesen sich unbehelligt vermehren können, bis sie zu zahlreich geworden waren und das Futter für sie knapp wurde. Im Spätsommer verschwand die wimmelnde Menge, wie von einer unbekannten Krankheit dahingerafft. Schogar Kans Wölfe lernten den Hunger kennen. Die Welpen, die so kräftig, so wohlgenährt gewesen waren, magerten ab und wurden immer schwächer.

Ayana leckte ihr Junges, das erschöpft zwischen ihren Pfoten lag. Federwölkchen schwammen auf dem noch blassen Himmel. Die Wölfe aus dem Rudel lagen verstreut im Gras. Manchmal winselte oder schniefte einer.

Tasch Kan schaute Schiriki an. „Er hätte dich und Imiak töten können, der Schwarze aus Norr Norr – damals. Als er euch ausstieß aus dem Rudel, war Ayana und mir, als müßten wir mit euch gehen, mit euch fliehen." Tasch Kan fuhr sich mit der Pfote übers Gesicht. „Wir haben es nicht getan. Alle im Rudel glaubten an Schogar Kan und an seinen Weg. Auch wir begannen daran zu glauben. Noch nie war das Volk der Schnellen

Läufer so stark, so mächtig gewesen. Als es dann nicht mehr so war, sehnten sich viele nach der Zeit zurück, als unser Volk noch Wakas Weg gegangen war. Aber nur im geheimen. Nur in Gedanken. Auszusprechen wagte es niemand. War Schogar Kan bei uns im Lager, wagten wir nicht einmal, solche Gedanken zu haben. Wir taten, was er sagte, und wir dachten, was er uns zu denken befahl."

Als Schogar Kan von neuem auszog, um die Wölfe jenseits der Grenze zu unterwerfen und Herden von Hornträgern in sein Land zu treiben, folgten ihm alle willig, die er als seine Begleiter auserwählte. Aber jenseits der Grenze war kein Rudel mehr, das Schogar Kan unterwerfen hätte können. Alle waren geflohen. Und nicht nur die Schnellen Läufer! Schogar Kans Wölfe streiften vergeblich auf der Suche nach Hornträgern umher. Sie fanden nur Alte, Schwache und Kranke, die nicht mehr die Kraft zum Fliehen gehabt hatten.

Und wieder wurde es Winter – ein Hungerwinter für die Wölfe im Land der Hügel und Wälder. Schogar Kan ging von Lager zu Lager, redete den Wölfen Mut zu und versprach, Hilfe aus Norr Norr zu holen. Bei jenen Rudeln, die keine Leitwölfe mehr hatten, blieb einer aus dem Gefolge zurück. Auch Tika Kan führte wieder ein Rudel. Es war das Nachbarrudel von Tasch Kan und Ayana. Wo er und die Seinen jetzt waren, wußten sie aber nicht. Mit dem übrigen Gefolge und Oiyo, dem Treuen, zog Schogar Kan nach Norden.

Tasch Kan streckte sich aus und schaute zu dem von der hochgestiegenen Sonne überglänzten milchigen Himmel auf. „Ayana und ich, wir glaubten nicht daran, daß Schogar Kan uns helfen konnte. In Norr Norr, da ist kein Schneller Läufer mehr am Leben. So heißt es. Alle sind sie gestorben. An der Krankeit, die wahnsinnig macht. Und die Hornträger dort sind wohl auch alle tot – wie hier bei uns."

„Bevor er fortging", sagte Ayana, „befahl er uns, auf

ihn zu warten. Und wir warteten. Aber nicht auf ihn. Wir warteten darauf, endlich sterben zu dürfen. Und dann seid ihr gekommen. Wie Hota, der Alte, es vorausgesagt hat."

Sternschwester rieb den Kopf an Ayanas Fell. „Als Palo Kan starb, hat Hota, der Alte, Ahkuna zu sich auf den Berg geholt. Habt ihr Nachricht von ihr?"

„Nein, Sternschwester, wir wissen nichts von ihr. Wir meinten, sie sei schon lange tot."

„Haben die Geflügelten nie von ihr gesprochen?"

Ayana zog die Lefzen hoch und gab einen traurigen Laut von sich. „Habt ihr nicht bemerkt, daß kein Gefiederter mehr singt? Sie sind stumm geworden. Sie sprechen nicht mehr zu uns. Keines von Wakas Geschöpfen spricht mehr mit uns. Nur der Schwarzgeflügelte damals. Aber auch er flog fort und kam nicht wieder."

Ayana streckte sich aus, zog Aki fürsorglich an sich. „Erzählt uns von euch", bat sie. „Sagt uns, wo ihr gewesen seid."

Die Wölfe vom Tal erzählten die Geschichte ihrer langen Wanderung; vom stürzenden Schnee im Felsenland, von Schirikis Träumen, vom Sandland und den Schnellen Läufern der Hogala. Tasch Kan und Ayana hörten schweigend zu. Manchmal wanderten ihre Blicke zu der zierlichen Wölfin aus dem fernen Land. Als die Wölfe vom Tal alles berichtet hatten und zum Aufbruch drängten, trat Ayana zu Adsini und leckte ihr das Gesicht.

Wieder kamen sie nur langsam weiter. Am Nachmittag war das Rudel so erschöpft, daß Wuk und Wok vorschlugen, bis zum Abend zu rasten. Tasch Kans Wölfe ließen sich hinfallen und schlossen sofort die Augen. Auch die Wölfe vom Tal und Adsini schliefen ein.

Als sie erwachten, stand die Sonne schon tief, ihre Strahlen fielen schräg ein und fächerten sich unter den Baumkronen zu zitternden Lichtstreifen auf. Tasch Kan, Ayana und die Wölfe aus dem Rudel lagen in einem totenähnlichen Schlaf. Imiak und seine Gefährten brachten es nicht über sich, sie jetzt schon zu wecken. Statt dessen gingen sie auf Nahrungsuche für das Rudel. Selbst verspürten sie kaum Hunger, auf ihrer Wanderung hatten sie sich immer reichlich sattgefressen; wenn es sein mußte, konnten sie noch viele Tage fasten. Die entkräfteten, abgezehrten Wölfe aus dem Rudel aber brauchten Nahrung, und wäre es auch noch so wenig. Die Wölfe vom Tal und Adsini schlichen durchs lichte Unterholz, streunten weit hinein in den Wald bis zu den nächsten Lichtungen und Waldwiesen. Graupelzchen zu erhaschen war früher ein Spiel gewesen und keine ernsthafte Jagd. Man hatte bloß über eine Wiese schreiten müssen und einmal da und einmal dort zugeschnappt. Jetzt war es nicht mehr so einfach, schon allein das Aufspüren der kleinen Pelzwesen nahm viel Zeit in Anspruch. Die Wölfe verschluckten ihre Beute, transportierten sie im Magen ins Lager zurück und gingen erneut auf Jagd.

Als sie endlich so viele Graupelzchen eingesammelt hatten, um den ärgsten Hunger des Rudels zu stillen, war die Sonne hinter den Wipfeln verschwunden. Einer nach dem anderen von Tasch Kans Wölfen kam herangekrochen, nahm seinen winzigen Anteil und verschlang ihn gierig. Itsi und To würgten ein paar Happen für Aki heraus. Obwohl er ein Jährling war, glich er eher einem Welpen und weckte in den Jungwölfen den Wunsch, ihn zu umsorgen und zu betreuen.

Am Himmel blinkten die ersten Sterne. Wieder folgte das Rudel den einstigen Ausgestoßenen ohne Widerspruch und schlich gehorsam hinter ihnen her. Unter dem Dach der Baumwipfel war es schon ganz dunkel. Itsi und To gingen neben Aki und japsten aufmunternd, wenn er über eine Wurzel stolperte oder seine Läufe vor Schwäche unter ihm einknickten. Eine fast unhörbare Bewegung im Moos erregte die Aufmerksamkeit der

Jungwölfe, ihre Nasen sagten ihnen, daß sich dort im tiefen Schatten ein Graupelzchen ängstlich duckte. Im nächsten Augenblick sprang Itsi, biß zu und gab Aki die Beute.

Ayana winselte dankbar. Weder sie noch Tasch Kan noch einer aus dem Rudel hatte das Pelzwesen wahrgenommen oder gewittert.

Mitten in der Nacht kamen sie in ein Tal, das von dichtbewaldeten Hügeln umschlossen war – eines jener Täler, in denen Schogar Kan die Hornträger zusammentreiben hatte lassen. Kein Wächterwolf hielt Wache auf den Kuppen, und keiner der Hornträger war mehr am Leben.

Im sanften Schein der Sterne sahen die Wölfe weißgebleichte, verwitterte Knochen verstreut auf der Talsohle liegen. Adsinis Haar sträubte sich. „Sie konnten nicht fortlaufen?" wisperte sie. „Konnten nicht fliehen? Mußten zusehen, wie die anderen starben? Mußten warten, bis sie selber an die Reihe kamen?"

„Ja, Adsini", antwortete Imiak. „So war es."

„Als wir ihnen die Freiheit nahmen", sagte Tasch Kan düster, „nahmen wir sie auch uns selbst."

Die dunkle Linie der Hügelkuppen und Hänge, gebrochen von einzelnen höher aufragenden Wipfeln, säumte schwarz gegen einen noch schwärzeren Himmel das Tal. In der völligen Windstille regte sich auf den Wiesen kein Halm, kein Blütenstengel. Schiriki beugte sich zu einem der vom Gras überwucherten Knochengerippe hinab. „Wo immer du jetzt bist, im Land jenseits der Nachtlichter, sag den Deinen, daß die Zeit vorüber ist, da wir Läufer mit den schnellen Beinen vergaßen, was die Ureltern, die Erstgeborenen, uns lehrten."

Er hob die Schnauze zum Sternenhimmel empor und fing zu heulen an. Er rief die Wölfe in Schogar Kans Land zu sich. Er sang von der Zeit, als Waka noch das Gesetz gewesen war. Er rief die Hornträger zurück in das verlassene Land, die vierbeinigen Jäger, die Geflügelten. Er rief alle Schnellen Läufer auf, Wakas guten Weg wieder zu gehen.

Seine Gefährten fielen in die Rufe ein. Aki stellte die Ohren auf und lauschte verwundert. Wie lange mochte es her sein, daß er das Lied der Wölfe vernommen hatte? Vielleicht hatte er die Nächte, in denen das Rudel die Nachtlichter anheulte, schon längst vergessen.

Tasch Kan und Ayana reckten die Köpfe hoch, ihre Schnauzen öffneten sich, ein Heulen, das einem rauhen Winseln glich, kam aus ihren Kehlen. Das Rudel stand still da. Tasch Kans und Ayanas Stimmen wurden voller und tiefer, ihre Rufe vereinten sich mit Schirikis Rufen. Sie vergaßen, wie kraftlos und elend sie waren, im Lied der Gemeinschaft fanden sie wieder zurück in jene Zeit, als sie – freie Wölfe in einem freien Land – ihr Rudel geführt hatten.

Itsi stupste Aki an. „Sing mit uns!"

„Versuch es nur!" sagte To. „Du kannst es! Schau, so mußt du es tun!"

Aki äugte die Jungwölfe schüchtern an, hob gehorsam die spitze, magere Schnauze und gab einen fiependen Laut von sich.

„Siehst du, es ist ganz leicht!" rief Itsi. Als sie ihren Gesang anschwellen ließ, machte es ihr Aki mit seiner dünnen Stimme nach, unbeholfen und nicht sehr melodisch und immer ein paar Töne hinten nach – aber er heulte!

Als Schiriki endlich schwieg, verstummten auch die anderen. Die letzten Töne verebbten in der Nacht, die Wölfe vom Tal standen lauschend und wartend da.

Aber kein antwortender Ruf kam aus der Weite der endlosen Wälder, der dunkel dahinrollenden Hügel. Hatte keines der anderen Rudel die Botschaft vernommen? Oben am Himmel zitterte das Licht der Sterne.

„Kommt!" sagte Schiriki.

Sie querten das Tal, gingen über die Wiese, vorbei an

den verwitterten Knochen der Hornträger. Von jeder der nächsten Hügelkuppen aus riefen sie erneut ihre Botschaft. Kein einziges Mal erhielten sie Antwort. Waren die anderen Rudel tot? Verhungert? Umgekommen? Waren sie so teilnahmslos geworden, daß sie nur noch dem Sterben entgegendämmerten? Oder wagten sie nicht, sich gegen Schogar Kan zu wenden? Hatte er noch immer Macht über sie? Tasch Kan und Ayana wußten nicht, wo die Rudel lagerten. Seit Anbruch des Hungerwinters hatte jedes Rudel für sich allein gelebt; ohne Nachricht von den anderen, waren sie auf der Suche nach Nahrung umhergeirrt. Die einzelnen Rudel aufzuspüren in diesem riesigen Land, wo Hügel sich an Hügel reihte, war aussichtslos.

Wo war Schogar Kan? Oben im Norden oder schon auf dem Rückweg mit seinem ihm treu ergebenen Gefolge? Würden die Rudel, die überlebt hatten, sich um ihn scharen, wenn er sie rief? Sich ihm willenlos fügen wie bisher? Mußten sie, die Ausgestoßenen, ihm allein entgegentreten, nur begleitet von dem entkräfteten, schwachen Rudel Tasch Kans?

Im Morgengrauen – sie hatten schon alle Hoffnung aufgegeben, daß eines der Rudel antworten würde – kamen sie auf eine Waldwiese. Noch war die Sonne nicht aufgegangen. Nebel stieg aus dem tauigen, nachtkalten Gras auf, verfing sich im Strauchgeäst und zog zwischen den Bäumen dahin. Im Dunst am Waldrand tauchten Wölfe auf, der klägliche Rest eines einst großen Rudels. Ebenso mager wie Tasch Kans Wölfe, ebenso elend und mit den gleichen erloschenen Augen, schlichen sie durch das graue Zwielicht heran und reihten sich in das Rudel ein.

In den nächsten Tagen schlossen sich immer wieder Wölfe den Ausgestoßenen an. Manchmal kam ein ganzes Rudel, manchmal war es nur eine kleine Gruppe, vier oder fünf, manchmal auch einer allein. Erzählten Schiriki und seine Gefährten von ihrer langen Wanderung, von der Botschaft des alten Bären und von Waka, dem Gesetz, war es, als glimme in den stumpfen Augen ein Funke Hoffnung auf. Ob diese armseligen Geschöpfe aber wirklich begriffen, warum sie Schiriki folgten, wußten die Wölfe vom Tal nicht. Vielleicht taten sie es nur deshalb, weil ihnen sonst nur das eine geblieben wäre: sich hinzulegen und zu sterben. Fragten die Wölfe vom Tal nach Ahkuna, konnte ihnen keiner der Neuangekommenen Auskunft geben. Auch von Schogar Kan hatten seine Rudel nie mehr gehört, seitdem er nach Norden gegangen war.

Die immer größer werdende Schar, die sich hinter den einstigen Ausgestoßenen herschleppte, war nur noch ein Abglanz des einst starken, glücklichen Volkes der Schnellen Läufer. Gleich Schatten ihres früheren Selbst, folgten sie dem Wolf, der ihnen versprach, daß Waka wieder das Gesetz sein würde. In den Nächten, wenn Sternschwesters heller Pelz im Licht des sich langsam rundenden Mondes schimmerte, mochte es den verlorenen Wölfen Schogar Kans scheinen, als seien jene, die ihnen vorausschritten, die Urelten, die Erstgeborenen, zurückgekehrt aus dem Land Kaam in Gestalt des schmächtigen Wolfes und seiner Schwester, um die Welt, wie schon einmal, zu retten.

Je mehr Wölfe sich anschlossen, desto langsamer kam die Schar voran. Obwohl Imiak und seine Gefährten sich nach Ahkuna und Schak sehnten und ihre Gedanken immer öfter ins Tal der Flüsternden Winde wanderten, wurden sie nie ungeduldig und hielten Rast, wenn sie merkten, daß ihnen die anderen nicht mehr folgen konnten. Wie alle Wölfe hatten sie kein ausgeprägtes Zeitgefühl. Es war nicht wichtig, ob der Tag, an dem sie Schogar Kan gegenübertreten mußten, nahe war oder noch fern. Im Augenblick zählte nur die Sorge für jene, die sich ihnen anvertraut hatten. Sie paßten ihre Schritte den erschöpften, halbverhungerten Wölfen an und versorgten sie, so gut es ging, mit Nahrung. Dabei erhielten sie kaum Hilfe. Die Zeit des Überflusses, der allzu mühelosen Jagd, hatte die Sinne der Wölfe stumpf gemacht. Ihre Ohren, ihre Nasen gaben ihnen keine Nachricht, wenn ein Graupelzchen oder ein anderes der kleinen Pelzwesen an ihnen vorbeihuschte oder sich ins Gras duckte.

Anfangs waren es nur Tasch Kan und Ayana, die sich an der Jagd beteiligten, zuerst zögernd und unbeholfen – und nicht nur deshalb, weil ihnen die Kraft fehlte. Auch sie schienen alles verlernt zu haben, den federnden Sprung, das blitzschnelle Zupacken. Allmählich aber gewannen sie ihre alte Sicherheit zurück, ihr Jagdinstinkt erwachte wieder.

Wenn Itsi und To auf der Nahrungssuche umherstreiften, wich ihnen Aki nicht von der Seite. Schnappten sie zu, stand er still da, schaute mit großen Augen, ahmte sie aber nicht nach. Erst nach langem Zureden versuchte er es endlich selber. Er sprang, verlor den Halt, landete statt auf der Beute mit allen vieren im Gras und blickte dem davonflitzenden kleinen Geschöpf verdutzt nach. Als ihm zum erstenmal ein Sprung gelang und ein Graupelzchen in seinem Maul zappelte, kläfften Itsi und To begeistert und umtanzten ihn ausgelassen.

Ein paar aus der elenden Schar hielten die Köpfe schief, spitzten die Ohren und wieften, als erinnere sie das Kläffen der Jungwölfe an fröhliches Jagdgebell. Leitwölfe und Leitwölfinnen erhoben sich auf ungelenken Beinen, standen wie unschlüssig da, senkten dann die Nasen witternd ins Gras und ins Moos und begannen, es dem Jungwolf nachzumachen. In den nächsten Tagen folgten immer mehr Wölfe ihrem Beispiel. Freilich nicht alle. Viele waren kaum imstande, die kurzen Wegstrecken zwischen den Rastplätzen zu bewältigen. Manch einer konnte sich nur noch kriechend weiterschleppen, suchte immer wieder vergeblich auf die Beine zu kommen, bis ihn alle Kraft verließ und er sich hinlegte, um zu sterben.

Auch der Lehrmeister der Welpen aus Tasch Kans Rudel wurde immer schwächer. Eines Morgens lag er im Gras, die Läufe steif ausgestreckt, und starrte mit gebrochenen Augen ins aufdämmernde Tageslicht. Als Tasch Kan und Ayana ihn wecken wollten, sahen sie, daß er tot war. Sie wandten sich stumm ab und gingen mit ihrem Rudel den Wölfen vom Tal nach.


Bevor die Wölfe den Fluß erreichten, in dem To damals auf der Flucht beinahe ertrunken wäre, überzog eine tiefhängende Wolkendecke den Himmel, es begann zu regnen. Eine Weile wanderten die Wölfe noch unter den tropfenden Tannen und Fichten weiter und genossen das warme Naß auf dem Fell, dann zerstreuten sie sich, jedes Rudel suchte sich einen geschützten Lagerplatz irgendwo im Dickicht. Die ganze Nacht strömte der Regen nieder und sang die Wölfe in den Schlaf.

Am Morgen klarte es auf, die Sonne stieg an einem durchsichtig blauen Himmel empor. Die Wölfe kamen zum Flußtal und traten unter den nur noch locker stehenden Bäumen ins Freie hinaus. Das Ufergesträuch grünte, manche der Büsche waren über und über mit Blüten bedeckt. Durchs feinverästelte Gezweig eines lichten Birkengehölzes schien die Sonne, die Stämme leuchteten weiß. Von der Schneeschmelze angeschwollen, toste der Fluß laut und ungestüm durch das Tal; sein Wasser brach sich an den Ufersteinen, sprühte gischtend hoch, drehte sich in Wirbeln und blinkte im Morgenlicht.

Das Gras unter den Pfoten fühlte sich weich an, Blumen tüpfelten die Wiesen. Die noch regenfeuchte, laue Luft trug den Wölfen den Duft der Blüten zu, der jungen Blätter und des sprießenden Grases. Ihre Nasen nahmen den herben Geruch der Zweige auf, in denen der Saft hochstieg.

Zum ersten Mal, seitdem sie die unsichtbare Grenze überschritten hatten, verspürten die Wölfe vom Tal das Prickeln des Frühlings unter dem Pelz. Ihre Schwänze reckten sich hoch, ihre Köpfe hoben sich, ihre Stimmen vereinten sich mit der gewaltigen Stimme des Flusses. Tasch Kan und Ayana fielen in das Heulen ein, Aki machte es Itsi und To nach. Die Ohren zurückgelegt, die Augen halb geschlossen, die Nasen im Wind, sangen sie das Lied der guten Jahreszeit, das Lied der Freude am erwachenden Leben nach der langen Winterruhe.

Ein paar der Wölfe aus Schogar Kans Rudeln fiepten und wedelten mit den Schwänzen, andere begannen zaghaft mitzuheulen. Magere Jungwölfe schmiegten sich an ihre Eltern und japsten fragend.

Im Ufergesträuch hatte sich eine Schar Vögel niedergelassen. Als die Wölfe verstummten, öffnete einer der Gefiederten den Schnabel und flötete leise.

Sternschwester legte die Schnauze auf Schirikis Schulter. „Hast du es gehört?" fragte sie.

„Ja", antwortete er, „ich habe es gehört."

Die Wölfe wanderten im Flußtal weiter. Das Tosen des Wassers begleitete sie. An manchen Stellen, wo der Fluß übers Ufer getreten war, hatten sich Tümpel gebildet, in denen gelbblühende Sumpfgewächse wucherten. Aki sprang mit Itsi und To voraus und planschte ihnen nach durch jede Lache.

Gegen Mittag – die Sonne hatte den höchsten Punkt am Himmel erreicht – weitete sich das Tal, die Hügelhänge wichen zurück. Das flacher gewordene Flußbett war übersät mit blankgeschliffenen Steinblöcken. In der Flußmitte, wo die starke Strömung eine tiefe Rinne eingegraben hatte, ragten spitze Felsen empor. Die Uferwiesen waren frei von Gebüsch und Bäumen, bis auf einen dichtbewaldeten Streifen, der sich quer über den Talgrund zum Fluß hin erstreckte.

Itsi und To liefen mit Aki auf das Waldstück zu, als sie plötzlich anhielten und die Ohren aufstellten. Wuk und Wok wufften. Die Wölfe blieben stehen. Nichts war zu sehen oder zu hören, und doch sagten ihnen ihre Sinne, daß sie beobachtet wurden, daß jenseits der Wiese, verborgen im Dickicht, Schnelle Läufer waren.

Warum zeigten sie sich nicht? Hatten sie nicht den Mut, sich ihnen anzuschließen, wie es die Rudel bisher getan hatten?

Itsi kläffte. „Kommt zu uns! Worauf wartet ihr noch?"

Eine leichte Bewegung im Unterholz, kaum wahrzunehmen – und dann kamen sie herausgeschlichen, eine Schar halbverhungerter, ausgemergelter Wölfe. Ohne einen Laut von sich zu geben, drängten sie sich am Waldrand aneinander. Es mußte ein großes Rudel sein, im Schatten unter den Bäumen waren noch andere, die sich nicht hervorwagten, mehr zu erahnen als zu sehen.

Ayana sog die Luft witternd ein. „Das ist Tika Kan und sein Rudel!" rief sie, schwenkte einladend den Schwanz und heulte einen Willkommensgruß.

Das Rudel gab keine Antwort.

Noch einmal heulte Ayana.

Einer der Wölfe löste sich aus der kläglichen Schar, schaute mit leerem Blick um sich und machte zögernd ein paar Schritte. Hätten Imiak und seine Gefährten nicht gewußt, daß es kein anderer als Tika Kan sein konnte, sie hätten ihn nicht wiedererkannt. Das war nicht mehr der sorglose, junge und starke Leitwolf, wie sie ihn in Erinnerung hatten. Der einst so geschmeidige Körper hatte alle Spannkraft verloren, das einst prächtige, rotglänzende Fell hing in Zotteln an den eingefallenen Flanken.

Als er, mühsam Pfote um Pfote setzend, ihnen entgegenging, hetzte ihm eine hagere, räudige Wölfin nach, stellte sich ihm in den Weg, knurrte wütend und bleckte die Zähne. Ihre Schnauze war mit Schwären verkrustet, das Fell von kahlen, nässenden Flecken verunstaltet. Wie Tika Kan war auch Mahana kaum wiederzuerkennen.

„Du wirst Schogar Kan nicht verraten!" heulte sie.

Er sah sie nicht an. Es war plötzlich sehr still geworden, nur der Fluß rauschte und toste. Das Rudel am Waldrand rührte sich nicht.

Langsam und unsicher, als wollten ihm die geschwächten Muskeln kaum gehorchen, richtete Tika Kan sich zu seiner vollen Größe auf. Rückenhaar und Nackenkrause sträubten sich, im hellen Schein der Mittagsonne erhielt sein Pelz den rötlichen Schimmer zurück. „Geh mir aus dem Weg, Mahana", sagte er.

Sie antwortete mit einem verächtlichen Japsen, fuhr auf ihn los und packte ihn an den Fellzotteln. Er schüttelte sich frei und wich zurück.

„Du!" sagte er dumpf. „Deinetwegen habe ich Tokala verlassen, aber nur sie war meine Gefährtin. Du warst es nie."

Wild aufheulend, die Augen rot unterlaufen, sprang Mahana ihn an und schlug die Zähne in seinen Hals. Er bäumte sich auf, verbiß sich in ihrem Nacken und zwang sie zu Boden, hatte aber nicht die Kraft, sie festzuhalten. Mahana rollte sich zur Seite, raffte sich auf und fiel ihn erneut an. Hochaufgerichtet, auf den Hinterbeinen stehend, umklammerten sie einander mit den Vorderläufen, schnappten und bissen und versuchten, dem anderen die Kehle aufzureißen. Blut und Geifer fleckte ihnen das Fell.

Die beiden armseligen Gestalten, die auf der sonnenbeschienenen Wiese auf Leben und Tod kämpften, waren so unwirklich, daß die Wölfe vom Tal, Tasch Kan und

Ayana wie gebannt dastanden und nicht fähig waren, sich zu rühren. Erst ein tiefes Aufstöhnen Tika Kans brachte sie zu sich, sie rannten über die Wiese, um ihm beizustehen.

Sie kamen zu spät. Mahana hatte ihm die Kehle durchgebissen. Sein Körper wurde schlaff, der Kopf hing hilflos herab. Als Mahana von ihm abließ, sackte er in sich zusammen, fiel ins Gras und blieb reglos liegen.

Mahana stand mit gespreizten Beinen über ihm. Aus einer tiefen Wunde am Hals quoll Blut, Schaum flockte aus dem Maul. Mit ihrem räudigen, besudelten Fell, entstellt von Schwären, glich sie keiner Wölfin mehr, sondern einer Schreckensgestalt aus einem nächtlichen Angsttraum.

Die flackernden Augen hefteten sich auf die Wölfe ihres einstigen Rudels, die Ausgestoßenen, die fliehen hatten müssen und zurückgekehrt waren. Sie setzte zum Sprung an, die blutigen Lefzen entblößten das Gebiß. „Ich habe ihn getötet", keuchte sie. „Und jetzt müßt ihr sterben."

Aus ihrer Brust kam ein Rasseln. Ihr Atem ging pfeifend. Der Schaum färbte sich rot, ihre Augen trübten sich. „Nein, nicht ich!" murmelte sie. „Er wird euch töten! Er wird es sein, der euch die Kehlen zerfetzt."

„Schogar Kan!" schrie sie.

Ihre Ohren stellten sich lauschend auf, ihr Kopf wandte sich dem Fluß zu, als hätte sie von dort Antwort erhalten. So überzeugend war diese Gebärde des halb wahnsinnigen Geschöpfes, daß der Pelz der Wölfe sich sträubte, daß sie einen Herzschlag lang vermeinten, den schwarzen Wolf aus Norr Norr zu erblicken, wie er über die Wiesen schritt. Aber am jenseitigen Ufer war niemand. Ein leichter Wind wellte das Gras, das keine Wolfspfote betreten hatte; Blüten schwankten, Halme beugten sich.

Mahana ging zum Fluß. Ihre Läufe trugen sie kaum

noch. Immer wieder strauchelnd, schleppte sie sich ans Ufer und hob heulend die Schnauze. Sprühender Gischt netzte ihre Pfoten. Sie rief nach Schogar Kan, sie rief nach seinem Gefolge, rief nach Oiyo, dem Getreuen.

Sie heulte noch, als ihr die Beine einknickten, als sie vergeblich Halt auf den weißen, blankgescheuerten Steinen suchte, als sie hineinglitt in das aufschäumende Wasser, das sie erfaßte und forttrug. Die Wölfe sahen ihren Kopf in den tanzenden Wellen auftauchen und wieder verschwinden, sie sahen, wie der nun schon leblose Körper in der reißenden Strömung der Flußmitte trieb und von Fels zu Fels geschleudert wurde, bis ihn einer der wirbelnden Strudel in die Tiefe zog und nicht mehr freigab.

Die Wölfe ihres Rudels trotteten herbei. Einer der Jungwölfe kroch winselnd zu Tika Kan und wiefte verstört, als ihm der Blutgeruch in die Nase stieg.

Imiak und seine Gefährten standen stumm um den toten Leitwolf. Sie schauten auf den armen, abgezehrten Körper, schauten in die gebrochenen, blicklosen Augen und dachten daran, wie Tika Kan einst, an jenem Sommertag, ins Tal der Flüsternden Winde gelaufen kam, mit wehendem Schwanz, das Fell im Sonnenlicht glänzend. Ihnen war, als vernähmen sie wieder sein selbstbewußtes, fröhliches Kläffen, mit dem er auf Palo Kan und Ahkuna zugelaufen war; sie dachten an Tokala, die lahme Wölfin, und an die Nacht, in der sie den Sternenpfad betreten hatte.

Adsini leckte den wimmernden Jungwolf.

Sternschwester berührte Tika Kan sanft mit der Schnauze. „Er ist zu Tokala gegangen", sagte sie, „nach Kaam, in das gute Land."

Sie wandten sich schweigend ab und gingen weiter. Als sie den Waldstreifen erreichten, hörten sie ein vertrautes Schäkern. Im Geäst blitzte es weiß und blau.

Schak, der Häher, flog aus den Wipfeln zu ihnen herab.

## Wieder vereint

Der Häher ließ sich im Gras nieder, hüpfte von einem Bein aufs andere, flatterte wieder auf, umflatterte die Wölfe, streichelte sie mit den Flügeln, zog Kreise über ihren Köpfen, lachte glucksend, als er Adsini entdeckte, und zupfte sie am Ohr. Schließlich landete er vor den Pfoten der Wölfe, spreitete die Flügel und plusterte das Gefieder. Seine perlrunden Augen funkelten.

„Schak!" rief Imiak. „Wie gut, daß du wieder bei uns bist."

Der Häher küßte ihn auf die Nase. „Habt ihr mich vermißt?" schäkerte er. „Was habt ihr Spitzohren bloß ohne mich getan? Endlich seid ihr da! Sie glaubte schon, ihr hättet sie vergessen."

„Sie?" fragte Wok. Ein befreites Winseln kam aus seiner Kehle. Wuk stellte die Rückenhaare auf und grollte fast drohend: „Ahkuna?"

„Wer denn sonst als sie!" kreischte Schak.
„Sie lebt?" rief Sternschwester.
„Ja, Schwesterchen Vierbein. Ahkuna lebt. Sie ist oben auf dem Berg und wartet auf euch."

Die Wölfe vom Tal standen still da. In der langen Zeit, in der sie nicht gewußt hatten, ob Ahkuna noch lebte, hatten sie gemeint, sie würden vor Glück heulen, wenn sie endlich Nachricht von ihr erhielten. Jetzt machte die Freude sie stumm. Sie hoben die Schnauzen, atmeten die warme Frühlingsluft tief ein – den Geruch des erwachenden Lebens – und fühlten sich plötzlich geborgen wie in jenen längstvergangenen Tagen im Tal der Flüsternden Winde.

Aber es gab noch so viele Fragen. Wie war es Schak ergangen, seit er die Hogala verlassen hatte? Sie setzten sich um den Häher, und er begann zu erzählen. Zwischendurch flatterte er immer wieder auf, zupfte sie am Pelz oder koste sie mit den Flügeln. Tasch Kan und Ayana hatten sich ein Stück abseits hingesetzt. Aki hockte zwischen Itsi und To und schaute mit großen Augen auf den Buntgefiederten, der nicht stumm war wie die anderen Geflügelten. Vor Aufregung zuckte Akis Schwanzspitze, er stellte die Ohren auf, verstand aber nichts von dem Gezirp und Getschirp, denn in Schogar Kans Land hatten Welpen nicht mehr gelernt, die Sprachen der anderen Geschöpfe zu verstehen.

Die Rudel hatten sich in der Wiese entlang des Ufers niedergelassen. Keiner der Wölfe schaute dorthin, wo Tika Kans lebloser Körper im Gras lag. Zuviel war geschehen, was sie nicht begreifen konnten, zu viele waren gestorben, waren umgekommen. Sie trauerten nicht mehr um die Toten. In ihrem stumpfen Dahindämmern waren sie nur froh, sich ausstrecken und ausruhen zu dürfen. Tika Kans Rudel hielt sich dicht beisammen. Manchmal wimmerte der Jungwolf, dann leckte ihn eine der Wölfinnen.

Wie einer der Wandervögel, so erzählte Schak, sei er unermüdlich geflogen, über das Ödland, über das Land der Seen, über das Felsengebirge. Geflügelte Jäger verfolgten ihn und wollten ihn fassen, aber jedesmal gelang es ihm, ihnen zu entkommen. Nachts verbarg er sich im Dickicht, wo Eule und Uhu ihn nicht entdecken konnten. Als er die Grenze überflog, suchten Schogar Kans Wölfe noch immer vergeblich im neueroberten Land nach Hornträgern. Schak flog weiter, so schnell er nur konnte. Er kam rasch vorwärts, er brauchte nicht mehr nach Jägern aus der Luft Ausschau zu halten. Über Schogar Kans Land kreisten die Geflügelten nicht mehr am Himmel.

„War damals auch schon alles – so tot wie jetzt?" fragte Sternschwester.

Schak zirpte traurig. In den Bäumen, die vollbehängt waren mit Zapfen, sei es ganz still gewesen, er habe vergeblich nach einem aus seinem Volk gesucht. Die Buntgeflügelten waren fort, keiner war geblieben. Welchen Hügel, welches Tal Schak auch überflog, überall konnte er spüren, wie das Leben langsam erlosch.

Als er ins Tal der Flüsternden Winde kam, erkannte er es kaum wieder. Die Hornträger waren tot, nur ihre Knochen verwitterten im Gras. Nichts mehr regte sich auf dem einstigen Lagerplatz. Der Eingang zur Höhle, in der Ahkuna ihre Welpen aufgezogen hatte, war eingesunken, vom Regen unterwaschen und überwuchert von Gräsern und Farnen.

„Ich flog den Berg hinauf", fuhr Schak fort, „ich flog durch die Klippen und Felsen. Ahkuna lag vor der Höhle des Alten, den Kopf auf den Pfoten. Als meine Flügel sie berührten, blickte sie auf und sagte: ‚Schak, bist du zurückgekommen?' Und ich sagte: ‚Ja, Schwester Vierbein, ich bin wieder bei dir.' Sie nannte eure Namen und fragte nach euch. Da erzählte ich von der langen Wanderung, von der Hogala, dem Sandland, von Haschka und

Ugama, die euch aufnahmen und ihre Beute mit euch teilten. Sie fragte: ‚Ist Waka dort noch das Gesetz?' Und ich antwortete: ‚Ja, Schwester Vierbein, im Sandland ist Waka noch das Gesetz.' Und sie sagte: ‚Dann ist alles gut, Schak, mein Freund.'"

Tagsüber, wenn die Sonne schien oder Wolken den Himmel bedeckten, im Sterngeglitzer der Nacht, saß Schak wieder bei der Wölfin, wie damals, bevor sie ihn fortgeschickt hatte. Manchmal leckte sie ihn, strich mit der Zunge über sein Gefieder, aber meist lag sie mit geschlossenen Augen da und schien seine Gegenwart nicht wahrzunehmen. Ihr Geist wanderte, wie der des alten Bären. Sie redete mit Palo Kan, als sei auch sie nach Kaam gegangen und wieder bei ihm.

Hota, der Alte, und KumKum, der Rabe, sorgten für sie und brachten ihr Nahrung. KumKum war ebenso schweigsam wie der Bär geworden. Selbst oben auf dem Berg, wo Schogar Kans Macht endete, wurde es immer stiller. Koiko, der Adler, war mit seinem Weibchen längst fortgeflogen. Die Spitzhörner und Krummhörner hatten sich hoch hinauf in die steinere Welt der Gipfel zurückgezogen.

Die Tage vergingen. Die Nächte wurden kälter, die Sommerblumen verwelkten, das Laub verfärbte sich. Herbststürme heulten durch die Felsen, tiefhängende Wolken verhüllten den Himmel. Es regnete, viele Tage und Nächte lang, ohne Unterlaß. Ahkuna und Schak suchten Zuflucht in der Höhle des Bären. Während draußen der Regen niederprasselte, war es Schak, als vernähme er tief unter sich im Gestein ein leises Grollen und Murren. Er fragte Hota, den Alten, fragte KumKum, den Raben, was das bedeuten sollte, aber sie blieben stumm und gaben keine Antwort.

Eines Tages hörte Schak ein lautes Getöse, er flatterte aus der Höhle und sah, wie ein Felsgrat in sich zusammenstürzte. Schutthalden weiter oben am Berg waren plötzlich lebendig geworden, Stein und Geröll rutschte ab. Kreischend vor Angst, floh Schak in die Höhle zurück. Wieder sagten der alte Bär und der Rabe kein Wort. Tagelang wagte Schak sich kaum auf Futtersuche ins Freie hinaus, aber dann beruhigte sich der Berg. Schak vernahm keine unheimlichen Laute mehr aus dem Fels.

Der Winter kam, Schnee bedeckte die Hänge und Gipfel. Eines Morgens zog Hota, der Alte, sich tief in die Höhle zurück und schlief ein, um nie wieder aufzuwachen.

Schak ließ die Flügel hängen und piepte kläglich. „Ihr wißt ja, wie der Winter im Felsenland ist! Nichts als Schnee und Eis und bittere Kälte. Als Hota uns verließ, war uns, als müßten auch wir sterben – wie er."

„Aber wir lebten!" kreischte der Häher. Der alte Schalk blitzte in seinen Augen auf. „KumKum – den hättet ihr sehen sollen! Der hockte da, den Schnabel im Gefieder und rührte sich nicht. Sie wollten sich sterben lassen – er und Ahkuna. Aber ich habe es nicht zugelassen!"

Schak stellte den blauen Schopf auf, spreizte die Schwanzfedern und flatterte fröhlich schäkernd auf. „Ich habe ihnen von euch erzählt. Von dir, Schwester Vierbein, wie du mich im Maul getragen hast, als ich nicht mehr fliegen konnte. Von dir, Schiriki, wie du mich aus Kaam zurückgerufen hast. Und ich sagte: ‚Habt ihr vergessen, was Hota, der Alte, uns versprochen hat? Habt ihr vergessen, daß ein Schwacher stärker sein wird als der Starke und daß Waka zurückkehren wird!' So lange habe ich geredet, bis sie wieder Mut bekamen und nicht mehr ans Sterben dachten."

KumKum, der Rabe, sorgte für Ahkuna, wie Hota es getan hatte. Die Geschöpfe der Berge, die Krummhörner und Spitzhörner, waren nicht wie sonst im Winter zu den tiefergelegenen Hängen gezogen, um dort nach Futter zu suchen. Viele verhungerten, andere wurden von stürzendem Schnee erfaßt und getötet. Jedesmal, wenn KumKum ausflog und das Felsenland absuchte, brachte er ein paar Happen Fleisch für Ahkuna mit. Sie selber war so schwach geworden, daß sie die Höhle nicht mehr verlassen konnte.

„Und dann", sagte Schak, „wurde es Frühling. Der Schnee schmolz. Das große Taglicht schien wieder warm. Eines Nachts war es Ahkuna, als vernähme sie Hotas Stimme. Ihr war, als sagte der Alte, daß ihr Rudel auf dem Weg nach Norden sei. Da flog ich euch entgegen, und da bin ich jetzt!"

Er flappte mit den Flügeln, äugte Imiak an, küßte Adsini auf die Schnauze und zauste Wuk und Wok am Pelz. „Bald gibt's wieder Welpen für euch zu hüten!"

„Ja, aber noch ist es nicht soweit", wuffte Wok. „Hast du Schogar Kan vergessen, Schak?"

„Ach der! Er ist nach Norr Norr gegangen, und dort oben hat kein Spitzohr und kein Hornträger den Winter überlebt. Sind alle tot. Das hat mir ein Schwarzgefiederter gesagt."

Schak schwang sich hoch in die Luft, flog über die Uferwiesen, strich über die Köpfe der erschöpften, schlafenden Wölfe dahin, ließ sein schäkerndes Häherlachen ertönen und rief, es sei Zeit zum Weitergehen. Einer nach dem anderen der Wölfe hob den Kopf und lauschte verwundert der fröhlichen Vogelstimme.

Als Imiak und seine Gefährten aufbrachen und Schak voranflog, trotteten die Wölfe bereitwilliger als zuvor hinterher. Wieder schaute keiner dorthin, wo Tika Kan im Gras lag, nur der Jungwolf aus seinem Rudel stieß noch einmal mit der Schnauze den leblosen Körper an und winselte. Dann schlich auch er den anderen nach.

Noch andere Rudel und kleinere Gruppen tauchten in den nächsten Tagen auf und schlossen sich der Schar an. Im Land der Täler und Hügel erwachte langsam das Leben; von Tag zu Tag nahm die Blütenfülle zu. Bäche plätscherten und murmelten im Gras und Moos wie einst. Die Bewegungen der kleinen Pelzwesen schienen flinker geworden zu sein. Ab und zu war ein leises, fragendes Piepen und Zwitschern aus dem Gesträuch zu hören, und es konnte geschehen, daß ein Pärchen der Gefiederten nach Halmen und Moos suchte, als wollte es ein Nest bauen. Auch die Wölfe hatten sich verändert. Sie trotteten nicht mehr mit gesenkten Köpfen teilnahmslos dahin, sie äugten umher, sogen witternd die Luft ein und sprangen und schnappten nach Graupelzchen. In den Nächten, wenn die Wölfe vom Tal die Nachtlichter anheulten und das Lied von Waka sangen, fielen die Rudel ein, zaghaft zuerst, dann immer freier und gelöster.

Zog die Schar weiter, flog Schak unermüdlich über den Rudeln hin und her und munterte sie auf. Sein Schäkern und Lachen wirkte ansteckend, die Wölfe vergaßen den Hunger und die ausgestandene Not und kläfften vergnügt wie in den lang vergangenen Tagen. Tika Kans Jungwolf, der sich nicht trösten hatte wollen, versetzte eines Morgens sein Rudel in Erstaunen, als er hinter dem Häher herhopste und ihn zu fangen versuchte, wie ein Welpe, der meint, daß jedes Geschöpf ein Spielgefährte sei.

Die Neuankömmlinge schauten staunend auf den schmächtigen Wolf, von dem Hota, der Alte, vorausgesagt hatte, daß er stärker sei als der Starke, und von dem es hieß, seine Stimme habe den Buntgeflügelten aus Kaam zurückgerufen. Die Wölfe begannen die alten Geschichten zu erzählen – erzählten sie den Jungen, die sie zum erstenmal hörten. Für so manch einen war es auf einmal schwer vorstellbar, daß er jemals an den schwarzen Wolf geglaubt hatte und ihm gehorsam gewesen war. Waka war wieder das Gesetz. Schogar Kan war aus Norr Norr gekommen und war dorthin zurückgegangen. Er hatte keine Macht mehr. Die Wölfe brauchten nicht mehr an ihn zu denken, sie konnten ihn und seine neue Ordnung vergessen.

Auch Schiriki und seine Gefährten dachten kaum noch an Schogar Kan. Wenn auch die große Wolfsschar nur langsam vorankam, brachte sie doch jeder Tag dem Tal der Flüsternden Winde näher, immer öfter erkannten sie Landmarken. In ihrer Vorstellung liefen sie schon den Berg hinauf, zur Höhle des alten Bären, zu Ahkuna.

Als sie ihr früheres Jagdgebiet erreichten, heulten sie vor Freude und sprangen übermütig umher. Jede Waldwiese, jede Lichtung, jeder Bach, jeder Taleinschnitt war ihnen nun vertraut. Ihre einstigen Pfade waren im wuchernden Dickicht verschwunden, und doch fanden sie, auch als die Nacht hereinbrach, ohne auch nur einmal zu zögern den Weg.

Auf dem letzten Hügelrücken hielten sie an. Die Sonne hatte sich am Himmel erhoben. Wie immer waren Tasch Kan, Ayana und Aki bei ihnen, die übrige Schar folgte in kleineren und größeren Abständen. Manche Nachzügler waren noch weit zurück. Unter den Wölfen lag das Tal, einsam und verlassen, wie Schak es gesagt hatte. Aber der Bach glitzerte im Morgenlicht, Blumen sprenkelten das Gras, die Büsche blühten. Über dem dunkel bewaldeten Gegenhang ragte der Berg auf, mit seinen schroffen Felsen, Graten und Zinnen und dem schneebedeckten Gipfel. Weiße Wolken schwammen am Himmel, veränderten fast unmerklich ihre Gestalt. Schak brach in ein fröhliches Zetern aus. Die Wölfe hoben die Schnauzen und heulten, ihre Rufe klangen über das Tal und kamen als leises Echo von den Bergwänden zurück.

Der Häher flog schäkernd voraus. Ahkunas Wölfe und Adsini schritten den Hang hinunter, unter Nadelbäumen, durch deren dichtes Zweiggewirr sich ab und zu Sonnenstrahlen verirrten. Laubbäume in zartem Grün waren gefleckt von Licht. Imiak stupste Adsini immer wieder stolz an, und sie antwortete mit einem glücklichen Wiefen.

Als die Wölfe am Fuß des Hügels ins Freie hinaustraten und über den Talgrund gehen wollten, kreischte Schak plötzlich auf. Die Wölfe erstarrten. Ihr Tal war nicht so verlassen und einsam, wie sie geglaubt hatten. Vor dem alten Lagerplatz, auf dem flachen Erdbuckel, wo Palo Kan und Ahkuna so oft Wache gehalten hatten, stand Schogar Kan, der schwarze Wolf aus Norr Norr. Hinter ihm, im Schatten der Bäume, standen sein Gefolge und Oiyo, der Treue.

## Der Schwache und der Starke

Nur der breite Wiesenstreifen am Talende trennte sie – die Flüchtlinge, die zurückgekehrt waren, und Schogar Kan, der sie ausgestoßen hatte. In seiner Reglosigkeit, mit der er sie erwartete, hätte der riesige Wolf ein Wesen aus einer anderen Welt sein können. Schak ließ sich ins Gras sinken und hockte da, die Flügel gespreitet, das Gefieder aufgeplustert.

Immer mehr Wölfe kamen den Hang herunter, erreichten den Talgrund und hielten jäh an, bis es so viele waren, daß sie dichtgedrängt den Waldrand säumten. Sie duckten sich, drückten sich auf den Boden. Auf der anderen Seite des Tales stand der Wolf, der ihnen versprochen hatte, ihr Volk groß und mächtig zu machen, der Wolf, dem sie in blindem Gehorsam gefolgt waren und gegen den sie sich auch dann nicht aufgelehnt hatten, als statt des verheißenen Glücks der Hungerwinter kam. Ihre Augen waren wieder stumpf und teilnahmslos. Da war nicht einer unter ihnen, der sich den Ausgestoßenen anschloß, als sie über die blühende Wiese auf Schogar Kan zugingen. Nur Tasch Kan und Ayana trotteten mit steifen Beinen, die ihnen kaum gehorchten, hinter den Wölfen vom Tal und dem Häher her. Aki wich Itsi und To nicht von der Seite. Der Jungwolf aus Tika Kans Rudel trat einen Schritt vor und wollte ihnen nachlaufen, aber als keiner der anderen Wölfe sich rührte, winselte er und verbarg den Kopf unter den Pfoten.

Mitten im Tal, auf der Hälfte des Weges, blieben Tasch Kan, Ayana und Aki stehen. Auch die Ausgestoßenen, die Wölfin aus dem Sandland und der Buntgeflügelte hielten an. Nur noch Schiriki ging weiter. Wenn es auch ihr Begreifen überstieg, spürten Schogar Kans Wölfe, daß seine Gefährten ihn nicht aus Angst allein ließen. Was jetzt geschehen würde, betraf nur die beiden – den Sanftmütigen, dem aufgetragen worden war, Waka zurückzubringen, und Schogar Kan, um dessentwillen das Gesetz die Täler und Hügel verlassen hatte. Bei dieser letzten Auseinandersetzung zwischen dem Schwachen, der nie ein Rudel führen würde, und dem Leitwolf aller Leitwölfe waren alle anderen nur Zuschauer.

Hunger und Entbehrungen hatten auch Schogar Kan gezeichnet, wie seine Wölfe war er erschreckend mager. Und doch hatte er nichts von seiner Kraft und Stärke verloren. Noch immer war sein Fell tiefschwarz und das Deckhaar glänzend weiß. Ein paar Pfotenschritte hinter ihm stand Oiyo, ebenso mager, ebenso elend, die vor Hunger trüben Augen ergeben auf seinen Herrn gerichtet. Die Wölfe aus dem Gefolge bildeten einen Halbkreis, sie waren am Ende ihrer Kraft, manche konnten sich nur mit Mühe aufrecht halten.

Schiriki blieb vor dem Erdbuckel stehen und hob den Blick zu Schogar Kan empor, der nicht nur ihn, sondern alle Wölfe um mehr als Kopfeslänge überragte.

Eine große Stille lag über dem Tal, kein Windhauch flüsterte im Gras. Selbst das Laub der Espen, das sich sonst beim leisesten Luftzug wispernd bewegte, hing stumm an den Zweigen. Schogar Kan schaute über Schiriki hinweg, schaute in die Ferne, als sähe er die kläglichen Gestalten unter den Bäumen nicht, sondern etwas anderes, das außer ihm niemand sonst erblicken konnte.

Vor dem schwarzen Wolf stehend, der ihn einmal gebeten hatte, sein Weggefährte zu sein, vermeinte Schiriki zu sehen, was Schogar Kan sah: die Welt, wie er sie hatte schaffen wollen, die wunderbare Welt, die dem Volk der Schnellen Läufer gehörte und in der es Beute im Überfluß gab. Um dieser neuen Welt willen war Schogar Kan ausgezogen und hatte die Einsamkeit der Macht auf sich genommen, eine Einsamkeit, die keiner mit ihm teilen konnte, nicht einmal Oiyo, der Treue.

Und Schiriki begriff, was es bedeutete, erkennen zu müssen, daß alles, woran man geglaubt hatte, nur eine Täuschung gewesen war, ein Trugbild, das sich in Nichts auflöste gleich den Trugbildern in der hitzeflirrenden Wüste. Er verspürte die Hoffnungslosigkeit, die Verzweiflung, die keinen Trost kannte. Wie damals im Sandland, sah er Schogar Kan und seine Wölfe umherirren, ziellos, ohne Weg, verwandelt in die haarlosen, aufrecht auf zwei Beinen gehenden Geschöpfe, deren Augen wie tot waren.

„Schogar Kan", rief er, „es ist noch nicht zu spät. Es gibt Hoffnung! Du brauchst nur Wakas Weg wieder zu gehen, den guten Weg, den er uns lehrte. Er ist das Gesetz, und wir sind seine Geschöpfe, wir alle, ob Vierbeiner oder Geflügelte. Die Welt gehört nicht uns allein."

Ein dumpfes Grollen kam aus Schogar Kans Kehle. Die Wölfe am Waldrand duckten sich, krümmten sich und klemmten die Schwänze ein. Der schwarze Wolf reckte sich hoch auf, schien zu wachsen, schien größer und größer zu werden. „Waka?" heulte er. „Wer bist du, daß du es wagst, vor mich hinzutreten und diesen Namen auszusprechen? Waka ist nicht das Gesetz. Wir selbst sind das Gesetz. Ich habe dich ausgestoßen. Warum bist du zurückgekommen? Weißt du nicht, daß jeder sterben muß, der mir nicht folgt?"

Die noch immer volle und tiefe Stimme hallte über das Tal. Als wären sie plötzlich willenlos geworden, bewegten seine Wölfe sich langsam vorwärts, auf die Ausgestoßenen zu, die Augen starr auf Schogar Kan gerichtet. Oiyo fletschte mit einem wütenden Knurren die Zähne. Das Gefolge heulte auf.

Niemand mußte Schirikis Gefährten sagen, daß Schogar Kan noch immer die alte Macht über seine Wölfe besaß, daß sie ihm gehorchen würden, was er auch befahl. Den Wölfen vom Tal sträubte sich der Pelz, sie schlossen sich dicht zusammen und glitten durch das weiche, junge Gras zu Schiriki hin. In diesem Augenblick wurden sie wieder zu der kleinen, verlorenen Schar, die ganz auf sich allein gestellt war. Sie waren bereit, sich zur Wehr zu setzen, für Schiriki zu kämpfen, und, wenn es sein mußte, mit ihm zu sterben. Schogar Kans Wölfe waren vom Hunger geschwächt – aber es waren so viele! Adsini rieb die Schnauze leicht an Imiaks Kopf. Steifbeinig wie zuvor folgten Tasch Kan und Ayana den Wölfen vom Tal und stellten sich zu ihnen. Schak stieß einen rauhen Schrei aus, flog auf und ließ sich mit weitausgebreiteten Schwingen vor Schiriki nieder.

Oiyo setzte zum Sprung an.

„Schogar Kan", sagte Schiriki.

Er stand ruhig da und schaute zu dem riesigen Wolf auf. Seine Stimme war sanft wie immer, und doch brach sie den Bann. Schogar Kans Wölfe hielten inne. Oiyos Knurren erstarb.

„Weißt du noch, Schogar Kan, was du gesagt hast?" fragte Schiriki. „Kein Welpe sollte Hunger leiden, allen sollte es wohl ergehen. Aber was ist aus der Welt geworden, die du geschaffen hast? Die Hornträger, die uns Nahrung gaben, leben nicht mehr. Die Geflügelten haben ihre Lieder verlernt und bauen keine Nester. Willst du, daß es so bleibt? Bedeutet dir deine Macht so viel, daß du nicht auf sie verzichten kannst? Auch wenn dein Volk hungert? Auch wenn alles Leben stirbt? Hast du nicht zu mir gesagt, es sei nicht deine eigene Macht, die du suchst? Erinnerst du dich? Oder hast du es vergessen?"

Vom Berghang her strich ein Windhauch über das Tal, flüsterte im Gras und wisperte im Laub der Espen. Von den Wölfen am Waldrand kam ein klägliches Winseln. Eine der Wölfinnen aus dem Gefolge wimmerte. Schogar Kan schien es nicht zu hören.

„Ich habe es nicht vergessen", sagte er. „Ich habe aber auch den Welpen im Land des Eises und der bitteren Kälte nicht vergessen. Darum kam ich aus Norr Norr zu euch, nicht meiner Macht wegen. Keinem Welpen sollte es so ergehen wie ihm, dem der Hunger das Innere zerfraß. Den alle jagten und hetzten und töten wollten. Der erfahren mußte, daß die alte Geschichte nicht die Wahrheit sprach. Als er im Fieber lag, erblickte er eine Welt, eine neue Welt, in der alle Welpen friedlich spielten. Um dieser Welt willen zog er aus." Schogar Kan hob den Kopf, die Nackenkrause stellte sich auf, jedes einzelne Haar glänzte. „Wer darf sagen, daß ich es nicht hätte tun sollen?" rief er. „Wer?"

„Schogar Kan", heulte Oiyo, „worauf wartest du noch? Befiehl uns, daß wir ihn töten!"

Aus den Weiden am Bach flatterten gefiederte Sänger auf, ein ganzer Schwarm flog ohne einen Laut von sich zu geben über den Talgrund. Der schwarze Wolf aus Norr Norr beugte sich zu Schiriki hinab. „Ich wollte mein Volk glücklich machen. Du weißt es."

„Ich weiß es", antwortete Schiriki. „Du kannst es noch immer tun. Laß zu, daß Waka wieder zurückkehrt in unser Land."

Schogar Kans Lefzen verzerrten sich, entblößten das Gebiß; einen Herzschlag lang war es, als wollte er sich auf Schiriki stürzen, dann erlosch das düstere Licht in seinen Augen. Er wandte sich ab und ging wortlos fort, vorbei an seinem Gefolge, den Wölfen, die er auserwählt hatte, immer bei ihm zu sein, und die jetzt stumm dastanden und sich nicht rührten. Ohne sich auch nur einmal umzusehen, ging Schogar Kan, nur begleitet von Oiyo, in das Zwielicht des Waldes hinein und verschwand in den tiefen Schatten unter den Bäumen.

Sternschwester legte den Kopf an Schirikis Schulter.

Schogar Kans Wölfe näherten sich zögernd, tappten über die im Sonnenschein liegende Wiese wie Welpen, die zum erstenmal das Dunkel der Höhle verlassen und sich im Tageslicht noch nicht zurechtfinden.

Adsini leckte Imiak das Gesicht. Wuk und Wok wufften befreit auf. Aki sprang glücklich winselnd um Itsi und To herum. Tika Kans Jungwolf machte es ihm schüchtern nach.

Schak schwang sich mit einem fröhlichen Kreischen hoch in die Luft empor.

Der Häher flog mit raschen Flügelschlägen den Hang hinauf, strich über die Wipfel dahin, den Bach entlang, dessen Wasser durchs Nadelgrün blinkte. Das Schäkern des Hähers und sein übermütiges Kreischen war so ungewohnt, daß Vögel erschrocken aufschwirrten und fragend piepten.

Bald hatte Schak die Baumgrenze erreicht. Die steinige Halde lag im Licht der Morgensonne. Überall im Geröll blühten Blumen; selbst dort, wo es kein Erdreich zum Wachsen zu geben schien, leuchteten farbenfrohe Büschel und Dolden. Zwischen den Steinen sproß kurzes, kräftiges Berggras hervor. Schak flog weiter, flog durch das Steinlabyrinth, wo im Schatten der Klippen und Felsen der Schnee noch nicht geschmolzen war. Bei einem der Felsgrate, die im vergangenen Herbst in sich zusammengestürzt waren, hob sich die Bruchstelle hell vom grauen Gestein ab.

Auch oben auf der Hochfläche war es Frühling geworden. Unter den Krüppelkiefern und in Mulden fanden sich noch verkrustete Schneereste, aber in jedem Spalt, in jeder Steinritze grünte es. Moose und Flechten überzogen die Felsplatten. Blumenpolster bedeckten den kargen Grund, lockten mit ihrem Duft sirrende Flügelwesen an. Hoch über den Felswänden, Zinnen und Schrofen ragte der Gipfel auf, mit Schnee und blauschimmerndem Eis umhüllt.

Ahkuna lag vor dem Eingang zu Hotas Höhle, eine einsame Gestalt in der Welt aus Fels und Stein. Ihre Schnauze war weiß, das einst braune Fell war grau verblichen. Auf einem der Felsblöcke neben der Höhle saß KumKum, der Rabe. Wie Ahkuna war auch er sehr alt geworden. Schak flog schneller.

Als er heranflatterte, blickte Ahkuna auf. Er ließ sich zwischen ihren Pfoten nieder, liebkoste sie mit dem Schnabel und zupfte sie am Fell. „Schwester Vierbein", tschirpte er, „ich bin wieder bei dir."

Sie berührte ihn zärtlich mit der Schnauze. „Und mein Rudel? Meine Jungen, die ich geboren habe? Hast du sie gefunden? Sind sie heimgekehrt?"

„Ja, Ahkuna, sie sind heimgekehrt. Und es war, wie Hota, der Alte, es vorausgesagt hat." Der Häher trippelte vor Aufregung hin und her, schwenkte den blauen Schopf, spreitete das Gefieder und äugte zu dem Raben empor. „Hörst du, KumKum? Es war Ahkunas Rudel! Es war Schiriki, vor dem Schogar Kan den Schwanz eingezogen hat und davongelaufen ist. Oh, das hättet ihr sehen sollen!"

„Schiriki? Mein kleiner Schiriki war es?" fragte Ahkuna.

„Ja, Schwester Vierbein, er war es."

„Und das Rudel Zahllos?" krächzte KumKum. „Gibt es das noch?"

„Nein", kreischte der Häher, „es gibt kein Rudel Zahllos mehr. Es ist aus mit dem Schwarzen aus Norr Norr!"

Der Rabe breitete feierlich die Flügel aus. „Darauf haben wir gewartet – so lange! Ahkuna, jetzt weiß ich, warum Hota dich auf den Berg holte. Er sah, was noch nicht geschehen war, aber geschehen würde. Er sah den Schwachen, der stärker ist als der Starke. Es war dein Junges, Mutterwölfin, das Hota erblickte, als sein Geist wanderte. Er sprach immer in Rätseln, jetzt sind sie gelöst. Du kannst wieder in dein Tal gehen, Ahkuna. Schogar Kan hat keine Macht mehr über dein Volk."

Ein paar der gefiederten Sänger, die im Krüppelgesträuch umherhuschten, hielten inne und lauschten mit schiefgeneigten Köpfen. Ein kleines Pelzwesen trippelte geschäftig von Blumenpolster zu Blumenpolster. Die Vögel begannen leise zu zwitschern.

„Schogar Kan hat keine Macht mehr?" fragte Ahkuna. „Ist es so, Schak, mein Freund?"

„Es ist so, Schwester Vierbein."

„Und Waka ist wieder das Gesetz?"

„Ja, Waka ist wieder das Gesetz."

„Und mein Rudel? Meine Jungen?"

„Sie werden bald bei dir sein, Ahkuna. Ich bin ihnen vorausgeflogen."

Die alte Wölfin schaute über die Hochfläche zu dem Platz auf dem vorspringenden Felsen, wo sie früher so oft gelegen war. Ihre Augen glänzten, als sähe sie nicht Fels und Gestein, sondern ihr Tal: die von Blumen bedeckten Wiesen, den Bach, der murmelnd durchs Gras floß, die Sträucher im jungen Grün, den Lagerplatz im Schatten der hohen Bäume. „Ahkuna", zirpte Schak,

"Imiak ist nicht allein gekommen, er hat aus dem Sandland eine Gefährtin mitgebracht, Adsini, die uns zum Wasser führte, als wir am Verdursten waren. Warte nur, Schwester Vierbein, bald spielen wieder Welpen vor deiner Höhle."

Ahkuna leckte ihm den blauen Schopf. Eine große Müdigkeit überkam sie, der Kopf sank ihr auf die Pfoten, ihre Augen schlossen sich. Dunkelheit hüllte sie ein, sie lag entspannt da, fühlte sich geborgen im weichen Dunkel und hatte nur noch den einen Wunsch, sich auszuruhen. Dann war ihr, als sähe sie – ungewiß zuerst – ein mildes Licht, das allmählich heller wurde, bis es strahlender war als selbst der Sonnenschein. Und Ahkuna sah eine blühende Wiese, über die Palo Kan auf sie zukam. Sie erhob sich und wunderte sich, wie mühelos ihr altersmüder Körper gehorchte. Alle Beschwernisse fielen von ihr ab, die Beine waren nicht mehr steif, Rücken und Gelenke waren wieder geschmeidig.

So ging sie Palo Kan entgegen. Ihre Schnauzen berührten sich. Dann liefen sie nebeneinander über die Wiese, durch das wehende Gras, leichtfüßig wie einst, als sie beide jung und stark gewesen waren. Sie liefen über die schöne Wiese, die grenzenlos war, liefen für immer vereint in das strahlende Licht hinein.

Ahkuna lag so friedlich da. Sie schlief. Der Häher hielt sich ganz still. KumKum saß, ohne sich zu rühren, auf seinem Stein. Die gefiederten Sänger waren fortgeflogen, von den Schrofen und Felsen kam kein Laut. Nur die Flügelwesen summten und sirrten und tanzten flirrend im Sonnenschein. In den Moospolstern und auf den Flechten wimmelte es von Käfern, manche so winzig, daß sie nur schwarze, krabbelnde Punkte im Grün waren. Die Blumen dufteten. Der Atem des Windes, der vom Berg her strich, fächelte Schaks Gefieder.

Irgendwann einmal – war auch er eingeschlafen? – hörte er das Kollern von Steinen. Zwischen den Klippen am Ende des Felslabyrinths tauchten Wölfe auf. Ahkunas Rudel war mit Adsini auf den Berg gekommen.

Der Häher zupfte die Wölfin am Pelz und umschnäbelte sie tschirpend. „Wach auf, Schwester Vierbein! Deine Jungen sind da."

Voller Vorfreude auf das Wiedersehen nach so langer Zeit lief das Rudel mit hocherhobenen, wedelnden Schwänzen über die Hochfläche auf die Höhle zu. Ahkuna regte sich nicht. Von einer plötzlichen Unruhe erfaßt, zirpte Schak immer lauter. „Wach auf, Schwester Vierbein!"

Aber so laut er auch zirpte, so zärtlich er sie auch rief, er konnte sie nicht mehr wecken.

Das Rudel, das nun schon ganz nahe war, stutzte und hielt an. KumKum flappte krächzend mit den Flügeln, flog auf und strich ohne Schwingenschlag, einen dunklen Schatten werfend, über die Wölfe hinweg. Sie jaulten auf, schlichen mit hängenden Köpfen und Schwänzen heran und krochen winselnd zu Ahkuna. Der Rabe hatte sich wieder auf dem Stein niedergelassen.

Wuk und Wok brachen in ein klagendes Heulen aus, das weithin über die stille Bergwelt klang und von den Felswänden als vielfaches Echo zurückkam. Die Geschwister und Itsi und To fielen ein. Die Schnauzen zum Himmel erhoben, zum eisbedeckten, kaltglitzernden Gipfel, heulten die Wölfe, heulten in hohen, jammervollen Tönen und langgezogenen, sehnsüchtigen Rufen, bis einer nach dem anderen verstummte. Ein letztes Echo antwortete schwach, verlor sich in den Schrofen.

Das Leben war so sanft in Ahkuna erloschen, es war, als schliefe sie nur. Ihr Rudel, das sie einst geführt hatte, ihre Jungen, die sie geboren hatte, wollten sie nicht mehr zurückholen aus dem guten Land, wollten ihren Frieden nicht stören. Sie senkten die Köpfe und nahmen den vertrauten Geruch auf, der noch nicht von ihr gewichen war. Ahkuna war nach Kaam gegangen. Leben mußte vergehen, damit neues Leben geboren werden konnte. Waka, das Gesetz, hatte es so gewollt. In diesen immerwährenden Kreis waren auch sie eingeschlossen. Wenn ihre eigene Spanne Zeit vorüber war, würden sie Ahkuna folgen und wie sie den Pfad am Himmel betreten.

Imiak legte den Kopf auf Adsinis Schulter. Itsi und To drängten sich aneinander. Erinnerungen stiegen in ihnen auf, sie sahen sich, wie sie im Tal spielten, sorglose und glückliche Welpen. In der Hogala, wo Skruff und Min auf sie warteten, würden auch sie einmal Welpen behüten, wie Ahkuna und Palo Kan es getan hatten.

Schak zirpte kläglich. Sternschwester leckte ihm tröstend den Schopf.

Schiriki berührte die langsam erkaltende Schnauze der Wölfin. „Ahkuna", sagte er, „Waka ist zurückgekehrt in das Land der Wälder. Ich kann die Stimmen wieder hören, mit denen er zu uns spricht."

Wuk und Wok streckten sich neben Ahkuna aus.

Am Himmel stieg die Sonne höher, die weichen Morgenschatten wurden kürzer und lagen blau auf den eisigen Hängen. Die Wölfe verharrten schweigend bei ihrer toten Leitwölfin. Die Stille wurde immer größer, nicht einmal mehr die Flügelwesen sirrten. Dann war den Wölfen, als liefe ein Zittern durch das Gestein, als hörten sie tief unter sich ein Grollen. Sie stellten lauschend die Ohren auf, schauten verwirrt um sich und konnten sich nicht erklären, was das bedeuten sollte. Schak reckte den Kopf hoch und kreischte: „KumKum! Stürzen die Felsen wieder ein?"

Der Rabe starrte hinauf zum Berg. Die Wölfe folgten seinem Blick und sahen, wie hoch oben, winzig klein durch die Entfernung, aus den Schrofen und Schründen die Geschöpfe des Berges hervorkamen. Spitzhörner und Krummhörner, die sonst immer getrennt umherwanderten, zogen gemeinsam und zielstrebig die schneebedeckten Rinnen herab, den tiefer gelegenen Hängen zu, die sie, seit Schogar Kan gekommen war, immer gemieden hatten, selbst im strengsten Winter. Zur gleichen Zeit schwirrten Gefiederte auf, immer mehr, bis sie zu einem großen Schwarm geworden waren, der sich in die Luft erhob und den Berg verließ.

Das Haar der Wölfe sträubte sich, Schauer liefen ihnen über die Rücken. Kündigte sich ein Unwetter an? Aber der Himmel war blau, der Gipfel umkränzt von weißen Wölkchen, nirgendwo am Horizont stieg eine drohende Wolkenbank auf. Die Luft war klar und rein und brachte keine beunruhigende Botschaft. Nichts hätte friedlicher sein können, und doch war es den Wölfen, als müßten sie davonstürzen, müßten fliehen wie die anderen Vierbeiner und die Geflügelten. Wok entblößte die Lefzen, sein Nackenpelz stand steif in die Höhe.

Wieder grollte es im Berginnern, wieder bebte der Boden unter den Pfoten der Wölfe. Aus der Gipfelregion kamen neue Scharen von Bergziegen und Bergschafen. „KumKum!" rief Imiak. „Was ist das?"

Der Rabe antwortete nicht, er saß, in sich versunken, stumm da. Die Wölfe spürten, daß er keinen Anteil mehr an ihnen nahm und an dem, was geschah. Schak plusterte sich hilflos auf.

In einem der tief eingeschnittenen Schründe löste sich ein Felsblock und stürzte polternd herab, bis er in einer Mulde zum Stillstand kam. Das dröhnende Echo versetzte die Wölfe in Schrecken. Alles wurde plötzlich bedrohlich, die Felsen und steinernen Zacken, der in den Himmel ragende Gipfel. Das Gefühl der Angst verstärkte sich. Sie mußten fliehen, fort vom Berg, hinunter ins Tal! Die Wölfe gruben die Schnauzen abschiednehmend in Ahkunas Pelz und rannten dann über die Hochfläche auf das Felsenlabyrinth zu. Der Häher umflatterte jämmerlich piepend die tote Wölfin und folgte dem Rudel erst, als Schiriki und Sternschwester stehenblieben und nach ihm riefen.

Vor dem Einstieg in das Felsenlabyrinth schauten sie noch einmal zurück. Im Gegenlicht war der Höhleneingang nur ein dunkler Fleck und der Rabe auf seinem Stein kaum noch auszunehmen. Auf dem Berg war es still geworden, aber die Stille beruhigte die Wölfe nicht, die Angst vor der unbekannten Gefahr trieb sie weiter. Sie hasteten das Labyrinth hinunter. Das Kollern jedes Kiesels, der sich unter ihren Pfoten löste, klang unnatürlich laut. Außer den Wölfen und dem Häher schien kein lebendes Geschöpf mehr hier zu sein. Die fast senkrecht aufsteigenden Felswände hielten das Sonnenlicht ab, überall lagen Schatten.

Als die Wölfe endlich zwischen den Klippen und Felsnadeln auf die Halde hinausliefen, fühlten sie sich wie befreit. Auf der Halde, auch wenn sie steil war, fanden sie mit ihren Pfotenballen guten Halt im Geröll, sie konnten schneller laufen und kamen rascher vorwärts. Sie rannten über die Buckel und Mulden, vorbei an den windzerzausten Bäumen auf den Fichtenwald zu, wo kaum ein Sonnenstrahl durch das ineinander verstrickte, dürre Astgezweig fiel. Die reglos herabhängenden grauen Flechten bewegten sich leicht, wenn die Flügel des Hähers daran streiften.

Wieder fühlten die Wölfe sich erleichtert, als sie das dämmrige Zwielicht hinter sich hatten und den Bach erreichten. Murmelnd und plätschernd hüpfte das Wasser zu Tal, sprudelte schäumend über weißgescheuerte Steinplatten. Auf Moos und Farn tanzten Sonnenkringel. Die Wölfe rannten auf dem jetzt nicht mehr so steilen Hang unter den Bäumen dahin, glitten durchs Unterholz, setzten in weiten Sprüngen über gestürzte, halb vermoderte Stämme. In der Zeit, in der sie fern gewesen waren, hatte sich hier nichts verändert, alles war so, wie es immer gewesen war. Aber selbst die Vertrautheit der Umgebung nahm ihnen nicht die Angst.

Das Gestrüpp lichtete sich, der Boden wurde eben, durch die Stämme blinkte es hell. Die Wölfe traten ins Freie hinaus und hielten hechelnd am Waldrand an. Sie hatten gemeint, in Sicherheit zu sein, sobald sie nur unten im Tal wären, aber die panische Angst, die sie zur Flucht vom Berg gezwungen hatte, verließ sie auch jetzt nicht. Schak strich aus den Wipfeln herab, landete neben ihren Pfoten und spreizte erregt das Schwanzgefieder. Hoch oben in der Luft zog ein Schwarm Vögel den jenseitigen Hügeln zu.

Schogar Kans Wölfe hatten sich im ganzen Talgrund verstreut. Manche schliefen, manche lagen dösend im Gras. Andere stakten auf der Suche nach Graupelzchen schnüffelnd umher. Wieder andere schlenderten über die Wiesen, blieben einmal da stehen und einmal dort und nahmen die vielfältigen Gerüche auf. Ein paar der Jungwölfe hatten zu spielen angefangen, noch unbeholfen, als müßten sie erst lernen, wie es ist, wenn man sorglos umhertollt. Aki und Tika Kans Jungwolf kamen fröhlich kläffend herangelaufen.

Am Bachufer lagerten Tasch Kan und Ayana, das ferne Grollen vom Berg her hatte sie nicht beunruhigt. Sie erhoben sich, trotteten gemächlich zu ihren Freunden, wedelten zur Begrüßung mit den Schwänzen – und blieben plötzlich wie erstarrt stehen.

Im Unterholz, dort, wo der Bach aus dem Wald herausfloß, prasselte und knackte es. Eine Herde Bergschafe lief auf die Wiese hinaus und begann, ohne auf die Wölfe zu achten, den Talgrund zu queren, sie, die scheuen Geschöpfe der Felsenwelt, die sonst sofort die Flucht ergriffen, wenn ihnen der Wind die Witterung vierbeiniger Jäger zutrug. Dicht hinter den Schafen folgte eine Schar Bergziegen.

Tasch Kan und Ayana jaulten auf. Warum verließen Krummhörner und Spitzhörner den Berg? Warum flohen sie, als wäre ein Waldbrand ausgebrochen, als sprängen Flammen, vom Sturm angefacht, rasend schnell von Baum zu Baum? Der Himmel war klar, kein Rauchgeruch stieg in die Wolfsnasen, kein düsterer, roter Schein leuchtete über den Wipfeln auf. Trotzdem war das Verhalten der Schafe und Ziegen unmißverständlich. Nur dann, wenn eine gemeinsame Gefahr das Leben aller bedroht und der Jagdtrieb erlischt, verlieren Beutegeschöpfe die Angst vor den Jägern.

Mit ihren abgestumpften Sinnen schienen Schogar Kans Wölfe aber selbst diese Botschaft nicht mehr aufnehmen und deuten zu können. Ein paar setzten den Schafen und Ziegen nach, hielten wieder inne und schauten ratlos um sich. Andere öffneten nicht einmal die Augen, schliefen und dösten weiter. Die Wölfe aus Schogar Kans Gefolge krochen winselnd zueinander.

Schafe und Ziegen hatten den jenseitigen Waldrand erreicht und liefen unter den Bäumen hangaufwärts. Schak flog zeternd auf und stieß schrille Warnrufe aus. Wie oben auf dem Berg wurde für Imiak und seine Gefährten alles bedrohlich, der Talgrund, die Blumenwiese, der friedlich plätschernde Bach. Sie stürmten heulend und bellend los, mitten unter die Wölfe, und trieben einmal diese Schar, dann jene auf die andere Seite des Tales. Tasch Kan und Ayana brauchten nicht zu fragen, warum sie das Tal verlassen sollten, die gleiche Panik hatte auch sie erfaßt, sie riefen ihr Rudel zu sich und halfen den Wölfen vom Tal, so gut sie konnten. Aki und Tika Kans Jungwolf hetzten hinter Itsi und To her und stürzten sich tapfer kläffend in den Aufruhr.

Wieder flohen Krummhörner und Spitzhörner vom Berg herab über den Talgrund. In manchen der Wölfe erwachte der verschüttete, verlorengegangene Instinkt, sie rannten aus eigenem Antrieb den Schafen und Ziegen nach und flohen den Hügelhang hinauf. Der Großteil aber stob wie aufgescheuchte Waldhühner kopflos hin und her. Viele liefen wieder ins Tal zurück, wenn Imiak oder einer seiner Gefährten sie zum Hügelhang getrieben hatte. Andere blieben teilnahmslos im Gras liegen, vom Hunger so geschwächt, daß nicht einmal das Warngeheul in ihr Bewußtsein drang. Die Wölfe aus Schogar Kans Gefolge kauerten hilflos beisammen und ließen sich erst dann zur Flucht bewegen, als Tasch Kan und Ayana knurrend über sie herfielen, sie am Nackenpelz packten und schüttelten.

Als endlich die Wiese leer war, als auch der letzte der erschöpften Wölfe sich aufgerafft und aus dem Tal geschleppt hatte, wollte auch Sternschwester fliehen. Aber etwas hielt sie zurück, sie wußte nicht, was es war. Vom Hang her hörte sie das erregte Bellen und Kläffen, hörte Imiaks Stimme und das tiefe Wuffen von Wuk und Wok. Sie machte zögernd ein paar Schritte, blieb stehen und schaute um sich. Ihr war, als fiele ein dunkler Schatten über das Tal, ein Schatten, den der Berg warf, und doch lag die Wiese im hellen Sonnenschein. Schauer liefen Sternschwester durch den Körper. Sie mußte fort! Warum floh sie nicht?

Dann begriff sie plötzlich, daß es Schirikis Witterung war, die sie daran hinderte, das Tal zu verlassen. Im zertretenen Gras, an Halmen, die sich schon wieder aufgerichtet hatten, haftete deutlich der Geruch seiner Pfoten. Und die Spur im Gras führte nicht zum rettenden Hügelhang hin, sondern auf die andere Seite des Tales, zum Hang des Berges.

Sternschwester senkte den Kopf und ging der Spur nach. Manchmal war die Witterung schwach, überlagert von anderen Gerüchen. Manchmal waren die Botschaften, die Sternschwester in die Nase stiegen, so verwirrend, daß sie lange suchen mußte, bis sie Schirikis Pfotenspur wieder fand. Als sie den Waldrand erreicht hatte, nahm sie nicht nur die vertraute Witterung des Bruders auf, sondern auch eine andere, bei der sich ihr Rückenhaar sträubte: die Witterung des Wolfes, der ihr Rudel verstoßen hatte.

Sternschwester heulte auf und folgte der Spur, den Bach entlang, den steilen Hang hinauf, zurück zum Berg.

Oben auf dem Hügelrücken waren alle Nachzügler eingetroffen. Imiak und seine Gefährten entspannten sich, hier fühlten sie sich endlich in Sicherheit. Schafe und Ziegen waren längst in der Weite der Wälder verschwunden. Schogar Kans Wölfe standen mit hängenden Köpfen da, lagen im Gras und unter den Bäumen oder hatten sich im Gebüsch verkrochen. Viele der Wölfe waren weitergerannt, irrten umher und jaulten kläglich. Tasch Kan und Ayana lockten mit tröstenden Rufen ihr verschrecktes Rudel. Adsini leckte winselnde Jungwölfe, die von ihren Eltern getrennt worden waren. Imiak, Wuk und Wok, Itsi und To zerstreuten sich, liefen von einer Schar der verängstigten Wölfe zur anderen und wieften beruhigend. Schak flog durch die Wipfel und kreischte und schäkerte aufmunternd. Weder er noch seine Freunde merkten, daß Schiriki und Sternschwester fehlten.

*Eine Lawine aus Stein*

Am Waldrand, vor dem alten Lagerplatz, stand Schogar Kan, so reglos wie am frühen Morgen dieses Tages, als er die Ausgestoßenen erwartet hatte. Schiriki spürte die Gegenwart des riesigen Wolfes, auch wenn er sich zuerst nicht bewußt war, warum er mitten im Getümmel auf der Wiese plötzlich innehielt und zum Wald hinschaute. Er wunderte sich nicht, Schogar Kan zu erblicken. Als sei es immer schon vorherbestimmt gewesen, daß sie einander noch einmal begegnen würden, ging er durch die verstörten, ziellos umherlaufenden Wölfe auf ihren einstigen Leitwolf zu. Die zeternden Rufe des Hähers, das Heulen seiner Gefährten füllten ihm die Ohren, aber er nahm es kaum noch wahr.

Vor Schogar Kans Pfoten kauerte Oiyo im Moos. Das struppige, glanzlose Haar stand steif in die Höhe, die hageren Lefzen waren hochgezogen, aus der Kehle kam ein rauhes Winseln. „Herr, siehst du nicht, daß sie fliehen? Du darfst nicht hierbleiben!"

Schogar Kan gab keine Antwort. Er stand still da, den Blick in die Ferne gerichtet; wieder war es, als sähe er nichts und niemanden, weder Oiyo noch den schmächtigen Wolf, der auf ihn zukam, noch sein klägliches, einst so großes, mächtiges Rudel. Oiyo wimmerte. Die meisten der Wölfe waren schon geflohen, auf der Wiese fielen eben Tasch Kan und Ayana über das Gefolge her und trieben es zum Hügelhang.

„Geh zu ihnen, Oiyo!" sagte Schogar Kan. „Wenn ich nicht mehr bei dir bin, wird dich eines der Rudel aufnehmen."

Oiyo stöhnte. Mit einer demütigen Gebärde begann er die Pfoten des riesigen Wolfes zu lecken. „Sie haben dich verlassen – alle! Aber ich verlasse dich nicht."

„Und doch mußt du es tun. Weil ich es will. Warum fliehst du nicht? Jenseits dieser Hügel wird es irgendwo einen Platz geben, wo du glücklich sein kannst."

Oiyo hörte nicht auf, die Pfoten zu lecken.

„Geh!" rief Schogar Kan. „Ich befehle es dir."

Der armselige, magere Körper krümmte sich. Oiyo stieß einen klagenden Laut aus und schaute verloren zu seinem Herrn auf.

Schogar Kan neigte sich zu ihm hinab und berührte ihn mit der Schnauze. „Geh, mein treuer Oiyo, geh! Du kannst mich nicht mehr begleiten."

Und Oiyo schlich fort. Auf den Boden geduckt, schlich er über die blühende Wiese, aber nicht zu seinen früheren Gefährten, nicht dem Gefolge nach, das den Gegenhang erreicht hatte. Mit Pfoten, die ihn kaum trugen, ging Oiyo zum anderen Ende des Tales. Keiner der fliehenden Wölfe achtete auf ihn.

Schogar Kan ging in den Wald hinein. Schiriki folgte ihm, schritt hinter ihm her den allmählich steiler werdenden Hang hinauf. Sonnenkringel, die durch die

Zweige fielen, fleckten das schwarze Fell. Der Bach plätscherte eintönig. Das Heulen und Bellen aus dem Tal klang immer gedämpfter durch die Baumwildnis. Schogar Kan schritt gleichmäßig aus, ohne Eile, aber ohne zu zögern. Kein einziges Mal schaute er sich nach Schiriki um.

So stiegen sie bergan, betraten den Fichtenwald und gingen im Zwielicht unter den abgestorbenen toten Ästen dahin. Nichts regte sich. Nur das leise Geräusch ihrer eigenen Pfoten war zu hören. Was vier Beine oder Flügel hatte, war längst vom Berg geflohen, in dieser von allen Geschöpfen verlassenen Welt gab es außer ihnen kein lebendes Wesen mehr. Einmal grollte es aus dem Berginnern, dann wurde es wieder still.

Als sie die Baumgrenze hinter sich hatten, blieb Schogar Kan stehen. Vor ihnen lag die Geröllhalde, über die sich die Schrofen, Grate und Zinnen erhoben. Bläuliche Schatten gliederten die schneebedeckte Bergflanke. Ein paar lose Kiesel rieselten, durch den Boden lief ein Zittern, so leicht, daß Schiriki nicht wußte, ob er es wirklich wahrgenommen oder es sich nur eingebildet hatte.

„Schiriki", sagte Schogar Kan.

Sie sahen einander an, wie sie es schon so oft getan hatten.

„Kehr um, Schiriki", sagte Schogar Kan. „Den Weg, den ich jetzt gehe, muß ich allein gehen."

Den Kopf erhoben, ruhig und gelassen ausschreitend, als sei der Weg, den er gewählt hatte, ohne Schrecken für ihn, ging Schogar Kan auf die Felsen zu.

Schiriki legte sich nieder, er fühlte sich erschöpft, todmüde. Den Kopf auf den Pfoten, schaute er dem schwarzen Wolf nach, sah ihn zwischen den Klippen und aufragenden Steinblöcken in das Labyrinth hineingehen. Und wie damals in der Hogala meinte Schiriki zu träumen, obwohl er wußte, daß er nicht schlief. Zwischen Schlaf und Wachsein, sich selber entrückt, war ihm, als begleite er Schogar Kan noch immer, als gehe er neben ihm her, höher und höher den schweigenden Berg hinauf, durch zerklüftete Schluchten, auf steilen Felshängen, die den Pfoten kaum Halt gaben, vorbei an senkrecht abfallenden Wänden und über harschige Schneefelder auf den von blankem Eis umhüllten Gipfel zu. Im Traum, der kein Traum war, ging Schiriki den Weg, den Schogar Kan ging.

Irgendwann wurde ihm bewußt, daß Sternschwester zu ihm gekommen war und neben ihm stand. Er fand wieder zu sich selbst zurück. „Du hättest mir nicht nachgehen sollen", sagte er.

Sie rieb wortlos die Schnauze an seinem Kopf.

Schiriki stand auf. Hoch oben in den Felsen glaubte er den schwarzen Wolf zu sehen. Aber der dunkle Fleck, den er auszunehmen vermeinte, war vielleicht nur ein Wolkenschatten, der über den Berg irrte, und das flimmernde Sonnenlicht auf dem Schnee mochte die leuchtenden Deckhaare vortäuschen. Aus dem Inneren des Berges kam ein Grollen, lauter als zuvor. Der Gipfel schien zu erbeben, Felsnadeln und Zinnen schienen zu schwanken. Auf der Halde lösten sich polternd Steinbrocken. Geröll fing zu gleiten an, rutschte ab. Ein Spalt öffnete sich, wurde breiter und verschluckte einen der windzerzausten Krüppelsträucher.

Sternschwester und Schiriki flohen. Sie rannten dicht nebeneinander über steinigen Grund, der lebendig geworden war und sich unter ihren Pfoten bewegte. Sie rannten durch den Fichtenwald, wo die Bäume sich zitternd neigten und wieder aufrichteten. Sie flohen den Bach entlang. Das klare Wasser war trüb geworden, umspülte braungurgelnd Sträucher und halb entrollte Farne am Ufer, sog moosbewachsene Steine in sich plötzlich bildende Tümpel hinab. Vom Berg her grollte es. Sternschwester und Schiriki rannten weiter, hinab ins Tal.

Schogar Kans Wölfe hatten sich beruhigt und lagerten in kleinen oder größeren Gruppen auf der Hügelkuppe und auf den umliegenden Hängen. Manche hatten sich auf versteckten Lichtungen im Wald niedergelassen. Imiak und seine Gefährten brauchten nicht mehr umherzulaufen und sich der verzagten Schar anzunehmen. Als sie zur Hügelkuppe zurücktrotteten, vermißten sie Sternschwester und Schiriki und begannen nach ihnen zu rufen, sorglos zuerst, denn bestimmt waren die beiden ganz in der Nähe. Schak flatterte suchend durch die Wipfel. Das wiedereinsetzende Grollen vom Berg her erschreckte die Wölfe und den Häher, alles kam zurück, die unbestimmte Angst, das Gefühl der drohenden Gefahr. Sie rannten auf die Kuppe hinauf und hofften, dort die Geschwister zu finden, aber nur Adsini lief ihnen schweifwedelnd entgegen, und bei Tasch Kan und Ayana waren nur Aki, ihr Rudel und Tika Kans Jungwolf. Keiner der Wölfe auf der Kuppe hatte Sternschwester oder Schiriki gesehen.

Schak erhob sich kreischend in die Luft. Die Nasen dicht am Boden, rannten Adsini und die Wölfe vom Tal auf der Kuppe umher, schnüffelten im Gras und Moos und unter den Sträuchern, schnüffelten jeden Stein, jeden Farn ab. Aber so sehr sie auch suchten und witternd die Luft einsogen, sie fanden den vertrauten Geruch der Pfotenspuren nicht und begriffen, daß Sternschwester und Schiriki sich nicht wie alle anderen auf den Hügel gerettet hatten. Sie liefen zum Rand der Kuppe. Derselbe Instinkt, der sie vom Berg und aus dem Tal hatte fliehen lassen, sagte ihnen, daß sie die Spur der Vermißten nur dann finden konnten, wenn sie unten im Tal danach suchten.

Ein Grollen im Berg, ein fernes Poltern oben in den Felswänden, vom Echo wiederholt, jagte ihnen Schauer über die Rücken. Mit angstgesträubtem Haar, mit Läufen, die ihnen nicht gehorchen wollten, liefen sie den

Hang hinab. Itsi und To krochen fast auf dem Boden dahin. Es war wieder still geworden, bedrückend still. Imiak heulte auf, rief heulend nach seinen Geschwistern. Er heulte noch, als er schon Antwort erhielt und Schak oben in den Wipfeln ein befreites Zetern anstimmte. Die Wölfe rannten auf die Wiese hinaus, sahen Sternschwester und Schiriki auf sich zulaufen, sprangen in der Wiedersehensfreude an ihnen hoch und leckten ihnen winselnd die Gesichter. Für Fragen blieb keine Zeit. Der Häher strich über ihre Köpfe hinweg und forderte sie kreischend auf, aus dem Tal zu fliehen. Als die Wölfe ihm folgen wollten, ließ ein ohrenbetäubendes, donnerndes Krachen sie jäh erstarren.

Die Flanke des Berges stürzte ein. Unter einem aus allen Schründen aufsteigenden grauen Schleier wälzte sich ein Strom aus Fels und Stein vom Berg herab, ergoß sich über die Hänge und knickte selbst die mächtigsten Bäume, als wären es Grashalme. Einen Herzschlag lang waren die Wölfe unfähig, sich zu rühren, dann rasten sie den Hang hinauf. Hinter ihnen begrub der Bergsturz das Tal.

Schogar Kans Wölfe waren vor dem unheimlichen Dröhnen geflohen und in alle Richtungen davongestoben. Auf der Hügelkuppe oben warteten nur noch Tasch Kan, Ayana und die zwei Jungwölfe. Gemeinsam mit Imiak und seinen Gefährten flohen nun auch sie. Die Angst vor dem Berg, der lebendig geworden war, trieb die Wölfe weiter, bis sie sich endlich in einer von Gras und Sträuchern überwucherten Senke in Sicherheit fühlten, sich zu Boden fallen ließen und zueinander krochen. Schak suchte Schutz zwischen Sternschwesters Pfoten.

Das Donnern verhallte in einem vielfältigen, immer schwächer werdenden Echo. Manchmal dröhnte es erneut, wenn irgendwo am Berg zum Stillstand gekommene Felsmassen wieder in Bewegung gerieten. Aki und Tika Kans Jungwolf wimmerten vor Angst und wollten sich nicht beruhigen, auch als die Wölfinnen sie leckten und trösteten.

Der Tag neigte sich dem Ende zu. Die Sonne verschwand hinter den Hügeln, ihr Licht am Himmel verblaßte. In der beginnenden Dämmerung verwischten sich die Umrisse von Bäumen und Sträuchern. Noch immer grollte und polterte es vom Berg her. Erst als die Dunkelheit einsetzte, wurde es still. Ein paar der geflohenen Wölfe kamen zurückgetrottet und lagerten sich im Umkreis. Keiner wagte sich zurück auf die Hügelkuppe.

Auf dem schwarzgewordenen Himmel glitzerten immer mehr Sterne, die Milchstraße wurde zu einem hell flimmernden Pfad. Zwei Sternschnuppen zuckten auf, zogen eine leuchtende Spur durch die Nacht, verglommen und erloschen. Sternschwester grub die Schnauze in Schirikis Fell; er streckte sich aus, und sie spürte, wie er sich entspannte. Sie dachte an Ahkuna, die Leitwölfin, und an Schogar Kan, den schwarzen Wolf aus Norr Norr. „Auch er ist nach Kaam gegangen, Schiriki", sagte sie, „in das gute Land."

Ein leichter Nachtwind strich über die Hügel, es war, als atmeten die Wälder. Die Wölfe drängten sich aneinander, suchten die gegenseitige Wärme und schliefen ein.

Bevor der Morgen graute und der neue Tag anbrach, erwachten Adsini und das Rudel vom Tal und verließen die Senke. Schogar Kans Wölfe schliefen noch, im Unterholz, in geschützten Mulden oder wo immer sie sich verkrochen hatten. Tautropfen hingen an Farn und Kraut. Nichts regte sich, als die Wölfe durch den Wald zur Hügelkuppe gingen. Schak flog über ihnen durchs Geäst. Tasch Kan und Ayana folgten ein paar Schritte hinterher. Wie immer stapfte Aki neben Itsi und To, und Tika Kans Jungwolf trottete schüchtern nach.

Imiak und seine Gefährten blieben am Rand der Hügelkuppe stehen. Unter dem noch blaßgrauen Himmel, nur im Osten säumte ein Lichtstreifen die Wipfel, lag das verwüstete Tal da, so verändert, daß die Wölfe es kaum wiedererkannten. Der Gipfel des Berges ragte unversehrt hoch, die ganze vordere Flanke aber war eingestürzt. Selbst jetzt, im schwachen Licht des Morgens, hoben sich die Abbruchstellen unnatürlich hell vom verwitterten Altgestein ab. Der früher dichtbewaldete Hang war unter Schutt und Felstrümmern begraben. Nur hier und dort hatte einer der Bäume dem Ansturm statthalten können und reckte sich, halb entwurzelt, kläglich empor.

Der Strom aus Fels und Schnee hatte sich über die ganze Breite des Talgrunds gewälzt. In dem sich auftürmenden Gestein staken geknickte, zersplitterte Stämme. An mächtigen Wurzelballen, manche fast zermalmt, klammerten sich die Wurzeln noch an das bröckelnde Erdreich. Inmitten der Verwüstung, zwischen Steinplatten, Geröll, Eisbrocken und schmutzig zusammengeballtem Schnee, suchte sich der Bach ein neues Bett, versickerte in trüben Rinnsalen, quoll wieder hervor und trug wie spielerisch zerfetzte Nadelzweige und Grasbüschel mit sich, bis sie an irgendeinem Hindernis hängenblieben. Gegen Ende des Tales zu, wo die Wucht des Bergsturzes riesige Blöcke hingeschleudert hatte, stauten sich Tümpel auf.

Ahkunas Wölfe schauten schweigend auf den fremd gewordenen Berg, auf ihr zerstörtes Tal. Nichts mehr war vertraut, der alte Lagerplatz irgendwo begraben unter den Felsmassen. Oben auf dem Berg war die kleine Hochfläche verschwunden, die Höhle war verschüttet, Ahkunas und Schaks Zuflucht während der langen Wartezeit. Das war nicht mehr der Ort, nach dem sie sich auf ihrer Wanderung gesehnt hatten; sie fühlten sich verloren, als wären sie wieder zu Streunern geworden, drängten sich trostsuchend aneinander und wieften traurig.

Schak, der Häher, saß stumm im Geäst.

Der Himmel im Osten glühte auf, Strahlenbündel schossen empor, die Sonne erhob sich am Horizont. Zerfließender Morgendunst und ein paar vereinzelte Wolken bekamen eine rötliche Farbe. Schnee und Eis am Gipfel funkelten. Die Tümpel am Ende des Tales spiegelten das Licht wider und weckten in den Wölfen die Erinnerung an ein anderes Tal. Friedliche Bilder stiegen in ihnen auf, sie vermeinten eine weite glitzernde Seefläche zu sehen, umkränzt von Wäldern, überragt vom Berg, dessen Spitze dem Großen Nachtlichthorn glich – Tokalas See, der Ort, an dem sie glücklich gewesen waren. Warum sollten sie hierbleiben, im Tal, das nicht mehr ihr Tal war, wo nichts mehr sie hielt. Ahkuna war nach Kaam gegangen. Auch sie würden fortgehen.

Die Wölfe aus Schogar Kans Rudeln waren erwacht, kamen herbei und versammelten sich auf der Hügelkuppe und auf den umliegenden Hängen.

In einem der Wipfel begann ein Gefiederter zu singen, zaghaft zuerst, als könnte er sich kaum noch an die alten Lieder erinnern, als müßte er erst wieder die verlorengegangene Melodie suchen. Nach und nach wurde der Gesang sicherer, die flötenden Töne wurden heller und freudiger. Immer mehr Vogelstimmen antworteten, bis es in allen Baumkronen zwitscherte, trillerte, pfiff und flötete wie in den Frühlingstagen vor der gesetzlosen Zeit. Waka war zurückgekehrt in das Land der Täler und Hügel.


Schogar Kans Wölfe schlossen sich wieder in kleinen Rudeln zusammen und zogen fort, die einen, um in ihre alten Jagdgebiete zu wandern, die anderen auf der Suche nach einem der verlassenen Gebiete, die sie in Besitz nehmen konnten. Manche der Rudel waren ohne ihre früheren Leitwölfe, bei diesen übernahmen die erfahrensten Wölfe und Wölfinnen die Führung. Auch Tika Kans einstiges Rudel brach eines Tages auf. Dem Jungwolf fiel es schwer, sich von Ahkunas Wölfen zu trennen, er umstrich sie winselnd, ließ sich von Adsini lecken, wedelte den Häher an und folgte erst dann dem Rudel, als eine der Wölfinnen nach ihm rief.

Tasch Kan und Ayana waren die letzten, die mit ihrem Rudel fortgingen. Adsini und die Wölfe vom Tal begleiteten sie bis zur nächsten Hügelkette. Als sie voneinander Abschied genommen hatten und Tasch Kans Rudel allein weiterwanderte, kam Aki ein paarmal zurückgelaufen, sprang an Itsi und To hoch, umarmte sie mit den Vorderläufen und biß sie zärtlich. Sein sehnsüchtiges Heulen war noch lange zu vernehmen, auch als das Rudel schon jenseits der Hügel war. In der Nacht darauf, als Imiak und seine Gefährten auf der Kuppe lagerten, hörten sie von fernher, aus dem Nachbargebiet, Tasch Kans und Ayanas Wölfe rufen und antworteten, wie sie es früher so oft getan hatten. Beide Rudel wußten, daß es ein Abschied für immer war.

Die letzten Sterne verblaßten am Himmel, als auch Ahkunas Wölfe und Adsini aufbrachen. Bevor sie das Tal und den Berg verließen, blieben sie noch einmal am Rand der Kuppe stehen. Sie sahen aber nicht das Tal, wie es jetzt war, verwüstet und übersät von Gestein und Geröll; in ihrer Vorstellung war das Tal von weichem, grünem Gras bedeckt, die Blätter der Espen wisperten, Hornträger ästen, und vor dem Lagerplatz hielten Palo Kan und Ahkuna Wache.

Durch das vom kommenden Morgengrauen nur schwach erhellte Zwielicht strich vom Berg herab ein schwarzer Schatten, nahm Rabengestalt an und ließ sich in einem der Bäume nieder.

„KumKum!" rief Schak. „Wo warst du? Wir dachten schon, auch du wärst den Sternenpfad gegangen!"

„Wir gehen zu Tokalas See", sagte Imiak. „Es ist ein guter Ort. Willst du uns nicht begleiten?"

Der Rabe blickte schweigend auf die Wölfe hinab. Sein Schnabelansatz war weiß geworden, das einst tiefschwarze, glatte Gefieder hatte allen Glanz verloren. Als KumKum die Flügel ausbreitete und ebenso stumm, wie er gekommen war, wieder den Berghang hinauf flog, hielten die Wölfe ihn nicht zurück; sie verstanden, daß er, wie Ahkuna, nur noch darauf wartete, bis auch seine Zeit zu Ende ging. Sie schauten ihm nach, bis er hoch oben zwischen Felsblöcken und Gestein verschwunden war, schauten noch einmal über das Tal, dann wandten sie sich ab und begannen ihre Wanderung – keine Flüchtlinge mehr und auch keine Streuner. Diesmal kannten sie ihren Weg und wußten das Ziel.

Manchmal liefen sie im ausdauernden Wolfstrab, manchmal trotteten sie gemächlich dahin, oder sie schliefen und dösten an einem der sonnigen Plätze. Sie hatten keine Eile, nichts trieb sie an, bevor der Frühling in den Sommer überging, würden sie den See erreichen und ihr Jagdgebiet in Besitz nehmen. Nach allem, was geschehen war, brauchten sie nicht zu befürchten, daß ein anderes Rudel ihnen dieses Recht streitig machen würde.

Noch war das Land leer von größerer Jagdbeute, aber auch Graupelzchen, Langohren und andere kleine Pelzwesen konnten den ärgsten Hunger stillen. Die Wölfe lauerten Waldhühnern auf und holten sich Fische aus den Bächen und Tümpeln.

Eines Nachts lagerten sie am Ufer eines Weihers. Der Mond hatte sich über die Wipfel erhoben, verlieh den Birkenstämmen eine unwirklich weiße Farbe und flimmerte auf dem schwarzen Spiegel des Wassers. Die Wölfe waren schon eingedöst, als eine dunkle, weiche Federkugel über sie dahinschwebte. Gleich darauf vernahmen sie den so lang vermißten Ruf einer Eule. Der

Häher hüpfte zu Sternschwester und setzte sich zwischen ihre Pfoten. „Hört ihr es?" schäkerte er. „Die Nachtjäger kehren zurück. Da muß unsereins wieder achtgeben!"

Imiak legte den Kopf auf Adsini. Um seinetwillen hatte sie die Hogala verlassen, aber das Land, in das er sie geführt hatte, war nicht mehr tot, es hatte wieder zu leben angefangen.

Am nächsten Morgen sahen sie hoch über sich einen Adler kreisen, und ein paar Tage danach erblickten sie in einer Talsenke ein paar Hirschkühe, geführt von einem Bock mit mächtigem, ausladendem Geweih – eine kleine Herde, die furchtsam und ängstlich umherwitterte, als sei alles noch zu fremd, zu unbekannt. Der Wind stand günstig, aber wie damals auf der Flucht, als die Wölfe die Grenze von Schogar Kans Land überschritten hatten und zum erstenmal Hornträgern begegnet waren, erwachte der Jagdtrieb nicht in ihnen. Sie zogen still weiter, ohne die Herde aufzuschrecken.

Nach einem Regentag, den sie in einem geschützten Dickicht verbracht hatten, erreichten sie das Gebiet, wo die Hügel höher und nur spärlich bewachsen waren. Auch diesmal erspähten die Wölfe einen Dickpelz, der zielstrebig dahintrottete.

Die Wölfe kläfften und bellten und hopsten umher, sprangen hoch in die Luft, jagten einander und balgten sich, während Schak sie kreischend umflatterte. Wie damals die Bärin, reckte auch dieser Dickpelz sich auf den Hinterbeinen in die Höhe, starrte aus seinen kleinen Augen auf die Wölfe hinab, hielt es für ratsam, ihnen aus dem Weg zu gehen, und trollte sich in ein buschbestandenes Bachbett.

Als Landmarken eines Abends den Wölfen sagten, daß es nicht mehr weit zum See war, liefen sie ohne anzuhalten die ganze Nacht hindurch. Am Morgen erblickten sie die ferne Bergkette, zartblau hingezeichnet in einen noch farblosen Himmel. Über dem Wald ragte, verschwommen im Dunst, der gebogene Gipfel des Mondberges auf.

Die Wölfe standen stumm da.

Sie hatten das Jagdgebiet betreten, das ihnen, den Ausgestoßenen, eine Zufluchtstätte geworden war, ein Ort, an dem sie glücklich gewesen waren wie einst im Tal der Flüsternden Winde. Durchs Unterholz führte einer ihrer alten Pfade, überwuchert, aber noch immer gangbar.

Itsi stupste Imiak mit der Schnauze an. „Du mußt dein Zeichen setzen, Imiak Kan", sagte sie.

Es war das erste Mal, daß einer aus dem Rudel ihn mit dem Namen eines Leitwolfes anredete. Imiak schaute seine Gefährten unsicher an.

To legte die Ohren zurück und duckte sich schweifwedelnd. Schak hüpfte vor Imiak hin und her und schwenkte schäkernd den blauen Federschopf. Wuk und Wok kräuselten vergnügt die Lefzen. „Ja, Imiak Kan", wufften sie. „Setz dein Zeichen!"

Steifbeinig vor Aufregung, den Schwanz straff gespannt, stelzte Imiak zu einer moosbedeckten Steinplatte und verspritzte ein paar Tropfen Harn. Adsini sprang zu ihm und folgte seinem Beispiel. Sternschwester berührte mit der Nase die Schnauze der zierlichen Wölfin aus der Hogala. Das Rudel brach in fröhliches Gekläffe aus. Ausgelassen japsend rannten die Wölfe mit hocherhobenen Schwänzen dahin, scharrten den Boden mit den Pfoten auf, wälzten sich im Moos und hinterließen einmal da und einmal dort die Spuren ihrer Duftdrüsen.

Am Himmel war die Sonne hochgestiegen, der Dunst löste sich auf. Die Wölfe erreichten das Seeufer. Vor ihnen lag die weite Wasserfläche, glitzernd im Morgenlicht. Enten und Gänse gründelten im Schilf, rosafarbene Pelikane fischten. Silbergraue Reiher stakten durchs seichte Uferwasser. Schwäne glitten über den See, die langen Hälse anmutig gebogen. Getragen vom Aufwind, strich ein Adler den Berg hoch, dem schneebedeckten Gipfel zu.

Vor Freude laut bellend, liefen die Wölfe das Ufer entlang, scheuchten das geflügelte Wasservolk auf. Enten und Gänse flüchteten mit schwirrenden Flügelschlägen. Reiher erhoben sich aus dem Schilf, Schwäne trompeteten. Die Wölfe liefen auf den Lagerplatz zu, zur Höhle, in der Adsini ihre Welpen aufziehen würde. Das Rudel vom See nahm sein Jagdgebiet in Besitz.

Vom Waldrand her, aus dem weit ausladenden Geäst der alten Eiche, wo einst Scheta, die Jägerin mit den leisen Pfoten, das Rudel gewarnt hatte, ertönte ein lautes Krächzen. Kokko, der Rabe, flog herab und strich flügelflappend über die Wölfe und den Häher hinweg. „Seid ihr endlich da? Habt ihr aber lang gebraucht! Ich dachte schon, ihr hättet mich vergessen."

## Der Traum von Wakas guter Welt

An einem warmen Frühsommertag, ein Jahr später, lag Schiriki auf seinem alten Platz oben beim Wasserfall. Auf den Hängen und Matten des Mondbergs war der Schnee längst geschmolzen, nur in der Gipfelregion lagen noch Schneefelder, blauschimmernd dort, wo Eisrinnen sich durch den Fels zogen. Das Wasser stürzte weißschäumend in das tiefe Becken des Tümpels hinab, versprühte und verwehte in regenbogenfarbenen Schleiern. In jeder Ritze und in jedem Spalt der naßdunkel aufsteigenden, senkrechten Wand hatten Samen Wurzeln geschlagen; auf winzigen Vorsprüngen im Gestein sprossen Blumen und Farne, nickend im Morgenwind.

Das üppige Frühsommergras der Wiese war durchwirkt von Blumen, manche erst halb geöffnet, andere schon braun verwelkt oder zu weißgefiederten Samen verblüht. Grashüpfer schnellten sich von einem schwankenden Halm zum anderen. Flügelwesen tanzten. Libellen schwirrten im Zickzackflug über den Bach, auf dessen sandigem Grund Goldglimmer glitzerte. Eine rauchgraue Taube flog aus den Wipfeln herab, trippelte zum Wasser und trank. Im Gebüsch und in den Nadelbäumen flatterte und huschte es; unzählige Vögel zirpten und zwitscherten, riefen einander in flötenden Tönen zu. Eben flügge gewordene Jungvögel heischten piepend und flügelschlagend Futter von ihren Eltern.

Aus dem Unterholz äugte ein Hirschkalb, die stille Gestalt des reglos daliegenden Wolfs erschreckte es nicht. Wie damals, als das ausgestoßene Rudel am See Zuflucht gefunden hatte, jagten die Wölfe auch jetzt nie hier oben beim Wasserfall. Selbst die Jungwölfe aus dem vorjährigen Wurf empfanden Scheu vor dem Ort, den jener sich auserwählt hatte, der das Gesetz in das Land der Hügel und Wälder zurückgebracht hatte. Erzählten Imiak, Wuk oder Wok oder Sternschwester die Geschichte von Schogar Kan und der Flucht in die Hogala, rannen den Jungwölfen Schauer über den Rücken und ihr Haar stellte sich auf. Kam aber Schiriki ins Lager, konnten sie fast nicht glauben, daß er, der Sanftmütige, der Schmächtige, es gewesen sein sollte, der stärker gewesen war als der Starke. Er machte so gar nichts aus sich selber! Und doch hätte keiner der Jungwölfe, auch nicht im rauhesten Spiel, ihn angeknurrt oder auch nur einmal fest zugebissen. Wenn er sie leckte, erwiderten sie seine Zärtlichkeit mit Gesten der Ergebenheit, als sei er ihr Leitwolf wie Imiak.

Der Wasserfall rauschte – eintönig, immer gleichbleibend. Das Rauschen verschmolz mit den vielen anderen friedlichen Lauten, dem Sirren der Flügelwesen, den Liedern der Geflügelten, dem Flüstern des Windes im Laub, dem Tappen einer Maus, dem Knacken eines dürren Zweiges, auf den das Hirschkalb trat. Den Kopf auf die Pfoten gelegt, lauschte Schiriki den vielfältigen Stimmen, mit denen Waka zu seinen Geschöpfen redete und mit denen er auch zu ihm sprach. Und während er lauschte, wanderten seine Gedanken, die Gegenwart wurde eins mit dem, was geschehen war seit jenem ersten Morgen am See, als das Rudel zum Lagerplatz gelaufen war und Kokko laut krächzend aus der Eiche herabgeflogen kam. Schiriki vermeinte, das schwache Fiepen und Winseln zu hören, damals, vor einem Jahr im Vorsommer, als über dem verdämmernden See der letzte Schein des Tageslichts erlosch. Er sah Sternschwester vor sich, wie sie in die Höhle hineinkroch, um im warmen Halbdunkel unter der Erde Adsinis neugeborene Welpen zu lecken. Als die Wiesen bunt von Sommerblumen waren, tappten die Kleinen eines Tages ins Freie heraus, mit wackelnden, großen Köpfen und tolpatschigen, dicken Pfoten. Und wieder wurden Wuk und Wok die geduldigen Betreuer der Welpen, wie einst im Tal der Flüsternden Winde und im Sand der Hogala.

Im Hochsommer – die Welpen machten bereits ihre ersten Ausflüge in die aufregende, unbekannte Welt – zogen Itsi und To fort, zurück in die Hogala, wie sie es Skruff und Min versprochen hatten. Kokko wollte sich nicht von ihnen trennen und begleitete sie.

Der Sommer war in den Herbst übergegangen, das Laub verfärbte sich. Auf ihren Streifzügen wagten sich die Welpen, oft auch ohne ihre Beschützer, immer weiter vom Lager weg. Eines Morgens, nach der nächtlichen Jagd, dösten die erwachsenen Wölfe am Seeufer, als ein wildes Kläffen, das zu einem angsterfüllten Heulen wurde, sie jäh aufschreckte. Das Heulen kam vom Berghang her. Ohne einen Augenblick zu zögern, hetzten sie los; allen voran Adsini.

Auf einer nur schütter mit Bäumen bewachsenen Halde stand ein fauchendes Pumaweibchen vor einem mächtigen, verwitterten Felsblock und versperrte den

Welpen den Fluchtweg; sie drückten sich hilflos winselnd in eine Nische und konnten weder vor noch zurück. Als die Wölfe heranrasten, fauchte das Pumaweibchen sie kurz an, schnellte sich dann mühelos auf den Felsblock hinauf und betrachtete von oben das wütend angreifende Rudel. Knurrend und heulend, die Lefzen entblößt, die Zähne gefletscht, suchte Adsini vergeblich mit den Pfoten Halt am Stein, rutschte ab und sprang von neuem hoch.

Das Pumaweibchen streckte und dehnte sich, schwenkte den Schwanz und gähnte gelangweilt. „Wozu die Aufregung?" fauchte es. „Habe ich deine Jungen angerührt, Langbeinige? Sind sie nicht heil und ganz, ohne einen Kratzer? Obwohl ich, das laß dir gesagt sein, diese armseligen Dinger mit einem Schlag hätte erledigen können." Das fahlgelbe Geschöpf hob eine der Tatzen und streckte die Krallen aus. „Du brauchst keine Angst um deine Jungen zu haben. Ich, Tschita, die Jägerin, habe nicht vergessen, daß es ein Langbein war, das mich einst beschützt hat."

Wieder schwenkte das Pumaweibchen den Schwanz, leckte sich das Maul und strich mit der Tatze lässig über die Schnurrhaare. Eine Erinnerung stieg in Imiak hoch: der Baum am Ufer, oben im Geäst die Jägerin mit den leisen Pfoten, ein neugierig miauendes Junges, das auf die Wölfe hinunteräugte.

„Bist du Schetas Junges?" rief er.

„Ja, das bin ich", schnurrte das Pumaweibchen. „Von mir aus hättet ihr bleiben können, wo immer ihr damals hingelaufen seid. Hätte nie gedacht, daß ich euch wiedersehe. Wäre es zuviel verlangt, wenn ich euch bitte, nicht jede Nacht zu heulen, als hätte man euch auf den Schwanz getreten? Unsereinem tut das in den Ohren weh. Und nun geht in Frieden, wie ich in Frieden gehe."

Mit einem schrillen Miauen, das aber nicht unfreundlich klang, glitt Tschita vom Felsblock herab und lief mit langen Sätzen den Hang hinauf. Das Licht der schrägstehenden Sonne spielte auf dem geschmeidigen Körper und verlieh dem Fell die Farbe herbstgelber Blätter.

„Jägerin mit den leisen Pfoten", rief Imiak ihr nach, „sei auch du ohne Sorge um deine Jungen. Auch wir Schnellen Läufer vergessen nicht! Keiner in meinem Rudel wird deinen Kleinen ein Leid antun."

Das Pumaweibchen hielt mitten im Laufen inne, wandte sich um, bleckte die Reißzähne und zischte, um den Wölfen klarzumachen, daß es selber in der Lage war, seine Jungen vor einem Pack Langbeiner zu beschützen.

Manchmal, wenn die Wölfe auf der Jagd waren, erblickten sie Tschita – einen gelbbraunen Schatten im Dickicht. Manchmal sahen sie die Pumajungen hoch oben vor einer Felshöhle spielen. Und wenn es auch keine Freundschaft gab zwischen dem Volk der Schnellen Läufer und den Jägern mit den leisen Pfoten, so konnten doch die Jungen – Welpen wie Kätzchen – ohne Angst voreinander umherstreifen, selbst dann noch, als Schnee fiel, als die große Kälte kam und der Hunger.

Es wurde ein harter Winter für alle Jäger im Land der Täler und Hügel. Vereinzelt waren Hornträger zurückgekehrt, die Beute reichte aber nicht aus, um den Hunger zu stillen. In den geschwächten Rudeln überlebten viele Wölfe den Winter nicht. Am See waren Elche aufgetaucht, sie fanden, weil es nur wenige waren, reichlich Futter, waren gesund und kräftig und schwer zu jagen. Manchmal gelang es den Wölfen, ein Bergschaf oder eine Bergziege zu erlegen, aber wirklich satt wurden sie selten. Alle waren mager, als der Schnee endlich schmolz und die verlassenen Weidegründe mehr und mehr Hornträgerherden anlockten. Am See brachten die Elchkühe ihre Jungen zur Welt. Die schlimmste Zeit war überstanden.

Schak konnte endlich tun, was er sich schon immer gewünscht hatte. Er suchte sich eine Gefährtin und baute mit ihr ein Nest hoch oben in der Eiche. Als die Jungen flügge geworden waren, flatterten sie ihm ins Lager der Wölfe nach, hüpften furchtlos mitten im Rudel umher und piksten jeden, der nicht achtgab, in den Schwanz, während Schak zwischen Sternschwesters Pfoten saß und stolz auf seine weißblauen, flaumigen Federbälle schaute.

Adsini hatte rasch gelernt, sich dem Leben in den Wäldern anzupassen. Bei der Jagd auf Hornträger und Großhörner war sie bald ebenso geschickt wie die anderen. Nur noch ihre zierliche Gestalt verriet, daß sie aus dem Sandland stammte. Und doch blieb sie der Hogala treu: Kam ein hungriger Streuner in das Jagdgebiet, bestand sie darauf, daß er sich sattfressen durfte. Aber auch Imiak und seine Gefährten hatten die Gastfreundschaft der Hogalawölfe nicht vergessen, als sie, die Ausgestoßenen, auf ihrer Flucht ins Sandland gekommen waren. Und was die Rangordnung betraf, an die ein Hogalawolf sich wohl nie ganz gewöhnen würde, damit nahmen sie es selbst nicht mehr so genau nach all den gemeinsam überstandenen Gefahren. Es genügte, den Welpen beizubringen, daß es Regeln zum friedlichen Zusammenleben der Gemeinschaft gab.

Die Wandervögel, die im Frühling jeden Abend in Scharen am See einfielen, brachten Nachricht aus der Hogala. Sie erzählten von Itsi und To, die den Hogalawölfen beibrachten, wie man Gabelböcke jagt. Sie erzählten von Haschka und Ugama und Skruff und Min. In Nächten, wenn das Große Nachtlicht am Himmel hing, sagten die Wandervögel, säßen die Wölfe der Hogala auf den Sanddünen und sängen das Lied von den fernen Freunden im Nordland. Auch von dem kleinen Erdhörnchen wußten die Wandervögel zu berichten. Kip-Kip ließ sagen, daß er sehr beschäftigt sei, weil er sich um die Welpen und um Kokko, den Schwarzgefiederten, kümmern müsse. Er habe viele Freunde, so sagte Kip-Kip, aber wie Schiriki wisse, nur einen allerbesten Freund. Manchmal sei es, als käme dieser allerbeste Freund zu ihm, dann spielten sie miteinander und lägen nebeneinander, glücklich wie einst.

Was mit Oiyo, dem Treuen, nach dem Bergsturz geschehen war, darüber gab es viele Geschichten. Es hieß, daß ein einsamer Wolf mit zottigem Fell ruhelos im Land der Wälder und Hügel umherziehe, einmal in diesem Gebiet jage, dann in jenem. Nahm ein Rudel seine Witterung auf, zog es sich scheu zurück und ließ ihn ungestört. In manchen Nächten, so hieß es, könne man oben auf einem der Hügel den dunklen Schatten eines Wolfes sehen, der, die Schnauze zu den Lichtern am Himmel erhoben, um seinen toten Herrn klagte und sehnsüchtig nach ihm rief.

Vernahmen lauschende Wölfe das Heulen, sträubte sich ihnen der Pelz, sie verkrochen sich und erzählten ihren Welpen die Geschichte vom riesigen schwarzen Wolf aus Norr Norr und der gesetzlosen Zeit. Sie erzählten von den Ureltern, den Erstgeborenen, die in Gestalt des schmächtigen Wolfes und seiner hellhaarigen Schwester aus Kaam zurückgekehrt waren, um die Welt zu retten wie damals vor langer, langer Zeit. Auch jetzt noch, meinten die Wölfe, könne man die beiden erblicken, wie sie, so leichtfüßig, daß ihre Pfoten den Boden nicht berührten, durch das Land der Hügel und Wälder wanderten. Und solange jeder Schnelle Läufer – auch der kleinste Welpe – das Gesetz nicht vergaß und so lebte, wie Waka es gewollt hatte, würden die Ureltern, die Erstgeborenen, ihr Volk beschützen und immer bei ihm sein.

Die Sonne schien warm auf Schirikis Pelz. Vom Seeufer her hörte er, gedämpft durch die Entfernung, die fröhlichen Rufe der Jungwölfe. Seine Nase nahm die vielfältigen Botschaften auf, den Geruch des Wassers, den Duft von Gräsern, Kräutern und Blumen, seine Nase sagte ihm auch, wo im Unterholz verborgen kleine Pelzgeschöpfe auf der Nahrungssuche sich so behutsam bewegten, daß kein Laut sie verriet. Über einen moosbewachsenen, vom Morgentau noch feuchten Stein am Ufer wanderte zielstrebig ein Zug Ameisen. Die Taube war in den Wald zurückgeflogen, zu ihrem Nest irgendwo in den Wipfeln. Einer der Flinken Springer lief im Geäst umher, kam immer tiefer herab, landete nach einem weiten Satz im Gras, stellte sich auf die Hinterbeine und schnupperte.

Die Wolfswitterung beunruhigte das Eichhörnchen nicht, die hatte es schon oft aufgenommen und nie war damit Gefahr verbunden gewesen. Das Vierbein auf der Wiese neben dem Wasserfall schaute zwar aus wie einer der großen Jäger und roch wie sie, war aber harmlos. Das Eichhörnchen sprang einmal dahin und einmal dorthin, steckte die Nase schnüffelnd ins Gras, teilte die Halme mit den Vorderpfoten und wühlte vermodertes Laub auf. Oben am Himmel, genau über dem Wiesenfleck, stand rüttelnd ein Falke.

„Wenn ich du wäre", hörte das Eichhörnchen plötzlich den Wolf sagen, „würde ich mir jetzt ein Versteck suchen. Siehst du den Geflügelten am Himmel nicht?"

Einen Herzschlag lang war das kleine Geschöpf wie erstarrt und unfähig, sich zu rühren, dann flüchtete es blitzschnell ins Gebüsch, nur ein leichtes Nachzittern zeigte an, wo es im Blättergewirr verschwunden war. Der um seine Beute betrogene Falke strich mit langsamen Flügelschlägen davon.

Nach einer Weile tauchte der pelzige Kopf mit den Pinselohren wieder im Laub auf, die Augen bewegten sich flink. „Ist er fort, der Großschnabel?"

„Ja, kleiner Springer, er ist fortgeflogen", antwortete Schiriki.

Das Eichhörnchen wagte sich auf die Wiese hinaus, stemmte die Vorderpfoten auf den Boden, legte den Schwanz auf den Rücken und äugte den Wolf an.

„Wie heißt du?" fragte Schiriki.

Die Ohrbüschel zuckten, das Schnäuzchen bewegte sich schnuppernd. „Wie? Was hast du gesagt?"

„Ich habe dich nach deinem Namen gefragt."

„Meinem Namen?" Das Eichhörnchen richtete sich auf. „Was meinst du?"

„Wir alle haben Namen. Ich heiße Schiriki. Wie hat dich deine Mutter gerufen?"

„Weiß ich nicht mehr! Ist so lange her."

„Ich habe einen Freund, der Kip-Kip heißt", sagte Schiriki. „Du siehst fast so aus wie er. Dort, wo er lebt, ist aber kein See, kein Bach, da sind keine Wiesen und Wälder. Nur Stachelbäume und Sand."

„Stachelbäume?" Das Eichhörnchen schwenkte aufgeregt den Schwanz. „Gibt es Nüsse? Gibt es Zapfen?"

„Nein, die gibt es nicht."

„Und nur Sand? Sonderbar! Dort möchte ich nicht sein." Das Eichhörnchen kratzte sich den Pelz, schien plötzlich einen Einfall zu haben und rief: „He, du! Jetzt zeig ich dir was! Warte! Du wirst Augen machen!"

Das kleine Geschöpf flitzte an einem der Stämme hoch, bis hinauf in den Wipfel, keckerte laut und sprang mit wehendem Schwanz zum nächsten Baum. „Kannst du das, Langbein? Kannst du in die Wipfel hinaufrennen? Kannst du durch die Luft fliegen?"

„Nein", sagte Schiriki, „das kann ich nicht."

„Du bist eben viel zu groß", belehrte ihn das Eichhörnchen. „Schade! Wir könnten viel Spaß miteinander haben." Es holte sich einen Zapfen, drehte ihn flink in den Vorderpfoten, biß die Schuppen ab und fraß die Samen. Als es die Mahlzeit beendet hatte, warf es die leere Spindel auf Schiriki hinab und verfehlte ihn nur knapp. „Wie hast du gesagt?" tschirpte es. „Kip-Kip?

Klingt gut. Warum nicht? Paßt zu mir!" Mit einem hellen Zirpen lief das Eichhörnchen wieder den Stamm hinauf, lugte noch einmal durchs Gezweig und eilte dann davon, von Wipfel zu Wipfel mit kühnen Sprüngen.

Schiriki schloß die Augen. Das Rauschen und Tosen des über die Felswand stürzenden Wassers wurde leiser, wurde zu einem Murmeln aus weiter Ferne, kaum noch wahrnehmbar. Schon halb im Schlaf hörte er Pfotenschritte und spürte, wie Sternschwester sich neben ihm niederließ und Schak herangeflattert kam.

Unten am See, auf dem Lagerplatz, stand Imiak, den Kopf hochgereckt, mitten unter den drei Jungwölfen, die sich um ihn drängten, an seinen Ohren knabberten, ihm wiefend die Nasen ins Fell gruben und seine Schnauze ins Maul nahmen. Vor dem Höhleneingang lag Adsini, lang ausgestreckt, und schaute zufrieden zu. Ihre Milchdrüsen waren angeschwollen, die Haare um die Zitzen noch feucht von den Mäulern der Jungen. Von Zeit zu Zeit bewegten sich ihre Ohren und stellten sich lauschend auf, ob nicht ein Fiepen der Winzlinge sie wieder zurück in die Höhle rief. Wuk und Wok saßen oben auf einer der Felsplatten, die Nasen im Wind, und hielten Wache.

Der See war eine weite, das Licht der schon hochgestiegenen Sonne widerspiegelnde Fläche, nur dort noch im Schatten, wo der Wald dicht ans Ufer reichte. In den flach auslaufenden Buchten und im Schilfgürtel wimmelte es von Enten und Gänsen. Erpel gründelten, schlürften Algen oder strichen ihr buntes Gefieder glatt. Leise piepende Junge paddelten ihren unscheinbar gefärbten Müttern nach. Silbergraue Reiher kamen aus den Bäumen zum Fischen herabgeflogen. Schwäne glitten so ruhig über den See, daß sie stillzustehen schienen. Ein Tauchervogel stieg in einem Schauer aus Tropfen und Lichtreflexen aus dem Wasser hoch. Am Ufer jenseits des Lagers ästen Elche. Bis zum Bauch im Wasser stehend, hoben sie manchmal den Kopf, die Mäuler voller Seelilien, und äugten zu den Wölfen hinüber. Der Falke hatte den Berghang verlassen und stand jetzt rüttelnd über einer Lichtung im Wald. Ein Adler zog mit ausgebreiteten Schwingen seine Kreise über den Bergzinnen und Schrofen.

Auf der Wiese beim Wasserfall saß Schak bei den Wölfen. Sternschwester hatte den Kopf an Schiriki gelegt und leckte ihn, wenn er sich im Schlaf bewegte.

Schiriki träumte. Es war ein friedlicher Traum, keine nackten Wölfe, die auf zwei Beinen gingen, ängstigten ihn. Im Traum wanderte er durch Wakas gute Welt, er schritt durch die Hogala, unter hohen Kakteen, die ihre Blütenkränze der Sonne darboten. Er sah die Geflügelten im Schutz der Dorndickichte ihre Nester bauen, er sah die Hogalawölfe über die Dünen laufen. Im Felsenlager säugten Ugama, Itsi und Min ihre Jungen. Vor der Erdhöhle wartete Kip-Kip auf ihn. Im Traum wanderte Schiriki durch das Land der Seen und durch das Land der Hügel, er ging im Schatten der Wälder dahin, an murmelnden Bächen vorbei, über blühende Wiesen, auf denen Hornträger ästen. Er sah das Volk der Schnellen Läufer und all die anderen Vierbeiner, die Geflügelten und die Wasserwesen. Das Große Taglicht gab ihm Wärme, die Kleinen Nachtlichter erhellten die Dunkelheit. Er hörte die Lieder der Gefiederten, er hörte den Wind durch die Bäume streichen und das Rauschen des Regens, er hörte die vielen Stimmen, mit denen Waka zu seinen Geschöpfen sprach.

Schiriki träumte – den Traum von Wakas guter Welt.

KÄTHE RECHEIS ist seit 1961 freie Schriftstellerin. Sie erhielt zahlreiche in- und ausländische Preise. Ihre Werke wurden in alle gängigen europäischen Sprachen sowie ins Japanische, Koreanische und Afrikaans übersetzt.

Ein besonderer thematischer Schwerpunkt ihres Schaffens liegt im Engagement für Indianervölker. Im Bereich des Märchens, der Mythologie und des Phantastischen findet sich die Gestalt des Wolfes als zentrales Symbol in Käthe Recheis' Werken. Ihre Liebe zu den Wölfen, die auf einen Wolfshund aus ihrer Kindheit zurückgeht, wurde durch die Beziehung zu den Indianern noch verstärkt. Die Indianer haben im Wolf im Gegensatz zu den Weißen nie das wilde Raubtier gesehen, sondern ihn immer als großen, intelligenten Jäger mit einem ausgeprägten Sozialleben verehrt. Von ihren indianischen Freunden erhielt Käthe Recheis den Ehrennamen „Molse Mawa", Beschützerin des Wolfes.

Viele ihrer Werke werden von Jugendlichen und Erwachsenen gleichermaßen gern gelesen. Dazu zählen die großen Romane „Lena, unser Dorf und der Krieg" und „Der weiße Wolf".

# Zwischen Vergangenheit und Zukunft

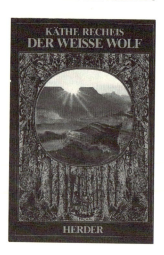

Eines Sonntags meint Thomas, eine Stimme zu hören, die ihn ruft. Am Waldrand steht ein weißer Hund, der einem Wolf gleicht und von dem ein seltsames Leuchten ausgeht. Thomas folgt ihm in den Wald ...

Hier beginnt ein Abenteuer zwischen Wirklichkeit und Phantasie, knisternde Spannung und Magie!

352 Seiten, Pappband
ISBN 3-210-24684-X
Ab 12 Jahren

**herder**

# Gewalt greift um sich ...

Die Autorin beschreibt in Rückerinnerung an die eigene Kindheit das Schicksal eines kleinen Dorfes in den Jahren 1938 bis 1945.
Ein fesselnder und beeindruckender Roman, der sich gegen Diktatur und Unterdrückung richtet.

Ausgezeichnet mit dem
JUGENDBUCHPREIS DER STADT WIEN

312 Seiten, Pappband
ISBN 3-210-24860-5
Ab 12 Jahren

## herder

# ... und schön ist es

Norbert C. Kaser schaffte mit seinen leichten, aber ebenso gewichtigen Versen und Texten ein phantasievolles Lesebuch für Jugendliche und Erwachsene.
Unterstützung finden die Texte in den außergewöhnlichen Illustrationen von Linda Wolfsgruber, welche teilweise auf Transparentpapier gedruckt wurden. So entstand ein kunstvoll illustriertes Buch, welches zu neuen Leseerfahrungen anregt.

96 Seiten, Pappband,
zahlreiche Illustrationen, Grafiken
und Transparentblätter
ISBN 3-210-25066-9

## herder

# Hoffnung auf Neubeginn

Mit der Rückkehr seines Vaters Erik aus einem deutschen KZ hat Emils sorglose Kindheit ein Ende. Doch da setzt Emil mit einer dramatischen Aktion ein Zeichen und erzwingt eine Entscheidung ...

224 Seiten, Paperback
ISBN 3-210-25041-3
Ab 14 Jahren

## herder